A Maurizio,
per i suoi passaggi smarcanti,
e a mio figlio Giovanni.

NONNA PILAR E IL FUTBOL

1

«Uomo in carne, uomo d'arme.»

Sofia Aldrighi-Ferretti e sua suocera posarono con cautela le tazzine del servizio inglese sul tavolino di vetro e fissarono Nonna Pilar che, di fronte a loro, sul divano gemello di quello su cui stavano sedute, le guardava sorridendo. Negli ultimi tempi aveva cominciato a parlare per sentenze, aforismi, proverbi. Interveniva nelle discussioni altrui con frasi a effetto. Spesso si trattava di proverbi veri, tipo "chi va arrosto perde il posto" o "chi la fa l'aspetti" o ancora "meglio un uovo oggi che una gallina domani".

Spesso, invece, ne inventava di nuovi. "Uomo in carne, uomo d'arme" evidentemente era stato coniato per il soggetto della discussione di Sofia e di sua suocera Clara. Quel giorno Sofia Aldrighi-Ferretti era passata nel palazzo di corso Magenta per una visita a domicilio. Sofia era oculista in una famosa clinica privata di Milano. Secondo la tradizione della famiglia, alle donne era suggerito di lavorare solo fino al matrimonio. Dopo, basta. Poi, con dei figli, figuriamoci. Ma Sofia, messi al mondo Pierpaolo e suo fratello Cesare a poca distanza l'uno dall'altro, si era rimessa a esercitare la professione medica. Quel giorno era andata a trovare sua suocera e a controllarle l'occhio destro, reduce da un piccola ma delicata operazione. Aveva cercato inutilmente di convincerla a venire in studio. "Ci sono gli strumenti elettronici, è meglio, si fa un controllo più accurato."

Clara non ci aveva voluto sentire. "Sofia, per me potrai fare uno strappo alla regola con una visita a domicilio. Capisco che voi medici di oggi non vi muovete più, ma io sono la tua anziana suocera." Per bloccare la solita recita della mamma (così la chiamava talvolta) sulla sua anzianità, Sofia era andata. Ovviamente occhio e suocera stavano benissimo.

Il destino è strano. Se Clara fosse andata in studio, forse Pierpaolo non avrebbe mai vissuto la sua breve ma intensa stagione da calciatore.

Ma torniamo a Nonna Pilar e alle sue sentenze. Nonna Pilar, in realtà, non era nonna. Era la sorella minore della defunta madre della signora Clara. Ormai anziana – superava gli ottant'anni, ma lei se li abbassava allegramente di dieci – si era trasferita nel palazzo di famiglia, dove occupava un piccolo appartamento all'ultimo piano. Però stazionava per tutto il giorno – riposino pomeridiano e sonno notturno esclusi – ovunque ci fosse qualcuno da ascoltare e a cui parlare. Era diventata nonna perché ai bambini piaceva moltissimo. Era infatti più vicina a loro che agli adulti, per spirito, ironia, battute, scherzi. Li appoggiava in tutto, li difendeva, li lasciava liberi. E poi raccontava storie bellissime. Soprattutto di toreri e calciatori.

Perché Nonna Pilar, oltre a non essere nonna, non si chiamava neanche Pilar. Il suo nome di battesimo era Annamaria, ma chi si fosse azzardato a chiamarla così avrebbe passato qualche brutto momento.

Lo aveva ripudiato molti anni prima, almeno cinquanta, quando era fuggita in Spagna con un affascinante torero. La storia, per la famiglia, era ancora scandalosa. "Che cosa vuol dire scandalosa, nonna?" chiedevano i bambini a Nonna Pilar. "È quando tutti ti invidiano perché hai fatto una cosa divertente che loro avrebbero voluto fare e non hanno fatto."

Di quei suoi anni in Spagna aveva riportato quadri, foto, un vecchio pallone di cuoio autografato, una collezione di ventagli, banderillas, nacchere e quel nuovo nome.

2

Sofia e Clara stavano parlando di Pierpaolo. Sofia era preoccupata perché Pierpaolo tendeva a ingrassare.

«Ha messo su la pancetta, mamma, e ha solo tredici anni.» Come medico era particolarmente sensibile al problema dell'obesità. Una parola che pronunciava con timore. Fu allora che Nonna Pilar se ne uscì con la sua sentenza.

«Uomo in carne, uomo d'arme.»

Suocera e nuora, dopo quella breve distrazione, continuarono a parlare di Pierpaolo.

«Scusa, ma in quella costosissima scuola privata in cui lo mandi non ci sono attività sportive?» chiese la signora Clara.

«Ci sono, ma a lui non piacciono. Abbiamo provato con il basket e con la pallavolo, ma non si diverte. E poi non è solo un problema fisico. Lo vedo sempre chiuso in se stesso, assente. Gli ho regalato un telefonino e praticamente non lo usa. Non chiama nessuno, non manda neanche gli sms, quei messaggini che i suoi coetanei si scambiano a ripetizione. Credo che non abbia un vero amico.»

«Palloni sbagliati» suggerì questa volta Nonna Pilar.

Le due signore dall'altra parte del tavolino si fecero attente.

«Che vorresti dire, nonna?» chiese Sofia, rendendosi conto dell'irritazione di sua suocera perché aveva ceduto alle lusinghe della nonna.

«Dico che dovresti provare col *futbol* come si dice in Spagna o, come lo chiamava il mio amico Brera, buonanima, col folber.»

Sofia e Clara rimasero a bocca aperta. Non solo perché non sapevano chi fosse Brera. Il calcio? Roba da rozzi e violenti, da discussioni in bar di terz'ordine, da trasmissioni tivù da evitare accuratamente. Neanche il marito di Sofia, Annibale Aldrighi-Ferretti, seppur valente sportivo – specialmente velista – ne aveva mai parlato.

«Che ne sai tu di calcio?» non si trattenne la signora Clara.

Nonna Pilar si sistemò meglio sul divano, sorridendo per il suo tentativo riuscito di intromettersi nelle faccende altrui.

«Mia cara, moltissimo. Lo sai che ho conosciuto

il grande Di Stefano a Madrid? Siamo stati più di una volta a cena insieme da Botin. Ricordo ancora con nostalgia il suo fantastico *cordero asado*. Di Botin, non di Di Stefano.»

«Il tenore?» azzardò Sofia.

Nonna Pilar fece un cenno di fastidio con la mano. «*Claro que no*. Il calciatore, bravissimo, ancora oggi uno dei più grandi. Sapeva fare tutto, ricopriva tutti i ruoli e, pur non essendo un centravanti puro, segnava moltissimo.»

Clara e Sofia erano ammutolite. Nonna Pilar spiegò: «Sapete, Madrid a quei tempi era già una bella città, ma non c'era ancora la *movida*. C'era quel rozzo figuro di Franco al potere e non ci si divertiva molto. Solo col *futbol* e con i tori era un vero spasso. Mi ricordo ancora di una splendida partita del Real Madrid al Santiago Bernabeu. Dopo fui ospite a casa del povero Santiago, pace all'anima sua.»

Batté le mani, come per dire: basta, veniamo a noi.

«Allora, secondo me dovresti mandarlo a calcio. È uno sport fisico, di contatto. Risponde al tuo problema: trovare un'attività di movimento che impedisca al ragazzino di ingrassare. Ma serve anche ad aiutarlo a stare con gli altri. Nel calcio, *querida*, devi per forza avere rapporti con altre dieci persone che stanno in campo con te, oltre all'allenatore e alle riserve, solo per parlare di quelli che ti sono più vicini.»

Sofia era affascinata dal discorso della nonna. Sua suocera Clara era esterrefatta. Nonna Pilar sorrideva.

«Non saprei come fare, non credo che si possa andare a ottobre da una squadra a dire: prendete questo ragazzino. Avranno già cominciato l'attività.» A Sofia erano tornati i dubbi.

Nonna Pilar emise un sospiro. Ma dove vivevano queste? «*Mi querida*, l'ospedale dove lavora tuo marito è quello a cui fa riferimento l'Inter per i problemi sanitari dei suoi giocatori. C'è uno staff apposta per la squadra. Vuoi che a un eminente medico come Annibale non facciano un favore? Loro conosceranno qualche società minore seria. E poi non deve mica giocare da titolare tutte le domeniche o i sabati o quando diavolo vanno in campo. Lo mettono in squadra, fa un po' di movimento, perde qualche chilo, prende qualche calcio in culo. Si disciula, in soldoni.»

La signora Clara era inorridita, Sofia definitivamente conquistata.

«Ma come fai a sapere tante cose?»

Nonna Pilar si issò dal divano, aiutandosi col suo prezioso bastone indiano. «Eh… questi sono segreti. Ciao cara, scusami ma è l'ora del sonnellino. Un'ultima cosa: da come si muove, direi che dovrebbe giocare attaccante.»

3

Quella sera Sofia parlò a suo marito Annibale del problema di Pierpaolo e del calcio. E per la seconda volta in quella giornata, ebbe una sorpresa. Erano quasi le undici e Sofia raggiunse suo marito in camera da letto. Annibale leggeva un libro in inglese sui moderni interventi chirurgici alla spalla. Le rivolse un lieve sorriso quando lei entrò, poi si rituffò nella lettura. Sofia si cambiò e poi si sedette sul bordo del letto, pensando a come convincere suo marito a mandare suo figlio primogenito a giocare a pallone.

«Pierpaolo è sovrappeso» cominciò Sofia.

«Dici?» Annibale le rispose con una domanda, senza alzare gli occhi dal libro.

«Dico, e penso che debba fare uno sport che non lo aiuti solo a dimagrire ma che lo sproni ad aprirsi. Mi sembra un po' chiuso. A te non pare?»

Annibale posò il libro a pancia in giù per non perdere il segno. «Questo sì, del peso mi preoccuperei di meno. Ma non fa già degli sport a scuola?» Era la stessa obiezione di sua madre Clara.

Sofia sospirò, voltandosi verso suo marito. Nella casa regnava il più assoluto silenzio. Pierpaolo e suo fratello Cesare dormivano da tempo. Sofia pensò che in quello erano stati fin da neonati due bambini comprensivi verso i genitori: si facevano almeno otto, dieci ore filate, senza neanche un vagito.

«Non c'è nulla che gli piaccia veramente. Oggi mi hanno parlato di uno sport a cui non pensavo e che potrebbe essergli utile: il calcio.»

Aspettò la reazione furente di suo marito. Invece Annibale parve divertito. «Il calcio. Non pensavo che tu ti sognassi mai di poter mandare tuo figlio a inseguire un pallone nel fango.»

«Veramente io pensavo la stessa cosa di te.»

«Me, perché? Il calcio non è male. Soprattutto per un ragazzo. Se poi ha il sinistro di suo padre...» disse, compiaciuto.

Sofia spalancò gli occhi. «Tu hai giocato a pallone? Non me l'hai mai detto.»

«Per tantissimi anni, sai? Credo di aver smesso poco prima di conoscerti, al terzo anno di università. Mio padre mi regalò quella barca a vela che tenevamo nel porticciolo di Santa Margherita, te la ricordi? L'*Abate Faria*. Ti ci ho portato. Be', che hai, perché mi guardi così? Non eri tu quella che ci ho portato?» Sorrise malizioso.

Sofia ignorò la presa in giro. «Ma perché non parli mai di calcio?»

«Che significa? Il calcio ad alto livello com'è ora non mi piace, però leggo, seguo, anche se non amo discuterne. Già se ne parla troppo, in Italia. Ma il gioco è un'altra cosa. Io mi sono sempre divertito, ho un ricordo bellissimo: è un sport fantastico.»

«E magari sai anche chi è Di Stefano.»

«Perbacco, un grande campione del Real Madrid. Ma chi te ne ha parlato? Aspetta: Nonna Pilar.» E si mise a ridere.

«Eri bravo?»

«Me la cavavo. Mezzala sinistra, ho vinto anche un torneo, il primo anno di università. Devo avere ancora la coppa da qualche parte.» Afferrò l'agendina elettronica poggiata sul comodino. «Domani voglio chiedere a mia madre se la trova, non può essere sparita. Mio figlio calciatore, ma tu pensa. Magari se trovo quel vecchio trofeo può essere uno sprone per lui.»

Per Sofia due sorprese in un giorno erano troppe. Si issò sul letto fino ad appoggiarsi alla spalliera.

«Allora penso che mi darai una mano a trovare una squadra adatta a tuo figlio. No?»

BANANA FOOTBALL CLUB

1

A Sofia sembrò di scorgere nello sguardo di Pierpaolo un lampo di curiosa partecipazione alle vicende che si svolgevano davanti a lui. Eppure, in quel classico pomeriggio uggioso milanese, non era facile distinguere il volto di un ragazzino seduto in panchina, dall'altra parte del campo. Comunque Pierpaolo si faceva notare. Di una spanna più alto dei compagni, stava in un angolo, staccato dagli altri, dentro la costosa tuta che sua madre aveva acquistato apposta il giorno prima. E Sofia era convinta che seguisse il gioco con interesse.

Suo marito, tramite un dirigente dell'Inter, aveva avuto il numero di telefono del presidente della Filippo Matrone F.C. (che stava per football club, aveva scoperto Sofia), una società specializzata nel settore giovanile. Insomma, avevano squadre di ragazzini dagli otto ai diciassette anni. Sofia si era informata e aveva saputo che Filippo Matrone era un muratore pugliese analfabeta (almeno fino ai vent'anni). Sceso da un treno a Milano nel 1929, dopo un viaggio biblico, grande lavoratore, aveva fatto fortuna con gli sgomberi delle macerie dopo la guerra e aveva costituito un grande impero edilizio.

"A Roma l'avrebbero chiamato palazzinaro" le aveva detto Annibale sorridendo. "Qui, dove diamo ai soldi il giusto valore, l'abbiamo fatto commendatore e gli abbiamo riservato un tavolo al Savini."

A Sofia, in quel momento, venne in mente che lei, al Savini, il famoso ristorante in Galleria, ritrovo di industriali e imprenditori, non c'era mai stata.

Matrone si era preso la licenza elementare e pure una laurea honoris causa in architettura prima di morire, pianto da una sterminata e litigiosa famiglia, alla fine degli anni '70. Il capostipite, sapendo a chi sarebbe finita la sua fortuna, aveva dettato un testamento disseminato di clausole, di regole, di lacci, in modo che il patrimonio non venisse dilapidato.

Dei suoi beni, aveva stabilito, una cospicua quota annuale doveva essere riservata alla Fondazione Matrone, che si sarebbe occupata di molteplici iniziative culturali e benefiche, tra cui il fattivo sostegno e la gestione della Filippo Matrone F.C., la società che aveva creato per avviare i ragazzi allo sport che tanto amava.

Sofia Aldrighi-Ferretti sapeva di lasciti a ospedali, case di cura, chiese, ordini religiosi, perfino a cani e gatti, ma mai aveva letto che qualcuno avesse lasciato qualcosa a una squadra di calcio.

Si sentiva come la prima volta che era stata al Luna Park. Se lo ricordava perché era stata anche la prima e ultima volta che era salita sull'ottovolante, alle Varesine: lo spavento che aveva rimediato l'aveva dissuasa dal riprovare.

Quella giornata al campo della Filippo Matrone F.C. fu più o meno la stessa cosa. Su e giù dalle montagne russe.

2

Quando era arrivata aveva chiesto di un certo Ferruccio, come gli aveva detto di fare suo marito.

"È una specie di factotum, sai, uno di quei tipi che non hanno una carica importante, ma senza di loro non funziona nulla" le aveva spiegato Annibale.

Ferruccio era piccolo, scuro, dalla testa ai piedi. Un fascio di nervi. Si presentò come *team manager*. Sofia non aveva idea di che cosa significasse, ma dal petto che Ferruccio aveva lanciato in fuori nel pronunciare quelle due parole, intuì che doveva avere una qualche importanza.

Il *team manager* prese in consegna Pierpaolo, che lo seguì docilmente. Fin troppo. Dalla prima baby-sitter, alle domestiche, alle maestre, ai compagni di giochi e di scuola, Pierpaolo seguiva tutti senza gli strepiti di altri ragazzini, come se restare con sua madre e suo padre o andare con un perfetto sconosciuto fosse la stessa cosa.

Visto che era il primo giorno di allenamento, Sofia aveva deciso di fermarsi a vedere. Aveva disdetto tutti gli appuntamenti del pomeriggio. Non sapeva bene dove sistemarsi, per cui seguì una fiumana di mamme e papà (ma non lavorava nessuno? si domandò, da laboriosa milanese doc) che si dirigevano verso una piccola tribuna di cemento. Ce n'era anche una di fronte a questa, di assi e ferrotubi, ma la folla la ignorò.

Si sedette nell'ultima fila e guardò il luogo dove suo figlio avrebbe passato tutti i martedì e giovedì (più la partita del sabato quando giocavano in casa, le aveva spiegato il nervoso Ferruccio) fino a maggio.

Da lassù poteva vedere diversi campi da calcio in erba, ben tenuti, sistemati attorno al corpo centrale del club, che raggruppava gli spogliatoi, un bar, alcuni uffici, una piccola palestra e perfino una piscina coperta. Non enorme, ma neanche una vasca da bagno. Proprio una società seria.

Da quel punto di vista si tranquillizzò. Piuttosto furono i genitori degli altri ragazzini che la preoccuparono. E non poco.

All'inizio, quando sul campo l'allenatore fece fare alla squadra degli esercizi ginnici oppure degli slalom tra birilli, o altri movimenti che Sofia non capiva, quel gruppo variegato di uomini e donne si limitò a parlare per tutto il tempo, ma con un tono di voce normale. "Mio figlio qui...", "Mio figlio là..."

Discutevano di tecnica, di procuratori, di direttori sportivi, di allenatori, di pre-contratti. Parlavano male di questo e quello. Non si ascoltavano. Era un brusio uniforme, che divenne schiamazzo quando, finiti gli esercizi, l'allenatore ricavò due squadre dal gruppo e spedì chi era rimasto fuori – tra cui Pierpaolo – in panchina. Aveva distribuito ai ragazzi delle pettorine verdi e delle pettorine rosse.

Questo fatto provocò agitazione, mugugni e anche qualche insulto. Il brusio era diventato urlo, a questo punto, e Sofia capì che quelli con le pettorine verdi erano considerati i migliori, quelli che poi avrebbero giocato nel campionato regionale, mentre gli altri erano le riserve. Pierpaolo era riserva della riserva.

Non appena la partita cominciò, la tribuna divenne isterica. I genitori presero a inveire, nell'ordine: contro gli avversari dei propri figli, contro l'allenatore, e contro i propri figli, rei di "non metterci l'anima" come continuava a gridare un signore di quarant'anni dal volto paonazzo, rivolto al ragazzino che non riusciva a colpire il pallone.

A un certo punto, dopo l'ennesimo sfottò – «Ma

dove l'avete preso quel difensore, al 3x2 dell'Esselunga?» – di una madre che non era mai stata zitta, un'altra donna si alzò e fatti due metri si andò a piantare davanti a quella che aveva appena parlato.

«Ohi, Nina, adesso cuciti quella bocca, se no te la cucio io con un sberla.»

Ne nacque un parapiglia che coinvolse varie persone. Sofia a quel punto pensò di averne avuto abbastanza e si alzò per andarsene.

Aveva fatto due passi quando sentì qualcuno che chiedeva: «Chi è lo spilungone?» Si voltò giusto in tempo per vedere Pierpaolo che, timidamente, entrava in campo.

3

Angelo Marcacci, quando giocava, diceva a tutti che non avrebbe mai fatto l'allenatore, il procuratore o altro. Una volta finito di giocare, voleva vivere di rendita, andare a pescare, accompagnare i bambini a scuola. Poi, però, come molti ex calciatori si era ritrovato con un vuoto che solo il campo poteva colmare. Non era un problema economico. Il suo primo allenatore gli aveva detto: "Tu sei come uno di quegli attori americani, di quei caratteristi di cui non si può fare a meno, hai presente quello che interpretava tutti i film con John Wayne?"

Victor McLagen, si chiamava: si era informato. E lui aveva recitato per quattordici anni in serie A.

Gregario, caratterista, fate voi, ma aveva attraversato i meravigliosi e spendaccioni anni '90 guadagnando benissimo. E non aveva buttato via nulla.

Aveva buttato via le canne da pesca, però, perché dopo un anno a far nulla, era stata sua moglie a sfrattarlo dal divano che occupava in permanenza, dicendogli di cercarsi qualcosa da fare, che non lo sopportava più.

Così aveva fatto il corso per allenatore e aveva cominciato dal basso, con i ragazzini. Da tre anni alla Matrone, e gli piaceva. Però gli sarebbe piaciuto anche vincere qualcosa. Dopo tre partite avevano un punto in classifica: un pareggio e due sconfitte. Guardava quella ciurma di ragazzini che inseguivano il pallone senza un minimo di senso logico e si chiedeva come potesse farli diventare una squadra. Qualche elemento decente c'era, uno era perfino bravo, ma non c'era lo straccio di un gioco.

E ora gli avevano pure mandato un figlio di papà che doveva fare movimento. Sconsolato per lo spettacolo offerto dai suoi giocatori, Marcacci si voltò verso la panchina.

«Vuoi fare movimento? Adesso ci penso io» disse, ma nessuno capì a chi si riferiva.

Poi si rivolse a Pierpaolo: «Tu, nuovo, togliti la tuta. Come ti chiami?»

«Pierpaolo Aldrighi-Ferretti.»

«E hai mai giocato a pallone?»

«Sì, con i miei compagni, a scuola, durante la ricreazione.»

Marcacci sghignazzò.

«Fantastico. Bene. Dove ti piacerebbe giocare, attacco, centrocampo, difesa?»

Pierpaolo era imbarazzato. Visto il tono ironico dell'allenatore, non capiva se quella domanda fosse una prova, un trabocchetto. Si ricordò di quello che gli diceva sempre la prof di italiano: "Osate, perdinci, abbiate coraggio." Gli sembrò che rispondere "attacco" fosse una scelta coraggiosa.

«E attacco sia» commentò l'allenatore, poi fischiò forte con le dita in bocca e urlò: «Foglia Morta!» Pierpaolo vide arrivare di corsa un ragazzo piccoletto, con i calzoncini più grandi di qualche taglia che gli scendevano bassi sotto il ginocchio e i calzettoni abbassati alle caviglie. Aveva un cespuglio di capelli ricci in testa e lo sguardo reso sveglio da due occhi verde chiaro.

«Sì, mister» disse all'allenatore.

«Allora, questo è il nostro rinforzo. Come vedi è alto, il più alto in giro. Proviamo a fare qualcosa di diverso, eh? Cerca di allargare il gioco, e se non lo fanno gli altri vai tu, tentiamo qualche cross per la testa dello spilungone, ok? Via, giocare.»

Il mister passò a Pierpaolo la casacca verde, quella dei titolari, e richiamò un ragazzino che uscì tirando calci alle zolle, visibilmente inferocito.

4

Sulle tribune l'ingresso in campo di Pierpaolo suscitò sconcerto.

Sotto la tuta, Pierpaolo si era messo una maglietta che aveva preso al Forte, l'estate prima.

C'era scritto "Banana Football Club".

Non voleva dire nulla, era solo il nome del negozio che la vendeva. La scritta però provocò una serie di indagini da parte di quel pubblico che aveva così impressionato la madre di Pierpaolo. «Banana Football Club? Che squadra è?» chiese una signora.

«Forse non è una squadra, ma una società di procuratori» disse un genitore particolarmente accaldato.

«Chi lo sponsorizza?» si domandò un terzo.

«Ha tolto mio figlio, quel deficiente» concluse la madre del ragazzino che era uscito per far posto a Pierpaolo. «Sarà certamente raccomandato da qualche importante procurazione.»

Sofia era allibita. In un primo momento avrebbe

voluto spiegare, parlare con quella gente, ma si rese conto che sarebbe stato inutile. Così cercò di non farsi notare dal gruppo di genitori che dopo i litigi avevano rinsaldato lo spirito del branco facendo lega contro l'intruso.

Nel frattempo Pierpaolo, seguendo le istruzioni dell'allenatore, si era sistemato dalle parti dell'area di rigore avversaria.

Non sapeva bene che fare, poi avvertì una spinta e si voltò. Si trovò davanti un ragazzo con la faccia pallida e cattiva e i capelli biondastri tagliati a spazzola sulle tempie. «Chi cavolo sei? Stai attento che ti sego le caviglie» gli disse Capelli a spazzola.

Pierpaolo era un ragazzino timido, ma non pauroso. Non aveva ancora dato la giusta rilevanza alle emozioni, semplicemente. Cercava solo qualcosa che lo tirasse fuori da se stesso. Quel qualcosa arrivò dalla fascia destra.

Il ragazzino con i calzettoni molli che l'allenatore aveva chiamato Foglia Morta (ma che nome era?) partì in dribbling, superò due avversari, poi alzò la testa e per un istante sembrò che guardasse proprio lui, Pierpaolo, al limite dell'area. Allora colpì il pallone con forza.

Pierpaolo lo vide arrivare e scattò avanti, così, quasi senza pensare.

Il ragazzo con la faccia cattiva gli afferrò la maglia, ma lui, più alto e robusto, se lo tirò dietro fino a quando quello non perse la presa e scivolò a terra. Allora Pierpaolo colpì il pallone con la fronte e la botta gli fece anche un po' male.

La palla schizzò all'incrocio dei pali della porta, picchiò sotto la traversa e finì in rete.

Per un attimo sul campo regnò il silenzio.

«Gooool!»

Sofia si accorse di essere stata lei a gridare solo quando tutti i genitori la fissarono stupiti. Marcacci aveva la bocca aperta.

Foglia Morta arrivò di corsa accanto a Pierpaolo: «Miiii. Bravo, la prima palla che tocchi e fai subito centro. Complimenti. Io mi chiamo Nino, per gli amici Foglia Morta» e gli porse la mano.

Pierpaolo gliela strinse: «Pierpaolo Aldrighi-Ferretti.»

«Due nomi e due cognomi, figo. Ma chi sei, un nobile?»

No, non lo era, ma da quel giorno, nella squadra, lo chiamarono tutti così. Alternativamente, per non fare troppa fatica. O "Due Nomi", o "Due Cognomi".

Come veniva.

PIERPAOLO

1

Pierpaolo guardava, nella debole luce della lampada sopra il suo letto, la coppa che suo padre gli aveva regalato. Pierpaolo amava gli scorci, anche se non conosceva ancora l'espressione. Gli piacevano cioè certe inquadrature, certi angoli.

Fin da bambino amava indugiare su un particolare. Ad esempio, era affascinato dai bastoni da passeggio di Nonna Pilar. "Se studierà, diventerà un grande direttore della fotografia, come Storaro" profetizzava lei. Pierpaolo non sapeva né che cosa fosse un direttore della fotografia, né chi fosse Storaro.

Nonna Pilar allora gli aveva raccontato che nel cinema il direttore della fotografia studia le inquadrature, ma anche questo supplemento di spiegazione l'aveva lasciato perplesso.

Pierpaolo comunque guardava la coppa, affascinato. Sul basamento c'era una targhetta.

TORNEO INTERUNIVERSITARIO DI CALCIO

ANNO ACCADEMICO 1977-78

SQUADRA PRIMA CLASSIFICATA

"L'ho vinto io, sai?"

Pierpaolo aveva sorriso. "Grande."

"Te la regalo, magari un giorno ne vincerai una anche tu. Anzi se continui così la vinci di sicuro. Neanche cinque minuti di gioco e già segni un gol, bravo."

Pierpaolo era emozionato. Guardava la coppa e pensava a quel suo padre importante e distante con cui aveva pochissimi rapporti. Sì, qualche volta l'aveva accompagnato a scuola, sì, qualche volta erano stati da McDonald's – malgrado le proteste di Nonna Pilar, indiscussa maestra della cucina tradizionale – o al cinema, ma Pierpaolo, pur provando qualcosa che assomigliava alla devozione e all'amore, suo padre lo conosceva pochissimo.

Adesso invece aveva scoperto che avevano qualcosa in comune: il football. Era stata una conversazione strana, anche se loro non potevano saperlo. Nella maggioranza delle case italiane infatti tra padri e figli, quando si discute di calcio, si discute di un altro calcio, quello che si gioca in serie A, quello dei campioni.

Annibale e Pierpaolo invece avevano parlato del calcio sul campo, del calcio che Annibale aveva giocato e che Pierpaolo giocava in quel momento.

Annibale gli aveva domandato dei compagni di squadra e Pierpaolo gli aveva parlato di Nino, il piccoletto che giocava con i calzettoni abbassati e che, così, d'istinto, gli era sembrato subito simpatico.

Pierpaolo aveva toccato il pallone solo qualche volta, prima di quello scampolo di partita, ma adesso, mentre fissava la coppa, stava già pensando all'incontro del sabato, per cui in un primo momento non era stato convocato. Era arrivato da così poco tempo.

Ma alla fine della partitella, l'allenatore gli si era avvicinato, mentre stava raggiungendo sua madre al parcheggio.

"Ehi, Due Cognomi, dove vai?"

"A casa, signore."

"Non chiamarmi signore, chiamami mister."

"Va bene... mister."

"Non ti fai la doccia con gli altri?"

Pierpaolo non aveva saputo cosa rispondere. Anche all'istituto dove studiava, le rare volte che aveva giocato a basket o a pallavolo, sua madre – o chi era venuto a prenderlo – lo aveva portato a farsi la doccia a casa. "Vado a casa, mia mamma preferisce così" aveva risposto, "ma se lei dice che devo fermarmi, lo dico a mia mamma."

Il mister aveva sorriso. "Non c'è un obbligo, ma così conosci un po' meglio gli altri."

"Lo dirò a mia mamma" aveva ripetuto.

"Magari glielo dico io." In quel momento era comparsa Sofia.

"Ah, sei qui. Pierpaolo, hai segnato un gol, è incredibile." Poi Sofia si era accorta della presenza dell'allenatore accanto a Pierpaolo. Era arrossita, ma nella semioscurità Marcacci non aveva notato l'imbarazzo della signora Aldrighi-Ferretti. Gentilmente, si era presentato. Si erano stretti la mano.

"Ha del talento suo figlio, signora" aveva detto l'allenatore.

2

Pierpaolo quella storia del talento non la sentiva per la prima volta. A scuola maestri e professori la usavano spesso: "Ha talento, ma non si applica." Lasciò il suo scorcio dal letto e andò alla finestra a guardare giù, nel bellissimo giardino del loro palazzo. Abitavano in centro, a Brera, in una di quelle strade senza traffico con quei palazzi per gente ricca.

Pierpaolo della ricchezza aveva un concetto particolare, o forse non ne aveva uno. Lui infatti non pensava di essere ricco. Lui si accontentava di quello che aveva. Non immaginava, perché non poteva saperlo, che non tutti i ragazzi di Milano avevano una casa come la sua, andavano a una scuola come la sua, avevano tate, babysitter, donne di servizio a disposizione.

Lui c'era cresciuto in mezzo, pensava che fosse normale. Era l'aspetto esteriore della ricchezza, quello del possesso di ciò che si desidera, che sembrava non riguardarlo. Pierpaolo non aveva mai usato il verbo volere. Non aveva mai fatto i capricci, non aveva mai preteso di avere l'ultimo di tutto: giocattoli, playstation, viedeogiochi, dvd, capi di abbigliamento.

Adesso che era arrivato in zona adolescenza, restava ai margini dei desideri dei suoi compagni, tutti presi dalle novità dei telefonini, degli i.pod, delle scarpe, dei jeans e dei giubbotti alla moda.

Schiacciò la faccia contro il vetro della finestra per vedere meglio e non farsi disturbare dai riflessi delle luci del cortile. Dormiva, come i nordici, con le persiane spalancate. Fin da piccolo il sole non gli aveva mai dato nessun fastidio.

"Il sonno del giusto" sentenziava sua nonna Clara.

Sotto di lui intuiva lo splendido giardino, quasi un piccolo parco, reso magico dalle piccole luci che spuntavano dall'erba. Era la meraviglia di una di quelle numerose oasi verdi che sono nascoste nei palazzi del centro di Milano e di cui pochissimi conoscono l'esistenza.

Una volta, quando era più piccolo, poteva avere cinque anni, era sceso nel giardino con un suo compagno di asilo che sua madre Sofia aveva invitato a casa. Avevano eluso la sorveglianza della tata e si erano catapultati giù per le scale correndo, portandosi dietro una palla.

Avevano calpestato l'erbetta con un piacere immenso, quasi affondando in quella che a loro sembrava una torta verde, soffice, delicata. E avevano cominciato a tirare calci al pallone.

L'urlo li aveva spaventati. "Aaah. Ma cosa state facendo, vandali!"

Si erano voltati, trovandosi di fronte, ai margini del giardino, una signora anziana. Non aveva lo sguardo di Nonna Pilar, dolce e ironico: quella aveva la faccia cattiva.

"Andatevene via, zingari. Arturo, Arturo!" Arturo, il portinaio, era arrivato correndo. Era uno dei pochi storici portinai milanesi ancora in attività.

"Signora Manzi, cosa succede?"

La signora Manzi, sopraffatta dall'orrore e incapace di parlare, aveva indicato i due bambini e il pallone fermo in mezzo a loro.

"Faccia qualcosa, prenda quei due zingari e li cacci."

Arturo, che in fondo era una brava persona, aveva guardato Pierpaolo e poi l'aveva indicato. "Signora, non sono zingari: quello è il figlio del dottor Aldrighi-Ferretti."

"Non mi interessa. Chiunque sia, deve andarsene di lì. Rovina il giardino."

"Bambini, per favore, andate a casa" fu l'invito del bonario Arturo, che non voleva seccature.

Nessuno, nemmeno Pierpaolo, seppe mai spiegare perché lo fece. Fino ad allora, a tredici anni, era stato il suo unico momento di pura ribellione. Mentre il suo amichetto si avviava verso le scale da cui erano scesi, lui, senza dire una parola, aveva afferrato il pallone e invece di andarsene era andato a nascondersi nel folto del giardino. Si era nascosto così bene che per stanarlo dovettero attendere il ritorno di Sofia, la sera.

Ora Pierpaolo, osservando il giardino dalla finestra, ricordava ancora il dialogo con la madre, quella sera di tanti anni prima. Anche perché se l'avesse dimenticato ci avrebbe pensato Nonna Pilar a ricordarglielo, tanto spesso glielo raccontava.

Lei era seduta sul suo letto, lui stava sotto le coperte. Non si era mai voluto portare nulla a letto, a differenza di Cesare, che non si addormentava senza il suo orsetto.

"Perché l'hai fatto, Pierpaolo?"

"Perché non si può giocare laggiù?" Gli piaceva rispondere con un'altra domanda.

"Perché è un giardino molto ben curato."

"E perché lo curano, è malato?"

Sofia aveva sorriso e gli aveva accarezzato i capelli. "No, Pierpaolo, non è malato, voglio dire che è molto bello e se tutti vanno nel giardino si sciupa."

"Ma se nessuno può andarci, a cosa serve avere un giardino?"

Di fronte a quella logica stringente, Sofia si era arresa. Gli aveva dato un bacio e se n'era andata.

3

Sofia accompagnava a scuola Pierpaolo e Cesare prima di andare in clinica. Quel giorno, nello specchietto retrovisore della piccola ma elegante auto tedesca che possedeva, osservò i suoi due figli sul sedile posteriore. Alla luce degli ultimi avvenimenti, cercò di ripensare a come erano diversi. Cesare, come tutti i secondi (aveva tre anni in meno di Pierpaolo), le sembrava più sveglio, più navigato, seppure più bambino.

Mentre Pierpaolo guardava fuori dal finestrino, smarrito nei suoi pensieri – o almeno questo pareva a sua madre: in realtà Pierpaolo stava ripensando al suo gol del giorno prima, come non aveva smesso di fare da un attimo dopo averlo segnato –, Cesare giocava con il suo gameboy, che occupava tutto l'abitacolo dell'auto con i suoi bip.

Cesare amava tutto quello che a Pierpaolo non interessava. Già premeva per avere un telefonino. Il suo primo attacco era stato respinto, ma c'era da aspettarsi che sarebbe presto tornato alla carica.

Erano così diversi, i suoi figli: ma a lei piacevano così. Li lasciò sulla soglia dell'istituto che, nella sua idea, li avrebbe accompagnati fino alla maturità. Si chiamerà ancora così, quando ci arriveranno loro? Con questa domanda, fece inversione e se ne andò.

Pierpaolo e Cesare si salutarono frettolosamente nell'atrio della scuola. Non erano legatissimi, sebbene i loro rapporti fossero buoni. Erano diversi, come notava Sofia. Tutto lì, e meno male.

Pierpaolo pensò all'ora di ginnastica che lo attendeva quel giorno. Voleva applicarsi, perché aveva deciso di dimagrire. La scossa gliel'aveva data il calcio, anche se non l'aveva detto a sua madre. Voleva dimagrire non per migliorare il suo aspetto fisico, di cui poco gli importava, ma per giocare meglio a pallone.

Davanti all'ingresso della sua aula incontrò Mattia Secondi, uno dei pochi compagni che non trovasse antipatico. Era piccolo, magro e aveva dita lunghissime con unghie lunghissime (lo chiamavano "Nosfe", abbreviazione di Nosferatu). Stava mandando sms a tutto spiano, operazione che riusciva a compiere a velocità considerevole grazie proprio a quelle unghie.

«Ciao, Mattia.»

«Ohè, ciao, Pierpi.» Mattia continuò a smanettare sul telefonino. A Pierpaolo era simpatico, con le sue esagerazioni e le sue sbruffonate. Ed era un patito del calcio. Pierpaolo rimase ad aspettare che il compagno finisse con i suoi messaggini.

«Ho cominciato a giocare a pallone» gli disse.

Mattia lo fissò, sorpreso. «Come? In una squadra vera?»

«Sì, in una società che si chiama Matrone qualcosa.»

«Mitico. Con le maglie vere e tutto il resto?»

«Veramente me la dovrebbero dare al secondo allenamento, quello di ieri era solo il primo. Mi hanno dato una specie di casacca verde da mettere sopra la maglia.»

«Chiaro» fece Mattia, felice di far sapere quanto era informato. «Si fa così negli allenamenti, un gruppo con le casacche e uno senza. Quelli con le casacche normalmente sono i titolari.»

«Titolare?»

«Sì, vuol dire che giocherai tu la partita ufficiale. Cavolo, non pensavo che fossi così bravo. Nell'intervallo mi fai vedere, non come le altre volte che tiravi due calci e te ne andavi.»

Suonò la campanella e Pierpaolo entrò in classe con il compagno. Tre ore alla ricreazione, tre ore al nuovo incontro col pallone. Non vedeva l'ora.

FOGLIA MORTA E LA SUA SQUADRA

1

Angelo Marcacci si era fatto un'idea, prima che arrivasse Pierpaolo. Una cattiva idea. Non avevano alcuna possibilità di combinare qualcosa di buono, quell'anno; sarebbe stato un campionato privo di soddisfazioni e il nuovo direttore sportivo, una persona sgradevole che già l'aveva criticato, non l'avrebbe lasciato in pace. Ragazzini privi di tecnica, genitori sguaiati e sempre in mezzo, a protestare, a implorare, a questionare.

Un disastro.

Dopo l'allenamento in cui aveva scoperto Pierpaolo, ci aveva ruminato sopra due giorni e due notti e aveva preso una decisione.

Avrebbe fatto giocare titolare fin da quel sabato di ottobre lo spilungone coi dané. Aveva pasticciato foglietti su foglietti, disegnando schemi, diagonali, frecce. E alla fine aveva preso una decisione. Avrebbe schierato un 5-3-2.

Sull'ultimo foglietto scarabocchiò la formazione

definitiva (salvo infortuni, squalifiche, manifesta incapacità dei giocatori scelti):

Macafferi

Gigio Puliedri Martini

Pantera Smilza Belli Capelli

Argentieri Malik Gargozio

Foglia Morta Due Cognomi

Un po' nomi veri, un po' soprannomi: la squadra era fatta.

Marcacci fissò la scrivania coperta di foglietti accartocciati. Era la sua squadra.

Poi, mentalmente, si corresse: era la squadra di Nino, detto Foglia Morta, l'unico giocatore vero che avevano.

O meglio, ne avevano tre. Oltre al piccoletto con i riccioli, i due terzini d'ala, Pantera Smilza e Belli Capelli. Pantera Smilza era un ragazzino che veniva dalla Sierra Leone, scuro, magrissimo. Era orfano. I suoi genitori e i suoi fratelli erano stati sterminati in una delle tante guerre che avevano segnato quel povero paese.

Salvato dalla carneficina da alcuni soldati dell'O.N.U., era stato consegnato a un gruppo di suore italiane che stavano partendo perché l'ospedale e il centro accoglienza che il loro ordine aveva faticosamente edificato erano stati rasi al suolo.

Pantera Smilza era cresciuto nel convento delle suore, vicino Buccinasco, e lì ancora viveva. Tutti i tentativi di farlo adottare erano falliti. Lui scappava e tornava dalle suore. "Perché devo avere una mamma sola quando posso averne una decina? Lasciatemi qui" ripeteva ogni volta alle assistenti sociali, che alla fine si erano arrese.

Le suore lo avevano mandato a scuola e poi a giocare a calcio (la sua grande passione) alla Matrone. Non aveva una grande tecnica, ma messo sulla fascia, a fare su e giù sarebbe stato micidiale: era velocissimo. Doveva svezzarlo sui cross, ma avrebbe imparato.

Belli Capelli era di Gorgonzola e quando arrivava nello spogliatoio tutti, per prenderlo in giro, si tappavano il naso come se puzzasse del famoso formaggio.

Lui ridacchiava. "Scemi, a parte il fatto che ormai lo fanno dappertutto, è il miglior formaggio del mondo."

Belli Capelli, dopo la doccia, sostava da venti

minuti a mezz'ora nello spogliatoio a pettinarsi, facendo infuriare suo padre, le volte che veniva a prenderlo. Di qui il soprannome.

Tutto mancino, era un vero segugio della linea di fondo: la cercava sempre e da lì crossava verso il centro dell'area, teso e forte. Ma fino a quel momento non aveva trovato qualcuno a cui passare il pallone.

Lo schema di Marcacci era semplice. Tre difensori e tre centrocampisti bloccati, Foglia Morta libero di tentare iniziative individuali o di allargare per i due terzini che dalle fasce avessero cercato la testa dello spilungone, il quale, secondo il piano, doveva segnare direttamente, oppure doveva fare da "torre" per un compagno.

Un'idea semplice, vecchia, in fondo. "Ma nel calcio nessuno inventa nulla" ragionava il mister, sperando che fin da quel sabato Foglia Morta e la sua squadra facessero quello che lui voleva.

2

Angelo Marcacci guardava la sfilata delle automobili che depositavano ragazzini e famiglie nel posteggio della Filippo Matrone. Marcacci non aveva studiato moltissimo, nella sua vita. Al secondo anno di geometra aveva mollato lì. Non era neanche un gran lettore.

Però non gli era mai appartenuto il lato volgare del calciatore, quello in nome del quale un calciatore, non necessariamente un campione, crede che gli sia tutto dovuto. Guardava quei ragazzini e i loro genitori e provava un senso d'angoscia.

Quelli erano già volgari a tredici anni. Non tutti, certo, non si poteva generalizzare. Però la maggior parte lo erano. Facili da individuare. Erano quelli con padre e madre rigorosamente al seguito.

Passavano davanti a lui e si avviavano verso le tribune salutandolo con finta cordialità. Sapeva cosa dicevano di lui, che non aveva nerbo, che non capiva nulla. Lui invece aveva capito una cosa. Purtroppo aveva ragione un importante dirigente calcistico, forse il più importante. Marcacci lo aveva anche avuto come direttore sportivo. A lui non era mai piaciuto, a pelle. Però gli riconosceva tutti i suoi meriti, a cominciare da una frase che aveva letto in un'intervista e che gli tornava in mente ogni volta che assisteva a quella processione: "In Italia avremmo molti più grandi giocatori di calcio se i genitori stessero a casa."

Per questo gli piacevano Foglia Morta, Belli Capelli, Pantera Smilza e, ora, lo spilungone con due cognomi.

Conosceva di vista il padre di Belli Capelli, non aveva mai visto i genitori di Foglia Morta e le suore di Pantera Smilza, ovviamente, non s'erano mai presentate al campo. La madre di Due Cognomi, che era rimasta – giustamente, pensava Marcacci: voleva sapere dov'era capitato suo figlio – per il primo allenamento, poi non era più venuta.

Lo spilungone l'aveva accompagnato un filippino, evidentemente un domestico.

Marcacci non lo sapeva, ma quel sabato Sofia aveva per un attimo pensato di non mandare suo figlio alla partita, anzi di finirla col calcio.

Basta.

Aveva improvvisamente compreso che, oltre ai due allenamenti, ci sarebbe stata anche la partita.

Forse era troppo impegnativo, avrebbe dovuto organizzare di nuovo gli incastri che ogni anno, faticosamente, studiava per mandare avanti casa e famiglia.

Ad esempio, quel pomeriggio c'era un convegno al Policlinico che non poteva assolutamente perdere. Avrebbero effettuato la dimostrazione di un nuovo apparecchio tedesco che permetteva una più accurata esplorazione della retina. Avrebbe dovuto mandare Jacques, il loro domestico filippino (neanche lui sapeva spiegare quel nome francese), ad accompagnare Pierpaolo, sottraendolo alla canonica spesa del sabato.

Così sua moglie Irma sarebbe stata dirottata all'ipermercato. Ma chi avrebbe accompagnato Cesare nella villa in Brianza dove un compagno di scuola con i genitori in pieno delirio da manie di grandezza (avevano affittato la villa apposta) aveva organizzato la festa per il suo compleanno?

Troppi problemi. Ne avrebbe parlato con Pierpaolo. Ma quel sabato di primo vero freddo, poco prima delle otto – non riusciva comunque a dormire di più, anche se non aveva nulla da fare – mentre era in cucina e prendeva un caffè in solitudine, sentì nel corridoio un rumore che la allarmò. Era una specie di ticchettio che non seppe identificare.

Il ticchettio aumentò, fino a quando sulla porta

della cucina si materializzò un sorridente Pierpaolo. Sofia per poco non fece cadere la tazzina.

Suo figlio era vestito di tutto punto da calciatore. Aveva maglietta, calzoncini e calzettoni della Filippo Matrone. Soprattutto, portava le scarpe da calcio coi tacchetti. Sulla maglia bicolore (arancione e verde) c'era il simbolo del club. Una specie di scudo nobiliare che racchiudeva una scala e un piccone. L'aveva inventato il fondatore, per ricordare su che cosa si basava la sua fortuna. La scala con cui s'arrampicava sui muri pericolanti e il piccone con cui li demoliva.

«Ciao, mamma.»

Sofia deglutì. «Ciao, Pierpaolo. Scusami, ma forse è il caso che non giri sul prezioso parquet di cui tuo padre è così orgoglioso con i tacchetti.»

Pierpaolo ci pensò un attimo, poi si guardò le scarpe e assentì. «Già, forse hai ragione.» Se le tolse e le sistemò accanto al frigo, che aprì per prendere il latte.

«Mamma, forse oggi gioco.»

Sofia sentì vibrare un entusiasmo sconosciuto nelle parole di suo figlio. Un entusiasmo che sarebbe stato delittuoso lasciar cadere.

Così cominciò a riprogrammare mentalmente l'organizzazione familiare.

3

«Bravo, Due Cognomi, bella partita» gli disse Marcacci.

Pierpaolo si stupì dei complimenti dell'allenatore. Gli sembrava di aver giocato male perché, a differenza di quanto era successo nell'allenamento, non aveva fatto gol. Però ne aveva fatto segnare uno a Nino e aveva imparato qualcosa di molto importante nel gioco del calcio (e non solo nel gioco del calcio): il concetto di squadra, dove tutti si danno una mano.

Imparò altre cose, veramente. Durante l'allenamento del giovedì non si era accorto di quello che succedeva sulle tribune. Quando il mister distribuì le maglie a chi era stato designato per giocare, un gruppetto di ragazzini non nascose il suo malumore. Differente, in peggio, fu la reazione dei genitori quando si accorsero che i loro figli finivano in panchina, o peggio, in tribuna.

Pierpaolo si chiese se sua madre avrebbe avuto la

stessa reazione e fu contento che non ci fosse. Infatti a sentire tutte quelle parolacce magari gli avrebbe impedito di tornare. E se non fossero state le parolacce, sarebbe stata la durezza degli avversari (e anche di qualcuno dei suoi compagni, per la verità).

Se ne accorse quasi subito, al primo pallone che Belli Capelli gli spedì in area. Lui fece per saltare quando un dolore lancinante lo fece crollare a terra. Sopra di lui, un ragazzino con la faccia piena di brufoli lo guardava dall'alto in basso.

«E alzati, fighetta, che questo non è niente, è solo l'inizio» sibilò.

Pierpaolo colse un'occhiata dell'avversario e la seguì, incrociando lo sguardo dell'allenatore dell'altra squadra che ridacchiava compiaciuto e faceva un segno al difensore con il taglio della mano. Come dire: picchia duro.

Il primo tempo finì 0-0 e, anche se non avevano preso gol – nelle altre partite era sempre successo –, Marcacci pensò che anche quell'idea non l'avrebbe portato lontano. All'intervallo tenne alla squadra un fervorino senza molta convinzione, poi si avviarono per tornare in campo.

Pierpaolo lo fermò: «Mi scusi, ma ho visto l'allenatore avversario che faceva segno di picchiare. Non è antisportivo?»

Marcacci allargò le braccia. «Certo che lo è. Purtroppo il calcio è questo, ci sono dei colleghi che si comportano con i ragazzini come se fossero grandi. O anche peggio, perché coi grandi c'è più professionismo.»

E quando capì dall'espressione di Pierpaolo che si aspettava una parola definitiva, aggiunse: «Non picchiare, ma non prenderle neanche. Ci sono tanti trucchi, tante difese, imparerai un poco alla volta. Ad esempio, quando salti, tieni i gomiti alzati anche tu.»

Al primo pallone buono, Pierpaolo partì di corsa. D'istinto allargò i gomiti mentre saltava e sentì un "ahi" alla sua destra. Colpì di testa e la palla schizzò sul palo. Arrivò di corsa Malik e la spinse in rete.

Marcacci fece un balzo in avanti dalla panchina e tutti andarono ad abbracciare Malik, che era un ragazzino egiziano, bravissimo con i piedi, anche se un po' leggero.

Sotto di un gol, gli altri si incattivirono. Ma Pierpaolo era un ragazzino che imparava in fretta. Girava al largo dai difensori quando la palla era lontana e poi arrivava all'improvviso, sorprendendoli. Fu così che segnarono il secondo gol.

Gli avversari erano tutti ammassati nell'area della Matrone a cercare il pareggio. Il pallone finì al portiere, che rinviò subito verso Pierpaolo: con il ragazzino che gli aveva tirato la gomitata nelle costole incollato, stava poco oltre il centrocampo.

Pierpaolo vide la palla arrivare e con la coda dell'occhio Foglia Morta che correva verso di lui, inseguito da tutti gli altri giocatori. Nino però aveva un bel vantaggio. Pierpaolo saltò, allungando la traiettoria del pallone: Nino detto Foglia Morta se la trovò davanti e filò diritto verso il portiere, lo scartò con facilità ed entrò in rete con la palla.

Pierpaolo si voltò verso il ragazzino che lo marcava. «Hai ragione, era solo l'inizio. Questa invece è la fine. Per voi.»

Poi si pentì di essersi rivolto in quel modo al suo avversario.

Però in quel momento si divertì un mondo.

DIETRO LA RETE

1

Anselmo Pettinati non se n'era accorto subito. In un'altra circostanza sarebbe stato meno distratto da quello che succedeva sul campo. Ma vedere la squadra di Marcacci che non le prendeva, come al solito, aveva catalizzato la sua attenzione. Quell'allenatore privo di carisma (almeno secondo l'opinione del Pettinati medesimo) aveva dato una parvenza d'organizzazione alla sua squadra.

C'erano due o tre discreti giocatori e quello spilungone nuovo, il figlio del medico, per cui si era mosso nientemeno che un dirigente dell'Inter, si era rivelato un ottimo acquisto. Grezzo, ma efficace.

Per cui aveva seguito la partita da un angolo nascosto, con un briciolo di entusiasmo che di fronte a Marcacci non avrebbe mai ammesso. Pettinati, in fondo, capiva di calcio. Sarebbe stato un ottimo dirigente di squadre professionistiche, ma la sua carriera era stata bruciata. Dalla fretta.

Pettinati veniva dal niente. Studi interrotti presto. Presto era stato l'avverbio che l'aveva perseguitato, fin da quando, mollata la scuola, si era dovuto alzare all'alba per aiutare il padre a montare il banco di scarpe a prezzo di costo che portava in giro per i mercati all'aperto della provincia di Milano. Sveglia all'alba sette giorni su sette. Il settimo, la domenica, per il suo piacere: Pettinati c'aveva il pallino del football, anche se aveva giocato poco per via del suo fisico gracilino. Era un chiodo, magrissimo, non tanto alto. Non pensava di essere bello, l'unica cosa che pensava era che gli piaceva il calcio.

Gli piaceva tutto, da quello dei ragazzini a quello dei grandi. Alla tivù non si perdeva una partita. Negli anni '70, quando oltre a RaiUno e RaiDue si vedeva solo la Tv Svizzera, si guardava anche le partite della serie B di lassù. Dove c'era un pallone che rotolava, Pettinati bloccava la sua attenzione.

Aveva iniziato come accompagnatore di una squadra di ragazzini e ogni tanto rifletteva su come l'entusiasmo per i giovani che aveva allora adesso lo aveva abbandonato, anche se si ritrovava di nuovo con i ragazzi.

Il problema è che per un anno il sogno era stato lì, con lui. Salendo faticosamente, lentamente, un gradino dopo l'altro, era arrivato in serie A. Direttore sportivo in una squadra di provincia che ogni anno rischiava di retrocedere e ogni tanto retrocedeva. Ma quando ci arrivò lui stava in serie A.

E lui, Pettinati, si sentiva veramente arrivato. Ma l'aveva solo assaggiato, quel senso di vertigine che dà il frequentare il mondo del calcio professionistico, l'incontrare negli spogliatoi i campioni delle grandi squadre, il parlare con i dirigenti che erano tutti i giorni sui giornali, l'andare in Lega, a Milano, con il suo presidente a fare passerella e finire, pure lui, di sguincio, in tivù.

Pensava di essere ormai nel giro, ma proprio lui che aveva salito la scala con prudenza, un passo alla volta, si fece prendere dalla frenesia dei soldi, del potere. Dal "presto". Verso la fine del campionato, un dirigente di una società più importante, ma che quell'anno era messa male, gli offrì dei soldi perché la sua squadra vincesse la partita in cui si trovavano opposte.

"Che ti frega? Ormai siete salvi. Guadagni e ti fai un amico, anzi, più di uno. Sai che io conosco tutti." L'altro gli aveva fatto l'occhiolino.

Lui andò dall'allenatore e gli espose la faccenda. Quello aveva una faccia da meticcio, si trattava di un mezzo argentino che gli sembrava una nullità, uno con la corruzione nel sangue. Ma l'aspetto inganna, Pettinati si sbagliava. Il meticcio era tutto di un pezzo.

Finse però di accettare.

"Metto le riserve" disse.

La domenica, quando Pettinati vide in campo i migliori, perfino uno che alla vigilia sembrava infortunato, pensò al peggio.

Non si sbagliava. La sua squadra giocò come se quella fosse la finale di Coppa dei Campioni. Pareva che li avesse drogati: correvano come matti, il doppio degli altri, a cui probabilmente era stato detto che la partita era stata addomesticata. L'avevano presa come una vacanza e si beccarono cinque gol. A zero.

Il dirigente che gli aveva proposto l'affare ogni tanto si girava verso di lui, in tribuna, scuotendo la testa.

Alla fine, mentre scendevano le scale, Pettinati l'aveva raggiunto, ma prima che potesse parlare, giustificare, implorare, quello gli aveva detto, calmo, senza scomporsi: "Tu sei finito. Ricorda, a questo livello la parola se la possono rimangiare solo quelli con le spalle coperte. Se volevi fare l'onesto dovevi dirlo subito. Amici come prima. Ma i furbi campano poco."

2

Pettinati, visto che subito non successe niente, pensò che le minacce dell'altro dirigente fossero state dettate solo dalla rabbia. Si convinse che il calcio era così: ogni tanto davi, ogni tanto prendevi. Ogni tanto ti andava bene, ogni tanto male: magari tra un anno sarebbe andata male a lui.

E invece a fine campionato il presidente lo chiamò. Era un giorno di giugno, molto caldo. La palazzina della società era ai margini di quella città della pianura e dalla finestra che dava sui campi giungeva il canto delle cicale. Da quel giorno Pettinati odiò quell'insetto molesto. Il presidente lo fece accomodare, gli sorrise e gli comunicò che voleva aprire nuove prospettive al club, che ci voleva "una spinta decisa".

Siccome era la prima volta che gli accadeva, Pettinati non capì subito che quelle sono le cose che ti dicono i padroni quando ti vogliono licenziare.

Ci rimase male: era convinto di aver fatto un buon lavoro, cioè una discreta campagna acquisti. La squadra, poi, si era salvata con qualche giornata d'anticipo sulla fine del campionato. Glielo disse, ma quello, un piccoletto con gli occhiali, allargò le braccia.

All'inizio pensò che i due fatti – la storia della partita e il licenziamento – non fossero collegati, ma quando, una società dopo l'altra, si trovò davanti a una serie infinita di porte in faccia, capì che la voce era girata. Era uno che non rispetta i patti, era uno su cui non si può fare affidamento. Aveva imparato la lezione. Nel calcio che conta non sono importanti la bravura, l'onestà, la rettitudine. O meglio, sono importanti, ma l'affidabilità, anche nel male, conta di più.

Devi saper dire sì ai potenti, stare al gioco, appartenere al branco. Lui aveva interpretato il ruolo dell'ultimo arrivato che fa il furbo.

Scese di categoria in categoria, bussò a porte sempre più incrostate, finché non si ritrovò davanti alla saracinesca del negozio che aveva acquistato al padre, togliendolo dalla vita agra del banco sul mercato.

«Se ce l'avessi, ucciderei il vitello grasso» rise Pettinati padre, quando se lo ritrovò davanti. Quella mania del football non l'aveva mai capita. Però lo riprese con lui.

Pettinati figlio ricominciò dalle scarpe. E non gli andò male. Adesso di negozi ne aveva cinque e suo padre si era ritirato a pescare carpe nei torrenti della Bergamasca.

Dopo sette anni di esilio, grazie a uno degli eredi di Matrone che era suo cliente ebbe un colpo di fortuna. Cercavano un dirigente d'esperienza per la loro società, e quello si era ricordato che Pettinati non parlava d'altro che di calcio.

Così si ritrovò direttore sportivo di quella piccola ma importante società che si occupava di giovani. Ritornò a vedere la luce.

E in quel sabato d'ottobre vide anche dietro la rete, dall'altra parte del campo, il volto di chi avrebbe potuto fargli salire qualche altro gradino. Fece il giro del campo di corsa, non voleva certo lasciarsi sfuggire quell'ospite inatteso.

Mentre accelerava l'andatura, per paura che l'uomo che stava raggiungendo se ne andasse, si fece una promessa: "Questa volta sto al gioco. Se mi ricapita un'occasione, non sbaglio."

3

L'occasione di Pettinati era un uomo alto, con una massa impressionante di capelli in testa, che se ne stava dietro la rete. Indossava un elegante giaccone di camoscio e fumava un sigaro toscano. Alle sue spalle, un piccoletto grasso parlava attaccato a un telefonino cellulare. In mano ne teneva un altro. Ogni tanto chiedeva qualcosa all'uomo alto, e questo gli rispondeva a gesti, quasi annoiato. Insieme facevano una strana impressione: avrebbero potuto interpretare Don Chisciotte e Sancho Pancha. Il cavaliere e il suo scudiero. E così era. Impossibile non riconoscerli, per uno che appena seguiva il calcio in Italia. Quell'uomo, nel giro, era conosciuto come "il Procuratore". Era il più importante manager di calciatori, il più potente, il più chiacchierato. Lo chiamavano anche "mister venti per cento" per quella volta che aveva strappato una percentuale altissima sulla compravendita di un attaccante.

Pettinati, che negli ultimi tempi aveva smesso di fare attività fisica, arrivò trafelato.

«Carissimo, ma mi dovevi dire che venivi, magari potevi guardare la partita dagli uffici della società, lassù. Stavi più comodo.»

L'uomo strinse mollemente la mano che Pettinati gli porgeva. Sorrise.

«Carissimo» e avvolse la parola d'ironia, «come dovresti sapere, nel nostro mestiere è meglio non farsi notare. Ebbene, ti sei sistemato qua. Bravo, è una buona società a livello giovanile, ha tradizione.»

In quel momento la partita terminò. L'uomo si voltò verso il suo scudiero, che velocemente chiuse la telefonata e fissò Pettinati con sguardo bovino.

«Guarda chi c'è, il prode Anselmo. Com'era quel film, solo chi cade può risorgere?» E condì la battuta con una risata sguaiata.

Pettinati non fece una piega. «Venite su, prendiamo qualcosa.»

«No, grazie, stasera c'è l'anticipo a Torino, andiamo lì. Pizza, vai a prendere l'auto, mentre io scambio due parole con l'amico Pettinati.»

Il piccoletto grasso lo chiamavano "Pizza", abbreviativo di "Pizzaiolo" perché quello era il suo mestiere. Lo faceva ancora, talvolta, in una delle sue numerose pizzerie – per snobismo, anche se forse non conosceva neanche il significato del termine – che possedeva in giro per l'Italia, o nel forno a legna che aveva fatto sistemare nella sua villa di Montecarlo.

«Ti saluto, Pettinati, occhio alla penna.»

Pettinati non sapeva cosa dire al Procuratore: era emozionato. «Hai visto la squadretta di Marcacci? Tu lo conoscevi bene, no?»

«Certo, è uno dei pochi che ha voluto sempre fare a meno del procuratore. Pensavo che ci smenasse dei soldi e invece è stato bravo, li ha fatti fruttare. *Chapeau*. Mi dicevano che la sua squadra era in difficoltà, ma mi sembra che la faccia giocare bene.»

Pettinati non si stupì che il Procuratore conoscesse anche i risultati di una piccola squadra di ragazzini. Azzardò: «C'è qualcuno che ha delle potenzialità.»

Il Procuratore si fermò e fece un gesto vago con la mano. «Sì, qualcuno c'è...»

Pettinati ebbe un tuffo al cuore. Sì, non poteva essere casuale, la presenza laggiù del Procuratore. Quell'uomo non si muoveva mai per niente, così, per farsi un giro. Cercò di mostrarsi calmo, si sforzò di parlare solo per fare conversazione.

«Hai visto quello spilungone, il centravanti? È uno degli ultimi arrivi.»

Il procuratore fece no con la testa. «Uhm, quello è bravo perché Marcacci è stato bravo a trovargli la posizione giusta, ma non c'ha il sacro fuoco. Figlio di due medici della Milano bene. Uno su mille arriva in alto, tra i ragazzini ricchi.» Pettinati commise l'errore di mostrare il suo stupore con la bocca aperta.

L'altro rise. «Mio caro, l'informazione è tutto. Non te la prendere, sono venuto per farti fare il colpo. Lascia stare lo spilungone. I due terzini, quello nero e l'altro, sono bravini. Ma quello che mi interessa è il numero 11. Quello ha tutto: intelligenza, numeri, capacità e soprattutto voglia di sfondare. Voglio quello, Pettinati, e tu mi aiuterai ad averlo. A me farà fare i soldi e a te il salto che aspetti.»

Il Procuratore aprì la portiera dell'auto che il fedele Pizza aveva guidato fin lì. Prima di salire, si voltò verso Pettinati che, al buio, intuiva solamente il contorno del suo viso ossuto.

«Pettinati, mi raccomando, questa volta niente errori... e niente scrupoli.»

Mentre la lunga auto di lusso si immetteva sulla strada che costeggiava il muro di cinta della Matrone, Pettinati ripeté a se stesso: "Niente errori e niente scrupoli."

[illegible]

[illegible]

[illegible]

[illegible]

[illegible]

COME SI DIVENTA AMICI

1

Il cielo era del classico colore grigio ferro milanese. O almeno doveva esserlo, perché era già buio e Pierpaolo immaginava che non sarebbe certo cambiato con la notte. Da qualche giorno faceva freddo, "un freddo da neve", gli aveva spiegato Nonna Pilar. Pierpaolo aveva cominciato ad andarla a trovare con regolarità, la domenica mattina. La accompagnava a Messa in Santa Maria delle Grazie. Poi si andavano a rintanare in una bellissima pasticceria lì vicino, dove lui prendeva una brioche con una coca cola (malgrado le proteste della nonna) e lei un cappuccino, senza schiuma.

Nonna Pilar voleva sapere tutto della sua carriera calcistica, della sua squadra, dei suoi compagni. Gli dava consigli e gli raccontava storie di partite bellissime che Pierpaolo pensava fossero inventate, almeno fino a quando non ne aveva controllata una su internet scoprendo che era andata proprio secondo la narrazione di Nonna Pilar.

Non erano i soli argomenti che trattavano in quell'ora e mezzo che trascorrevano insieme. Nel loro ultimo incontro avevano parlato della neve e di come a Milano, ormai, si vedesse sempre più raramente.

Nonna Pilar gli aveva descritto tutte le più grandi nevicate degli ultimi cinquant'anni, terminando con quella del gennaio 1985, che aveva messo in ginocchio la città. "Poi, come un vulcano" aveva concluso, "la neve, dico la grande neve, è andata in letargo. Chissà come sarà la prossima volta che torna."

Quel martedì di dicembre Pierpaolo si chiese se sarebbe nevicato prima di Natale. Ancora due partite, poi avrebbero fatto la sosta per le feste. Erano in testa alla classifica e sarebbero andati in vacanza da veri dominatori.

Da quando era arrivato, avevano vinto sei partite di seguito e lui aveva segnato cinque gol. Sembravano imbattibili. Ogni sabato, sia in casa che in trasferta, i campi erano circondati di sostenitori. All'inizio urlavano "insulti irripetibili", come aveva detto Sofia ad Annibale, ma alla fine i giocatori uscivano tra gli applausi.

Pierpaolo batté i piedi, perché cominciava a far freddo. Guardò l'orologio. Dov'era sua madre?

«Ehi, Due Cognomi, che ci fai qui, il palo?»

Dal cancello del centro sportivo uscirono Foglia Morta e Belli Capelli. Da qualche tempo erano ormai sempre gli ultimi a staccarsi dal campo. Stavano da soli a provare schemi, trovate, invenzioni, punizioni.

«Non so, sto aspettando mia madre o qualcun altro, ma dovevano essere già arrivati.»

«Prendi il bus, il tram, quel che l'è» gli suggerì Belli Capelli calcandosi il berretto di lana sulla testa. Da quando faceva freddo e doveva coprirsi, evitava di sistemarsi i capelli con la cura maniacale di prima.

Pierpaolo lo guardò come se gli avesse proposto di attraversare un fiume pieno di coccodrilli.

«Be', che ho detto? Non hai mai preso un tram?» insistette Belli Capelli.

Pierpaolo si mise a pensare. Forse, una volta, una babysitter l'aveva portato a fare un giro in metrò.

Belli Capelli tirò una manata a Nino Foglia Morta. «Oh, ci sta a pensare, il signorino, non sa neanche cos'è un filobus. Vabbe', io devo correre, altrimenti perdo il mio. Ciao.» E si avviò di corsa, con la sacca che gli ballonzolava sulla schiena.

Pierpaolo e Nino restarono lì, sul piazzale. «Chiama tua madre. Tu ce l'avrai un cellulare, no?»

«Sì, ma lo lascio sempre a casa, non l'ho mai usato.»

«Miiii, chi c'ha il pane non c'ha i denti, come dice mia madre.»

«Che vuol dire?»

«Che tu che c'hai tutto te ne sbatti, sai io che ci farei con un cellulare...»

«Che ci faresti?»

«Starei tutto il giorno a mandare sms a una mia amica.»

«La tua fidanzata?»

Nino gli mostrò il pugno. «Fidanzata? Ma come parli? E poi che fai, t'allarghi? Be', andiamo dentro e chiediamo in società se ti fanno telefonare. Secondo me te lo regalano pure il telefono, se glielo chiedi.»

Andarono, ma i tentativi di Pierpaolo non ebbero fortuna. I suoi genitori avevano i telefonini staccati e a casa non rispondeva nessuno.

«E ora che faccio?»

«Ma davvero non sai come arrivare a casa tua?»

Pierpaolo si vergognava di quel suo stato di ragazzino con la pappa pronta, come gli sibilava sempre alle spalle uno dei giocatori esclusi dal suo arrivo. Avrebbe voluto conoscere la strada per tornare a casa con i mezzi, ma non la conosceva.

«Magari ti puoi prendere un taxi» gli suggerì ancora Nino.

Pierpaolo ci mise un po' a rispondere. «Mi sono dimenticato il portafoglio a casa.»

«Miiii, ma sei una tragedia. Vieni a casa mia. Il tempo che arriviamo e magari si sblocca un cellulare dei tuoi.»

Nino si avviò e Pierpaolo lo seguì. Alla fermata del filobus, Nino indicò i fili e poi il mezzo arancione che stava arrivando. «Lesson number one: questo è un filobus. Si chiama così perché prende l'elettricità attraverso quei fili lassù. Sei pronto? Sciogliti, fai un bel respiro, ora saliamo. Non morde.»

2

«Grazie, signora, è molto gentile, ma per me è troppo.»

La mamma di Nino aveva preparato una cioccolata calda con i biscotti come merenda. Era una signora grassottella e simpatica che l'aveva accolto con affetto e gli faceva continuamente delle carezze sulla testa.

«Nino, com'è educato questo tuo amico, dovresti prendere esempio da lui. Buongiorno, buonasera, grazie, prego. Così si fa. E dimmi, Pierpaolo, tu dove abiti?»

«In zona Brera.»

La signora si bloccò, stupita. «Ma… io credevo che vivessi qui vicino.»

«Mamma, lui c'ha la grana, ma non sa tornare a casa. Così è venuto qui. Anzi, mo' riproviamo a chiamare i suoi.»

Nino si alzò per andare nell'ingresso, dove c'era il telefono. La casa dove si trovavano era una casa popolare di via dei Missaglia. Nino aveva spiegato a Pierpaolo che suo padre faceva il muratore e sua madre le pulizie in una banca. Aveva una sorella più grande, che non li aveva neanche degnati di uno sguardo, rintanandosi immediatamente in camera sua, e un fratello più piccolo che era a studiare a casa di un amico.

Nino e suo fratello dividevano una stanza, sua sorella aveva per sé tutta l'altra. «Il solito culo delle femmine.» Poi c'erano la camera dei genitori, un salottino e la cucina.

«Nello stesso spazio tu c'avrai la sala»: battuta di Nino. Pierpaolo non aveva risposto. Più o meno, aveva rilevato dopo aver dato un'occhiata in giro.

La mamma di Nino gli accarezzò i capelli ancora una volta. «Sai, avere i soldi non vuol dire essere educati. Non dar retta a Nino, vorrebbe avere un sacco di cose che non ha. È naturale. Tu non lo vorresti?»

Pierpaolo, in realtà, voleva essere accarezzato ancora una volta sulla testa. In quel momento si ricordò di una cosa che gli era capitata quando aveva sette anni. Una ex compagna di scuola di sua madre, dei tempi del liceo, era venuta a trovarla. Aveva una bambina di sei anni. Mentre sua madre e l'amica parlavano, lui e la bambina erano andati a giocare in camera sua, seguiti dallo sguardo vigile della tata di turno.

La sua camera era piena di giochi, tutti belli, tutti nuovi. Pierpaolo aveva notato che la bambina si tirava dietro un filo, di quelli per fare i pacchetti. Attaccata al filo c'era una pallina da tennis che aveva perso il suo naturale colore giallo per diventare nerissima.

"Cos'è questo?" aveva chiesto alla bambina.

"È il mio cane: lo tengo al guinzaglio perché è piccolo e non vorrei che si perdesse."

"Perché non prendi un cane vero?"

"Perché? Questo è molto ubbidiente e non sporca."

Alla sera Pierpaolo aveva chiesto alla mamma se poteva avere un cane, ma come quello della bambina, cioè un filo con una pallina da tennis.

Chi c'ha il pane... Ma lui non riusciva a farsi affascinare come il suo fratellino dai balocchi più luccicanti. Raggiunse Nino al telefono. Riprovò la serie dei numeri. Niente, non rispondeva nessuno, ma su quello di sua madre era scattata la segreteria telefonica. Lasciò un messaggio col numero di Nino.

«Vabbe', vieni in camera mia, va', finché non torna mio fratello stiamo tranquilli.»

Entrarono nella piccola stanza che Nino divideva con suo fratello. C'erano un letto a castello, una scrivania, un armadio. Tutto era in ordine, anche le enormi pile di fumetti che si infilavano ovunque ci fosse uno spazio libero. Pierpaolo ne afferrò uno. Thor.

«Chi è?»

«Supereroi, andavano tantissimo negli anni '70, mio padre faceva la collezione. A me piacciono tantissimo, c'è l'Uomo Ragno...»

«Quello del film?»

«Sì, e poi c'è l'Incredibile Hulk, i Fantastici Quattro. Tutti in lotta per la salvezza del mondo.»

Ma Pierpaolo non lo stava più a sentire. La sua attenzione era stata catturata dal poster di un calciatore appeso dietro la porta. Entrando non l'aveva notato.

C'era un'immagine in bianco e nero, un po' sgranata – evidentemente il poster era stato ricavato da una foto ingrandita, pensò Pierpaolo, a cui piaceva la fotografia: sull'argomento, aveva letto un libro per ragazzi – di un giocatore nell'atto di colpire un pallone col piede sinistro. Aveva la maglia a strisce una chiara e una scura. Sulla testa si vedevano i segni di un'incipiente calvizie. Ma la cosa che colpì di più Pierpaolo furono i calzettoni abbassati sulle caviglie. Quasi si fondevano con le scarpe, come se fossero una cosa sola.

Come Nino, uguale.

Pierpaolo si voltò. «Chi è quello?»

Nino sorrise. «Sai perché mi piaci? Non sei uno curioso. Altrimenti in due mesi mi avresti chiesto perché mi chiamano Foglia Morta.»

3

Già, perché?
Nino si sedette sul letto di sotto.

«Io dormo di sopra» specificò. Pierpaolo si sistemò sulla seggiola dietro la scrivania.

«Quello è Mario Corso» spiegò Nino, «giocatore dell'Inter negli anni '60 e '70. Un grande. Tutto sinistro, la sua specialità erano i calci di punizione. "A foglia morta", li chiamavano. Il pallone saliva oltrepassando la barriera e sembrava che finisse anche oltre la traversa. Poi invece, come una foglia morta che svolazza e cade giù» fece un segno con la mano, «scendeva improvvisamente nel sette. Era un genio, non aveva un ruolo e per questo non l'hanno mai voluto in Nazionale e l'hanno convocato solo per miracolo. Peccato. Aveva la testa matta, a volte era indolente, ma aveva un piede fantastico.»

Pierpaolo era affascinato, soprattutto dal fatto che un suo coetaneo si appassionasse per un calciatore così lontano dal suo tempo. Avrebbe voluto provare qualcosa di simile, entusiasmarsi per qualcosa di identificabile, di concreto. Un volto, anche sbiadito come quello.

«E tu come hai saputo di lui se giocava così tanti anni fa?»

«Per via delle punizioni. Un signore del palazzo mi aveva visto tirare una punizione a foglia morta. E mi aveva detto che sembravo Corso.» Si alzò con un balzo e dalla libreria tirò fuori delle videocassette. «Le davano con *La Gazzetta dello Sport*. Sono le partite della Grande Inter degli anni '60.»

«Io chi potrei essere?» chiese a Nino.

«Secondo me Boninsegna, detto Bonimba, anche se è arrivato un po' dopo.»

«E chi è?»

«Tu di calcio niente, eh? Ma per che squadra tieni?»

«Boh, non ci ho mai pensato, veramente.»

Nino con un altro balzo si impossessò di una spada di plastica che sbucava da un contenitore di plastica pieno di vecchi giocattoli consunti e mezzi rotti.

«Inginocchiati» ordinò a Pierpaolo, che trattenendo le risa obbedì all'amico.

«Io ti nomino tifoso dell'Inter ed emulo di Boninsegna. Alzati. Adesso però ti devi trovare un poster di Bonimba.»

Pierpaolo guardò l'immagine sbiadita di Mario Corso. «Non sarà facile. Tu quella come l'hai avuta?»

«C'è un cugino di mio padre che fa il fattorino in un'agenzia fotografica. Sapeva della mia passione per Mario Corso e una volta a Natale si è fatto fare un ingrandimento di una foto che avevano in archivio. Ma tu che ci metti? Con tutte le conoscenze che hai...»

In quel momento la porta si aprì e comparve la mamma di Nino. «Pierpaolo, c'è la tua mamma al telefono.»

Per fortuna nessuno si era accorto della sua assenza e quindi il fatto che fosse sano e salvo aveva scongiurato l'esaurimento nervoso di Sofia. Quando era venuta a prenderlo, gli aveva raccontato che per uno di quei disguidi tipici dei grandi indaffarati, tutti erano convinti che a Pierpaolo ci avesse pensato un altro. «L'abbiamo scampata bella.»

«Magari, però, potrei tornare con i mezzi, la prossima volta» azzardò lui.

«Vedremo» disse sua madre. Era rimasta una ventina di minuti a parlare con la madre di Nino, di nome Tina, diminutivo di Assuntina. Glielo disse, sulla porta, mentre se ne stavano andando. Pierpaolo non si trattenne: «Ma allora anche Nino è un diminutivo.»

«Sicuro, lui si chiama Gaetano.»

Gaetano, detto Nino, detto Foglia Morta, arrossì in tutti i punti in cui era possibile arrossire e non pronunciò una parola. Però si offrì di accompagnare Pierpaolo e sua madre alla macchina.

I due ragazzi restarono indietro qualche metro rispetto a Sofia.

Nino afferrò un braccio di Pierpaolo. «Se dici a qualcuno che mi chiamo Gaetano ti stacco la lingua.»

Pierpaolo sorrise. «Perché? Non è un brutto nome.»

«Miii. Tutto ti si deve dire. Gaetano è una sozzeria, non voglio che nessuno mi chiami così. Ti secca tenertelo per te? Giura.»

«Giuro.»

In auto, mentre cominciava a scendere un nevischio fastidioso e sporco che non assomigliava nemmeno lontanamente alla neve, Pierpaolo chiese a sua madre: «Mamma, posso regalare il mio telefonino a Nino?»

«Ecco, a proposito, perché non cominci a portartelo dietro? Oggi ti sarebbe stato utile.»

«Ma a Nino servirebbe di più.»

Sofia era stata sempre affascinata dalla generosità di suo figlio. «Facciamo così: se proprio vuoi, a Natale gliene puoi regalare uno. Che dici?»

Pierpaolo sorrise. Una cosa alla volta. Per il poster di Bonimba avrebbe chiesto più in là.

IL GIOCO DEI GRANDI

1

«Lui non sarà contento» disse il Pizza, accarezzando la carrozzeria della sua preziosa auto: dal suo gesto era chiarissimo che riteneva un miracolo che fosse sopravvissuta senza danni in quel quartiere non degno di lui. Chissà dov'è nato, invece, questo nobiluomo, si domandò Pettinati.

A Pettinati non piaceva lui, non piaceva la sua auto – troppo vistosa, da arricchito – e non piacevano quei primi giorni di febbraio. Sembravano senza sbocchi.

Pettinati aveva elaborato una teoria per l'inverno. All'inizio di dicembre hai il paracadute del Natale: pensi che arriverà il 25 dicembre e sopravvivi. All'inizio di gennaio stai ancora smaltendo l'eccitazione delle feste. Ai primi di marzo intravvedi la primavera a fine mese. Ma ai primi di febbraio l'inverno ti pare infinito. Fa più freddo che a dicembre e non sai per quanto ancora durerà.

A Pettinati non piaceva soprattutto quella situazione. Forse non avrebbe pensato a febbraio e a tutto il resto se il signor Giuseppe Viti avesse detto di sì. Ma quello, testardo come un mulo, aveva detto di no.

Erano andati a parlargli quella domenica di febbraio, previo appuntamento. C'era la sosta della nazionale.

Pettinati aveva telefonato al padre di Nino avvisandolo che avrebbe portato un importante procuratore che "poteva garantire a suo figlio e alla sua famiglia un grande avvenire". Già al telefono quello gli era sembrato maldisposto. Il Pizza era passato a prendere Pettinati con la sua macchinona.

Mentre percorrevano le strade di una Milano semideserta, Pettinati si era chiesto perché il Procuratore avesse aspettato proprio quel momento. Poi aveva capito.

Dopo una serie di vittorie che pareva inarrestabile, la squadra di Marcacci aveva pareggiato una partita e subito dopo ne aveva persa un'altra. Niente di grave. Più che merito degli avversari, era colpa di un'epidemia di influenza: metà dei titolari erano a letto, compresi lo spilungone (a quota undici gol, di cui nove di testa) e Nino Viti (otto gol, di cui cinque su punizione, e sette assist).

Pettinati non lo sapeva, ma i due, malgrado la

febbre alta, si scambiavano circa una trentina di sms all'ora. "Probabilmente è il record mondiale" aveva commentato la signora Sofia Aldrighi-Ferretti.

Il Procuratore era furbo. Preferiva andare ad accalappiare puledri per la sua scuderia in un periodo di riflusso, quando l'entusiasmo si raffreddava, come il clima. Neppure lui, però, aveva previsto di trovarsi davanti un tizio privo di senno come il signor Viti. Pettinati per qualche secondo aveva goduto nel vedere la faccia del Pizza. Anche questi che si credono padroni del calcio ogni tanto sbattono contro un muro. Non fosse stato per le conseguenze di quel rifiuto, che lo coinvolgevano direttamente, Pettinati avrebbe applaudito.

Altezza media, corporatura media, il signor Viti, muratore pugliese, non aveva fatto una piega di fronte al bel discorsetto del Pizza. In sintesi: "Caro signore, lei ci firma una bella procura, una scrittura privata, naturalmente, perché l'età del ragazzo non consente un contratto vero, e noi le versiamo subito ventimila euro sull'unghia. E poi le promettiamo che suo figlio diventerà una stella del firmamento calcistico italiano. E se proprio non diventerà una stella, comunque guadagnerà quanto lei non potrebbe guadagnare in un migliaio di vite. Ecco la penna."

«No, grazie.»

«No?»

«No, grazie» aveva precisato quello scemo per cui evidentemente "no, grazie" era diverso da "no".

Il Pizza non c'era abituato. Traccheggiò, imbarazzato. «Non so se si rende conto...»

L'altro mise una mano avanti, come a stopparlo. «Guardi, glielo spiego chiaramente. Mio figlio resta qui fino alla maggiore età. Studia e va al liceo. Prende la maturità. A diciotto, diciannove anni certo non posso costringerlo più a fare quello che voglio io, ma spero che a quel punto della sua vita abbia l'intelligenza di voler proseguire e prendersi una laurea.»

Il Pizza allargò le braccia. «Caro signore, una laurea? Ma non ce l'ha più nessuno questo mito, pensi a Bill Gates, la sua laurea è stata un garage.»

Pettinati continuava ad avere sorprese, quel giorno. Il Pizza sapeva chi era Bill Gates, perbacco.

«Io il mito della laurea non ce l'ho, ho il mito della cultura. Può anche giocare a pallone, ma cercando di studiare. Questo è quanto. Non firmo procure. Al limite se Inter o Milan lo cercano può andare a giocare nelle loro giovanili. Però resta qua e studia. Punto.»

A quel punto il Pizza si fece mellifluo e tentò la

via delle minacce. «Guardi che la mia società è molto potente, ha molti agganci, noi creiamo e disfiamo....»

«Ce li avete pure al Ministero della Pubblica Istruzione, gli agganci?» chiese Viti padre, sorridendo.

Il Pizza fece due occhi da pesce bollito, cioè quelli che alternava all'espressione bovina.

«No, eh? E allora arrivederci» concluse Viti padre, e indicò la porta.

2

Al telefono invece il Procuratore aveva un tono amichevole, conciliante. Sembrava che considerasse la situazione straordinaria, ma non così fosca. Addirittura appariva compiaciuto per aver incontrato un avversario degno. «Sai, Anselmo, mi piacciono i poveri pensanti. Io li chiamo così. Anch'io sono stato un povero pensante. È il modo per diventare ricchi. Ovviamente mi piacciono fino a un certo punto, fino a quando non ostacolano i miei progetti.»

A Pettinati non piaceva che quello lo chiamasse Anselmo: era per schernirlo, per fargli avvertire, attraverso un familiarità che non c'era, esattamente il contrario, e cioè la distanza che il Procuratore metteva tra sé e lui.

«Quindi, che si fa, lasciamo passare qualche tempo e torniamo alla carica?»

«Eh no, caro mio, di tempo non ne abbiamo. Il campionato entra nel vivo ed è a questo punto che arrivano osservatori e maneggioni vari» e qui rise, forse pensando al suo fedele scudiero Pizza. «Può anche succedere, anzi è probabile, che il ragazzo venga notato da Inter e Milan, ce l'hanno sotto il naso. Sarebbe un disastro, prima che il padre firmi la procura. Dobbiamo impedirlo. Dobbiamo fare pressioni. Non abbiamo avuto successo coi genitori? Proviamo col ragazzino.»

«E che cosa si può fare?»

Il Procuratore a questo punto si fece duro e abbandonò i nomi di battesimo. «Caro Pettinati, ti devi dare una mossa. Non ti si può dire tutto. Anche tu investi molto in questo affare. Investi te stesso. Idee, ci vogliono. Ad esempio. Cosa c'è di peggio che finire improvvisamente in panchina? Ti faccio una domanda, anche se intuisco la risposta: Marcacci, dietro tua indicazione, toglierebbe il ragazzo di squadra? Insomma, lo farebbe fuori dai titolari?»

Il Pizza fermò l'auto davanti a casa di Pettinati, che aprì la portiera e scese avvertendo un brivido di freddo. «Neanche se gli punto una pistola alla nuca.»

«Il problema è chiaro, Pettinati: il ragazzo non deve più giocare, dobbiamo far capire alla sua famiglia il nostro potere. Trova una soluzione. Sei o non sei il direttore sportivo della società?» E chiuse la conversazione. Pettinati restò lì, in mezzo alla strada, davanti alla portiera aperta dell'auto del Pizza.

«Prode Anselmo, caccia il telefonino e chiudi la porta, c'ho una che mi aspetta.» Ripreso il cellulare, il Pizza sgommò via.

Ci pensò, il Pettinati, a come fare pressioni, cioè a come togliere il ragazzino di squadra. E la risposta era semplice: se voleva far fuori il ragazzino, doveva far fuori Marcacci. Quello era tutto d'un pezzo ("sempre a me mi capitano") e tra l'altro non aveva neanche problemi economici. Pressioni su di lui non se ne potevano fare.

Ci pensò, il Pettinati, ma idee non gliene venivano. Finché, una settimana dopo il colloquio col padre di Nino Viti, uscendo in una sera cupa e malinconica dalla palazzina della società trovò ad aspettarlo due genitori. Padre e madre. Li conosceva bene. Lui era impiegato di banca, lei lavorava alle poste, una mezza funzionaria, non un'impiegata qualsiasi, gli aveva spiegato la donna, in uno dei precedenti, penosi incontri.

Non si perdevano una partita del loro figliolo. Erano, tra gli sguaiati, i più sguaiati. Eppure un briciolo di istruzione ce lo dovevano avere. "Dovrei portarli dal padre di Viti, a vedere la sua cultura che cosa produce" rifletté.

Cercò di svicolare, ma quelli aspettavano lui e non ci fu verso di sfuggire alla loro marcatura.

«Dottore, buonasera, ci scusi l'agguato, ma passavamo di qui...»

«Buonasera, scusate voi, ma ho una certa fretta.» Pettinati si avviò verso l'auto, tallonato dai due. Parlava la madre. Già questo lo innervosiva.

«Senta, nostro figlio era uno dei titolari, poi è arrivato quel raccomandato e non tocca più palla. Ma come potete permettere che accadano queste cose? Non è una società seria.»

«Signora, io potrei anche essere d'accordo con lei, ma la vede la classifica? Sarà raccomandato, ma da quando l'allenatore ha sistemato la squadra, con lui volano. Come dice il proverbio: squadra che vince non si cambia.»

«L'allenatore, buono quello, uno che bestemmia davanti ai ragazzi...» insistette la madre.

Pettinati si bloccò, la chiave infilata nella serratura della portiera. La mollò lì, voltandosi verso i due genitori schiamazzanti in preda all'euforia per l'improvvisa illuminazione. Come san Paolo sulla via di Damasco: solo che al posto del cavallo per poco non cadeva dall'auto ferma. Bestemmia-Chiesa-Fondazione. Si era ricordato che un terzo della Fondazione Matrone era saldamente in mano alla

Curia milanese e gli altri due terzi a gente che teneva ai principi morali della gioventù.

La malagrazia con cui aveva trattato quella coppia molesta fino a quel momento sparì all'improvviso.

Pettinati sorrise, amichevole. «Ah, carissimi, ma questo è diverso. Ci sono principi morali dai quali la nostra società non può derogare. Certo ci vorrebbe una denuncia scritta, particolareggiata, per procedere.»

I due, di fronte alla denuncia scritta, fecero retromarcia. «Ecco, bestemmia proprio non si può dire...»

Pettinati allargò le braccia. «Allora, signori miei, vi devo lasciare.»

Finalmente intervenne il padre. «Ci dica lei cosa dobbiamo fare.» Bravo, pensò Pettinati, era ora che ti facessi sentire.

«Nel mio ufficio, prego, una faccenda delicata come questa non può essere trattata in un parcheggio buio e freddo. Ci si gelano i piedi e le idee.» E li precedette verso la palazzina.

3

Angelo Marcacci divideva con gli altri allenatori un piccolo ufficio con due scrivanie, quattro sedie, uno scaffale metallico, una bacheca per le comunicazioni e le lettere. Fu lì che trovò la busta con l'intestazione della Filippo Matrone e il suo nome sopra. Molto strano: tutte le comunicazioni fino a quel momento gli erano state fatte a voce. Non era una grande azienda, quella, bastava un urlo della segretaria e si saliva di sopra, negli uffici.

Ad Angelo Marcacci la faccenda non piacque. Quell'ufficialità, quella carta intestata erano presagio di sventura. Ne ebbe la conferma non appena aprì la busta e lesse la lettera. In tono pomposo, l'odioso Pettinati lo convocava per l'indomani, alle 18 per importanti questioni che riguardavano la conduzione della squadra e lo spirito del club.

Lo spirito del club? C'era, sicuramente, qualche inghippo, ma Marcacci non riusciva a capire quale. Certo, avevano perso una partita e ne avevano pareggiate due, ma l'epidemia d'influenza era finita e col rientro di parte dei "malati", il sabato prima erano tornati a vincere, ottenendo i punti necessari per qualificarsi con tre giornate d'anticipo per i play off. Che voleva Pettinati?

Il giorno dopo Angelo Marcacci si presentò negli uffici della società con un minuto d'anticipo. La storica segretaria apprezzò la sua puntualità. Chiamò al telefono Pettinati e poi disse a lui di attendere un momento.

Dopo dieci minuti, siccome non tollerava ritardi da nessuno e godeva di una sorta d'impunità (stava lì dalla fondazione e aveva conosciuto Filippo Matrone, in persona), la segretaria richiamò il direttore sportivo, dal quale ebbe una risposta che la fece arrossire. «Maleducato, un vero villano» mormorò. Finalmente squillò il telefono e la signorina Marisa (così si chiamava la storica segretaria) gli fece cenno di entrare.

Nell'ufficio di Pettinati, Marcacci trovò due altre persone: un uomo che poteva avere i suoi anni, poco meno di quaranta, ma aveva già i capelli grigi, e una signora anziana, secca come un pioppo e con il mento appuntito.

L'uomo era vestito elegante, la donna come uno s'immagina una persona pia. Una gonna grigia che le scendeva sotto il ginocchio e un maglione blu su una camicetta bianca. L'uomo era impassibile, la donna manteneva un evidente sguardo di riprovazione.

«Prego, Marcacci, si accomodi» disse Pettinati.

Marcacci si sedette. Pettinati fece una faccia di circostanza.

«Marcacci, vengo subito al punto. La faccenda è delicata. Abbiamo qui una denuncia di alcuni genitori secondo cui lei avrebbe bestemmiato ripetutamente davanti ai ragazzi.»

«Cosa? Ma chi…..»

«Mi scusi, non ho finito. Come sa, la nostra società non ha come scopo solo la formazione sportiva, ma anche quella morale dei giovani. Oggi qui con me ci sono due autorevoli membri della Fondazione Matrone, da cui il nostro club dipende. Anche loro sono piuttosto seccati, come me, da questa vicenda.»

«Io non ho mai bestemmiato di fronte ai ragazzi, né in altro luogo. Anche se non sono un cattolico osservante, non è il mio stile. Può chiedere a chiunque.»

«Qui c'è una denuncia particolareggiata…»

«Mi sarà scappato un "porco demonio", ma non mi sembra una bestemmia.»

«Certo comunque non è una bella espressione» disse la signora.

«Ne convengo, signora, ma lei dovrebbe venire a vedere una partita di calcio. Non ha idea di cosa dicano i genitori sulle tribune. Al confronto dire "porco demonio" è come dire "buonanotte fiorellino". E comunque mettetemi a confronto con questi genitori, voglio sapere chi sono, magari sono di quelli a cui ho tolto di squadra il figlio. Non sapete di cosa sono capaci.»

I due membri della Fondazione erano in difficoltà. Pettinati intervenne, rapido.

«È proprio quello che vogliamo evitare, Marcacci, un piccolo scandalo, l'esplosione del caso, i confronti in tribunale. Teniamo ai giovani» e si rivolse untuoso all'uomo e alla donna, che assentirono «e non vogliamo coinvolgerli in una specie di processo pubblico. E speriamo che lei sia d'accordo.»

«Certo, ma...»

«Pensiamo, per salvare il suo buon nome e soprattutto quello della società, di mettere tutto a tacere promuovendola ad un ruolo dirigenziale.»

«Sta scherzando? Qui, in mezzo alla stagione, con le partite decisive da giocare? Io voglio finire il campionato. Quest'anno possiamo vincere.»

Si rivolse ai due membri della Fondazione, ma

quelli tacquero. Pupazzi in mano a Pettinati, paracadutati in un mondo che non conoscevano. In Marcacci la rabbia montava.

«Caro Marcacci, lei non capisce. La decisione è già stata presa, la consideri come una sospensione cautelativa. In fondo possiamo anche crederle, ma si tratta di usare un po' di prudenza. E non le conviene andare in giro a fare strepiti. Altrimenti si verrà a sapere che lei bestemmia di fronte ai ragazzi.»

«Io non bestemmio di fronte ai ragazzi!» sbottò Marcacci, e vide un lampo di paura passare negli occhi della signora della Fondazione. Capì di aver commesso un errore.

Pettinati, con un sorriso falso da Milano al Perù, lo congedò. «Si accomodi pure, Marcacci, lei da oggi è responsabile organizzativo del club. Avrà anche un leggero ritocco di stipendio. Magari tra un annetto potrà tornare in panchina, se proprio ci tiene.»

Marcacci si alzò e si avvicinò alla scrivania, mentre i due membri della Fondazione se ne allontanavano rapidi. Appoggiò le mani sulla scrivania e fissò il direttore sportivo negli occhi.

«Pettinati, qui c'è qualcosa sotto, stai tramando qualche imbroglio e mi piacerebbe scoprire di cosa si tratta, ma non ho voglia di stare qui a indagare. Non mi interessi tu e non mi interessa questo club, se lo affidano» e si rivolse ai due membri della Fondazione «a un trafficone come te. Il responsabile organizzativo fallo fare a uno dei tuoi scherani, io ti saluto.»

La porta tremava ancora quando Angelo Marcacci, ex allenatore della Matrone, mise in moto la sua auto.

È DA QUESTI PARTICOLARI
CHE SI GIUDICA UN GIOCATORE

1

Pierpaolo e Nino passavano ormai moltissimo tempo assieme. Qualche volta Nino andava a dormire a casa di Pierpaolo, anche se la mattina si doveva alzare prestissimo per raggiungere la sua scuola. Studiavano, poi correvano al parco, anche se faceva ormai buio, a fare due tiri. Avevano cominciato una sfida che si ripeteva ogni volta che trovavano l'albero o il palo adatto. Si allenavano a colpirlo.

Dopo cena guardavano un po' di tivù o si affrontavano alla playstation di Cesare.

In realtà era proprio Cesare a giocare con Nino. Si era affezionato anche lui a Foglia Morta. «Quando torna il tuo amico?» chiedeva sempre più spesso al fratello. «Almeno con lui c'è gusto, tu sei un impedito.»

Una sera, stupita dal silenzio che improvvisamente aveva avvertito nella casa, Sofia aveva voluto controllare se i due amici fossero davvero andati a letto così presto. Aveva aperto la porta sorprendendoli a leggere ognuno il suo libro. Si era sentita felice, orgogliosa.

Sì, Sofia era soddisfatta di quell'amicizia che aveva cancellato il torpore di suo figlio. Adesso era più disinvolto, più attento nel vestire, e soprattutto era dimagrito. Forse alla fine del campionato avrebbe potuto anche smettere di giocare.

Forse, perché Pierpaolo non sembrava dell'idea che il calcio fosse solo una dieta dimagrante. Sofia ne aveva avuto il sospetto quando per il suo compleanno si era fatto regalare da sua nonna (quella regolare, la nonna Clara, che aveva eseguito sebbene inorridita dalla richiesta) una batteria di magliette della Filippo Matrone che usava per qualsiasi evento. Ci dormiva, ci andava a scuola, ci girava per casa.

Nella sua stanza era finalmente comparso un gigantesco poster di tale Roberto Boninsegna detto Bonimba, sconosciuto a Sofia, ma non ad Annibale, che aveva approvato, mettendosi a raccontare di certe sue frequentazioni di San Siro all'inizio degli anni '70.

Quello era un regalo di Nonna Pilar, che aveva degli amici in una famosa agenzia fotografica.

«Sai che ha fatto anche il monatto in una riduzione televisiva dei *Promessi Sposi*?» gli aveva raccontato Nonna Pilar, che sapeva ogni cosa.

«In effetti un po' la faccia da monatto ce l'ha» aveva confermato Nino, che era stato aggregato alla sterminata compagnia dei nipoti di Nonna Pilar.

Adesso, la domenica mattina, spesso anche Nino si univa a Pierpaolo per il rito della Messa e della pasticceria con quella nonna acquisita.

Una volta la mamma di Nino, Assuntina detta Tina, aveva invitato Pierpaolo a dormire da loro. A pranzo o a cena Pierpaolo c'era già stato più volte. Ma di fronte al pensiero di quella notte, laggiù, quasi in periferia, Sofia aveva provato un momento di angoscia.

E subito dopo si era sentita imbarazzata da quell'angoscia. Perché aveva capito che lei, nei confronti di Nino, aveva l'atteggiamento della signora ricca e generosa, della dama di buon cuore che alla fine, però, mantiene le distanze.

Diversi erano i sentimenti di suo figlio, il quale aveva accettato subito, di slancio, dando per scontato che lei non si sarebbe opposta. Anche perché gli piaceva quella casa dove si viveva di un decoro e di una pulizia certo un po' accatastati, ma soprattutto gli piaceva l'odore della mamma di Nino, la tonda signora Tina.

Sapeva di dolce: al suo passaggio, gli pareva, seguivano effluvi come di bignè appena sfornati.

Pierpaolo aveva confermato, in quei mesi, il suo splendido carattere, quello che si era fatto largo attraverso l'abulia che lei aveva tanto temuto. Era un ragazzino altruista, addirittura candido. Ecco, candido fino a rasentare l'ingenuità. E questa limpidezza d'animo si rifletteva sul suo aspetto. Pierpaolo era diventato bello.

Se n'era accorta un giorno che era andata a prenderlo a scuola. Avevano fatto un accordo: da scuola poteva tornare con i mezzi, ma alla Matrone lo portavano e lo ritiravano. Però quel giorno Sofia passava dalle parti dell'istituto e aveva provato il desiderio di vederlo.

Pierpaolo era uscito con un gruppo di compagni e si era fermato a parlare vicino al cancello. In quel momento erano uscite due ragazzine e una di queste, una biondina con le trecce, aveva guardato suo figlio con un'intensità che lui, come succede a quegli allocchi dei ragazzi, ancora non riusciva a capire, ma che lei, donna e mamma, aveva intuito chiaramente.

Chissà che cosa succederà quando se ne accorgerà?, si disse Sofia. Sapeva che quello sarebbe stato un altro picco da scalare.

Anche in questo Nino fungeva da apripista. Aveva annunciato ufficialmente a Pierpaolo che "aveva la morosa". Ma prima che potesse farla incontrare al suo grande amico, la squadra di Foglia Morta si ritrovò con un nuovo allenatore e con tutti i problemi che ne derivarono.

2

Pierpaolo non aveva mai provato un sentimento particolare nei confronti di Angelo Marcacci. Siccome il suo unico punto di riferimento era la scuola, lo giudicava come uno di quei rari professori con cui hai rapporti corretti ma senza slanci: insomma, uno che non detesti di cuore, ma nemmeno sei convinto di avere con lui un rapporto speciale.

Pierpaolo, tentato dal paragone, lo aveva affiancato al professore di inglese. Giovane, simpatico, spiegava bene, era sufficientemente tollerante senza essere arrendevole. Però non suscitava familiarità. Non era come la professoressa di italiano, che oltre a spiegare bene ti coinvolgeva, ti ammaliava, ti seduceva, ma neanche come quella di matematica che in classe avevano soprannominato "la megera".

Per cui quando quel martedì di febbraio venne sostituito – senza spiegazioni – all'allenamento da un tecnico degli allievi, la sua assenza non provocò molte domande.

Nessuno spiegò loro che cosa era successo. «Forse avrà beccato anche lui l'influenza» commentò Malik, con spirito pratico.

La spiegazione fu considerata attendibile.

Invece Marcacci non era più il loro allenatore. Lo spiegò brevemente il factotum della società, presentando colui che lo avrebbe sostituito. Era un signore alto, pelato e robusto. Sotto il giaccone, che si tolse subito, appena entrato nello spogliatoio, portava solo una maglietta bianca da cui uscivano due bicipiti pieni di tatuaggi.

Il factotum Ferruccio, che Pierpaolo aveva conosciuto quando era arrivato, non spiegò il motivo della sua sostituzione.

Macafferi, che era, senza discussioni, lo specialista in soprannomi, battute e doppisensi (anche spinti), battezzò subito il nuovo arrivato "Mastro Lindo", suscitando risatine nel gruppo e un'occhiata feroce del nuovo allenatore. Gli altri la considerarono una cosa normale, anche Marcacci a volte li aveva sgridati, ma a Pierpaolo fece una strana impressione. Aveva colto un disinteresse nei loro confronti che Marcacci non aveva mai mostrato.

Come se non gli importasse di essere lì, come se fosse solo di passaggio.

I ragazzi sono sensibili, o forse Pierpaolo lo era in maniera particolare, ma l'intuizione era vera. Pettinati aveva ingaggiato Nereo Maniero, ex mediocre giocatore veneto di serie B, con un compito specifico. E non era certo ottenere risultati.

Maniero aveva bisogno di soldi e si sarebbe prestato senza problemi a fare quello che gli si chiedeva. Gliel'aveva segnalato il Procuratore. Non aveva alcuna esperienza con i ragazzi e i ragazzi se ne accorsero subito, ma del resto non era lì per insegnare. Non era un maestro. Era un killer, e gli era stato dato un bersaglio.

Però, visto che c'era, doveva riempire il tempo, e così cominciò a trattarli come i grandi fin da quel primo allenamento: a ogni sbaglio li insultava pesantemente.

Ma la cosa che suscitò sconcerto fu il discorsetto che fece al ritorno nello spogliatoio, dopo il primo allenamento.

«Siete delle mammolette. Io voglio vedere il sangue, non fate mai un fallo vero. Qui bisogna menare, se si vuole andare lontano.»

«Ma noi siamo in testa alla classifica» si lasciò scappare Belli Capelli.

Maniero gli si avvicinò minaccioso. «Bambino, non ti ho dato il permesso di parlare. Statemi a sentire. Lo so cosa faceva il vostro allenatore, era uno senza spina dorsale, vi ha tirato su con le carezze. Be', ficcatevelo in testa, il tempo della carezze è finito.»

Il factotum, che, per quel primo contatto era rimasto tutto il tempo con loro, lo fissò sconcertato. "Ma dove l'hanno preso, questo?" si chiese, evitando accuratamente, però, di riproporre la domanda a Pettinati.

Era infatti uno dei tanti volontari, dei tanti appassionati che ruotano attorno al calcio minore, quello dei dilettanti e dei ragazzini. Vivono per quello, ci rimettono in soldi e in salute e sono terrorizzati all'idea di non avere più quelle giornate nel fango, nella nebbia, nel freddo. Contano pochissimo per gli altri, specialmente per i tanti che li sfruttano, ma si sentono pienamente realizzati.

Così, non muovendosi gli adulti, alla fine si mossero i ragazzini.

3

Lo spogliatoio era caldo, gli asciugamani posati sulle panche sapevano di bucato. A Pierpaolo lo spogliatoio piaceva. Quel sabato c'era entrato con una certa curiosità e una lieve preoccupazione. Normalmente Marcacci arrivava, prendeva le maglie e cominciava a distribuirle. Le prime undici andavano ai titolari, poi consegnava le altre alle riserve.

Era un rito.

Come si sarebbe comportato il nuovo allenatore?

Pierpaolo era curioso di scoprire la forma scelta da Maniero, perché la sostanza non lo preoccupava. Non immaginava che fosse possibile un cambio nella formazione. Sì, ogni tanto Marcacci aveva fatto dei cambiamenti, ma quando c'era qualcuno acciaccato, oppure, un paio di volte, in casa, aveva tolto un centrocampista e aggiunto un attaccante accanto a Pierpaolo. "Per dare più forza."

Maniero entrò nello stanzone con il suo sguardo

torvo, cioè quello che aveva sempre. Si avvicinò alla pila delle maglie e cominciò a distribuirle. Le diede a dieci dei soliti titolari, Pierpaolo compreso. Ma la maglia numero undici, quella che per legge spettava a Nino detto Foglia Morta, Maniero la passò a un ragazzo che non aveva mai giocato. Era uno di quelli che Marcacci aveva escluso quando aveva ridisegnato la squadra dopo l'arrivo di Pierpaolo.

Di lui si sapeva poco o niente, solo che il padre era impiegato di banca e che ogni sabato, alla partita, era uno di quelli che urlava di più.

Pierpaolo non si accorse che il ragazzino quasi se l'aspettava. Non se ne accorse perché era già scattato in piedi, senza riflettere, e aveva fatto un passo verso Maniero, che si stava dirigendo verso la porta dello spogliatoio.

«Guardi che deve essersi sbagliato, non ha dato la maglia a Nino.»

L'allenatore si bloccò. Poi lentamente si girò e si voltò, ma non guardò Pierpaolo: sembrava che fissasse da qualche parte, non si capiva dove.

«C'è qualcuno che ha detto qualcosa?»

Pierpaolo aprì la bocca: «Io. Stavo dicendo...»

Maniero alzò la voce: «C'è qualcuno che ha detto qualcosa?»

«Io...»

E Maniero, ancora più forte, avvicinandosi e quasi urlandogli in faccia: «C'è qualcuno che ha detto qualcosa?»

Pierpaolo era inchiodato a terra.

«Ah, forse mi sono sbagliato, meno male. Magari qualche figlio di papà pensava di poter aprire bocca, qua dentro. Qua papà e mamma coi loro sghei non vengono, qui comando io e non permetto a nessuno di parlare. Bene. E adesso sul campo.»

Pierpaolo aveva gli occhi pieni di lacrime. Nessuno l'aveva mai umiliato così, ma più che dall'umiliazione si sentiva ferito dalla cattiveria, da quella malignità ingiustificata. Gli altri uscirono lentamente, uno dopo l'altro.

L'ultimo fu Nino, a cui era stata consegnata una delle maglie delle riserve.

«Grazie, ma non dovevi farlo. È lui che decide, bisogna adeguarsi» gli disse, mettendogli una mano sulla spalla.

«Ma non è giusto, tu sei il migliore.»

Nino abbracciò l'amico, commosso dalla sua fedeltà. «Mio padre mi ha insegnato che se comincio a prendermela adesso non vado lontano.»

Andò in panchina, lentamente, tra i commenti del pubblico, stupito che quella sorte toccasse al miglior giocatore della squadra. E proprio in quella partita difficile.

Gli avversari erano tosti, ma tra i pochi corretti che avevano incontrato fino a quel momento. All'andata, Pierpaolo ricordava che l'allenatore aveva rimproverato uno dei suoi giocatori perché aveva fatto un fallo cattivo. A Pierpaolo quel gesto era piaciuto. Avrebbe voluto restituire il favore, si era detto quel giorno di parecchi mesi prima.

Non pensava che l'occasione si sarebbe presentata, inaspettata, proprio quel pomeriggio.

La partita era sullo 0-0. A un certo punto, il ragazzino che aveva sostituito Nino prese un pallone al limite dell'area e tentò un dribbling su un difensore. Improvvisamente crollò a terra, tenendosi la caviglia. L'arbitro fischiò il rigore, tra le proteste degli avversari della Matrone.

Belli Capelli raggiunse Pierpaolo e gli sussurrò: «Non l'ha neanche toccato.»

«Giura.»

«Te lo giuro, sta facendo la scena, che vergogna.» Belli Capelli odiava quelli che cadono a terra rantolando e poi dieci secondi dopo si alzano belli vispi.

In quel momento Pierpaolo ebbe un'illuminazione. "Come Archimede quando gli si accende la lampadina" raccontò poi a Nonna Pilar. Si avvicinò deciso sul pallone e lo afferrò. «Sono io il vicerigorista, in assenza di Nino.»

Nessuno si oppose. Pierpaolo sistemò il pallone sul dischetto. Finite le proteste, l'arbitro, uno studente universitario che li conosceva bene, fischiò. Pierpaolo prese la rincorsa e colpì il pallone, spiazzando il portiere. Però angolò troppo la palla, che schizzò sul palo e finì oltre la linea di fondo. Mentre il portiere avversario saltava dalla gioia, Pierpaolo crollò a terra sulle ginocchia e si coprì la faccia con le mani.

Restò lì un bel po', finché qualcuno non gli venne a toccare la spalla. Era Belli Capelli, che, anche se nessuno l'aveva mai chiamato per nome, era stato battezzato come Matteo.

Aveva uno sguardo che pareva accusatore, ma in realtà era solo curioso.

«A me non m'incanti, Due Cognomi, tu questo rigore l'hai sbagliato apposta, ne vogliamo parlare?»

Pierpaolo, dietro le mani che gli coprivano la faccia, stava sorridendo. Pensava alle sfide con Nino al parco, quelle a chi prendeva più volte il palo.

GLI AMICI DI NONNA PILAR

1

«Non era rigore, l'hai detto anche tu.»

«Allora perché hai fatto quelle scene, come ti dispiacesse di averlo sbagliato? Se lo tiravi fuori, mostrando a tutti che l'avevi fatto apposta, magari finivi sui giornali. Mio padre una volta mi ha letto un articolo: parlava di un ragazzo che aveva buttato via un rigore perché l'arbitro si era sbagliato. Magari t'invitavano pure in tivù.»

Belli Capelli e Pierpaolo erano seduti a un tavolino al bar del club. Lo gestiva una coppia di siciliani che parlavano un italiano molto dialettale, e tutti i ragazzi facevano loro il verso. Però erano simpatici e onesti.

Si erano fermati lì a bere una spuma. Il padre di Belli Capelli-Matteo gli aveva raccontato che quando era giovane lui, c'erano solo la spuma e la gazzosa, non tutte quelle bibite che circolavano adesso. In certi bar, verso la campagna, esistevano ancora.

A Belli Capelli la gazzosa non piaceva, troppo dolce, ma la spuma sì, con quel gusto al chinotto. Aveva convinto Pierpaolo a prenderne un bicchiere anche lui. E Pierpaolo aveva accettato.

Davanti ai due bicchieri di spuma, come due professionisti consumati, Belli Capelli e Pierpaolo avevano messo a punto il piano. Il piano, ideato da Pierpaolo un attimo prima di sbagliare il rigore, consisteva nel convincere gli altri giocatori della squadra, almeno la maggioranza, a commettere tanti piccoli errori, di quelli che in una partita possono diventare decisivi.

Un passaggio sbagliato, un rigore tirato volontariamente fuori, un colpo di testa all'indietro che spiana la strada a un avversario. Come aveva capito Pierpaolo mentre si accingeva a calciare il rigore, non ci voleva molto.

«L'importante è non essere eccessivi. Bisogna mandare il messaggio, ma senza che quelli si possano attaccare a qualcosa. Sostituirci tutti non possono: finirebbero come prima, perderebbero lo stesso.»

Davanti al secondo bicchiere di spuma Belli Capelli formulò la sua ultima domanda: «E qual è il messaggio?»

«Il messaggio è che senza Nino questa squadra

perde e che è un'ingiustizia averlo tolto. E poi che questo allenatore non ci piace.»

Belli Capelli era un ragazzo generoso. «Ci sto, mi va. E poi questo allenatore è schifoso. Facciamo la cosa giusta.» Si aggiustò una ciocca. Siccome aveva cominciato a fare un po' meno freddo lui aveva abbandonato il berretto e aveva ricominciato a sistemarsi i capelli con la tradizionale e maniacale attenzione. Lui e Pierpaolo si divisero i compiti. Una parte dei giocatori li avrebbe contattati Belli Capelli, una parte Pierpaolo. Si sentirono grandi, in quel pomeriggio di fine febbraio, si sentirono nel giusto, come poche volte accade, sia tra i ragazzi sia tra gli adulti.

«E a Nino cosa diciamo?» chiese Belli Capelli mentre si avviavano verso l'uscita.

Pierpaolo fece no con la testa. «Niente, per ora, gli facciamo una sorpresa.»

Fu così che l'imbattibile Matrone cominciò a perdere le partite. Perché Marcacci, quando aveva costruito la squadra, non aveva considerato solo le doti tecniche e fisiche di quei ragazzi. Aveva guardato anche i loro sentimenti, la loro generosità. Il loro cuore, se può essere concessa quest'espressione che a molti sembra troppo mielosa.

A Pierpaolo piaceva anche quel clima da cospiratori, quegli sguardi che si lanciavano, specialmente dopo un errore voluto che aveva favorito gli avversari. Si sentivano grandi, adulti, come se avessero anticipato di qualche anno l'inevitabile ribellione a genitori, professori, allenatori.

2

Maniero era veramente un animale. Questo pensava Pettinati. Se non fosse stato per lui, non avrebbe preso quello stipendio così importante per la sua disastrosa situazione finanziaria. Eppure le rare volte che si incontravano lo salutava a stento.

Al massimo si levava un grugnito da quella sua faccia sempre contorta, evidente immagine del suo modo di pensare. Pettinati, invece, malgrado quello che stava facendo, si sentiva profondamente nel giusto. Lottava per la sua carriera, per la sua vita.

Per cui si arrabbiò non poco con Maniero quando capì quello che stava succedendo.

Quello stupido non si era accorto che i ragazzini stavano perdendo apposta le partite. Non se n'era accorto nessuno, veramente. Non che a Pettinati interessasse molto che perdessero o meno. A Pettinati interessava solo rientrare nel giro, andarsene di lì, sai che gli importava della Matrone. Però non voleva problemi, voleva che tutto filasse liscio. Niente ribellioni, niente rivoluzioni, che quando cominciano non sai mai dove vanno a finire. Se dovevano perdere, perdessero per davvero. Il piano di Pierpaolo in fondo aveva colto nel segno, ma lui non poteva sapere che al direttore sportivo della società poco importava dei loro risultati.

Così, un sabato, dopo la terza batosta consecutiva Pettinati si avviò verso lo spogliatoio. Chiamò fuori Maniero e gli spiegò (un vero cretino arrogante, non poté fare a meno di dirsi mentre gli parlava) che cosa stava succedendo. Quello si lisciò la crapa pelata e fece per aprire la porta con furia per precipitarsi dentro. Sì, ci mancava anche che aggredisse i ragazzi.

Pettinati lo bloccò. «Ci penso io. Ci parlo io.»

«Nient'affatto, spetta a me, c'è il mio ruolo di tecnico da difendere» sbottò Maniero.

Pettinati lo smontò con una risata. Il factotum gli aveva riferito di come si era comportato il primo giorno. «Ma per favore. Tu sei qui solo per fare quello che ti dico io. Dovresti ringraziarmi ogni volta che mi vedi e invece te ne guardi bene. Quale tecnico? Stai qua, che fai solo dei danni.»

Pettinati entrò. I ragazzi avevano quasi finito di

cambiarsi. Batté le mani per attirare l'attenzione. Fece un sorrisetto.

«Cari ragazzi, avete fatto un ottimo campionato, a parte le ultime partite. Cercate di non rovinare tutto. Vedete, i grandi spesso sono fessi, ma non tutti. Volevate mandare un messaggio perdendo apposta le ultime partite? Il messaggio è arrivato, ma viene rispedito al mittente. Voi non siete professionisti, non potete condizionare le scelte di una società. Ora statemi a sentire: tra una settimana cominciano i playoff. O riprendete a giocare seriamente o la squadra verrà completamente sostituita. Giocano quelli che non hanno mai giocato. Magari si perde, ma voi perderete due volte. Chiaro? Vi saluto.»

Pettinati si lisciò il doppiopetto gessato, si voltò e uscì, lasciandoli lì, sbigottiti, increduli, ma soprattutto spaesati. In fondo erano ragazzi, e le certezze si sbriciolano in fretta, a quell'età. Alcuni dei congiurati guardarono Pierpaolo, poi, senza dir niente, uscirono. Anche Belli Capelli lo lasciò solo, salutandolo con un'alzata di spalle e un gesto che significava "ci sentiamo dopo".

Fuori c'era un accenno di primavera. Era uno di quei giorni di marzo combattuti tra nuvole e sole. L'aria era pulita. Pierpaolo avrebbe dovuto aspettare al bar l'arrivo di suo padre che, quel sabato, dovendo andare in clinica, si era offerto di passare a prenderlo al ritorno.

"Tarderò mezz'ora, però, mi raccomando, non ti allontanare" si era premurato di dirgli più volte.

Era già sulla soglia del bar quando si sentì chiamare. Alle sue spalle c'era Nino.

Da quando Maniero l'aveva messo fuori squadra si erano visti solo di sfuggita. Nino era triste, non aveva voglia di parlare. Anche i messaggini tra di loro si erano ridotti. Pierpaolo capiva, sapeva che in certi momenti è meglio rimanere soli.

Aveva rispettato questa sua malinconia. Gli sorrise, felice di riscoprire che l'amico voleva riprendere i rapporti. Ma si sbagliava.

«È vero quello che ha detto Pettinati?» gli chiese a bruciapelo.

Aveva un tono di voce aspro, quasi astioso. Pierpaolo ne fu colpito.

«Senti, ti avrei spiega...»

«È vero o no?»

«Sì, è vero, però...»

«Perché l'avete fatto?» Non gli diede nemmeno il tempo di articolare una risposta.

«Perché pensavamo fosse giusto...»

«Dimmi la verità!»

«L'abbiamo fatto per te, perché non era giusto lasciarti fuori e perché l'allenatore non ci piace.»

Nino scuoteva la testa e stringeva i pugni: sembrava rabbioso.

«Io non ve l'ho chiesto, dovevate prima parlarne con me.»

«Era giusto e basta» replicò Pierpaolo.

«No, non era giusto, non era giusto fare come fanno i grandi. Ha ragione Pettinati, non perché noi non possiamo ottenere dei risultati, ma perché giocare contro l'allenatore è sbagliato, anche se è un incapace come questo. Avete sbagliato, non ne avevate il diritto.»

La sua voce ora era quasi rotta dal pianto. Pierpaolo si avvicinò, ma l'altro alzò una mano, come a tenerlo lontano.

«Scusa, ma non ho più voglia di parlare. È un periodo nero: prima quel procuratore che viene a casa e mio padre quasi lo mette alla porta, poi il nuovo allenatore che mi mette fuori, e adesso tu che ti metti a fare l'eroe. Guarda, tra tutte le cose mi dispiace di più per te.»

«Che procuratore?» Pierpaolo non seppe trattenersi.

«Uno importante, che voleva far firmare a mio padre un contratto di esclusiva. Pierpaolo, ho capito che eri in buona fede, ma hai sbagliato. Prima di organizzare qualcosa dovevi parlarmene.»

E se ne andò di corsa, lasciandolo lì, davanti alla porta del bar, con la tristezza che come un'irresistibile forza di gravità trascinava verso terra tutti i suoi pensieri.

Che cosa avrebbe potuto fare? Con chi avrebbe potuto parlare?

Gli venne in mente solo un nome.

3

«Dimmi tutto, spara, non tenerti tutto dentro.» Nonna Pilar lanciò il suo attacco davanti alla cioccolata, proprio mentre lui infilava la brioche nella tazza fumante. In quel momento si sentì senza difese. Erano stati a Messa a Santa Maria delle Grazie e poi si erano diretti verso la solita pasticceria. La padrona, una signora matronale che stazionava su uno sgabelletto (come faceva a stare in equilibrio?, si chiedeva sempre Pierpaolo), li salutava ogni volta profondendosi in una serie di inchini e li accompagnava al loro solito tavolo.

Pierpaolo voleva raccontare a Nonna Pilar tutta quella storia, ma non ne aveva il coraggio, non sapeva da dove cominciare.

Doveva immaginare, però, che Nonna Pilar era speciale. Lei gli aveva letto dentro tutto, aveva capito subito che qualcosa lo opprimeva.

«È una faccenda d'amore?» gli chiese.

Pierpaolo arrossì e pensò a quella compagna di

scuola con cui aveva cominciato a scambiarsi messaggi. «No, non è d'amore, direi d'amicizia.»

«Ma è la stessa cosa, *mi querido*. Mangia un'altra brioche, che adesso mi sembri anche troppo magro, e raccontami tutto.»

Pierpaolo le sorrise. Quanto bene voleva a Nonna Pilar. A volte si chiedeva perché la sentisse più vicina di sua madre. Era sbagliato? Forse no, era naturale. Alla propria madre non si ha il coraggio di dire tutto. O meglio, lo si rivela con più libertà se prima ci si è aperti con qualcun altro.

«Allora. Un giorno è cambiato l'allenatore...» Pierpaolo le raccontò tutto, dall'esclusione di Nino fino al litigio della sera prima con l'amico, le raccontò perfino della spuma («che meraviglia, che rimpianti» fu l'unica interruzione di Nonna Pilar) e terminò con la storia del procuratore che era stato quasi sbattuto fuori casa dal signor Viti.

Nonna Pilar guardò l'ora. «Oh, è quasi il momento dell'aperitivo. Mi scusi, signorina, mi può portare un aperol? No, niente ghiaccio. Tu vuoi un aperitivo? No, meglio di no.»

«Nonna, mi dispiace soprattutto per Nino.»

«E questo ti fa onore.»

«Abbiamo fatto come i giocatori strapagati, abbiamo fatto i capricci.»

«No. Non è vero, avete usato i loro mezzi, ma la causa era giusta. S'è mai vista una squadra che si batte in nome dell'amicizia? No, non c'è stato niente di sbagliato in quello che avete fatto. Ricorda: la lealtà più grande è verso gli amici.»

«Forse hai ragione, Nonna Pilar, ma ora che si fa? Ho perso un amico, e la squadra non mi seguirà più, e anche se lo facesse, ci metterebbero fuori tutti. A quelli non interessa se vinciamo o no.»

«Già... e questo è strano» Nonna Pilar prese una nocciolina dalla ciotolina che la cameriera le aveva portato con l'aperitivo. «Anzi, insieme con un altro paio di fatti che mi hai raccontato, suona molto, molto strano. Qui inghippo ci cova.»

«Inghippo?»

«Inghippo, imbroglio, qualche macchinazione degli adulti. Vedi, bisogna avere il quadro completo, bisogna che qualcuno annodi i particolari.»

Pierpaolo seguiva incerto i ragionamenti di Nonna Pilar. Ad un certo punto lei si fermò, come se avesse raggiunto il luogo che cercava. «Qui c'è bisogno della cavalleria, caro Pierpaolo.»

«La cavalleria?»

«Sì, qualche Grande Amico, con la G e la A maiuscole, come dico io, che ci dia una mano. Hai il telefonino con te? Sì, bene, fai questo numero.»

Quando suonò libero, Pierpaolo le porse il telefono.

«La segreteria di direzione, per favore. Buongiorno signorina, sono Pilar Aldrighi-Ferretti, vorrei parlare con il direttore, quando ha un attimo di tempo. Posso lasciare un messaggio?»

Nonna Pilar sentì un trambusto nella stanza, poi la segretaria le chiese di ripetere il nome. «Pilar Aldrighi-Ferretti.» La signorina lo sillabò ad alta voce, come se ci fosse qualcuno che ascoltava.

Il telefono, dall'altra parte, passò di mano. Una bella voce d'uomo parlò.

«Nonna Pilar, che sorpresa! Pensa, alla domenica mattina non vado mai in riunione, ma oggi ho fatto un salto. Quando mi inviti a prendere la cioccolata?»

«Filibustiere, lo sai che per te casa mia è sempre aperta.»

«Senti, tu non mi chiami per parlare del tempo, ti conosco. Cosa posso fare per te?»

«Sai perché mi sei sempre piaciuto, mio caro? Sei così diverso da tua madre, non ti perdi in ciance. Te l'avevo detto che saresti diventato direttore.»

Dall'altra parte ci fu una risata. «È vero.»

«Allora senti, ho bisogno del tuo aiuto. Hai cinque minuti?»

«Subito. Claudia, per favore, mi passi la chiamata nel mio ufficio.»

I cinque minuti furono venti. Nonna Pilar chiuse la comunicazione e restituì il telefono a Pierpaolo. «Caro, sono un po' stanca. Penso che salterò il pranzo. Vieni, accompagnami.»

«Sì, ma ora io… noi che facciamo con la squadra?»

«Niente, andate avanti serenamente, basta ribellioni. Allenatevi per giocare normalmente. E non ti preoccupare, siamo in buone mani.»

A neanche un chilometro da lì, in linea d'aria, il direttore del *Corriere della Sera* aveva già convocato per il pomeriggio i capiredattori della cronaca e dello sport, chiedendo di portare con loro due cronisti "con le palle".

«Voglio una botta di giornalismo d'inchiesta. Avete presente? Quello che ormai non si fa più.»

IL RITORNO DI FOGLIA MORTA

1

Anselmo Pettinati amava dormire un sonno profondo, lungo, indisturbato. Quindi spegneva sempre il telefonino, per non correre rischi. "Se si tratta di una vera urgenza allora mi chiamano a casa, se hanno il numero": esponeva così al prossimo la sua filosofia.

Quel sabato – in cui sarebbero cominciati i playoff – il telefono di casa suonò alle 7 e 13, come testimoniava la sveglia a cristalli sul comodino. Sveglia che per quella mattina non aveva ricevuto alcun ordine, se non quello di tacere.

Pettinati rispose assonnato, irritato, maldisposto.

«Chi è?» disse sgarbato.

«Pettinati, sono Beccati.» Beccati era il dirigente che gli aveva trovato il posto di direttore sportivo alla Matrone e che aveva appoggiato l'allontanamento di Marcacci. «Devi presentarti oggi in piazza Meda, alle 9, alla Fondazione. Sai dov'è, no? Non arrivare in ritardo. E mi raccomando, io e te non ci conosciamo, o ci conosciamo solo professionalmente.»

Pettinati riemerse in fretta dal sonno: aveva intuito dalla freddezza dell'altro i segni di qualche sconquasso. Si mise a sedere sul letto, mentre sua moglie, dall'altra parte, lanciava il gemito di chi non vorrebbe sentire il minimo rumore.

«Ma cosa succede, perché questa telefonata alle sette del mattino?» chiese Pettinati nella cornetta, alzandosi e strisciando verso la cucina.

L'altro tagliò corto. «Perché c'è qualcuno dei consiglieri della Fondazione che legge il *Corriere* alle sei del mattino, anche il sabato. Anzi, prima di venire, ti consiglio di leggerlo pure tu.» E riattaccò.

Pettinati si scaraventò sotto la doccia e mezz'ora dopo era seduto nel bar all'angolo del palazzo dove abitava, con un cappuccino che si raffreddava, una brioche intatta e gli occhi sulla prima pagina del giornale che decretava la fine dei suoi sogni, della sua carriera, di tutto.

Era un taglio basso, giù, in fondo a destra. L'articolo aveva due firme. Una, quella di un giornalista sportivo abbastanza famoso nell'ambiente del calcio, la conosceva. L'altra non gli diceva nulla.

LA STORIA

Procuratori senza scrupoli, dirigenti corrotti, genitori fanatici dietro un caso incredibile

La squadretta che sfidò i trucchi dei grandi

Tutto, c'era scritto. Tutto.

La visita sua e del Pizza dalla famiglia Viti, la cacciata di Marcacci, la storia di Maniero (non aveva neanche il patentino di allenatore, lo stronzo, svelavano i due giornalisti), la ribellione dei ragazzini per l'esclusione di Nino Viti e soprattutto la confessione dei due genitori che avevano presentato la denuncia falsa contro Marcacci. I due fenomeni ritrattavano e puntavano il dito contro di lui, il Pettinati.

C'era una dichiarazione dello spilungone ricco che diceva: "È vero, perdere apposta non è bello, è contro i principi di lealtà sportiva. Ma c'è una lealtà più grande, quella verso gli amici. A questa abbiamo pensato."

Ma dai. Era stato sicuramente imbeccato da quei due bastardi di giornalisti, i quali avevano persino scovato l'allenatore argentino, quello che gli aveva fregato la carriera la prima volta. Viveva in un casale in Toscana e raccontava di quella volta che Pettinati era andato da lui a chiedergli di taroccare il risultato dell'ultima partita.

Tutto c'era scritto, anche la sua sentenza di condanna. Mancava solo la fotografia del negozio di scarpe dove sarebbe ritornato. Accese il telefonino, che subito cominciò a ricevere sms, soprattutto per segnalare chiamate senza risposta e la presenza di messaggi nella sua segreteria.

C'era un numero che non conosceva, l'unico. Lo fece.

«Sono Pettinati.»

«Eri Pettinati.» La voce subdola e falsa del Procuratore lo colpì come uno schiaffo. Non riuscì a dire nulla.

Quello continuò: tanto non gli interessava il suo parere. «Purtroppo questa vicenda è fastidiosa. Un amico che ho in Federcalcio mi ha detto che dovranno aprire un'inchiesta. Sarà una farsa, come sempre, ma una farsa fastidiosa. Io odio i fastidi, te l'avevo detto. Dovrò stare fermo per un po', non potrò andare in giro. Soprattutto dovrò far finta di licenziare il Pizza. È molto incavolato con te, il Pizza. Prenditi una vacanza. E soprattutto limita i danni, i nostri danni, perché se li aumenti non finirà solo la tua carriera sportiva, ma anche con l'attività di scarparo potresti avere delle brutte sorprese.»

Troncò la comunicazione. Quelli come il Procuratore alla fine se la cavavano sempre. Il Pizza sarebbe stato per un po' al forno della villa di Montecarlo e poi l'avrebbero rivisto in giro. Il grande calcio dimentica tutto.

Solo lui avrebbe pagato per tutti.

"Vedremo" si disse, abbandonando cappuccino, brioche e giornale. Immaginò per un attimo di fare come Sansone e trascinare tutto con sé. "Vedremo."

2

«Vediamo.»

Sui due soffici divani gemelli che avevano accolto l'avvio della carriera calcistica di Pierpaolo era seduta praticamente tutta la famiglia Aldrighi-Ferretti. Un brusio costante accompagnava la lettura del *Corriere* da parte di Pierpaolo, che sorrideva a ogni passaggio. Si era riletto un paio di volte la parte che lo riguardava. «Niente male.»

I bambini più piccoli mettevano a dura prova il vasellame di nonna Clara, che ogni tanto mandava un urlo. Le due domestiche, come feroci terzini, marcavano specialmente Gian Nicola, due anni e mezzo, silenzioso e micidiale. Un serial killer dell'incidente domestico.

Annibale richiamò tutti all'ordine. Era divertito da quella storia e cercava di capire chi fosse il ragazzino che aveva davanti.

Suo figlio? L'aveva lasciato che aveva dei problemi di peso e di rapporti col prossimo. Lo ritrovava con un paio di cosce da culturista, due braccia da centravanti boa e lo sguardo compiaciuto del subcomandante che ha guidato una vittoriosa rivoluzione.

«Vediamo. Immagino che oggi nel vostro campetto ci saranno giornalisti e televisioni.»

Nonna Clara s'intromise. «Già, e mi sembra il caso di evitare. Per me Pierpaolo dovrebbe starsene a casa. Per fortuna c'è solo il nome di battesimo sull'articolo, ma dalla descrizione una mia amica, la Isimbardi, pettegola che non vi dico, ha fatto due più due e mi ha già telefonato.»

Pierpaolo scattò in piedi, quasi urlando. «Stare a casa? Non se ne parla. Oggi c'è la prima partita dei playoff, è importantissima. E forse dopo questo articolo qualcosa cambierà, magari rimetteranno in squadra Nino. Giocheremo per vincere.»

Intorno a lui si fece silenzio. Perfino Gian Nicola si fermò, stupito dalla grinta esibita da suo cugino.

Annibale riprese in mano la situazione. «Pierpaolo, siediti, per favore. Non c'è bisogno di urlare. La nonna ha ragione, ma anche tu ce l'hai, bisogna trovare un compromesso.»

«Se Maometto non va alla montagna, la montagna andrà a Maometto.»

Dal suo solito posto, all'altro capo del divano dove era seduto Pierpaolo, arrivò l'immancabile proverbio di Nonna Pilar.

Clara sperò che nessuno desse spago a sua zia, con cui aveva litigato furiosamente alle sette di mattina, davanti al *Corriere*.

L'aveva accusata, a ragione, di essere l'ispiratrice dell'articolo "che ha tirato in ballo la nostra famiglia". Nonna Pilar, che stava provando una gonna con la sua sarta di fiducia, l'aveva, con colorite espressioni spagnole, mandata a quel paese.

Nonna Clara la guardò storto. Nonna Pilar, per farla arrabbiare ancora di più, le regalò un sorrisino a mezza bocca.

Sofia, che fino a quel momento era stata zitta, non si fermò in tempo. «Traduci, nonna.»

Nonna Pilar afferrò saldamente il bastone. Indossava un paio di eleganti pantaloni di vigogna beige e degli scarponcini più scuri, con i lacci. In testa aveva un cappello con la tesa larga e una bella piuma.

La tenuta che lei definiva da campagna. Dov'era diretta?, si domandava Annibale da quando si erano riuniti in salone.

Nonna Pilar soddisfò la sua curiosità rispondendo a Sofia. «Voglio dire che è il caso che si vada tutti ad accompagnare Pierpaolo. Soprattutto tu, Annibale. In questi mesi non hai mai trovato il tempo di andare a vedere tuo figlio. E tu, Sofia, sei andata solo la prima volta. Oggi si fa una bella carovana, come dei bravi tifosi. Anzi, siccome la partita è alle due e mezzo, propongo di fare un *lunch* veloce e di metterci in marcia.»

Nonna Clara era inorridita. «Se tu pensi che io mi vesta da cacciatore delle Alpi, come te, e...»

«Io voio veee Pieppaolo gioca a pala» urlò Gian Nicola, e sfuggendo alla guardia delle due domestiche e di sua madre, puntò verso un vaso cinese. Fu bloccato appena in tempo. Ma la sua uscita venne considerata come un oracolo. La voce, innocente e pura, della verità.

Annibale sorrise. «È giusto. Nonna Pilar ha ragione. Perbacco, non ho mai visto mio figlio giòcare a pallone. Mi sono perso qualcosa. È ora di rimediare. Ovviamente non possiamo obbligare gli altri. Ma se c'è qualcuno che vuole aggregarsi al nostro nucleo familiare, è meglio che lo dica subito.»

Nonna Clara si alzò rumorosamente. «E va bene, avete vinto. Vado a mettermi la divisa da cacciatore delle Alpi.»

3

Pierpaolo entrò di corsa nello spogliatoio. Era in ritardo. Mancava solo mezz'ora all'inizio della partita. Le partenze della famiglia Aldrighi-Ferretti, specialmente quelle di massa, assomigliavano a vere spedizioni militari, e spostare quel piccolo esercito di mamme, papà, bambini e tate, zie e nonne era stato estremamente laborioso.

Eppure ora erano tutti là, schierati sulle tribune dello stadio. Questa volta, aveva subito notato Sofia, era tutto pieno, anche dalla parte opposta a dove si era seduta la prima volta. Come aveva previsto sua madre, c'erano anche alcune televisioni, ma meno di quante avrebbe pensato. In fondo, anche se bella e diversa, era una storia di ragazzini, e presto se ne sarebbero tutti dimenticati per correre dietro ai soliti calciatori famosi.

Nonna Pilar era la più divertita di tutti. Raccontava a un vasto pubblico, non solo familiare, di quando era stata allo stadio l'ultima volta, di una partita dell'Inter degli anni '60, una finale di Coppa dei Campioni. «Aveva segnato Jair, pioveva fitto fitto. Il campo era allentato.» La gente ascoltava rapita, affascinata da quell'anziana signora patita di football.

Pierpaolo dunque entrò a razzo nello spogliatoio, senza quasi guardare in faccia nessuno, e si precipitò verso il suo armadietto.

Una voce lo fece trasalire. Una voce a cui da qualche tempo non era più abituato.

«Due Cognomi, ti sembra questa l'ora di arrivare? Avete preso delle abitudini proprio strane, in mia assenza.»

Pierpaolo si voltò di scatto e si trovò di fronte Angelo Marcacci. Non era mai stato molto espansivo, ma quel giorno nello spogliatoio dei giovanissimi della Filippo Matrone c'era un'aria diversa, che aveva contagiato anche quelli che mugugnavano in continuazione perché erano esclusi.

Marcacci gli porse la mano. Non l'aveva mai fatto. Quando l'avevano chiamato, quella mattina, aveva subito accettato di tornare. E non l'aveva fatto per sua moglie o per i ragazzi. L'aveva fatto per sé, perché era giusto, perché gli piaceva stare lì. Di nuovo.

Pierpaolo la strinse. E fu tutto.

Poi l'allenatore prese le maglie. Cominciò a consegnarle. Pierpaolo ebbe la numero 9 e Nino, che stava lì in piedi, in tuta, ebbe la sua, la numero 11. Marcacci lo squadrò.

«Che ci fai in tuta?»

Nino taceva, visibilmente emozionato, forse commosso. «Mah, non so, le ultime volte ero stato in panchina.»

«Oh, Foglia Morta, basta con questi salamelecchi. Questo non è uno sport per signorine. Via, in campo a fare un po' di riscaldamento.»

Uscirono tutti di corsa, dietro Marcacci. La porta rimase aperta su quella prima giornata di primavera. Nino restò indietro a cambiarsi in silenzio, sotto gli occhi di Pierpaolo, che non si era mosso e lo aspettava.

Nino gli dava la schiena. Dopo essersi infilato la maglia, citò a memoria: «La prima lealtà è verso gli amici. Bella frase» e si voltò sorridendo. «È tua?»

Pierpaolo ricambiò il sorriso. «No, è di Nonna Pilar.»

«L'avevo immaginato, sai: è mitica.» E poi gli porse la mano. «Mi dispiace per quello che ti ho detto una settimana fa. Amici?»

Pierpaolo strinse la mano che gli veniva offerta.

«Solo se mi fai un cross come quello del primo giorno.»

«Comunque grazie, Pierpaolo.»

«Oh, è la prima volta che mi chiami così. Basta salamelecchi, ha ragione Marcacci. Non porteranno mica sfiga?»

Solo se mi [illegible] come quelle del [illegible]
giorno.

Comunque grazie. Per questo.

Chi è la pietra [illegible] così, [illegible]
[illegible] ragione [illegible]. Non [illegible]
[illegible]

IL PROCURATORE

1

Ormai nonna Clara aveva oltrepassato quella soglia che fino a poche settimane prima le sarebbe sembrata invalicabile. Quando Pierpaolo tornò a casa annunciando che la Matrone aveva organizzato, in un agriturismo appena fuori Milano, una festa in onore della squadra vincitrice del titolo regionale, a cui erano invitate anche le famiglie, non fece alcuna resistenza.

Non manifestò la benché minima riserva a partecipare a un avvenimento che mescolava uomini, donne e bambini delle più diverse classi sociali.

"Il football, miei cari, è l'unica vera unità possibile per la nazione" aveva commentato ridacchiando Nonna Pilar.

Sofia e Annibale non si erano persi una partita dei playoff. Perfino Cesare si era fatto trascinare con meno proteste rispetto a quella prima spedizione in massa della famiglia. Però aveva subito chiarito che lui a pallone non avrebbe mai giocato. “Tutto quel fango...”

Un finale inaspettato, pensò Sofia. Rivedeva le sue preoccupazioni per quello sport così... così “rude”, divorate dallo svolgimento di un campionato giovanile, andata e ritorno. Il calcio era diventato come uno dei vasi cinesi di nonna Clara: una sorta di oggetto di famiglia.

“Sapete, mie care, in famiglia noi abbiamo un campione” spiegava sua suocera alle amiche con cui prendeva il tè (caldo d’inverno, freddo d’estate) indicando, senza nessuna falsa modestia, nella cornice sulla mensola del caminetto la foto di Pierpaolo sudato e sorridente che alzava la coppa.

La stessa foto, e altre della finale, occupavano una vetrinetta nell’ingresso di casa Aldrighi-Ferretti. L’aveva voluta Annibale, che aveva fatto fare da un artigiano una riproduzione della coppa vinta da Pierpaolo e l’aveva sistemata accanto a quella che aveva vinto lui. C’erano anche le foto di Annibale giocatore.

“Un altare pagano al dio pallone” l’aveva battezzato nonna Clara, che adesso rivaleggiava con Nonna Pilar come battutista di casa.

Ora che il calcio era diventato un affare di famiglia, le preoccupazioni di Sofia erano altre. Si avvicinavano gli esami di terza media e un giorno Pierpaolo era arrivato a casa con una compagna di scuola per studiare. Gliel'aveva presentata.

Era carina, non tanto alta, e portava una treccia bionda che le scendeva lungo la schiena. Era la ragazzina che qualche mese prima aveva visto davanti alla scuola lanciare uno sguardo trasognato a Pierpaolo. Allora le trecce erano due, ma a parte questo particolare, era molto più carina. Un po' si era sentita orgogliosa, un po' era stata colpita dal pensiero del distacco.

Suo figlio era entrato in quell'età in cui i genitori non sono più il centro del mondo. Prima il calcio e adesso "quello".

Le era venuta voglia di investigare, di capire se si trattava solo di una simpatia o di qualcosa di più. Poi però si era come riscossa da un pensiero molesto.

"Ma cosa sto facendo? No" si disse Sofia. "Di questo non mi voglio impicciare. Faccia la sua strada."

2

L'agriturismo era dalle parti di Binasco. Due cascine unite da un gioco di portici, circondate da prati ben recintati. L'ideale per una famiglia che dopo pranzo (o dopo cena) poteva lasciar scorrazzare i bambini senza rischi.

In quel sabato sera di giugno il caldo era mitigato da un vento fresco, che aveva spazzato la foschia umida e lasciato un bel cielo stellato. C'era quell'atmosfera che avvolge gli esseri umani alla fine di un periodo, breve o lungo, in cui si è costruito qualcosa insieme, in cui si è raggiunto qualcosa di importante insieme, in cui però la festa per quello che si è vissuto e conquistato rappresenta, appunto, la fine, con il suo carico di malinconia per quello che è stato e non sarà più.

Ma chiunque vi si trovasse invischiato scacciava in fretta questo sentimento malinconico per godersi la serata. C'era tantissima gente che si accalcava davanti al buffet, specialmente a quello dove servivano l'ottima pizza calda, appena estratta – in quantità industriale – da un forno a legna sotto i portici. Pierpaolo andava avanti e indietro dal tavolo dove si era sistemato con Nino. Prendeva un trancio di pizza e poi vi sistemava sopra una fetta di prosciutto, spesso due.

Nino lo prendeva in giro.

«Miii, ma questo è un imbroglio, la pizza col prosciutto costa di più. Rovineremo la Matrone.»

Annibale parlava ormai da tre quarti d'ora con il padre di Belli Capelli-Matteo. Si chiamava Carlo ed era un piccolo imprenditore che prima di abbandonare la facoltà di Scienze Politiche per seguire l'azienda avviata dal padre (producevano volanti per macchine agricole) aveva giocato in uno dei tornei universitari di calcio in cui si era esibito anche Annibale. Avevano scoperto di essersi affrontati in una partita leggendaria tra Medicina e Scienze Politiche nel 1978, sotto un acquazzone torrenziale.

Davanti agli occhi sbarrati delle loro signore, continuavano a ripetersi particolari già scavati più volte dalle rispettive memorie.

In un angolo, Angelo Marcacci osservava la festa con un gran vuoto all'imboccatura dello stomaco. E non perché aveva appena toccato il cibo. Quella sera era lì con le sue due figlie, Anna, di quindici anni, slanciata e bella con i suoi aderenti fuseaux neri e un top rosso, e Chiara, di otto, che parlava fitto con Cesare Aldrighi-Ferretti delle ultime novità della playstation.

Sua moglie non era voluta venire, e non era una novità. Con tristezza, si era accorto che lei non condivideva più niente della sua vita. Succedeva a molte mogli di calciatori, quando si spegnevano le luci dei riflettori e i guadagni diminuivano. Eppure lui aveva amministrato bene le sue sostanze. Erano ricchi. Ma sua moglie, paradossalmente, non era interessata al denaro. Lo aveva scoperto quando Pettinati lo aveva cacciato. No, lei era interessata alla fama.

In questo non era omologabile alle altre. No, lei voleva che suo marito tornasse a far girare il suo nome sui giornali. Invece Marcacci, e questo era il motivo del loro ultimo litigio, aveva compreso quanto gli piacesse lavorare con i ragazzi. Cosa sarebbe successo al loro matrimonio? Era la domanda che stazionava laggiù, al posto dell'insalata di riso che gli piaceva tanto, ma che non aveva toccato.

In quel momento si udì il gracchiare di un microfono.

«Signore e signori, ragazzi, prego, un attimo di attenzione.» Dall'altra parte della sala, Ferruccio, il *team manager*-factotum promosso direttore sportivo al posto di Pettinati, chiedeva la parola. Si era comprato un vestito blu per l'occasione e cercava di darsi un tono, ma sotto l'elegante fresco di lana i suoi nervi gli giocavano brutti scherzi. Sembrava che il vestito avesse vita propria e si muovesse da solo.

«Questa sera festeggiamo un importante successo per la Matrone, ma soprattutto una ritrovata serenità. Adesso è il momento di consegnare alcuni premi con cui la società vuole ringraziare chi si è particolarmente distinto in questa vittoria.» Sul tavolo a cui stava appoggiato Ferruccio c'erano diverse targhe, medaglie, coppe.

Vennero premiati praticamente tutti, dal portiere Macafferi, che si presentò con la bocca piena di ravioli, a Marcacci, che cercò di non mostrare la sua tristezza, fino a Pierpaolo, "miglior realizzatore del campionato".

La gente applaudiva, molti facevano fotografie. Le suore di Pantera Smilza filmavano tutto divertite. Sul tavolo rimase un solo premio.

Ferruccio si schiarì la voce. «E adesso il premio quale miglior giocatore del torneo.» Pierpaolo diede una pacca sulla spalla di Nino.

Il nuovo direttore sportivo continuò: «Il premio

va a Gaetano Viti, detto Foglia Morta.» Al nome "Gaetano" si scatenò una tremenda gazzarra. I ragazzi ridevano, schiamazzavano, urlavano: «Gaetano, Gaetano!»

Nino era rosso come un peperoncino piccante, di quelli che sua madre metteva a essiccare sul terrazzo.

Non voleva alzarsi, ma Pierpaolo lo spinse. Teso e imbarazzatissimo, arrivò vicino a Ferruccio, che gli posò una mano sulla spalla. «Per consegnare questo premio, grazie al contributo di una cara amica e sostenitrice della Matrone, abbiamo con noi un grande campione.»

La sala si fece silenziosa. La porta in fondo al locale si aprì ed entrò Nonna Pilar, a braccetto di un signore stempiato che sorrideva timidamente. A Pierpaolo sembrò di averlo già visto da qualche parte, ma prima che ci potesse arrivare da solo, qualcuno urlò: «È Mario Corso.» Subito la sala fu invasa da urla e battimani, rispuntarono macchine fotografiche e videocamere.

Mario Corso consegnò il premio a Nino e gli scompigliò i capelli. Poi prese il microfono: «Grazie per avermi invitato, sono molto felice di essere qui. Mi hanno parlato di questo ragazzino» disse, indicando Nino in ebollizione accanto a lui. «Mi hanno detto che è bravo, e che teneva il poster di un vecchio calciatore in camera. Non ci credevo. Mi hanno raccontato del suo soprannome, quindi verrò ancora a trovarti, caro Foglia Morta, e voglio fare una sfida con te, a chi tira meglio le punizioni.»

Altri applausi, molta commozione. Belli Capelli sussurrò a Pierpaolo: «Mio padre ha gli occhi lucidi, giuro che non l'avevo visto così neanche al funerale di mia nonna. Da non credere.»

Corso continuò, con la sua vocina sottile: «Non sono stato mai un gran parlatore. Voglio solo dirvi che ho sempre considerato i settori giovanili come la salvezza del nostro calcio. Grazie anche per la vostra piccola battaglia, ha insegnato molto a tanta gente e soprattutto costringerà la Federazione a vigilare affinché non si ripetano storie del genere. Sapete, anche ai miei tempi si giocava contro l'allenatore. Non è mai bello. Ma il vostro caso è diverso: voi l'avete fatto per amicizia.»

Ci fu un grande applauso e un abbraccio tra Nino e il suo idolo. Nino galleggiava a tre metri da terra. Uomini, donne e bambini andarono a farsi fare autografi e foto con l'ospite d'onore. Pierpaolo raggiunse Nonna Pilar. «Sei incredibile. Dove l'hai pescato?»

Nonna Pilar gli agitò il bastone (era passata a

quello estivo) davanti al muso. «Sai, Pierpaolo, un po' mi offende il fatto che tu ti stupisca ancora delle mie capacità.»

E poi abbracciò quel suo nipote speciale che la sovrastava ormai di parecchi centimetri.

3

In molti se n'erano già andati. Mario Corso era rimasto e parlava con Annibale, Nonna Pilar e il padre di Belli Capelli della Grande Inter e degli anni '60. Snocciolavano date, partite, minuti dei gol come se prima di venire alla festa si fossero preparati per un quiz televisivo.

Pierpaolo uscì sotto i portici e respirò l'aria della notte. Anche gli esami erano finiti. Era in vacanza.

Tra qualche giorno gli sarebbe toccato il trasferimento al Forte, con nonna Clara e uno stuolo di tate e domestiche. Un classico. Un mese e passa lì (prima del canonico agosto a Cortina), a meno che suo padre non onorasse la promessa di portarlo negli Stati Uniti, dove era atteso a un congresso.

Ma questa volta il soggiorno in Versilia non gli sarebbe pesato. Una ragazzina bionda con la treccia, che si chiamava Angela (di nome e di fatto), andava in villeggiatura a Viareggio.

Pierpaolo vide Nino seduto in fondo al portico: stringeva al petto il premio che gli aveva consegnato Mario Corso. Aveva gli occhi chiusi e tastava la coppa come se volesse imparare a riconoscerla al buio. Forse anche lui pensava al suo futuro. Si era iscritto al liceo scientifico. Pierpaolo aveva inutilmente cercato di portarlo con sé al Parini.

"Greco e latino? Bleah" era stato il suo commento.

Forse anche Nino stava pensando alla fine di quell'avventura. Lo raggiunse.

«Miii. Tua nonna è bestiale. Mario Corso ha portato… E chi se lo scorderà questo giorno.»

Pierpaolo prese fiato. «Nino, io non continuo. Finisco qua.»

«In che senso?»

«Non gioco più a pallone.»

Nino lo guardò con gli occhi sbarrati. «Stai scherzando? Ma non puoi farlo, la squadra ha bisogno di te, io ho bisogno di te.»

«No, non avete bisogno di me. Ci ho pensato. Tu sei portato, sei grande, tu hai la vera passione. Il mio è stato un caso. Ero più alto della media, la squadra era perfetta, disegnata attorno a te e a me. Ne ho parlato con Marcacci, me l'ha confermato anche lui. Questo vantaggio l'anno prossimo non l'avrò più, col cambio di categoria. Dovrei lavorare molto, migliorare nella tecnica. Non ne avrò il tempo, e poi non è detto che serva. Il liceo classico è impegnativo. Ho trovato un accordo con Marcacci. Mi faranno la tessera, e qualche volta verrò ad allenarmi. Se serve, andrò in panchina in qualche partita, o magari giocherò se c'è un'epidemia d'influenza o qualcosa del genere.»

Nino scosse la testa, deluso. Teneva in mano il trofeo come se pesasse due quintali. «Questo non me lo dovevi fare. Noi eravamo amici.»

«Noi siamo amici e lo saremo ancora. Andremo al cinema, a mangiare la pizza, magari a San Siro a vedere l'Inter. Sai che mio padre vuole prendere un palco con un suo collega? Verrai con me.»

Nino non era convinto. Si alzò e prese a tirar calci alla ghiaietta che faceva da confine tra le piastrelle del portico e l'erba del prato. «Non so, non so, è che mi ero abituato a te.»

«Be', mica sparisco, anche perché, vedi, voglio rimanere nell'ambiente.»

Nino sorrise. «Parli proprio come un calciatore quando smette. E cosa vorresti fare, il procuratore?»

L'ironia dell'amico fece a Pierpaolo l'effetto opposto a quello che si poteva credere. S'illuminò.

«Bravo, hai capito, anzi, a questo proposito ho qui un contrattino...»

Estrasse dalla tasca interna del giubbotto una busta lunga. Dentro c'erano due fogli, stampati da un computer. Con lo stesso testo.

Con la presente, io Gaetano "Nino" Viti, detto Foglia Morta, di anni 14, nato a Milano il 23 marzo 1990, domiciliato in via dei Missaglia 213, cedo la procura per la mia attività sportiva a Pierpaolo Aldrighi-Ferretti che mi rappresenterà con i club, con la stampa e con gli sponsor per i prossimi vent'anni.

Sotto, affiancati, la data e i due nomi, per la firma.

Milano, 19 giugno 2004

Gaetano "Nino" Viti *Pierpaolo Aldrighi-Ferretti*

Nino alzò gli occhi. Sorrideva. «Lo vuoi fare veramente, il procuratore?»

«Sì, voglio provare che si può fare anche senza brigare, senza cedere o darsi ai ricatti, senza subire e fare pressioni.»

«Magari qualcuno giusto esisterà anche adesso.»

«Come no. Ma secondo me uno in più non può guastare» disse Pierpaolo.

Nino prese la penna e i fogli che Pierpaolo gli porgeva.

«Ma questo documento non è valido legalmente» disse.

«Lo so, mi sono documentato. Ma tra di noi non c'entrano leggi o regolamenti: c'entra l'amicizia. Basterebbe solo una stretta di mano, ma così facciamo anche un po' di scena. Come quando tu mi hai nominato Bonimba.»

Nino firmò, col sorriso sulle labbra. «Un procuratore non s'inventa, i giocatori mica crescono sul pero.»

Pierpaolo diede la busta con la copia a Nino e intascò la propria. Gli cinse le spalle con il braccio.

«No, è vero, ma se uno comincia con il Mario Corso del Tremila, la strada è in discesa.»

Uscirono dal portico, sotto il cielo limpido che gettava perle di luce sul prato. Davanti a loro, a una ventina di metri, c'era un pallone.

Nino guardò il pallone e poi guardò Pierpaolo, che ricambiò l'occhiata. «Non ti sei proprio ritirato del tutto, no?»

«Non proprio» rispose Pierpaolo, e scattò verso il pallone, inseguito dall'amico che gli urlava qualcosa.

Nota dell'autore

Niente di questa storia è puramente casuale. Ovviamente non esiste una società che si chiama Filippo Matrone (se esiste è veramente l'unica coincidenza), come non esistono gli altri personaggi di questo romanzo e l'intreccio che li ha uniti. Però esistono tante storie vere che rendono questa storia molto vicina alla realtà. L'ambiente che circonda il calcio giovanile è difficile, inquieto, spesso senza regole, senza controlli. Ci sono troppi profittatori, troppi maneggioni, troppi genitori oppressivi. E spesso, come testimoniano piccoli episodi che arrivano raramente sulle pagine dei giornali più importanti, sono i ragazzi a ribellarsi, magari sbagliando un rigore ingiusto.

Devo a questo punto ringraziare la mia amica Donatella Di Girolamo, a cui ho rubato lo spunto iniziale: l'esperienza di una madre che accompagna suo figlio a una scuola calcio e si ritrova sulla tribunetta di un campo di periferia, in mezzo a genitori che hanno perso la testa. Devo a Mario Corso delle scuse per averlo trascinato come ospite d'onore nel mio libro. Ma in fondo questo è un omaggio a lui e al calcio con i calzettoni abbassati. Dove c'era poca tivù e molta fantasia.

Indice

Dimentica le Mille e una notte

Marco Varvello

Salima ha diciassette anni. Vive a Luton, vicino a Londra, una cittadina in cui la comunità pakistana a cui appartiene ha messo radici da tempo. L'idea di tornare in Pakistan per una vacanza le mette allegria: lei ama il paese dei genitori, anche se non lo capisce fino in fondo. Quello che non sa è che loro hanno già scelto lo sposo adatto a lei. Ma Salima vuole studiare, scegliere la propria vita e il proprio compagno: così si ribella e fugge…

Tredici casi per un'agente speciale

Ornella Della Libera

Nome in codice: Blondie. Un'agente donna in una città complicata, dove la malavita s'infiltra ovunque, dove bambini e ragazzi sono vittime di violenze ma ne diventano anche protagonisti, dove stabilire chi è buono e chi è cattivo non sempre è facile. Tredici casi per scoprire un mondo durissimo, tredici episodi legati dal racconto parallelo di una carriera costruita con fatica, da donna in un mondo di uomini, mettendosi in gioco senza mai risparmiarsi, giorno dopo giorno.

K2: la mia avventura
Michele Comi

Il 2 giugno 2004 Michele Comi, geologo e guida alpina, è partito dall'Italia per unirsi alla spedizione sul K2 che ha celebrato il cinquantesimo anniversario della prima salita. Venticinque alpinisti hanno affrontato il K2 da sud, ripercorrendo la via del '54, e da nord, dal versante cinese. L'impresa è stata anche l'occasione per compiere ricerche geofisiche e ambientali su una delle più belle montagne del mondo, ed è stata seguita con grande attenzione da tutti i mezzi di comunicazione con reportage quotidiani. Michele Comi ha tenuto un diario, che è diventato questo libro.

HEYNE

SCIENCE FICTION

Das Buch

Das Amerika der nahen Zukunft: Das Land ist in zahllose Kleinstaaten zerfallen, die Kluft zwischen Arm und Reich wird immer tiefer, und die Mega-Städte können nur noch mit Hilfe von Überwachungssatelliten unter Kontrolle gehalten werden. Berry Rydell, Ex-Polizist und nun für einen privaten Sicherheitsdienst tätig, erhält den Auftrag, eine abhanden gekommene VL-Brille – VL für »Virtuelles Licht« – aufzuspüren, mittels derer man die unterschiedlichsten Simulationen der Realität erzeugen kann. Doch je mehr er sich mit dem Fall befaßt, desto deutlicher wird, daß es sich bei der Brille nicht um irgendein technisches Spielzeug handelt, sondern daß sie Teil einer gigantischen Verschwörung ist. Die Spur führt Rydell schließlich nach San Francisco, zur Oakland Bridge, die vor einiger Zeit in eine riesige High-Tech-Kommune umfunktioniert wurde …

»Ein virtuos durchkomponierter Krimi, ebenso atmosphärisch wie spannend, und manche Dialoge sind so trocken, als wären sie Raymond Chandler abgeschaut.«

– Süddeutsche Zeitung

»William Gibsons Prosa, faszinierend in ihrer Klarheit und Perfektion, ist elektrische Poesie. Für Autoren wie ihn wurde die Science Fiction erfunden.«

– Bruce Sterling

Der Autor

William Gibson wurde 1948 in Conway/South Carolina geboren und studierte englische Sprache und Literatur an der University of British Columbia. Sein erster Roman »Neuromancer«, 1984 veröffentlicht und Auftakt zur gleichnamigen Trilogie, wurde mit dem Hugo-Gernsback-, dem Nebula- und dem Philip-K.-Dick-Award ausgezeichnet. Mit den Romanen »Virtuelles Licht«, »Idoru« und »Futurematic« legte er zuletzt seine zweite große SF-Trilogie vor. Gibson lebt mit seiner Familie in der Nähe von Vancouver.

Eine Liste der im WILHELM HEYNE VERLAG erschienenen Bücher von William Gibson finden Sie am Ende des Bandes.

William Gibson

Virtuelles Licht

Roman

WILHELM HEYNE VERLAG
MÜNCHEN

HEYNE SCIENCE FICTION & FANTASY
Band 06/6435

Titel der amerikanischen Originalausgabe
VIRTUAL LIGHT
Deutsche Übersetzung von Peter Robert

Umwelthinweis:
Dieses Buch wurde auf
chlor- und säurefreiem Papier gedruckt

Redaktion: Wolfgang Jeschke und Sascha Mamczak

http://www.heyne.de
Printed in Germany 9/02
Umschlaggestaltung: Nele Schütz Design, München
Technische Betreuung: M. Spinola
Satz: Schaber Satz- und Datentechnik, Wels
Druck und Bindung: Ebner & Spiegel, Ulm

ISBN 3-453-86327-5

Für Gary Gaetano Bandiera –
ein starker Typ und unser Freund

Die schimmernde Haut von Riesen

Der Kurier drückt seine Stirn an Schichten aus Glas, Argon und hochschlagfestem Kunststoff. Sein Blick folgt einem Kampfhubschrauber, der die Stadt in mittlerer Entfernung wie eine Jagdwespe überfliegt und den Tod in einem glatten schwarzen Behälter unter dem Thorax trägt.

Stunden zuvor sind in einem nördlichen Vorort Raketen eingeschlagen; dreiundsiebzig Tote, und bis jetzt hat sich niemand zu dem Mord bekannt. Hier jedoch zeigen die verspiegelten Zikkurats am Lázaro Cárdenas die schimmernde Haut von Riesen und lassen auf diese Weise den nächtlichen Hagel von Träumen wie nebenbei auf die wartenden *Avenidas* niedergehen – alles wie immer, Welt ohne Ende.

Die Luft hinter dem Fenster verleiht jeder Lichtquelle eine leicht leberfarbene Korona, eine neidgrüngelbsüchtige Tönung, die unmerklich ins durchscheinende Braun sickert. Feine, trockene Fäkalienflocken, die von den Rieselfeldern hereinwehen, haben sich auf die Linse der Nacht gelegt.

Er schließt die Augen und konzentriert sich auf das Hintergrundrauschen der Klimaanlage. Er stellt sich vor, in Tokio zu sein, und daß dieses Zimmer in einem neuen Flügel des alten Imperial liegt. Er sieht sich auf den Straßen von Chiyoda-ku, unter den ächzenden Zügen. Rote Papierlaternen säumen eine enge Gasse.

Er macht die Augen auf.

Mexico City ist immer noch da.

Die acht leeren Flaschen – Plastikminiaturen – stehen sorgfältig in einer Reihe am Rand des Kaffeetisches: ein japanischer Wodka, Come Back Salmon, dessen Name – Komm Zurück Lachs – irritierender ist als sein anhaltender Nachgeschmack.

Auf dem Bildschirm über der Konsole erwarten ihn die *Ptitskiaya* in einem Sex-Fries. Als er die Fernbedienung zur Hand nimmt, bohren sich ihre hohen, scharfen Wangenknochen in den Raum hinter seinen Augen. Ihre jungen Männer, die stets von hinten eindringen, haben schwarze Lederhandschuhe an. Slawische Gesichter, die unerwünschte Bruchstücke einer Kindheit wachrufen: den Gestank eines schwarzen Kanals, das Klackern von Stahl auf Stahl unter einem schwankenden Zug, die hohen alten Decken einer Wohnung mit Ausblick auf einen winterlichen Park.

Achtundzwanzig periphere Bilder rahmen die Russen bei ihrer ernsthaften Paarung ein; er erhascht einen flüchtigen Blick auf Gestalten, die vom rauchgeschwärzten Wagendeck einer asiatischen Fähre getragen werden.

Er öffnet noch eine von den kleinen Flaschen.

Jetzt nehmen die *Ptitskiaya*, deren Köpfe wie gut geölte Maschinen auf und ab wippen, ihre arroganten, ganz auf sich selbst konzentrierten Freunde in den Mund. Die Kameraeinstellungen erinnern an den Enthusiasmus des sowjetischen Arbeiterfilms.

Sein Blick schweift zur Wettervorhersage von NHK. Die Front eines Tiefs überquert Kansas. Direkt daneben wiederholt ein beklemmend lautloses islamisches Satellitenprogramm unablässig den Namen Gottes in einer auf Fraktalen basierenden Kalligraphie.

Er trinkt den Wodka.

Er sieht fern.

Nach Mitternacht schaut er an der Kreuzung von Liverpool und Florencia aus dem Fond eines weißen Lada auf die Zona Rosa hinaus; eine schweizerische

Nanopore-Atemschutzmaske scheuert an seinem frisch rasierten Kinn.

Und jedes vorbeikommende Gesicht ist maskiert, Münder und Nasenlöcher sind hinter Filtern verborgen. Manche Masken ähneln zu Ehren von Allerseelen, dem Tag der Toten, den mit silbernen Perlen besetzten Kinnpartien grinsender Zuckerschädel. In welcher Form sie auch immer daherkommen, ihre Produzenten stellen alle die gleichen zweifelhaften, fälschlicherweise beruhigenden Behauptungen über Viroide auf.

Er hat die Absicht gehabt, der Eintönigkeit zu entrinnen, vielleicht etwas Schönes oder kurzfristig Interessantes zu entdecken, aber hier gibt es nur maskierte Gesichter, seine Angst und die Lichter.

Ein uralter amerikanischer Wagen kommt aus der Avenida Chapultepec heraus um die Ecke geschlichen. Rußschwaden quellen unter einer herabhängenden Stoßstange hervor. Eine staubige Kruste aus colafarbenem Harz und Spiegelscherben versiegelt sämtliche Flächen; nur die Windschutzscheibe ist frei, und die ist schwarz und glänzend, so undurchsichtig wie ein Tintenklecks, und erinnert ihn an den tödlichen Behälter des Kampfhubschraubers. Er spürt, wie sich die Angst unablässig, unvernünftig, mit absoluter Gewißheit um dieses Karnevalsgespenst herum zu verdichten beginnt, den Cadillac, dieses Öl verbrennende Relikt in seinem geisterhaften Kleid aus schmutzigem Silbermosaik. Warum darf es die ohnehin schon unerträgliche Luft mit seinem Dreck noch weiter verpesten? Wer sitzt da drin, hinter der schwarzen Windschutzscheibe?

Zitternd beobachtet er das Ding, während es vorbeifährt.

»Der Wagen da...« Er merkt, daß er sich vorbeugt und wie aus einem inneren Zwang heraus auf den breiten braunen Nacken des Fahrers einredet, dessen dicke Ohrläppchen ihn irgendwie an moderne Keramik erinnern, wie sie im Shopping-Kanal des Hotels angeboten wird.

»El coche«, sagt der Fahrer, der keine Maske trägt und den Kurier jetzt, als er sich umdreht, zum ersten Mal richtig wahrzunehmen scheint. Der Kurier sieht den verspiegelten Cadillac einmal kurz im reflektierten Rubinrot eines Nachtklub-Lasers aufblitzen, dann ist er verschwunden.

Der Fahrer starrt ihn an.

Er befiehlt dem Fahrer, ihn zum Hotel zurückzubringen.

Er erwacht aus einem Traum mit metallischen Stimmen in den gewölbten Hallen eines europäischen Flughafens; flüchtige Bilder von fernen Gestalten in stummen Abschiedsritualen.

Dunkelheit. Das Zischen der Klimaanlage.

Die Berührung von Baumwollaken. Sein Telefon unter dem Kopfkissen. Verkehrsgeräusche, gedämpft von den gasgefüllten Fenstern. Alle Anspannung, seine panische Angst ist verschwunden. Er erinnert sich an die Atriumbar. Musik. Gesichter.

Er registriert eine innere Ausgeglichenheit, ein seltenes Gleichgewicht. Das ist das einzige, was für ihn Frieden bedeutet.

Und ja, die Brille ist da, sie steckt neben seinem Telefon. Er zieht sie heraus und klappt die Bügel mit einer schuldbewußten Freude auseinander, die irgendwie seit Prag geblieben ist.

Er liebt sie schon fast ein Jahrzehnt lang, obwohl er nicht in solchen Begriffen denkt. Aber er hat nie ein anderes Stück Software gekauft, und die schwarzen Plastikrahmen haben schon einiges von ihrem Glanz verloren. Das Etikett auf der Kassette ist mittlerweile unleserlich, weiß und aufgerauht von seiner nächtlichen Berührung. So viele Zimmer wie dieses hier.

Er zieht es schon lange vor, sie still zu genießen. Die

gelb verfärbten Audiostöpsel steckt er nicht mehr ein. Er hat gelernt, seinen eigenen Ton dazuzugeben; er flüstert mit ihr, während er durch die behäbigen Titel und die mondbeschienene, zerklüftete Hügellandschaft eines Ortes vorspult, der weder Hollywood noch Rio, sondern eine weichgezeichnete digitale Annäherung an beide ist.

Sie wartet immer auf ihn, in dem weißen Haus an der Straße, die durch den Canyon führt. Die Kerzen. Der Wein. Das Kleid mit den schwarzen Perlen auf ihrer mattglänzenden, perfekten Haut – was für ein Weiß! –, die schwarzen Perlen, die glatt und kühl wie ein Schlangenbauch über ihren straffen Schenkel nach oben laufen.

Weit entfernt, unter Baumwollaken, bewegen sich seine Hände.

Als er später auf einen andersgearteten Schlaf zutreibt, läutet das Telefon unter seinem Kopfkissen leise und nur ein einziges Mal.

»Ja?«

»Wir bestätigen Ihre Buchung für San Francisco«, sagt jemand, entweder eine Frau oder eine Maschine. Er drückt auf eine Taste, zeichnet die Flugnummer auf, sagt gute Nacht und schließt die Augen vor dem schwachen Licht, das an den Rändern der dunklen Vorhänge hereinsickert.

Ihre weißen Arme umschließen ihn. Ihr ewiges Blond.

Er schläft.

Auf Streife mit Gunhead

IntenSecure ließ seine Streifenwagen nach jeweils drei Einsätzen in einer großen Spezialwaschanlage in der Nähe der Colby gründlich reinigen; zwanzig Schichten Wet Honey Sienna, per Hand eingerieben, dann kamen sie nicht allzusehr runter.

An jenem Novemberabend, als die Republik der Sehnsucht seiner Karriere bei IntenSecure Armed Response ein Ende setzte, war Berry Rydell ein bißchen zu früh dort aufgekreuzt.

Es gefiel ihm, wie es drinnen roch. Sie hatten dieses pinkfarbene Zeug, das sie in die Hochdruck-Waschanlage gaben, um den Schmutzfilm vom Lack runterzukriegen, und der Geruch erinnerte ihn an einen Sommerjob in Knoxville, in seinem letzten Schuljahr. Sie hatten das Gemäuer des großen alten Safeway-Ladens draußen auf der Jefferson Davis zu Eigentumswohnungen umgebaut. Die Architekten wollten, daß die Schlackensteinmauern auf eine ganz bestimmte Weise abgezogen wurden, nämlich so, daß größtenteils das Grau durchkam, daß aber ein bißchen was von dem alten pinkfarbenen Safeway-Anstrich in den kleinen Ritzen und Vertiefungen erhalten blieb. Sie waren aus Memphis, und sie trugen schwarze Anzüge und weiße Baumwollhemden. Die Hemden waren eindeutig teurer gewesen als die Anzüge oder zumindest genauso teuer, und sie trugen niemals Krawatten und machten auch nie den obersten Knopf auf. Rydell hatte angenommen, daß Architekten sich so kleideten; jetzt, wo er in Los Angeles lebte, wußte er, daß es stimmte. Er hatte zufällig gehört, wie einer von ihnen dem Vorarbeiter erklärt hatte, was sie wollten, sei, *die Integrität des Materials auf seiner Reise durch die Zeit sichtbar zu machen.* Wahrscheinlich war das Stuß, dachte er, aber trotzdem klang es irgendwie gut; wie das, was mit alten Leuten im Fernsehen passierte.

In Wirklichkeit lief es jedoch darauf hinaus, daß sie den größten Teil dieser gräßlichen alten Farbe von unzähligen Quadratmetern gleichermaßen gräßlicher Schlackensteine abkratzten, und zwar mit oszillierenden Spritzdüsen am Ende von langen, rostfreien Stangen. Wenn man glaubte, daß der Vorarbeiter gerade nicht hinschaute, konnte man damit auf einen von den Jungs zielen und einen zehn Meter langen Hahnenschwanz in allen Regenbogenfarben rauslassen, der reichlich zwiebelte und den ganzen Sonnenschutz runterholte. Rydell und seine Freunde benutzten alle dieses australische Zeug, das richtig gefärbt war, so daß man sehen konnte, wo man's draufgeschmiert hatte und wo nicht. Man mußte aber aufpassen, daß man immer ordentlich Abstand hielt, denn von nahem konnten die Düsen den Chrom von einer Stoßstange raspeln. Rydell und Buddy Crigger wurden schließlich beide deswegen gefeuert, und dann gingen sie in eine Bierkneipe an der Jeff Davis, und Rydell verbrachte die Nacht am Ende mit diesem Mädchen aus Key West – das erste Mal, daß er neben einer Frau geschlafen hatte.

Und jetzt war er hier in Los Angeles und fuhr einen sechsrädrigen Hotspur Hussar mit zwanzig von Hand aufgetragenen Wachsschichten. Der Hussar war ein gepanzerter Landrover, der auf gerader Strecke hundertvierzig Meilen machte, vorausgesetzt, man hatte freie Bahn und genug Zeit, um ihn auf Touren zu bringen. Hernandez, der Chef in seiner Schicht, sagte, man könne sich nicht auf die Engländer verlassen, sobald sie was Größeres anfertigten als einen Hut – jedenfalls nicht, sofern man Wert drauf legte, daß es funktionierte, wenn man's brauchte; er sagte, IntenSecure hätte in Israel oder zumindest in Brasilien einkaufen sollen, und wer müßte sich denn schon von Ralph Lauren einen Panzer entwerfen lassen?

Von solchen Sachen hatte Rydell keine Ahnung, aber diese Wachsnummer war eindeutig zuviel des Guten. Wahrscheinlich wollten sie bei den Leuten Erinnerungen an diese großen braunen United-Parcel-Wagen wecken, dachte er, und zugleich spekulierten sie vielleicht auf eine gewisse Ähnlichkeit mit Dingen, die man in einer Episkopalkirche sehen konnte. Nicht zu viel Gold auf dem Logo. Irgendwie dezent.

Die Leute, die in der Autowaschanlage arbeiteten, waren größtenteils Einwanderer aus der Mongolei – Neuankömmlinge, die Schwierigkeiten hatten, bessere Jobs zu finden. Sie gaben diese verrückten kehligen Gesänge von sich, während sie arbeiteten, und er hörte ihnen gern zu. Er konnte nicht rauskriegen, wie sie das machten; es klang wie Laubfrösche, aber so, als ob es zwei Geräusche zugleich wären.

Jetzt polierten sie die Reihen der verchromten Noppen an den Seiten; die sollten eigentlich Elektroschutzgitter tragen und waren nur der Optik wegen verchromt. Die Wagen der Bereitschaftspolizei in Knoxville hatte man auch unter Strom setzen können, aber sie hatten dieses Tropfsystem gehabt, das sie *feucht* hielt und das erheblich fieser war.

»Unterschreiben Sie hier«, sagte der Boß der Truppe, ein ruhiger, junger Schwarzer namens Anderson. Er studierte tagsüber Medizin und sah immer so aus, als ob er seit zwei Nächten nicht mehr geschlafen hätte.

Rydell nahm die Schreibunterlage und den Lichtstift und unterschrieb auf der Signaturplatte. Anderson gab Rydell die Schlüssel.

»Sie sollten sich mal 'n bißchen Schlaf gönnen«,

sagte Rydell. Anderson grinste matt. Rydell ging zu Gunhead hinüber und deaktivierte den Türalarm.

Jemand hatte das innen drangeschrieben, GUNHEAD, mit grünem Marker auf die Verkleidung über der Windschutzscheibe. Der Name blieb, aber hauptsächlich deshalb, weil er Sublett gefiel. Sublett war Texaner, ein Flüchtling aus einer abgedrehten Videosekte in einem Wohnwagen-Camp. Er sagte, seine Mutter sei drauf und dran gewesen, seinen Arsch der Kirche zu überschreiben, was immer das heißen sollte.

Sublett war nicht sonderlich wild darauf, darüber zu reden, aber Rydell hatte sich zusammengereimt, daß diese Leute glaubten, Video sei das bevorzugte Kommunikationsmittel des Herrn und der Bildschirm selbst so etwas wie ein permanent brennender Busch. »Er steckt in den Details«, hatte Sublett einmal gesagt. »Man muß genau hinschauen, um Ihn zu sehen.« Welche Form diese Verehrung auch immer angenommen hatte, eins war klar: Sublett hatte mehr ferngesehen als jeder andere Mensch, dem Rydell je begegnet war, vor allem alte Spielfilme auf Kanälen, auf denen nichts anderes lief. Sublett sagte, Gunhead sei der Name eines Roboterpanzers in einem japanischen Horrorfilm. Hernandez war der Meinung, daß Sublett den Namen selbst drangeschrieben hatte. Sublett stritt das ab. Hernandez befahl ihm, ihn wegzumachen. Sublett ignorierte ihn. Er stand immer noch dran, aber Rydell wußte, daß Sublett viel zu gesetzestreu war, um etwas mutwillig zu beschädigen, und überhaupt hätte ihn die Tinte in dem Marker umbringen können.

Sublett hatte schlimme Allergien. Da er von diversen Reinigungs- und Lösungsmitteln Schockzustände bekam, konnte man ihn nicht dazu bringen, auch nur einen Fuß in die Autowaschanlage zu setzen. Nie. Die Allergien machten ihn auch lichtempfindlich, so daß er verspiegelte Kontaktlinsen tragen mußte. Zusammen mit der schwarzen IntenSecure-Uniform und seinen trockenen blonden Haaren verliehen ihm die Kontaktlinsen das Aussehen eines faschistischen Ku-Klux-Klan-Roboters. Was im falschen Laden auf dem Sunset zu Komplikationen führen konnte, angenommen, es war drei Uhr morgens, und man wollte eigentlich nichts weiter als ein Mineralwasser und eine Cola. Aber Rydell war immer froh, wenn er ihn in seiner Schicht hatte, denn er war wohl der entschieden gewaltloseste Privatcop, den man finden konnte. Und er war vermutlich nicht mal verrückt. Beides eindeutige Pluspunkte in Rydells Augen. Wie Hernandez immer wieder gern betonte, gab es in Südkalifornien strengere Regeln dafür, wer Friseur werden konnte und wer nicht.

Wie Rydell waren viele Mitglieder im bewaffneten Streifenteam von IntenSecure ehemalige Polizisten. Einige waren früher sogar beim LAPD gewesen, beim Los Angeles Police Department, und nach den Vorschriften der Firma bezüglich des Verbots von Waffen im Dienst zu schließen, ging man davon aus, daß seine Kollegen mit ganzen Eisenwarenläden im Gepäck aufkreuzen würden. An den Türen zu den Personalräumen waren Metalldetektoren, und Hernandez hatte für gewöhnlich eine Schublade voller Dolche, Nuchakos, Betäubungspistolen, Schlagringe, Stiefelmesser und was die Detektoren sonst noch so aufgespürt hatten. Wie Freitag morgens an einer High-School in South Miami. Nach der Schicht gab Hernandez alles zurück, aber wenn sie zum Dienst gingen, sollten sie mit ihren Glocks und den Chunkern auskommen.

Die Glocks waren Standardmodelle aus Polizeibeständen und mindestens zwanzig Jahre alt. IntenSecure hatte ganze Wagenladungen von den Dingern von Polizisten gekauft, die es sich leisten konnten, auf Vollmantelmunition umzusteigen. Wenn man sich strikt an die Vorschriften hielt, dann ließ man die Glocks in ihren Kunststoffhalftern stecken und pappte diese mit Klettband an die Mittelkonsole des Wagens.

Sobald man zum Einsatz rausging, nahm man eine Pistole im Halfter von der Konsole und klebte sie an die dafür vorgesehene Stelle an der Uniform. Das war der einzige Moment, in dem man sich mit einer Schußwaffe außerhalb des Wagens aufhalten durfte: wenn man wirklich *im Einsatz* war.

Die Chunker waren nicht mal Schußwaffen, jedenfalls nicht in juristischem Sinn, aber eine Zehn-Sekunden-Salve auf kurze Distanz würde dem Getroffenen das Gesicht wegfetzen. Es waren israelische Aufstandsbekämpfungswaffen, die mit Luftdruck arbeiteten und zolldicke Würfel aus recyceltem Gummi abfeuerten. Sie sahen wie das Ergebnis der widernatürlichen Vereinigung eines Bullpup-Sturmgewehrs mit einer Heftmaschine aus, nur daß sie aus leuchtend gelbem Kunststoff waren. Wenn man den Abzug betätigte, kamen diese Brocken in einer ununterbrochenen Salve heraus. Wenn man richtig gut war mit so einem Ding, konnte man sogar um die Ecke schießen; man mußte die Geschosse nur von einer geeigneten Fläche abprallen lassen. Auf kurze Distanz würde eine Sperrholzplatte bei Panzerfeuer schließlich in die Brüche gehen, und bis zu etwa dreißig Metern Entfernung hinterließen die Gummiklumpen größere Blutergüsse. Der Theorie zufolge bekam man es ja nicht immer gleich mit einem ganzen Haufen bewaffneter Einbrecher zu tun, und die Gefahr, mit einem Chunker den Kunden zu verletzen oder sein Eigentum zu beschädigen, war, verglichen mit herkömmlichen Schußwaffen, weitaus geringer. Wenn man es aber doch mit einem bewaffneten Einbrecher zu tun bekam, hatte man die Glock. Obwohl der Einbrecher wahrscheinlich Vollmantelgeschosse aus einem Gasdrucklader rausjagte – aber das kam in der Theorie nicht vor. Ebensowenig wie die Tatsache, daß gut ausgerüstete Einbrecher häufig voll auf Dancer und deshalb übermenschlich schnell *und* im klinischen Sinn psychotisch waren.

In Knoxville hatte es massenweise Dancer gegeben, und das Zeug war schuld daran gewesen, daß Rydell suspendiert worden war. Er war in eine Wohnung gekrochen, in der ein Maschinenbauer namens Kenneth Turvey seine Freundin und zwei kleine Kinder festhielt und die Präsidentin zu sprechen verlangte. Turvey war weiß und dünn, hatte seit einem Monat nicht mehr gebadet und sich das heilige Abendmahl auf die Brust tätowiert. Es war eine ganz frische Tätowierung; sie war noch nicht mal verschorft. Durch einen Film aus trocknendem Blut konnte Rydell sehen, daß Jesus kein Gesicht hatte. Die Apostel allesamt auch nicht.

»Verdammt«, sagte Turvey, als er Rydell sah. »Ich will nur mit der Präsidentin sprechen.« Er saß nackt und mit übereinandergeschlagenen Beinen auf dem Sofa seiner Freundin. Er hatte ein Stück Rohr im Schoß, das komplett mit Klebeband umwickelt war.

»Wir versuchen, sie Ihnen herzuholen«, erwiderte Rydell. »Tut uns leid, daß es so lange dauert, aber wir müssen den Dienstweg einhalten.«

»Herrgott noch mal«, sagte Turvey müde, »begreift denn keiner, daß ich von Gott gesandt bin?« Er klang nicht besonders wütend, nur erschöpft und ungehalten. Rydell konnte seine Freundin durch die offene Tür des einzigen Schlafzimmers in der Wohnung sehen. Sie lag rücklings auf dem Boden, und eins ihrer Beine schien gebrochen. Er konnte ihr Gesicht nicht sehen. Sie bewegte sich überhaupt nicht. Wo waren die Kinder?

»Was ist das für ein Ding?« fragte Rydell und zeigte auf den Gegenstand in Turveys Schoß.

»Eine Knarre«, sagte Turvey. »Deshalb muß ich ja auch mit der Präsidentin sprechen.«

»So eine Knarre hab ich noch nie gesehen«, gab Rydell zu. »Was verschießt sie?«

»Grapefruitdosen«, antwortete Turvey. »Mit Beton drin.«

»Im Ernst?«

»Passen Sie auf«, sagte Turvey und hob das Ding an die Schulter. Es hatte eine Art Verschluß, der sehr kompliziert konstruiert war, einen Abzug, der wie ein Teil einer Spannbacke aussah, und ein paar biegsame Schläuche. Letztere liefen zu einer gewaltigen Gasflasche hinab, so groß, daß man sie nur mit einem Handwagen transportieren konnte. Sie lag neben dem Sofa auf dem Boden.

Auf dem staubigen Polyesterteppich der Freundin kniend, hatte er zugesehen, wie die Mündung an ihm vorbeischwang. Sie war groß genug, daß man eine Faust hineinstecken konnte. Er beobachtete, wie Turvey durch die offene Schlafzimmertür auf den Wandschrank zielte.

»Turvey«, hörte er sich sagen, »wo zum Teufel sind die gottverdammten *Kinder*?«

Turvey betätigte die Spannbacke und stanzte ein Loch von der Größe einer Fruchtsaftdose in die Tür des Wandschranks. Die Kinder waren dort drin. Sie mußten geschrien haben, obwohl Rydell sich nicht erinnern konnte, es gehört zu haben. Rydells Anwalt argumentierte später, daß er zu diesem Zeitpunkt nicht nur taub gewesen sei, sondern sich in einem Zustand sonisch induzierter Katalepsie befunden habe. Turveys Erfindung kam bis auf ein paar Dezibel an das Geräusch heran, das die Betäubungsgranate eines Sondereinsatzkommandos erzeugte. Aber Rydell konnte sich nicht daran erinnern. Er konnte sich auch nicht daran erinnern, daß er Turvey in den Kopf geschossen hatte. Er erinnerte sich an gar nichts mehr, bis zu dem Zeitpunkt, als er im Krankenhaus aufwachte. Da war eine Frau von *Cops in Schwierigkeiten,* der Lieblingssendung von Rydells Vater, aber sie sagte, sie könne eigentlich erst mit ihm reden, wenn sie mit seinem Agenten gesprochen hätte. Rydell sagte, er hätte keinen. Sie sagte, das wisse sie, aber es werde ihn einer anrufen.

Rydell lag da und dachte daran, wie er sich früher immer mit seinem Vater *Cops in Schwierigkeiten* angeschaut hatte. »Um was für Schwierigkeiten geht's denn überhaupt?« fragte er schließlich.

Die Frau lächelte bloß. »Ganz egal, Berry, wahrscheinlich mehr als genug.«

Er blinzelte zu ihr hoch. Sie sah gar nicht so schlecht aus. »Wie heißen Sie?«

»Karen Mendelsohn.« Sie sah nicht so aus, als ob sie aus Knoxville oder auch nur aus Memphis wäre.

»Sind Sie von *Cops in Schwierigkeiten*?«

»Ja.«

»Was machen Sie da?«

»Ich bin Anwältin«, sagte sie. Rydell konnte sich nicht entsinnen, jemals zuvor einen Anwalt kennengelernt zu haben, aber danach lernte er ganze Scharen von ihnen kennen.

Gunheads Anzeigen waren leere Flüssigkristallflächen; sie erwachten zum Leben, als Rydell den Schlüssel einsteckte, den Sicherheitscode eintippte und die wichtigsten Systeme checkte. Am liebsten mochte er die Kameras unter der Heckstoßstange. Sie machten das Parken wirklich einfach; man konnte genau sehen, wohin man im Rückwärtsgang fuhr. Die Satellitenverbindung mit dem Todesstern würde nicht funktionieren, solange er noch in der Autowaschanlage war – zuviel Stahl in dem Gebäude –, aber es war Subletts Job, sich mittels Ohrstöpsel über alles auf dem laufenden zu halten.

Im Personalraum bei IntenSecure hing eine Notiz, in der stand, es sei Firmenpolitik, ihn nicht so zu nennen – den Todesstern –, aber trotzdem taten es alle. Das LAPD nannte ihn selbst so. Offiziell war es der Südkalifornische Geosynklinale Polizeisatellit.

Rydell behielt die Bildschirme am Armaturenbrett im Auge, während er vorsichtig rückwärts aus dem

Gebäude fuhr. Die beiden Keramikmotoren von Gunhead waren so neu, daß sie noch relativ leise liefen; Rydell konnte die Reifen über den nassen Betonboden zischeln hören.

Sublett wartete draußen. Seine silbernen Augen spiegelten das Rot vorbeifahrender Rücklichter. Hinter ihm ging die Sonne unter, und die Farben des Himmels zeigten mehr als den üblichen Cocktail von Zusätzen. Er trat beiseite, als Rydell im Rückwärtsgang an ihm vorbei fuhr, nervös darauf bedacht, auch nicht das kleinste Tröpfchen Sprühwasser von den Reifen abzukriegen. Rydell war ebenfalls nervös; er wollte den Texaner nicht wieder nach Cedars bringen müssen, wenn seine Allergien ausbrachen.

Rydell wartete, während Sublett ein Paar Gummihandschuhe überzog.

»Na, wie geht's«, sagte Sublett und kletterte auf seinen Sitz. Er schloß seine Tür und begann, die Handschuhe auszuziehen; er streifte sie vorsichtig ab und warf sie in einen Beutel mit Reißverschluß.

»Paß bloß auf, daß du nichts abkriegst«, flachste Rydell, der zusah, wie vorsichtig Sublett mit den Handschuhen umging.

»Jaja, lach ruhig«, sagte Sublett nachsichtig. Er holte ein Päckchen hypoallergenen Kaugummi heraus und steckte sich ein Stück in den Mund. »Wie sieht's aus mit dem alten Gunhead?«

Rydell ließ den Blick zufrieden über die Anzeigen schweifen. »Gar nicht so übel.«

»Hoffentlich müssen wir heute nacht nicht in irgendwelche verdammten Tarnhäuser rein«, sagte Sublett kauend.

Die sogenannten Tarnhäuser standen auf Subletts privater Liste unangenehmer Einsätze. Er sagte, die Luft in den Dingern sei giftig. Rydell hielt nichts von dieser These, aber er hatte es satt, darüber zu diskutieren. Die Tarnhäuser waren größer und teurer als die meisten normalen Häuser, und Rydell nahm an, daß die Eigentümer einen Haufen Geld bezahlten, um die Luft sauber zu halten. Sublett behauptete, wer sich ein Tarnhaus baue, sei eh schon paranoid und hielte die Türen und Fenster zu häufig geschlossen, so daß die Luft nicht zirkulieren könne, und dann käme es zu dieser starken Konzentration von Giftstoffen.

Falls es in Knoxville Tarnhäuser gegeben hatte, so hatte Rydell nichts davon gewußt. Er glaubte, daß es so was nur in L.A. gab. Sublett, der seit fast zwei Jahren bei IntenSecure war, meistens auf Tagesstreife in Venice, war der erste gewesen, der sie Rydell gegenüber überhaupt erwähnt hatte. Als Rydell schließlich zu einem dieser Häuser gerufen wurde, fand er es schlichtweg unglaublich; es ging einfach immer tiefer in die Erde und war unter etwas vergraben, das fast, aber nicht ganz, wie eine ausgebombte chemische Reinigung aussah. Und innen war alles geschältes Holz, weißer Putz, türkische Teppiche, *große* Gemälde, Schieferböden und Möbel, wie er noch nie welche gesehen hatte. Aber es war ein problematischer Einsatz; Gewalt in der Ehe, vermutete Rydell. Wahrscheinlich hatte der Mann die Frau geschlagen, die Frau hatte auf den Knopf gedrückt, und jetzt taten sie so, als ob alles eine technische Panne wäre. Aber es *konnte* keine Panne sein, weil jemand auf den Knopf gedrückt haben mußte, und dann war keine Reaktion auf den Paßwort-Rückruf gekommen, der drei Komma acht Sekunden später zu ihnen rausgegangen war. Sie mußte irgendwas mit den Telefonen angestellt und dann auf den Knopf gedrückt haben, dachte Rydell. Er war in dieser Nacht mit ›Big George‹ Kechakmazde gefahren, und dem Georgier (aus Tiflis, nicht aus Atlanta) hatte es auch nicht gefallen. »Schau dir die Leute an, das sind Teilnehmer, Mann. Keiner blutet, also schaffst du deinen Arsch da *raus*, okay?« hatte Big George hinterher gesagt. Aber Rydell erinnerte sich immer wieder an einen gespannten Zug um die Augen der Frau und daran, wie sie den Kragen ihres großen weißen Hausmantels um den Hals herum zugezogen hatte. Ihr Mann in einem dazu passenden Hausmantel, aber mit dicken, behaarten Beinen und einer teuren Brille. Irgendwas hatte da nicht gestimmt, aber er würde nie erfahren, was. Ebensowenig würde er jemals begreifen, wie ihr Leben eigentlich funktionierte – ein Leben, das so aussah wie im Fernsehen, aber nicht so war.

L.A. war voller Geheimnisse, wenn man es so betrachtete. Da taten sich Abgründe auf.

Mit der Zeit machte es ihm jedoch Spaß, durch die Stadt zu fahren. Nicht, wenn er irgendwohin mußte, aber einfach so mit Gunhead herumzukurven – das war okay. Jetzt bog er auf den La Cienega ein, und der kleine grüne Cursor auf dem Armaturenbrett tat das gleiche.

»*Totaler Sperrbezirk*«, sagte Sublett. »Herve Villechaize, Susan Tyrell, Marie-Pascal Elfman, Viva.«

»Viva?« fragte Rydell. »Viva *wer*?«

»Viva. Die Schauspielerin.«

»Wann haben sie den gemacht?«

»1980.«

»Da war ich noch nicht auf der Welt.«

»Die Zeit im Fernsehen ist immer *dieselbe*, Rydell.«

»Mann, und ich dachte, du versuchst, über deine Erziehung und alles wegzukommen.« Rydell entspiegelte das Türfenster, um eine Rothaarige, die in einem pinkfarbenen Daihatsu Sneaker ohne Dach an ihm vorbeizog, besser in Augenschein nehmen zu können. »Jedenfalls hab ich den nicht gesehen.« Es war genau die Stunde am Abend, in der Frauen in Autos in Los Angeles besser aussahen als alles andere. Der Gesundheitsminister setzte sich für das Verbot von Cabrios ein; er sagte, sie trügen zur Erhöhung der Hautkrebsrate bei.

»*EndGame*. Al Cliver, Moira Chen, George Eastman, Gordon Mitchell. 1985.«

»Tja, da war ich zwei«, sagte Rydell. »Aber den hab ich auch nicht gesehen.«

Sublett verstummte. Er tat Rydell leid; der Texaner kannte tatsächlich keine andere Methode, ein Gespräch anzufangen, und seine Leute daheim im Wohnwagen-Camp würden all diese Filme und noch viele andere gesehen haben.

»Tja also«, sagte Rydell in dem Versuch, seinerseits etwas zu dem Gespräch beizutragen, »ich hab mir gestern abend diesen alten Film angesehen...«

Sublett merkte auf »Welchen?«

»Keine Ahnung«, sagte Rydell. »Da ist so 'n Typ in L.A., der hat gerade 'n Mädchen kennengelernt. Dann nimmt er in 'ner Telefonzelle den Hörer ab, weil der Apparat klingelt. Spät nachts. So ein Typ in einem Raketensilo irgendwo ist dran, der weiß, daß sie ihre Dinger gerade auf die Russen abgeschossen haben. Er will seinen Vater oder seinen Bruder oder so anrufen. Sagt, das Ende der Welt steht vor der Tür. Dann hört der Typ, der den Hörer abgenommen hat, wie die Soldaten reinkommen und ihn umlegen. Den Kerl am Telefon, meine ich.«

Sublett schloß die Augen und suchte seine inneren Trivialitätenbänke ab. »Ja und? Wie isses ausgegangen?«

»Keine Ahnung«, sagte Rydell. »Ich bin eingeschlafen.«

Sublett machte die Augen auf. »Wer hat mitgespielt?«

»Ertappt.«

Subletts blanke Silberaugen weiteten sich ungläubig. »Herrgott noch mal, Berry, du solltest echt nicht fernsehen, wenn du nicht aufpassen kannst.«

Er lag nicht sehr lange im Krankenhaus, nachdem er Kenneth Turvey erschossen hatte; knapp zwei Tage. Sein Anwalt, Aaron Pursley persönlich, argumentierte, daß sie ihn länger hätten dabehalten sollen, um das Ausmaß seines posttraumatischen Schocks besser einschätzen zu können. Aber Rydell haßte Krankenhäuser, und abgesehen davon fühlte er sich nicht allzu schlecht; er konnte sich nur nicht genau erinnern, was passiert war. Außerdem hatte er Karen Mendelsohn, die ihm half, und seinen neuen Agenten, Wellington Ma, um mit den anderen Leuten von *Cops in Schwierigkeiten* zu verhandeln, von denen keiner so nett war wie Karen, die lange braune Haare hatte. Wellington Ma war Chinese und wohnte in Los Angeles, und Karen sagte, sein Vater sei in der Big Circle Gang gewesen – doch sie riet Rydell, das Thema nicht anzusprechen.

Wellington Mas Visitenkarte war eine rechteckige Scheibe aus pinkfarbenem, synthetischem Quarz, in das sein Name, ›Die Ma-Mariano-Agentur‹, eine Adresse auf dem Beverly Boulevard und alle möglichen Nummern und e-mail-Adressen mit Laser eingraviert waren. Sie kam per GlobEx in ihrem eigenen kleinen grauen Velourleder-Etui an, während Rydell noch im Krankenhaus lag.

»Sieht aus, als ob man sich dran schneiden könnte«, sagte Rydell.

»Kann man, und viele haben's bestimmt auch getan«, sagte Karen Mendelsohn, »und wenn man sie in die Brieftasche steckt und sich draufsetzt, zerbricht sie.«

»Und was soll das?«

»Man soll sehr gut auf sie achtgeben. Man kriegt keine neue.«

Rydell lernte Wellington Ma nie persönlich kennen, oder jedenfalls erst eine ganze Weile später, aber Karen brachte ab und zu eine kleine Aktentasche mit einem Visaphon an einem Kabel mit, und Rydell konnte mit ihm in seinem Büro in L.A. reden. Es war der schärfste Telepräsenzapparat, den Rydell je benutzt hatte, und es sah wirklich so aus, als ob er *dort* wäre. Er konnte aus dem Fenster zu der schiefen Pyramide hinüberschauen, die so dunkelblau wie eine Dose Noxzema-Gesichtscreme war. Er fragte Wellington Ma, was das sei, und Ma sagte, das alte Design Center, aber jetzt sei es ein billiges Einkaufszentrum, und Rydell könne dorthin gehen, wenn er nach L.A. käme, was bald der Fall sein werde.

Turveys Freundin, Jenni-Rae Cline, strengte eine Reihe auf komplizierte Weise miteinander verflochtener, separater Klagen gegen Rydell, das Department, die Stadt Knoxville und das Unternehmen in Singapur an, dem das Haus gehörte, in dem sie wohnte. Rund zwanzig Millionen, alles in allem.

Rydell, der zu einem Cop in Schwierigkeiten geworden war, stellte erfreut fest, daß *Cops in Schwierigkeiten* für ihn da waren. Sie hatten gleich als erstes Aaron Pursley engagiert, und *den* kannte Rydell natürlich aus der Sendung. Er hatte diese grauen Haare, diese blauen Augen und die Nase, mit der man Feuerholz spalten konnte, und er trug Jeans, Tony-Lama-Stiefel, schlichte weiße Cowboyhemden aus Oxford-Tuch und Pima-Baumwolle und einen Kordelschlips mit einer Spange aus Navajo-Silber. Er war berühmt, und er verteidigte Cops wie Rydell gegen Leute wie Turveys Freundin und *deren* Anwalt.

Jenni-Rae Clines Anwalt brachte vor, daß Rydell gar nichts in ihrer Wohnung zu suchen gehabt hätte, daß er ihr Leben und das ihrer Kinder durch sein Erscheinen in Gefahr gebracht und Kenneth Turvey dabei getötet hätte. Mr. Turvey wurde als geschickter Handwerker dargestellt, als zuverlässiger Arbeiter und liebevolle Vaterfigur für Kelly und den kleinen Rambo, als wiedergeborener Christ und 4-Thiobuskalin-Süchtiger auf dem Wege der Besserung, und als einziger Ernährer der Familie.

»Auf dem Wege der Besserung?« fragte Rydell Karen Mendelsohn in seinem Luxuszimmer im Flughafenhotel. Sie hatte ihm soeben das Fax von Jenni-Raes Anwalt gezeigt.

»Anscheinend war er gerade an diesem Tag zu einer Versammlung gegangen«, sagte Karen.

»Was hat er da *gemacht*?« fragte Rydell und dachte an das heilige Abendmahl in trocknendem Blut zurück.

»*Unseren* Zeugen zufolge hat er sich da in aller Öffentlichkeit einen Eßlöffel voll von seinem Lieblingsstoff reingejagt, gewaltsam das Podium erobert und eine dreißigminütige Tirade über die Strumpfhose von Präsidentin Millbank und den mutmaßlichen aktuellen Zustand ihrer Genitalien vom Stapel gelassen. Dann hat er sich entblößt und masturbiert, ohne zu ejakulieren, und das Untergeschoß der Ersten Baptistenkirche verlassen.«

»Du lieber Gott«, sagte Rydell. »Und das bei einer dieser Versammlungen von Drogensüchtigen, wie die Anonymen Alkoholiker?«

»Genau«, sagte Karen Mendelsohn, »obwohl Turveys Darbietung anscheinend eine bedauerliche Reihe von Rückfällen ausgelöst hat. Wir schicken natürlich ein Beraterteam hin, um mit denen zu arbeiten, die bei der Versammlung waren.«

»Das ist nett«, sagte Rydell.

»Macht vor Gericht einen guten Eindruck«, sagte sie, »für den unwahrscheinlichen Fall, daß wir da jemals hinkommen sollten.«

»Er war nicht ›auf dem Wege der Besserung‹«, sagte Rydell. »War nicht mal von der letzten Dosis runter, die er sich in die Nase gezogen hatte.«

»Stimmt wohl, ja«, sagte sie, »aber er war auch ein Mitglied der Erwachsenen Überlebenden des Satanismus, und jetzt fangen *die* an, sich für den Fall zu interessieren. Deshalb halten sowohl Mr. Pursley als auch Mr. Ma es für das beste, wenn wir so bald wie möglich von hier verschwinden, Berry. Sie und ich.«

»Aber was ist mit den Prozessen?«

»Das Department hat Sie suspendiert, Sie sind bis jetzt in keinem Punkt angeklagt, und der Name Ihres Anwalts ist Aaron-mit-zwei-a's Pursley. Sie sind *raus* aus der Sache, Berry.«

»Nach L.A.?«

»Sie sagen es.«

Rydell sah sie an. Er dachte an das Los Angeles im Fernsehen. »Ob ich die Stadt wohl mögen werde?«

»Zunächst mal wird die Stadt wahrscheinlich *Sie* mögen. Ich weiß, daß *ich* Sie mag.«

So kam es, daß er schließlich mit einer Anwältin ins Bett ging – einer, die wie eine Million Dollar roch, obszöne Sachen sagte, sich ganz um ihn herumwickelte und Unterwäsche aus Mailand trug, das in Italien lag.

»*Tödliche Zwickmühle.* Cyrinda Burdette, Gudrun Weaver, Dean Mitchell, Shinobu Sakamaki. 1997.«

»Nie gesehen«, sagte Rydell und trank den Rest seines großen entkoffeinierten kalten Cappuccino mit Extra-Schuß aus dem milchigen Eis auf dem Boden seines Thermosbechers aus Plastik.

»Mama hat Cyrinda Burdette gesehen. Im Einkaufszentrum drüben bei Waco. Hat auch ein Autogramm von ihr gekriegt. Das hat sie auf den Fernseher getan, zusammen mit den Gebetstüchern und ihrem Hologramm von Reverend Wayne Fallon. Sie hat ein Gebetstuch für alles und jedes. Eins für die Miete, eins gegen AIDS, gegen TB ...«

»Ah ja? Und was hat sie mit denen gemacht?«

»Sie hat sie auf den *Fernseher* getan«, erklärte Sublett und trank die letzten paar Zentimeter vierfach destillierten Wassers, die noch in der dünnen, durchsichtigen Flasche waren. In diesem Teil des Sunset gab es nur einen Laden, der das Zeug verkaufte, aber das machte Rydell nichts aus; er lag gleich neben einem

Coffee-Shop mit Straßenverkauf, und sie konnten auf dem Parkplatz an der Ecke parken. Der Bursche, der den Parkplatz bewachte, schien sich immer zu freuen, wenn er sie sah.

»'n Gebetstuch hilft nicht gegen AIDS«, sagte Rydell. »Laß dich impfen, wie alle anderen. Und deine Mama auch.« Durch das entspiegelte Fenster konnte Rydell an der Betonmauer, die als einziges von dem Gebäude übriggeblieben war, das hier mal gestanden hatte, einen Straßenschrein für J.D. Shapely sehen. In West Hollywood sah man viele von den Dingern. Jemand hatte in leuchtendem Pink ›SHAPELY WAR EIN SCHWULER SCHWANZLUTSCHER‹ hingesprüht, in ein Meter hohen Buchstaben, und dann ein großes rosarotes Herz dazugesetzt. An der Mauer darunter klebten Postkarten von Shapely und Fotos von Leuten, die gestorben sein mußten. Nur Gott allein wußte, wie viele Millionen es gewesen waren. Auf dem Bürgersteig am Fuß der Mauer lagen verwelkte Blumen, Kerzenstümpfe und anderes Zeug. Die Postkarten machten Rydell eine Gänsehaut; der Kerl sah auf den Dingern aus wie eine Kreuzung zwischen Elvis und einem katholischen Heiligen, hager und mit zu großen Augen.

Er drehte sich zu Sublett um. »Mann, wenn *du's* immer noch nicht fertiggebracht hast, dir den Arsch impfen zu lassen, dann hast du das nur der verbohrten Ignoranz dieses weißen Packs zu verdanken.«

Sublett zog den Kopf ein. »Das ist schlimmer als 'n *Lebend*impfstoff, Mann, das ist 'ne ganz neue Krankheit!«

»Ja, sicher«, sagte Rydell, »aber die *tut* dir nichts. Und hier laufen immer noch massenweise Leute mit der alten rum. Sie sollten's zur Pflicht machen, wenn du mich fragst.«

Sublett erschauerte. »Reverend Fallon hat immer gesagt …«

»Scheiß auf Reverend Fallon.« Rydell drückte auf

den Starter. »Der Mistkerl macht einfach bloß Kohle, indem er Leuten wie deiner Mama Gebetstücher andreht. Du hast doch eh gewußt, daß das alles Käse war, oder? Warum bist du sonst hergekommen?« Er legte den Gang ein und fädelte sich in den Verkehr auf dem Sunset ein. Einen Vorteil hatte es, wenn man einen Hotspur Hussar fuhr: Die Leute ließen einen fast immer rein.

Subletts Kopf schien zwischen seinen hochgezogenen Schultern runterzuhängen, was ihm das Aussehen eines bekümmerten, stahläugigen Bussards verlieh. »*Ganz* so einfach isses auch wieder nicht«, sagte er. »Das ist die Welt, in die ich reingewachsen bin. So haben sie mich nun mal erzogen. Kann doch nicht *alles* Blödsinn sein.«

Rydell warf ihm einen Blick zu und bekam Mitleid mit ihm. »Nee«, sagte er, »muß nicht unbedingt sein, schätze ich, nicht alles, aber es ist einfach …«

»Wozu haben sie *dich* denn erzogen, Berry?«

Rydell mußte darüber nachdenken. »Zu 'nem Republikaner«, sagte er schließlich.

Karen Mendelsohn war Rydell wie der Clou einer ganzen Reihe von Dingen erschienen, an die er sich problemlos gewöhnen zu können glaubte. Wie zum Beispiel, Business-Class zu fliegen oder eine SoCalMexAmeriBank-Karte von *Cops in Schwierigkeiten* zu haben.

Als er in dem Luxuszimmer in Knoxville das erste Mal mit ihr zusammengewesen war, ohne was dabeizuhaben, hatte er ihr seine Impfbescheinigungen zeigen wollen (die vom Department verlangt wurden, weil sie einen sonst nicht versichern konnten). Sie hatte bloß gelacht und gesagt, deutsche Nanotechnik werde sich um all das kümmern. Dann hatte sie Rydell dieses Ding unter dem transparenten Deckel eines Apparats gezeigt, der wie ein kleiner, batteriebetriebener

Schnellkochtopf aussah. Rydell hatte von diesen Dingern gehört, aber noch nie eins gesehen; er hatte auch gehört, daß sie ungefähr so teuer wie ein Kleinwagen waren. Irgendwo hatte er gelesen, daß sie immer auf Körpertemperatur gehalten werden mußten.

Das Ding da drin schien sich leicht zu bewegen. Es war hell und hatte gewisse Ähnlichkeit mit einer Qualle. Er fragte sie, ob es stimme, daß es lebendig sei. Nicht ganz, erklärte sie, aber *fast*, und der Rest seien Fuller-Moleküle und subzellulare Automaten. Und er werde nicht mal merken, daß es da sei, aber sie werde es ganz bestimmt nicht vor seinen Augen reintun.

Sie tat es im Bad. Als sie in dieser Unterwäsche wieder rauskam, erfuhr er, wo Mailand lag. Und obwohl er tatsächlich nichts davon gemerkt hätte, daß das Ding da war, *wußte* er es, aber er vergaß es ziemlich bald – jedenfalls fast.

Am nächsten Morgen charterten sie eine Kipprotor-Maschine nach Memphis und flogen mit Air Magellan nach LAX. Business-Class bedeutete in erster Linie bessere Gizmos in der Rückenlehne des Vordersitzes, und Rydells sofortiger Favorit war ein Telepräsenzgerät, das man auf Servo-Mollys außen am Flugzeug einstellen konnte. Da Karen es verabscheute, das kleine VirtuFax zu benutzen, das sie in ihrer Handtasche mit sich rumschleppte, hatte sie sich mit ihrem Büro in L.A. in Verbindung gesetzt und sich ihre heutige Post auf den Bildschirm in der Rückenlehne ausgeben lassen. Sie machte sich rasch an die Arbeit, telefonierte, verschickte ein Fax nach dem anderen und überließ Rydell seinen Ah's und Oh's über die Bilder von den Mollys.

Die Sitze waren größer als damals, als er nach Florida geflogen war, um seinen Vater zu besuchen, das Essen war besser und die Drinks waren umsonst. Rydell genehmigte sich drei oder vier, schlief ein und wachte erst irgendwo über Arizona wieder auf.

Die Luft im Flughafen war komisch, und das Licht

war anders. In Kalifornien gab es wesentlich mehr Menschen, als er erwartet hatte, und mehr Lärm. Ein Mann von *Cops in Schwierigkeiten* war da und hielt ein zerknittertes weißes Stück Pappe hoch, auf dem mit rotem Marker MENDELSOHN stand, nur daß das S falsch herum war. Rydell lächelte, stellte sich vor und gab dem Knaben die Hand. Das schien ihm zu gefallen; er sagte, sein Name sei Sergei. Als Karen ihn fragte, wo der Wagen sei, wurde er knallrot und sagte, er würde ihn sofort holen, nur eine Minute. Nein danke, sagte Karen, sie würden mit ihm zum Parkplatz gehen, sobald ihr Gepäck da sei, auf gar keinen Fall werde sie in einem solchen Zoo warten. Sergei nickte. Er versuchte unablässig, das Schild zu falten und in seine Jackentasche zu stecken, aber es war zu groß. Rydell fragte sich, warum sie auf einmal so garstig geworden war. Müde von der Reise vielleicht. Er zwinkerte Sergei zu, aber das schien den Burschen nur noch nervöser zu machen.

Als ihr Gepäck kam – Karens zwei schwarze Lederkoffer und der blaue Samsonite-Weichkoffer, den Rydell sich mit seiner neuen Debitkarte gekauft hatte –, trugen Sergei und er es hinaus, und sie überquerten eine Art Verkehrsschleife. Die Luft draußen war ungefähr genauso wie drinnen, nur wärmer, und eine Bandaufnahme wiederholte immer wieder, daß die weißen Flächen nur zum Be- und Entladen da seien. Autos aller Art kutschierten herum, Babys schrien, Menschen stützten sich auf Gepäckberge, aber Sergei wußte, wohin sie gingen – zu der Garage drüben auf der anderen Seite.

Sergeis Wagen war lang, schwarz und deutsch und sah aus, als ob ihn jemand gerade mit warmer Spucke und Q-Tips geputzt hätte. Als Rydell auf dem Beifahrersitz Platz nehmen wollte, wurde Sergei wieder ganz nervös und bugsierte ihn zu Karen auf den Rücksitz. Darüber mußte sie lachen, und Rydell fühlte sich besser.

Als sie aus der Garage fuhren, erspähte Rydell drüben bei den großen Lettern aus rostfreiem Stahl, die das Wort METRO bildeten, zwei Cops. Sie trugen klimatisierte Helme mit klaren Kunststoff-Sichtscheiben. Sie stießen einen alten Mann mit ihren Knüppeln, die aber wohl nicht eingeschaltet waren. Die Jeans des alten Mannes waren an den Knien ausgebleicht, und er hatte große Klebepflaster auf beiden Wangenknochen, was so gut wie immer Krebs bedeutete. Er war derart verbrannt, daß sich über seine Hautfarbe schwer etwas sagen ließ. Ob er weiß oder sonstwas war. Eine Menschenmenge strömte die Treppe unter dem METRO-Schild hinter dem alten Mann und den Cops hinauf.

»Willkommen in Los Angeles«, sagte sie. »Sei froh, daß du nicht mit der U-Bahn fahren mußt.«

An diesem Abend aßen sie mit Pursley persönlich in einem Tex-Mex-Restaurant auf der North Flores Street zu Abend, in Hollywood, wie Karen sagte. Es war das beste Tex-Mex-Essen, das Rydell je bekommen hatte. Ungefähr einen Monat später wollte er Sublett zu dessen Geburtstag dorthin einladen und ihn mit einem Essen wie in der guten alten Heimat ein wenig aufmuntern, aber der Mann vor der Tür wollte sie nicht reinlassen.

»Alles besetzt«, sagte er.

Rydell konnte durchs Fenster eine Menge freier Tische sehen. Es war noch früh, und es war kaum jemand drin. »Und was ist mit denen?« fragte Rydell und zeigte auf all die freien Tische.

»Reserviert«, sagte der Mann.

Sublett meinte, stark gewürzte Speisen seien eh nicht so ganz das Wahre für ihn.

Wenn er mit Gunhead unterwegs war, fuhr er inzwischen am liebsten in die Hügel und Canyons, besonders in einer Nacht mit gutem Mond. Manchmal sah man da oben etwas und wußte nicht genau, ob man es nun wirklich gesehen hatte oder nicht. In einer Vollmondnacht war Rydell mit Gunhead auf einer Landstraße um eine Biegung geschossen und hatte im Scheinwerferlicht eine nackte Frau mitten in der Bewegung erstarren lassen, zitternd wie ein Reh. Sie war nur eine Sekunde lang da, aber das reichte Rydell; er glaubte gesehen zu haben, daß sie entweder silberne Hörner oder einen Hut mit einer nach oben gebogenen Sichel auf dem Kopf hatte und daß sie möglicherweise Japanerin war, was ihm damals als das merkwürdigste an der ganzen Sache erschienen war. Dann sah sie ihn – er *sah,* daß sie ihn sah – und lächelte. Dann war sie weg.

Sublett hatte sie auch gesehen, aber der Anblick hatte bei ihm nur einen ekstatischen Anfall religiöser Furcht ausgelöst und sein Mundwerk in hypermotorische Bewegung versetzt. Jeder Horrorfilm, den er je gesehen hatte, vermischte sich holterdiepolter mit Reverend Fallons Tiraden über Hexen, Teufelsanbeterinnen und die lebende Macht Satans. Er hatte seine Wochenration Kaugummi aufgebraucht und pausenlos geredet, bis Rydell ihn schließlich anfauchte, er solle, verdammt noch mal, die Schnauze halten.

Da sie jetzt verschwunden war, wollte er über sie nachdenken. Wie sie ausgesehen hatte, was sie dort wohl gemacht hatte, und wie es kam, daß sie verschwunden war. Während Sublett auf dem Beifahrersitz schmollte, hatte Rydell versucht, sich genau ins Gedächtnis zu rufen, wie sie es fertiggebracht hatte, sich so perfekt und plötzlich in Luft aufzulösen. Und das Komische war, daß er sich gewissermaßen auf zwei Arten daran erinnerte, während er sich im Gegensatz dazu immer noch nicht richtig daran erinnern konnte, Kenneth Turvey erschossen zu haben, obwohl er Produktionsassistenten und Anwälte des Senders so oft darüber reden gehört hatte, daß es ihm vorkam, als ob er es gesehen hätte, zumindest in der Version von *Cops in Schwierigkeiten* (die nie ausgestrahlt worden war). In der einen Erinnerung hatte sie sich einfach irgendwie den Hang am Straßenrand hinunterbegeben, obwohl er nicht sagen konnte, ob sie gelaufen oder geschwebt war. In der anderen Erinnerung war sie den Hang auf der anderen Straßenseite *hinauf*gesprungen – obwohl das Wort eine klägliche Untertreibung war –, hatte einen Satz über diese ganze von Staub versilberte, mondbeschienene Vegetation hinweg gemacht, zwölf Meter, als ob es anderthalb gewesen wären, und war schlichtweg *verschwunden* – ein Ding der Unmöglichkeit.

Und hatten japanische Frauen überhaupt solche langen, lockigen Haare? Und hatte es nicht so ausgesehen, als ob die verschattete Dunkelheit ihres Buschs zu einer Art Ausrufezeichen rasiert gewesen wäre?

Zu guter Letzt kaufte er Sublett vier Packungen seines Spezialkaugummis in einer russischen Apotheke auf dem Wilshire, die die ganze Nacht offen hatte, und staunte, was das Zeug kostete.

Er hatte auch andere Dinge gesehen, oben in den Canyons, besonders, als er eine Schicht mitten auf dem Friedhof eingelegt hatte. Meistens Feuer, kleine Feuer, wo es eigentlich gar keine geben konnte. Und manchmal Lichter am Himmel, aber Sublett hatte so viel Sektenmist aus seiner Zeit im Wohnwagen-Camp im Hirn, daß Rydell lieber nichts davon sagte, wenn er nun beim Fahren ein Licht sah.

Manchmal, wenn er da oben war, dachte er jedoch an sie. Ihm war klar, daß er nicht wußte, was sie war, und komischerweise interessierte es ihn nicht mal, ob sie ein menschliches Wesen war oder nicht. Aber er hatte nie das Gefühl gehabt, daß sie böse war. Nur anders.

In der Nacht, die seine letzte Nacht auf Streife bei IntenSecure sein sollte, fuhr er also bloß so dahin und schwatzte mit Sublett. Kein Mond, aber ein selten klarer Himmel, an dem ein paar Sterne zu sehen waren.

Noch fünf Minuten bis zur ersten Überprüfung eines Hauses, dann würden sie wieder nach Beverly Hills zurückfahren.

Sie unterhielten sich über eine japanische Fitneßcenter-Kette namens Body Hammer. Mit dem Körpertraining herkömmlicher Fitneßcenter hatte Body Hammer nicht viel am Hut. Tatsächlich gingen sie so weit wie möglich in die entgegengesetzte Richtung; sie hatten sich hauptsächlich auf Jugendliche spezialisiert, denen der Gedanke zusagte, sich das Gewebe brasilianischer Föten injizieren und das Knochengerüst mit ›Performance-Material‹ verstärken zu lassen, wie es in den Anzeigen genannt wurde.

Sublett sagte, das sei Teufelswerk.

Rydell sagte, es sei ein Unternehmen mit einer Konzession aus Tokio.

Gunhead sagte: »Mehrfacher Mord mit Geiselnahme, betroffen sind möglicherweise die kleinen Kinder des Teilnehmers. Benedict Canyon. Sie sind von IntenSecure ermächtigt, tödliche, wiederhole, tödliche Gewalt anzuwenden.«

Und das Armaturenbrett leuchtete auf wie eine alte Spielhalle voller Videospiele.

So wie alles gelaufen war, hatte Rydell gar nicht die Zeit gehabt, sich an Karen Mendelsohn, Business-Class-Sitze und solche Dinge zu gewöhnen.

Karen wohnte im soundsovielten Stock im Century City II, alias der Klecks, das wie eine stromlinienförmige, halb durchsichtige grüne Titte aussah und das dritthöchste Gebäude im Becken von L.A. war. Im richtigen Licht konnte man fast ganz durchschauen und die drei riesigen Strebepfeiler ausmachen, von denen die Konstruktion getragen wurde. Jeder von ihnen war so umfangreich, daß man einen normalen Wolkenkratzer hätte drin unterbringen können, und trotzdem wäre noch Platz geblieben. In diesen stativartigen Dingern fuhren Aufzüge in schrägem Winkel nach oben; Rydell hatte noch keine Zeit gehabt, sich an die Dinger zu gewöhnen.

Die Titte hatte eine sorgsam korrodierte Kupferwarze, die aussah wie einer dieser chinesischen Hüte und mühelos ein paar Fußballplätze überdecken konnte. Dort, direkt darunter, befand sich Karens Wohnung, zusammen mit hundert genauso teuren Behausungen, einem Tennisklub, Bars, Restaurants und einem Einkaufszentrum, in dem man zahlendes Mitglied sein mußte, bevor man dort einkaufen konnte. Ihre Wohnung lag ganz außen am Rand, mit großen, gekrümmten Fenstern, die in die grüne Wand eingelassen waren.

Drinnen war alles in verschiedenen Schattierungen von Weiß gehalten, außer ihren Kleidern, die allesamt schwarz waren, ihren Koffern – ebenfalls schwarz –, und den großen Frotteemänteln, die sie so gern trug; die hatten die Farbe von trockenem Hafermehl.

Karen erklärte, das sei die aggressive, nostalgische Siebziger-Jahre-Mode, und sie hätte sie allmählich ein bißchen satt. Rydell konnte ihr das nachfühlen, dachte jedoch, es wäre vielleicht unhöflich, es zu sagen.

Der Sender hatte ihm ein Zimmer in einem Hotel in West Hollywood besorgt, das eher wie ein richtiges Wohnhaus aussah, aber er verbrachte dort nicht viel Zeit. Bis die Pooky-Bear-Sache in Ohio losging, war er meistens bei Karen oben gewesen.

Mit der Entdeckung der ersten fünfunddreißig Opfer von Pooky Bear war Rydells Karriere als Cop in Schwierigkeiten so gut wie gestorben. Es hatte auch nicht gerade geholfen, daß die Polizistinnen, die zuerst am Ort des Verbrechens gewesen waren – Sergeant China Valdez und Corporal Norma Pierce – die beiden mit Abstand am besten aussehenden Frauen der gesamten Polizeitruppe von Cincinnati waren (›affentittengeil telegen‹, hatte einer der Produktionsassistenten gesagt, obwohl das in Rydells Ohren unter den Umständen recht merkwürdig klang). Dann begann die Zahl der Opfer zu steigen und ließ schließlich alle bekannten und herkömmlichen Dimensionen von Massenmord weit hinter sich. Dann kam ans Tageslicht, daß alle Opfer Kinder waren. Daraufhin bekam Sergeant Valdez einen posttraumatischen Schock und drehte auf primitivste Weise durch; sie marschierte in eine Kneipe in der Innenstadt und ballerte einem bekannten Pädophilen beide Kniescheiben weg – so einem Oberkotzbrocken mit dem Spitznamen Jellybeans, der jedoch absolut nichts mit den Pooky-Bear-Morden zu tun hatte.

Aaron Pursley düste bereits mit einem Lear-Jet nach Cincinnati, in dem sich kein Fitzelchen Metall befand, Karen hatte ununterbrochen ihre Telebrille auf der Nase und redete pausenlos mit mindestens sechs Leuten zugleich, und Rydell saß auf dem Rand ihres großen weißen Bettes und begriff allmählich, daß sich etwas geändert hatte.

Als sie das Ding schließlich abnahm, blieb sie einfach so sitzen und starrte auf ein weißes Bild an einer weißen Wand.

»Haben sie Verdächtige?« fragte Rydell.

Karen schaute zu ihm herüber, als ob sie ihn noch nie gesehen hätte.

»Verdächtige? Sie haben schon *Geständnisse*...« Rydell fiel auf, wie alt sie in diesem Moment aussah, und er fragte sich, wie alt sie eigentlich war. Sie stand auf und verließ das Zimmer.

Fünf Minuten später kam sie in einem frischen schwarzen Kostüm zurück. »Pack deine Sachen. Ich kann dich jetzt nicht hierhaben.« Dann war sie fort, kein Kuß, kein auf Wiedersehen, nichts.

Er stand auf, schaltete einen Fernseher ein und sah die Pooky-Bear-Mörder zum ersten Mal. Alle drei. Sie sahen völlig normal aus, dachte er – wie Leute, die solche Scheiße machen, im Fernsehen eben meistens aussehen.

Er saß in einem ihrer Hafermehlmäntel da, als sich zwei Privatcops Eintritt verschafften, ohne anzuklopfen. Ihre Uniformen waren schwarz, und sie trugen die hohen, schwarzen, leichten Kampfstiefel der Einsatzkommandos, die Rydell auch auf Streife in Knoxville getragen hatte, die mit den Kevlar-Brandsohlen, falls jemand angeschlichen kam und einen von unten in den Fuß zu schießen versuchte.

Einer von ihnen aß einen Apfel. Der andere hatte einen Betäubungsknüppel in der Hand.

»Hallo, Kamerad«, sagte der erste mit dem Mund voller Apfel, »wir bringen dich raus.«

»Ich hatte auch solche Schuhe«, sagte Rydell. »Sind aus Portland, Oregon. Zweihundertneunundneunzig Dollar, draußen bei Cost-Co.«

Der mit dem Knüppel grinste. »Packst du jetzt deine Sachen?«

Das tat Rydell. Er nahm alles, was nicht schwarz, weiß oder hafermehlfarben war und warf es in seinen blauen Samsonite.

Der Privatcop mit dem Knüppel beobachtete ihn, während der andere herumschlenderte und seinen Apfel aufaß.

»Von wem seid ihr?« fragte Rydell.

»IntenSecure«, sagte der mit dem Knüppel.

»Guter Laden?« Rydell zog den Reißverschluß seines Koffers zu.

Der Mann zuckte die Achseln.

»Aus Singapur«, sagte der andere und wickelte den Butzen seines Apfels in ein zerknittertes Kleenex, das er aus seiner Hosentasche geholt hatte. »Wir haben die ganzen großen Häuser, die bewachten Siedlungen und so.« Er steckte den Butzen sorgfältig in die Brusttasche seines steifen schwarzen Uniformhemds hinter dem Bronzeabzeichen.

»Hast du Geld für die Metro?« erkundigte sich Mr. Knüppel bei Rydell.

»Klar.« Rydell dachte an seine Debitkarte.

»Dann geht's dir besser als den meisten von den Arschlöchern, die wir hier rausschaffen«, sagte der Mann.

Einen Tag später sperrte der Sender seine Mex-AmeriBank-Karte.

Rydell schaltete den Sechsradantrieb des Hotspur Hussar ein, ging in den Schnellgang und ertappte sich bei dem Gedanken, daß Hernandez vielleicht falsch lag, was englische Einsatzfahrzeuge betraf. Er spürte, wie Gunhead sich wie ein drei Tonnen schwerer, zweimotoriger Blutegel am Pflaster festsaugte. Er hatte den Wagen noch nie so getreten.

Sublett jaulte auf, als sich die Crashgurte automatisch festzurrten und ihn aus seiner gewohnten krummen Haltung hochzerrten.

Rydell schleuderte mit Gunhead auf einen Seitenstreifen, der von staubigem Eiskraut bedeckt war, und schoß mit siebzig an einem museumsreifen Bentley vorbei, noch dazu auf der falschen Seite. Ein flüchtiger Blick auf das entsetzte Gesicht einer Beifahrerin, dann mußte es Sublett gelungen sein, die rote Plastikscheibe zu treffen, die das Blaulicht und die Sirene aktivierte.

Gerade Strecke jetzt. Überhaupt keine Autos. Rydell fuhr auf die Mittellinie und trat das Gaspedal bis zum Anschlag durch. Sublett gab ein merkwürdiges, klagendes Geräusch von sich, das auf unheimliche Weise mit dem ansteigenden keramischen Heulen der beiden Kyoceras synchron war, und Rydell kam der Gedanke, daß der Texaner unter dem Druck völlig ausgeflippt war und in einer Wohnwagen-Camp-Sprache sang, die nur die verblödeten Jünger des Reverend Fallon verstanden.

Aber nein, als er einen raschen Blick zu ihm hinüberwarf, sah er, wie Sublett mit sich bewegenden Lippen hektisch die über die Bildschirme auf dem Armaturenbrett schäumenden Daten des Kunden überflog. Die Augen quollen ihm aus den Höhlen, als ob die silbernen Kontaktlinsen gleich rausspringen würden. Aber während er las, sah Rydell, lud er doch tatsächlich seine abgenutzte, gebraucht erstandene Glock; seine langen weißen Finger bewegten sich auf die denkbar nüchternste Art, als ob er ein Sandwich zubereiten oder eine Zeitung falten würde.

Und *das* machte ihm wirklich Angst.

»Todesstern!« brüllte Rydell. Es war Subletts Aufgabe, den Stöpsel ständig im Ohr zu behalten und auf das per Satellit übertragene, sofort alles andere überlagernde Wort der echten Cops zu horchen.

Sublett legte das Magazin in seine Glock ein und drehte sich zu ihm um. Sein Gesicht war so blaß, daß sich die Farben des Displays am Armaturenbrett ebenso mühelos darin zu spiegeln schienen wie in den blanken Stahlkreisen seiner Augen.

»Ich krieg nichts *rein*«, sagte er, »und sie haben die drei *Kleinen* im *Kinderzimmer*.« Es hörte sich an, als ob er über etwas leicht Verwirrendes im Fernsehen spräche, zum Beispiel über die arg verhunzte Version eines alten Lieblingsfilms, der für irgendeine obskure ethnische Marktnische radikal neu besetzt worden war. »Sie sagen, sie bringen sie um, Berry.«

»Und was sagen die verdammten *Cops* dazu?« rief Rydell und schlug in der zornigsten Frustration, die er je verspürt hatte, auf die gepolsterte Acht des Lenkrads.

Sublett drückte einen Finger an sein rechtes Ohr. Er sah aus, als ob er gleich schreien würde. »Tot«, sagte er.

Gunheads rechter vorderer Kotflügel riß einen rundum galvanisierten Landbriefkasten ab, der ungefähr von 1943 stammte und zweifellos teuer auf der Melrose Avenue erworben worden war.

»Das Ding *kann* nicht tot sein, verdammte Scheiße«, rief Rydell, »das ist die *Polizei*.«

Sublett zog den Stöpsel aus seinem Ohr und hielt ihn Rydell hin. »Statik, das 's alles…«

Rydell schaute auf das Display am Armaturenbrett hinunter. Gunheads Cursor war ein grüner Speer des Schicksals, der auf einer noch grüneren Canyonstraße auf einen schlichten weißen Kreis von der Größe eines Eherings zuraste. Im Fenster gleich rechts daneben konnte er die Vitalitätsparameterdaten der drei Kinder des Teilnehmers ablesen. Ihr Puls schlug schnell. Das Fenster darunter zeigte ein absurd friedlich aussehendes Infrarot-Standbild vom Tor des Kunden. Es sah massiv aus. Die Anzeige besagte, daß es verschlossen und gepanzert war.

Wahrscheinlich war das der Augenblick, in dem er beschloß, einfach zu handeln.

Etwa eine Woche später, als sich der Staub gelegt hatte, ließ Hernandez erkennen, daß er im Grunde Verständnis für ihn hatte, was die ganze Sache betraf. Glücklich war er allerdings nicht gerade, weil es in seiner Schicht passiert war, aber er sagte immerhin, daß er es Rydell unter den gegebenen Umständen nicht verübeln könne.

IntenSecure hatte eine ganze Flugzeugladung von Leuten aus der Zentrale in Singapur eingeflogen, wie Rydell gehört hatte, um alles aus den Medien herauszuhalten und eine Regelung mit den Teilnehmern zu finden, den Schonbrunns. Er hatte keine Ahnung, was diese Regelung zu guter Letzt gekostet haben mochte, und er war auch ganz froh, daß er es nicht wußte; ein Programm namens *Privatcops in Schwierigkeiten* gab es nämlich nicht, und allein schon für das Tor der Schonbrunns hätte er wahrscheinlich ein paar Dutzend seiner Gehaltsschecks hinlegen müssen.

Sicher, IntenSecure konnte das Tor ersetzen, denn sie hatten es ja auch installiert. Das Ding war echt nicht schlecht gewesen – irgend so ein japanisches faserverstärktes Folienmaterial, hart wie Beton, das mühelos den größten Teil des Wet Honey Sienna von Gunheads Schnauze abgefetzt hatte.

Dann war da der Schaden am Haus selbst, hauptsächlich an den Wohnzimmerfenstern (durch die er gefahren war) und den Möbeln (über die er gefahren war).

Und dann hatte obendrein noch was für die Schonbrunns rausspringen müssen, erklärte Hernandez. Etwas für die emotionalen Schmerzen, sagte er und zapfte Rydell dabei eine Tasse alten, scheußlichen Kaffees aus der großen Cromargan-Thermoskanne hinter seinem Schreibtisch. An der Kanne klebte ein Eisschrank-Magnet mit der Aufschrift ›*ICH* BIN NICHT OKAY, *DU* BIST NICHT OKAY – ABER HEY, DAS IST SCHON OKAY.‹

Es war zwei Wochen nach der fraglichen Nacht, zehn Uhr morgens, und Rydell hatte einen Fünftagebart und trug einen feingewebten Panama-Stetson, ausgebeulte Shorts in verblichenem Orange, ein T-Shirt mit der Aufschrift ›KNOXVILLE POLICE DEPARTMENT‹, das an den Schulternähten aufzuplatzen begann, die leichten schwarzen Kampfstiefel seiner IntenSecure-Uniform und einen aufgeblasenen, transparenten Verband am linken Arm. »›Emotionale Schmerzen‹«, wiederholte er.

Hernandez, der fast genauso breit war wie sein Schreibtisch, schob ihm den Kaffee hinüber. »Bist 'n echter Glückspilz, kann ich nur sagen.«

»Ich bin arbeitslos und hab den Arm in Gips, und da bin ich ›ein Glückspilz‹?«

»Im Ernst, Mann«, sagte Hernandez, »du hättest dich dabei umbringen können. Die Jungs vom LAPD hätten dir den Arsch abschießen können. Mr. und Mrs. Schonbrunn waren *sehr* nett, wenn man bedenkt, wie peinlich die Sache für Mrs. Schonbrunn war und alles. Du hast was am Arm abgekriegt, tja, tut mir leid ...« Hernandez ließ ein gewaltiges Achselzucken abrollen.

»Bist jedenfalls nicht *gefeuert*, Mann. Wir können dich im Moment bloß nicht ans *Lenkrad* lassen. Wenn du 'nen Job als Pförtner in 'ner Wohnsiedlung willst, kein Problem.«

»Nein danke.«

»Einzelhandelsgeschäfte? Willst du abends arbeiten, in der Enrico Fashion Mall?«

»Nein.«

Hernandez' Augen wurden schmal. »Schon mal gesehen, was da für Mösen rumlaufen?«

»Nee.«

Hernandez seufzte. »Mann, was ist mit dem ganzen Scheiß, den du noch aus Nashville an der Hacke hast?«

»Knoxville. Das Department hat beschlossen, mich endgültig zu suspendieren. Weil ich ohne Genehmigung oder richtige Unterstützung rein bin.«

»Und dieses Miststück, das dich verklagt hat?«

»Das letzte, was ich gehört hab, ist, daß sie und ihr Sohn dabei erwischt worden sind, wie sie einen Laden für Auspufftöpfe in Johnson City überfallen haben…« Jetzt war Rydell derjenige, der die Achseln zuckte, nur daß ihm dabei die Schulter wehtat.

»Na siehst du«, sagte Hernandez strahlend, »bist 'n Glückspilz.«

In dem Moment, als er mit Gunhead durch Schonbrunns verschlossenes und gepanzertes Tor im Benedict Canyon gefahren war, hatte Rydell ganz kurz etwas sehr Erhabenes, sehr Reines und fast klinisch *Leeres* wahrgenommen; das *Handeln* an sich, das Nicht-Denken; diese sonderbare adrenalingespeiste Hochstimmung und das Verschwinden jedes unangenehmeren Aspekts des Ich.

Und das – später fiel ihm ein, daß er sich daran erinnert hatte, als er mit dem Lenkrad kämpfte und durch einen japanischen Garten, über einen Innenhof und durch eine Membran aus Panzerglas brauste, die nachgab wie etwas in einem Traum – hatte sehr dem geähnelt, was er empfunden hatte, als er seine Waffe gezogen, den Abzug durchgedrückt und den Inhalt von Kenneth Turveys Hirnschale nicht zu knapp über eine scheinbar endlose Fläche von weiß grundiertem Sperrholz entleert hatte, die zu lackieren sich nie jemand die Mühe gemacht hatte.

Rydell fuhr nach Cedars hinüber, um Sublett zu besuchen.

IntenSecure hatte ein Einzelzimmer für Sublett springen lassen, um ihn besser von irgendwelchen herumstrolchenden Medienhaien fernzuhalten. Der Texaner saß aufrecht im Bett, kaute Kaugummi und hielt den Blick auf einen kleinen Flüssigkristall-Disk-Player auf seiner Brust gerichtet.

»*Warlords of the 21st Century*«, sagte er, als Rydell vorsichtig hereinkam, »James Wainwright, Annie McEnroe, Michael Beck.«

Rydell grinste. »Wann haben sie den gemacht?«

»1982.« Sublett stellte den Ton ab und blickte auf. »Aber ich hab ihn schon ein paarmal gesehen.«

»Ich war drüben im Büro bei Hernandez, Mann. Er sagt, du brauchst dir gar keine Sorgen um deinen Job zu machen.«

Sublett sah Rydell mit seinen blanken Silberaugen an. »Und was 's mit deinem, Berry?«

Rydells Arm begann unter dem aufgeblasenen Verband zu jucken. Er bückte sich und fischte einen Plastikstrohhalm aus dem kleinen weißen Abfalleimer neben dem Bett. Er steckte den Strohhalm unter den Verband und zwirbelte ihn herum. Es half ein bißchen. »Ich bin weg vom Fenster da drüben. Sie wollen mich nicht mehr ans Lenkrad lassen.«

Subletts Blick war auf den Strohhalm gerichtet. »Du solltest keine gebrauchten Sachen anfassen. Nicht in 'nem Krankenhaus.«

»Du hast nichts Ansteckendes, Sublett. Du bist eins der cleansten Arschlöcher aller Zeiten.«

»Und was willst du jetzt *machen*, Berry? Du mußt doch von irgendwas leben, Mann.«

Rydell warf den Strohhalm wieder in den Eimer. »Weiß ich nicht. Aber ich weiß, daß ich nicht die geringste Lust habe, Pförtner in 'ner Siedlung oder Nachtwächter im Einkaufszentrum zu werden.«

»Was ist mit diesen Hackern, Berry? Glaubst du, sie kriegen die Typen, die uns reingelegt haben?«

»Nee. Das sind zu viele. Die Republik der Sehnsucht gibt's schon 'ne Weile. Die Jungs vom FBI haben 'ne Liste von vielleicht dreihundert ›Mitgliedern‹, aber die kann man ja nicht alle in die Sache reinziehen, nur um rauszufinden, wer's wirklich getan hat. Oder jedenfalls erst, wenn einer von denen jemand verpfeift, was sie ziemlich regelmäßig zu tun pflegen.«

»Aber warum sollten sie uns so was überhaupt antun wollen?«

»Zum Teufel, Sublett, woher soll ich das wissen?«

»Ich *mein* ja bloß«, sagte Sublett.

»Naja, einmal das, und Hernandez sagt, er hätte vom LAPD gehört, ihrer Meinung nach hätte es jemand auf *Mrs.* Schonbrunn abgesehen gehabt – wir sollten sie mehr oder weniger mit runtergelassenem Höschen erwischen.« Weder Sublett noch Rydell hatten Mrs. Schonbrunn tatsächlich gesehen, weil sie im Kinderzimmer gewesen war, wie sich herausstellte. Nur ihre Kinder waren nicht da; die waren mit ihrem Daddy nach Washington unterwegs, um die drei neuesten Vulkane zu überfliegen.

Nichts, was Gunhead in dieser Nacht seit der Abfahrt aus der Waschanlage empfangen hatte, war echt gewesen. Jemand war in den Bordcomputer des Hotspur Hussar eingedrungen, hatte einen Haufen komplizierter, kunstvoller und komplett falscher Daten ins Kommunikationsbündel eingegeben und Rydell und

Sublett von IntenSecure *und* dem Todesstern (der natürlich nicht tot gewesen war) abgeschnitten. Rydell vermutete, daß ein paar von den netten Kameraden aus der Mongolei drüben in der Autowaschanlage ein bißchen was darüber wissen könnten.

Und vielleicht war Rydell in diesem Moment seltsamer Klarheit, als Gunheads zerknautschter Kühler immer noch die zerfetzten Überreste von zwei großen Ledersofas zu erklimmen suchte und ihm die Erinnerung an Kenneth Turveys Tod endlich real vor Augen stand, zu dem Schluß gekommen, daß dieses erhabene und verrückte Etwas, diese Anwandlung, einfach spontan zu handeln, vielleicht nicht immer so unbedingt verläßlich war.

»Aber, Mann«, hatte Sublett wie zu sich selbst gesagt, »die werden diese kleinen Babys *umbringen.*« Und mit diesen Worten hatte er seinen Gurt aufschnappen lassen und war mit der Glock in der Hand draußen, ehe Rydell überhaupt irgendwas tun konnte. Rydell hatte ihm einen Block vorher befohlen, die Sirene und das Blaulicht auszuschalten, aber jetzt wußte garantiert jeder im Haus, daß IntenSecure da war.

»Wir gehen rein«, hörte Rydell sich sagen, als er das Halfter mit der Glock drin an seine Uniform klebte und sich seinen Chunker schnappte, der abgesehen von seiner Feuergeschwindigkeit wahrscheinlich höchstens für eine Schießerei in einem Kinderzimmer getaugt hätte. Er trat die Tür auf, sprang hinaus und brach mit seinen Stiefeln sofort durch die zolldicke Glasplatte eines Kaffeetisches. (Zwölf Stiche, aber die Wunde war nicht tief.) Er konnte Sublett nicht sehen. Er stolperte vorwärts, wobei er den plumpen gelben Chunker fest an sich gedrückt hielt, und merkte undeutlich, daß mit seinem Arm etwas nicht stimmte.

»STEHENBLEIBEN, DU DRECKSACK!« sagte die lauteste Stimme der Welt. »LAPD! LASS DAS SCHEISSDING FALLEN, ODER WIR PUSTEN DIR DEN *ARSCH* WEG!«

Rydell sah sich im Brennpunkt eines plötzlich aufleuchtenden, außerordentlich schmerzhaften Lichtstrahls, der so grell war, daß sein Licht wie heißes Metall in seine verständnislosen Augen fiel. »HÖRST DU MICH, DRECKSACK?« Rydell zuckte zusammen, die Finger über den Augen, drehte sich um und sah die knolligen, gepanzerten Gondeln des herunterkommenden Kampfhubschraubers. Der Fallstrom legte alles in dem japanischen Garten flach, was Gunhead nicht bereits plattgewalzt hatte.

Rydell ließ den Chunker fallen.

»DIE PISTOLE AUCH, DU ARSCHLOCH!«

Rydell nahm den Griff der Glock zwischen Daumen und Zeigefinger. Sie löste sich samt Kunststoffhalfter mit einem leisen, aber unverkennbaren *Skritch* der Klettverschlüsse, das durch das Rattern des im Einsatz gedämpften Motors des Helikopters hindurch irgendwie hörbar war.

Er ließ die Glock fallen und hob die Hände. Das heißt, er versuchte es. Der linke Arm war gebrochen.

Sie fanden Sublett fünf Meter von Gunhead entfernt. Sein Gesicht und seine Hände schwollen an wie knallrosa Luftballons, und er schien keine Luft mehr zu bekommen. Schonbrunns bosnische Haushälterin hatte ein Reinigungsmittel benutzt, das Xylen und chlorierte Kohlenwasserstoffe enthielt, um ein paar Buntstiftstriche von einem Sofatischchen aus gebleichter Eiche zu entfernen.

»Was ist denn mit *dem* los, verdammt noch mal«, fragte einer der Cops.

»Er hat Allergien«, sagte Rydell mit zusammengebissenen Zähnen. Sie hatten ihm die Hände mit Handschellen hinter den Rücken gefesselt, und es tat höllisch weh. »Ihr müßt ihn zum Notarzt bringen.«

Sublett machte die Augen auf, das heißt, er versuchte es.

»Berry ...«

Rydell fiel der Name des Films ein, den er im Fernsehen gesehen hatte. *»Miracle Mile«*, sagte er.

Sublett blinzelte zu ihm hoch. »Kenn ich nicht«, sagte er und wurde ohnmächtig.

Mrs. Schonbrunn hatte sich an diesem Abend mit ihrem polnischen Landschaftsgärtner verlustiert. Die Cops fanden sie im Kinderzimmer. Sie brachte kein Wort heraus – teils vor Wut, teils aber auch deshalb, weil sie auf höchst interessante Weise in mehrere tausend Dollar teures englisches Latex und North-Beach-Leder verschnürt und mit antiken Smith & Wesson-Handschellen gefesselt war, die für teures Geld liebevoll aufpoliert und schwarz gebrannt worden waren. Der Gärtner hatte sich offenbar in die Hügel verdrückt, als er hörte, wie Rydell Gunhead im Wohnzimmer parkte.

Keine schöne Party

Chevette klaute nie was, jedenfalls nicht anderen Leuten, und schon gar nicht bei der Arbeit. Außer an jenem beschissenen Montag, als sie diesem Oberarschloch die Sonnenbrille wegnahm, aber das kam daher, daß sie den Kerl einfach nicht ausstehen konnte.

Also, sie stand an diesem Fenster im neunten Stock und schaute auf die Brücke hinaus, an den grauen Gemäuern der Hochhäuser vorbei, als er von hinten ankam. Beinahe hätte sie Skinners Bude entdeckt, dort oben bei den alten Kabeln, als die Spitze eines Fingers ihren bloßen Rücken fand. Unter Skinners Jacke, unter ihrem T-Shirt berührte er sie.

Sie trug diese Jacke überall, wie eine Art Panzer. Sie wußte, daß man in dieser Jahreszeit auf dem Rad eigentlich nur Nanopore tragen konnte, aber sie zog trotzdem Skinners alte Pferdehaut mit ihren strichcodierten Allied-Abzeichen am Revers an. Die kleinen Kugeln an den Reißverschlüssen schlenkerten hin und her, als sie herumwirbelte, um diesen Finger wegzustoßen.

Blutunterlaufene Augen. Ein Gesicht, das aussah, als ob es gleich schmelzen würde. Er hatte eine kurze, kleine, grünliche Zigarre im Mund, aber sie brannte nicht. Er nahm sie heraus, tunkte das feuchte Ende in ein kleines Glas mit klarem Schnaps und lutschte dann lange daran. Grinste sie drumherum an. Als ob er wüßte, daß sie nicht hierher gehörte, nicht auf so eine

Party und nicht in so ein altes, aber sündhaft teures Hotel hoch über der Geary.

Aber es war die letzte Tour für diesen Tag gewesen, ein Päckchen für einen Anwalt. Tenderloins Mülltonnenfeuer brannten ganz in der Nähe, und um sie herum, zusammengekauert, alle jene so unheilbar Unglücklichen, so vollständig in Chemikalien Verlorenen. Gesichter, die im feenhaften Licht der winzigen Glasröhrchen schimmerten. Augen, die in dieser schrecklichen und flüchtigen Befriedigung den Dienst versagten. Eine Gänsehaut bekam sie davon, jedesmal.

Sie hatte ihr Fahrrad in der halligen unterirdischen Parkgarage des Morrisey abgeschlossen und scharf gemacht und dann einen Dienstboten-Fahrstuhl zum Foyer genommen, wo die Wachleute ihr das Päckchen abzuschwatzen versuchten, aber da bissen sie auf Granit. Sie würde es einzig und allein diesem Mr. Garreau in 808 aushändigen, wie es da auf dem Aufkleber stand. Keinem anderen. Sie fuhren mit einem Scanner über den Strichcode auf ihrem Allied-Abzeichen, durchleuchteten das Päckchen, schickten sie durch einen Metalldetektor und gaben ihr ein Zeichen, in einen Fahrstuhl mit pinkfarbenen Spiegeln an den Wänden und tresorbronzenem Anstrich zu treten.

Also war sie nach oben gefahren, bis zur 8, zu einem Flur, auf dem ihre Schritte so lautlos waren wie auf einem Waldboden in einem Traum. Dort fand sie Mr. Garreau, dessen Hemdsärmel weiß waren und dessen Krawatte die Farbe von frisch gegossenem Blei hatte. Er unterschrieb den Lieferschein, ohne ihr ins Gesicht zu schauen, und schlug ihr mit dem Päckchen in der Hand die Tür mit den drei Messingziffern vor der Nase zu. Sie überprüfte ihre Frisur in der spiegelblank polierten schrägen Null. Der Zopf am Hinterkopf stand gut hoch, aber sie war nicht sicher, daß sie vorne alles richtig hingekriegt hatte. Die Stacheln waren noch zu lang. Irgendwie fitzelig. Sie ging durch den Flur zurück, wobei das Metall an Skinners Jacke klingelte und ihre neuen, leichten Kampfstiefel in den frisch gesaugten Flur von der Farbe regennassen Terracottas einsanken.

Aber als die Fahrstuhltüren aufgingen, fiel diese Japanerin heraus. Oder jedenfalls beinahe, denn Chevette faßte sie unter beide Arme und lehnte sie an den Türrahmen.

»Wo Party?«

»Was die Leute alles von einem wissen wollen«, sagte Chevette.

»Neunter Stock. *Große* Party!«

Die Augen des Mädchens bestanden nur aus Pupillen, und ihr Pony glänzte wie Plastik.

So kam es, daß Chevette – ein echtes Weinglas mit echtem französischem Wein in der einen und das kleinste Sandwich, das sie je gesehen hatte, in der anderen Hand – sich schließlich fragte, wieviel Zeit ihr noch blieb, bis dem Hotelcomputer auffiel, daß sie das Gebäude noch nicht wieder verlassen hatte. Obwohl sie hier wohl kaum nach ihr suchen würden, denn da hatte jemand offenbar richtig Geld hingelegt, um eine solche Party feiern zu können.

Eine wahrhaft private Party, denn sie konnte die Leute im dunklen Badezimmer sehen, wie sie Ice durch einen Delphin aus geblasenem Glas rauchten, dessen glatte Rundungen von der flackernden bläulichen Zunge eines wahren Flammenwerfers von einem Feuerzeug erhellt wurden.

Es war auch nicht bloß ein Zimmer, es waren viele, und alle miteinander verbunden. Und auch viele Leute – die Männer zumeist in Anzügen, deren Jacketts vier Knöpfe hatten, in steifen Hemden mit Vatermörderkragen und ohne Krawatte, dafür aber mit einem kleinen, juwelenbesetzten Kragenknopf. Die Frauen trugen Kleider, die Chevette bisher nur in Magazinen gesehen hatte. Reiche Leute, auf jeden Fall, und außerdem Fremde. Dabei war Reichtum an sich ja vielleicht schon fremdartig genug.

Sie hatte es geschafft, die junge Japanerin horizontal auf einer langen, grünen Couch zu deponieren, wo sie nun vor sich hin schnarchte und einigermaßen sicher war, außer wenn jemand sich auf sie draufsetzte.

Chevette hatte sich umgesehen und festgestellt, daß sie nicht die einzige zu schlicht angezogene Einheimische war, die sich irgendwie reingeschmuggelt hatte. Da war zunächst mal der Typ im Badezimmer mit dem großen gelben Feuerzeug, aber der war ein extremer Fall. Dann gab es noch zwei ziemlich offensichtliche Tenderloin-Nutten, aber vielleicht stellten die einfach die akzeptable lokale Note auf dieser Party, worum auch immer es hier ging.

Aber dann steht ihr dieses Arschloch mit seinem fiesen, betrunkenen Grinsen direkt vor der Nase, und sie hat die Hand an einem kleinen Klappmesser, das sie sich ebenfalls von Skinner geborgt hat. Es hat ein Loch im Griff, in das man die Daumenspitze drücken kann, um es mit einer Hand aufschnappen zu lassen. Die Klinge ist keine acht Zentimeter lang, breit wie ein Suppenlöffel, bösartig gezackt und aus Keramik. Skinner sagt, es sei ein *Fraktal*messer; die Schneide sei in Wirklichkeit mehr als doppelt so lang wie die Klinge selbst.

»Mir scheint, du amüsierst dich nicht richtig«, sagt er. Ein Europäer, aber sie weiß nicht genau, welche Sorte. Weder Franzose noch Deutscher. Seine Jacke ist auch aus Leder, aber ganz anders als die von Skinner. Irgendein dünnhäutiges Tier, dessen Haut wie schwere Seide fällt, tabakfarben. Sie denkt an den Geruch der Magazine mit dem gelben Rücken oben in Skinners Bude, manche so alt, daß die Bilder nur noch aus Grauschattierungen bestehen, so wie die Stadt manchmal von der Brücke aus aussieht.

»Mir ging's prächtig, bis *Sie* aufgetaucht sind.« Chevette denkt, daß es wahrscheinlich Zeit ist zu gehen. Dieser Kerl bedeutet nichts Gutes.

»Sag mir«, verlangt er mit einem abschätzenden Blick auf die Jacke, das T-Shirt und die Radlerhose, »was für *Dienste* du anbietest.«

»Was, zum Teufel, soll *das* denn heißen?«

Er zeigt auf die Tenderloin-Mädchen auf der anderen Seite des Zimmers. »Du hast doch eindeutig was *Interessanteres*« – er rollt seine Zunge feucht um das Wort herum – »zu bieten als die beiden da drüben.«

»Blödsinn«, sagt Chevette. »Ich bin Botin.«

Und ein komisches Zögern geht über sein Gesicht, als ob etwas an seinem Suff vorbeigekommen wäre und ihn angestupst hätte. Dann wirft er den Kopf zurück und lacht, als hätte er den größten Witz aller Zeiten gehört. Sie erhascht einen Blick auf sehr weiße, sehr teuer aussehende Zähne. Reiche Leute haben nie Metall in den Zähnen, hat Skinner ihr erklärt.

»Hab ich was Komisches gesagt?«

Das Arschloch wischt sich die Augen. »Aber wir haben was gemeinsam, du und ich ...«

»Glaub ich kaum.«

»Ich bin *auch* ein Bote«, sagt er, obwohl er in Chevettes Augen so aussieht, als ob ihn schon ein bescheidener Hügel auf die Empfängerliste für eine Schweineherzklappe bringen würde.

»Ein Kurier«, sagt er, wie um sich selbst daran zu erinnern.

»Na, dann *proj on*«, sagt sie und geht um ihn herum, aber genau in diesem Augenblick geht das Licht aus, die Musik setzt ein, und es ist das Intro von Chrome Korans ›She God's Girlfriend‹. Chevette, die total auf Chrome Koran abfährt und sie auf dem Rad voll aufreißt, wenn sie mal zusätzlichen Schub braucht, um weiterzuprojen, bewegt sich jetzt einfach zur Musik; alle tanzen, sogar die Ice-Freaks aus dem Badezimmer.

Jetzt, wo das Arschloch nicht mehr da ist – aus den

Augen, aus dem Sinn –, fällt ihr auf, wieviel besser diese Leute aussehen, wenn sie tanzen. Sie findet sich gegenüber von einem Mädchen in Lederrock und kleinen schwarzen Stiefeln mit klingelnden Silbersporen wieder. Chevette grinst; das Mädchen grinst zurück.

»Bist du von hier?« fragt das Mädchen, als ›She God's Girlfriend‹ zu Ende ist. Das Mädchen – die Frau – ist älter, als sie gedacht hat; Ende zwanzig vielleicht, aber eindeutig älter als Chevette. Gutaussehend, aber nicht so, als ob alles nur aus dem Schminkkoffer käme; dunkle Augen, dunkle, kurze Haare. »Aus San Francisco?«

Chevette nickt.

Der nächste Song ist älter als sie; dieser Schwarze, der sich in einen Weißen verwandelt hat und dessen Gesicht dann eingefallen ist, glaubt sie. Sie schaut nach unten und sucht ihren Drink, aber die Gläser sehen alle gleich aus. Ihr japanisches Püppchen tanzt mit schwingenden Ponyfransen vorbei, ohne ein Zeichen des Wiedererkennens in den Augen, als sie Chevette sieht.

»Normalerweise findet Cody in San Francisco alles, was er braucht«, sagt die Frau. In ihrer Stimme klingt Müdigkeit mit, aber gleichzeitig merkt man, daß sie das alles ziemlich lustig findet. Eine Deutsche, vermutet Chevette nach ihrem Akzent.

»Wer?«

Die Frau hebt die Augenbrauen. »Unser Gastgeber.« Aber sie zeigt immer noch ihr breites, unbekümmertes Grinsen.

»Ich bin hier einfach so reinspaziert ...«

»Ich wünschte, ich könnte das gleiche sagen!« Die Frau lacht.

»Wieso?«

»Dann könnte ich auch wieder rausspazieren.«

»Gefällt's dir hier nicht?« Von nahem riecht sie teuer. Chevette macht sich auf einmal Gedanken darüber, wie sie selbst riechen muß, nach einem Tag auf dem

Rad und ohne eine Dusche. Aber die Frau nimmt ihren Ellbogen und führt sie beiseite.

»Du *kennst* Cody nicht?«

»Nein.« Chevette sieht den Betrunkenen – das Arschloch – durch die Tür zum nächsten Zimmer, wo das Licht noch brennt. Er blickt sie direkt an. »Und ich glaube, ich sollte jetzt mal gehen, okay?«

»Du mußt nicht. Bitte. Ich beneide dich nur, weil du die Wahl hast.«

»Bist du Deutsche?«

»Padanierin.«

Chevette weiß, daß das ein Teil des früheren Italien ist. Der nördliche Teil, glaubt sie. »Wer ist dieser Cody?«

»Cody *mag* Partys. Cody mag *diese* Party. Sie läuft jetzt schon seit etlichen *Jahren.* Wenn nicht hier, dann in London, Prag oder Macao...« Ein Boy kommt mit einem Getränketablett durch die Menge. Für Chevette sieht er nicht so aus, als ob er im Hotel arbeiten würde: Sein steifes weißes Hemd ist nicht mehr gar so steif, es ist völlig offen, die zerknitterten Schöße hängen herunter, und sie sieht, daß er sich eins dieser Dinger, die wie kleine Stahlhanteln aussehen, durch eine Brustwarze gebohrt hat. Sein steifer Kragen ist vorne abgegangen und steht ihm im Nacken hoch wie ein abgerutschter Heiligenschein. Die Frau nimmt ein Glas Weißwein, als er ihr das Tablett hinhält. Chevette schüttelt den Kopf. Auf dem Tablett steht eine weiße Untertasse mit Pillen und Dancerbriefchen, wie es scheint.

Der Boy zwinkert Chevette zu und geht weiter.

»Findest du das merkwürdig?« Die Frau trinkt ihren Wein aus und wirft das leere Glas über die Schulter nach hinten. Chevette hört, wie es zerbricht.

»Hm?«

»Codys Party.«

»Ja. Glaub schon. Ich meine, ich bin hier bloß so reinspaziert...«

»Wo wohnst du?«

»Auf der Brücke.« Sie beobachtet sie, um ihre Reaktion zu sehen.

Das Grinsen wird breiter. »Wirklich? Sie sieht so ... geheimnisvoll aus. Ich würde gern mal da hin, aber es gibt keine Touren, und es heißt, es ist gefährlich ...«

»Ach was«, sagt Chevette und zögert dann. »Nur ... putz dich nicht so raus, okay? Aber *gefährlich* ist es nicht, nicht mal so gefährlich wie hier in der Gegend.« Sie denkt an die Gestalten um die Mülltonnenfeuer. »Nach Treasure Island solltest du allerdings nicht rausfahren. Und versuch nicht, rüber nach Oakland zu kommen. Bleib auf der Seite mit der Hängekonstruktion.«

»Wohnst du *gern* da?«

»Scheiße, ja. Ich möchte nirgendwo anders wohnen.«

Die Frau lächelt. »Dann hast du großes Glück, finde ich.«

»Tja.« Chevette kommt sich tolpatschig vor. »Ich muß los.«

»Ich heiße Maria.«

»Chevette.« Sie streckt ihr die Hand hin. Fast wie ihr zweiter Name. Chevette-Marie.

Sie schütteln sich die Hände.

»Wiedersehn, Chevette.«

»Und noch 'ne schöne Party, okay?«

»Das ist *keine* schöne Party.«

Chevette zieht die breiten Schultern von Skinners Jacke zurecht, nickt Maria zu und beginnt, sich durch die Menge zu schieben. Die ist jetzt etliche Grade dichter geworden, als ob immer noch Freunde von diesem Cody eintreffen würden. Mehr Japaner jetzt, fällt ihr auf, alle mit dunklen Anzügen; ihre Frauen oder Sekretärinnen oder was immer tragen alle Perlen. Aber das hindert sie augenscheinlich nicht daran, auf die Stimmung hier einzusteigen. Es ist auch lauter geworden, weil die Leute mittlerweile betrunkener und higher sind. Es ist dieses konstante, lärmige Partygebrabbel, das sich einstellt, wenn die Drinks ihre Wirkung tun, und jetzt will sie nur um so schneller hier raus.

Sie bleibt vor dem Bad stecken, in dem sie die Ice-Freaks gesehen hat, aber jetzt ist die Tür geschlossen. Ein Haufen Franzosen unterhalten sich auf Französisch, lachen und gestikulieren mit den Händen, aber Chevette kann hören, daß da drin jemand kotzt. »Darf ich mal *durch*«, sagt sie zu einem Mann mit Fliege und grauem Bürstenschnitt und drängt sich einfach an ihm vorbei, so daß er einen Teil seines Drinks verschüttet. Er ruft ihr auf Französisch was nach.

Sie hat jetzt wirklich einen Anfall von Klaustrophobie, wie manchmal in Büros, wenn sie was abholen soll und eine Empfangsdame sie warten läßt; dann sieht sie die Bürotypen durch die Gegend hetzen und fragt sich, ob die eigentlich alle irgendwo hinwollen oder einfach nur aus Spaß hin und her laufen. Vielleicht ist ihr auch der Wein ein bißchen zu Kopf gestiegen, denn sie trinkt nur selten was, und jetzt findet sie den Geschmack im Rachen unangenehm.

Und da ist auch plötzlich ihr Betrunkener wieder, ihr Euro mit seiner nicht angezündeten Zigarre. Seine schweißfeuchte Stirn ist zu nah an dem stumpfäugigen, vage beunruhigten Gesicht eines der Tenderloin-Mädchen. Er hat sie in eine Ecke bugsiert. Und es ist ein solches Gedränge, so nah an der Tür und dem Flur und der Freiheit, daß Chevette für eine Sekunde an seinen Rücken gepreßt wird. Aber das stört ihn nicht weiter, nein – er quatscht das Mädchen weiterhin mit seinem stinklangweiligen Bockmist voll, obwohl er seinen Ellbogen hart nach hinten in Chevettes Rippen rammt, um sich mehr Platz zu verschaffen.

Und Chevette schaut nach unten und sieht etwas aus einer Tasche in dem tabakfarbenen Leder ragen.

Dann ist es in ihrer Hand und vorn in ihrer Radlerhose. Und sie ist draußen, und das Arschloch hat nicht mal was gemerkt.

In der plötzlichen Stille auf dem Flur – der Partylärm bleibt hinter ihr zurück, als sie zum Fahrstuhl geht – möchte sie am liebsten losrennen. Sie möchte auch lachen, aber jetzt bekommt sie es mit der Angst.

Geh langsam.

An dem Berg von Tabletts, schmutzigen Gläsern und Tellern von der Party vorbei.

Ihr fallen die Wachleute im Foyer ein.

Das Ding, das in ihrer Hose steckt.

In einem Seitenflur sieht sie die weit offenen, einladenden Türen eines Dienstboten-Fahrstuhls. Und einen Jungen aus Mittelasien mit einem farbfleckigen Stahlwagen voller flacher Quader, die Fernsehgeräte sind. Er sieht sie aufmerksam an, als sie zu ihm einsteigt. Sein Gesicht besteht nur aus Wangenknochen; glänzende, verhangene Augen, und seine Haare sind bis ganz oben rasiert zu einer von den fast senkrechten Frisuren, auf die all diese Typen stehen. Er hat ein Security-Abzeichen vorn an seinem sauberen grauen Arbeitskittel und ein VirtuFax an einer roten Nylonschnur um den Hals.

»Keller«, sagt Chevette.

Sein Fax summt. Er hebt es hoch, drückt auf den Knopf und späht in das Okular. Das Ding in ihrer Radlerhose kommt ihr riesengroß vor. Dann läßt er das Fax wieder auf seine Brust sinken, zwinkert ihr zu und drückt auf einen Knopf mit der Aufschrift B-6. Die Tür schließt sich rumpelnd, und Chevette macht die Augen zu.

Sie lehnt sich an die großen, wattierten Polster an den Wänden und wünscht sich, oben in Skinners Bude zu sein und die Kabel knarren zu hören. Der Boden dort besteht aus einer Schicht rechteckiger Holzfliesen, die hochkant verlegt sind; der oberste Punkt des Kabelbuckels auf seinem Stahlsattel ragt in der Mitte hervor, und Skinner sagt, in diesem Kabel seien 17464 Stränge. Jeder ist ungefähr so dick wie ein Bleistift. Man kann das Ohr dranlegen und die ganze Brücke singen hören, wenn der Wind richtig steht.

Der Fahrstuhl bleibt völlig grundlos im vierten Stock stehen. Niemand da, als die Tür aufgeht. Chevette will noch einmal auf B-6 drücken, aber sie zwingt sich, zu warten, bis der Junge mit dem Fax es tut. Er tut es.

Und B-6 ist nicht die Garage, in der sie jetzt so gern wäre, sondern ein Labyrinth aus hundert Jahre alten Betontunnels mit Böden aus geborstenen Asphaltplatten und großen alten Rohren, die in Eisenträgern an der Decke entlanglaufen. Sie schlüpft hinaus, während er an einem der Räder seines Wagens herumfummelt.

An die hundert begehbare Gefrierschränke mit Vorhängeschlössern, fünfzig Staubsauger, die sich an einer Reihe numerierter Stationen aufladen, überbreite Teppichrollen, die wie Baumstämme gestapelt sind. Noch mehr Leute in Arbeitskleidung, manche in Küchenweiß, aber sie bemüht sich um die Attitüde einer Botin und hofft, daß sie aussieht, als ob sie etwas bringen würde.

Sie findet ein enges Treppenhaus und steigt nach oben. Die Luft ist warm und abgestanden. Bewegungssensoren schalten am Fuß jeder Treppe das Licht für sie ein. Sie fühlt das gesamte Gewicht dieses alten Gebäudes auf sich lasten.

Aber ihr Rad ist da, auf B-2, hinter einer Säule aus gezacktem Beton.

»*Zurück*«, sagt es, als sie noch anderthalb Meter entfernt ist. Nicht so laut wie ein Auto, aber es hört sich an, als wäre es ernst gemeint.

Die Form des Rahmens mit dem Papierkern und der Karbonfaserhülle unter der Beschichtung aus aufgesprühtem Rostimitat und dem kunstvoll drumgewikkelten silbernen Klebeband läßt Chevettes Schenkel zittern. Sie schiebt die linke Hand durch die Erkennungsschlaufe hinter dem Sattel. Es gibt ein kleines, zweifaches *Zick,* als sich die Partikelbremsen lösen, dann sitzt sie drauf.

Sie hat sich noch nie so gut gefühlt wie jetzt, als sie die ölfleckige Rampe hinaufstrampelt und hinausfährt.

Karrierechancen

Rydells Zimmergenosse Kevin Tarkowsky hatte einen Knochen durch die Nase und arbeitete in einer Windsurf-Boutique namens Just Blow Me. Als Rydell ihm am Montagmorgen erzählte, er würde bei IntenSecure aufhören, bot Kevin ihm an, ihm einen Job als Verkäufer für Strandartikel zu besorgen.

»Im Grunde hast du 'ne ganz gute Figur«, sagte Kevin mit einem Blick auf Rydells nackten Oberkörper. Rydell hatte noch die orangefarbenen Shorts an, die er bei seinem Besuch bei Hernandez getragen hatte – eine Leihgabe von Kevin. Er hatte gerade eben seinen Verband abgenommen, die Luft herausgelassen, ihn zusammengeknüllt und in den fünf Gallonen fassenden Farbtopf aus Plastik geworfen, der als Abfalleimer diente. Der Topf hatte einen großen Aufkleber mit Gänseblümchen an der Seite. »Du könntest aber 'n bißchen regelmäßiger trainieren. Und dir vielleicht 'n paar Tätos machen lassen. Primitive Motive.«

»Kevin, ich hab keine Ahnung vom Surfen oder Windsurfen und all dem Zeug. Ich war kaum mal im Wasser. Ein paarmal unten in der Bucht von Tampa.« Es war ungefähr zehn Uhr morgens. Kevin hatte heute frei.

»Beim Verkaufen geht's darum, daß die Leute was *erleben,* Berry. Der Kunde braucht *Informationen,* und die gibst du ihm. Aber du verschaffst ihm auch ein *Erlebnis.*« Kevin tippte sich als Beispiel an seine fünf Zentimeter lange Spindel aus glattem weißem Rinderknochen. »Dann verkaufst du ihm 'ne neue Kluft.«

»Aber ich bin nicht mal richtig braun.«

Kevin hatte ungefähr die Farbe und den Glanz der mittelbraunen Cole-Haan-Halbschuhe, die Rydell zum fünfzehnten Geburtstag von seiner Tante geschenkt bekommen hatte. Das hatte nichts mit Genetik oder der Einwirkung ungefilterten Sonnenlichts zu tun, sondern es war das Resultat regelmäßiger Injektionen und einer komplizierten Dauerbehandlung mit Tabletten und Salben.

»Naja«, gab Kevin zu, »braun müßtest du schon sein.«

Rydell wußte, daß Kevin nicht surfte und auch nie gesurft hatte. Er brachte jedoch Disks aus dem Laden mit nach Hause, spielte sie auf einer Telebrille ab und prägte sich dabei die diversen Surfbewegungen ein, und Rydell zweifelte nicht daran, daß Kevin sämtliche Informationen liefern konnte, die ein interessierter Kunde verlangen mochte. Und dazu noch dieses äußerst wichtige Erlebnis; mit seiner Korduanlederbräune, seinem durch Krafttraining aufgemotzten Körper und diesem Knochen durch die Nase erregte er reichlich Aufmerksamkeit. Hauptsächlich bei Frauen, obwohl ihm das nicht so wichtig zu sein schien.

Kevin verkaufte in erster Linie Klamotten. Teures Zeug, das angeblich vor der UV-Strahlung *und* den Giftstoffen im Wasser schützte. Er hatte zwei komplette Kartons davon im einzigen Kleiderschrank in ihrer Wohnung gestapelt. Rydell, der im Moment nur wenig Garderobe besaß, durfte in den Sachen rumwühlen und sich alles ausleihen, was ihm gefiel. Das war nicht viel, wie sich herausstellte, denn Windsurfklamotten waren meistens knallbunt, aus schwarzem Nanopore oder spiegelndem Mirrorflex. Ein paar von den poppigeren Sachen hatten UV-sensitive ›JUST BLOW ME‹-Logos, die an den Tagen zum Vorschein kamen, an denen die Ozonschicht in besonders üblem Zustand war. Das hatte Rydell festgestellt, als er das letzte Mal auf dem Farmers Market gewesen war.

Kevin und er teilten sich eins von zwei Schlafzimmern in einem Sechziger-Jahre-Haus in Mar Vista, das ›Seeblick‹ hieß, obwohl es den dort nicht gab. Jemand hatte quer durch das Zimmer ein paar Platten Trockenmauer hochgezogen. Auf Rydells Seite war die Trockenmauer mit den gleichen großen Blümchenaufklebern und einer Souvenir-Kollektion riesiger Sticker von Orten wie Magic Mountain, Nissan County, Disneyland und Skywalker Park bedeckt. In dem Haus wohnten noch zwei weitere Leute – drei, wenn man die junge Chinesin draußen in der Garage mitzählte (aber die hatte da drin ihr eigenes Bad).

Rydell hatte den größten Teil seines ersten Monatsgehalts von IntenSecure für einen Futon angelegt. Er hatte ihn an einem Marktstand gekauft; dort waren sie billiger, und der Stand hieß Futon Mouth, was Rydell ziemlich komisch fand. Das Futon-Mouth-Mädchen hatte ihm erklärt, daß man dem Kerl von der Metro auf dem Bahnsteig einen Zwanziger zustecken konnte, damit er einen mit dem zusammengerollten Futon in dem großen, grünen Plastikbeutel, der Rydell an einen Leichensack erinnerte, in den Zug ließ.

In letzter Zeit hatte er oft auf diesem Futon herumgelegen, während er darauf wartete, daß er den Verband abnehmen konnte, hatte zu den Riesenstickern hinaufgestarrt und sich gefragt, ob derjenige, der sie dort hingeklebt hatte, tatsächlich an all diesen Orten gewesen war. Hernandez hatte ihm einmal Arbeit in Nissan County angeboten. IntenSecure machte dort den Wachdienst. Seine Eltern hatten ihre Flitterwochen in Disneyland verbracht. Der Skywalker Park war in San Francisco; früher hatte er Golden Gate Park geheißen, und er erinnerte sich an ein paar ziemlich laue Krawalle im Fernsehen, als sie ihn privatisiert hatten.

»Bist du einem der Jobsucher-Netze angeschlossen, Berry?«

Rydell schüttelte den Kopf.

»Das geht auf meine Rechnung«, sagte Kevin und hielt Rydell den Helm hin. Er war ganz anders als Karens schicke kleine Telebrille; ein schlichtes weißes Plastikteil, wie es die Kinder für ihre Spiele benutzten. »Setz ihn auf. Ich wähle für dich.«

»Das ist nett, Kevin«, sagte Rydell, »aber du brauchst dir nicht so viel Mühe zu machen.«

Kevin faßte sich an seinen Nasenknochen. »Naja, die Miete ...«

Das stimmte. Rydell setzte den Helm auf.

»Jetzt sehen wir hier«, sagte Sonya so keck wie nur was, »daß Sie dieses Ausbildungsprogramm für Absolventen der höheren Schule erfolgreich abgeschlossen haben ...«

»Die Akademie«, verbesserte Rydell. »Bei der Polizei.«

»Ja, Berry, aber wir sehen hier auch, daß Sie danach ganze achtzehn Tage im Dienst waren, bevor Sie suspendiert wurden.« Sonya sah wie ein hübsches Mädchen in einem Comic aus. Keine Poren. Überhaupt keine Struktur, nirgends. Ihre Zähne waren sehr weiß und wirkten wie eine Einheit, wie etwas, das man zwecks genauerer Inspektion im Ganzen herausnehmen konnte. Aber nicht zum Putzen, denn das war nicht nötig; Comicfiguren aßen nicht. Sie hatte aber prächtige Titten; genau die Titten, die Rydell ihr gemalt hätte, wenn er ein talentierter Comiczeichner gewesen wäre.

»Naja«, sagte Rydell und dachte an Turvey, »ich hatte 'n bißchen Ärger, auf Streife.«

Sonya nickte strahlend. »Das sehe ich, Berry.« Rydell fragte sich, was sie sah. Oder was das Expertensystem, das sie als Marionette benutzte, sehen konnte. Oder *wie* es sah. Wie sah jemand wie Rydell für das Computersystem einer Arbeitsvermittlung aus? Nicht sonderlich toll, dachte er.

»Dann sind Sie nach Los Angeles gezogen, Berry, und wir sehen hier, daß Sie zehn Wochen bei der IntenSecure Corporation tätig waren, in der Abteilung für bewaffneten Streifendienst in Wohngebieten. Fahrer mit Erfahrung im Umgang mit Waffen.«

Rydell dachte an die Raketenlafetten unter dem LAPD-Chopper. Wahrscheinlich hatten sie da drin auch eins dieser CHAIN-Gewehre gehabt. »Jawoll«, stimmte er zu.

»Und Sie haben bei IntenSecure gekündigt.«

»Hab ich wohl, ja.«

Sonya strahlte Rydell an, als ob er gerade schüchtern eingeräumt hätte, Kongreßabgeordneter zu sein oder einen Professorentitel zu haben. »Nun, Berry«, sagte sie, »dann will ich mal eben meine *Denkmütze* aufsetzen!« Sie zwinkerte und schloß dann ihre großen Comicaugen.

Du liebes bißchen, dachte Rydell. Er versuchte, zur Seite zu schauen, aber Kevins Helm hatte keine periphere Sicht, also war dort nichts zu sehen. Nur Sonya, das leere Rechteck ihres Schreibtisches, skizzenhafte Details, die ein Büro andeuteten, und das Logo der Arbeitsvermittlungsagentur hinter ihr an der Wand. Mit dem Logo sah sie aus wie die Sprecherin auf einem Kanal, der nur sehr gute Nachrichten brachte.

Sonya öffnete die Augen. Ihr Lächeln wurde weißglühend. »Sie sind aus dem *Süden*«, sagte sie.

»Mhm.«

»Plantagen, Berry. Magnolien. Tradition. Aber auch eine gewisse *Düsterkeit*. Ein Hauch von Horror. Faulkner.«

Folk …? »Hm?«

»*Nightmare Folk Art*, Berry. Ventura Boulevard, Sherman Oaks.«

Kevin sah zu, wie Rydell den Helm abnahm und eine Adresse samt Telefonnummer auf die Rückseite der *People*-Ausgabe von letzter Woche schrieb. Die Illustrierte gehörte Monica, der Chinesin in der Garage; sie ließ sich ihr Exemplar immer so ausdrucken, daß nie etwas über Skandale oder Katastrophen drinstand, dafür aber dreimal so viele romantische Geschichten über berühmte Leute, in erster Linie alles, was mit der britischen Königsfamilie zu tun hatte.

»Was für dich dabei, Berry?« Kevin machte ein hoffnungsvolles Gesicht.

»Kann sein«, sagte Rydell. »So ein Laden in Sherman Oaks. Ich geh mal vorbei und seh ihn mir an.«

Kevin fummelte an seinem Nasenrücken herum. »Ich kann dich mitnehmen«, sagte er.

Im Fenster von Nightmare Folk Art hing ein großes Gemälde der Apokalypse. Rydell kannte solche Bilder von den Seitenwänden christlicher Wohnmobile, die bei Einkaufszentren geparkt waren. Haufenweise blutbesudelte Autowracks und Katastrophen, und die erlösten Seelen flogen alle nach oben zu Jesus, dessen Augen so hell strahlten, daß sie fast schon ein bißchen unangenehm waren. Dieses Bild war jedoch erheblich detaillierter als die anderen, an die er sich erinnerte. Alle erlösten Seelen hatten ein eigenes, individuelles Gesicht, als ob sie wirklich jemand Bestimmten darstellen würden, und ein paar von ihnen erinnerten an berühmte Leute. Aber es sah trotzdem so aus, als ob das Bild von einem Fünfzehnjährigen oder von einer alten Frau gemalt worden wäre.

Kevin hatte ihn Ecke Sepulveda abgesetzt, und er war auf der Suche nach dem Laden zwei Blocks zurückgelaufen, an einem Trupp Behelmter vorbei, die das Fundament für eine Palme gossen. Rydell überlegte, ob es auf dem Ventura Boulevard vor dem Virus echte gegeben hatte; die Ersatzbäume waren inzwischen so beliebt, daß die Leute sie überall einsetzen wollten.

Der Ventura war eine jener Straßen von Los Angeles,

die einfach nie aufhörten. Er wußte, daß er mit Gunhead unzählige Male am Nightmare Folk Art vorbeigefahren sein mußte, aber diese Straßen sahen völlig anders aus, wenn man zu Fuß auf ihnen unterwegs war. Erstens war man weitgehend allein, und dann konnte man auch sehen, wie rissig und verstaubt viele der Häuser waren. Leere Räume hinter schmutzigem Glas, mit einem vergilbenden Haufen von Postwurfmüll auf dem Boden drinnen und vielleicht einer Pfütze, bei der es sich nicht um Regenwasser handeln konnte, so daß man sich fragte, was es war. Erst kamen ein paar solcher Häuser, dann ein Laden, in dem es Sonnenbrillen gab, die sechsmal so teuer waren wie die Miete, die Rydell für seine Hälfte des Zimmers in Mar Vista zahlte. In dem Laden mit den Sonnenbrillen gab es bestimmt einen Wachmann, der auf den Summer drückte, wenn man reinwollte.

Nightmare Folk Art war auch von der Sorte. Der Laden klemmte zwischen einem völlig toten Hairweaving-Geschäft und einer dahinsiechenden Immobilienagentur, die nebenbei Versicherungen verkaufte. ›NIGHTMARE FOLK ART – HORROR DES SÜDENS‹ – die Buchstaben handgemalt, plump und haarig, wie Moskitobeine in einem Comic, Weiß auf Schwarz. Aber ein paar teure Wagen draußen vor der Tür: ein silbergrauer Range Rover, der an einen auf Show rausgeputzten Gunhead erinnerte, und einer dieser antiken kleinen Porsche-Zweisitzer, die in Rydells Augen immer so aussahen, als ob der Aufziehschlüssel rausgefallen wäre. Er machte einen weiten Bogen um den Porsche; solche Wagen hatten oft hypersensitive (und manchmal auch hyper-aggressive) Anti-Diebstahl-Systeme.

Da war ein Privatcop, der ihn durch das Panzerglas der Tür hindurch ansah; nicht von IntenSecure, sondern von irgendeiner kleinen Firma. Rydell hatte sich eine gebügelte Khakihose von Kevin geliehen. Sie spannte ein bißchen um die Taille, aber sie schlug die orangefarbenen Shorts um Längen. Er hatte ein schwarzes IntenSecure-Uniformhemd an, von dem die Aufnäher abgerissen waren, seinen Stetson und seine Kampfstiefel. Er war nicht sicher, ob Schwarz wirklich zu Khaki paßte. Er drückte auf den Knopf. Der Privatcop ließ ihn herein.

»Ich bin mit Justine Cooper verabredet«, erklärte er und nahm seine Sonnenbrille ab.

»Die hat grade 'nen Kunden«, gab der Privatcop zurück. Er sah aus, als ob er um die dreißig und auf einer Farm in Kansas oder sonstwo besser aufgehoben wäre. Rydell schaute hinüber und sah eine dünne Frau mit schwarzen Haaren im Gespräch mit einem dicken Mann, der überhaupt keine Haare hatte. Sie schien ihm etwas verkaufen zu wollen.

»Ich warte«, sagte Rydell.

Der Farmer antwortete nicht. Den Gesetzen dieses Staates zufolge durfte er außer der starken Betäubungspistole, die in einem abgenutzten Kunststoffhalfter steckte, keine Waffe tragen, aber er tat es wahrscheinlich trotzdem. Eins von diesen kleinen russischen Dingern mit aberwitzig überdimensioniertem Kaliber, die ursprünglich dazu gedacht waren, die Motorblocks von Panzern auszuschalten. Die Russen, die noch nie sonderlich viel Wert auf Sicherheit gelegt hatten, beherrschten den Markt für Handfeuerwaffen.

Rydell schaute sich um. Er kam zu dem Schluß, daß die alte Apokalypse bei Nightmare Folk Art genau am richtigen Platz war. Diese Sorte Christen seien einfach ein erbärmlicher Haufen, hatte sein Vater immer behauptet. Da sei die Jahrtausendwende nun ohne nennenswerte Apokalypse vorbeigegangen, und trotzdem beteten sie immer noch ihre alte Leier runter. Sublett und seine Leute in ihrem Wohnwagen-Camp in Texas, die sich für Reverend Fallon alte Spielfilme anschauten – das hatte wenigstens noch einen gewissen Witz.

Er blickte verstohlen zu der Frau hinüber und versuchte zu erkennen, was sie dem Dicken andrehen wollte, aber sie fing seinen Blick auf, und das war nicht gut. Deshalb ging er weiter in den Laden hinein und tat so, als ob er sich die Ware genauer anschauen würde. Es gab eine ganze Abteilung mit diesen widerlich aussehenden, spinnenartigen Kranzdingern hinter Glas in verschossenen Goldrahmen. Die Kränze sahen aus, fand Rydell, als wären sie aus krausen alten Haaren gemacht. Er sah winzige, korrodierte Babysärge, und einer davon war mit Efeu bepflanzt. Er sah Kaffeetischchen, die aus alten Grabsteinen gebaut waren, wie Rydell vermutete; die Beschriftung war so abgewetzt, daß man sie nicht mehr entziffern konnte. Er blieb vor einem Bettgestell stehen, das aus einem Haufen jener kleinen Mohren in Jockeykleidung zusammengeschweißt war, die man in Knoxville nicht auf dem Rasen aufstellen durfte. Die kleinen Mohren hatten alle ein wassermelonenesserbreites, rotlippiges Grinsen aufgemalt bekommen. Über das Bett war eine handgenähte, wie eine Konföderiertenfahne gemusterte Decke gebreitet. Als er nach einem Preisschild suchte, fand er nur einen gelben Aufkleber mit der Aufschrift VERKAUFT.

»Mr. Rydell? Darf ich Sie Berry nennen?« Justine Coopers Kinnpartie war so schmal, daß sie in ihrem Mund nicht genug Platz für ein normales Gebiß zu haben schien. Ihre Haare waren kurzgeschnitten, ein glänzender brauner Helm. Sie trug ein paar dunkle, fließende Sachen, die Rydells Ansicht nach die Tatsache verbergen sollten, daß sie mehr oder weniger wie eine Gespenstheuschrecke gebaut war. Sie hörte sich nicht gerade so an, als ob sie aus einer Gegend käme, die man auch nur ansatzweise als Süden bezeichnen könnte, und eine sichtbare Anspannung hielt ihren Körper wie mit Drähten aufrecht.

Rydell sah, wie der dicke Mann hinausging und auf

dem Bürgersteig stehenblieb, um die Schutzvorrichtungen des Range Rover zu deaktivieren.

»Klar.«

»Sie sind aus Knoxville?« Er merkte, daß sie absichtlich langsam atmete, als ob sie sich bemühte, nicht zu hyperventilieren.

»Das stimmt.«

»Sie haben keinen besonderen Akzent.«

»Ich wünschte, das würde jeder finden.« Er lächelte, aber sie lächelte nicht zurück.

»Stammt Ihre *Familie* aus Knoxville, Mr. Rydell?«

Mist, dachte er, komm schon, sag Berry zu mir. »Mein Vater, glaube ich. Die Familie meiner Mutter ist größtenteils aus der Gegend um Bristol.«

Justine Coopers dunkle Augen, in denen nicht viel Weiß zu sehen war, blickten ihn direkt an, aber sie schienen nichts wahrzunehmen. Er schätzte, daß sie in den Vierzigern war.

»Miss Cooper?«

Sie schreckte heftig auf, als ob er ihr einen Finger in den Hintern gesteckt hätte.

»Miss Cooper, was sind das für kranzähnliche Dinger in den alten Rahmen da?« Er zeigte hin.

»Gedenkkränze. Südwestvirginia, Ende neunzehntes, Anfang zwanzigstes Jahrhundert.«

Gut, dachte Rydell, laß sie über die Ware reden. Er ging zu den gerahmten Kränzen hinüber, um sie sich genauer anzuschauen. »Sieht wie Haar aus«, sagte er.

»*Ist* es auch«, erwiderte sie. »Was soll es denn sonst sein?«

»Menschenhaar?«

»Natürlich.«

»Sie meinen, das Haar von *Toten*?« Erst jetzt bemerkte er das minuziöse Flechtwerk; das Haar war zu winzigen, blumenähnlichen Knoten geflochten. Es war glanzlos und hatte keine bestimmte Farbe. »Mr. Rydell, ich fürchte, ich habe Ihre Zeit verschwendet.« Sie bewegte sich zögernd in seine Richtung. »Als ich am Telefon mit Ihnen sprach, hatte ich den Eindruck, Sie seien – nun ja – *südlicher* ...«

»Wie meinen Sie das, Miss Cooper?«

»Was wir den Leuten hier anbieten, ist eine bestimmte *Vision*, Mr. Rydell. Auch eine gewisse *Düsterkeit*. Ein Hauch von Horror.«

Verdammt. Dieser sprechende Kopf im Display der Agentur hatte den gleichen Quatsch abgespult, Wort für Wort.

»Ich nehme nicht an, daß Sie Faulkner gelesen haben?« Sie hob eine Hand, um etwas Unsichtbares wegzuwischen, was ihr vor dem Gesicht hing.

Da war es schon wieder. »Nee.«

»Nein, das habe ich mir gedacht. Ich möchte jemanden haben, der mir helfen kann, diese Düsterkeit zu *vermitteln*, Mr. Rydell. Den Geist des Südens. Einen Fiebertraum der Sinnlichkeit.«

Rydell schaute verständnislos drein.

»Aber *Sie* vermitteln mir das nicht. Tut mir leid.« Das unsichtbare Spinnennetz war wieder da.

Rydell schaute zu dem Privatcop hinüber, aber er schien nicht zuzuhören. Zum Teufel, der Kerl schien zu schlafen.

»Werte Dame«, sagte Rydell bedächtig, »ich glaube, Sie sind verrückter als ein ganzer Sack voller Arschlöcher.«

Ihre Augenbrauen schossen nach oben. »Da«, sagte sie.

»Was da?«

»Farbe, Mr. Rydell. Feuer. Die schwerblütige verbale Farbigkeit eines nahezu unvorstellbar weit fortgeschrittenen Zerfalls.«

Darüber mußte Rydell nachdenken. Er merkte, wie er das Mohrenbett ansah. »Kommen hier nie Schwarze rein, die sich über solches Zeug beschweren?«

»Im Gegenteil.« Ihr Ton bekam eine neue Schärfe.

»Wir machen recht gute Geschäfte mit den wohlhabenderen Einwohnern von South Central. Die haben zumindest ein Gespür für Ironie. Das brauchen sie wohl auch, nehme ich an.«

Jetzt würde er zu Fuß zur nächsten U-Bahn-Station gehen, mit der U-Bahn nach Hause fahren und Kevin Tarkowsky erzählen müssen, daß er nicht *südlich* genug gewesen war.

Der Privatcop ließ ihn hinaus.

»Wo kommen *Sie* eigentlich her, Miss Cooper?« fragte er sie.

»Aus New Hampshire«, sagte sie.

Er war draußen auf dem Bürgersteig, und die Tür schloß sich hinter ihm.

»Scheiß-Yankees«, sagte er zu dem Porsche-Roadster. Es war das, was sein Vater gesagt hätte, aber jetzt fiel es ihm schwer, irgendwas damit zu verbinden.

Ein großer deutscher Sattelschlepper fuhr vorbei, einer von den Dingern, die Äthanol verbrannten. Rydell haßte sie. Die Auspuffgase rochen nach Brathähnchen.

Hay problemas

Die Träume des Kuriers sind aus heißem Metall, schreienden, rennenden Schatten und betongrauen Bergen. Sie begraben die Waisen an einem Hang. Plastiksärge, blaßblau. Wolken am Himmel. Der hohe Hut des Priesters. Sie sehen die erste Granate nicht, die von den Betonbergen kommt. Sie reißt ein Loch in *alles*: in den Hang, den Himmel, einen blauen Sarg, das Gesicht einer Frau.

Ein Geräusch, zu laut, um überhaupt ein Geräusch zu sein, aber durch das Geräusch hindurch hören sie irgendwie das ferne, festliche Bumm-bumm der Mörser, das erst jetzt eintrifft. Saubere kleine Rauchwolken steigen von der grauen Bergflanke auf.

Er fährt hoch und sitzt aufrecht da, allein in dem großen Bett; er versucht zu schreien, und die Worte sind in einer Sprache, die er sich nicht mehr zu sprechen erlaubt.

Sein Schädel dröhnt. Er trinkt abgestandenes Wasser aus der Cromargankaraffe auf dem Nachttisch. Das Zimmer schwankt, verschwimmt, wird wieder scharf. Er zwingt sich aufzustehen, tappt nackt zu den hohen, altmodischen Fenstern. Zieht ungeschickt die schweren Vorhänge beiseite. San Francisco. Die Morgendämmerung, wie angelaufenes Silber. Es ist Dienstag. Nicht Mexiko.

Im weißen Bad zuckt er in der plötzlichen Helligkeit zusammen und reibt sich kaltes Wasser ins taube Gesicht. Der Traum weicht zurück, hinterläßt jedoch einen Rückstand. Er fröstelt. Die kalten Fliesen unter seinen bloßen Füßen fühlen sich unangenehm an. Die Nutten auf der Party. Dieser Harwood. Dekadent. Der Kurier hat nichts übrig für Dekadenz. Seine Arbeit bringt ihn mit wahrem Reichtum und echter Macht in Berührung. Er lernt Leute kennen, die wirklich was draufhaben. Harwood ist Reichtum und nichts dahinter. Er macht das Licht im Bad aus und geht seinem schmerzenden Kopf zuliebe vorsichtig wieder ins Bett.

Er zieht die gestreifte Daunendecke bis zum Kinn hoch und läßt den gestrigen Abend noch einmal Revue passieren. Da sind Lücken. Übermäßiger Alkoholgenuß. Er hat nichts übrig für übermäßigen Alkoholgenuß. Harwoods Party. Die Stimme am Telefon, die ihm befohlen hat, dorthin zu kommen. Er hatte bereits mehrere Drinks intus. Er sieht das Gesicht eines jungen Mädchens. Wut, Verachtung. Ihre kurzen, dunklen Haare sind zu Stacheln hochgezwirbelt.

Seine Augen fühlen sich an, als ob sie zu groß für die Höhlen wären. Als er sie reibt, flackern um ihn herum helle, widerliche Lichtblitze auf. Das kalte Gewicht des Wassers schwappt in seinem Bauch.

Er erinnert sich, daß er an dem großen Mahagonischreibtisch gesessen und getrunken hat. Vor dem Anruf, vor der Party. Er erinnert sich an die beiden identischen, offenen Etuis vor seiner Nase. In einem bewahrt er sie auf. Das andere ist für das, was man ihm anvertraut hat. Teuer, aber er zweifelt auch nicht daran, daß die Information, die es enthält, sehr wertvoll ist. Er klappt die Graphitbügel des Dings zusammen und läßt das Etui zuschnappen. Dann berührt er das Etui, das ihr ganzes Geheimnis enthält, das weiße Haus am Hang, die Erlösung, die sie spendet. Er steckt die Etuis in seine Jackentasche …

Aber jetzt verspannt er sich unter der Daunendecke. Eine Woge der Nervosität dreht ihm den Magen um.

Er hat die Jacke auf dieser Party angehabt, an die er sich über weite Strecken nicht mehr erinnern kann.

Ohne das dumpfe Pochen in seinem Kopf zu beachten, wühlt er sich aus dem Bett und findet die Jacke zerknüllt auf dem Boden, neben einem Stuhl.

Sein Herz klopft.

Da. Das, was er abliefern muß. In der Innentasche mit dem zugezogenen Reißverschluß. Aber die Außentaschen sind leer.

Sie ist weg. Er durchwühlt seine anderen Sachen. Auf Händen und Knien, mit einem pulsierenden Schmerz hinter den Augen, späht er unter den Stuhl. Weg.

Aber *sie* ist immerhin zu ersetzen, ruft er sich ins Gedächtnis, immer noch auf den Knien, mit der Jacke in den Händen. Er wird schon einen Händler für diese Art von Software finden. In letzter Zeit hatte er zu argwöhnen begonnen, gesteht er sich jetzt ein, daß ihre Auflösung schlechter wurde.

Während er das denkt, beobachtet er, wie seine Hände den Reißverschluß der Innentasche aufmachen und das Etui herausholen, das das enthält, was man ihm anvertraut hat, ihr Eigentum, das, was abgeliefert werden muß. Er öffnet es.

Die abgewetzten schwarzen Plastikrahmen, das Etikett auf der Kassette abgenutzt und unleserlich, die gelb verfärbte Durchsichtigkeit der Audiostöpsel.

Er hört einen hohen, dünnen Laut, der tief aus seiner Kehle kommt. Wohl fast den gleichen wie damals, vor Jahren, als die erste Granate einschlug.

Die Brücke

Darauf bedacht, genau die dreißig Prozent Tip draufzulegen, bezahlte Yamasaki den Fahrpreis und quälte sich vom spatigen Rücksitz des Taxis nach draußen. Der Fahrer, der wußte, daß alle Japaner reich waren, zählte verdrossen die zerfledderten, schmutzigen Scheine ab und warf dann die drei Fünf-Dollar-Münzen in einen gesprungenen Nissan-County-Thermosbecher, der an das verschossene Armaturenbrett geklebt war. Yamasaki, der nicht reich war, schulterte seine Umhängetasche, drehte sich um und ging auf die Brücke zu. Das Morgenlicht fiel schräg durch das komplexe Gewirr ihrer sekundären Struktur, und ihr Anblick griff ihm wie immer ans Herz.

Die makellose Linienführung der Brücke war so streng und klar wie das moderne Programm selbst, aber drumherum war eine andere, von ihren eigenen Bedürfnissen geleitete Realität gewachsen. Sie war Stück für Stück entstanden, ohne festgelegten Plan, aber unter Anwendung jeder denkbaren Technik und mit allen nur möglichen Materialien. Das Resultat war ein amorphes, verblüffend organisches Etwas. Bei Nacht, wenn es von Weihnachtslämpchen, recyceltem Neon und Fackeln erleuchtet wurde, besaß es eine eigenartige mittelalterliche Energie. Am Tag erinnerte es ihn – aus einiger Entfernung betrachtet – an die Ruine des Piers von Brighton in England; es war wie ein Blick in ein kaputtes, folkloristisches Kaleidoskop.

Die Stahlknochen und vielsträhnigen Sehnen verschwanden unter einer Ablagerung von Träumen: Tätowierungsstudios, Spielhallen, matt erleuchtete Stände voller zerfledderter Zeitschriften, Buden, in denen Feuerwerkskörper oder kleingeschnittener Köder verkauft wurde, Wettbüros, Sushi-Bars, Pfandleiher ohne Lizenz, Kräuterhändler, Friseure, Bars. All diese Geschäftsträume hatten ihren Sitz auf den Ebenen, auf denen früher einmal Autos gefahren waren, während sich über ihnen bis zu den Spitzen der Kabeltürme hinauf das auf komplizierte Weise aufgehängte Barrio mit seinen zahllosen Bewohnern und seinen Zonen privaterer Phantasien erhob.

Zum ersten Mal hatte er es bei Nacht gesehen, vor drei Wochen. Er hatte im Nebel gestanden, mitten unter Obst- und Gemüsehändlern, die ihre Waren auf Decken ausgelegt hatten, und mit klopfendem Herzen zum Eingang in diese Zauberwelt zurückgeschaut. Unter einem ausgefransten Bogen aus erbeuteten Neonlampen stieg Dampf von den Töpfen der Suppenverkäufer empor. Alles floß ineinander, verschwamm und verschmolz im Nebel. Die Telepräsenz hatte den Zauber und die Einmaligkeit dieses Gebildes nur angedeutet, und er ging langsam und voller Ehrfurcht weiter, in diesen Neonschlund und das ganze kunterbunte Flickwerk überall zusammengeklaubter Materialien hinein. Ein Märchenland. Vom Regen versilbertes Sperrholz, zerbrochener Marmor von den Mauern vergessener Banken, gewellter Kunststoff, poliertes Messing, Pailletten, bemaltes Segeltuch, Spiegel, abblätterndes, von der Salzluft getrübtes Chrom. So viele Dinge, zu viele für seinen schwindelnden Blick, und er hatte gewußt, daß seine Reise nicht umsonst gewesen war.

Auf der ganzen Welt gab es mit Sicherheit kein prächtigeres Thomasson.

Er betrat sie nun, am Dienstagmorgen, in dem mittlerweile vertrauten geschäftigen Treiben – die Eis- und Fischkarren, das Rattern einer Maschine, die Tortillas herstellte – und fand seinen Weg zu einem Coffee Shop, dessen Inneres die Beschaffenheit einer alten Fähre hatte – schlichtes, massives Holz mit einem dunklen, unregelmäßigen Lacküberzug, als ob es jemand im Stück aus einem ausgemusterten Passagierschiff gesägt hätte. Was durchaus möglich war, dachte er, während er an dem langen Tresen Platz nahm; in Richtung Oakland, jenseits der Geisterinsel, beherbergte der flügellose Rumpf einer 747 die Küchen von neun Thai-Restaurants.

Die junge Frau hinter dem Tresen hatte eintätowierte Armbänder in Form von stilisierten indigoblauen Eidechsen. Er bestellte Kaffee, der in dickem, schwerem Porzellan kam. Hier waren keine zwei Tassen gleich. Er holte sein Notebook aus der Tasche, schaltete es ein und gab eine kurze Beschreibung der Tasse ein, schilderte das Muster aus winzigen Rissen in ihrer glasierten Oberfläche, das wie ein weißes Fliesenmosaik en miniature aussah. Während er an seinem Kaffee nippte, scrollte er zu den Notizen vom Vortag zurück. Der Geist dieses Mannes namens Skinner hatte eine bemerkenswerte Ähnlichkeit mit der Brücke. Dort hatten sich um das Gerüst einer ursprünglichen Zweckbestimmung herum Dinge angesammelt, bis ein kritischer Punkt erreicht und ein neues Programm zum Vorschein gekommen war. Aber was war das für ein Programm?

Er hatte Skinner gebeten, den Modus der Anlagerung zu erklären, die zum gegenwärtigen Zustand der sekundären Struktur geführt hatte. Was waren die Motivationen eines gegebenen Baumeisters, eines individuellen Erbauers? Sein Notebook hatte die weitschweifige, indirekte Antwort des Mannes aufgenommen, transkribiert und übersetzt.

> Da war mal so 'n Bursche, der fischte. Kriegte was an die Angel. Zog ein Fahrrad rauf. Völlig von Muscheln überwachsen. Alle lachten. Er nahm das Rad und baute 'nen

Laden, wo man was essen konnte. Muschelsuppe, kalte, gekochte Miesmuscheln, mexikanisches Bier. Hängte das Rad über den Tresen. Nur drei Barhocker da drin, und er hat seinen Kasten rund zweieinhalb Meter weit rausgebaut, hat Superkleber und Schäkel benutzt. Hat die Wände innen mit Postkarten beklebt. Wie mit Schindeln. Nachts hat er sich hinterm Tresen zusammengerollt. Eines Morgens war er einfach weg. War 'n Schäkel durch; ein paar Splitter steckten noch in der Wand eines Friseurladens. Wenn man runterschaute, konnte man das Wasser zwischen den Zehen sehen. Er hatte zu weit rausgebaut, verstehst du.

Yamasaki schaute in den Dampf, der von seinem Kaffee aufstieg, und stellte sich ein muschelbewachsenes Fahrrad vor, selbst ein Thomasson von beträchtlicher Potenz. Der Ausdruck schien Skinner zu interessieren, und das Notebook hatte Yamasakis Versuch aufgezeichnet, zu erklären, woher er stammte und in welchem Sinn er gegenwärtig gebraucht wurde.

Thomasson war ein amerikanischer Baseballspieler, sehr gutaussehend, sehr stark. 1982 ging er für eine große Geldsumme zu den Yomiyuri Giants. Dann stellte sich heraus, daß er den Ball nicht treffen konnte. Der Schriftsteller und Kunsthandwerker Gempei Akasegawa benutzte seinen Namen als Synonym für bestimmte nutzlose und unerklärliche Monumente, zweckfreie, aber sonderbar kunstähnliche Merkmale der Stadtlandschaft. Der Ausdruck hat jedoch in der Folgezeit andere Bedeutungsschattierungen angenommen. Wenn Sie wollen, kann ich auf die heutigen Definitionen in unserem Gendai Yogo Kisochishiki - das heißt, im Grundlagenwissen moderner Begriffe - zugreifen und sie Ihnen übersetzen.

Aber Skinner – grau, unrasiert, das Weiße seiner blauen Augen gelb verfärbt und von geplatzten Adern befleckt – hatte nur die Achseln gezuckt. Drei der Bewohner, die sich vorher zu einem Interview bereit erklärt hatten, hatten Skinner einen Urbewohner genannt, einen der ersten auf der Brücke. Die Lage seiner Behausung war ebenfalls ein Indiz für einen gewissen Status, obwohl Yamasaki sich fragte, wie viele die Chance ergriffen hätten, oben auf einem der Kabeltürme zu bauen. Bevor der elektrische Lift eingebaut worden war, hätte der Aufstieg jeden abgeschreckt. Heute war der alte Mann mit seiner schlimmen Hüfte im Grunde ein Invalide, der auf seine Nachbarn und das Mädchen angewiesen war. Sie brachten ihm Nahrungsmittel und Wasser und sorgten dafür, daß sein Chemieklo funktionierte. Das Mädchen bekam dafür ein Obdach, nahm Yamasaki an, obwohl ihm die Beziehung irgendwie tiefer und komplexer vorkam.

Aber wenn Skinner wegen seines Alters, seiner Persönlichkeit oder beidem schon schwer zu verstehen war, so war das Mädchen, das bei ihm wohnte, völlig undurchschaubar; es hatte diese typische, mürrische Art, die Yamasaki mit jungen Amerikanern assoziierte. Aber das lag vielleicht nur daran, daß er, Yamasaki, ein Fremder war, ein Japaner, der außerdem auch noch zu viele Fragen stellte.

Er ließ den Blick über den Tresen schweifen und nahm die frühmorgendlichen Profile der anderen Gäste in sich auf. Amerikaner. Die Tatsache, daß er wirklich hier war und neben diesen Leuten Kaffee trank, rief immer noch sein Erstaunen hervor. Wie ungewöhnlich. Er schrieb in sein Notebook, wobei der Stift an den Bildschirm tickte.

> Das Apartment ist in einem großen, viktorianischen Haus aus Holz mit einem sehr kunstvollen Anstrich, es liegt in einem Stadtteil, in dem die Straßennamen ameri-

kanische Politiker des neunzehnten Jahrhunderts ehren: Clay, Scott, Pierce, Jackson. Als ich heute morgen - am Dienstag - die Wohnung verließ, fielen mir am obersten Treppenpfosten Spuren eines nicht mehr vorhandenen Scharniers auf. Hier befand sich wohl früher einmal eine Kindertür. Als ich auf der Suche nach einem Taxi die Scott Street entlangging, stieß ich auf eine patschnasse Postkarte, die mit dem Bild nach oben auf dem Bürgersteig lag. Das schmale Gesicht des Märtyrers Shapely, des AIDS-Heiligen, übersät von Regentropfenblasen. Sehr melancholisch.

»Das hättense nich sagen sollen. Das mit Godzilla, mein ich.«

Yamasaki merkte, daß er verständnislos in das ernste Gesicht des Mädchens hinter dem Tresen hinaufschaute.

»Verzeihung?«

»Das hättense nich *sagen* sollen. Das mit Godzilla. Die hätten nich lachen sollen. Als wir hier unsere Erdbeben hatten, habt ihr nich über uns gelacht.«

Was Gutes tun

Hernandez folgte Rydell in die Küche des Hauses in Mar Vista. Er trug einen ärmellosen, taubenblauen Overall und diese schaurigen deutschen Duschsandalen mit tausend kleinen Noppen, die einem die Fußsohlen massierten. Rydell hatte ihn noch nie ohne Uniform gesehen, und es war fast so was wie ein Schock. Er hatte große, alte Tätowierungen an den Oberarmen – römische Ziffern und Bandenembleme. Seine Füße waren braun und kompakt und irgendwie bärenhaft.

Es war Dienstagmorgen, und Rydell war ganz allein im Haus. Kevin war bei Just Blow Me, und die anderen waren weg und gingen ihren üblichen Beschäftigungen nach. Monica war vielleicht in der Garage, aber von der sah man sowieso nie allzuviel.

Rydell holte seine Cornflakes-Tüte aus dem Schrank und rollte sie vorsichtig auf. Es reichte so ungefähr für eine Schüssel. Er öffnete den Eisschrank und nahm ein Litergefäß aus Plastik mit Schnappverschluß und einem Streifen Tesakrepp an der Seite heraus. Auf das Kreppband hatte er mit einem dicken Marker ›MILCH-EXPERIMENT‹ geschrieben.

»Was 's das denn?« fragte Hernandez.

»Milch.«

»Weshalb steht da ›Experiment‹ drauf?«

»Damit sie keiner trinkt. Hab ich mir im Wohnheim auf der Akademie ausgedacht.«

Er schüttete die Cornflakes in eine Schüssel, goß Milch darüber, suchte sich einen Löffel und trug sein

Frühstück zum Küchentisch. Da der Tisch ein kaputtes Bein hatte, durfte man beim Essen nicht die Ellbogen aufstützen.

»Was macht der Arm?«

»Dem geht's gut.« Rydell vergaß, daß er den Ellbogen nicht aufstützen durfte. Milch und Cornflakes schwappten über den zerkratzten weißen Kunststoff der Tischplatte.

»Hier.« Hernandez ging zur Arbeitsplatte und riß ein dickes Bündel beiger Papiertücher ab.

»Die gehören Wie-heißt-er-noch-gleich«, sagte Rydell, »und er mag's absolut nicht, wenn wir sie benutzen.«

»Tuchexperiment«, sagte Hernandez und warf Rydell das Bündel zu.

Rydell wischte die Milch und den größten Teil der Cornflakes auf. Er konnte sich nicht vorstellen, was Hernandez hier wollte, aber er hätte sich auch nicht vorstellen können, daß er einen weißen Daihatsu Sneaker mit dem animierten Hologramm eines Wasserfalls auf der Kühlerhaube fuhr.

»Netter Wagen da draußen«, sagte Rydell, nickte zum Carport hinüber und löffelte sich Cornflakes in den Mund.

»Ist von meiner Tochter Rosa, der Wagen. Ich war in der Werkstatt, Mann.«

Rydell kaute und schluckte. »Die Bremsen, oder was?«

»Der blöde Wasserfall. Sollen irgendwo so kleine Tiere sein, die aus 'm Busch kommen und ihn *anschauen*, den Wasserfall, verstehst du?« Hernandez lehnte sich an die Arbeitsplatte und bewegte die Zehen in den Noppensandalen. »Tiere aus Costa Rica oder so. Was Ökologisches. Rosa ist 'ne echte Grüne. Wir mußten die Reste vom Rasen abtragen und das ganze Bodenabdeckungszeugs reintun, diese Dinger, die wie graue Spinnen aussehen. Aber in der Werkstatt kriegen sie's nicht hin, daß diese Tiere zu *sehen* sind, Mann. Wir haben Garantie drauf und alles, aber geht einem echt auf die Eier, sag ich dir.« Er schüttelte den Kopf.

Rydell war mit seinen Cornflakes fertig.

»Schon mal in Costa Rica gewesen, Rydell?«

»Nein.«

»Ist verdammt schön da, Mann. Wie die Schweiz.«

»War ich auch noch nie.«

»Nein, ich meine, was die mit Daten machen. So wie die's in der Schweiz mit Geld gemacht haben.«

»Sie meinen die Häfen?«

»Genau. Clever, die Jungs. Keine Armee, keine Marine, keine Luftwaffe, einfach neutral. Und passen auf die Daten der Leute auf.«

»Ganz gleich, was für Daten das sind.«

»Du hast's erfaßt. Clevere Leute. Und geben das Geld für *Ökologie* aus, Mann.«

Rydell brachte die Schüssel, den Löffel und das feuchte Papierbündel zum Waschbecken. Er wusch die Schüssel und den Löffel ab, wischte sie mit den Tüchern trocken und stopfte diese dann so tief wie möglich unter den übrigen Abfall im Beutel unter dem Waschbecken. Er richtete sich auf und sah Hernandez an. »Kann ich was für Sie tun, Chef?«

»Andersrum.« Hernandez lächelte. Irgendwie sah es nicht beruhigend aus. »Ich hab über dich nachgedacht. Über deine Lage. Nicht gut. Gar nicht gut, Mann. Cop wirst du jetzt garantiert nicht mehr. Und wo du nun gekündigt hast, kann ich dich bei IntenSecure nicht wieder einstellen, nicht mal als Pförtner. Vielleicht kriegst du was bei 'ner stinknormalen Klitsche, wo du in 'nem kleinen Kabuff in 'nem Schnapsladen rumhockst. Willst du das?«

»Nein.«

»Das ist gut, weil du dabei deinen Arsch riskierst. Braucht bloß einer reinkommen und dein kleines Kabuff auseinandernehmen, Mann.«

»Im Moment hab ich grade 'nen Job als Verkäufer in Aussicht.«

»Im Ernst? Als Verkäufer? Was verkaufst du?«

»Bettgestelle aus gußeisernen kleinen Mohren. Bilder aus hundert Jahre altem Menschenhaar.«

Hernandez' Augen wurden schmal. Er stieß sich von der Arbeitsplatte ab und ging ins Wohnzimmer. Rydell dachte, er würde vielleicht abhauen, aber er fing nur an, hin und her zu marschieren. Rydell hatte ein paarmal gesehen, wie er das in seinem Büro bei IntenSecure getan hatte. Jetzt machte er kehrt, als er gerade im Begriff war, das Wohnzimmer zu betreten, und kam zu Rydell zurück.

»Manchmal machst du echt dermaßen auf taff, Mann, also ich weiß nicht. Solltest du mal mit aufhören und dir überlegen, daß ich dir vielleicht bißchen zu helfen versuche, stimmt's?« Und wieder zum Wohnzimmer zurück.

»Sagen Sie mir einfach, was Sie wollen, okay?«

Hernandez blieb stehen, drehte sich um und seufzte. »Du bist noch nie oben in Nordkalifornien gewesen, nicht? In San Francisco? Kennt dich da oben jemand?«

»Nein.«

»IntenSecure ist auch in Nordkalifornien zugelassen, klar? Anderer Staat, andere Gesetze, ganz andere Einstellung – könnte genauso gut 'n ganz anderes Land sein, verdammt, aber wir haben unseren Scheiß da oben. Noch mehr Bürohäuser, massenhaft Hotels. Mit Bewachung von Wohnsiedlungen läuft da nicht so viel, höchstens in den Edge Cities* draußen, Concord, Hacienda Business Center und so weiter. Von denen haben wir auch 'ne ganze Reihe.«

* ›Randstädte‹ an der Peripherie der Großstädte, aber auch an der vordersten Front der technologischen Entwicklung in bezug auf ihre Architektur und die dort ansässigen ›sauberen‹ Industrien (z. B. Datenverarbeitung, Raumfahrt, Rüstungsforschung). – *Anm. d. Übers.*

»Aber es ist die gleiche Firma. Wenn sie mich hier nicht einstellen, stellen sie mich da auch nicht ein.«

»Ganz recht. Redet ja auch keiner davon, dich *einzustellen.* Geht darum, daß wir da vielleicht was für dich haben. Bei so 'nem Kerl, der als Unabhängiger arbeitet. Wenn die Firma bestimmte *Probleme* hat, dann lassen sie manchmal jemand kommen. Aber dieser Bursche ist nicht von IntenSecure. Der 's unabhängig. Im Büro da oben haben sie jetzt grade so 'ne Situation.«

»Moment mal. Worüber reden wir hier eigentlich? Über bewaffneten Streifendienst auf freiberuflicher Basis?«

»Der Typ ist ein Spürhund. Weißt du, was das ist?«

»Jemand, der Leute aufspürt, die ihre Schulden oder die Miete nicht bezahlen und untertauchen, so was in der Art?«

»Oder die in einem Sorgerechtsfall mit dem Kind abhauen, all so was. Aber weißt du, *solche* Leute kriegt man heutzutage meistens durchs Netz. Gibt man einfach immer wieder ihre persönlichen Daten ins DatAmerica ein, und irgendwann hat man sie.« Er zuckte die Achseln. »Kann man sogar zu den Cops gehen.«

Rydell erinnerte sich an eine bestimmte Episode von *Cops in Schwierigkeiten*, die er mit seinem Vater zusammen gesehen hatte. »Ein Spürhund sorgt also in erster Linie dafür …«

»Daß man nicht zur Polizei gehen muß.«

»Oder zu einer zugelassenen Privatdetektei.«

»Du hast's erfaßt.« Hernandez beobachtete ihn.

Rydell ging an ihm vorbei ins Wohnzimmer und hörte, wie die deutschen Duschsandalen hinter ihm her über den stumpfen Fliesenboden der Küche quietschten. Jemand hatte am Abend zuvor hier drin Tabak geraucht. Er konnte es riechen. Das war im Mietvertrag ausdrücklich untersagt. Der Vermieter würde ihnen deswegen die Hölle heiß machen. Er war ein serbischer Immigrant, der einen fünfzehn Jahre alten BMW fuhr, diese merkwürdigen pelzigen Tirolerhüte trug und darauf bestand, daß man ihn Wally nannte. Da Wally wußte, daß Rydell bei IntenSecure arbeitete, hatte er ihm die Taschenlampe zeigen wollen, die er unter dem Armaturenbrett seines BMW angeklemmt hatte. Sie war ungefähr dreißig Zentimeter lang und besaß einen Knopf, mit dem man eine große Ladung Peperonigas abschießen konnte. Er hatte Rydell gefragt, ob das seiner Meinung nach ›reichen‹ würde.

Rydell hatte gelogen. Hatte ihm erzählt, daß Leute, die beispielsweise richtig *viel* Dancer einwarfen, ein oder zwei Ladungen gutes Peperonigas sogar *echt geil* fänden. Weil es ihre Nebenhöhlen reinigte. Und sie erst so recht auf Touren brachte. Die würden da voll drauf abfahren.

Rydell schaute nach unten und sah zum ersten Mal, daß der Teppich in dem Haus in Mar Vista genau aus dem gleichen Material war wie der in der Wohnung von Turveys Freundin in Knoxville, über den er gekrochen war. Vielleicht ein bißchen sauberer, aber aus dem gleichen Material. Das war ihm noch nie aufgefallen.

»Hör mal, Rydell, du willst nicht, auch gut. Mein freier Tag heute, und ich fahr hier rüber, weißt du eigentlich, was das heißt? Paar Hacker haben dir 'n Streich gespielt, du bist drauf reingefallen und hast überreagiert, kann ich verstehn. Ist aber nun mal passiert, Mann, steht in deiner Akte, und mehr kann ich nicht für dich tun. Aber hör zu. Wenn du dich gegen die Firma anständig benimmst, kriegen sie's in Singapur vielleicht mit.«

»Hernandez ...«

»Mein freier Tag heute ...«

»Mann, ich hab keine Ahnung davon, wie man Leute aufspürt.«

»Du kannst *fahren*. Mehr wollen sie nicht. Bloß daß du fährst. Du fährst den Spürhund, klar? Er hat was mit dem Bein und kann nicht fahren. Und die Sache ist, naja, bißchen heikel. Braucht man bißchen Köpfchen. Ich hab ihnen gesagt, ich glaube, du würdest das bringen, Mann. Hab ich gemacht. Hab ich ihnen gesagt.«

Monicas Exemplar von *People* lag auf dem Sofa, aufgeschlagen bei einer Story über Gudrun Weaver, eine Schauspielerin in den Vierzigern, die dank Reverend Wayne Fallon soeben zu Gott gefunden hatte, gerade rechtzeitig, um ihr Konterfei in *People* unterzubringen. Auf einem ganzseitigen Bild lag sie auf einer Couch in ihrem Wohnzimmer und starrte verzückt auf eine Reihe von Bildschirmen, die alle denselben alten Spielfilm zeigten.

Rydell sah sich auf dem Futon von Futon Mouth liegen und zu diesen großen aufgeklebten Blumen und den Autoaufklebern hinaufschauen. »Ist es legal?«

Hernandez schlug sich auf seinen taubenblauen Oberschenkel. Es klang wie ein Pistolenschuß. »Legal? Wir reden hier von der IntenSecure Corporation und nicht von irgendwelchem *Kleinscheiß*. Ich versuch dir zu *helfen*, Mann. Verdammt noch mal, glaubst du, ich würd von dir verlangen, daß du was Illegales tust?«

»Aber was ist der *Job*, Hernandez? Bloß da hin und fahren?«

»Ja genau! Fahren! Mr. Warbaby sagt ›fahren‹, du fährst.«

»Wer?«

»Warbaby. Dieser Lucius Warbaby.«

Rydell nahm Monicas *People*-Heft und fand ein Bild von Gudrun Weaver und Reverend Wayne Fallon. Gudrun Weaver sah wie eine Schauspielerin in den Vierzigern aus, Fallon wie eine Beutelratte mit Haarimplantaten und einem zehntausend Dollar teuren Smoking.

»Dieser Warbaby, Berry, das ist der Obercrack in dem Scheiß. Ist 'n verdammter *Star*, Mann. Warum sollten sie ihn sonst engagieren? Mach das, und du *lernst* was von dem Scheiß. Du bist noch jung, Mann. Kannst noch was lernen.«

Rydell warf die Illustrierte wieder aufs Sofa. »Wen wollen sie finden?«

»'nen Hoteldieb. Jemand hat was geklaut. Wir haben da den Wachdienst gemacht. In Singapur sind sie voll am Rotieren wegen der Sache, Mann. Mehr weiß ich auch nicht.«

Rydell stand im warmen Schatten des Carports und schaute in die schimmernden Tiefen des sich bewegenden Wasserfalls auf der Kühlerhaube des Sneaker von Hernandez' Tochter. Nebel stieg durchs grüne Geäst des Regenwaldes auf. Er hatte mal eine Harley gesehen, auf der überall, wo sie nicht dreifach verchromt war, im Zeitraffertempo lebensgroße Insekten herumwimmelten. Skorpione, Tausendfüßler, alles mögliche.

»Schau mal«, sagte Hernandez, »siehst du, da, wo 's so unscharf ist? Soll 'n verdammtes *Faultier* oder so sein, Mann. Ein *Lemur*, verstehst du? Mit Herstellergarantie.«

»Wann soll ich hinfahren?«

»Ich geb dir 'ne Nummer.« Hernandez gab Rydell einen zerrissenen gelben Papierfetzen. »Ruf da an.«

»Danke.«

»He«, sagte Hernandez, »ich will dir doch nur was Gutes tun. Ehrlich, Mann. Will ich.« Er strich über die Motorhaube des Sneaker. »Schau dir diesen Scheiß an. *Herstellergarantie*, du dickes Ei.«

Der Morgen danach

Chevette träumte, daß sie die Folsom entlangfuhr. Ein starker Seitenwind drohte sie in den Gegenverkehr zu drücken. Sie bog links ab in die sechste Straße, hatte den Wind jetzt im Rücken, fuhr an der Howard und der Mission bei Rot und an der Market bei Tiefgelb über die Kreuzung, tippte kurz auf die Bremse und hoppelte über die beiden Gleise weg.

Sie kam tief vornübergebeugt herunter und sauste auf der Taylor den Nob Hill hinauf.

»Diesmal schaff ich's«, sagte sie.

Wie eine Wilde strampelnd – der Wind eine starke Hand in ihrem Kreuz, der Himmel klar und lockend auf der Hügelkuppe –, schaltete sie ihre Kette per Hand auf einen riesigen, maßgefertigten Zahnkranz, der zu groß für ihre Kettenschaltung und überhaupt für jeden Rahmen war, und spürte, wie die glänzenden Zähne faßten. Ihr Gestrampel wurde zu einem stetigen Kreisen – aber dann kam sie aus dem Tritt.

Sie stellte sich in die Pedale, begann zu treten und zu schreien; Milchsäure schoß durch ihre Adern. Sie war oben auf der Kuppe, sie hob ab …

Farbiges Licht fiel durch die getönten Tortenkeilscheiben des runden Fensters in Skinners Bude. Dienstagmorgen.

Zwei kleinere Glasscheiben waren herausgefallen; die Lücken waren mit Stoffetzen ausgestopft, die Schatten auf die zerfledderte gelbe Wand voller *Natio-*

nal Geographic-Titel warfen. Skinner saß in einem alten karierten Hemd im Bett und hatte die Decken und den Schlafsack bis zur Brust hochgezogen. Sein Bett bestand aus einer Eichentür mit acht Paneelen auf vier rostigen VW-Felgen und einer dicken Schaumstoffmatte obendrauf. Chevette schlief auf dem Boden, auf einer schmaleren Schaumstoffmatte, die sie jeden Morgen zusammenrollte und hinter eine lange Holzkiste mit lauter schmierigem Werkzeug drin stopfte. Der Geruch des Schmierfetts stieg ihr manchmal sogar noch im Schlaf in die Nase, aber das störte sie nicht.

Sie streckte den Arm in die Novemberkälte hinaus und nahm einen Sweater von der Sitzfläche eines mit Farbe bekleckerten Holzhockers. Sie stopfte den Sweater in ihren Schlafsack, schlüpfte umständlich hinein und zog ihn bis zu den Waden herunter. Er hing ihr bis auf die Knie, als sie aufstand; der Kragen war so gedehnt, daß sie ihn immer wieder auf ihre Schulter hochschieben mußte. Skinner sagte nichts; er sagte ohnehin kaum je etwas.

Sie rieb sich die Augen, ging zu der an die Wand geschraubten Leiter, stieg die fünf Sprossen hinauf und entriegelte die Dachluke, ohne auch nur hinzusehen. Sie kam jetzt fast jeden Morgen hier herauf, begann ihren Tag mit dem Wasser und fuhr dann in die Stadt. Außer wenn es regnete oder zu neblig war; dann mußte sie den alten Coleman-Kocher bedienen, dessen rotlackierter Tank wie ein winziges U-Boot aussah. Skinner machte das an schönen Tagen, aber wenn es regnete, blieb er häufig im Bett. Er sagte, dann würde ihm die Hüfte immer zu schaffen machen.

Sie kletterte aus dem quadratischen Loch, setzte sich auf den Rand und ließ die nackten Füße ins Zimmer baumeln. Die Sonne mühte sich, das silbrige Grau wegzubrennen. An heißen Tagen heizte sie den Teer auf dem flachen Rechteck des Dachs auf, und man konnte ihn riechen.

Skinner hatte ihr im *National Geographic* Bilder von den La-Brea-Gruben gezeigt, große, traurige Monster, die ein für allemal ausgestorben waren, unten in L.A., vor langer Zeit. Das also war Teer, Asphalt, nicht bloß irgend so ein Zeug, das sie irgendwo in einer Fabrik herstellten. Er wußte gern, woher die Dinge kamen.

Seine Jacke, die sie immer trug, stammte von D. Lewis, Great Portland Street. Das war in London. Skinner mochte Karten. In manchen *National Geographic*-Ausgaben waren Faltkarten, und alle Länder waren große, einheitliche Farbflecken, von einer Seite zur anderen. Und es hatte früher auch nicht annähernd so viele gegeben. Manche Länder waren riesengroß gewesen: Kanada, die UdSSR, Brasilien. Jetzt gab es an deren Stelle viele kleine. Skinner sagte, Amerika habe denselben Weg genommen, ohne es sich einzugestehen. Selbst Kalifornien sei früher mal ein einziger großer Staat gewesen.

Skinners Dach war fünfeinhalb mal dreieinhalb Meter groß. Irgendwie wirkte es kleiner als der Raum darunter, obwohl die Wände drinnen dicht mit Skinners Zeug gepflastert waren. Auf dem Dach war nur ein rostiger Metallwagen, ein Kinderspielzeug, mit ein paar Rollen ausgeblichener Teerpappe drin.

Sie schaute an drei Kabeltürmen vorbei nach Treasure Island hinüber. Dort stieg Rauch von einem Feuer am Ufer auf, wo der niedrige Ausleger, in Nebel gehüllt, nach Oakland davonschoß. Da war ein kuppelartiges, facettiertes Ding auf dem fernsten Trägerturm, dessen Flächen wie neues Kupfer glänzten, aber Skinner sagte, es seien nur mit Mylar überzogene, quadratische Holzfliesen. Sie hatten einen Sender da drin, über den sie mit Satelliten sprechen konnten. Sie dachte, sie würde irgendwann mal hingehen und ihn sich ansehen.

Eine graue Möwe segelte vorbei, in Augenhöhe.

Die Stadt sah genauso aus wie immer, die Hügel wie schlafende Tiere hinter den Bürotürmen, deren Adressen sie in- und auswendig kannte. Sie müßte dieses Hotel eigentlich sehen können.

Die vergangene Nacht packte sie im Genick.

Sie konnte nicht glauben, daß sie das getan hatte, daß sie so dämlich gewesen war. Das Etui, das sie diesem Blödmann aus der Tasche gemopst hatte, steckte in Skinners Jacke, die an dem wie ein Elefantenkopf geformten Eisenhaken hing. Nichts drin außer einer Sonnenbrille, die teuer aussah, aber so dunkel war, daß sie am Abend zuvor nicht einmal hatte durchschauen können. Die Sicherheitsbullen im Foyer hatten ihr Abzeichen gescannt, als sie reingegangen war; soweit sie wußten, war sie nicht wieder runtergekommen. Der Computer würde sie schließlich zu suchen begonnen haben. Wenn sie bei Allied nachfragten, würde sie sagen, das hätte sie ganz vergessen; sie hätte sich nicht mehr abgemeldet, sondern sei mit dem Dienstbotenfahrstuhl runtergefahren, nachdem sie ihr Päckchen bei 808 abgeliefert hatte. Auf gar keinen Fall sei sie bei irgendeiner Party gewesen, und wer hatte sie da auch schon gesehen? Das Arschloch. Und vielleicht würde er drauf kommen, daß sie ihm die Brille geklaut hatte. Vielleicht hatte er's irgendwie gespürt. Vielleicht würde er sich dran erinnern, wenn er wieder nüchtern war.

Skinner brüllte, der Kaffee sei fertig, aber sie hätten keine Eier mehr da. Chevette stieß sich vom Rand des Lochs ab, schwang sich nach innen und fand mit dem Fuß die oberste Sprosse.

»Wenn du welche willst, mußt du sie holen«, sagte Skinner und schaute vom Coleman auf.

»Laß mir 'n bißchen Kaffee übrig.« Sie zog schwarze Baumwoll-Leggings an und schlüpfte in ihre Turnschuhe, ohne sich die Mühe zu machen, sie zuzubinden. Sie machte die Luke im Boden auf und stieg hindurch. Mit den Gedanken war sie immer noch bei dem Arschloch, seiner Sonnenbrille und ihrem Job. Zehn Stahlsprossen an der Seite eines alten Krans hinunter. Der Kirschpflückerkorb wartete noch dort, wo sie ihn gelassen hatte, als sie zurückgekommen war. Ihr Rad war sicherheitshalber mit ein paar Radio-Shack-Heulern an einen Pfosten angeschlossen. Sie kletterte in den hüfthohen gelben Plastikkorb und legte den Schalter um.

Der Motor heulte auf, und das Zahnrad mit den großen Zähnen trug sie schräg nach unten. Skinner nannte den Kirschpflücker seine *Seilbahn*. Er hatte das Ding aber nicht konstruiert; ein Schwarzer namens Fontaine hatte es für ihn gebaut, als Skinner Probleme mit dem Aufstieg bekam. Fontaine wohnte am Oakland-Ende, mit ein paar Frauen und einem Haufen Kinder. Er kümmerte sich weitgehend um den Elektrokram auf der Brücke. Ab und zu tauchte er in einem langen Tweedmantel auf, einen Werkzeugkasten in jeder Hand, schmierte das Ding und überprüfte es. Und Chevette hatte eine Nummer, wo sie ihn erreichen konnte, falls es irgendwann mal komplett den Geist aufgab, aber das war bis jetzt noch nie passiert.

Der Korb vibrierte, als er unten ankam. Sie stieg aus, betrat den Holzsteg und ging an der straff gespannten, milchigen Plastikwand entlang, auf die die Pflanzen Halogenschatten warfen und hinter der die Hydrokultur gurgelte. Bog um die Ecke und stieg die Treppe zum Lärm und dem morgendlichen Getriebe der Brücke hinunter. Nigel kam mit einem seiner Karren – einem neuen – auf sie zu. Er war gerade dabei, etwas auszuliefern.

»Vette«, mit seinem breiten, dümmlichen Grinsen. So nannte er sie.

»Hast du die Eierfrau gesehn?«

»Stadtseite«, sagte er, was grundsätzlich San Francisco bedeutete. Oakland hieß immer nur ›Land‹. »Gut, hm?«, mit einer Geste des Erbauerstolzes wies er auf seinen Karren. Chevette sah den hartgelöteten Aluminiumrahmen, die mit dicken neuen Speichen verbundenen Naben und Felgen aus Taiwan. Nigel arbeitete für ein paar von den anderen Fahrern bei Allied, die noch Metallräder fuhren. Es hatte ihm gar nicht gepaßt, als Chevette sich einen Papierrahmen zugelegt hatte. Jetzt bückte sie sich, um mit dem Daumen über eine besonders glatte Lötstelle zu streichen. »Gut«, stimmte sie zu.

»Macht dieser Japsenscheiß schon Mucken?«

»Kein Stück.«

»Kommt noch. Wenn's zu stark rüttelt, bricht dir das Ding auseinander.«

»Dann komm ich zu dir.«

Nigel schüttelte seinen haarigen Kopf. Der verschossene hölzerne Fischköder, der an seinem linken Ohr baumelte, klapperte und wirbelte herum. »Dann isses zu spät.« Er schob seinen Karren Richtung Oakland.

Chevette fand die Eierfrau und kaufte drei Stück, die auf spezielle Weise in zwei große, trockene Blätter eingewickelt waren. Die pure Zauberei. Man mochte sie gar nicht auspacken, so perfekt war es, und man bekam die Blätter nie mehr zusammen und konnte auch nicht rauskriegen, wie sie es machte. Die Eierfrau nahm den Fünfer und warf ihn in den kleinen Brustbeutel, den sie um ihren dürren Eidechsenhals trug. Sie hatte überhaupt keine Zähne. Ihr Gesicht war ein Nest aus Runzeln mit einem feuchten Schlitz von einem Mund in der Mitte.

Skinner saß am Tisch, als sie zurückkam. Es war eher ein Bord als ein Tisch. Er trank Kaffee aus einem zerbeulten Thermosbecher aus Stahl. Wenn man reinkam und ihn so sah, merkte man zunächst gar nicht, wie alt er war; nur daß er groß war, seine Hände, seine Schultern, seine ganzen Knochen, alles war groß. Graue Haare, glatt zurückgekämmt, um den Blick freizugeben auf die in einem langen Leben erworbene Sammlung von Narben, kleinen Beulen und schwarzen Pünktchen auf seiner Stirn, die wie Tätowierungen aussahen, obwohl nur irgendwelcher Dreck in alte Schnittwunden geraten war.

Sie packte die Eier aus, wobei sie das Zauberwerk der Eierfrau zerstörte, und legte sie in eine Plastikschüssel. Skinner hievte sich von seinem knarrenden Stuhl hoch und zuckte zusammen, als er dabei seine Hüfte belastete. Sie reichte ihm die Schüssel, und er drehte sich zum Coleman hinüber. Wenn er Rühreier machte, benutzte er dazu keine Butter, sondern bloß ein bißchen Wasser. Sagte, das hätte er von einem Schiffskoch gelernt. Die Eier schmeckten gut, aber die Pfanne war schwer sauberzukriegen, und das war Chevettes Job. Während er die Eier aufschlug, ging sie zu der Jacke am Haken und holte das Etui heraus.

Man konnte nicht genau erkennen, woraus es bestand, und das hieß, daß es teuer war. Etwas Dunkelgraues, wie das Blei in einem Bleistift, dünn wie die Schale von einem dieser Eier, aber man konnte wahrscheinlich mit einem Lastwagen drüberfahren. Genau wie bei ihrem Rad. Erst am Abend vorher hatte sie rausgefunden, wie man das Etui aufmachte; einen Finger hier, den Daumen da, und es sprang auf. Kein Haken oder so was, keine Feder. Weder ein Warenzeichen noch eine Patentnummer. Das Innere war wie schwarzes Wildleder, aber es gab unter dem Finger wie Schaumstoff nach.

Die Brille, die da drin wie in einem Nest lag. Groß und schwarz. Wie von diesem Orbison auf dem Poster an Skinners Wand, schwarz und weiß. Skinner sagte, wenn man ein Poster für alle Ewigkeit aufhängen wolle, müsse man Kondensmilch als Kleber benutzen. Die aus der Dose. Es gab nicht mehr viele Sachen in Dosen, aber Chevette wußte, was er meinte, und der merkwürdige Typ mit dem großen Gesicht und der dunklen Brille war fest an das weiß gestrichene Sperrholz von Skinners Wand gepappt.

Sie nahm die Brille aus dem schwarzen Wildleder.

Das Zeug kam sofort hoch und bildete wieder eine glatte Fläche.

Das Ding machte sie nervös. Nicht bloß, weil sie es gestohlen hatte, sondern weil es zu schwer war. Viel zu schwer für eine Sonnenbrille, trotz der großen Bügel. Der Rahmen sah aus wie aus Graphit geschnitzt. Vielleicht stimmte das auch, dachte sie; um die Papierkerne im Rahmen ihres Fahrrads herum war ebenfalls Graphit, und es war von Asahi Engineering.

Das Klappern des Spatels, als Skinner die Eier rührte.

Sie setzte die Brille auf. Schwarz. Total undurchsichtig.

»Katherine Hepburn«, sagte Skinner.

Sie nahm sie ab. »Hm?«

»Die hatte auch so 'ne große Brille.«

Sie nahm das Feuerzeug in die Hand, das er neben dem Coleman aufbewahrte, drückte darauf und hielt die Flamme vor ein Brillenglas. Nichts.

»Wozu ist die gut? Zum Schweißen?« Er häufte ihre Portion Rührei auf ein Servierbrett mit dem Stempelaufdruck ›1952‹. Stellte es neben eine Gabel und ihren Becher mit schwarzem Kaffee.

Sie legte die Brille auf den Tisch. »Ich seh nix da durch. Alles bloß schwarz.« Sie zog sich den Ahornstuhl heran, der keine Lehne mehr hatte, setzte sich hin und nahm die Gabel zur Hand. Sie aß ihr Rührei. Skinner setzte sich hin, aß seins und sah sie an. »Sowjetisch«, sagte er nach einem Schluck aus seinem Thermosbecher.

»Hm?«

»So haben sie damals in der alten Sowjetunion Sonnenbrillen gemacht. Hatten zwei Fabriken dafür, und die eine hat sie immer so gemacht. Haben die Läden immer weiter mit den Dingern beliefert, aber keiner hat sie gekauft; die Leute haben immer die von der anderen Fabrik gekauft. Lag an deren Verpackung.«

»Die schwarzen Gläser sind aus 'ner Fabrik?«

»In der Sowjetunion.«

»Sind die bescheuert oder was?«

»Ist nicht so einfach … Wo hast du die her?«

Sie schaute in ihren Kaffee. »Gefunden.« Sie nahm den Becher und trank.

»Arbeitest du heute?« Er zog sich hoch und stopfte das Vorderteil seines Hemdes in die Jeans. Die verrostete Schnalle seines alten Ledergürtels wurde von zusammengedrehten Papierstückchen gehalten.

»Von mittags bis fünf.« Sie nahm die Brille und drehte sie hin und her. Sie war zu schwer für ihre Größe.

»Ich muß jemand raufkommen lassen, der sich mal die Brennstoffzelle ansieht …«

»Fontaine?«

Er antwortete nicht. Sie bettete die Brille in schwarzes Wildleder, schloß das Etui, stand auf und brachte das Geschirr zum Waschbecken. Warf einen Blick zurück zu dem Etui auf dem Tisch.

Sie sollte das Ding lieber wegwerfen, dachte sie.

Wenn Diplomatie versagt

Rydell flog mit einem CalAir-Kipprotor von Burbank aus in den frühen Dienstagabend hinein. Der Typ in San Francisco hatte das Ticket drüben bezahlt; er sagte, sein Name sei Freddie. Kein Rückenlehnenvergnügen bei CalAir, und die Passagiere eindeutig zweitklassig. Schreiende Babys. Aber ein Fensterplatz. Unten das Lichtermeer durch den dünnen Schmierfilm vom Pomade eines früheren Passagiers: das Valley. Die türkisfarbene Leere ein paar übriggebliebener Pools mit Unterwasserbeleuchtung. Ein dumpfer Schmerz in seinem Arm.

Er schloß die Augen. Sah seinen Vater am Küchenwaschbecken seines Wohnwagens in Florida, wo er ein Glas abwusch – der Tod in diesem Augenblick zweifellos bereits in ihm wachsend, eine feststehende Tatsache, eine Linie überschritten – und von seinem Bruder erzählte, Rydells Onkel, der drei Jahre jünger und fünf Jahre zuvor gestorben war.

Der Onkel, den Rydell nicht gekannt hatte und der zu einem Stapel Fotos geworden war. Zu ein paar Sekunden in einem Minicamsucher. Der Rydell aus Afrika ein T-Shirt geschickt hatte, mit einem Militärstempel auf dem wattierten Umschlag. Einer dieser altmodischen Bomber, eine B-32, und ›WENN DIPLOMATIE VERSAGT …‹

»Ob das der Küstenhighway ist, was meinen Sie?«

Er schlug die Augen auf und sah eine Frau, die sich über ihn beugte, um durch den Pomadefilm hinauszuspähen. Wie Mrs. Armbruster in der fünften Klasse; älter als sein Vater jetzt wäre.

»Keine Ahnung«, sagte Rydell. »Kann sein. Sieht für mich alles aus wie Straßen. Ich meine«, fügte er hinzu, »ich bin nicht von hier.«

Sie lächelte ihn an und ließ sich in den Griff des schmalen Sitzes zurücksinken. Genau wie Mrs. Armbruster. Die gleiche merkwürdige Kombination von Tweed, Oxfordtuch und einem Umhang mit indianischen Motiven. Diese alten Damen mit ihren elastischen, dicksohligen Schuhen.

»Ist doch keiner von uns.« Sie streckte die Hand aus, um sein Khaki-Knie zu tätscheln. Kevin hatte gesagt, er könne die Hose behalten.

»Mhm«, machte Rydell. Seine Hand tastete verzweifelt nach dem Verstellknopf für die Rückenlehne, nach diesem kleinen, runden, eingedellten Stahlknopf, der darauf wartete, ihn zurücksinken zu lassen, damit er so tun konnte, als ob er schliefe. Er schloß die Augen.

»Ich bin gerade auf dem Weg nach San Francisco, um bei der Umbettung meines verstorbenen Mannes in eine kleinere Kälteschlafanlage zu helfen«, sagte sie, »in eine, die *individuelle* Lagermodule anbietet. In den einschlägigen Magazinen nennt man sie ›Boutique-Unternehmen‹, so grotesk sich das anhört.«

Rydell fand den Knopf und stellte fest, daß sich die CalAir-Sitze um maximal zehn Zentimeter zurückstellen ließen.

»Er ist jetzt seit, oh, neun Jahren im Kälteschlaf, aber mir hat der Gedanke nie gefallen, daß sein Gehirn da drin einfach so herumpurzelt. In Folie eingewickelt. Da muß man doch automatisch an gebackene Kartoffeln denken.«

Rydells Augen öffneten sich. Er versuchte, sich eine Antwort einfallen zu lassen.

»Oder an Tennisschuhe im Trockner«, fuhr sie fort. »Ich weiß, sie sind hartgefroren, aber das erweckt alles nicht gerade den Eindruck von *ewiger Ruhe*, oder?«

Rydell konzentrierte sich auf die Rückenlehne vor ihm. Eine leere Plastikfläche. Grau. Nicht mal ein Telefon.

»Diese kleinen Firmen können natürlich nichts Neues versprechen, wie zum Beispiel, daß man irgendwann mal wiedererweckt wird oder so. Aber mir scheint, daß es dort ein wenig würdevoller zugeht. *Ich* finde es jedenfalls würdevoller.«

Rydell warf einen raschen Blick zur Seite, und ihre Blicke verschränkten sich: haselnußbraune Augen in einem Netz ganz feiner Fältchen.

»Und ich werde bestimmt nicht dabeisein, wenn er jemals aufgetaut wird oder, naja, was immer sie schließlich mit ihm vorhaben. Ich glaube nicht daran. Wir haben uns deswegen ständig gestritten. Ich dachte an all diese Milliarden von Toten, an die jährliche Zahl der Todesopfer in all den *armen* Ländern. David, hab ich gesagt, wie kannst du so was auch nur in *Erwägung* ziehen, wenn der größte Teil der Menschheit noch nicht mal eine Klimaanlage hat?«

Rydell machte den Mund auf und wieder zu.

»Ich selber bin eingetragenes Mitglied von Tod Um Mitternacht.«

Rydell war nicht sicher, was ›eingetragen‹ heißen sollte, aber Tod Um Mitternacht war ein Verein zur Sterbehilfe und in Tennessee verboten. Aber sie machten es dort trotzdem, und bei der Polizei hatte ihm jemand erzählt, daß sie den Krankenwagenteams Milch und Kekse hinstellten. Meistens taten es acht oder neun von ihnen gleichzeitig. Brachten sich mit Cocktails aus ordnungsgemäß verschriebenen Arzneimitteln um. Keine Schweinerei, kein großes Trara. Die saubersten Selbstmorde weit und breit.

»Verzeihen Sie, M'am«, sagte Rydell, »aber ich muß sehen, daß ich noch ein bißchen Schlaf kriege.«

»Nur zu, junger Mann. Sie sehen ziemlich müde aus.«

Rydell schloß die Augen, legte den Kopf zurück und blieb so sitzen, bis er spürte, wie die Rotoren zum Sinkflug kippten.

»Tommy Lee Jones«, sagte der Schwarze. Sein Haar war wie ein umgekippter Blumentopf mit einer spiralförmigen Schneise in der Seite geformt. Ähnlich wie der Fes eines Schreinwächters, aber ohne die Quaste. Er war ungefähr eins fünfzig groß, und sein überdimensionales Hemd ließ ihn fast ebenso breit aussehen. Das Hemd war zitronengelb und mit lebensgroßen, farbenfrohen Schußwaffen aller Art bedruckt. Er trug riesige, marineblaue Shorts, die ihm bis unter die Knie reichten, Turnschuhe, in deren Sohlenränder kleine rote Lämpchen eingebettet waren, und eine runde, verspiegelte Sonnenbrille mit Gläsern in der Größe von Fünf-Dollar-Münzen.

»Bin ich nicht«, sagte Rydell.

»Nein, Mann, du siehst so aus wie der.«

»Wie wer?«

»Tommy Lee Jones.«

»Wer?«

»War 'n *Schauspieler,* Mann.« Rydell dachte einen Moment lang, daß der Kerl auch einer von Reverend Fallons Leuten sein mußte. Er hatte sogar diese Sonnenbrille, wie Subletts Kontaktlinsen. »Du bist Rydell. Hab dich bei *Getrennt bei der Geburt* durchlaufen lassen.«

»Bist du Freddie?« *Getrennt bei der Geburt* war ein Polizeiprogramm, das bei Vermißtenfällen benutzt wurde. Man scannte ein Foto der Person, die man suchte, bekam die Namen von einem halben Dutzend berühmten Leuten, die eine vage Ähnlichkeit mit dem Gesuchten aufwiesen, ging dann los und fragte die Leute, ob sie in letzter Zeit jemanden gesehen hätten, der sie an A, B, C und so weiter erinnerte. Das Komische war, daß es besser funktionierte, als wenn man ihnen bloß ein Bild des Gesuchten gezeigt hätte. Der Lehrer auf der Akademie in Knoxville hatte Rydells Klasse erklärt, es läge daran, daß man damit den Teil des Gehirns anzapfte, der Informationen über berühmte Leute speicherte. Rydell hatte sich das als eine Art Filmstar-Lappen vorgestellt. Hatten die Leute so was wirklich? Vielleicht war der von Sublett riesig. Auf der Akademie hatten sie Rydell durch das Programm geschickt, und es hatte sich herausgestellt, daß er Howie Clacton, dem Pitcher von Atlanta, aufs Haar glich; an einen Tommy Lee Jones konnte er sich nicht erinnern. Aber damals hatte er auch nicht gefunden, daß er sonderlich große Ähnlichkeit mit Howie Clacton hatte.

Dieser Freddie streckte eine sehr weiche Hand aus, und Rydell schüttelte sie. »Hast du Gepäck?« fragte Freddie.

»Nur das hier.« Er hob seinen Samsonite hoch.

»Das da drüben ist Mr. Warbaby«, sagte Freddie und nickte zu einem Ausgang hinüber, wo eine uniformierte *chilanga* die Platzkarten der Leute prüfte, bevor sie sie hinausließ. Ein weiterer Schwarzer ragte hinter ihr auf, riesig, so breit wie dieser Freddie und augenscheinlich doppelt so groß.

»Großer Bursche.«

»Mhm«, sagte Freddie, »und wir sollten ihn lieber nicht warten lassen. Sein Bein tut ihm weh heute, aber er hat trotzdem drauf *bestanden*, vom Parkplatz hier reinzukommen, um dich zu begrüßen.«

Rydell nahm den Anblick des Mannes in sich auf, als er sich dem Ausgang näherte und der Kontrolleurin seine Karte gab. Er war enorm groß, über eins achtzig, aber was Rydell am meisten auffiel, war eine gewisse *Reglosigkeit* an ihm, und dazu diese kummervolle Miene. Es war ein Ausdruck, den er im Gesicht eines schwarzen Geistlichen gesehen hatte, das sein Vater immer häufiger betrachtet hatte, als es mit ihm zu

Ende ging. Wenn man diesem Geistlichen ins Gesicht schaute, hatte man das Gefühl, er hätte bereits alle schlimmen und traurigen Dinge dieser Welt gesehen, so daß man ihm vielleicht sogar glauben konnte, was er sagte. Jedenfalls hatte Rydells Vater das möglicherweise getan, zumindest ein wenig.

»Lucius Warbaby.« Er nahm die größten Hände, die Rydell je gesehen hatte, aus den tiefen Taschen eines langen, olivgrünen Mantels aus rautenförmig abgesteppter Seide. Seine Stimme war so tief, daß man an unhörbare Baßfrequenzen denken mußte. Rydell schaute die Hand an, die ihm hingestreckt wurde, und sah, daß der Mann einen dieser altmodischen, klotzigen Goldringe trug, mit ›WARBABY‹ in Grotesk-Großbuchstaben aus Diamantsplittern darauf.

Rydell schüttelte ihm die Hand, die Finger über Diamanten und dickes Gold gewölbt. »Freut mich, Sie kennenzulernen, Mr. Warbaby.«

Warbaby trug einen schwarzen Stetson, der völlig waagerecht auf seinem Kopf saß und dessen Krempe überall nach oben gebogen war, und eine Brille mit dickem schwarzen Rahmen. Klare Gläser, glatt wie Fensterscheiben. Die Augen hinter diesen Gläsern waren chinesisch oder so; katzenhaft, schräg, von einem seltsamen Goldbraun. Er stützte sich auf einen dieser verstellbaren Stöcke, die man im Krankenhaus bekam. Um sein linkes Bein war ein schwarzer, von großen, mitternachtsblauen Nylonkissen gepolsterter Stützapparat geschnallt. Enge schwarze Jeans, brandneu und noch keinmal gewaschen, steckten in riesigen, mit Spucke polierten, dreifach schwarz changierenden Cowboystiefeln.

»Juanito meint, Sie sind ein anständiger Fahrer«, sagte Warbaby, als wäre es so ungefähr das Traurigste, was ihm je zu Ohren gekommen war. Rydell hatte noch nie gehört, daß jemand Hernandez so nannte. »Er sagt, Sie kennen die Gegend hier oben nicht…«

»Das stimmt.«

»Andersrum heißt das«, sagte Warbaby, »daß niemand hier *Sie* kennt. Nimm dem Mann das Gepäck ab, Freddie.«

Freddie nahm Rydells Weichkoffer mit offenkundigem Widerwillen, als ob er sich mit so etwas normalerweise nicht gern sehen ließe.

Die Hand mit dem protzigen Ring legte sich auf Rydells Schulter. Es kam ihm so vor, als ob der Ring zwanzig Pfund wiegen würde. »Hat Juanito Ihnen irgendwas drüber erzählt, was wir hier oben machen?«

»Er hat was von einem Hoteldiebstahl gesagt. Meinte, IntenSecure hätte Sie sozusagen unter Vertrag genommen ...«

»Diebstahl, ja.« Warbaby sah aus, als ob die moralische Schwerkraft des ganzen Universums auf ihm lasten würde und als ob er bereit wäre, diese Bürde zu tragen. »Etwas wird vermißt. Und jetzt ist alles noch ... *komplizierter*.«

»Wieso?«

Warbaby seufzte. »Der Mann, der es vermißt, ist tot.«

Ein anderer Ausdruck in diesen Augen. »Und *wie* ist er gestorben?« fragte Rydell, als das Gewicht endlich von seiner Schulter genommen wurde.

»Mord«, antwortete Warbaby leise und trübselig, aber sehr deutlich.

»Sie fragen sich, was es mit meinem Namen auf sich hat«, sagte Warbaby vom Rücksitz seines schwarzen Ford Patriot aus.

»Ich frage mich, wo der Schlüssel rein muß, Mr. Warbaby«, sagte Rydell hinter dem Lenkrad und ließ seinen Blick über das Armaturenbrett schweifen, das ihm viele Möglichkeiten zur Auswahl anbot. Amerikanische Autos waren die einzigen, die sich noch die Mühe machten, die Instrumente physisch darzustellen. Vielleicht gab es deshalb nicht mehr so viele davon.

Wie diese Harleys mit Kettenantrieb.

»Meine Großmutter war Vietnamesin«, grummelte Warbaby wie eine tektonische Platte, die sich resignierend löste und Richtung China abtauchte.

»Mein Großvater kam aus Detroit. Ein *Soldat*. Hat sie aus Saigon mitgebracht, ist dann aber nicht bei ihr geblieben. Mein Daddy, sein Sohn, hat seinen Namen geändert und sich Warbaby genannt, verstehen Sie? Eine Geste. Sentimentalität.«

»Aha«, sagte Rydell, ließ den großen Ford an und checkte das Getriebe. Saigon war ein Ort, wo reiche Leute Urlaub machten.

Vierradantrieb. Keramikpanzer. Straßenfeger von Goodyear, die man nur mit einer richtigen Kanone durchlöchern konnte. Ein Luftreiniger aus Pappe, der wie eine Pinie geformt war, hing vor den Heizungsschlitzen.

»Und die Sache mit ›Lucius‹, tja, das kann ich Ihnen auch nicht erklären.«

»Mr. Warbaby«, sagte Rydell mit einem Blick nach hinten, »wohin soll ich Sie fahren?«

Ein Modem-Piepser vom Armaturenbrett.

Freddie in dem feudalen Schalensitz neben Rydell stieß einen Pfiff aus. »Du dicke Scheiße«, sagte er, »das ist echt übel.«

Rydell drehte sich zur Seite, um zuzusehen, wie das Fax herauskam: ein fetter Mann, nackt auf blutgetränkten, hart gewordenen Laken. Blutlachen, in denen das grelle Blitzlicht des Fotografen eingefroren war wie matte Trugbilder der Sonne.

»Was ist das da unter seinem Kinn?« fragte Rydell.

»Ein kubanisches Halstuch«, sagte Freddie.

»*Nein*, Mann«, Rydells Stimme ging eine Oktave höher, »was *ist* das?«

»Die Zunge von dem Kerl«, sagte Freddie, riß das Bild vom Schlitz ab und reichte es Warbaby im Fond.

Rydell hörte, wie das Fax in seiner Hand knarzte.

»Diese Menschen«, sagte Warbaby. »Schrecklich.«

Der moderne Tanz

Yamasaki saß auf dem flachen Holzhocker und schaute Skinner beim Rasieren zu.

Skinner saß auf dem Bettrand, schabte sich mit einem Wegwerfrasierer das Gesicht rosig und reinigte die Klinge in einem zerbeulten Aluminiumbecken, das er zwischen den Schenkeln hielt.

»Das Rasiermesser ist alt«, sagte Yamasaki. »Sie werfen es nicht weg?«

Skinner sah ihn über den Plastikrasierer hinweg an. »Die Sache ist die, Scooter, nach 'ner Weile werden die Dinger nicht mehr stumpfer.« Er seifte sich die Oberlippe ein, rasierte sie und hielt dann inne. Bei den ersten paar Besuchen war Yamasaki immer ›Kawasaki‹ gewesen. Jetzt war er ›Scooter‹. Die blassen alten Augen unter den schweren, rötlichen Lidern musterten ihn gleichmütig. Yamasaki spürte Skinners inneres Gelächter.

»Ich bringe Sie zum Lachen?«

»Heute nicht«, sagte Skinner und warf das Rasiermesser ins Wasserbecken. Seifenschaum und graue Barthaare schnellten in einer Demonstration der Oberflächenspannung zurück. »Nicht so wie neulich, wo ich zugesehen hab, wie du hinter der Scheiße hergekraxelt bist.«

Yamasaki hatte einen ganzen Vormittag damit verbracht, die Abwassersammlungs-Arrangements für die Gruppe der Behausungen aufzuzeichnen, die seiner Ansicht nach Skinners ›Wohnviertel‹ darstellten. Dank der ausgiebigen Verwendung von transparenten Fünf-Zoll-Schläuchen war das eine ziemlich aufregende Sache gewesen, wie bei einem Spiel für Kinder; er hatte nämlich versucht, den Weg eines gegebenen Fäkalienklumpens von einer Behausung an der nächsten vorbei nach unten zu verfolgen. Die Schläuche liefen in anmutigen, willkürlichen Bogen durch den Brückenaufbau abwärts, gebündelt wie Ganglien, um unterhalb der unteren Ebene in einem tausend Gallonen fassenden Aufbewahrungstank zusammenzutreffen. Wenn dieser voll war, hatte Skinner erklärt, warf ein Quecksilberschalter in einem Schwimmer eine Strahlpumpe an, die das gesammelte Abwasser in ein Drei-Fuß-Rohr beförderte, das sie ins städtische System einspeiste.

Er hatte sich eine Notiz gemacht, diese Verbindung als ein Interface zwischen dem Programm der Brücke und dem Programm der Stadt zu betrachten, aber es war offenkundig wichtiger, Skinner die Geschichte der Brücke zu entlocken. Davon überzeugt, daß Skinner irgendwie den Schlüssel zur existentiellen Bedeutung der Brücke besaß, hatte Yamasaki seine physische Erforschung der sekundären Konstruktion ad acta gelegt, um so viel Zeit wie möglich in der Gesellschaft des alten Mannes zu verbringen. Von seiner geliehenen Wohnung aus schickte er seine tägliche Materialsammlung jede Nacht an die soziologische Fakultät der Universität von Osaka.

Als er heute in den Lift gestiegen war, der ihn zu Skinners Behausung bringen würde, war er dem Mädchen begegnet, das auf seinem Weg zur Arbeit nach unten fuhr, die Schulter im Rahmen ihres Fahrrads. Sie arbeitete als Kurier in der Stadt.

Hatte es etwas zu bedeuten, daß Skinner seine Unterkunft mit einer Person teilte, die sich ihren Lebensunterhalt am archaischen Schnittpunkt von Information und Geographie verdiente? Die Büros, zwischen denen das Mädchen hin und her fuhr, lagen – elektronisch gesehen – praktisch nebeneinander; sie waren im Grunde ein einziger Schreibtisch. Die Karte mit den Entfernungen zwischen ihnen wurde vom nahtlosen und unmittelbaren Charakter der Kommunikation ausgelöscht. Dennoch konnte man gerade diese Nahtlosigkeit, die reale Postsendungen zu einer teuren Ausnahmeerscheinung gemacht hatte, durchaus auch als Porosität betrachten, und als solche erzeugte sie den Bedarf an dem Service, den das Mädchen bot. Indem es Informationspartikel leibhaftig in einem Gitter transportierte, das aus kaum etwas anderem als Informationspartikeln bestand, sorgte es für ein gewisses Maß an absoluter Sicherheit im ungewissen Universum der Daten. Wenn das Mädchen ein Memo in seiner Tasche hatte, wußte man genau, wo es sich befand; ansonsten war das Memo im Augenblick des Transits nirgendwo, vielleicht auch überall.

Er fand es attraktiv, Skinners Mädchen, auf eine seltsame, fremdartige Weise, mit seinen harten weißen Beinen und dem militanten, hochgereckten Zopf dunkler Haare.

»Träumst du, Scooter?« Skinner stellte das Becken beiseite, wobei seine Hände leicht zitterten, und lehnte die Schultern an muffig aussehende Kissen. Die weißgestrichene Sperrholzwand knarrte leise.

»Nein, Skinner-san. Aber Sie haben versprochen, mir von der ersten Nacht zu erzählen, als man beschlossen hat, die Brücke zu besetzen ...« Sein Ton war mild, aber seine Worte waren mit Bedacht so gewählt, daß sie seinen Gesprächspartner reizen und ihn zum Reden bringen würden. Er aktivierte die Aufnahmefunktion des Notebooks.

»Wir haben gar nichts *beschlossen*. Das hab ich dir schon mal gesagt ...«

»Aber irgendwie es ist doch geschehen.«

»Ein Scheiß *geschieht*. In dieser Nacht hat sich's einfach so ergeben. Keine Zeichen, kein Führer, keine Architekten. Du denkst, es war was Politisches. Aber dieser Tanz ist vorbei, mein Junge.«

»Aber Sie haben gesagt, die Leute waren ›bereit‹.«

»Aber nicht zu was *Bestimmtem*. Das scheint dir nicht in den Kopf zu gehen, was? Die Brücke war zum Beispiel da, aber ich sage nicht, sie hätte *gewartet*. Kapierst du den Unterschied?«

»Ich glaube schon ...«

»Einen Scheiß glaubst du.« Das Notebook hatte manchmal Schwierigkeiten mit Skinners Idiomen. Außerdem neigte er dazu, undeutlich zu sprechen. Ein Expertensystem in Osaka hatte angedeutet, er könne ein gewisses Maß neuraler Schädigungen erlitten haben, vielleicht infolge der Einnahme von Drogen oder aufgrund eines oder mehrerer leichter Schlaganfälle. Aber Yamasaki glaubte, daß Skinner einfach nur zu lange in unmittelbarer Nähe des seltsamen Attraktors gewesen war, der die Brücke zu dem gemacht hatte, was sie geworden war. »Nach dem Little Grande«, begann Skinner langsam und bedächtig, als wolle er die Worte besonders hervorheben, »hat kein Mensch mehr diese Brücke *benutzt*, verstehst du?«

Yamasaki nickte und sah zu, wie die Schriftzeichen von Skinners übersetzter Rede über das Notebook liefen.

»Das Erdbeben hat sie ein für allemal erledigt, Scooter. Der Tunnel auf Treasure ist eingestürzt. War immer schon instabil da ... Zuerst sagten sie, sie wollten ihn wieder aufbauen, von Grund auf, aber sie hatten schlichtweg nicht die Kohle dafür. Also haben sie an beiden Enden Maschendrahtzäune, NATO-Draht und Beton hochgezogen. Zwei Jahre später kamen dann die Deutschen an, überzeugten sie von Nanomech und machten ihnen klar, wie sie den neuen Tunnel bauen könnten. Würde billig sein und sollte Autos *und* eine Magnetschwebebahn aufnehmen können. Und sie waren einfach unglaublich schnell, als sie's erstmal gegen den Widerstand der Grünen durchgebracht hatten. Immerhin hat die Biotech-Lobby der Grünen sie gezwungen, die Teile draußen in Nevada zu züchten. Wie Kürbisse, Scooter. Dann haben sie sie mit Kranwagen rangekarrt und in der Bucht versenkt. Und sie aneinandergekoppelt. Winzige Maschinchen sind da drin rumgekrochen, hart wie Diamanten; haben alles fest miteinander verbunden, und zack, da habt ihr euren Tunnel. Die Brücke stand bloß noch so rum.«

Yamasaki hielt den Atem an und rechnete damit, daß Skinner wie so oft wieder den Faden verlieren würde – oftmals mit Absicht, wie er argwöhnte.

»Diese eine Frau hat immer gesagt, man sollte das ganze Ding mit Efeu und wildem Wein bepflanzen… Andere meinten, man sollte es besser abreißen, bevor ein weiteres Erdbeben das erledigen würde. Aber da stand sie. Und in den Städten haufenweise Leute, die keine Bleibe hatten – Containerdörfer aus Pappe im Park, wenn man Glück hatte –, und dann brachten sie diese Tropfrohre aus Portland rüber und legten sie um die Gebäude. Da läuft so viel Wasser raus und auf den Boden, daß man da nicht mehr liegen mag. Ist 'ne *fiese* Stadt, Portland. Die haben das da erfunden…« Er hustete. »Aber damals, in dieser Nacht, sind die Leute einfach *gekommen*. Gab hinterher alle möglichen Geschichten darüber, wie's passiert ist. Hat auch gepißt wie die Sau, damals. Wohl für keinen das richtige Wetter für Randale.«

Yamasaki stellte sich die beiden Bögen der ausgestorbenen Brücke im strömenden Regen vor, während sich die Menschen sammelten. Er sah vor sich, wie sie die Zäune, die Barrikaden in so großer Zahl erklommen, daß sich der Maschendraht verzog und umfiel. Dann hatten sie die Türme bestiegen, wobei mehr als dreißig von ihnen in den Tod gestürzt waren. Aber als die Morgendämmerung kam, hingen die Überlebenden dort, und die Hubschrauber der Journalisten umkreisten sie im grauen Licht wie geduldige Libellen. Er hatte das oft gesehen, auf den Bändern in Osaka. Aber Skinner war dabeigewesen.

»Vielleicht tausend Leute auf dieser Seite. Noch mal tausend in Oakland. Und wir sind einfach losgerannt. Die Cops sind zurückgeblieben, aber was gab's da für sie auch schon groß zu beschützen? In erster Linie hatten sie eben den Befehl, Menschenansammlungen auf der Straße zu unterbinden. Sie hatten ihre Chopper oben im Regen, und die haben uns angestrahlt. Hat uns die Sache nur erleichtert. Ich hatte diese spitzen Stiefel an. Bin zu dem Zaun gerannt, der vielleicht viereinhalb Meter hoch war. Hab einfach meine Zehen reingesteckt und bin losgeklettert. Ist ganz leicht, über so 'nen Zaun zu steigen, wenn man spitze Stiefel hat. Ich war oben, Mann, als ob ich fliegen würde. NATO-Drahtrollen obendrauf, aber die Leute hinter mir haben alles mögliche raufgereicht; Holzplatten, Mäntel, Schlafsäcke. Um sie über den Draht zu legen. Und ich fühlte mich so … leicht …«

Yamasaki spürte, daß er irgendwie nah, sehr nah am Kern der Sache war.

»Ich sprang. Keine Ahnung, wer *zuerst* gesprungen ist, aber ich bin einfach gesprungen. Raus. Bin aufs Pflaster geknallt. Die Leute brüllten. Inzwischen hatten sie die Sperren auf der Oakland-Seite durchbrochen. Die waren nicht so hoch. Wir konnten ihre Lampen sehen, als sie auf den Ausleger rausrannten. Die Polizeihubschrauber und diese roten Highway-Warnfeuer, die einige von den Typen hatten. Sie liefen auf Treasure zu. Keiner mehr da draußen, seit die Jungs von der Navy abgezogen waren … Wir rannten auch. Trafen uns irgendwo in der Mitte, und dann stieg dieser *Jubelschrei* auf …« Skinners Blick war verschwommen, in die Ferne gerichtet. »Danach haben wir gesungen, Hymnen und so 'nen Scheiß. Sind einfach durcheinandergerannt und haben gesungen. Der reine Wahnsinn. Ich und ein paar andere, wir waren total high. Und wir konnten auch die Cops sehen, die von beiden Seiten kamen. Scheiß drauf.«

Yamasaki schluckte. »Und dann?«

»Dann sind wir losgeklettert. Auf die Türme. Sie hatten Sprossen an die Scheißdinger geschweißt, weißt du, damit die Maler raufkonnten. Die sind wir hochgeklettert. Mittlerweile war das Fernsehen mit seinen eigenen Hubschraubern da, Scooter. Wir sind in die Weltnachrichten gekommen und haben nichts davon gewußt. Du auch nicht, schätze ich. Hätte uns sowieso 'n Scheiß interessiert. Wir sind bloß geklettert. Aber das ging live raus. Hat's den Cops später schwergemacht. Und Leute sind runtergefallen, Mann. Der Typ vor mir hatte sich schwarzes Klebeband um die Schuhe gewickelt, damit die Sohlen dranblieben. Das Band wurde feucht und ging ab, und er ist andauernd abgerutscht. Direkt vor meinem Gesicht. Sein Fuß ist immer wieder von der Sprosse gerutscht, und ich hab seine Ferse ins Auge gekriegt, aber hat mich nicht weiter gekümmert … Als wir fast oben waren, ist er mit beiden gleichzeitig abgerutscht.« Skinner verstummte, als ob er auf ein fernes Geräusch lauschte. Yamasaki hielt den Atem an.

»Hier oben lernst du, wie man klettert«, sagte Skinner. »Erstens: Schau nie nach unten. Zweitens: Laß *immer* eine Hand und einen Fuß an der Brücke. Dieser Typ wußte das nicht. Und seine Schuhe … Er ist einfach rückwärts runtergefallen. Völlig lautlos. Irgendwie … graziös.«

Yamasaki erschauerte.

»Aber ich bin weitergeklettert. Es hatte aufgehört zu regnen, und es wurde langsam hell. Ich blieb oben.«

»Wie haben Sie sich gefühlt?« fragte Yamasaki.

Skinner blinzelte. »Gefühlt?«

»Was haben Sie dann getan?«

»Ich hab die Stadt gesehen.«
Yamasaki fuhr mit Skinners Lift bis zu der Stelle nach unten, wo die Treppe begann, der gelbe, aufrechte Korb wie ein Stück Picknickgeschirr, das von einem Riesen weggeworfen worden war. Überall um ihn herum jetzt die Geräuschkulisse des abendlichen Getriebes, und aus einem dunklen Torweg kamen das Klatschen von Karten, das Lachen einer Frau und laute Stimmen, die Spanisch sprachen. Der Sonnenuntergang rosarot wie Wein hinter Plastikplanen, die wie Segel flappten in einer Brise, die den Geruch von gebratenem Essen und Holzrauch sowie einen süßen, öligen Hauch von Cannabis herantrug. Jungen in ausgefranstem Leder hockten über einem Spiel mit bemalten Kieseln als Spielsteine.

Yamasaki blieb stehen. Er stand sehr still, die Hand auf einem hölzernen Geländer, das mit Strichen aus aufgesprühtem Silber beschmiert war. Skinners Geschichte schien durch die tausenderlei Dinge, durch das ungewaschene Lächeln auf den Gesichtern und durch den Küchenrauch auszustrahlen wie die konzentrischen Ringe des Tons einer verborgenen Glocke, der zu tief war für das fremde, sehnsüchtige Ohr.

Wir haben nicht nur das Ende des Jahrhunderts hinter uns gebracht, dachte er, *die Jahrtausendwende, sondern wir sind auch ans Ende von etwas anderem gelangt. Einer Ära? Eines Paradigmas? Überall steht unsichtbar, ›aus und vorbei‹.*

Die Moderne ging zu Ende.

Hier auf der Brücke war sie schon lange zu Ende.

Er würde jetzt Richtung Oakland gehen und seine Fühler nach dem fremdartigen Herzen des Neuen ausstrecken.

Kurierdienst

Dienstag. Sie war einfach nicht drauf. Konnte nicht projen. Keine Konzentration. Bunny Malatesta, der Vermittler, spürte es. Seine Stimme summte in ihrem Ohr.

»Faß das nicht falsch auf, Chev, aber hast du die Tage oder was?«

»Du kannst mich, Bunny.«

»He, ich mein bloß, du bist heute nicht so 'ne Sternschnuppe wie sonst, das 's alles.«

»Gib mir 'n Auftrag.«

»655 Mo, fünfzehnter, Empfang.«

Sie holte die Sendung ab und fuhr zu 555 Cali, einundfünfzigster Stock. Lieferte sie ab und fuhr wieder runter. Nach dem vielversprechenden Morgen war der Tag grau geworden.

»456 Montgomery, dreiunddreißigster, Empfang. Nimm den Lastenaufzug.«

Sie hielt inne, die Hand in der Erkennungsschlaufe des Fahrrads. »Wieso das denn?«

»Sie sagen, die Boten würden Graffiti in die Personenaufzüge schnitzen. Nimm den Lasten, oder die schmeißen dich raus; wenn wir da nicht mehr reinkommen, dann fliegst du bei Allied aber auch raus.«

Sie erinnerte sich daran, daß sie Ringers Emblem in die Kontrollplakette in einem der Fahrstühle von 456 eingeritzt gesehen hatte. Ringer, dieser Idiot. Er hatte mehr Fahrstühle verunstaltet als irgendwer vor ihm.

Schleppte zu dem Zweck einen regelrechten Werkzeugkasten mit sich rum.

456 schickte sie mit einem Karton nach 1 EC, der eigentlich zu groß war, als daß sie ihn hätte annehmen dürfen, aber dafür gab es ja schließlich Gepäckträger und Spanoseile, und warum sollte man dem Käfigfahrer das Geschäft überlassen? Bunny rief sie auf dem Weg nach draußen und gab ihr 50 Beale, die Cafeteria im ersten Stock. Sie vermutete, es würde die Handtasche einer Frau sein, eingewickelt in eine Plastiktüte aus der Küche, und sie hatte recht. Braun, Krokodilleder oder so, mit ein paar grünen Rüschen an den Ecken. Frauen ließen ihre Handtaschen liegen, dann fiel es ihnen wieder ein, sie riefen an und baten den Manager, sie ihnen per Boten bringen zu lassen. Normalerweise gut für ein Trinkgeld. Ringer und ein paar von den anderen würden so eine Tasche aufmachen und nachsehen, was drin war; manchmal fanden sie Drogen. Sie würde das nicht tun. Sie dachte an die Sonnenbrille …

Sie konnte heute keinen Run kriegen. Bei Allied gab es praktisch keine Routenplanung, aber manchmal bekam man zufällig einen Run; man holte hier was ab, brachte es dorthin und fuhr von da aus gleich weiter zum nächsten Ziel. Aber das war selten. Wenn man bei Allied arbeitete, mußte man mehr fahren. Ihr Rekord waren sechzehn Aufträge an einem Tag; genauso viel Arbeit wie vierzig bei einem anderen Unternehmen.

Sie brachte die Handtasche zur Fulton, Ecke Masonic, und bekam zwei Fünfer, nachdem sich die Eigentümerin vergewissert hatte, daß noch alles da war.

»Das Restaurant sollte sie eigentlich zu den Cops bringen«, sagte Chevette. »*Wir* übernehmen nicht so gern die Verantwortung dafür.« Die Handtaschenbesitzerin, eine Sekretärin oder so, sah sie nur groß an. Chevette steckte die Fünfer ein.

»298 Alabama«, sagte Bunny, als ob er ihr eine teure Perle anbieten würde. »Streng deine Schenkelchen an…«

Sie würde sich den Arsch abfahren, um dorthin zu kommen, würde die Sendung abholen und sie irgendwo hinbringen. Aber heute war einfach nicht ihr Tag.

Die Sonnenbrille von diesem Arschloch…

»Aus taktischen Gründen«, sagte die Blondine, »treten wir gegenwärtig nicht dafür ein, Gewalt oder Hexerei gegen Privatpersonen anzuwenden.«

Chevette war gerade von der Alabama Street zurückgekommen, ihrem letzten Auftrag für heute. Die Frau auf dem kleinen, flachen CNN-Monitor über der Tür zu Bunnys Loch hatte sich was Schwarzes und Elastisches übers Gesicht gezogen und drei dreieckige Löcher reingeschnitten. Am unteren Bildschirmrand stand in blauer Schrift ›FIONA X – SPRECHERIN – SOUTH ISLAND LIBERATION FRONT‹.

In dem zu hell beleuchteten Neonflur, der zu Allied Messengers führte, roch es nach heißem Styrol, Laserdruckern, weggeworfenen Laufschuhen und abgestandenem Schnellimbißfraß. Letzteres rief bei Chevette Erinnerungen an einen ungeheizten Tageskindergarten in einem Keller in Oregon wach, in den durch trübe Fenster unter der Decke farbloses Winterlicht fiel. Aber jetzt wurde die Tür zur Straße hinter ihr aufgerissen, ein Paar dreckige, grellbunte Turnschuhe Größe 44 kamen die Treppe heruntergestampft, und Samuel Saladin DuPree, die Wangen mit verkrusteten grauen Kommata aus Straßendreck gesprenkelt, stand da und grinste sie breit an.

»Worüber freust du dich denn so, Sammy Sal?«

DuPree, Allieds konkurrenzlos schönstes Ding auf zwei Rädern, war ein Meter fünfundachtzig schillernder Ebenholzschwärze mit einem Körper von solcher Eleganz und Kraft darunter, daß Chevette sich seine

Knochen als ein Quecksilbergerüst aus dreifach verchromtem, poliertem Metall vorstellte. Wie in den alten Filmen mit diesem großen Kerl, der in die Politik gegangen war, als ihm das ganze Fleisch weggefetzt worden war. Der Gedanke an Sammy Sals Knochen weckte in den meisten Mädchen den Wunsch, er würde auf ihre hüpfen, aber nicht bei Chevette. Er war schwul, sie waren Freunde, und Chevette wußte in letzter Zeit sowieso nicht so recht, wie sie zu all dem stand.

»Tatsache ist«, sagte Sammy Sal und verschmierte mit dem Rücken einer langen Hand den Dreck auf seiner Wange, »daß ich beschlossen hab, Ringer zu killen. Und die Wahrheit, weißt du, die hat so was *Befreiendes* …«

»Oha«, sagte Chevette. »Du mußt heute 'nen Run rüber zu 456 gehabt haben.«

»Stimmt, Süße, und ich hab's *gemacht*. Bin mit 'nem dreckigen Lastenaufzug ganz nach oben gefahren. Mit 'nem *langsamen* dreckigen Lastenaufzug. Und warum?«

»Weil Ringer sein Zeichen in ihr Blech geschnitzt hat, Sal, und in ihr Rosenholz auch?«

»Ge-nau, Chevette, mein Schatz.« Sammy Sal nahm sein blauweißes Halstuch ab und wischte sich damit das Gesicht ab. »Dafür reiß ich ihm den Arsch bis zum Stehkragen auf.«

»… und müssen jetzt mit systematischer Sabotage am Arbeitsplatz beginnen«, sagte Fiona X, »oder als Feinde der Menschheit gebrandmarkt werden.«

Die Tür zum Vermittlungsbüro, dessen Wände so dick mit angepinnten Zeitplänen, Stadtplänen, zerfetzten städtischen Meldeformularen und gefaxten Beschwerden bedeckt waren, daß Chevette keine Ahnung hatte, wie die Flächen darunter aussehen mochten, ging auf. Bunny streckte seinen zernarbten, ungleichmäßig rasierten Kopf heraus wie eine Schildkröte, kniff im Licht des Flurs die Augen zusammen und schaute automatisch nach oben; sein Blick wurde vom Ton von Fiona Xs Satzfetzen angezogen. Beim Anblick ihrer Maske wurde sein Gesicht ausdruckslos, und er hatte innerlich schneller umgeschaltet, als er zu ihr hingeschaut hatte. »Du«, sagte er, den Blick wieder auf Chevette gerichtet, »Chevy. Rein hier.«

»Wart auf mich, Sammy Sal«, sagte sie.

Bunny Malatesta war dreißig Jahre lang Fahrradbote in San Francisco gewesen und wäre immer noch einer, wenn seine Knie und sein Rücken ihn nicht im Stich gelassen hätten. Er war gleichzeitig das Beste und das Schlechteste an der Arbeit bei Allied. Das Beste, weil er einen Fahrradplan der Stadt hinter den Augen hatte, der alles schlug, was ein Computer hervorbringen konnte. Er kannte jedes Haus und jede Tür und wußte, wie es dort mit der Security aussah. Bunny beherrschte den Botenjob aus dem Effeff, und was noch besser war, er kannte die Legenden, die Geschichte, die ganzen Stories, die einem vermittelten, daß man an etwas beteiligt war, das die Mühe lohnte, so verrückt es auch sein mochte. Er war selbst eine Legende, dieser Bunny; im Verlauf seines Fahrerlebens hatte er sein Emblem in die Windschutzscheiben von sieben Streifenwagen geritzt, ein Rekord, der immer noch stand. Aber aus den gleichen und noch mehr Gründen war er auch das Schlechteste, weil man ihm kein dummes Zeug erzählen konnte. Bei jedem anderen Vermittler konnte man sich hin und wieder ein wenig mehr Luft verschaffen. Aber nicht bei Bunny. Der wußte einfach Bescheid.

Chevette folgte ihm hinein. Er machte die Tür hinter ihr zu. Die Telebrille, die er zum Vermitteln benutzte, baumelte ihm um den Hals; ein gepolstertes Okular war mit Zellophanband verklebt. Der Raum hatte keine Fenster, und Bunny ließ das Licht aus, wenn er arbeitete. Ein halbes Dutzend Farbmonitore war im Halbkreis vor einem schwarzen Drehsessel angeordnet, auf den Bunnys pinkfarbene Kreuzbeinschoner-

Rückenstütze aus Gummi geschnallt war, die wie eine riesige, geschwollene Larve aussah.

Bunny rieb sich mit den Handballen das Kreuz. »Die Bandscheibe bringt mich um«, sagte er, nicht direkt an Chevette gewandt.

»Du solltest mal Sammy Sal ranlassen«, schlug sie vor. »Der kriegt das hin.«

»Die ist schon hin, Schätzchen. Das isses ja. Jetzt erzähl mir mal, was du gestern abend drüben im Morrisey gemacht hast. Und ich will 'ne gute Geschichte von dir hören.«

»Was hingebracht«, sagte Chevette wie automatisch. Nur auf diese Weise hatte sie eine Chance, wenn sie lügen und damit durchkommen wollte. Sie hatte halbwegs mit so etwas gerechnet, aber nicht so schnell.

Sie sah zu, wie Bunny die Brille abnahm, ausstöpselte und oben auf einen der Monitore legte. »Wie kommt's dann, daß du dich nicht abgemeldet hast? Sie haben uns deswegen angerufen und gesagt, du wärst reingegangen, um was abzugeben, sie hätten deine Abzeichen gescannt, aber du wärst nicht wieder rausgekommen. Hört mal, hab ich zu denen gesagt, ich weiß, daß sie *jetzt* nicht mehr da drin ist, Jungs, weil ich sie mit 'nem Auftrag zur Alabama Street rausgeschickt habe, klar?« Er beobachtete sie.

»He, Bunny«, sagte Chevette, »es war meine letzte Tour, mein Rad war unten im Keller, ich hab 'nen Lastenaufzug gesehen, der grade runterfuhr, und bin reingesprungen. Ich weiß, daß ich mich bei der Security abmelden soll, aber ich dachte, sie hätten jemand am Garagenausgang, verstehst du? Ich fahr also die Rampe rauf, kein Mensch da, aber ein Wagen fährt grade raus, und da bin ich unter der Schranke durch und raus auf die Straße. Hätt ich da noch mal umkehren und die Nummer mit dem Foyer machen sollen?«

»Das weißt du. So lauten die Vorschriften.«

»Es war schon spät, verstehst du?«

Bunny setzte sich in den Stuhl mit dem Kreuzbeinschoner, wobei er zusammenzuckte. Er umfaßte jedes Knie mit einer Hand mit dicken Knöcheln und starrte sie an. Das war gar nicht Bunnys Art. Als ob ihn etwas wirklich beunruhigte. Nicht bloß Sicherheitsbullen, die rumnervten, weil sich ein Bote nicht abgemeldet hatte. »Wie spät?«

»Hm?«

»Sie wollen wissen, wann du weg bist.«

»Vielleicht zehn Minuten, nachdem ich reingegangen bin. Höchstens fünfzehn. Der Keller da drin ist 'n Labyrinth.«

»Du bist zwei Minuten und achtzehn Sekunden nach halb sieben rein«, sagte er. »Das haben sie festgehalten, als sie dich gescannt haben. Der Auftrag, dieser Anwalt – mit dem haben sie gesprochen, deshalb wissen sie, daß du geliefert hast.« Er hatte immer noch diesen Gesichtsausdruck.

»Was ist los, Bunny? Sag ihnen, daß ich's verbaselt habe, und basta.«

»Du bist sonst nirgends hingegangen? In dem Hotel?«

»Mh-mh«, sagte sie und fühlte, wie diese komische Woge sie durchlief, als ob sie eine Linie überschritten hätte und nicht mehr zurück könnte. »Ich hab dem Typen sein Päckchen *gegeben*, Bunny.«

»Ich glaube nicht, daß es das Päckchen dieses Burschen ist, was denen Kopfzerbrechen macht«, meinte Bunny.

»Was dann?«

»Hör mal, Chev«, sagte er, »wenn so 'n Wachmann anruft, ist das eine Sache. Tut mir leid, Chef, soll nicht wieder vorkommen. Aber das war jemand aus den oberen Etagen der Firma, IntenSecure heißt sie, und er hat Wilson *persönlich* angerufen.« Den Eigentümer von Allied. »Also muß ich gut Wetter bei Wilson und Mr. Security machen, ich muß Grasso an die Tafel setzen, und der baut natürlich einen Mist nach dem anderen …«

»Bunny«, sagte sie, »das tut mir leid.«

»He. Dir tut's leid, mir tut's leid, aber da sitzt so 'n Großarsch von 'nem Privatcop hinter seinem Schreibtisch und will von dem verdammten Wilson wissen, was genau du getan hast, nachdem du diesem Anwalt sein Päckchen gegeben hattest. Was für eine *Angestellte* du eigentlich bist, wie lange du schon für Allied als *Botin* arbeitest, ob du *vorbestraft* bist, ob du *Drogen* nimmst, wo du *wohnst*.«

Chevette sah die schwarzen Gläser von diesem Arschloch, genau dort, wo sie sie hingetan hatte. In ihrem Etui, hinter Skinners *Geographics* von '97. Sie versuchte, sie mit Geisteskraft von dort hochzuheben. Ganz nach oben auf das Dach mit seinem Teergeruch und über den Rand. Ab mit den Mistdingern in die Bucht, wie sie es schon heute morgen hätte tun sollen. Aber nein, sie waren da.

»Das ist nicht *normal*«, sagte Bunny. »Weißt du, was ich damit meine?«

»Hast du ihnen gesagt, wo ich wohne, Bunny?«

»Draußen auf der Brücke«, sagte er und verzog das Gesicht dann zu einem ganz kleinen Grinsen. »Du hast ja nicht gerade 'ne sonderlich präzise Adresse, stimmt's?« Jetzt drehte er sich mit dem Stuhl um und begann die Monitore abzuschalten.

»Bunny«, sagte sie, »was werden die jetzt tun?«

»Kommen und dich suchen.« Mit dem Rücken zu ihr. »Hier. Weil sie nicht wissen, wo sie sonst hingehen sollen. Du hast doch nichts *angestellt*, oder, Chevy?« Auf seinem Hinterkopf waren graue Stoppeln zu sehen.

Automatisch. »Nein. Nein … Danke, Bunny.«

Er grunzte zur Erwiderung, neutral, und entließ sie damit, und Chevette war wieder draußen auf dem Flur. Ihr Herz klopfte unter Skinners Jacke. Die Treppe rauf, zur Tür raus, in Gedanken auf dem schnellsten

Weg nach Hause, über rote Ampeln weg, ich muß diese Brille loswerden, ich muß …

Sammy Sal hatte Ringer gegen eine blaue Recyclingtonne gedrückt. Besorgnis begann Ringers rudimentäre Sicht der Dinge zu durchdringen. »Ich hab dir doch nix getan, Mann.«

»Du hast schon wieder deinen Namen in Fahrstühle geschnitzt, Ringer.«

»Aber ich hab *dir* doch nix getan!«

»Ursache und Wirkung, du Arschloch. Wir wissen, daß dich das total überfordert, aber versuch's mal: Wenn du Scheiße *baust*, kommt noch mehr Scheiße nach. Wenn du dein Zeichen in die hübschen Fahrstühle der Kunden kratzt, kriegst du's mit uns zu tun, Mann.« Sammy Sal spreizte die langen braunen Finger seiner linken Hand über Ringers zerbeulten Helm, umfaßte ihn wie einen Basketball, drehte ihn und hob ihn gleichzeitig an, so daß sich die Riemen in Ringers Kinn gruben.

»'ch hab doch nix *gemacht*!« gurgelte Ringer.

Chevette zwängte sich an ihnen vorbei und ging zum Fahrradständer unter dem Wandporträt von Shapely. Jemand hatte ihm eine Kondomladung taubenblauer Farbe in sein seelenvolles Märtyrerauge geschossen, und das Blau lief ihm über seine ganze geweihte Wange.

»He«, rief Sammy Sal, »komm her und hilf mir, diesen Saftsack zu malträtieren!«

Sie steckte die Hand in die Erkennungsschlaufe und versuchte, den Lenker aus dem Gewirr von Molybdenstahl, Graphit und Aramitbeschichtungen zu befreien. Die Alarmanlagen der anderen Räder gingen alle gleichzeitig los, ein wüster Chor von ohrenzerreißendem Gehupe, digitalem Baßsirenengeheul und einem ausgedehnten, lautstarken Ausbruch spanischer Flüche, die wie das Zischen einer Schlange klangen, geschickt vermischt mit dem schmerzerfüllten Gejaule eines Tieres. Sie schwang ihr Fahrrad herum, steckte den Zeh in den Bügel und stieß sich zur Straße hin ab. Als sie aufstieg, wäre sie beinahe auf der anderen Seite runtergefallen. Aus dem Augenwinkel sah sie, wie Sammy Sal Ringer losließ.

Sie sah, wie Sammy Sal auf sein eigenes Rad sprang, ein pinkfarbenes, schwarz geflecktes Ding mit dicken Reifen und Fluorofelgen, die über einen Nabengenerator liefen.

Sammy Sal fuhr ihr nach. Sie hatte noch nie weniger Wert auf Gesellschaft gelegt.

Sie sauste davon.

Projen. Einfach projen.

Wie in ihrem morgendlichen Traum, nur mit mehr Angst.

Augenbewegung

Rydell sah die beiden Cops aus San Francisco an, Swobodow und Orlowsky, und kam zu dem Schluß, daß die Arbeit für Warbaby vielleicht doch ganz interessant sein konnte. Diese Typen waren das Wahre, die waren echt heavy. Die Mordkommission war die Nummer eins in jedem Department, ganz gleich wo.

Jetzt war er gerade mal achtundvierzig Minuten in Nordkalifornien, und schon saß er mit der Mordkommission an einem Tresen und trank Kaffee mit den Jungs. Das heißt, sie tranken Tee. Heißen Tee. Aus Gläsern. Mit massenhaft Zucker. Rydell saß am anderen Ende, auf der anderen Seite von Freddie, der Milch trank. Dann kam Warbaby, der immer noch seinen Hut aufhatte, dann Swobodow, dann Orlowsky.

Swobodow war fast genauso groß wie Warbaby, schien jedoch nur aus Sehnen und dicken Knochenknubbeln zu bestehen. Er hatte lange, helle Haare, die von seiner felsenartigen Stirn straff nach hinten gekämmt waren, dazu passende Augenbrauen und eine straffe, glänzende Haut, als ob er zu lange vor einem Feuer gestanden hätte. Orlowsky war dunkelhäutig und dünn, hatte eine Witwenspitze, haufenweise Haare auf den Fingerrücken und eine Brille, deren Gläser so aussahen, als ob sie in der Mitte abgesägt worden wären.

Sie hatten beide diese Nummer mit den Augen drauf, ihr Blick durchbohrte einen, hielt einen fest und sank tief ein, träge und schwer wie Blei.

Auf der Polizeiakademie hatte Rydell einen Kurs darin belegt, aber der hatte bei ihm nicht richtig verfangen. Er lief unter dem Titel ›Augenbewegung – Desensibilisierung und Reaktion‹ und wurde von einem pensionierten forensischen Psychologen der Duke University namens Bagley abgehalten. Bagley neigte dazu, vom Thema abzuschweifen und sich in Geschichten über Massenmörder, mit denen er auf der Duke University gearbeitet hatte, Todesfälle durch autoerotische Strangulation und solche Sachen zu verlieren. Jedenfalls brachte man damit die Zeit zwischen ›Techniken zur Verhinderung von Schwerstverbrechen‹ und ›Szenarios für das Schießtrainings-System‹ herum. Aber nach der Verbrechensverhinderung war Rydell meistens ein bißchen durch den Wind, weil ihn der Kursleiter immer wieder bat, den Part des Verbrechers zu übernehmen. Er hatte keine Ahnung, warum. Deshalb fiel es ihm schwer, sich bei der Augenbewegung zu konzentrieren. Und wenn es ihm doch einmal gelang, bei Bagley etwas Brauchbares aufzuschnappen, hatte er es nach einer SSS-Sitzung meistens schon wieder vergessen. SSS war wie das Spielen mit Traumwänden, aber mit Waffen, und zwar mit echten.

Wenn SSS die Trefferquote berechnete, zerrte es einen direkt in die Eintrittswunden rein, die eigenen oder die des anderen, und verkündete, ob der Verlierer verblutet war oder einen hydrostatischen Schock erlitten hatte. Es gab Leute, die nach ein paar SSS-Sitzungen ausgewachsene posttraumatische Krisen hatten, aber Rydell kam immer mit diesem selbstgefälligen Grinsen raus. Es lag nicht daran, daß er gewalttätig war oder daß ihm der Anblick von Blut nichts ausmachte; es war einfach so ein Rausch. Und es war nicht real. Deshalb hatte er nicht gelernt, diese offizielle Voodoo-Nummer abzuziehen und Leute mit seinen Augen zu behexen. Aber dieser Lieutenant Swobodow, der hatte das voll drauf, und sein Partner, Lieutenant Orlowsky, verfügte über eine eigene Version, die fast genauso wirksam war, und er tat es über die abgesägten Gläser hinweg. Der Kerl sah sowieso schon wie ein Werwolf aus, was ganz hilfreich war.

Rydell fuhr fort, das Erscheinungsbild der Mordkommission von San Francisco zu überprüfen. Dazu schienen alte braune Regenmäntel über kugelsicheren schwarzen Westen über weißen Hemden und Krawatten zu gehören. Die Hemden waren Button-Down-Oxfords, und die Krawatten waren solche gestreiften Dinger, die immer den Anschein erweckten, als ob man zu einem Club gehörte oder so. Hosen mit Aufschlägen und wahre Kindersärge von Lloyds-Schuhen aus gekrispeltem Leder mit angenagelten Vibramsohlen. So ungefähr die einzigen Leute, die solche Hemden, Krawatten und Schuhe trugen, waren Immigranten, Leute, die es so amerikanisch wie möglich haben wollten. Aber mit einer kugelsicheren Weste und einem abgenutzten Londoner Nebel drüber sagte das schon was aus, fand er. Der stromlinienförmige Plastikkolben einer H&K war auch nicht unbedingt häßlich, und Rydell sah einen aus Swobodows offener Weste lugen. Er konnte sich nicht an die Nummer des Modells erinnern, aber es schien das mit dem Magazin über dem Lauf zu sein. Verschoß Vollmantelgeschosse, die wie Wachsstifte aussahen; die Plastiktreibladung lag um Metallpfeile herum, die großen Nägeln ähnelten.

»Wenn wir wüßten, was *Sie* schon wissen, Warbaby, vielleicht macht alles leichter.« Swobodow ließ den Blick durch das kleine Lokal schweifen und holte ein Päckchen Marlboros aus seinem Regenmantel.

»Das ist in *diesem* Staat verboten, Kamerad«, sagte die Kellnerin, froh über eine Gelegenheit, jemandem mit dem Gesetz zu drohen. Sie hatte einen wahren Wust von Haaren. Dies war einer der Läden, in denen man aß, wenn man einen wirklich beschissenen Industriejob hatte und dort in der Nachtschicht arbeitete. Wenn einem das Glück treu blieb, bekam man diese Kellnerin noch obendrein, dachte Rydell.

Swobodow fixierte sie mit einem Bullenblick von ein paar tausend negativen Volt, zog ein schwarzes Plastiketui mit seiner Dienstmarke drin aus der kugelsicheren Weste, klappte es in ihre Richtung auf und ließ es an der Nylonschnur an seine Brust zurückfallen. Rydell bemerkte das Klicken, als es aufschlug; irgendeine zusätzliche Panzerung unter dem weißen Hemd.

»Die beiden Mormonen von der Highway Patrol, die hier reinkommen – zeigen Sie *denen* das Ding«, sagte sie.

Swobodow steckte sich die Zigarette zwischen die Lippen.

Warbabys Faust kam mit einem Goldklumpen von der Größe einer Handgranate nach oben.

Er zündete dem Russen damit die Zigarette an.

»Wozu haben Sie das, Warbaby?« fragte Swobodow mit einem Blick auf das Feuerzeug. »Rauchen Sie irgendwas?«

»Alles außer diesen chinesischen Marlboros, Arkady.« So weinerlich wie immer. »Die sind voller Glaswolle.«

»Ist amerikanische Marke«, beharrte Swobodow, »von Produkteur lizensiert.«

»In diesem Land ist seit sechs Jahren keine Zigarette mehr legal produziert worden«, sagte Warbaby, der das ebenso traurig zu finden schien wie alles andere.

»Marl-bor-*ro*«, sagte Swobodow, nahm die Zigarette aus dem Mund und zeigte auf die Beschriftung vor dem Filter. »Als wir noch Kinder waren, Warbaby, sie war für uns *Geld*.«

»Arkady«, sagte Warbaby, als ob es ihn enorme Geduld kosten würde, »als *wir* noch Kinder waren, Mann, da war *Geld* für uns Geld.«

Orlowsky lachte. Swobodow zuckte die Achseln. »Was wissen Sie, Warbaby?« Wieder zurück zum Geschäftlichen.

»Mr. Blix ist tot aufgefunden worden, im Morrisey. Ermordet.«

»Profis«, sagte Orlowsky. »Sie wollen, wir gehen von so ein idiotisches ethnisches Aspekt aus, Sie verstehn?«

Swobodow schielte zu Warbaby hinüber. »Das *wissen* wir nicht«, sagte er.

»Die *Zunge*«, sagte Orlowsky entschieden. »Gibt der Sache *Farbe.* Soll uns auf falsche Spur bringen. Sie denken, wir denken Latin Kings.«

Swobodow zog an seiner Zigarette und blies Rauch in die ungefähre Richtung der Kellnerin. »Was wissen Sie, Warbaby?«

»Hans Rutger Blix, dreiundvierzig, eingebürgerter Costaricaner.« Es hätten die einleitenden Worte bei einer Beerdigung sein können.

»Meine haarige Arsch«, sagte Swobodow um seine Marlboro herum.

»Warbaby«, sagte Orlowsky, »wir wissen, Sie haben an der Sache gearbeitet, *bevor* man diesem Arschloch die Kehle durchgeschnitten hat.«

»Arschloch«, tadelte Warbaby, als ob der Tote vielleicht ein enger persönlicher Freund, ein Logenbruder oder so was gewesen wäre. »Der Mann ist tot, das ist alles. Ist er deshalb ein Arschloch?«

Swobodow saß da und paffte seine Zigarette. Er drückte sie auf dem Teller vor sich aus, neben dem mit Käse überbackenen Thunfischsandwich, das er nicht angerührt hatte. »Arschloch. Glauben Sie mir.«

Warbaby seufzte. »Hatte der Mann eine Jacke, Arkady?«

»Wenn Sie wollen seine Jacke«, sagte Swobodow, »dann erzählen Sie uns, was Sie für ihn tun sollten. Wir wissen, er hat mit Ihnen gesprochen.«

»Wir haben nie miteinander geredet.«

»Okay«, sagte Swobodow. »Er hat mit IntenSecure gesprochen. Sie sind Unabhängiger.«

»Absolut«, sagte Warbaby.

»Warum hat er sich an IntenSecure gewandt?«

»Weil er was verloren hatte.«

»Was?«

»Was Persönliches.«

Swobodow seufzte. »Lucius. Bitte.«

»Eine Sonnenbrille.«

Swobodow und Orlowsky wechselten einen Blick und sahen dann wieder Warbaby an. »IntenSecure holt Lucius Warbaby, weil dieser Kerl seine Sonnenbrille verliert?«

»Vielleicht war sie teuer«, meinte Freddie leise. Er betrachtete sein Bild im Spiegel hinter dem Tresen.

Orlowsky verschränkte seine behaarten Finger und ließ die Knöchel knacken.

»Er dachte, er hätte sie vielleicht bei einer *Party* verloren«, erklärte Warbaby. »Eventuell hat sie sogar jemand *gestohlen*.«

»Was für Party?« Swobodow rutschte auf seinem Hocker herum, und Rydell hörte die verborgene Panzerung knarren.

»Einer Party im Morrisey.«

»Wessen Party?« Orlowsky, über die Gläser hinweg.

»Mr. Cody Harwoods Party«, antwortete Warbaby.

»Harwood«, murmelte Swobodow, »Harwood ...«

»Klingelt's bei ›Pawlow‹?« sagte Freddie zu niemandem im besonderen.

Swobodow grunzte. »Geld.«

»Ist in den Marlboros auch nicht drin«, sagte Warbaby. »Mr. Blix ist zu Mr. Harwoods Party gegangen, hat ein paar Drinks zu sich genommen ...«

»Hatte Blutalkoholspiegel, da bräuchte man gar nicht einbalsamieren«, bemerkte Orlowsky.

»Er hat ein paar Drinks zu sich genommen. Und er

hatte dieses Ding in seiner Jackentasche. Am nächsten Morgen war es weg. Er hat den Wachdienst im Morrisey angerufen. Die haben bei IntenSecure angerufen. IntenSecure hat mich angerufen ...«

»Sein Telefon ist weg«, sagte Swobodow. »Haben sie mitgenommen. Nichts mehr da, was ihn mit irgendwem in Verbindung bringt. Kein Terminkalender, kein Notebook, nichts.«

»Profis«, intonierte Orlowsky.

»Die Brille«, sagte Swobodow. »Was für eine Brille?«

»Eine Sonnenbrille.«

»Wir haben diese gefunden.« Swobodow holte etwas aus der Seitentasche seines Londoner Nebels. Einen durchsichtigen Beutel mit Reißverschluß für Beweismittel. Er hielt ihn hoch. Rydell sah schwarze Plastikscherben. »Billiger Videorecorder. In den Teppich getreten.«

»Wissen Sie, was er damit gesehen hat?« fragte Warbaby.

Jetzt war Orlowsky an der Reihe. Er brachte einen zweiten Beutel für Beweismittel zum Vorschein, diesmal innen aus seiner schwarzen Weste. »Haben nach Software gesucht, konnten nicht finden. Dann haben wir ihn geröntgt. Jemand hat ihm das in den Hals gesteckt.« Ein schwarzes Rechteck. Der Aufkleber abgenutzt und fleckig. »Aber bevor sie ihn aufgeschlitzt haben.«

»Was ist das?« fragte Warbaby.

»McDonna«, sagte Swobodow.

»Hm?« Freddie beugte sich über Warbaby, um sich das Ding anzusehen. »Mc-was?«

»Fickfilmer.« Für Rydell klang es wie *fick viel mehr*, aber dann kapierte er. »McDonna.«

»Möchte wissen, ob sie ihn *ganz* gelesen haben«, sagte Freddie im Fond des Patriot. Er hatte die Füße auf die Rückenlehne des Beifahrersitzes hochgelegt, und die kleinen roten Lämpchen um den Rand seiner

Turnschuhe buchstabierten den Text von irgendeinem Song.

»Gelesen? Was?« Rydell beobachtete Warbaby und die Russen, die neben einem der auffälligsten unauffälligen Zivilfahrzeuge standen, die Rydell je gesehen hatte, einem grundierungsgrauen Wal mit einem Graphitgitterkäfig, der die Scheinwerfer und den Kühler schützte. Feiner Regen perlte über die Windschutzscheibe des Patriot.

»Diesen Porno, den sie in der Speiseröhre von dem Kerl gefunden haben.« Wenn Warbaby immer traurig klang, so klang Freddie immer entspannt. Aber bei Warbaby hörte es sich so an, als ob er wirklich traurig wäre, während Freddies Form von Entspanntheit genau den gegenteiligen Eindruck machte. »Haufen Codes in so 'nem Programm. Um alle möglichen Bonbons in der Bildtapete zu verstecken, verstehst du? Wenn die zum Beispiel mit Fraktalen arbeiten, um die Beschaffenheit der Haut hinzukriegen, dann könnte man da 'ne Menge Text reinmischen ...«

»Hast du was mit Computerkram zu tun, Freddie?«

»Ich bin Mr. Warbabys technischer Berater.«

»Was meinst du, worüber die gerade reden?«

Freddie langte nach oben und berührte einen seiner Turnschuhe. Die roten Worte verschwanden. »Da läuft jetzt das richtige Spiel.«

»Was meinst du damit?«

»Da geht's jetzt um den Deal. Wir wollen wissen, was sie über den Toten haben, über diesen Blix.«

»Ja? Und was haben *wir*?«

»Wir?« Freddie stieß einen Pfiff aus. »Du bist hier bloß der Fahrer.« Er zog die Füße zurück und setzte sich auf. »Aber es ist nicht grade 'n Geheimnis: IntenSecure und DatAmerica sind mehr oder weniger dasselbe.«

»Im Ernst?« Swobodow schien am meisten zu reden. »Was heißt das?«

»Das heißt, daß wir 'nen guten Draht zu 'ner größeren Datenbank als der von der Polizei haben. Wenn der alte Schwuppdiwupp da nächstes Mal 'nen Blick reinwerfen möchte, wird er froh sein, daß er uns 'nen Gefallen getan hat. Aber heute abend, Mann, heute abend brennt ihm das wie Feuer in seinem Russenarsch.«

Rydell erinnerte sich daran, daß er einmal zu einem Grillfest bei ›Big George‹ Kechakmazde gegangen war und daß der Mann dabei versucht hatte, ihn zum Eintritt in die National Rifle Association zu bewegen. »Habt ihr hier oben viele Russen bei der Truppe?«

»Hier oben? Überall.«

»Schon komisch, wie viele von diesen Typen zur Polizei gehen.«

»Denk doch mal nach, Mann. Die hatten 'nen ausgewachsenen Polizeistaat da drüben. Vielleicht haben sie einfach 'n Gefühl dafür.«

Swobodow und Orlowsky stiegen in den grauen Wal. Warbaby ging zum Patriot, auf seinen Metallstock gestützt. Der Polizeiwagen hob sich hydraulisch runde zwölf Zentimeter höher und begann zu ächzen und zu beben, als Orlowsky den Motor auf Touren brachte. Regen tanzte auf der langen Kühlerhaube.

»Meine Güte«, sagte Rydell. »Denen ist es egal, wer sie kommen sieht, oder?«

»Die *wollen*, daß man sie kommen sieht«, erwiderte Freddie nebulös, als Warbaby die hintere Tür auf der Beifahrerseite aufmachte und mit der Prozedur begann, seinen steifbeinigen, massigen Körper auf den Rücksitz zu hieven.

»Abflug«, sagte Warbaby und knallte die Tür zu. »Protokoll. Wir fahren zuerst.«

»Nicht da lang«, sagte Freddie. »Da geht's zum Candlestick Park. *Da* lang.«

»Ja«, sagte Warbaby, »wir müssen in die Stadt, was

erledigen.« Es hörte sich an, als ob er darüber traurig wäre.

Die Innenstadt von San Francisco war wirklich ein Hammer. Überall drumherum Hügel, alles auf weitere Hügel gebaut – es gab Rydell so ein Gefühl … nun, er wußte nicht recht. Als ob er irgendwo *wäre.* An einem ganz besonderen Ort. Nicht daß er sicher war, daß es ihm hier gefiel. Vielleicht weil es so ganz anders als in L.A. war, wo man das Gefühl hatte, sich frei und haltlos in einem Lichternetz zu bewegen, das sich über die ganze Welt ausdehnte. Hier oben fühlte er sich, als ob er von irgendwo *herein*gekommen wäre – diese alten Gebäude überall um einen herum und so dicht beisammen, nichts Moderneres als dieses große, spitz zulaufende Ding mit dem Fachwerkgerüst (und er wußte, daß es ebenfalls alt war). Kühle, feuchte Luft, Dampf, der aus Gitterrosten im Bürgersteig aufstieg. Auch Menschen auf den Straßen, und nicht bloß die üblichen; Menschen mit Jobs und Klamotten. Ähnlich wie in Knoxville, versuchte er sich einzureden, aber es wollte nicht gelingen. Noch ein fremdartiger Ort.

»Nein, Mann, links, *links*!« Freddie schlug auf seine Rückenlehne. Und noch ein Stadtnetz zu lernen. Er checkte den Cursor auf der Stadtplananzeige des Patriot und suchte nach einer Möglichkeit, nach links zu diesem Hotel abzubiegen, dem Morrisey.

»Schlag nicht auf Mr. Rydells Sitz«, sagte Warbaby, der knappe zwei Meter Faxpapier in seinen Händen zusammengeknäuelt hatte, »er fährt gerade.« Das Fax war auf ihrem Weg hierher reingekommen. Rydell vermutete, daß es die Unterlagen über Blix waren, den Burschen, dem sie die Kehle durchgeschnitten hatten.

»Fassbinder«, sagte Freddie. »Haben Sie schon mal was von diesem Rainer Fassbinder gehört?«

»Ich bin nicht in der Stimmung für Witze, Freddie«, warnte Warbaby.

»Kein Witz. Ich hab diesen Blix durch *Getrennt bei der Geburt* laufen lassen, Mann, hab dieses Leichenfoto gescannt, das der Russe Ihnen vorher geschickt hatte. Da steht, er sieht wie Rainer Werner Fassbinder aus. Und dabei ist er tot und hat 'ne durchschnittene Kehle. Dieser Fassbinder, der muß ziemlich herbe ausgesehen haben, was?«

Warbaby seufzte. »Freddie ...«

»Naja, deutsch jedenfalls. Paßt ja zu seiner Nationalität ...«

»Mr. Blix war kein Deutscher, Freddie. Hier steht, Mr. Blix war nicht mal Mr. Blix. Jetzt laß mich lesen. Rydell braucht Ruhe, um sich ans Fahren in der Stadt zu gewöhnen.«

Freddie grunzte, dann hörte Rydell seine Finger auf dem kleinen Computer klappern, den er immer mit sich rumschleppte.

Rydell bog in die Straße links ab, die er gesucht zu haben glaubte. Eine Kampfzone. Ruinen. Feuer in Stahlfässern. Zusammengekauerte dunkle Gestalten mit vampirweißen Gesichtern.

»Nicht bremsen«, sagte Warbaby. »Auch kein Gas geben.«

Etwas kam wirbelnd aus dem krähenschultrigen Hexenzirkel geflogen und klatschte gegen die Windschutzscheibe, klebte an ihr fest und rutschte dann herunter, wobei es eine schmutziggelbe Schleimspur hinterließ. War es nicht grau und blutig gewesen, wie ein Klumpen Innereien?

Rot an der Kreuzung.

»Weiterfahren«, befahl Warbaby. Rydell tat es und erntete protestierendes Gehupe. Das gelbe Zeug war immer noch da.

»Fahren Sie ran. Nein. Richtig rauf auf den Bürgersteig. Ja.« Die Goodyear-Straßenfeger des Patriot sprangen über den unregelmäßigen Kantstein. »Im Handschuhfach.«

Eine Lampe ging an, als Rydell es aufmachte. Windex, eine Rolle grauer Papiertücher und eine Schachtel mit Gummihandschuhen.

»Na los«, sagte Warbaby. »Niemand wird uns belästigen.«

Rydell zog sich einen Handschuh über, nahm das Windex und die Tücher und stieg aus. »Paß bloß auf, daß du nichts abkriegst«, sagte er und dachte an Sublett. Er spritzte eine ordentliche Ladung Windex auf die Schleimspur, knüllte drei Tücher in seiner behandschuhten Hand zusammen und wischte, bis das Glas sauber war. Er zog den Handschuh über den feuchten Klumpen herunter, wie sie es ihm auf der Akademie gezeigt hatten, aber dann wußte er nicht, was er damit machen sollte.

»Werfen Sie's einfach weg«, rief Warbaby von drinnen. Rydell tat es. Dann trat er fünf Schritte vom Wagen zurück, übergab sich und wischte sich den Mund mit einem sauberen Tuch ab. Er stieg wieder ein, machte die Tür zu, verriegelte sie und legte das Windex und die Tücher ins Handschuhfach zurück.

»Willst du nicht damit gurgeln, Rydell?«

»Halt die Klappe, Freddie«, sagte Warbaby. Die Federung des Patriot knarrte, als er sich nach vorn beugte. »Reste aus dem Schlachthaus, höchstwahrscheinlich«, sagte er. »Aber es ist gut, daß Sie Vorsichtsmaßnahmen zu treffen wissen.« Er ließ sich zurücksinken. »Hier gab's mal eine Gruppe namens Schwert des Schweins. Schon mal davon gehört?«

»Nein«, sagte Rydell. »Nie.«

»Die haben Feuerlöscher aus den Häusern geklaut und mit Blut gefüllt. Blut aus einem Schlachthaus. Aber nach außen hin haben sie behauptet, daß es sich dabei, naja, um Menschenblut handelte. Dann sind sie mit den Feuerlöschern hinter den Jesus People her, wenn die marschiert sind ...«

»Jesus«, entfuhr es Rydell.

»*Genau*«, sagte Warbaby.

»Siehst du die Tür da?« sagte Freddie.

»Welche Tür?« Das Foyer des Morrisey weckte in Rydell den Wunsch zu flüstern, als ob er in einer Kirche oder einer Leichenhalle wäre. Der Teppich war so weich, daß er sich am liebsten drauf schlafengelegt hätte.

»Die schwarze da«, sagte Freddie.

Rydell sah ein schwarz lackiertes, vollkommen einfarbiges Rechteck, das nicht einmal einen Türknopf besaß. Jetzt, wo er darüber nachdachte, paßte es überhaupt nicht zur übrigen Einrichtung. Alles andere hier war poliertes Holz, mattierte Bronze und Paneele aus verziertem Glas. Wenn Freddie ihm nicht gesagt hätte, daß es eine Tür sei, hätte er es für Kunst oder so was gehalten, für irgendein Gemälde.

»Ja? Was ist damit?«

»Das ist ein *Restaurant*«, erklärte Freddie, »und es ist so teuer, daß du da nicht mal *rein*kommst.«

»Na und«, gab Rydell zurück, »davon gibt's doch jede Menge.«

»Nein, Mann«, beharrte Freddie, »ich meine, selbst wenn du reich wärst wie 'n Dukatenscheißer, kämst du da nicht rein. Ist so 'ne Art Privatclub. 'n Japaner.«

Sie standen am Pult des Wachdienstes, während Warbaby über Haustelefon mit jemandem sprach. Die drei Burschen, die am Pult Dienst hatten, trugen IntenSecure-Uniformen, aber sehr schicke, mit bronzefarbenen Logobuttons an ihren spitzen Mützen.

Rydell hatte den Patriot in einer unterirdischen Garage ein paar Etagen tiefer im Wurzelwerk des Hauses geparkt. So was hatte er noch nie gesehen: Gruppen von Leuten in weißen Küchenuniformen, die hundert Teller mit irgendwelchem mageren Salat zusammenstellten, kleine Sanyo-Staubsauger, die in pastellfarbenen Rudeln vor sich hinpiepsten, den ganzen Betrieb hinter den Kulissen, von dem man gar nichts ahnte, wenn man nur im Foyer stand.

In dem Luxuszimmer in Knoxville, in dem er mit Karen Mendelsohn gewohnt hatte, hatte es diese winzigen koreanischen Roboter gegeben, die saubermachten, wenn man gerade nicht hinschaute. Sie hatten sogar einen ganz speziellen gehabt, der Staub vom Wandbildschirm fraß, aber Karen war nicht beeindruckt gewesen. Das heißt nur, daß sie sich keine Menschen leisten können, hatte sie gesagt.

Rydell beobachtete, wie Warbaby sich umdrehte und das Telefon einem von den Burschen mit den spitzen Mützen reichte. Er gab Freddie und Rydell ein Zeichen und stützte sich auf seinen Stock, als sie auf ihn zukamen.

»Sie bringen uns jetzt nach oben«, erklärte er. Die Mütze, der Warbaby das Telefon gegeben hatte, kam hinter dem Pult hervor und sah, daß Rydell ein Inten-Secure-Hemd trug, dessen Aufnäher abgetrennt waren, sagte jedoch nichts. Rydell fragte sich, wann er Gelegenheit haben würde, sich ein paar Klamotten zu kaufen, und wohin er gehen sollte, um das zu tun. Er warf einen Blick auf Freddies Hemd und dachte, daß Freddie wohl nicht gerade derjenige war, den er fragen sollte.

»Hier entlang, Sir«, sagte die Mütze zu Warbaby. Freddie und Rydell folgten Warbaby durchs Foyer. Rydell sah, wie er seinen Stock hart in den Teppich stieß. Die Klammer an seinem Bein tickte wie eine langsame Uhr.

Rappelig

Manchmal, wenn sie richtig in die Pedale trat, wenn sie wirklich projen konnte, befreite sich Chevette von allem: von der Stadt, ihrem Körper und sogar von der Zeit. Das war der Rausch des Kuriers, wie sie wußte, und obwohl er ein Gefühl der Freiheit vermittelte, wurde er in Wirklichkeit von der Anpassung, der Einordnung erzeugt. Das Rad zwischen ihren Beinen war wie ein ultrahoch entwickelter, sonderbarer *Schwanz*, den sie irgendwie ausgefahren hatte, gleichsam über geduldige Jahrhunderte hinweg; eine schöne, komplizierte Knochenmaschine, der lexanverstärkte Reifen, nahezu reibungsfreie Kugellager und gasgefüllte Stoßdämpfer gewachsen waren. Sie war dann voll und ganz ein Teil der Stadt, ein wilder kleiner Punkt aus Energie und Materie, und sie traf in jedem Moment ihre tausend Entscheidungen, je nachdem, wie der Verkehr floß, wie der Regen auf den Straßenbahnschienen glänzte, wie das mahagonibraune Haar einer Sekretärin gleich der Anmut selbst ermattet auf die Schultern ihres Lodenmantels fiel.

Und jetzt begann sie diesen Rausch trotz allem zu spüren; wenn sie sich einfach entspannte und zu denken aufhörte, wenn sie ihren Geist in die Maschinerie aus Knochen und Gangschaltung und mit Karbonfasern umhülltem japanischen Papier sinken ließ …

Aber Sammy Sal schwenkte neben ihr ein; Baß pumpte aus dem Knochenleitungs-Blaster seines Fahrrads. Sie mußte über den Bordstein springen, um nicht auf einem BART-Gitter* koppheister zu gehen. Ihre Reifen hinterließen schwarze Striche, als die Partikelbremsen faßten.

»Was ist denn mit *dir* los, Honey?« Seine Hand an ihrem Arm, grob und wütend. »Haste vielleicht 'n Wundermittel, was dich schlauer und schneller macht? Hm?«

»Laß mich los!«

»Nichts da. Ich hab dir diesen Job besorgt. Wenn du ihn schmeißt, will ich wissen, *warum*.« Er schlug mit der anderen Hand auf den schwarzen Schaumstoff um seinen Lenker und brachte die Musik zum Schweigen.

»Bitte, Sammy. Ich muß rauf zu Skinner.«

Er ließ ihren Arm los. »Warum?«

Sie begann zu husten, fing sich wieder und holte dreimal tief Luft. »Hast du schon mal was geklaut, Sammy Sal? Ich meine, bei der Arbeit?«

Sammy Sal sah sie an. »Nein«, sagte er schließlich. »Aber jeder weiß, daß ich mit Kunden bumse.«

Chevette erschauerte. »Ich nicht.«

»Nein«, sagte Sammy Sal, »aber du lieferst auch nicht überall dort, wo ich's tu. Außerdem bist du 'n Mädchen.«

»Aber ich hab gestern abend was geklaut. Aus der Tasche von so 'nem Typen, bei dieser Party im Hotel Morrisey.«

Sammy Sal fuhr sich mit der Zunge über die Lippen. »Wie kommt's, daß du deine Hand in dem seiner Tasche hattest? Kanntest du ihn?«

»War bloß irgend so 'n Arschloch«, sagte Chevette.

»Ach *der.* Ich glaub, den kenn ich.«

»Hat mich echt genervt, der Typ. Und dann guckte ihm dieses lange Ding aus der Tasche raus.«

---

* Abk. für ›Bay Area Rapid Transit‹. Die Züge dieses Nahverkehrssystems verbinden San Francisco mit dem Süden der Halbinsel und der Ostseite der Bucht. – *Anm. d. Übers.*

»Bist du sicher, daß es seine *Tasche* war, aus der ihm das lange Ding rausguckte?«

»Sammy Sal«, sagte sie, »die Sache ist ernst. Ich hab 'ne Heidenangst.«

Er musterte sie eingehend. »Also *das* isses? Du hast Angst? Hast irgend so 'n Scheiß geklaut, und jetzt haste Angst?«

»Bunny sagt, irgendwelche Security-Typen hätten bei Allied angerufen, sogar bei Wilson und so. Die suchen mich.«

»Scheiße.« Sammy Sal musterte sie immer noch. »Ich dachte, du wärst *high*, auf Dancer. Dachte, Bunny hätt's rausgekriegt. Deshalb bin ich dir nachgefahren, um dir die kleinen Öhrchen langzuziehen. Du hast bloß *Angst*?«

Sie sah ihn an. »Ganz recht.«

»Aha«, sagte er und grub seine Finger in den schwarzen Schaumstoff, »und *wovor?*«

»Ich hab Angst, daß sie zu Skinner raufkommen und sie finden.«

»Was finden?«

»Die Gläser.«

»Was für Gläser, Baby? Ferngläser? Schnapsgläser? Oder Einmachgläser, für Marmelade und so?« Er trommelte mit den Fingern auf den schwarzen Schaumstoff.

»'ne dunkle Brille. Wie 'ne Sonnenbrille, nur daß man nicht durchgucken kann.«

Sammy Sal legte seinen hübschen Kopf schief. »Was soll das heißen?«

»Die Gläser sind einfach schwarz.«

»'ne Sonnenbrille?«

»Ja. Aber einfach bloß schwarz.«

»Ha«, sagte er, »hätteste mal mit Kunden gebumst, aber nur mit den netten, wie ich, dann wüßteste, was das für Dinger sind. Sieht man, daß du nicht so viele gutbetuchte Freunde hast, wenn du entschuldigst. Triff dich mal mit 'n paar Architekten oder Hirnchirurgen, dann weißte, was das für Dinger sind.« Seine Hand kam hoch, und sein Zeigefinger schnippte die korrodierte Kette mit den Kugeln weg, die vom Reißverschluß am Hals von Skinners Jacke herabbaumelte. »'ne VL-Brille. Virtuelles Licht.«

Sie hatte davon gehört, aber sie wußte nicht genau, was es war. »Sind die teuer, Sammy Sal?«

»Scheiße, ja. Kosten ungefähr so viel wie 'n japanischer Wagen. Aber auch nicht wesentlich mehr. Haben so kleine EMP-Treiber um die Gläser rum, die direkt auf die Sehnerven einwirken. 'n Freund von mir hat mal eine aus dem Büro, wo er gearbeitet hat, mit nach Hause gebracht. Landschaftsarchitekten. Du setzt sie auf und gehst raus; alles sieht ganz normal aus, aber jede Pflanze, die du siehst, jeder Baum hat so 'n kleines Etikett mit seinem Namen drunter, auf Lateinisch ...«

»Aber die Dinger sind stockschwarz.«

»Aber nicht, wenn du sie einschaltest. Dann sehen sie nicht mal wie Sonnenbrillen aus. Mit den Dingern sieht man einfach, ich weiß nicht, ernst und seriös aus.« Er grinste sie an. »Du siehst sowieso viel zu ernst aus. Das 's dein Problem.«

Sie fröstelte. »Komm mit rauf zu Skinner, Sammy. Okay?«

»Ich bin nicht gern so weit oben«, sagte er. »Euer kleiner Schuhkarton fliegt eines Nachts noch mal von der Brücke runter.«

»Bitte, Sammy. Das Ding macht mich ganz rappelig. Hab nichts dagegen, mit dir zu fahren, aber wenn ich stehenbleibe und anfange, drüber nachzudenken, hab ich Angst, daß ich zu Stein erstarre. Was soll ich bloß *tun*? Vielleicht sind die Cops schon da, wenn ich hinkomme? Was wird Skinner sagen, wenn die Cops zu ihm raufkommen? Vielleicht komm ich morgen zur Arbeit, und Bunny schmeißt mich raus. Was soll ich bloß *tun*?«

Sammy Sal sah sie mit dem gleichen Blick an wie in

der Nacht, als sie ihn gebeten hatte, sie bei Allied unterzubringen. Dann grinste er. Hinterhältig und lustig. All diese scharfen weißen Zähne. »Dann laß das Ding mal zwischen deinen Beinen. Na los, versuch, an mir dranzubleiben.«

Er fuhr schwankend los, und seine Fluorofelgen leuchteten neonweiß auf, als er in die Pedale trat. Dann mußte er seinen Blaster eingeschaltet haben, denn sie hörte das dumpfe Pochen der Bässe, als sie sich ins Verkehrsgewühl stürzte und hinter ihm herfuhr.

Loveless

Willste noch 'n Bier, Süßer?«

Die Frau hinter der Bar hatte ein kompliziertes schwarzes Filigranmuster an beiden Seiten ihres rasierten Schädels, das bis dorthin ging, wo nach Yamasakis Schätzung ihr natürlicher Haaransatz war. Der Stil der Tätowierung verband keltische Knoten mit den Blitzstrahlen aus einem Zeichentrickfilm. Ihr Haar darüber war wie der Pelz eines Nachttiers, das sich von Wasserstoffsuperoxid und Vaseline ernährt hatte. Ihr linkes Ohr war aufs Geratewohl vielleicht ein dutzendmal von einem einzigen Stück feinen Stahldrahts durchbohrt. Normalerweise fand Yamasaki so eine Aufmachung interessant, aber jetzt war er völlig ins Schreiben versunken. Sein Notebook lag offen vor ihm.

»Nein, danke«, sagte er.

»Du willst doch keinen Ärger kriegen, oder?« Ihr Ton war absolut freundlich. Er schaute von seinem Notebook auf. Sie wartete.

»Ja?«

»Wenn du hier sitzen willst, mußt du was trinken.«

»Ein Bier, bitte.«

»Das gleiche noch mal?«

»Ja, bitte.«

Sie machte eine Flasche mexikanisches Bier auf. Kleine Eisstückchen rutschten an der Seite herunter, als sie die Flasche vor ihm auf den Tresen stellte und zu dem Gast links von ihm weiterging. Yamasaki wandte sich wieder seinem Notebook zu.

Skinner hat mir wiederholt klarzumachen versucht, daß es hier keinen Handlungsplan welcher Art auch immer gibt, keine tieferliegende Struktur. Nur die Knochen, die Brücke, das Thomasson selbst. Als das Little Grande kam, war es nicht Godzilla. In der Tat gibt es keinen exakt äquivalenten Mythos an diesem Ort und in dieser Kultur (obwohl das für Los Angeles vielleicht nicht so gilt). Die Bombe, auf die man so lange gewartet hat, ist nicht mehr da. An ihre Stelle traten die Seuchen, die ganz langsamen Kataklysmen. Als Godzilla dann schließlich Tokio heimsuchte, hatten wir uns bereits mit dem Untergang abgefunden, auch wenn wir es leugneten oder zutiefst verzweifelt waren. In Wahrheit haben wir die entsetzliche Zerstörung willkommen geheißen. Noch während wir unsere Toten betrauerten, spürten wir, daß wir wieder einmal die erstaunlichsten Chancen bekamen.

»Das Ding ist wirklich hübsch«, sagte der Mann zu seiner Linken und legte die Hand auf Yamasakis Notebook. »Muß aus Japan sein, so hübsch ist es.« Yamasaki blickte mit einem unsicheren Lächeln auf und schaute in sonderbar leere Augen. Sie waren wach und konzentriert, aber irgendwie stumpf.

»Aus Japan, ja«, sagte Yamasaki. Die Hand zog sich langsam von seinem Notebook zurück, nicht ohne es noch einmal zärtlich zu streicheln.

»Loveless«, sagte der Mann.

»Verzeihung?«

»Loveless. Mein Name.«

»Yamasaki.«

Die blassen, weit auseinanderstehenden Augen waren die Augen eines Wesens, das in der Tiefe eines stillen Gewässers lauerte. »Ja. Hab ich mir gedacht, daß es so was in der Art ist.« Ein schnelles Lächeln, von archaischem Gold durchsetzt.

»Ja? In welcher Art?«

»Was Japanisches. Was mit *saki* oder *suki*. Irgend so 'n Kram.« Das Lächeln wurde irgendwie schärfer. »Trinken Sie Ihr Corona aus, Mr. Yamasaki.« Die Hand des Fremden schloß sich fest um sein Handgelenk. »Wird langsam *warm*, hm?«

Zimmer 1015

Es gab ein Produkt namens Kil'Z, das Rydell auf der Akademie kennengelernt hatte. Es roch ein bißchen nach altem Haarwasser, blumig und kühl, und man benutzte es in Situationen, in denen beträchtliche Mengen von Körperflüssigkeiten verschüttet worden waren. Es war ein antiviraler Wirkstoff, der den Erregern von HIV 1 bis 5, Krim-Kongofieber, Mokolafieber, Tarzana-Denguefieber und Kansas-City-Grippe den Garaus machen konnte.

Er roch es jetzt, als der IntenSecure-Mann mit einem schwarz anodisierten Hauptschlüssel die Tür von Zimmer 1015 aufschloß.

»Wir werden dran denken, wieder abzuschließen, wenn wir gehen«, sagte Warbaby und tippte sich mit dem Zeigefinger an die Hutkrempe. Der IntenSecure-Mann zögerte und sagte dann: »Ja, Sir. Kann ich sonst noch was für Sie tun?«

»Nein«, sagte Warbaby und betrat das Zimmer. Freddie folgte ihm auf den Fersen. Rydell kam zu dem Schluß, daß er wohl ebenfalls mit hineingehen sollte. Er tat es und machte dem IntenSecure-Mann die Tür vor der Nase zu. Dunkel. Die Vorhänge zugezogen. Der Geruch von Kil'Z. Das Licht ging an. Freddies Hand am Schalter. Warbaby starrte auf eine hellere Stelle auf dem ziegelroten Teppich, wo das Bett gestanden haben mußte.

Rydell schaute sich um. Altmodisch und teuer. Fast wie in einem Club. Die Wände mit einem glänzenden, weißgrün gestreiften, seidenartigen Stoff tapeziert. Möbel aus poliertem Holz. Moosgrün bezogene Sessel. Eine große Messinglampe mit einem dunkelgrünen Schirm. Ein verblaßtes altes Bild in einem wuchtigen Goldrahmen. Rydell ging hin, um es sich genauer anzusehen. Ein Pferd, das ein zweirädriges Gefährt mit einem einzigen kleinen Sitz drauf zog, auf dem ein bärtiger Mann mit einem Hut wie Abe Lincoln saß. ›Currier & Ives‹ stand darunter. Rydell fragte sich, welcher von beiden das Pferd war. Dann sah er einen runden, bräunlich-purpurnen Fleck getrockneten Blutes auf dem Glas. Er war rissig wie Schlamm in einem ausgetrockneten Bachbett im Sommer, aber winzig. Hatte auch nichts von dem Kil'Z abbekommen, wie es aussah. Er trat zurück.

Freddie in seinen großen Shorts und dem Hemd mit den Pistolen drauf hatte es sich in einem der grünen Sessel bequem gemacht und klappte gerade seinen Laptop auf. Rydell sah zu, wie er ein kleines schwarzes Kabel ausrollte und es in die Buchse neben dem Telefon steckte. Er fragte sich, ob Freddie keine kalten Beine bekam, wenn er hier im November Shorts trug. Er hatte schon bemerkt, daß manche Schwarzen so voll auf Mode abgefahren waren, daß sie sich kleideten, als wäre ›Wetter‹ für sie ein Fremdwort.

Warbaby starrte nur auf die Stelle, wo das Bett gewesen war, und sah dabei so traurig aus wie immer. »Na?« sagte er.

»Ich hab's gleich, ich hab's gleich«, sagte Freddie und drehte an einer kleinen Kugel an seinem Laptop herum.

Warbaby grunzte. Rydell beobachtete ihn und hatte den Eindruck, daß die Gläser seiner schwarzrandigen Brille einen Moment lang schwarz wurden. Da spielte ihm das Licht einen Streich. Dann bekam er so ein komisches Gefühl, weil Warbaby einfach *durch ihn durchsah;* sein unsteter Blick war so scharf auf ein sich bewegendes Etwas gerichtet, daß sich Rydell selber umwandte, um hinzuschauen – aber da war nichts.

Er drehte sich wieder zu Warbaby um. Warbabys Stock kam hoch, zeigte auf die Stelle, wo das Bett gewesen war, und schwenkte dann wieder nach unten zum Teppich. Warbaby seufzte.

»Wollen Sie jetzt die Schauplatzdaten vom SFPD haben?« fragte Freddie.

Warbaby grunzte. Seine Augen zuckten von einer Seite zur anderen. Rydell dachte an Fernsehdokumentationen über Voodoo, in denen die Augen der Priester immer rollten, wenn die Götter in sie fuhren.

Freddie drehte den Trackball unter der Hand. »Fingerabdrücke, Haare, Hautschuppen ... Wie das in 'nem Hotelzimmer eben so ist.«

Rydell konnte es nicht mehr ertragen. Er stellte sich vor Warbaby und schaute ihm direkt in die Augen. »Was, zum Teufel, machen Sie da?«

Warbaby sah ihn. Er schenkte ihm ein träges, trauriges Lächeln und nahm die Brille ab, holte ein großes, marineblaues Seidentaschentuch aus der Seitentasche seines langen Mantels und polierte sie damit. Er gab sie Rydell. »Setzen Sie sie auf.«

Rydell schaute auf die Brille hinunter und sah, daß die Gläser jetzt dunkel waren.

»Na los«, sagte Warbaby.

Rydell fiel auf, wie schwer sie war, als er sie aufsetzte. Pechschwarz. Dann kam ein weiches, verschwommenes Kugelblitzgeflacker, wie man es sah, wenn man sich im Dunkeln die Augen rieb, und er sah Warbaby vor sich. An einer unsichtbaren Wand direkt hinter Warbaby standen Worte und Zahlen in leuchtendem Gelb. Sie wurden scharf, als er sie anschaute, wobei er Warbaby irgendwie aus dem Blick verlor, und er sah, daß es sich um forensische Daten handelte.

»Oder«, sagte Freddie, »du kannst jetzt *hier* sein ...«

Und das Bett war wieder da, blutgetränkt, darauf

der weiche, massige Leichnam des Mannes mit gespreizten Armen und Beinen, wie ein Frosch. Das Ding unter seinem Kinn, blauschwarz und knollig.

Rydells Magen hob sich, Galle stieg ihm im Hals hoch, und dann kam eine nackte Frau, die von einem anderen Bett in einem anderen Zimmer aufstand, ihr Haar wie Silber in einem unmöglichen Mondlicht …

Rydell riß sich die Brille herunter. Freddie lag im Sessel, den Laptop auf den Knien, und schüttelte sich vor lautlosem Lachen. »Mann«, brachte er heraus, »du hättest mal dein Gesicht eben sehen sollen! Hab dir was vom Porno des Burschen aus Arkadys Beweismaterial reingespielt …«

»Freddie«, sagte Warbaby, »bist du scharf drauf, dir einen neuen Job zu suchen?«

»Nein, Sir, Mr. Warbaby.«

»Ich kann hart sein, Freddie. Das weißt du.«

»Ja, Sir.« Freddies Stimme klang jetzt beunruhigt.

»Ein Mensch ist in diesem Zimmer gestorben. Jemand hat sich über ihn gebeugt, als er auf diesem Bett lag«, er zeigte auf das nicht vorhandene Bett, »hat ihm ein neues Lächeln ins Gesicht geschnitzt und ihm durch dieses Lächeln hindurch die Zunge rausgezogen. Das ist kein beliebiger Mord. Solche Tricks mit der Anatomie lernt man nicht beim Fernsehen, Freddie.« Er streckte Rydell die Hand hin. Rydell gab ihm die Brille. Die Gläser waren wieder schwarz.

Freddie schluckte. »*Ja*, Sir, Mr. Warbaby. Tut mir leid.«

»Wie funktioniert das?« fragte Rydell.

Warbaby putzte die Brille erneut und setzte sie wieder auf. Die Gläser waren jetzt klar. »Im Rahmen und in den Gläsern sind Treiber. Sie wirken direkt auf die Nerven.«

»Es ist ein Virtuelles-Licht-Display«, sagte Freddie, bestrebt, das Thema zu wechseln. »Alles, was sich digitalisieren läßt, kann man da sehen.«

»Telepräsenz«, sagte Rydell.

»Nein«, sagte Freddie. »Das ist *Licht.* Da kommen Photonen raus und treffen aufs Auge. Dies hier funktioniert anders. Wenn Mr. Warbaby rumläuft und irgendwas anschaut, kann er gleichzeitig die eingegebenen Daten sehen. Wenn man die Brille einem aufsetzt, der keine Augen hat, aber dessen Sehnerv okay ist, kann er den Input *sehen.* Dafür haben sie die ersten Dinger gebaut. Für Blinde.«

Rydell ging zu den Vorhängen, zog sie beiseite und schaute auf eine nächtliche Straße in dieser anderen Stadt hinaus. Ein paar Leute waren da unten unterwegs.

»Freddie«, sagte Warbaby, »spiel mir die kleine Washington von der entschlüsselten IntenSecure-Eingabe rein. Die beim Allied Messenger Service arbeitet.«

Freddie nickte und machte was mit seinem Computer.

»Ja«, sagte Warbaby, den Blick auf etwas gerichtet, das nur er sehen konnte, »kann sein. Kann durchaus sein. Rydell«, und er nahm die Brille ab, »schauen Sie mal.« Rydell ließ die Vorhänge zurückfallen, ging zu Warbaby, nahm die Brille und setzte sie auf. Irgendwie hatte er das Gefühl, daß es ein Fehler wäre, zu zögern, selbst wenn es bedeutete, daß er den toten Burschen noch einmal anschauen mußte.

Von Schwarz über Farbe zur Frontalansicht und zum Profil dieses Mädchens. Fingerabdrücke. Das Bild ihrer rechten Retina, zur Größe ihres Kopfes aufgeblasen. Persönliche Daten. WASHINGTON, CHEVETTE-MARIE. Große, graue Augen, lange, gerade Nase, ein kleines Grinsen für die Kamera. Dunkle, kurz und stachelig geschnittene Haare, bis auf diesen verrückten Pferdeschwanz, der vom höchsten Punkt ihres Kopfes aus hochstand.

»Na«, sagte Warbaby, »was meinen Sie?«

Rydell hatte keine Ahnung, worauf die Frage abzielte. Schließlich sagte er nur: »Niedlich.«

Er hörte Freddie schnauben, als ob das eine dumme Antwort gewesen wäre.

Aber Warbaby sagte: »Gut. Auf diese Weise behalten Sie sie im Gedächtnis.«

Sunflower

Sammy Sal hängte sie an der Stelle ab, wo sich die Bryant in diesem Mikadohaufen von Panzersperren aus Beton zerfranste. So groß er war, niemand konnte mit ihm mithalten, wenn es darum ging, auf engstem Raum zu manövrieren. Er konnte Kurven fahren, die einfach nicht möglich waren; er konnte im Wiegetritt losfetzen und abrupt um hundertachtzig Grad wenden, wenn es sein mußte, und Chevette hatte gesehen, wie er es wegen einer Wette gemacht hatte. Aber sie glaubte zu wissen, wo sie ihn finden konnte.

Sie blickte hoch, als sie zwischen den ersten Platten durchschoß, und die Brücke schien mit Augen aus Fackeln und Neonlichtern auf sie herabzuschauen. Sie hatte Bilder gesehen, wie sie früher ausgesehen hatte, als den ganzen Tag Autos auf ihr hin und her gefahren waren, aber denen hatte sie nie so recht geglaubt. Die Brücke war, was sie war und irgendwie immer gewesen war. Eine Zuflucht, ein merkwürdiger Schlafplatz für sie, die Heimat von ungezählt vielen und all ihren Träumen.

Sie glitschte an einem Fischwagen vorbei, weil sie in gestoßenem Eis und grauen Innereien, um die sich am Morgen die Möwen streiten würden, die Bodenhaftung verlor. Der Fischmann rief ihr irgendwas hinterher, aber sie konnte es nicht verstehen.

Sie fuhr weiter ins abendliche Getriebe hinein, zwischen Ständen und Buden hindurch, und suchte nach Sammy Sal. Sie fand ihn dort, wo sie vermutet hatte. Er lehnte bei einem Espressowagen auf seinem Lenker, ohne auch nur schwer zu atmen. Eine junge Mongolin mit Wangenknochen wie Meißel und einer Honigschicht darüber schenkte ihm gerade eine Tasse ein. Chevette stieg in die Partikelbremsen und kam schlitternd neben ihm zum Stehen.

»Dachte, ich hätte noch Zeit für 'nen kleinen«, sagte er und griff nach der winzigen Tasse.

Ihre Beine schmerzten von der Anstrengung, mit ihm mitzuhalten. »Ist auch besser«, sagte sie mit einem raschen Blick zur Brücke, dann gab sie dem Mädchen ein Zeichen, ihr auch einen zu machen. Sie beobachtete, wie der dampfende Puck aus braunem Satz herausgeklopft wurde, die neue Ladung, das schnelle, kurze Feststopfen. Das Mädchen schwenkte den Hebel hoch und legte das Sieb in die Maschine ein.

»Weißte«, sagte Sammy Sal, der vor einem ersten, kleinen Schluck innehielt, »du solltest so 'n Problem gar nicht haben. Wär gar nicht nötig. Es gibt nur zwei Arten von Menschen. Die, die sich solche Hotels leisten können, sind die einen. Wir sind die anderen. Früher gab's mal so was wie 'ne Mittelschicht, Leute, die dazwischen waren. Aber jetzt nicht mehr. Die einzige Beziehung, die du und ich zu diesen Leuten haben, ist, daß wir ihre Botschaften durch die Gegend projen. Dafür werden wir *bezahlt*. Wir geben uns Mühe, ihnen nicht auf den Teppich zu tropfen, wenn's regnet. Und wir kommen zurecht, stimmt's? Aber was passiert an der Schnittstelle? Was passiert, wenn wir miteinander in Berührung kommen?«

Chevette verbrannte sich den Mund am Espresso.

»Verbrechen«, sagte Sammy. »Sex. Vielleicht Drogen.« Er stellte seine Tasse auf dem Sperrholztresen des Wagens ab. »Das wär's so ziemlich.«

»Du bumst mit ihnen, hast du gesagt.«

Sammy Sal zuckte die Achseln. »Macht mir *Spaß*. Wenn's Probleme gibt, krieg ich das schon geregelt. Aber du bist einfach hingegangen und hast irgendwas *getan*, ohne Grund. Hast durch die Membran gegriffen. Hast mit den Fingern gedacht. Keine gute Idee.«

Chevette pustete auf ihren Kaffee. »Ich weiß.«

»Und wie willste damit fertigwerden, was da auf dich zukommt?«

»Ich geh rauf zu Skinners Bude, hol die Brille, steig damit aufs Dach und werf sie runter.«

»Und dann?«

»Dann mach ich so weiter wie bisher, bis irgendwer bei mir auftaucht.«

»Und dann?«

»›War ich nicht. Hab keinen Schimmer. Hab ich nix mit zu tun. Ehrlich.‹«

Er nickte langsam, ohne jedoch den Blick von ihr abzuwenden. »Mhm. Vielleicht. Vielleicht auch nicht. Wenn jemand die Brille zurückhaben will, kann er dir reichlich auf die Pelle rücken. 'ne andere Möglichkeit: Wir holen sie, fahren zu Allied zurück und erklären ihnen, wie's passiert ist.«

»Wir?«

»Mhm. Ich komme mit.«

»Dann bin ich meinen Job los.«

»Du kannst dir 'nen anderen besorgen.«

Sie trank den kleinen Kaffee mit einem Schluck aus und wischte sich den Mund mit dem Handrücken ab. »Der Job ist alles, was ich habe, Sammy. Das weißt du doch. Du hast ihn mir besorgt.«

»Du hast da oben 'ne Schlafstelle. Du hast diesen verrückten alten Motherfucker, der dich aufgenommen hat...«

»Ich *ernähre* ihn, Sammy Sal...«

»Und dein Arsch ist noch heil, Honey. Wenn so 'n reicher Mann beschließt, dir das Fell über die Ohren zu ziehen, weil du ihm seine Datenbrille geklaut hast, dann ist das vielleicht bald nicht mehr so.«

Chevette stellte ihre leere Tasse auf den Tresen und wühlte in ihren Jackentaschen. Sie gab dem Mädchen fünfzehn für die beiden Kaffee und zwei Dollar Tip und straffte die Schultern unter Skinners Jacke. Die Kugelketten rasselten. »Nein. Wenn das Scheißding erst mal in der Bucht liegt, kann keiner mehr beweisen, daß ich was getan hab.«

Sammy Sal seufzte. »Du bist so 'ne richtige Unschuld.«

Es klang komisch, als ob sie nicht gewußt hätte, daß man das Wort so benutzen konnte. »Kommst du nun mit, Sammy Sal?«

»Wozu?«

»Unterhalt dich mit Skinner. Stell dich zwischen ihn und seine Magazine. Da hab ich sie hingetan. Hinter seine Magazine. Damit er nicht sieht, wie ich sie raushole. Ich klettere dann aufs Dach rauf, und weg ist sie.«

»Okay«, meinte er, »aber ich sage dir, du machst alles nur noch schlimmer.«

»Das Risiko geh ich ein, okay?« Sie stieg ab und begann, ihr Rad zur Brücke zu drehen.

»Ich schätze, das tust du«, sagte Sammy Sal, aber dann stieg er ebenfalls von seinem Rad und schob es hinter ihr her.

Es hatte bisher nur drei *wirklich* gute, das heißt, wahrlich märchenhafte Tage in Chevettes Leben gegeben. Einer war der Tag gewesen, an dem Sammy Sal ihr erklärt hatte, er würde versuchen, sie bei Allied unterzubringen, und es dann auch getan hatte. Ein anderer war derjenige gewesen, als sie ihr Rad bei City Wheels gekauft und bar bezahlt hatte und gleich damit aus dem Laden rausgefahren war. Und dann der Tag, oder vielmehr die Nacht, als sie Lowell im Kognitive Dissidenten kennengelernt hatte, aber konnte man den jetzt noch dazurechnen? Das hieß nicht, daß das die Tage waren, an denen sie am glücklichsten gewesen war, denn die glücklichen Tage waren einer wie der andere tödlich beschissen gewesen, bis auf die Momente, in denen das Glück über sie hereingebrochen war.

Glücklich war sie in der Nacht gewesen, als sie über den NATO-Drahtzaun geklettert und aus dem Jugendheim bei Beaverton abgehauen war, aber das war eine total beschissene Nacht gewesen. Die Narben an ihren beiden Händen waren der Beweis.

Glücklich war sie auch in der Nacht gewesen, als sie zum ersten Mal auf die Brücke hinausgegangen war, auf der unteren Ebene, mit weichen Knien von einem Fieber, das sie sich auf dem Weg entlang der Küste hinunter geholt hatte. *Alles* tat ihr weh: die Lichter, jede Farbe, jedes Geräusch; ihr Geist drückte in die Welt hinaus wie ein geschwollenes Gespenst. Sie erinnerte sich an die lose herunterhängende Sohle ihres Turnschuhs, die über die von Abfall übersäte Ebene schleifte, und daran, wie weh ihr das getan hatte und daß sie sich schließlich hatte hinsetzen müssen, weil sich alles um sie herum drehte, und an den Koreaner, der aus seinem kleinen Laden gerannt kam und auf sie einschrie, steh auf, steh auf, nicht hier, nicht hier. Und Nicht Hier war ihr wie eine derart grandiose Idee erschienen, daß sie sich schnurstracks woandershin begeben hatte, indem sie hintenüberkippte und nicht mal spürte, wie ihr Schädel aufs Pflaster knallte.

Und dort hatte Skinner sie gefunden, obwohl er sich nicht dran erinnerte oder vielleicht auch nur nicht drüber reden wollte; sie war sich nicht ganz sicher. Sie glaubte nicht, daß er sie allein zu seiner Bude hinaufgebracht haben konnte; er brauchte selber Hilfe, um dort hinaufzukommen, mit seiner Hüfte und so. Aber es gab trotzdem Tage, an denen er einen plötzlichen Energieschub bekam und man sehen konnte, wie stark er früher einmal gewesen sein mußte, und dann tat er Dinge, die man ihm überhaupt nicht zutraute. Deshalb war sie nicht ganz sicher.

Das erste, was sie gesehen hatte, als sie die Augen aufschlug, war das runde Kirchenfenster mit den Stofffetzen in den Lücken und die Sonne gewesen, die hindurchschien – kleine Farbpunkte und -kleckse, die sie noch nie gesehen hatte, alles schwamm vor ihren fiebrigen Augen wie Insekten im Wasser. Dann die Knochenbrecherzeit, in der das Virus sie auswrang wie der alte Mann das Handtuch, das er ihr um den Kopf gelegt hatte. Als das Fieber nachließ und langsam abzog – hundert Meilen weit, wie es ihr vorkam, *dorthin* zurück und über den Rand der Krankheit hinaus –, fielen ihr die Haare in trockenen Büscheln aus, die an den feuchten Handtüchern kleben blieben wie die schmutzigen Reste einer Matratzenfüllung.

Als sie nachwuchsen, waren sie dunkler, fast schwarz, so daß sie sich hinterher wie ein ganz anderer Mensch fühlte. Oder endlich wie sie selbst, dachte sie.

Und sie war bei Skinner geblieben, hatte getan, was er sagte, um sie beide zu ernähren und seine Bude in Ordnung zu halten. Er schickte sie mit allem möglichen Kram auf die untere Ebene hinunter, wo die Trödler ihr Zeug ausbreiteten: mit einem Schraubenschlüssel, auf dem ›BMW‹ stand, einer auseinanderfallenden Pappschachtel mit diesen flachen, schwarzen Dingern, die man früher mal abgespielt hatte, wenn man Musik hören wollte, einer Tüte voller Dinosaurier aus Plastik. Sie konnte sich nie vorstellen, daß irgendwas davon etwas wert war, aber irgendwie war das immer der Fall. Der Schraubenschlüssel brachte so viel, daß sie eine Woche zu essen hatten, und zwei von den runden Dingern brachten noch mehr. Skinner wußte, woher alte Sachen kamen und wozu sie gut gewesen waren, und er konnte abschätzen, ob jemand sie haben wollte. Zuerst machte sie sich Sorgen, daß sie nicht genug für die Sachen kriegen würde, die sie verkaufte, aber das schien ihn nicht weiter zu interessieren. Wenn etwas nicht ging, wie die Plastikdinos, wanderte es einfach wieder ins Lager, wie er den Kram nannte, der sich am Fuß aller vier Wände stapelte.

Als sie wieder zu Kräften gekommen war und ihre neuen Haare nachgewachsen waren, begann sie, ihre Streifzüge von der Bude auf dem Turm aus weiter auszudehnen. Anfangs wagte sie sich noch nicht in eine der beiden Städte, obwohl sie ein paarmal Richtung Oakland gegangen war, auf den Ausleger hinaus, und zur Stadt hinübergeschaut hatte. Da drüben schien ihr alles anders zu sein, obwohl sie nicht so recht wußte, woran das lag. Am besten gefiel es ihr jedoch auf der Hängebrücke, wenn sie so richtig mittendrin war – all die Menschen, die herumhingen, hin und her eilten und ihren Geschäften nachgingen, und wie das ganze Gebilde jeden Tag ein bißchen wuchs und sich ein bißchen veränderte. Es gab nichts, was dem gleichkam, nicht daß sie wüßte, jedenfalls nicht in Oregon.

Zuerst wußte sie nicht einmal, daß sie sich auf der Brücke wohlfühlte; es war einfach nur so ein komisches Gefühl, vielleicht lag es am Fieber, daß sie jetzt eine kleine Schraube locker hatte, aber eines Tages war sie zu dem Schluß gekommen, daß sie einfach glücklich war, ein bißchen glücklich, und daß sie sich daran gewöhnen mußte.

Es stellte sich jedoch heraus, daß man gleichzeitig glücklich und ruhelos sein konnte; deshalb begann sie, ein wenig von Skinners Trödelgeld einzubehalten, um die Stadt zu erforschen. Damit war sie eine Zeitlang vollauf beschäftigt. Sie fand die Haight Street und folgte ihr bis zur Mauer um den Skywalker Park, in dem der Tempel des Todes stand, aber sie versuchte nicht, hineinzugehen. Da war ein langer, schmaler Park namens Panhandle, der noch öffentlich zugänglich war. Viel zu zugänglich, fand sie. Menschen, meistens alte oder solche, die alt aussahen, lagen Seite an Seite nebeneinander, in silbriges Plastik gehüllt, das die Sonnenstrahlen abhalten sollte, dieses knittrige Zeug, das glitzerte wie die Anzüge von Elvis in einem Video, das man ihnen in Beaverton manchmal gezeigt hatte. Chevette mußte dabei irgendwie an Maden denken, wie wenn jemand alle einzeln in kleine Stücke Folie eingewickelt hätte. Sie bewegten sich so ähnlich, immer nur ein kleines bißchen, und das war ihr nicht ganz geheuer.

Haight Ashbury war ihr auch nicht ganz geheuer, obwohl es dort Gegenden gab, wo man sich fast wie auf der Brücke vorkam, kein normaler Mensch in Sicht, dafür Leute, die alles mögliche einfach so draußen in der Öffentlichkeit machten, als ob hier nie die Cops kommen würden. Aber auf der Brücke hatte sie nie Angst, vielleicht, weil immer Leute um sie herum waren, die sie kannte, Leute, die dort lebten und die Skinner kannten. Doch sie sah sich gern in Haight Ashbury um, weil es dort viele kleine Geschäfte und viele Läden gab, in denen man billige Fressalien bekam. Sie kannte einen Bagelladen, wo man Bagels kriegte, die einen Tag alt waren, und Skinner meinte, daß sie dann ohnehin besser seien. Er sagte, frische Bagels seien praktisch Gift, daß man davon Verstopfung bekäme oder so. Solche Sachen bildete er sich öfters ein. In die meisten Geschäfte konnte sie tatsächlich reingehen, wenn sie leise war, ein freundliches Gesicht machte und die Hände in den Taschen behielt.

Eines Tages sah sie auf der Haight Street ein Geschäft namens Colored People, und sie konnte nicht rausfinden, was es dort gab. Hinter dem Fenster hing ein Vorhang, und davor waren ein paar Dinge ausgestellt: Kakteen in Töpfen, große, rostige Metallklumpen und ein Haufen kleiner Stahldinger, poliert und glänzend. Ringe und so. Kleine Stifte mit runden Kugeln am Ende. Sie hingen an den Nadeln der Kakteen und lagen auf dem rostigen Metall. Sie beschloß, die Tür zu öffnen und einfach einen Blick hineinzuwerfen, weil sie ein paar Leute reingehen und rauskommen gesehen hatte und wußte, daß die Tür nicht verschlossen war. Ein großer, fetter Kerl in einem weißen Overall mit kahlrasiertem Schädel kam pfeifend heraus, zwei großgewachsene Frauen mit schwarzen Haaren, die wie hübsche Krähen aussahen und ganz schwarz gekleidet waren, gingen hinein. Sie fragte sich, was das für ein Laden war.

Sie steckte den Kopf hinein. Hinter einer Theke stand eine Frau mit kurzen roten Haaren, und sämtliche Wände waren mit bunten, comicartigen Bildern bedeckt, Farben, die einem in den Augen wehtaten, alles nur Schlangen und Drachen und so. Zu viele Bilder, um alles in sich aufnehmen zu können – Chevette trat zunächst mal ein, als die Frau sagte, komm rein, versperr nicht bloß die Tür, und erst dann sah sie, daß diese Frau eine ärmellose Flanellhemdbluse trug, die bis zum Nabel offen war, und daß ihre Brust und ihre Arme komplett mit den gleichen Bildern bedeckt waren.

Im Heim und vorher auf der Straße hatte Chevette zwar schon Tätowierungen gesehen, aber das waren solche gewesen, die man selber machte, mit Tinte und Nadeln, Garn und einem alten Kugelschreiber. Sie ging hinüber und warf einen eingehenden, langen Blick auf die explodierenden Farben zwischen den Brüsten der Frau – die, obwohl sie vielleicht dreißig war, nicht so groß waren wie die von Chevette –, da waren ein Tintenfisch, eine Rose und blaue Blitze, alles ineinander verschlungen, kein Stück unberührte Haut mehr.

»Kann ich was für dich tun«, fragte die Frau, »oder wolltest du bloß mal gucken?«

Chevette blinzelte. »Nein«, hörte sie sich sagen, »aber ich hab mich gefragt, was das für kleine Metalldinger sind, da im Fenster.«

Die Frau drehte ein großes schwarzes Buch auf der Theke zu ihr herum. Es sah wie ein Schulhefter aus, nur daß der Einband aus schwarzem Leder mit Chromverzierungen war. Sie schlug es auf, und Chevette hatte das Ding von einem Kerl vor der Nase, ein großes Ding, das einfach so runterbaumelte. Zu beiden Seiten der keilförmigen Eichel war je eine kleine Stahlkugel.

Chevette stieß nur einen Grunzlaut aus.

»Das nennt man einen Amphalang«, sagte die Frau. Sie begann, das Buch durchzublättern. »Hanteln«, sagte sie. »Eine Septumnadel. Ein Labrumknopf. Das ist ein Eichelring. Dies hier nennt sich Milchkanne. Das sind Bombengewichte. Edelstahl, Niobium, Weißgold, vierzehn Karat.« Sie schlug zu dem Schniedel mit dem Bolzen zurück, der seitlich durch die Spitze ging. Vielleicht war es ein Trick, dachte Chevette, ein Trickbild.

»Das muß doch wehtun«, sagte sie.

»Nicht so sehr, wie man denkt«, diese laute, tiefe Stimme, »und danach isses einfach nur noch *geil* …«

Chevette schaute zu diesem schwarzen Typ hoch, zu seinem breiten, weißen Grinsen, all den Zähnen und der Mikropore-Filtermaske, die ihm unter dem Kinn hing, und so hatte sie Samuel Saladin DuPree kennengelernt.

Zwei Tage später sah sie ihn am Union Square wieder, wo er mit einem Haufen von Fahrradkurieren rumhing. Da gehörten die Kuriere für sie schon zu den Sachen in der Stadt, die einen zweiten Blick wert waren. Sie hatten Klamotten und Haare wie niemand sonst, und Fahrräder mit Neonlicht und Leuchträdern, deren Lenker wie Skorpionschwänze nach oben gekrümmt und umgebogen waren. Und Helme mit kleinen Funkgeräten drin. Entweder flitzten sie gerade irgendwohin, oder sie gammelten nur so rum, hingen ab und tranken Kaffee.

Er stand da, mit der Querstange seines Fahrrads zwischen den Beinen, und aß ein Sandwich. Musik kam aus dem schwarz gefleckten, pinkfarbenen Rahmen, hauptsächlich Baßtöne, und er wippte irgendwie dazu. Sie kam langsam näher, um sich das Rad und seine Bauweise besser anschauen zu können; die komplizierte Konstruktion seiner Bremsen und Schaltungen zog sie sofort an. Schönheit.

»Bing Bang«, sagte er mit einem Bissen Sandwich im Mund, »mein *Am*-phalang. Wo hast du denn *die* Schuhe her?«

Es waren welche von Skinner, alte Stoffturnschuhe, die zu lang für sie waren, so daß sie vorn ein bißchen Papier reingestopft hatte.

»Hier.« Er hielt ihr eine Hälfte seines Sandwich hin. »Ich bin schon pappsatt.«

»Dein Rad«, sagte sie und nahm das Sandwich.

»Was ist damit?«

»Es ist … es ist …«

»Gefällt's dir?«

»Mhm!«

Er grinste. »Sugawara-Rahmen, Sugawara-Kettenantrieb und Zahnkranz, Zuni-Hydraulik. Erste Sahne.«

»Die *Räder* sind toll«, sagte Chevette.

»Naja«, sagte er, »das ist bloß, um aufzufallen. Damit die Motherfucker dich sehn, bevor sie dich umnageln, verstehst du?«

Chevette faßte den Lenker an. Spürte die Musik.

»Iß das Sandwich«, sagte er. »Siehst aus, als könntest du's brauchen.« Sie konnte und sie tat es, und auf diese Weise kamen sie miteinander ins Gespräch.

Während sie ihre Räder die Sperrholztreppe hinauftrugen, erzählte ihm Chevette von der Japanerin, die aus dem Fahrstuhl gefallen war und daß sie, Chevette, nicht mal auf der Party gewesen wäre, wenn sie nicht gerade in diesem Augenblick genau dort gestanden hätte. Sammy grunzte. Seine Fluorofelgen waren jetzt von einem stumpfen Beige-grau, weil sie sich nicht mehr drehten.

»Wer hat die Fete geschmissen, Chev? Hast du mal dran gedacht, jemand zu fragen?«

Sie erinnerte sich an diese Maria. »Cody. Sie hat gesagt, es wäre Codys Party …«

Sammy Sal blieb stehen. Seine Brauen hoben sich. »Hm. Cody Harwood?«

Sie zuckte die Achseln. Das Papierrad auf ihrer Schulter wog so gut wie nichts. »Keine Ahnung.«

»Weißt du, wer das ist?«

»Nein.« Sie kam auf dem Absatz an und setzte das Fahrrad ab, um es zu schieben.

»Das große Geld. Werbung. Harwood Levine war sein Vater.«

»Tja, hab ich dir ja gesagt, daß es reiche Leute waren.« Sie schenkte ihm nicht viel Aufmerksamkeit.

»Die Firma seines Vaters hat Millbanks PR gemacht, bei beiden Wahlen.«

Aber sie aktivierte jetzt die Erkennungsschlaufe, ohne sich um die Radio-Shack-Heuler zu kümmern. Sammys Fluorofelgen pulsierten, als er sein Fahrrad neben ihrem abstellte. »Ich schließ es mit meiner Schlaufe an. Hier passiert ihm sowieso nichts.«

»Genau das hab ich auch gesagt«, erklärte Sammy, »bei den letzten beiden, die mir geklaut worden sind.« Er sah zu, wie sie die Schlaufe herauszog, sie vorsichtig um den Rahmen seines Fahrrads legte, um den pinkschwarzen Emaillelack nicht zu zerkratzen, und sie mit ihrem Daumenabdruck versiegelte.

Sie steuerte auf den gelben Lift zu, froh, ihn dort zu sehen, wo sie ihn zurückgelassen hatte, und nicht am oberen Ende der Schiene. »Laß uns die Sache durchziehen, okay?« Ihr fiel ein, daß sie Skinner eigentlich Suppe von Thai-Johnnys Wagen mitbringen wollte, die süßsaure Limonensuppe, die er so gern mochte.

Als sie Sammy erklärt hatte, daß sie Botin werden und ihr eigenes Fahrrad haben wollte, hatte er ihr so ein kleines mexikanisches Helmgerät gegeben, das einem alle Straßen in San Francisco beibrachte. Nach drei

Tagen hatte sie alles so ziemlich auf der Reihe, obwohl er sagte, das sei was anderes als der Stadtplan im Kopf eines Boten. Man mußte Gebäude kennen, mußte wissen, wie man hineinkam, wie man sich zu verhalten hatte, wie man verhinderte, daß einem das Rad geklaut wurde. Aber als er sie zu Bunny mitgenommen hatte, war das märchenhaft gewesen.

Nach drei Wochen hatte sie genug verdient, um sich ihr erstes richtiges Rad kaufen zu können. Das war ebenfalls märchenhaft gewesen.

Irgendwann in dieser Zeit hatte sie begonnen, nach der Arbeit mit ein paar anderen Mädchen von Allied rumzuhängen, Tami Two und Alice Maybe, und so war sie schließlich im Kognitive Dissidenten gelandet, in jener Nacht, als sie Lowell kennenlernte.

»Keiner schließt hier seine Tür ab«, sagte Sammy auf der Leiter unter ihr, als sie die Bodenklappe hob.

Chevette schloß die Augen und sah einen Haufen Cops (wie immer das auch aussehen mochte) in Skinners Bude herumstehen. Sie machte die Augen auf und schob den Kopf nach oben, bis ihre Augen auf gleicher Höhe mit dem Boden waren.

Skinner lag auf dem Bett und hatte seinen kleinen Fernseher auf der Brust. Große, gelbe Zehennägel ragten aus den Löchern in seinen unförmigen grauen Socken. Er sah sie über den Fernseher hinweg an.

»Hi«, sagte sie. »Ich hab Sammy mitgebracht. Von der Arbeit.« Sie kletterte hoch und machte Platz für Sammy Sals Kopf und seine Schultern.

»Hallo«, sagte Sammy Sal.

Skinner starrte ihn nur an. Farben von dem kleinen Bildschirm flimmerten über sein Gesicht.

»Wie geht's?« fragte Sammy Sal, während er hochkletterte.

»Hast du was zu essen mitgebracht?« wollte Skinner von ihr wissen.

»Thai-Johnny hat die Suppe bald fertig.« Sie ging zu den Borden, den Magazinen. Dummes Gerede, und das wußte sie auch, weil Johnnys Suppe immer fertig war; er hatte sie vor Jahren einmal angesetzt und füllte den Topf einfach immer auf.

»Wie geht's Ihnen, Mr. Skinner?« Sammy Sal stand leicht geduckt da, die Füße gespreizt, und hielt seinen Helm in beiden Händen, wie ein Junge, der dem Vater seiner Freundin guten Tag sagt. Er zwinkerte Chevette zu.

»Was gibt's da zu zwinkern, mein Junge?« Skinner schaltete das Gerät aus und klappte den Bildschirm zu. Chevette hatte es ihm auf einem Containerschiff in der ›Falle‹ gekauft. Er sagte, er könne den Unterschied zwischen den ›Programmen‹ und den ›Spots‹ nicht mehr erkennen, was immer das heißen sollte.

»Ich hab was im Auge, Mr. Skinner«, sagte Sammy Sal und trat von einem Fuß auf den anderen, was ihn noch mehr wie einen nervösen Boyfriend aussehen ließ. Chevette hätte am liebsten laut losgelacht. Sie trat hinter Sammys Rücken und langte hinter die Magazine. Da war sie. Rein in ihre Tasche.

»Hast du schon mal den Blick von hier oben gesehen, Sammy?« Sie wußte, daß sie dieses breite, leicht irre Grinsen im Gesicht hatte, und Skinner starrte sie an und versuchte rauszukriegen, was hier vorging, aber das war ihr egal. Sie kletterte die Leiter zur Dachluke rauf.

»Donnerwetter, nein, Chevette, Honey. Muß echt atemberaubend sein.«

»He«, sagte Skinner, als sie die Luke aufmachte, »was ist denn in dich gefahren?«

Dann war sie oben. Es war einer der merkwürdigen Momente der Ruhe, die es dort oben manchmal gab. Normalerweise war es so windig, daß man sich am liebsten hinlegen und festhalten wollte, aber es gab eben auch Phasen, in denen sich nichts bewegte und es absolut windstill war. Sie hörte, wie Sammy Sal hinter ihr die Leiter heraufkam. Sie hatte das Etui rausgeholt und trat damit an den Rand.

»He«, sagte er, »laß mal sehen.«

Sie hob das Ding hoch und holte aus.

Er pflückte es ihr aus den Fingern.

»He!«

»Schsch.« Er machte es auf und nahm die Brille heraus. »Hm. Hübsch ...«

»Sammy!« Sie griff nach der Brille. Er gab ihr stattdessen das Etui.

»Siehste jetzt, wie das geht?« Er klappte sie auf, einen Bügel in jeder Hand. »Links ist *aus*«, rechts *ein.* Du brauchst sie nur ein bißchen zu bewegen.« In dem Licht, das durch die Luke aus Skinners Bude heraufschien, sah sie, wie er es machte. »Hier. Probier mal.« Er setzte sie ihr auf.

Sie stand mit dem Gesicht zur Stadt, als er das tat. Der Finanzdistrikt, die Pyramide mit den Stützen vom Little Grande, die Hügel dahinter. »Du meine Güte!« sagte sie, als sie die Türme sah, die dort erblühten, Gebäude, die größer waren als alles andere, ein vollkommen regelmäßiges Netz, das sich von den Hügeln hereinwälzte. Alle mit einem Umfang von jeweils vielleicht vier Blocks an der Basis, erhoben sie sich senkrecht und gesichtslos zu ausladenden Schirmgittern wie bei dem Sieb, das sie zum Gemüsedünsten benutzte. Dann füllte sich der Himmel mit chinesischen Schriftzeichen. »Sammy ...«

Sie merkte, wie er sie packte, als sie das Gleichgewicht verlor.

Die chinesischen Schriftzeichen verwandelten sich in englische.

SUNFLOWER CORPORATION

»Sammy ...«

»Hm?«

»Was, zum Teufel, *ist* das?« Worauf sie auch den

Blick richtete, immer erhellte ein anderes Etikett den Himmel, dichte Zusammenballungen technischer Worte, die sie nicht verstand.

»Woher soll ich das wissen«, sagte er. »Laß mich mal schauen.« Er griff nach der Brille.

»He«, hörte sie Skinners Stimme durch die Luke heraufdringen, »da ist Scooter. Was machst du denn da oben?«

Sammy Sal nahm die Brille ab. Chevette kniete da und schaute durch die Luke auf den japanischen Kanaken hinunter, der Skinner immer besuchen kam, diesen Studenten oder Sozialarbeiter oder was er war. Diesmal sah er noch hilfloser aus als sonst. Er sah aus, als ob er Angst hätte. Und er hatte jemanden bei sich.

»He, Scooter«, sagte Skinner, »wie geht's?«

»Das ist Mr. Loveless«, sagte Yamasaki. »Er möchte Sie kennenlernen.«

Gold blitzte vom Grinsen des Fremden zu Chevette herauf. »Hallo, da oben«, sagte er und nahm die Hand aus der Seitentasche seines langen schwarzen Regenmantels. Die Pistole war nicht sehr groß, aber die Art, wie er sie hielt, wirkte allzu lässig, so, wie ein Zimmermann mit einem Hammer herumhantierte. Er hatte Gummihandschuhe an. »Warum kommst du nicht hier runter?«

Die Falle

»Also, das geht so«, sagte Freddie und gab Rydell eine Debitkarte, »du zahlst fünfhundert, um reinzukommen, dann hast du Kredit für Ware im Wert von fünfhundert Dollar.«

Rydell sah die Karte an. Eine holländische Bank. Wenn sie ihn hier auf diese Weise bezahlen wollten, dann war es wahrscheinlich an der Zeit, sich zu erkundigen, wieviel er eigentlich kriegen würde. Aber vielleicht sollte er damit warten, bis Freddie besserer Laune war.

Freddie hatte gesagt, dieses Container City sei ein heißer Tip für Klamotten, wenn man auf die schnelle was bräuchte. Reguläre Klamotten, hoffte Rydell. Sie hatten Warbaby in einem eigenartigen Café zurückgelassen, wo er Kräutertee trank, weil er sagte, er müsse nachdenken. Rydell war zum Patriot hinausgegangen, während Warbaby und Freddie noch mal kurz die Köpfe zusammensteckten.

»Was ist, wenn er uns braucht oder wenn er den Wagen haben will?«

»Dann ruft er uns mit dem Pieper«, sagte Freddie. Er zeigte Rydell, wie er die Debitkarte in das Gerät stecken mußte, das ihm einen Container-City-Magnetstreifen im Wert von fünfhundert Dollar gab und den Parkplatz für den Patriot bestätigte. »Da lang.« Freddie zeigte auf eine Reihe von Drehkreuzen.

»Willst du dir keinen holen?« fragte Rydell.

»Scheiße, nee«, sagte Freddie, »ich kauf mir doch keine Klamotten von Booten.« Er zog eine Karte aus seiner Brieftasche und zeigte Rydell das IntenSecure-Logo.

»Ich dachte, ihr beiden wärt absolut unabhängig.«

»Unabhängig ja, aber mit 'nem Hauptarbeitgeber«, sagte Freddie und steckte die Karte in ein Drehkreuz. Es ließ ihn mit einem Klicken durch. Rydell fütterte es mit dem Magnetstreifen und folgte ihm.

»Die Leute zahlen fünf Riesen, nur um hier reinzukommen?«

»Deshalb heißt's ja ›Die Falle‹. Aber das tun sie nur, um sicherzugehen, daß die Unkosten gedeckt sind. Du kommst nicht hier rein, wenn du nicht weißt, daß du so viel ausgeben willst. Dadurch haben sie 'nen garantierten Pro-Kopf-Umsatz.«

Container City erwies sich als das größte halb überdachte Einkaufszentrum, das Rydell je gesehen hatte, falls man etwas, wo Schiffe vor Anker lagen, und zwar große, als Einkaufszentrum bezeichnen konnte. Und die 500 Dollar Kaufzwang schienen niemanden abgeschreckt zu haben; hier drin schienen mehr Menschen zu sein als draußen auf der Straße. »Hongkong-Geld«, sagte Freddie. »Damit haben sie 'n Stück vom Embarcadero gekauft.«

»He«, Rydell zeigte auf eine undeutlich sichtbare, unregelmäßige Silhouette, die sich hinter Portalen und Flutlichttürmen erhob, »das ist doch die Brücke, auf der Leute wohnen.«

»Ja.« Freddie warf ihm einen komischen Blick zu. »Ausgeflippte.« Er steuerte Rydell auf eine Rolltreppe, die an der weiß gestrichenen Flanke eines Containerschiffs nach oben führte.

Rydell ließ den Blick über Container City schweifen, als sie hinauffuhren. »Verrückter als alles in L.A.«, sagte er bewundernd.

»Quatsch«, sagte Freddie. »Ich bin aus L.A. Das hier ist bloß 'n Einkaufszentrum, Mann.«

Rydell kaufte sich eine burgunderrote Bomberjacke aus Nylon, zwei schwarze Jeans, Socken, Unterwäsche und drei schwarze T-Shirts. Das machte alles zusammen knapp über fünfhundert. Die Mehrkosten bezahlte er mit der Debitkarte.

»He«, sagte er zu Freddie, als seine Sachen in einer großen, gelben Container-City-Tüte verstaut waren, »das war ja 'n echt günstiger Einkauf. Danke.«

Freddie zuckte die Achseln. »Was steht da, wo die Jeans her sind?«

Rydell sah sich das Etikett an. »Afrikanische Union.«

»Sklavenarbeit«, sagte Freddie. »So 'n Scheiß sollte man nicht kaufen.«

»Hab ich nicht drüber nachgedacht. Kriegt man hier drin auch was zu essen?«

»Ja, im Lebensmittelmarkt ...«

»Hast du schon mal dieses eingelegte Zeugs aus Korea probiert? Das ist vielleicht scharf, Mann ...«

»Ich hab ein Magengeschwür.« Freddie löffelte methodisch und mit sichtlichem Mangel an Begeisterung eiskalten, schlichten weißen Joghurt in sich hinein.

»Streß. Das kommt vom Streß, Freddie.«

Freddie sah Rydell über den Rand des pinkfarbenen Plastikjoghurtbechers hinweg an. »Soll das 'n Witz sein?«

»Nein«, sagte Rydell. »Ich weiß nur über Magengeschwüre Bescheid, weil sie dachten, mein Daddy hätte welche.«

»Und, hatte er welche? Dein ›Daddy‹? Hatte er welche oder nicht?«

»Nein«, sagte Rydell, »er hatte Magenkrebs.«

Freddie zuckte zusammen, stellte seinen Joghurt weg, ließ die Eiswürfel in seinem Papierbecher mit Evian klappern und trank einen Schluck. »Hernandez hat uns erzählt, daß du in so 'nem Redneck-Kaff zum Cop ausgebildet worden bist ...«

»In Knoxville«, sagte Rydell. »Ich *war* 'n Cop. Nur nicht sehr lange.«

»Schon gut, schon gut«, sagte Freddie, als wollte er, daß Rydell sich entspannte, vielleicht sogar, daß er ihn mochte. »Du bist richtig ausgebildet? Hast den ganzen Cop-Kram drauf?«

»Na ja, sie versuchen, dir von allem 'n bißchen was mitzugeben«, antwortete Rydell. »Untersuchung am Tatort... Wie heute in dem Zimmer da oben. Ich hab sofort gesehen, daß sie die Sache mit dem Superkleber nicht gemacht haben.«

»Nein?«

»Nein. Da ist so 'n chemisches Zeug in dem Superkleber, das sich mit dem Wasser in einem Fingerabdruck verbindet, verstehst du, und so ein Abdruck besteht zu rund achtundneunzig Prozent aus Wasser. Da gibt's also dieses kleine Heizgerät für den Kleber, ja? Das wird in eine normale Birnenfassung geschraubt. Dann verklebt man die Türen und Fenster mit Müllsäcken und so 'nem Zeug und schaltet das kleine Heizgerät an. Man läßt es vierundzwanzig Stunden laufen, dann kommt man zurück und reinigt das Zimmer.«

»Und wie?«

»Man macht die Türen und Fenster auf. Dann staubt man ab. Aber im Hotel haben sie das nicht gemacht. Denn da bleibt so ein Film auf allem zurück. Und ein Geruch ...«

Freddie zog die Augenbrauen hoch. »Scheiße. Du bist ja fast so was wie 'n Techniker, Rydell, was?«

»Ist größtenteils gesunder Menschenverstand«, sagte er. »Zum Beispiel, daß man nicht aufs Klo geht.«

»Nicht?«

»Am Schauplatz eines Verbrechens nie die Toilette benutzen. Nicht spülen. Wenn man was ins Klo schmeißt – wie das Wasser abläuft ... Hast du schon mal bemerkt, daß es da drunter wieder nach oben geht?«

Freddie nickte.

»Also, vielleicht hat dein Verdächtiger gespült, nachdem er was reingeschmissen hat. Aber es funktioniert nicht immer so, wie es eigentlich soll, und es kann sein, daß es noch irgendwo da hinten drin rumschwimmt ... Wenn du reinkommst und noch mal spülst, ist es garantiert weg.«

»Verdammt«, sagte Freddie, »das hab ich gar nicht gewußt.«

»Gesunder Menschenverstand«, sagte Rydell und wischte sich den Mund mit einer Papierserviette ab.

»Ich glaube, Mr. Warbaby hat recht mit dir, Rydell.«

»Wieso?«

»Er meint, daß du zu schade dafür bist, nur den Geländewagen zu fahren. Um ehrlich zu sein, Mann, ich war mir da nicht so sicher.« Freddie wartete, als dächte er, Rydell könnte das als Beleidigung auffassen.

»Und?«

»Du weißt, Mr. Warbaby hat diesen Stützapparat am Bein.«

»Ja.«

»Erinnerst du dich an die Brücke, die dir aufgefallen ist, als wir hier raufgefahren sind?«

»Ja.«

»Und Warbaby hat dir doch das Bild von diesem Herzchen gezeigt, der Botin, nicht?«

»Ja.«

»Also«, sagte Freddie, »Mr. Warbaby ist der Meinung, daß *die* den Mann beklaut hat. Und sie lebt draußen auf dieser Brücke, Rydell. Und diese Brücke, Mann, das ist 'n ganz übler, beschissener Ort. Die Leute da draußen sind Anarchisten, Antichristen, *kannibalische* Motherfucker, Mann ...«

»Ich hab gehört, daß es bloß 'n Haufen Obdachlose sind«, warf Rydell ein, der sich vage an einen Dokumentarfilm erinnerte, den er in Knoxville gesehen hatte, »die sich irgendwie durchschlagen.«

»Nein, Mann«, sagte Freddie. »*Obdachlose* arme Schweine, die sind auf der *Straße*. Diese Motherfucker von der *Brücke*, die sind so 'ne Art besonders fiese Teufelsanbeter und so 'n Scheiß. Glaubst du, du kannst da einfach rausgehen? Keine Chance. Die lassen nur ihre eigenen Leute rauf, verstehst du. Wie 'ne Sekte. Mit Einweihungszeremonien und so 'nem Scheiß.«

»Einweihungszeremonien?«

»*Schwarze*«, sagte Freddie und überließ es Rydell, sich zu überlegen, daß er wahrscheinlich nicht die Hautfarbe der Leute meinte.

»Na schön«, sagte Rydell, »aber was hat das mit dem Stützapparat an Warbabys Knie zu tun?«

»Dort hat er sich das Knie verletzt«, sagte Freddie. »Er ist rausgegangen, obwohl er wußte, daß er dabei sein Leben aufs Spiel setzte, um dieses kleine Baby zu retten. 'n kleines *Mädchen*«, fügte Freddie hinzu, als ob es ihm gefiele, wie das klang. »Diese Motherfucker von der Brücke, die machen nämlich solche Sachen.«

»Was für Sachen?« fragte Rydell, der sich blitzartig an die Pooky-Bear-Morde erinnerte.

»Sie stehlen Kinder«, sagte Freddie. »Und Mr. Warbaby und ich, wir können *beide* nicht mehr da rausgehen, Rydell, weil's diese Motherfucker auf uns abgesehen haben. Kannst du mir folgen?«

»Ihr wollt also, daß *ich* gehe?« fragte Rydell und stopfte seine zusammengefaltete Papierserviette in die ölige weiße Papierschachtel, in der seine beiden Kim Tschi Wawas gewesen waren.

»Das soll dir mal lieber Mr. Warbaby selber erklären.«

Sie fanden Warbaby, wo sie ihn verlassen hatten, in dem dunklen Café mit der hohen Decke, das in North Beach war, wie Freddie sagte. Er hatte wieder diese Brille auf, und Rydell fragte sich, was er wohl sah.

Rydell hatte seinen blauen Samsonite aus dem Patriot und seine Container-City-Tüte mitgebracht. Er ging ins Bad, um sich umzuziehen. Es gab nur eins für beide Geschlechter, und es war wirklich ein Bad, mit einer Badewanne drin. Nicht daß sie jemand benutzte; innen rein war nämlich eine lebensgroße Meerjungfrau gemalt, auf deren Bauch eine braune Zigarette ausgedrückt worden war, direkt über der Stelle, wo die Schuppen anfingen.

Rydell stellte fest, daß Kevins Khakihose am Hintern aufgerissen war. Er fragte sich, wie lange er schon so rumlief. Da er jedoch in Container City noch nichts davon bemerkt hatte, hoffte er, daß es im Wagen passiert war. Er zog das IntenSecure-Hemd aus, stopfte es in den Abfalleimer und zog eins der schwarzen T-Shirts an. Dann schnürte er seine Stiefel auf und suchte nach einer Möglichkeit, Hose, Socken und Unterwäsche zu wechseln, ohne die Füße auf den feuchten Boden setzen zu müssen. Er erwog, es in der Wanne zu machen, aber die sah ebenfalls dreckig aus. Er kam zu dem Ergebnis, daß man es irgendwie hinkriegen konnte, indem man sich auf seine Schuhe stellte und sich dann halb auf die Toilette setzte. Er warf alles, was er auszog, in den Abfalleimer. Während er sich fragte, wieviel noch auf der Debitkarte sein mochte, die Freddie ihm gegeben hatte, transferierte er seine Brieftasche in die rechte Gesäßtasche seiner neuen Jeans und zog seine neue Jacke an. Er wusch sich die Hände und das Gesicht in einem Rinnsal sandigen Wassers, kämmte sich die Haare, packte den Rest seiner neuen Sachen in den Samsonite und behielt die Container-City-Tüte für Schmutzwäsche.

Er hätte gern geduscht, aber er wußte nicht, wann er dazu kommen würde. Saubere Sachen waren das Zweitbeste.

Warbaby blickte auf, als Rydell an seinen Tisch zurückkam. »Freddie hat Ihnen ein bißchen was über die Brücke erzählt, stimmt's, Rydell?«

»Er sagt, das sind alles Kinderfresser und Teufelsanbeter.«

Warbaby funkelte Freddie an. »Vielleicht zu farbig formuliert, aber unangenehm nah an der Wahrheit, Mr. Rydell. Absolut kein gesunder Ort. Und praktisch außerhalb der Reichweite des Gesetzes. Unsere Freunde Swobodow oder Orlowsky werden Sie da draußen zum Beispiel nicht antreffen. Jedenfalls nicht in ihrer offiziellen Eigenschaft.«

Rydell bemerkte, daß Freddie darüber zu grinsen begann, sah jedoch, wie das Grinsen unter Warbabys wütendem Blick sofort wieder erlosch.

»Freddie hat mir zu verstehen gegeben, daß Sie mich da rausscheuchen wollen, Mr. Warbaby. Daß ich hingehen und dieses Mädchen suchen soll.«

»Ja«, sagte Warbaby ernst, »so ist es. Ich wünschte, ich könnte Ihnen sagen, daß es ungefährlich ist, aber das ist nicht der Fall.«

»Tja ... Wie gefährlich *ist* es denn, Mr. Warbaby?«

»Sehr gefährlich«, antwortete Warbaby.

»Und dieses Mädchen, ist die auch gefährlich?«

»Höllisch gefährlich«, sagte Warbaby, »um so mehr, als sie nicht immer gefährlich aussieht. Sie haben ja schließlich gesehen, was mit dem Hals dieses Mannes geschehen ist ...«

»Herr im Himmel«, sagte Rydell, »Sie glauben, dieses kleine Mädchen hat *das* getan?«

Warbaby nickte traurig. »Schrecklich«, sagte er, »die Menschen machen so schreckliche Sachen ...«

Als sie zum Wagen gingen, sah er, daß er genau vor einem Wandgemälde von J. D. Shapely geparkt hatte, der eine Motorradjacke aus schwarzem Leder über dem bloßen Oberkörper trug und von einem halben Dutzend extrem schwul aussehender Engel mit langen blonden Rockerhaaren zum Himmel emporgetragen wurde. Da waren diese blauen, glühenden Spiralen,

DNA oder so, die sich aus Shapelys Bauch ringelten und etwas attackierten, was Rydells Ansicht nach ein AIDS-Virus sein sollte, nur daß es eher wie eine rostige, gepanzerte Raumstation mit fiesen Roboterarmen aussah.

Er dachte, wie seltsam es gewesen sein mußte, dieser Kerl zu sein. Ungefähr genauso seltsam, wie überhaupt irgendwann irgendwer zu sein. Aber noch viel seltsamer wäre es, *jetzt* Shapely zu sein, und so tot wie er, und sich dann dieses Wandgemälde ansehen zu müssen.

›DOCH ER LEBT JETZT IN UNS‹, stand unter dem Gemälde in dreißig Zentimeter hohen weißen Lettern, ›UND DURCH IHN LEBEN *WIR*.‹

Und das war buchstäblich wahr. Rydell hatte eine Schutzimpfung bekommen, die es bewies.

Kondensator

Chevettes Mutter hatte mal einen Freund namens Oakley gehabt, einen Quartalssäufer, der Holztrucks fuhr, wenn er gerade nicht soff, jedenfalls sagte er das. Er war ein langbeiniger Mann mit blauen Augen, die ein bißchen zu weit auseinanderstanden, und einem Gesicht mit tiefen Furchen auf beiden Wangen. Dadurch sah er wie ein richtiger Cowboy aus, meinte Chevettes Mutter. Chevette fand nur, daß er irgendwie einen gefährlichen Eindruck machte. Was er normalerweise nicht war, außer wenn er ein oder zwei Flaschen Whiskey intus hatte und nicht mehr wußte, wo oder vor wem er gerade rumlallte; besonders dann, wenn er Chevette irrtümlicherweise für ihre Mutter hielt, was ein paarmal vorgekommen war. Sie konnte ihm jedoch immer entwischen, und es hatte ihm hinterher jedesmal leid getan; er hatte ihr Ringdings – Schokokuchen mit Cremefüllung – und Sachen aus dem kleinen Supermarkt um die Ecke gekauft. Aber der Grund, warum sie sich jetzt an Oakley erinnerte, als sie durch die Luke auf diesen Kerl mit seiner Kanone hinunterschaute, war, daß er sie einmal in den Wald mitgenommen und mit einer Pistole hatte schießen lassen.

Und der da hatte auch so ein Gesicht wie Oakley, solche Augen und solche Furchen in den Wangen. Wie man sie bekam, wenn man viel lächelte, was er jetzt tat. Aber es war ein Lächeln, bei dem sich garantiert kein Mensch wohlfühlen würde. Gold in den Winkeln.

»Jetzt komm hier runter«, sagte er, wobei er jedes Wort gleich betonte.

»Wer, zum Teufel, bist du denn?« Skinner klang eher interessiert als verärgert. Die Pistole ging los. Nicht sehr laut, aber scharf, mit einem blauen Blitz. Sie sah, wie sich der Japaner auf den Boden setzte, als ob seine Beine unter ihm nachgegeben hätten, und dachte, der Kerl hätte ihn erschossen.

»Schnauze!« Dann nach oben zu Chevette: »Ich hab gesagt, du sollst runterkommen.«

Dann berührte Sammy Sal sie im Nacken. Seine Fingerspitzen schoben sie zur Luke, dann zog er sie wieder zurück.

Vielleicht wußte der Kerl nicht mal, daß Sammy Sal hier oben war. Sammy Sal hatte die Brille. Und eins war Chevette jetzt klar: Dieser Kerl war kein Cop.

»Tut mir leid«, sagte der Japaner. »Tut mir leid, ich ...«

»Ich schieß dir gleich eine Infraschall-Titanium-Kugel ins rechte Auge.« Immer noch lächelnd, so wie er vielleicht sagen würde: *Ich spendier dir ein Sandwich.*

»Ich komm ja schon«, sagte Chevette. Und er schoß nicht, weder auf sie, noch auf den Japaner.

Sie glaubte zu hören, wie Sammy Sal auf dem Dach zurücktrat, weg von ihr, aber sie schaute nicht zurück. Sie wußte nicht recht, ob sie versuchen sollte, die Luke hinter sich zuzumachen oder nicht. Sie entschied sich dagegen, weil der Kerl ihr nur befohlen hatte, herunterzukommen. Sie würde über den Rand des Lochs hinauslangen müssen, um die Klappe zu fassen zu kriegen, und das würde für ihn vielleicht so aussehen, als ob sie nach einer Waffe griff. Wie im Fernsehen.

Sie stieg von der untersten Sprosse auf den Boden und versuchte, ihre Hände dort zu lassen, wo er sie sehen konnte.

»Was hast du da oben gemacht?« Immer noch lächelnd. Seine Pistole hatte keinerlei Ähnlichkeit mit Oakleys großem, altem brasilianischen Revolver; sie war ein kleines, stummeliges, rechteckiges Ding aus stumpfem Metall, von der gleichen Farbe wie Skinners altes Werkzeug. Ein dünner Ring aus einem helleren Metall um das kleine Loch am Ende. Wie die Pupille in einem Auge.

»Hab mir die Stadt angesehen«, sagte sie ohne sonderlich große Angst. Sie fühlte überhaupt nichts, nur ihre Beine zitterten.

Er schaute nach oben. Die Pistole blieb genau dort, wo sie war. Sie wollte nicht, daß er sie fragte, ob sie da oben allein gewesen war, denn die Antwort konnte in der Luft hängenbleiben und ihm verraten, daß sie log. »Du weißt, weshalb ich hier bin.«

Skinner saß aufrecht im Bett, mit dem Rücken an der Wand, und sah wacher aus, als sie ihn je gesehen hatte. Der Japaner, der nun doch nicht den Eindruck machte, als ob er eine Kugel abbekommen hätte, saß auf dem Boden, die dünnen Beine in V-Form vor sich ausgestreckt.

»Geld oder Drogen, schätze ich«, sagte Skinner, »aber da hast du zufällig Pech gehabt. Ich kann dir fünfundsechzig Dollar und 'nen uralten Humboldt-Joint geben, wenn dich das glücklich macht.«

»Schnauze!« Als das automatische Lächeln verschwand, war es, als ob er gar keine Lippen hätte. »Ich rede mit ihr.«

Skinner sah aus, als ob er drauf und dran wäre, etwas zu sagen oder vielleicht zu lachen, aber er tat es nicht.

»Die Brille.« Jetzt war das Lächeln wieder da. Er hob die Pistole, so daß sie direkt in das kleine Loch blickte. Wenn er mich erschießt, dachte sie, muß er weiter nach ihr suchen.

»Hepburn«, sagte Skinner mit einem verrückten kleinen Grinsen, und in diesem Moment bemerkte Chevette, daß Roy Orbison auf dem Poster ein Loch mitten in der grauen Stirn hatte.

»Da unten«, sagte sie und zeigte auf die Bodenluke.

»Wo?«

»Mein Rad.« Sie hoffte, daß Sammy Sal im Dunkeln nicht gegen den rostigen alten Wagen da oben stieß und ein Geräusch machte.

Er schaute zur Dachluke hinauf, als könnte er hören, was sie dachte.

»Stütz dich mit den flachen Händen an die Wand da.« Er kam näher. »Beine auseinander ...« Die Pistole berührte ihren Hals. Seine andere Hand glitt unter Skinners Jacke und tastete sie nach einer Waffe ab. »Bleib so.« Er hatte Skinners Messer übersehen, das mit der Fraktalklinge. Sie drehte den Kopf ein wenig und sah, daß er mit einer Hand etwas Rotes und Gummiartiges um ein Handgelenk des Japaners wickelte. Sie dachte an die süßen, weichen Gummischlangen, die man aus einem großen Plastikglas kaufte. Er zerrte an dem roten Ding und schleifte den Japaner über den Boden zu dem Tischbord, an dem sie gefrühstückt hatte. Er schob ein Ende des roten Geschlengels hinter das Winkeleisen, das den Tisch hielt, und wickelte es dann um das andere Handgelenk des Burschen. Dann holte er noch eins aus seiner Tasche und schüttelte es wie eine Spielzeugschlange, griff damit hinter Skinners Rücken und machte etwas mit seiner Hand. »Du bleibst auf dem Bett, Alter«, und er hielt Skinner die Pistole an die Schläfe. Skinner sah ihn bloß an.

Er kam zu Chevette zurück. »Du kletterst die Leiter runter. Deine brauch ich vorn.«

Das Ding war kühl und glatt und verschmolz mit sich selbst, sobald er es um ihre Handgelenke gelegt hatte. Es floß ineinander. Bewegte sich von allein. Rubinrote Kunststoffarmbänder, wie ein Kinderspielzeug. Einer der Tricks mit Molekülen.

»Ich behalte dich im Auge«, warnte er sie mit einem weiteren Blick nach oben zur offenen Dachluke, »also steig einfach brav und schön langsam runter. Und falls du springst oder wegrennst, wenn du unten ankommst, leg ich dich um.«

Sie zweifelte nicht daran, daß er es tun würde, wenn er konnte, aber sie erinnerte sich an etwas, was Oakley ihr damals im Wald erzählt hatte, nämlich wie schwer es sei, etwas zu treffen, wenn man fast senkrecht nach unten schießen mußte; und senkrecht nach oben sei noch schwerer. Vielleicht war es also am besten, einfach zu projen, wenn sie unten ankam. Sie mußte nur knappe zwei Meter von der Leiter wegkommen, dann konnte er sie nicht mehr sehen. Aber dann schaute sie ins schwarzsilberne Auge der Pistole, und die Idee kam ihr nicht mehr so gut vor.

Also ging sie zu dem Loch im Boden und kniete sich hin. War gar nicht so einfach mit gefesselten Händen. Er mußte sie festhalten, indem er sich eine Handvoll von Skinners Jacke griff, aber sie bekam die Füße auf die dritte Sprosse und die Finger um die oberste und arbeitete sich auf diese Weise nach unten. Sie mußte die Füße auf eine Sprosse stellen, diejenige loslassen, an der sie sich festhielt, und die nächste darunter schnappen, bevor sie das Gleichgewicht verlor. Und dann das ganze wieder von vorn.

Aber sie begann nachzudenken, während sie das tat, und das half ihr, die Entscheidung zu treffen, ihren Plan wirklich auszuführen. Es war merkwürdig, so zu denken; sie war auch ganz ruhig dabei. Es war jedoch nicht das erste Mal. In Beaverton war es ihr genauso gegangen, in der Nacht, als sie über den Zaun geklettert war, und zwar ohne weitere Planung. Und dann auch, als diese Trucker versucht hatten, sie in ihre Schlafkabine hinten im Truck zu zerren; sie hatte so getan, als ob sie nichts dagegen hätte, dann hatte sie einem der beiden einen Thermosbecher heißen Kaffee ins Gesicht geschüttet, dem anderen gegen den Kopf getreten und war rausgesprungen. Sie hatten sie eine Stunde lang mit Taschenlampen gesucht, während sie in einem schlammigen Flußbett saß und sich von Moskitos bei lebendigem Leibe auffressen ließ. Lichtstrahlen im Gebüsch, die nach ihr suchten.

Sie kam unten an, trat einen Schritt zurück und streckte ihre gefesselten Handgelenke vor, so daß er sie sehen konnte, wenn er wollte. Er kam schnell herunter, ohne eine überflüssige Bewegung und völlig lautlos. Sein langer Mantel war aus einem schwarzen Stoff, der kein Licht zurückwarf, und sie sah, daß er schwarze Cowboystiefel trug. Sie wußte, daß er damit sehr gut laufen konnte, wenn es sein mußte; die Leute glaubten das nicht, aber es ging.

»Wo ist sie?« Gold blitzte an den Rändern seines Lächelns. Seine glatt zurückgekämmten Haare waren irgendwas zwischen braun und blond. Er bewegte die Hand, damit sie nicht vergaß, daß er eine Pistole hatte. Sie sah, daß seine Hand zu schwitzen begann; feuchte, dunkle Flecken in dem weißen Gummihandschuh.

»Wir müssen den ...« Sie hielt inne. Der gelbe Lift war dort, wo sie und Sammy Sal ihn gelassen hatten. Wie war er nach oben gekommen?

Noch mehr Gold. »Wir haben die Treppe genommen.«

Sie waren die Malerleiter heraufgekommen, nackte Stahlsprossen, von denen einige durchgerostet waren. Damit sie den Lift nicht hörte. Kein Wunder, daß der Japaner ängstlich ausgesehen hatte. »Gut«, sagte sie. »Kommen Sie?«

Er folgte ihr zu dem Fahrstuhl hinüber. Sie hielt den Blick gesenkt, damit sie nicht aus Versehen nach oben schaute, um Sammy zu suchen, der dort irgendwo sein mußte. Er würde nicht genug Zeit gehabt haben, um herunterzukommen, sonst hätten sie ihn gehört.

Er hielt sie wieder an der Schulter fest, als sie ihr Bein hinüberschwang und in den Korb kletterte, dann stieg er nach ihr ein, ohne sie auch nur eine Sekunde lang aus den Augen zu lassen.

»Der ist für runter«, sagte sie und zeigte auf einen der Hebel.

»Dann los!«

Sie bewegte ihn ein kleines Stück, dann noch eins, und der Motor unter ihren Füßen heulte auf und trug sie die Schräge hinab. Unter einer Glühbirne in einem korrodierten Aluminiumkäfig am unteren Ende war ein Lichtfleck, und sie fragte sich, was er tun würde, wenn jemand zufällig gerade in diesem Moment dort auftauchte, Fontaine zum Beispiel, oder einer der anderen Leute, die herkamen, um die elektrischen Anlagen zu prüfen. Irgendwer. Er würde sie erschießen, sagte sie sich. Sie einfach umlegen und ins Dunkel rollen. Man konnte es in seinem Gesicht sehen. Ganz deutlich.

Er stieg zuerst aus und half ihr heraus. Ein Wind kam auf, und man konnte fühlen, wie die Obertöne durch die Schuhsohlen hochstiegen. Die Brücke begann zu summen wie eine gedämpfte Mundharmonika. Irgendwo hörte sie Leute lachen.

»Wohin?« fragte er.

Sie zeigte zu der Stelle, wo ihr Rad stand, das mit dem von Sammy Sal zusammengeschlossen war. »Das pinkschwarze.«

Er gab ihr mit der Pistole ein Zeichen.

»*Zurück*«, sagte ihr Fahrrad, als sie noch eineinhalb Meter entfernt war.

»Was ist das?« Die Pistole in ihrem Rücken.

»Das andere Rad. 'ne alte Karre mit Stimm-Alarm. Sorgt dafür, daß die Leute von meinem wegbleiben.« Sie bückte sich, um auf die Lasche zu drücken, die Sammy Sals Rad freigab, ohne jedoch die Erkennungsschlaufe hinter dem Sattel ihres eigenen Fahrrads zu berühren.

»Verdammt noch mal, ich mein's ernst, du Schwachkopf«, sagte ihr Rad.

»Schalt das ab!« sagte er.

»Okay.«

Sie wußte, daß sie es mit einer einzigen Bewegung

seitwärts schwenken und herumziehen mußte, nur mit Daumen und Zeigefinger am nicht leitenden Gummi des Reifens.

Aber es war eigentlich nur ein Zufall, daß der Rahmen seine Pistole traf. Sie sah einen zentimeterlangen Lichtblitz zwischen ihrem Rad und der Pistole aufzucken, purpurn glühend und fingerdick, als die Kondensatoren der Partikelbremse im oberen Rohr ihre gespeicherte Ladung in das Anti-Diebstahls-System entleerten, das in den falschen Rost und das auf abgenutzt gestylte silberne Klebeband eingearbeitet war. Er ging in die Knie, sein Blick verschwamm, ein einzelner silberner Speicheltropfen formte sich zwischen seinen halb offenen Lippen und zerplatzte. Sie glaubte zu sehen, wie von der Pistole in seiner Hand Dampf aufstieg.

Proj, dachte sie und duckte sich, um loszurennen, aber da traf ihn das schwarze Ding, das mit einem Geräusch wie von gebrochenen Flügeln aus der Dunkelheit über ihnen herabgesaust kam, und warf ihn um. Eine Rolle Teerpappe. Dann machte sie Sammy Sal aus, der oben auf einer dunklen Querstrebe aus Kohlenstoffstahl stand, den Arm um einen senkrechten Pfeiler geschlungen. Sie glaubte, sein weißes Lächeln zu sehen.

»Hast was vergessen«, sagte er und warf etwas herunter. Die Brille in ihrem Etui. Sie fing sie auf, obwohl ihre Hände gefesselt waren – als ob sie von selbst wüßten, wo sie hinwollten. Sie würde nie erfahren, warum er das tat.

Denn im selben Moment machte die kleine Pistole ein ploppendes Geräusch, spie blaue Blitze wie ein Dutzend ineinander übergehende Fehlzündungen, und Sammy Sal fiel hintenüber von der Strebe und war einfach weg.

Und dann rannte sie.

Superball

Yamasaki hörte Schüsse, als er dort auf dem Boden kniete, die Handgelenke mit glänzendem Kunststoff hinter der groben Metallstrebe zusammengebunden, die Skinners Wandtisch hielt. Oder war es nur das Geräusch eines hydraulischen Geräts?

Ein starker, beißender Geruch hing im Raum. Er dachte, daß es der Geruch seiner Angst sein mußte.

Seine Augen waren auf gleicher Höhe mit einem angeschlagenen weißen Teller, auf dessen Rand ein Fleck Avocadomus braun wurde.

»Hab ihm gesagt, was ich habe.« Skinner kam mit seinen hinter dem Rücken gefesselten Händen mühsam auf die Beine. »Wollte er nicht. Die wollen das, was sie wollen, stimmt's?« Der kleine Fernseher rutschte vom Bettrand und krachte auf den Boden. Der Bildschirm flog heraus; er hing an einem regenbogenfarbenen flachen Kabelband. »Scheiße.« Er schwankte und zuckte zusammen, als er seine schlimme Hüfte belastete, und Yamasaki dachte, daß er hinfallen würde; Skinner tat einen Schritt, dann noch einen, wobei er sich vorbeugte, um das Gleichgewicht zu halten.

Yamasaki zerrte an den Plastikfesseln und jaulte auf, als er merkte, wie sie sich zusammenzogen. Wie etwas Lebendiges.

»Wenn du an denen zerrst oder drehst«, sagte Skinner hinter ihm, »werden die Scheißdinger nur enger. Solche hatten die Bullen früher immer dabei. Ist dann als verfassungswidrig verboten worden.« Es gab einen

Krach, der den Raum erbeben und das Licht flackern ließ. Yamasaki schaute über die Schulter nach hinten und sah Skinner vorgebeugt und mit halb angezogenen Knien am Boden sitzen. »Da ist 'n Zwanziger-Bolzenschneider drin«, sagte der alte Mann und deutete mit dem linken Fuß auf einen zerbeulten, von Rost zernarbten grünen Werkzeugkasten. »Damit wird's gehen, wenn ich ihn rauskriege.« Yamasaki beobachtete, wie er seine Zehen durch die Löcher in den zerrisse-nen grauen Socken zu schieben begann. »Weiß nicht genau, ob ich mit denen noch was ausrichten kann, wenn ich das Ding erst mal ...« Er hielt inne. Sah Yamasaki an. »Hab 'ne bessere Idee. Wird dir aber nicht gefallen.«

»Skinner-san?«

»Sieh dir mal die Stütze an.«

Verfärbte Kleckse von Schweißelektroden hielten das Ding zusammen, aber es sah durchaus stabil aus. Er zählte die nicht zueinander passenden Köpfe von neun Schrauben. Die diagonale Strebe selbst schien aus dünnen Unterlegscheiben zu bestehen, die auf einem rostigen Draht aufgezogen waren.

»Die hab ich gebaut«, sagte Skinner. »Sind drei Teile vom Blatt einer Fabriksäge. Hab die Zähne nicht abgeschliffen. Sind oben dran.«

Yamasakis Fingerspitzen fuhren über verborgene Unebenheiten.

»Ist 'n Versuch wert, Scooter. War aber völlig stumpf, das Ding. Deshalb hab ich's dafür benutzt.«

»Ich säge Kunststoff?« Er hob seine Handgelenke.

»Warte noch. Dieses verrückte Zeug mag's gar nicht, wenn man dran rumsägt. Du mußt schnell durchkommen, sonst zieht es sich bis auf den Knochen zusammen. *Warte,* hab ich gesagt ...«

Yamasaki erstarrte. Er schaute nach hinten.

»Du bist zu nah am Mittelpunkt. Wenn du's da durchsägst, hast du 'nen Ring um jedes Handgelenk, und die Scheißdinger werden *trotzdem* enger. Du mußt so dicht an einer Seite wie möglich durch, dann kommst du her und schneidest das andere Teil mit dem Bolzenschneider durch, bevor es dich fertigmacht. Ich werd versuchen, den hier aufzukriegen ...« Skinner stieß den Kasten mit den Zehen an. Er klapperte.

Yamasaki ging mit dem Gesicht dicht an die rote Fessel heran. Sie hatte einen schwachen medizinischen Geruch. Er holte Luft, biß die Zähne zusammen und sägte wie wild mit den Handgelenken. Das Ding begann sich zusammenzuziehen. Eisenbänder, ein glühender, unerträglicher Schmerz. Er erinnerte sich an Loveless' Hand um sein Handgelenk.

»*Mach* schon«, sagte Skinner.

Der Kunststoff riß mit einem absurd lauten Knall, wie ein Soundeffekt in einem Zeichentrickfilm für Kinder. Er war frei, und das rote Band um sein linkes Handgelenk lockerte sich einen Moment lang, als es den Rest der Masse absorbierte.

»Scooter!«

Es wurde enger. Er krabbelte zum Werkzeugkasten und sah erstaunt, daß er offen war, als Skinner ihn mit dem Absatz umstieß und hundert Werkzeugteile aus Metall auf den Boden rollen ließ.

»Blaue Griffe!«

Der Bolzenschneider war lang und sperrig, und seine Griffe waren mit schmierigem blauen Klebeband umwickelt. Er sah, wie das rote Band enger wurde und in seine Haut einzusinken begann. Fummelte den Bolzenschneider mit einer Hand aus dem Durcheinander, grub seine Scheren blindlings in sein Handgelenk und legte sein ganzes Gewicht auf den oberen Griff. Ein kurzer stechender Schmerz.

Der Knall.

Skinner stieß Luft zwischen den Lippen aus, ein langer, leiser Laut der Erleichterung. »Bist du okay?«

Yamasaki schaute auf seine Handgelenke. Im linken war eine tiefe, bläuliche Furche. Sie begann zu bluten, aber nicht schlimmer, als er erwartet hätte. Das andere war von der Säge angeritzt worden. Er ließ den Blick über den Boden schweifen und suchte nach den Resten der Fessel.

»Jetzt meine«, sagte Skinner. »Aber hak das Ding unter den Kunststoff, okay? Versuch, mir kein Stück Fleisch abzukneifen. Und mach die zweite *schnell* auf.«

Yamasaki testete den Bolzenschneider, kniete sich hinter Skinner und schob eine Schere unter den Kunststoff am rechten Handgelenk des alten Mannes. Die Haut dort war durchscheinend, fleckig und verfärbt, die Venen geschwollen und kringelig. Der Kunststoff ließ sich mühelos zerschneiden; er riß mit dem gleichen absurden Geräusch und schnellte sofort zu Skinners anderem Handgelenk hinüber, wobei er sich wie etwas Lebendiges wand. Er trennte ihn durch, bevor er sich zusammenziehen konnte, aber diesmal verschwand er einfach mit dem Comic-Knall.

Yamasaki starrte auf die Stelle, wo die Fessel gewesen war.

»Katey, verriegel die Tür!« brüllte Skinner.

»Was?«

»Sperr die verdammte Luke zu!«

Yamasaki krabbelte auf Händen und Knien über den Boden, ließ die Klappe herunter und verriegelte sie mit einem flachen Ding aus matter Bronze, das einmal zu einem Schiff gehört haben mochte. »Das Mädchen«, sagte er mit einem Blick nach hinten zu Skinner.

»Die kann *anklopfen*«, sagte Skinner. »Willst du den Idioten mit der Kanone wieder hier drin haben?«

Das wollte Yamasaki nicht. Er schaute zur Luke in der Decke hinauf. Sie stand jetzt offen.

»Geh rauf und schau nach dem Homo.«

»Skinner-san? Verzeihung?«

»Die große Schwuchtel. Der Schwarze da oben.«

Ohne zu verstehen, wovon oder von wem Skinner redete, kletterte Yamasaki die Leiter hinauf. Eine

Windbö trieb ihm Regen ins Gesicht, als er den Kopf durch die Öffnung steckte. Er war auf einmal zutiefst überzeugt, hoch oben auf einem alten Schiff zu sein, einem schwarzen, eisernen Schoner, der hilflos in dunkler See trieb, mit zerrissenen Plastiksegeln, einer wahnsinnigen oder toten Mannschaft und Skinner als umnachtetem Kapitän, der aus seiner Kabine unten Befehle heraufbrüllte.

»Niemand hier, Skinner-san!«

Der Regen stürzte in Strömen herab und verbarg die Lichter der Stadt.

Yamasaki zog den Kopf zurück, tastete nach der Klappe und schloß sie über sich. Er schob den Riegel vor und wünschte, er wäre aus stärkerem Material.

Er stieg die Leiter hinunter.

Skinner war auf den Beinen und taumelte zu seinem Bett. »Scheiße«, sagte er, »jemand hat meinen Fernseher kaputtgemacht.« Er stürzte vornüber auf die Matratze.

»Skinner?«

Yamasaki kniete neben dem Bett nieder. Skinners Augen waren geschlossen, sein Atem ging flach und schnell. Seine linke Hand kam hoch, und die gespreizten Finger kratzten unruhig in der verfilzten Matte weißer Haare im offenen Kragen seines abgetragenen Flanellhemds. Yamasaki bemerkte den sauren Gestank von Urin über dem beißenden Geruch des Explosivstoffs, der Loveless' Kugel herausgeschleudert hatte. Er warf einen Blick auf Skinners Jeans, auf die blaue, vom vielen Tragen ergraute Farbe, die dauerhaft eingegrabenen Knitterfalten und den schwachen, fettigen Glanz, und er sah, daß Skinner sich naßgemacht hatte.

Er stand eine ganze Weile da und wußte nicht, was er tun sollte. Schließlich setzte er sich auf den farbfleckigen Hocker neben dem kleinen Tisch, unter dem er gerade eben noch als Gefangener gehockt hatte. Er fuhr mit den Fingerspitzen über die Zähne des Sägeblatts. Als er nach unten schaute, sah er eine hübsche rote Kugel. Sie lag auf dem Boden, neben seinem rechten Fuß.

Er hob sie auf. Eine glänzende Murmel aus scharlachrotem Kunststoff, kühl und ein wenig nachgiebig. Eine der Fesseln, entweder seine oder die von Skinner.

Er saß da, beobachtete Skinner und lauschte dem Ächzen der Brücke im Sturm, einer seltsamen Musik, die von den Trossenbündeln ausging. Er wollte das Ohr darandrücken, aber eine Furcht, die er nicht benennen konnte, hielt ihn davon ab.

Skinner wachte einmal auf, oder jedenfalls schien es so; er versuchte, sich aufzusetzen, und rief nach jemandem – nach dem Mädchen, vermutete Yamasaki.

»Sie ist nicht da«, sagte er. Seine Hand lag auf Skinners Schulter. »Erinnern Sie sich nicht?«

»War lange nicht mehr da«, sagte Skinner. »Zwanzig, dreißig Jahre lang. Dieses Miststück. Die Zeit.«

»Skinner?«

»Die Zeit. Das ist das *hinterfotzigste Miststück*, stimmt's?«

Yamasaki hielt dem alten Mann die rote Kugel vor die Nase. »Schauen Sie, Skinner. Sehen Sie, was ist geworden?«

»'n Superball«, sagte Skinner.

»Skinner-san?«

»Na los, verdammt, laß ihn springen, Scooter!« Er schloß die Augen. »Aber *hoch* ...!«

Die große Leere

Ich schwör's bei Gott«, sagte Nigel, »dieses Scheißding hat sich grade *bewegt*.«

Chevette spürte mit geschlossenen Augen, wie sich der stumpfe Rücken des keramischen Messers in ihr Handgelenk grub. Es gab ein Geräusch, als ob ein Schlauch platzte, den man zu oft geflickt hatte, und dann war ihr Handgelenk frei.

»Shit. Du lieber Himmel...« Seine Hände waren grob und flink. Chevettes Augen öffneten sich, als es ein zweites Mal knallte, und ein rotes, verschwommenes Ding schoß zwischen dem aufgestapelten Schrott hin und her. Nigels Kopf folgte ihm wie der ausbalancierte Kopf des Gipshundes, den Skinner einmal irgendwo gefunden und ihr mitgegeben hatte, damit sie ihn unten verkaufte.

Jede Wand in diesem kleinen Raum war mit Metall, auseinandergelöteten Stücken von alten Reynolds-Rohren und staubigen Marmeladengläsern voll rostender Speichen vollgestellt. Nigels Werkstatt, in der er Karren baute und an den kaputten Rädern rumbastelte, die man ihm brachte. Der Lachsköder, der ihm von seinem linken Ohr runterhing, tickte im Gegenrhythmus zu seinem hin- und herpendelnden Kopf und klingelte, als er das Ding mitten in der Luft fing. Ein Ball aus rotem Kunststoff.

»Mann«, sagte er beeindruckt, »wer hat dir *das* denn verpaßt?«

Chevette stand auf und erschauerte. Das Zittern

durchlief sie wie etwas Lebendiges, so, wie sich diese roten Armbänder bewegt hatten.

Sie fühlte sich jetzt genauso wie an dem Tag, als sie zum Wohnwagen zurückgekommen war und festgestellt hatte, daß ihre Mutter ihre Sachen gepackt hatte und verschwunden war. Keine Nachricht, nur eine Dose Ravioli in einem Topf auf dem Herd, und der Dosenöffner daneben. Sie hatte diese Ravioli nicht gegessen; sie hatte seither nie wieder welche gegessen, und sie wußte, daß sie es auch nie mehr tun würde.

Aber damals war dieses Gefühl gekommen und hatte alles andere verschlungen. Es war so groß, daß man eigentlich nicht beweisen konnte, daß es da war, außer durch eine Arithmetik des Nichtvorhandenseins und die Erinnerung an bessere Zeiten. Und was immer es war, sie hatte sich in dem Gefühl von einem Punkt zum anderen bewegt, bis sie hinter diesem Zaun in Beaverton gelandet war, an einem Ort, der so schlimm war, daß er wie eine Glasscherbe an der großen Leere rieb. Und dadurch hatte sie dieses Ding mehr und mehr wahrgenommen, das die Welt verschlungen hatte, obwohl es nur ganz knapp sichtbar war, und auch nur bei raschen Seitenblicken. Nicht so sehr ein Gefühl, als vielmehr eine Form von Gas, etwas, das sie fast riechen konnte, ganz hinten im Rachen, etwas das kalt und träge in den Räumen auf ihrem weiteren Weg hing.

»Bist du okay?« Nigel, die fettigen Haare in den Augen, den roten Ball in der Hand, einen Cocktailsticker mit einem Sträußchen aus bernsteinfarbenem Zellophan im Mundwinkel.

Sie hatte sich lange gefragt, ob das Fieber es nicht vielleicht weggebrannt hatte, ob es nicht zufällig den Schaltkreis in ihr durchgeschmort hatte, mit dem es gekoppelt war. Als sie sich an die Brücke, an Skinner, an die Arbeit als Botin bei Allied gewöhnt hatte, war es ihr mit der Zeit so vorgekommen, als ob die Leere mit normalen Dingen aufgefüllt würde, als ob eine vollständig neue Welt in der Fassung der alten herangewachsen wäre und ein Tag in den anderen überginge – ob sie im Dissidenten tanzte, die ganze Nacht herumsaß und mit ihren Freundinnen redete oder eingekuschelt in ihrem Schlafsack in Skinners Bude schlief, wo der Wind die Sperrholzwände scheuerte und die Trossen summend in den Fels hinabliefen, der wie ein ganz besonders träges Meer wogte (das hatte Skinner jedenfalls gesagt).

Jetzt war all das zerstört.

»Vette?«

Diese Springerin, die sie gesehen hatte, die man mit einem hellen Plastikhaken aus dem Wasser zog und die dann über dem Rand eines Schlauchboots hing, weiß und schlaff, während ihr Wasser aus Mund und Nase rann. Man brach oder verrenkte sich sämtliche Knochen, hatte Skinner gesagt, wenn man richtig aufschlug. Sie war nackt durch die Bar gerannt, war per Kopfsprung von einem der mit Touristen besetzten Tische vorne am Geländer hinausgesprungen und hatte sich dann in Harus neonbuntem Fischernetz mit den imitierten japanischen Korken verfangen. Und trieb Sammy Sal jetzt nicht genauso da unten, vielleicht bereits jenseits der Todeszone, die den Fisch in den Jahren verscheucht hatte, als dort das giftige Blei unzähliger Farbschichten angefallen war, hinaus in die Strömung, die die Toten der Brücke am Mission Rock vorbeitrug, wie es hieß, und sie zu Füßen der Reichen mit ihren Mikropore-Klamotten anspülte, die an der Betonküste des China Basin joggten?

Chevette beugte sich vor und übergab sich. Es gelang ihr, das meiste in eine offene, leere Lackdose zu spucken, deren Rand eine dicke Schorfschicht der grauen Grundierfarbe trug, mit der Nigel seine nicht ganz einwandfreien Flickstellen ausbesserte.

»He, he.« Nigel tanzte um sie herum, wobei er es auf

seine schüchterne, bärenhafte Weise vermied, sie zu berühren; seine großen Hände hingen über ihr in der Luft. Er hatte Angst, daß sie krank sei, und fürchtete zugleich, daß sie ihm auf seine Arbeiten kotzen könnte, was ihn möglicherweise zwingen würde, sein winziges Nest doch einmal dem noch nie dagewesenen Akt einer gründlichen Reinigung zu unterziehen, statt es bloß aufzuräumen. »Wasser? Willst du Wasser?« Er hielt ihr die alte Kaffeedose hin, in der er heißes Metall ablöschte. Eine ölige Schicht schwamm darauf wie Benzin an einem Kai, und es wäre ihr beinahe erneut hochgekommen. Statt dessen setzte sie sich hin.

Sammy Sal tot, und Skinner vielleicht auch. Er und dieser Student, die beide dort oben mit den Kunststoffwürmern gefesselt waren.

»Chev?« Er hatte die Kaffeedose weggestellt und bot ihr statt dessen eine offene Bierdose an. Sie winkte hustend ab.

Nigel trat von einem Fuß auf den anderen, drehte sich dann um und spähte durch die dreieckige Plexiglasscherbe hinaus, die ihm als einziges Fenster diente. Sie vibrierte im Wind. »Ganz schöner Sturm«, sagte er, als wäre er froh, feststellen zu können, daß sich die Welt draußen überhaupt auf einem erkennbaren Kurs weiterbewegte, wie bedrohlich der auch sein mochte, »und wie das schüttet.«

Als sie von Skinners Behausung und vor der Waffe in der Hand des Killers wegrannte, vor seinen Augen und dem Gold in den Winkeln seines Lächelns, tief gebückt, um trotz ihrer gefesselten Hände und des Etuis mit der Brille von dem Arschloch, das sie hielten, das Gleichgewicht nicht zu verlieren, hatte Chevette gesehen, daß die anderen auch alle rannten, offenbar im Wettlauf mit der einsetzenden Ruhe vor dem Sturm. Der erste Regenguß, der sie traf, war beinahe warm. Skinner würde gewußt haben, daß er kommen würde; er würde das Barometer in dem kitschigen Holzrahmen beobachtet haben, der wie das Steuerrad eines alten Bootes aussah; er kannte sein Wetter, der alte Skinner, der dort in seiner Schachtel hoch oben auf der Brücke hockte. Vielleicht wußten die anderen ebenfalls Bescheid, aber hier gehörte es zum Stil, abzuwarten und dann loszurennen; hier harrte man wegen eines letzten Verkaufs, eines weiteren Joints oder eines kleinen Geschäfts aus. Die Stunde vor einem Gewitter war gut für so was; die Leute tätigten nervöse Käufe und setzten sich dabei über die Unsicherheit hinweg, mit der sie ansonsten durchaus leben konnten. Ein paar gingen jedoch verloren, wenn das Unwetter heftig genug war, und nicht immer nur die nicht Etablierten, die Neuankömmlinge, die sich mitsamt ihrem zerlumpten Gepäck an irgendeinem freien Platz festbanden, den sie sich in der äußeren Struktur erobert haben mochten; manchmal flog ein ganzer Abschnitt des Flickwerks einfach davon, wenn der Wind ihn richtig erfaßte; sie hatte so etwas noch nicht gesehen, aber es gab Geschichten darüber. Nichts hinderte die Neuen daran, zwischen den beiden Ebenen Zuflucht zu suchen, aber sie taten es nur selten.

Sie wischte sich den Mund mit dem Handrücken ab und nahm das Bier von Nigel entgegen. Sie trank einen Schluck. Es war warm. Sie gab es ihm zurück. Er nahm den Sticker aus dem Mund, hob die Dose hoch, um einen Schluck zu trinken, überlegte es sich anders und stellte sie neben seinen Schweißbrenner.

»Irgendwas stimmt nicht«, sagte er. »Das merke ich doch.«

Sie massierte ihre Handgelenke. Zwei Ringe mit einem Ausschlag bildeten sich dort, wo der Kunststoff sie umklammert hatte. Sie nahm das keramische Messer und klappte es automatisch zu.

»Ja«, sagte sie, »ja. Irgendwas stimmt nicht ...«

»*Was* stimmt denn nicht, Chevette?« Er schüttelte sich die Haare aus den Augen wie ein besorgter Hund.

Seine Finger fuhren nervös über das Werkzeug. Seine Hände waren wie blasse, schmutzige Tiere, die auf ihre stumme, agile Weise fähig waren, Probleme zu lösen, die ihn selbst hoffnungslos überfordert hätten. »Dieser Japsenscheiß ist dir zu Bruch gegangen«, entschied er, »und jetzt bist voll genervt …«

»Nein«, sagte sie, ohne ihm richtig zuzuhören.

»Für 'n Botenrad braucht man Stahl. Gewicht. 'n großen Korb vorne dran. Keine Pappe mit beknacktem Aramidscheiß drumrum, die ungefähr so viel wiegt wie 'n Sandwich. Was ist, wenn du mit 'nem B-bus zusammenstößt? Wenn du dem hinten reinfährst? Du hast mehr M-masse als das Rad, du k-knallst vorn rüber und b-brichst dir … brichst dir den …« Seine Hände verschlangen sich, als er sich den Ablauf des Unfalls, den er vor sich sah, genauer auszumalen versuchte. Chevette blickte auf und sah, daß er zitterte.

»Nigel«, sagte sie und stand auf, »das Ding hat mir jemand nur so zum Spaß verpaßt, verstehst du?«

»Es hat sich *bewegt*«, sagte er. »Das hab ich gesehen.«

»Naja, war kein so guter Spaß, okay? Aber ich wußte, wohin ich gehen mußte. Zu dir, stimmt's? Und du hast es abgemacht.«

Nigel schüttelte sich die Haare wieder in die Augen, schüchtern und erfreut. »Du hast dieses Messer gehabt. Schneidet gut.« Dann runzelte er die Stirn. »Du brauchst 'n *Stahl*messer …«

»Ich weiß«, sagte sie. »Ich muß jetzt los.« Sie bückte sich, um die Lackdose aufzuheben. »Ich werf das weg. Tut mir leid.«

»Es gibt 'n Gewitter«, sagte Nigel. »Geh lieber nicht raus.«

»Ich muß«, sagte sie. »Ich schaff's schon.« Sie dachte daran, daß er Nigel ebenfalls töten würde, wenn er sie hier fand. Er würde ihm weh tun. Ihm Angst machen.

»Ich hab sie abgeschnitten.« Er hielt den roten Ball hoch.

»Sieh zu, daß du das los wirst«, sagte sie.
»Warum?«
»Schau dir diesen Ausschlag an.«
Nigel ließ den Ball fallen, als ob er Gift wäre. Er hüpfte außer Sicht. Nigel wischte sich die Finger an der dreckigen Brust seines T-Shirts ab.
»Nigel, hast du 'nen Schraubenzieher, den du mir geben kannst? Einen für Kreuzschrauben?«
»Meine sind alle abgenutzt…« Die weißen Tiere liefen über eine Unmenge von Werkzeugen, froh, etwas jagen zu können, während Nigel sie ernst beobachtete. »Ich werf die Kreuzschrauben immer weg, sobald ich sie raushabe. Sechskantschrauben sind am besten…«
»Ich will einen *haben*, der ganz abgenutzt ist.«
Die rechte Hand stieß nieder und kam mit ihrer Beute hoch, die einen schwarzen Griff hatte und leicht verbogen war.
»Der ist gut«, sagte sie und machte den Reißverschluß von Skinners Jacke auf.
Beide Hände hielten ihn ihr hin. Nigels Augen verbargen sich hinter seinen Haaren und betrachteten sie. »Ich … mag dich, Chevette.«
»Ich weiß«, sagte sie mit der Lackdose voll Kotze in der einen und dem Schraubenzieher in der anderen Hand. »Ich weiß.«

Abgelenkt von dem Flickwerk aus Kunststoff, das die obere Ebene überdachte, folgte der Regen Abwasserleitungen und Stromkabeln, die oben in den merkwürdigsten Winkeln austraten, und sammelte sich zu willkürlichen Wasserfällen, Miniatur-Niagaras, die von Wellblech und Sperrholz herabstürzten. Vom Eingang zu Nigels Werkstatt aus sah Chevette eine Markise zusammenbrechen; Massen silbernen Wassers ergossen sich mit einem Schlag aus einer straffen Höhlung, einer prallvollen Segeltuchwanne, die mit einem scharfen Knacken nachgab und sich sofort in etliche Meter flatternden, patschnassen Stoff verwandelte. Nichts hier war in einem umfassenderen Sinn geplant, und mit Drainageproblemen befaßte man sich, wenn sie auftraten. Oder vielmehr, man ließ es eher bleiben.

Die meisten Lichter waren aus, wie sie sah, aber das konnte daran liegen, daß die Leute sie ausgemacht hatten, daß sie so viele Stecker wie möglich rausgezogen hatten. Doch dann sah sie gerade eben noch den äußersten Rand des unheimlichen pinkfarbenen Blitzes, den es gab, wenn ein Transformator durchbrannte, und sie hörte den lauten Knall. Draußen, Richtung Treasure. Das war das Ende für die meisten noch verbliebenen Lichter, und plötzlich stand sie nahezu im Dunkeln. Kein Mensch war zu sehen, absolut niemand. Nur eine Hundert-Watt-Birne in einer orangefarbenen Plastikfassung, die im Wind hin- und herschaukelte.

Sie ging in die Mitte der Ebene hinaus und versuchte, auf heruntergefallene Kabel zu achten. Sie erinnerte sich an die Dose in ihrer Hand und warf sie zur Seite, hörte, wie sie aufschlug und ein Stück rollte.

Sie dachte an ihr Rad, das mit leeren Kondensatoren im Regen lag. Jemand würde es garantiert klauen, und das von Sammy Sal auch. Es war das Tollste und Wertvollste, was sie je besessen hatte, und sie hatte sich jeden Dollar, den sie bei City Wheels auf den Tresen gelegt hatte, selber verdient. Sie sah das Rad nicht als ein *Ding*, sondern eher so, wie die Leute ihrer Meinung nach Pferde betrachteten. Es gab Kuriere, die ihren Fahrrädern Namen gaben, aber das hätte Chevette nie getan, und zwar irgendwie gerade deshalb nicht, weil das Rad für sie *wirklich* etwas Lebendiges war.

Proj, sagte sie zu sich selbst, die kriegen dich, wenn du hierbleibst. Sie kehrte San Francisco den Rücken und machte sich auf den Weg Richtung Treasure.

Wer, die? Der mit der Knarre. Der wegen der Brille gekommen war. Er war wegen der Brille gekommen und hatte Sammy getötet. War er von den Leuten geschickt, die Bunny und Wilson, den Eigentümer, angerufen hatten? Privatcops. Sicherheitsbullen.

Das Etui in ihrer Tasche. Glatt. Und dieser unheimliche Trickfilm von der Stadt, diese Türme, die oben breiter wurden. Wie Sonnenblumen.

Sunflower.

»Lieber Gott«, sagte sie, »wohin? Wo soll ich bloß *hin*?«

Nach Treasure, wo die Wolfsmenschen und die Todesfreaks herumstrichen, die bösartigen Irren, die von der Brücke verjagt worden waren und jetzt die Wälder da drüben unsicher machten? Sei früher mal eine Navy-Basis gewesen, sagte Skinner, aber kurz nach dem Little Grande hätte eine Seuche allem ein Ende gemacht, eine Seuche, die die Augen in Matsch verwandelte, und dann fielen einem die Zähne aus. Das Treasure-Island-Fieber, vielleicht irgendwas, das auf dem Navy-Gelände nach dem Erdbeben aus einem Kanister entwichen war. Deshalb ging da jetzt keiner mehr hin, jedenfalls kein normaler Mensch. Manchmal sah man nachts ihre Feuer und bei Tag den Rauch, und man ging schnurstracks zum Oaklandbogen hinüber, zu dem Ausleger, aber die Leute, die *dort* lebten, waren eigentlich nicht die gleichen wie die Leute hier auf der Hängebrücke.

Oder sollte sie umkehren und versuchen, ihr Fahrrad zu holen? Eine Stunde Fahrt, dann wären die Bremsen wieder geladen. Sie sah sich einfach nur fahren, vielleicht nach Osten, immer tiefer hinein, in das Land dort, wie es auch sein mochte – Wüsten, wie man sie im Fernsehen sah, dann flache, große Farmen, wo große Maschinen in Reih und Glied angerollt kamen und ihre Arbeit verrichteten. Aber dann fiel ihr die Straße von Oregon hierher wieder ein, die Trucks, die in der Nacht vorbeizogen, knurrend wie tollwütige Tiere, die sich verirrt hatten, und sie stellte sich vor, wie es wäre, diese Straße entlangzufahren. Nein, auf einer Straße wie der war kein *Platz*, nichts, was menschliche Dimensionen hatte, und kaum je auch nur ein Licht in all den Feldern der Dunkelheit. Dort konnte man endlos weit laufen, immer weiter, ohne je irgendwohin zu gelangen, nicht mal an einen Ort, wo man sich hinsetzen konnte. Mit einem Rad würde sie da draußen nirgends hinkommen.

Oder sie konnte zu Skinner zurück. Sie konnte hinaufklettern und nachschauen … Nein. Diesem Gedanken schob sie sofort einen Riegel vor.

Die Leere stieg aus den regengepeitschten Schatten auf wie ein Gas, und sie hielt die Luft an, um sie nicht einzuatmen.

So war das, wenn man Dinge verlor – es war, als ob man dann zum ersten Mal bemerkte, daß man sie vorher gehabt hatte. Die Mutter mußte sich aus dem Staub machen, damit man merkte, daß sie überhaupt dagewesen war, denn sonst *war* sie dieser Ort, einfach alles, wie das Wetter. Und Skinner und der Coleman-Kocher und das Öl, das sie in das kleine Loch gießen mußte, damit die Lederdichtung weich blieb und die Pumpe arbeitete. Man wachte nicht jeden Morgen auf und sagte *ja* und *ja* zu jedem kleinen Ding. Aber alles bestand aus solchen kleinen Dingen. Allein schon, jemanden zu sehen, wenn man aufwachte. Oder Lowell. Als sie Lowell gehabt hatte – falls man das so sagen konnte, obwohl sie vermutete, daß es eigentlich nicht zutraf –, aber als er dagewesen war, war er ein bißchen so was gewesen …

»Chev? Bist du das?«

Und da war er. Lowell. Saß im Schneidersitz auf einem rostigen Kühlapparat mit dem Schriftzug SHRIMP vorne drauf, rauchte eine Zigarette und sah zu, wie der Regen von der Markise des Shrimpmanns triefte. Sie hatte ihn seit drei Wochen nicht mehr gesehen, und das einzige, woran sie denken konnte, war, daß sie wirklich total beschissen aussehen mußte. Dieser kleine

Skinhead, den sie Codes nannten, saß neben ihm, die schwarze Kapuze eines Sweatshirts auf dem Kopf und die Hände in den langen Ärmeln verborgen. Codes hatte sie noch nie leiden können.

Aber Lowell grinste um die Glut seiner Zigarette herum. »Na«, meinte er, »sagst du nun ›hallo‹, oder was?«

»Hallo«, sagte Chevette.

Kognitive Dissidenten

Rydell glaubte nicht so recht an die ganze Brückengeschichte, und noch weniger daran, was Freddie im Lebensmittelmarkt und auf dem Rückweg von North Beach zu dem Thema zu sagen gehabt hatte. Ihm fiel immer wieder die Dokumentation ein, die er in Knoxville gesehen hatte, und er war ziemlich sicher, daß darin kein Wort über Kannibalen und Sekten gefallen war. Er dachte, daß Freddie ihm das einreden wollte, weil er – Rydell – derjenige war, der dort hinausgehen und dieses Mädchen holen sollte, diese Chevette Washington.

Und jetzt, wo er tatsächlich draußen auf der Brücke war und beobachtete, wie die Leute in aller Eile ihre Sachen vor dem Unwetter in Sicherheit brachten, hatte sie noch weniger Ähnlichkeit mit Freddies Horrorgeschichten. Sie sah aus wie ein Rummelplatz oder so. Oder wie die Mittelstraße eines Jahrmarkts, nur daß sie auf der oberen Ebene von verrückten kleinen Hütten – nichts weiter als Schachteln – und ganzen Hauscaravans überdacht war, die in die Aufhängung hochgezogen und dort mit großen Klebstoffklumpen angepappt waren, wie Heuschrecken in einem Spinnennetz. Zwischen den beiden ursprünglichen Ebenen konnte man durch Löcher auf und ab steigen, die sie in die obere Ebene geschnitten hatten. Darunter waren alle möglichen Arten von Treppen eingebaut, aus Sperrholz und aus geschweißtem Stahl, und unter einem Durchlaß sah er sogar eine alte Flugzeug-Gangway, die einfach mit platten Reifen da rumstand.

Auf der unteren Ebene kam man zunächst an einem Haufen Imbißwagen vorbei, dann waren da hauptsächlich Bars, die kleinsten, die Rydell je gesehen hatte; in manchen gab es nur vier Hocker und nicht mal eine Tür, sondern nur einen großen Rolladen, den man runterziehen und abschließen konnte.

Aber nichts von alledem basierte auf irgendeinem Plan; jedenfalls nicht, soweit er sah. Anders als in einem Einkaufszentrum, wo man ein Geschäft in eine kleine Lücke quetschte und abwartete, ob es ging oder nicht. Dieser Ort hier sah aus, als ob er einfach *gewachsen* wäre – eins war ans andere geklebt worden, bis der ganze Brückenbogen von dieser formlosen, kunterbunten *Masse* umhüllt war, und keine zwei Stücke paßten zusammen. Wohin man auch schaute, immer sah man andere Materialien, und keines wurde seinem ursprünglichen Verwendungszweck entsprechend benutzt. Er kam an Ständen mit Fassaden aus türkisem Resopal, falschem Mauerwerk und Scherben zerbrochener Kacheln vorbei, die zu Strudeln, Sonneneruptionen und Blumen angeordnet waren. Ein bereits geschlossener Laden war mit grünen und kupferfarbenen Leerplatinen tapeziert.

Er ertappte sich dabei, wie er über all das grinste, auch über die Leute, die ihm nicht die geringste Aufmerksamkeit schenkten, weder kannibalistisch noch sonst. Sie schienen genauso wild zusammengewürfelt zu sein wie ihre Baumaterialien: alle Altersstufen, Rassen und Hautfarben, und alle rannten sie vor dem Unwetter davon, das jetzt ganz eindeutig im Anzug war; der Wind frischte auf, als Rydell sich zwischen Karren und alten Damen hindurchschlängelte, die Strohkoffer schleppten. Ein kleiner Junge, der mit einem großen roten Feuerlöscher in den Armen dahinstolperte, lief ihm gegen die Beine. Rydell hatte noch nie ein Kind mit solchen Tätowierungen gesehen. Der Junge sagte etwas in einer anderen Sprache und war dann verschwunden.

Rydell blieb stehen und holte Warbabys Karte aus seiner Jackentasche. Sie zeigte, wo das Mädchen wohnte und wie man da raufkam. Ganz oben auf dem Dach von dem verdammten Ding, in einer kleinen Hütte auf der Spitze eines der Türme, von denen die Kabel runtergingen. Warbaby hatte eine schöne Handschrift, richtig anmutig, und er hatte die Karte im Fond des Patriot gezeichnet und für Rydell beschriftet. Die Treppe, dann ging man den Steg entlang und nahm einen Lift oder so was ähnliches.

Es würde aber ein hartes Stück Arbeit sein, diese erste Treppe zu finden, denn als er sich jetzt umschaute, sah er zahllose schmale, kleine Treppen, die sich zwischen Ständen und verschlossenen Winzig-Bars aufwärts wanden, und zwar ohne jedes System. Er vermutete, daß sie allesamt in das gleiche Rattennest hinaufführten, aber es gab keine Garantie, daß sie alle miteinander verbunden waren.

Dann übermannte ihn die Erschöpfung, und er wollte nur noch wissen, wo und wann er schlafen konnte, und worum ging es überhaupt bei diesem ganzen Quatsch? In was hatte er sich da von Hernandez reinziehen lassen?

In diesem Moment schlug der Regen zu, der Wind steigerte seine Geschwindigkeit um ein paar Knoten, und die Bewohner der Brücke gingen nun wirklich in Deckung und überließen Rydell, der sich in der Lücke zwischen ein paar altmodischen japanischen Automaten zusammenkauerte, seinem Schicksal. Die Gesamtkonstruktion, wenn man es so nennen konnte, war so porös, daß sie jede Menge Regen hereinließ, aber auch so groß und schwerfällig, daß ihr der Wind ernsthaft zu schaffen machte. Das ganze Ding begann zu knarren, zu knacken und irgendwie zu stöhnen. Und immer mehr Lichter gingen aus.

Er sah weiße Funken stieben, und ein Leitungskabel kam aus dem wahnwitzigen Durcheinander herunter. Jemand brüllte etwas, aber die Worte wurden vom Wind weggerissen, und er konnte sie nicht verstehen. Er schaute nach unten und sah Wasser um seine Kampfstiefel hochsteigen. Nicht gut, dachte er; Pfützen, nasse Schuhe, Wechselstrom.

Neben dem einen Automaten war ein Obststand, aus erbeutetem Holz zusammengehauen wie eine Kinderfestung – doch er stand auf einer Art Podest, das fünfzehn Zentimeter hoch war, und dort sah es trocken aus. Rydell kauerte sich auf das Podest und nahm die Füße aus dem Wasser. Es roch nach überreifen Mandarinen, aber es war weitgehend trocken, und der Automat hielt den meisten Wind ab.

Er zog seine Jacke so weit zu, wie es ging, schob die Fäuste in die Taschen und dachte an ein heißes Bad und ein trockenes Bett. Er dachte an seinen Futon-Mouth-Futon unten in Mar Vista und bekam tatsächlich Heimweh. Herrgott, dachte er, demnächst vermisse ich auch noch diese Blumenaufkleber.

Eine Segeltuchmarkise kam herunter. Ihre Holzstützen knickten wie Zahnstocher, und sie schüttete Unmengen Regenwasser aus. Und genau in diesem Augenblick sah er sie, Chevette Washington, direkt da draußen vor seinen Augen. Er glaubte zu träumen. Keine sechs Meter entfernt. Sie stand einfach so da.

Damals, als sein Vater nach Florida gezogen und krank geworden war, hatte Rydell dort eine Freundin gehabt, wenn man es so nennen konnte. Ihr Name war Claudia Marsalis, sie war aus Boston, und ihre Mutter hatte ihr Wohnmobil auf dem gleichen Platz stehen gehabt wie Rydells Vater, ganz in der Nähe der Bucht von Tampa. Rydell war gerade im ersten Jahr auf der Akademie, kriegte aber ab und zu Urlaub, und sein Vater wußte, wie man günstig an Flugtickets rankam.

Also flog Rydell im Urlaub runter und wohnte bei seinem Vater, und abends traf er sich manchmal mit Claudia Marsalis und fuhr mit ihr im '94er Lincoln ihrer Mutter rum, der Claudia zufolge kirschrot gewesen war, als sie ihn hergebracht hatten; aber jetzt begann sich das Salz allmählich bemerkbar zu machen. In Boston war sie offenbar nur im Sommer gefahren, damit die Chemikalien den Schlitten nicht zerfraßen. Er hatte diese blauweißen MASS-HERITAGE-Schilder dran, weil er ein Liebhaberstück war. Es waren noch die altmodischen Dinger aus geprägtem Metall, die nicht von innen leuchteten.

Ging ziemlich rauh zu in diesem Teil von Tampa, wo die Straßenschilder alle wie Schweizer Käse aussahen, weil sie als Zielscheiben für Schießübungen benutzt wurden oder weil jemand bei Nacht die Würgebohrung seiner Schrotflinte an ihnen demonstrieren mußte. Und es gab in der Gegend massenweise Schrotflinten, die demonstriert werden mußten; im Fenstergestell von jedem Pickup und Geländewagen, und dazu kamen meistens noch ein paar große alte Hunde. Anfangs hackte Claudia ziemlich auf Rydell rum wegen dieser Florida-Jungs mit ihren Baseballmützen, die mit ihren Knarren und Hunden durch die Gegend fuhren. Rydell erklärte ihr, das habe nichts mit ihm zu tun, er käme aus Knoxville, und in Knoxville führen die Leute nicht rum und demonstrierten ihre Knarren. Dort schössen sie auch keine Löcher in Straßenschilder, jedenfalls nicht, wenn das Department es verhindern konnte. Aber Claudia gehörte zu den Menschen, die dachten, südlich von Washington sei alles gleich, vielleicht tat sie auch nur so, um ihn ein bißchen zu triezen.

Doch nachts roch es nach Salz und Magnolien und Sumpf, und sie fuhren mit diesem Lincoln rum, hatten die Fenster runtergekurbelt und hörten Musik. Wenn es dunkel wurde, konnte man die Lichter auf den

Schiffen und den großen Lastkähnen beobachten, die wie die langsamsten UFOs der Welt vorbeibrummten. Manchmal legten sie vielleicht auch einen schnellen, lustlosen Fick auf der Rückbank ein, aber Claudia sagte, in Florida käme man dabei einfach zu sehr ins Schwitzen, und Rydell stimmte ihr gewöhnlich zu. Es lag einfach daran, daß sie beide hier unten waren, daß sie allein waren und daß es sonst nicht viel zu tun gab.

Eines Nachts hörten sie einen Countrysender aus Georgia, und da brachten sie ›Me and Jesus 'll Whup Your Heathen Ass‹*, diese knallharte Pentecost-Metal-Nummer über Abtreibung und Ayatollahs und so was. Claudia hatte den Song noch nie gehört und hätte sich vor Lachen fast in die Hose gemacht. Sie konnte es einfach nicht glauben. Als sie sich wieder einigermaßen beruhigt und sich die Tränen aus den Augen gewischt hatte, wollte sie von Rydell wissen, warum er denn überhaupt Polizist werden wollte. Und er hatte sich dabei irgendwie unbehaglich gefühlt, weil es so war, als ob sie sein Studium an der Akademie ebenfalls komisch fände, so komisch wie diesen dämlichen Song. Aber auch deshalb, weil er darüber eigentlich noch nicht sonderlich viel nachgedacht hatte.

In Wahrheit hatte es wahrscheinlich eine Menge damit zu tun, daß er und sein Vater sich immer *Cops in Schwierigkeiten* angeschaut hatten, weil einem diese Sendung ernsthaft Respekt einflößte. Man bekam zu sehen, mit was für Problemen sich die Polizei rumschlagen mußte. Nicht bloß mit bewaffneten Schleimscheißern, die voll auf Dope waren, sondern auch mit den Anwälten dieser Schleimscheißer und den verdammten Gerichten und allem. Aber wenn er ihr erklärte, es sei wegen einer Fernsehsendung, dann würde sie darüber auch bloß lachen, das wußte er.

* Etwa ›Jesus und ich werden dir deinen Heidenarsch versohlen‹. – *Anm. d. Übers.*

Deshalb dachte er eine Weile nach und erzählte ihr, der Grund sei, daß ihm der Gedanke gefalle, Menschen helfen zu können, die wirklich in Schwierigkeiten seien. Als er das gesagt hatte, sah sie ihn bloß an.

»Berry«, sagte sie, »das ist dein voller Ernst, nicht?«

»Sicher«, erwiderte er. »Glaub schon.«

»Aber Berry, wenn du 'n Cop bist, werden die Leute dich einfach *anlügen.* Die werden dich als ihren Feind betrachten. Und sie werden überhaupt nur dann mit dir reden wollen, *wenn* sie in Schwierigkeiten sind.«

Während er fuhr, warf er ihr einen Seitenblick zu. »Wieso weißt du eigentlich so viel darüber?«

»Weil es das ist, was mein Vater macht«, sagte sie. Ende des Gesprächs. Und sie brachte das Thema nie wieder aufs Tapet.

Aber während seiner Zeit bei IntenSecure, als er Gunhead fuhr, hatte er daran gedacht, denn das war eigentlich ein Polizistenjob, nur daß er eben kein Polizist war. Die Leute, denen man helfen sollte, machten sich meistens nicht mal die Mühe, einen anzulügen, weil sie es waren, die die Rechnung bezahlten.

Und hier war er nun, auf dieser Brücke, und kroch unter einem Obststand hervor, um dem Mädchen zu folgen, das Warbaby und Freddie zufolge – denen Rydell keinen Furz weit traute, wie ihm immer klarer wurde – diesen Deutschen, oder was immer er war, in dem Hotel massakriert hatte. Und ihm die Brille geklaut hatte, die Rydell zurückholen sollte, so eine wie die von Warbaby. Aber wenn sie die vorher schon geklaut hatte, weshalb sollte sie dann später noch mal zurückkommen, um den Kerl umzubringen? Die eigentliche Frage war jedoch, was das eine mit dem anderen zu tun hatte, oder damit, daß er mit seinem Vater so oft *Cops in Schwierigkeiten* gesehen hatte. Und die Antwort war vermutlich, daß er, wie jeder andere in seiner Lage, einfach versuchte, sich seine Brötchen zu verdienen.

Dicke Regenströme kamen von verschiedenen Stellen in dem ganzen wirren Geflecht da oben herab und klatschten auf den Boden. Ein Stück von der Brücke entfernt leuchtete etwas rosarot auf, wie ein Blitz. Er glaubte zu sehen, wie sie etwas wegwarf, aber wenn er stehenblieb, um nachzusehen, was es war, würde er sie vielleicht verlieren. Sie bewegte sich jetzt, wich den Wasserfällen aus.

Die Technik der Straßenobservation war nichts, was auf der Akademie besonders geübt wurde, außer wenn man als so gutes Detektivmaterial galt, daß man eine direkt auf die Kripo-Kurse für Fortgeschrittene zugeschnittene Ausbildung bekam. Aber Rydell hatte sich trotzdem das Lehrbuch gekauft. Dummerweise wußte er von daher, daß man für so was mindestens einen Partner brauchte, vorausgesetzt, man hatte Funkgeräte und es gab ein paar Bürger, die ihren Geschäften nachgingen und einem auf diese Weise ein wenig Deckung gaben. Wenn man es so machen mußte wie er jetzt, konnte man bestenfalls darauf hoffen, der Zielperson unbemerkt nachschleichen zu können. Daß sie es war, erkannte er an der ausgeflippten Haartracht, dem Pferdeschwanz, der im Nacken hochstand wie bei einem fetten japanischen Ringer. Sie war aber nicht fett. Ihre Beine ragten aus einer großen alten Motorradjacke heraus, die ein paar Jahre in einem Schuppen gehangen haben mochte, und sahen aus, als ob sie viel Sport machen würde. Sie waren von einem engen, glänzenden, schwarzen Stoff bedeckt, der Kevins Mikropore-Outfits von Just Blow Me ähnelte, und steckten unten in irgendwelchen dunklen Stiefeln oder Schuhen mit hohen Schäften.

Er konzentrierte sich so sehr auf sie und gab sich solche Mühe, außer Sicht zu bleiben, falls sie sich umdrehte, daß er es fertigbrachte, direkt unter einen der Wasserfälle zu geraten. Das Wasser lief ihm genau in den Nacken. In diesem Moment hörte er, wie ihr jemand zurief: »Chev, bist du das?«, und er ließ sich in einer Pfütze hinter einem Stapel erbeuteter Holzstücke mit aufgeweichtem Putz dran auf ein Knie nieder. Identifikation positiv.

Der Wasserfall hinter ihm machte zuviel Lärm, als daß er hätte hören können, was danach gesprochen wurde, aber er konnte sie sehen: einen jungen Burschen mit einer Lederjacke, die viel neuer war als ihre, und jemand anderen in etwas Schwarzem, mit einer Kapuze auf dem Kopf. Sie saßen auf einem Kühlapparat oder so, und der Typ in Leder sog an einer Zigarette. Er hatte die Haare zu einer Art Haube hochgekämmt; guter Trick, bei dem Regen. Die Zigarette flog in hohem Bogen davon und erlosch in der Nässe, und der Bursche sprang von dem Ding runter und schien mit dem Mädchen zu reden. Der mit der schwarzen Kapuze stieg ebenfalls ab. Er bewegte sich wie eine Spinne. Er trug ein Sweatshirt mit Ärmeln, die ihm fünfzehn Zentimeter weit über die Hände hingen. Er sah aus wie ein schlabbriger Schatten aus einem alten Film, den Rydell mal gesehen hatte, in dem die Schatten von den Menschen getrennt wurden, so daß man sie einfangen und wieder annähen mußte. Sublett würde ihm wahrscheinlich sagen können, wie der hieß.

Er gab sich alle Mühe, sich nicht zu bewegen, während er dort in der Pfütze kniete, und dann bewegten *sie* sich; die beiden Burschen nahmen das Mädchen in die Mitte, und der Schatten warf einen Blick zurück, um zu sehen, ob hinter ihnen alles in Ordnung war. Rydell erhaschte ein Stück von einem weißen Gesicht und einem Paar harter, wachsamer Augen.

Er zählte: eins, zwei, drei. Dann stand er auf und folgte ihnen.

Er konnte nicht sagen, wie weit sie schon gegangen waren, als er sie plötzlich einfach im Boden versinken sah, wie es schien. Er wischte sich Regen aus den Augen und versuchte, sich das zu erklären, aber dann sah er, daß sie eine Treppe hinuntergegangen waren, die in die untere Ebene eingelassen war. Das sah er zum ersten Mal. Er hörte Musik, als er näher kam, und sah ein bläuliches Licht. Es kam von dem schmalen kleinen Neonschild, auf dem in blauen Großbuchstaben KOGNITIVE DISSIDENTEN stand.

Er blieb einen Moment lang stehen, hörte Wasser auf dem Transformator des Schildes zischen und ging dann einfach die Treppe runter.

Die Stufen waren aus Sperrholz mit einem sandpapierartigen, rutschfesten Zeug drauf, aber er wäre trotzdem beinahe ausgerutscht. Auf halbem Wege wußte er, daß es sich um eine Bar handelte, weil er Bier und ein paar verschiedene Arten von Rauch riechen konnte.

Und es war warm da unten. Es war, als ob man in ein Dampfbad ginge. Und voll. Jemand warf ihm ein Handtuch zu. Es war patschnaß und klatschte ihm gegen die Brust, aber er fing es, rieb sich damit das Gesicht und die Haare ab und warf es in die Richtung zurück, aus der es gekommen war. Jemand lachte, eine Frau, wie es klang. Er ging zur Bar hinüber und suchte sich einen freien Platz am Ende. Fischte ein paar Fünfer aus seinen durchnäßten Taschen und legte sie auf den Tresen. »Bier«, sagte er und schaute nicht auf, als jemand eins vor ihn hinstellte und die Münzen einkassierte. Es war eine von den in Amerika gebrauten, japanischen Marken, die an Orten wie Tampa nicht so angesagt waren. Er machte die Augen zu und trank etwa die Hälfte auf einen Zug. Als er die Augen aufmachte und das Bier absetzte, sagte jemand neben ihm: »Würfeln?«

Er schaute zur Seite und sah einen kinnlosen Typen mit einer kleinen, pinkfarbenen Brille, einem kleinen, pinkfarbenen Mund und schütterem, sandfarbenem

Haar, das glatt nach hinten gekämmt war und von etwas anderem als nur der Feuchtigkeit in dem Raum glänzte.

»Was?« sagte Rydell.

»›Würfeln‹, hab ich gesagt.«

»Hab ich gehört«, sagte Rydell.

»Und? Kannst gebrauchen?«

»Äh, weißt du«, sagte Rydell, »alles, was ich im Moment brauche, ist das Bier hier, okay?«

»Dein Telefon«, sagte der Mann mit dem pinkfarbenen Mund. »Oder Fax. Garantierte Verwürfelung, einen Monat lang. Dreißig Tage, oder die nächsten dreißig umsonst. Inland unbegrenzte Dauer. Wenn du Übersee brauchst, läßt sich auch drüber reden. Aber dreihundert für das Grundmodul.« All das kam in einem leiernden Tonfall raus, der Rydell an Stimmchips erinnerte, die in allerbilligstes Kinderspielzeug eingebaut waren.

»Wart mal 'n Moment«, sagte Rydell.

Der Mann zwinkerte ein paarmal hinter seinen pinkfarbenen Gläsern.

»Du redest davon, was man mit 'nem Taschentelefon machen kann, stimmt's? So daß man der Telefongesellschaft nichts mehr zahlen muß?«

Der Mann sah ihn bloß an.

»Tja, danke«, sagte Rydell rasch, »ich weiß es zu schätzen, aber ich hab grade kein Telefon dabei. Wenn ich eins hätte, würd ich dein Angebot liebend gern annehmen.«

Der Mann sah ihn immer noch an. »'ch glaub, ich hab dich schon mal gesehen ...« Zweifel.

»Nee«, sagte Rydell. »Ich bin aus Knoxville. Bin grade aus dem Regen reingekommen.« Er entschied, daß es an der Zeit war, das Risiko einzugehen, sich umzudrehen und sich den Laden genauer anzusehen, denn die Spiegel hinter der Bar waren völlig beschlagen; Wassertropfen liefen an ihnen herunter. Er schwang die Schulter herum und sah die Japanerin, die er damals in den Hügeln über Hollywood gesehen hatte, als er mit Sublett dort rumgekurvt war. Sie stand nackt auf einer kleinen Bühne, und ihre langen, lockigen Haare fielen ihr bis auf die Taille. Rydell hörte sich grunzen.

»He«, sagte der Mann, »he …«

Rydell schüttelte sich, eine merkwürdige, automatische Bewegung, wie ein Hund, aber sie war immer noch da.

»He. Kredit.« Wieder das Geleier. »Haste Probleme? Willste vielleicht mal sehen, was sie über dich *haben*? Oder über jemand andren, wenn du die richtige Nummer hast …«

»He«, sagte Rydell, »warte. Die Frau da oben.«

Die pinkfarbenen Gläser kippten nach oben.

»Wer ist das?« fragte Rydell.

»Das 'n Hologramm«, sagte der Mann mit einer völlig anderen Stimme und ging weg.

»Verdammt«, sagte der Barkeeper hinter ihm, »du hast grade 'nen neuen Rekord darin aufgestellt, Eddie Scheißdreck loszuwerden. Hast dir 'n Bier verdient, mein Freund.«

Der Barkeeper war ein Schwarzer mit kupferroten Perlen in den Haaren. Er grinste Rydell an. »Er heißt Eddie Scheißdreck, weil er so viel wert ist und man auch nicht mehr auf ihn geben sollte. Der hängt dein Telefon an 'ne Box ohne Batterie drin, drückt auf ein paar Knöpfe, schickt 'n getürkten Anruf durch und knüpft dir die Kohle ab. So ist Eddie.« Er machte ein Bier auf und stellte es neben das andere.

Rydell drehte sich wieder zu der Japanerin um. Sie hatte sich nicht bewegt. »Bin grade aus dem Regen reingekommen«, sagte er, das einzige, was ihm einfiel.

»Guter Abend dafür«, erwiderte der Barkeeper.

»Sag mal … die Lady da oben …«

»Das ist Josies Tänzerin«, erklärte der Barkeeper.

»Schau hin. Sie läßt sie gleich tanzen, sobald ein Song kommt, den sie mag.«

»Josie?«

Der Barkeeper zeigte hin. Rydell schaute in die Richtung, in die er zeigte, und sah eine sehr dicke Frau in einem Rollstuhl, deren Haar die Farbe und Beschaffenheit von grober Stahlwolle hatte. Sie trug eine brandneue blaue Jeans-Latzhose und ein übergroßes weißes Sweatshirt, und ihre Hände steckten in einer Art glatten grauen Plastikmuff auf ihrem Schoß. Ihre Augen waren geschlossen, ihr Gesicht ausdruckslos. Er hätte nicht mit Sicherheit sagen können, ob sie nicht schlief.

»Ein Hologramm?« Die Japanerin hatte sich überhaupt nicht bewegt. Rydell erinnerte sich daran, was er in jener Nacht gesehen hatte. Der Hörner-Kopfputz aus Silber. Ihr Schamhaar, das wie ein Ausrufezeichen rasiert war. Die hier hatte keins von beidem, aber sie war es. Sie war es.

»Josie projiziert ununterbrochen«, sagte der Barkeeper, als handle es sich um etwas, wogegen man nichts machen konnte.

»Mit dem Ding auf ihrem Schoß?«

»Das ist das Interface«, erklärte der Barkeeper. »Der Projektor, der ist dort.« Er zeigte hin. »Auf dem NEC-Schild da drüben.«

Rydell sah einen kleinen schwarzen Apparat, der auf dem betagten Leuchtschild befestigt war. Er hatte eine gewisse Ähnlichkeit mit einem alten Fotoapparat. Er wußte nicht, was NEC war, ein Bier oder was. Die ganze Wand war von diesen Schildern bedeckt, alles verschiedene Marken, und als er jetzt ein paar von den Namen erkannte, kam er zu dem Schluß, daß es um Werbung für alte Elektronikfirmen ging.

Er schaute zu dem Apparat rüber, dann wieder zu der fetten Frau im Rollstuhl, und wurde traurig. Und wütend. Als hätte er was verloren. »Dabei weiß ich nicht mal, wofür ich's eigentlich gehalten habe«, murmelte er vor sich hin.

»Fällt jeder drauf rein«, sagte der Barkeeper.

Vor seinem geistigen Auge sah Rydell, wie jemand dort draußen an dieser Talstraße saß und auf Autos wartete. So wie damals, als er mit seinen Freunden unter den Büschen in der Jefferson Street gelegen und den Leuten Dosen unter die Reifen geworfen hatte. Hörte sich an, als ob eine Radkappe abgefallen wäre. Dann konnte man zusehen, wie sie ausstiegen und nachschauten und den Kopf schüttelten. Was er gesehen hatte, war also nur eine Version davon gewesen, jemand, der mit einem teuren Spielzeug gespielt hatte.

»Scheiße«, sagte er und konzentrierte sich darauf, Chevette Washington in der Menge ausfindig zu machen. Jetzt war es nicht mehr der Geruch von Bier oder Rauch, der ihm in die Nase stieg, sondern eher der von nassen Haaren und Klamotten und einfach von Körpern. Und da war sie, mit ihren beiden Freunden; sie hockten an einem kleinen runden Tisch in einer Ecke zusammen. Die Kapuze des Sweatshirts war jetzt unten, und Rydell sah einen weißen Stoppelkopf mit der Tätowierung einer Fledermaus oder eines Vogels an der Seite, dort, wo sie nicht mehr zu sehen sein würde, wenn die Haare nachwuchsen. Es war eine Tätowierung, die jemand mit der Hand gemacht hatte, nicht so eine, wie man sie an einem computergesteuerten Tisch bekam. Glatzkopf hatte im Profil ein hartes kleines Gesicht, und er schwieg. Chevette Washington erzählte dem anderen irgendwas, und sie sah nicht glücklich aus.

Dann änderte sich die Musik, die Drums setzten ein, als ob es Millionen wären, eine gestaffelte Formation, die sich irgendwie bis hinter die Wände erstreckte, und seltsame Wogen statischen Rauschens rollten auf ihnen herein, ebbten ab und kamen von neuem heran, dazu Frauenstimmen, die wie Vögel kreischten, und nichts davon war natürlich; die Stimmen sausten mit dem

Dopplereffekt von Sirenen auf einem Highway vorbei, und wenn man genau hinhörte, waren die Drums aus kleinen Soundschnipseln zusammengesetzt, die gar nicht von Drums stammten.

Die Japanerin – das Hologramm, rief Rydell sich ins Gedächtnis – hob die Arme und begann zu tanzen, eine Art Shuffle mit schlängelnden Bewegungen, nicht zum Rhythmus der Drums, sondern zu den Wellen statischen Rauschens, die über deren Sound hin und her spülten, und als Rydell auf die Idee kam, die fette Frau anzuschauen, sah er, daß ihre Augen offen waren und daß sich ihre Finger in dem Plastikmuff bewegten.

Niemand sonst in dem Laden schenkte der Japanerin die geringste Aufmerksamkeit, nur Rydell und die Frau im Rollstuhl. Rydell lehnte an der Bar, sah sich den Tanz des Hologramms an und überlegte, was er als nächstes tun sollte.

Warbabys Wunschzettel sah folgendermaßen aus: Am besten war es, wenn er die Brille und das Mädchen bekam, das zweitbeste war die Brille, und nur das Mädchen rangierte eindeutig auf dem dritten Platz, war aber ein Muß, wenn sonst nichts ging.

Josies Musik verebbte ein letztes Mal, und der Tanz des Hologramms endete. Von ein paar Tischen kam Applaus von Betrunkenen, und Josie nickte ein wenig, als ob sie ihnen dankte.

Das Schreckliche daran war, dachte Rydell, daß Josie dort saß, in diesen Rollstuhl gequetscht, und einfach nicht sonderlich gut darin war, dieses Ding tanzen zu lassen. Er mußte an den Blinden im Park in Knoxville denken, der den ganzen Tag dort rumsaß und auf einer antiken Gitarre schrummelte. Da saß er, blind, mit dieser alten Gitarre, und spielte einfach beschissen. Er schien auch nie besser zu werden. Rydell fand das einfach nicht fair.

Jetzt standen ein paar Leute an einem Tisch in der Nähe von Chevette Washingtons Platz auf. Rydell war sofort mit dem Bier zur Stelle, das er gewonnen hatte, weil er Eddie Scheißdreck abgewimmelt hatte. Er war immer noch nicht nah genug dran, um zu verstehen, was sie sagten, aber er konnte es wenigstens probieren. Er versuchte, sich was einfallen zu lassen, um vielleicht ein Gespräch anzufangen, aber das schien ziemlich hoffnungslos zu sein. Nicht daß er aussah, als ob er nicht hierher gehören würde; er hatte den Eindruck, daß die meisten hier keine Stammkunden waren, sondern ein willkürliches Sammelsurium von Leuten, die vor dem Regen geflohen waren. Aber er hatte einfach keine Ahnung, was das für ein Laden war. Er wurde nicht schlau draus, was ›Kognitive Dissidenten‹ bedeutete; es würde ihm auch nicht helfen, wenn er herausfand, was hier das Thema war. Und außerdem – worüber Chevette Washington und ihr Typ auch redeten, die Diskussion schien langsam ziemlich hitzig zu werden.

Ihr Typ, dachte er. Da war was von Genervte Freundin in ihrer Körpersprache, und wie sich der Junge bemühte, den Coolen zu mimen, das deutete darauf hin, daß sie vielleicht seine ehemalige …

All das endete abrupt im Nichts, als plötzlich jedes Gespräch erstarb. Rydell schaute von seinem Bier auf und sah Lieutenant Orlowsky, den vampirartig aussehenden Cop von der Mordkommission des SEPD, in seinem Londoner Nebel von der Treppe hereinkommen, ein filzhutähnliches Ding auf dem Kopf, das aussah, als ob es aus fleischfarbenem Kunststoff zurechtgeknetet wäre, und die furchteinflößende Brille mit den halbformatigen Gläsern auf der Nase. Orlowsky stand da und knöpfte sich mit einer Hand den regendunklen Mantel auf, von dessen Saum kleine Bäche runterliefen und Pfützen um seine Kindersärge bildeten. Er hatte darunter immer noch die schwarze, kugelsichere Weste an, und nun kam seine Hand hoch und blieb auf dem glatten, olivbraunen Spritzgußkolben seines H&K-Gasdruckladers liegen. Rydell suchte das Etui mit dem Abzeichen an der Nylonschnur um seinen Hals, sah es jedoch nicht.

Alle Augen in der Bar waren auf Orlowsky gerichtet.

Orlowsky sah sich über den Rand seiner Gläser hinweg in dem Raum um. Er ließ sich Zeit und verpaßte ihnen allen eine ordentliche Dosis Bullenblick. Die Musik, ein schräges, hohles Technozeug, das sich anhörte, als ob Bomben in Echokammern hochgingen, begann, einen anderen Sinn zu ergeben.

Rydell sah, daß Josie, die Rollstuhlfrau, den Russen mit einem Gesichtsausdruck anblickte, den er nicht ergründen konnte.

Orlowsky erspähte Chevette Washington in ihrer Ecke und ging zu ihrem Tisch hinüber, wobei er sich weiterhin Zeit ließ und alle anderen im Raum zwang, sich die gleiche Zeit zu nehmen. Seine Hand lag immer noch an seiner Waffe.

Es kam Rydell so vor, als ob der Russe im Begriff wäre, zu ziehen und sie zu erschießen. Es sah auf jeden Fall so aus, aber was für ein Cop würde das tun?

Nun blieb Orlowsky vor ihrem Tisch stehen, genau an der richtigen Stelle – zu weit weg, als daß sie ihn erreichen konnten, und so, daß er genug Platz hatte, um die große Kanone zu ziehen, wenn er wollte.

Rydell stellte fest, daß ihr Lover aussah, als ob er sich gleich in die Hose machen würde, was ihn irgendwie freute. Glatzkopf sah aus, als ob er in Plastik gegossen und einfach an Ort und Stelle erstarrt wäre, die Hände auf dem Tisch. Zwischen seinen Händen sah Rydell ein Taschentelefon.

Orlowsky hielt das Mädchen mit der vollen Stromstärke seines Blicks fest. Sein Gesicht war gefurcht und grau in diesem Licht, und er lächelte nicht. Er zog die Krempe des Plastikhuts zurecht, nur genau dieses eine winzige Stück, und sagte: »Steh auf!«

Rydell schaute sie an und sah, daß sie zitterte. Es stand völlig außer Frage, daß der Russe sie meinte und nicht einen ihrer Freunde – Lover sah aus, als ob er jeden Moment in Ohnmacht fallen könnte, und Glatzkopf spielte Statue. Chevette Washington stand zittrig auf. Der wacklige kleine Holzstuhl fiel hinter ihr um.

»Raus!« Die Krempe zeigte zur Treppe. Orlowskys haariger Handrücken bedeckte den Kolben der H&K.

Rydell hörte, wie seine eigenen Knie vor Spannung knirschten. Er beugte sich vor und umklammerte den Tischrand. Er konnte alte, getrocknete Kaugummiplacken darunter fühlen.

Das Licht ging aus.

Viel später, als er Sublett zu erklären versuchte, wie es gewesen war, als Josie ihr Hologramm auf Orlowsky losgelassen hatte, sagte Rydell, es habe wie der *special effect* am Ende von *Jäger des Verlorenen Schatzes* ausgesehen, die Szene, wo die Engel oder was immer sie waren aus der Schachtel gewirbelt kamen und sich auf die Nazis stürzten.

Aber für Rydell war alles auf einmal passiert. Als das Licht ausging, wurde es schlagartig stockdunkel, die ganzen Schilder an den Wänden, alles war aus, und Rydell stieß den Tisch einfach beiseite, ohne weiter darüber nachzudenken, und sprang dorthin, wo sie gestanden hatte. Und dann war von der Stelle an der Wand, wo der obere Rand des NEC-Schilds gewesen sein mußte, diese Lichtkugel herabgesaust und hatte sich dabei ausgedehnt. Sie hatte die Hautfarbe des Hologramms, Honig und Elfenbein, marmoriert vom Schwarz ihrer Haare und Augen, wie ein Schnellvorlauf der Satellitenaufnahme eines Sturmsystems. Sie hüllte den Russen ganz ein, eine Kugel von einem Meter Durchmesser um seinen Kopf und seine Schultern, und als sie sich drehte, wirbelten ihre aufgerissenen Augen und ihr zu einem stummen Schrei geöffneter Mund vorbei, alles stark vergrößert. Jedes Auge war für den Bruchteil einer Sekunde so groß wie die Kugel selbst, und die weißen Zähne waren ebenfalls riesig, jeder so lang wie die Hand eines Menschen.

Orlowsky schlug nach der Kugel, und das hielt ihn für einen ganz kurzen Moment davon ab, seine Waffe zu ziehen.

Aber die Kugel gab auch so viel Licht ab, daß Rydell sehen konnte, daß er das Mädchen und nicht Lover am Wickel hatte. Er hob sie einfach hoch, wobei er alles vergaß, was er je über Handschellen und Festnahmen gelernt hatte, und rannte zur Treppe, so gut es ging.

Orlowsky brüllte ihm irgendwas nach, aber es mußte auf Russisch gewesen sein.

Wenn seinem Onkel, der nach Afrika zum Militär gegangen war, die Art gefiel, wie sich der Arsch einer Frau beim Gehen bewegte, sagte er immer, es sähe aus wie zwei kleine Luchse in einem Leinensack. Das war die Formulierung, die Rydell in den Sinn kam, als er die Treppe hinaufrannte und Chevette Washington dabei wie eine große Tüte mit Fressalien drin vor sich hertrug. Aber mit Sex hatte das nichts zu tun.

Er war heilfroh, daß sie ihm kein Auge ausschlug und keine Rippe brach.

Schwubbelduff

Wer immer sie geschnappt hatte, sie trat und schlug weiter nach hinten, den ganzen Weg die Treppe rauf. Aber er hielt sie so weit von sich ab, daß er beinahe auf sie drauffiel.

Dann war sie draußen auf der Ebene, und dort war es gerade hell genug, daß sie vor sich eine Art Plastik-MP von der Farbe einer Spielzeugwaffe erkennen konnte, die von den Händen eines weiteren Exemplars dieser großen, häßlichen Regenmanteltypen gehalten wurde. Dieser hatte keinen Hut auf, und seine Haare waren von einem Gesicht mit zu straffer Haut glatt nach hinten gekämmt.

»Laß sie jetzt los, du Mistkerl«, sagte der mit der Kanone. Er hatte einen Akzent wie in einem alten Monsterfilm. Sie wäre beinahe hingefallen, als der, der sie festhielt, sie losließ.

»Mistkerl«, sagte der Kanonentyp. Es klang wie *Miestkärrel.* »Willst du Bewegung machen, oder was?«

»War ...«, sagte der, der sie gepackt hatte, und krümmte sich dann hustend vornüber. »Baby«, fuhr er fort und richtete sich auf, dann zuckte er zusammen, hielt sich die Rippen und sah sie an. »*Scheiße* noch mal, du hast vielleicht 'nen Tritt am Leib.« Es klang amerikanisch, aber nicht nach Westküste. Er hatte eine billige Nylonjacke an, deren einer Ärmel an der Schulter halb abgerissen war; weißes, krauses Zeug hing heraus.

»Wenn du Bewegung machst ...« Und die Plastikkanone zeigte direkt auf das Gesicht des Typs.

»*War*baby, *War*baby«, sagte der Kerl, oder jedenfalls hörte es sich so an, »*War*baby hat mich hergeschickt, um sie zu holen. Er steht draußen hinter den Panzerfallendingern und wartet, daß ich sie mitbringe.«

»Arkady ...« Das war der mit dem Plastikhut, der hinter dem Kerl, der sie gepackt hatte, die Treppe heraufkam. Er hatte eine Nachtsichtbrille auf, deren ulkig aussehendes Mittelrohr unter der Krempe seines Huts hervorragte. Er hielt etwas hoch, was wie eine Miniatursprühdose aussah, und sagte etwas in einer komischen Sprache. Russisch? Er machte eine Geste mit der kleinen Dose, nach hinten, die Treppe runter.

»Wenn Sie in einem geschlossenen Raum wie da unten Peperonigas einsetzen«, sagte der, der sie gepackt hatte, »gibt's Verletzte. Davon kriegt man chronische Probleme mit den Nebenhöhlen.«

Der Mann mit dem gestrafften Gesicht sah ihn an wie etwas, das unter einem Stein hervorgekrochen kam. »Du bist Fahrer, ja?« sagte er und gab dem Hutmann ein Zeichen, das Ding wegzustecken, was immer es war.

»Wir haben zusammen Kaffee getrunken. Na ja, Sie hatten Tee. Swobodow, stimmt's?«

Chevette fing den Blick auf, den der Straffgesichtige ihr zuwarf, als ob es ihm gar nicht lieb wäre, daß sie seinen Namen gehört hatte. Sie wollte ihm sagen, daß sie nur *Schwubbelduff* verstanden hatte, so wie dieser andere Kerl redete, und das konnte ja nun wirklich nicht stimmen, oder?

»Warum du hast sie dir geschnappt?« fragte der Straffgesichtige, dieser Schwubbelduff.

»Sie hätte im Dunkeln abhauen können, oder? Wußte ja nicht, daß Ihr Partner hier Nachtsicht hatte. Außerdem hat er mich hergeschickt, um sie zu holen. Von Ihnen hat er kein Wort gesagt. Die haben mir sogar erzählt, daß Sie hier nicht rauskommen.«

Der mit dem Hut war jetzt hinter ihr und riß ihr mit einem Klammergriff den Arm hoch. »Laß mich *los*!«

»He«, sagte der, der sie gepackt hatte, als ob damit alles in Ordnung wäre, »diese Männer sind Polizeibeamte. Von der Mordkommission des SEPD, richtig?«

Schwubbelduff stieß einen leisen Pfiff aus. »*Mistkerl.*«

»Cops?« fragte sie.

»Na klar.«

Was Schwubbelduff ein leises, erbittertes Schnauben entlockte.

»Arkady, jetzt wir gehen. Diese Drecksäcke versuchen, uns von unten zu beobachten …« Der Hutmann nahm seine Nachtsichtbrille ab und tänzelte, als ob er pissen müßte.

»He«, sagte sie, »jemand hat Sammy *umgebracht.* Wenn ihr Cops seid, hört zu, er hat Sammy Sal *umgebracht*!«

»Wer ist Sammy?« fragte der mit der zerrissenen Jacke.

»Ich arbeite mit ihm zusammen! Bei Allied. Sammy DuPree. Sammy. Er ist erschossen worden.«

»Wer hat ihn erschossen?«

»Ry-dell! Schnauze, verdammt!« *Schnauzäh, värredomt!*

»Sie erzählt uns, sie hat Informationen über einen möglichen Mord, und Sie sagen, ich soll die Schnauze halten?«

»Ja, ich sage dir, Schnauze, verdammt! War-baby. Er wird erklären.«

Und ihr Arm wurde nach oben gedreht, so daß sie mitkommen mußte.

Spontan getan

Swobodow hatte darauf bestanden, Chevette Washington mit Handschellen an ihn zu fesseln. Es waren Beretta-Handschellen, wie Rydell sie auf Streife in Knoxville dabeigehabt hatte. Swobodow sagte, Orlowsky und er müßten die Hände frei haben, falls welche von den Brückenbewohnern mitbekämen, daß sie das Mädchen abführten.

Aber wenn sie sie festnahmen, wieso hatten sie ihr dann weder ihre Rechte vorgelesen noch ihr zumindest gesagt, daß sie verhaftet war? Rydell hatte bereits entschieden, daß er auf keinen Fall einen Meineid leisten und sagen würde, er hätte gehört, wie sie über ihre Rechte belehrt worden sei, wenn die Sache vor Gericht kam und er als Zeuge geladen wurde. Diese Russen waren ausgeflippte Cowboys, soweit er sehen konnte, genau die Sorte Polizisten, die in Rydells Ausbildung auf der Akademie immer als absolute Antitypen hingestellt worden waren.

In gewisser Weise spiegelte sich in ihnen jedoch das, was viele Menschen mehr oder weniger unbewußt von Cops erwarteten, und das lag in der Mythologie begründet, wie der eine Dozent auf der Akademie erklärt hatte. Ähnlich wie bei dem sogenannten Pater-Mulcahy-Syndrom bei einer Geiselnahme, wenn die Cops sich darüber klar zu werden versuchten, was sie tun sollten. Und weil sie alle schon mal den Film über Pater Mulcahy gesehen hatten, sagten sie, also ich hab's, ich hol einen Priester, ich schaff die Eltern des Burschen her, ich leg meine Waffe ab und geh rein und überrede ihn rauszukommen. Und dann gingen sie rein und bekamen eine Ladung Blei in den Bauch. Weil sie vergaßen, was sie gelernt hatten, und sich dazu verleiten ließen, zu glauben, ein Film könnte ihnen zeigen, wie man es richtig machte. Es konnte auch andersrum laufen, nämlich daß man mit der Zeit so *wurde* wie die Cops, die man im Kino oder im Fernsehen sah. Davor waren sie alle gewarnt worden. Aber bei Leuten wie Swobodow und Orlowsky, die aus anderen Ländern hergekommen waren, wirkte dieses Medienzeug vielleicht noch stärker. Man brauchte sich ja bloß mal anzuschauen, was sie anhatten.

Mann, er würde sich gleich eine Dusche genehmigen. Eine heiße Dusche. Er würde drinbleiben, bis er's nicht mehr aushielt oder bis das warme Wasser alle war. Dann würde er rausgehen und sich abtrocknen und sich in dem Hotelzimmer, das Warbaby für ihn besorgt hatte, ganz neue, absolut *trockene* Sachen anziehen. Er würde sich ein paar Club-Sandwiches und einen Eiskübel mit vier oder fünf Flaschen von dem langhalsigen mexikanischen Bier raufbringen lassen, das sie in L.A. tranken. Dann würde er sich mit der Fernbedienung in den Sessel hauen und ein bißchen fernsehen. Vielleicht *Cops in Schwierigkeiten.* Vielleicht würde er sogar Sublett anrufen und ein bißchen mit ihm klönen, ihm von dieser wilden Zeit oben in Nordkalifornien erzählen. Sublett machte immer die Nachtschicht, weil er lichtempfindlich war, und wenn er heute abend zufällig frei hatte, dann wär er noch wach und würde sich seine Filme ansehen.

»Paß auf, wo du *hingehst*...« Sie riß so heftig an seiner Hand mit der Handschelle, daß er beinahe hingefallen wäre. Er war im Begriff gewesen, auf einer Seite eines Pfostens vorbeizugehen, während sie auf der anderen Seite vorbeiging. »'tschuldigung«, sagte er.

Sie sah ihn nicht an. Aber sie machte auf Rydell einfach nicht den Eindruck, als ob sie einem Kerl ein Rasiermesser an die Kehle setzen und ihm die Zunge auf die harte Tour rausholen würde. Obwohl, sie hatte so ein keramisches Messer dabeigehabt, als Swobodow sie durchsucht hatte, außerdem ein Taschentelefon und diese verdammte Brille, hinter der alle her waren. Die sah genauso aus wie die von Warbaby und hatte auch das gleiche Etui. Die Russen waren echt happy darüber, und jetzt war sie sicher in der Innentasche von Swobodows kugelsicherer Weste verstaut.

Sie hatte auch nicht die richtige Art von Angst, sagte ihm irgendwas immer wieder. Sie strahlte nicht die ständige Furcht aus, die man spätestens am dritten Tag in diesem Job kennenlernte. Ihre Angst war wie die eines *Opfers,* obwohl sie Orlowsky gegenüber unumwunden zugegeben hatte, daß sie die Brille geklaut hatte. Sie sagte, sie hätte es letzte Nacht auf einer Party oben in dem Hotel getan. Aber keiner der Russen hatte ein Sterbenswörtchen von einem Mordfall erwähnt, auch nicht von einem Blix oder wie der Name des Opfers gelautet hatte. Nicht mal von Diebstahl. Und das Mädchen hatte davon geredet, daß jemand Sammy getötet hätte, wer immer Sammy sein mochte. Vielleicht war Sammy der Deutsche. Die Russen hatten das jedoch einfach auf sich beruhen lassen und Rydell befohlen, den Mund zu halten, und jetzt bekam sie ebenfalls kein Wort mehr heraus, außer um ihn anzumekkern, wenn er im Gehen einschlief.

Die Brücke erwachte allmählich wieder zum Leben, nachdem das Gewitter vorbei war, aber in dieser Herrgottsfrühe waren noch nicht besonders viele Leute unterwegs, um die Schäden zu sichten. Hier und dort gingen die Lichter wieder an; ein paar Leute waren zu sehen, die Wasser vom Boden und von irgendwelchen Sachen aufwischten, ein paar Betrunkene und dieser Typ, der aussah, als ob er auf Dancer wäre, der wie ein

Maschinengewehr vor sich hinbrabbelte und ihnen folgte, bis Swobodow seine H&K zog und herumfuhr und ihm erklärte, er würde ihn zu Katzenfutter verarbeiten, wenn er seinen Dancer-Arsch nicht gleich nach Oakland verfrachten würde, am besten gestern noch, *Miestkärrel,* und der Typ gehorchte natürlich, wobei ihm die Augen fast aus dem Kopf quellen wollten, und Orlowsky lachte ihm nach.

Sie kamen an eine Stelle, wo mehr Lichter brannten, ungefähr dort, wo Rydell Chevette Washington zum ersten Mal gesehen hatte. Er schaute nach unten, um zu sehen, wohin er trat, und stellte fest, daß sie schwarze Kampfstiefel trug, genau die gleichen wie er. Brandsohlen aus Lexan.

»He«, sagte er, »stark, die Schuhe.«

Und sie schaute ihn bloß an, als ob er nicht ganz dicht wäre, und er sah, daß ihr Tränen übers Gesicht liefen.

Und Swobodow rammte die Mündung seiner H&K hart in Rydells Kiefergelenk, direkt vor seinem rechten Ohr, und sagte: »*Mist*kerl. Du redest nicht mit ihr.«

Rydell sah Swobodow über den Lauf der Waffe hinweg von der Seite an. Er wartete, bis er es für sicher hielt, okay zu sagen.

Danach versuchte er nicht mehr, mit ihr zu reden oder sie auch nur anzusehen. Als er damit davonzukommen glaubte, sah er Swobodow an. Wenn sie ihm die Handschelle abnahmen, würde er diesen Hurensohn vielleicht auf die Bretter schicken.

Kurz nachdem der Russe die Kanone von seinem Ohr weggenommen hatte, war Rydell hinter ihnen jedoch etwas aufgefallen. Nichts, was sich ihm besonders einprägte, aber später ging ihm ein Licht auf: so ein großer, langhaariger Bär, der von dem kleinen Eingang aus, der keine dreißig Zentimeter breit zu sein schien, zu ihnen herüberblinzelte, als sie dort im Licht standen.

Im Gegensatz zu vielen anderen Leuten hatte Rydell keine besonderen Vorurteile gegen Schwarze oder Immigranten oder so. Tatsächlich hatte das zu den Dingen gehört, die ihm auf die Akademie verholfen hatten, obwohl sein Abschlußzeugnis von der High-School nicht gerade sensationell ausgefallen war. Sie hatten all diese Tests mit ihm gemacht und waren zu dem Ergebnis gekommen, daß er kein Rassist sei. Er war auch keiner, aber das lag nicht daran, daß er besonders viel darüber nachgedacht hätte. Er verstand bloß nicht, wozu es gut sein sollte. Es brachte bloß eine Menge Ärger, wenn man einer war, und wozu das Ganze? Kein Mensch würde heimgehen und dort leben, wo er früher gelebt hatte, nicht wahr, und wenn doch (vermutete er vage), würde es kein mongolisches Barbecue geben, und wir würden vielleicht alle bloß noch Pentecost-Metal hören und überhaupt war die Präsidentin eine Schwarze.

Als Chevette Washington und er zwischen den Platten der Panzersperre durchgingen, wobei ihre aneinandergefesselten Handgelenke in einem stupiden Abtanzball-Einklang hin- und herschwangen, mußte er jedoch zugeben, daß er sich im Moment von ein paar ganz speziellen Schwarzen und Immigranten ein bißchen auf den Schlips getreten fühlte. Warbabys Fernsehpredigermelancholie ging ihm langsam auf den Geist; er fand, daß Freddie ein richtiger Flachwichser war, wie es sein Vater ausgedrückt hätte; und Swobodow und Orlowsky mußten das sein, was sein Onkel, der zum Militär gegangen war, als Bullenschweine bezeichnet hatte.

Und nun sah er Freddie, der mit dem Hintern am vorderen Kotflügel des Patriot lehnte und mit dem Kopf zu irgendwelcher Musik aus seinen Kopfhörern wackelte, während die Texte, oder was immer, um die Ränder seiner Turnschuhe herumliefen, von roten Leuchtdioden zum Leben erweckt. Er mußte den Regen im Wagen ausgesessen haben, denn sein Hemd mit den aufgedruckten Knarren und seine großen Shorts waren nicht mal feucht.

Und Warbaby mit seinem langen, wattierten Mantel, den Hut bis zu dieser VL-Brille heruntergezogen. Er sah wie ein Kühlschrank aus, falls ein Kühlschrank sich auf einen Stock stützen konnte.

Und den grauen Ziviltank der Russen, der Nase an Nase mit dem Patriot stand und dessen mit Panzerplatten geschützte Reifen sowie der Bullfänger aus Graphit jedem, den es interessierte, ›Polizeifahrzeug‹ entgegenschrien. Und einige interessierte es wirklich, sah Rydell, eine kleine Schar von Brückenbewohnern nämlich, die sie von diversen erhöhten Aussichtspunkten auf den Betonplatten und von den zerbeulten Imbißwagen aus beobachteten. Kleine Kinder, ein paar mexikanisch aussehende Frauen mit Haarnetzen, als ob sie in der Lebensmittelzubereitung arbeiteten, ein paar harte Burschen in schmutzigen Arbeitsklamotten, die sich auf Schaufeln und Schiebebesen stützten. Sie schauten bloß zu, und ihre Gesichter waren sorgsam neutral, wie häufig bei Leuten, die den Cops neugierig bei der Arbeit zusahen.

Und jemanden im Wagen der Russen, der mit angezogenen Knien auf dem Beifahrersitz saß.

Die Russen kamen zu beiden Seiten näher an Rydell und das Mädchen heran, als sie sie hinausbrachten. Rydell fühlte, daß sie auf die Anwesenheit der Menschen reagierten. Sie hätten den Wagen da draußen nicht so stehenlassen dürfen.

Aus dieser Nähe knarrte Swobodow irgendwie beim Gehen, und das war die Panzerung unter seinem Hemd, die Rydell schon früher in dem Freßlokal aufgefallen war. Swobodow rauchte eine seiner Marlboros und stieß zischend blaue Rauchwolken aus. Er hielt die Pistole jetzt so, daß man sie nicht sehen konnte.

Und schnurstracks auf Warbaby zu. Freddie erhellte die ganze Szene mit einem Grinsen, das in Rydell den Wunsch weckte, ihm einen Tritt zu verpassen, aber Warbaby sah so traurig aus wie immer.

»Nehmen Sie mir die verdammte Handschelle ab«, sagte Rydell zu Warbaby und hob das Handgelenk, wobei Chevette Washingtons Arm mit hochkam. In diesem Moment sahen die Menschen die Handschellen; eine Reaktion ging durch die Menge, Stimmen waren zu hören.

Warbaby sah Swobodow an. »Habt ihr sie?«

»Hier.« Swobodow faßte sich an die Brust seines Londoner Nebels.

Warbaby nickte und sah erst Chevette Washington und dann Rydell an. »Na gut.« Zu Orlowsky: »Nehmt ihm die Handschelle ab.«

Orlowsky nahm Rydells Handgelenk und steckte einen Magnetstreifen in den Schlitz an der Handschelle.

»Steigen Sie in den Wagen«, sagte Warbaby zu Rydell.

»Sie haben ihr nicht mal ihre Rechte vorgelesen«, sagte Rydell.

»Rein in den Wagen! Sie sind der Fahrer, wissen Sie noch?«

»Ist sie festgenommen, Mr. Warbaby?«

Freddie kicherte.

Chevette Washington hielt Orlowsky ihr Handgelenk hin, aber er steckte den Magnetstreifen weg.

»Rydell«, sagte Warbaby, »steigen Sie jetzt in den Wagen. Wir haben unseren Teil hier getan.«

Die Beifahrertür des grauen Wagens ging auf. Ein Mann stieg aus. Schwarze Cowboystiefel und eine lange schwarze Regenhaut. Sandfarbene Haare, nicht besonders lang. Er hatte tiefe Lachfalten auf den Wangen wie eingeschnitzt. Helle Augen. Dann lächelte er tatsächlich, und es waren ungefähr zwei Drittel Kaugummi und ein Drittel Zähne, mit Gold in den Winkeln.

»Das ist er«, sagte Chevette Washington mit ihrer heiseren Stimme, »der hat Sammy umgebracht.«

Und das war der Moment, in dem der große Langhaarige – der mit dem dreckigen Hemd, den Rydell auf der Brücke bemerkt hatte – mit seinem Fahrrad direkt in Swobodows Rücken krachte. Es war auch kein normales Fahrrad, sondern so ein großes, altes, rostiges Ding mit Rücktrittbremse und einem schweren Stahlkorb, der vor den Lenker geschweißt war. Das Rad und der Korb wogen zusammen wahrscheinlich gute hundert Pfund, und in dem Korb waren bestimmt noch mal hundert Pfund Schrott, als Swobodow umgenagelt wurde. Er flog mit dem Gesicht nach unten auf die Kühlerhaube des Patriot, und Freddie sprang beiseite wie eine Katze, die sich verbrüht hat.

Der Langhaarige landete wie ein tollwütiger Bär auf Swobodow und dem ganzen Schrott, packte ihn an den Ohren und begann, sein Gesicht auf die Haube zu schmettern. Orlowsky zog seine H&K, und Rydell sah, wie Chevette Washington sich bückte und etwas aus dem Schaft eines Kampfstiefels zog. Sie stach es Orlowsky in den Rücken. Sah wie ein Schraubenzieher aus, das Ding. Es traf nur die Panzerung, die er trug, brachte ihn jedoch aus dem Gleichgewicht, als er den Abzug drückte.

Nichts auf der ganzen Welt klang wie eine vollautomatische Salve von Vollmantelgeschossen aus einem Gasdrucklader. Es war nicht das Rattern eines Maschinengewehrs, sondern eine Art ohrenbetäubendes, langgezogenes Heulen.

Die erste Salve schien überhaupt nichts getroffen zu haben, aber als sich Chevette Washington in seinen Arm mit der Pistole krallte, versuchte Orlowsky, sich zu ihr umzudrehen. Die zweite Salve ging grob in die

Richtung der Menschenmenge. Die Leute schrien und schnappten sich die Kinder.

Warbabys Mund stand bloß offen, als ob er es nicht glauben könnte.

Rydell war hinter Orlowsky, als dieser die Waffe erneut hochzubringen versuchte, und – tja – es war einfach einer dieser Augenblicke.

Er verpaßte dem Russen einen Sidekick ungefähr acht Zentimeter unter der Rückseite des Knies, und die dritte Salve ging fast senkrecht nach oben, als Orlowsky zu Boden ging.

Freddie versuchte, Chevette Washington zu packen, schien den Schraubenzieher zum ersten Mal zu sehen und schaffte es gerade noch, seinen Laptop mit beiden Händen hochzubringen. Der Schraubenzieher ging mittendurch. Freddie jaulte auf und ließ den Laptop los.

Rydell ergriff die offene Handschelle, die um sein Handgelenk gelegen hatte, und zog einfach dran.

Er machte die Beifahrertür des Patriot auf und zerrte sie mit hinein. Als er auf den Fahrersitz rutschte, hatte er einen direkten Blick auf den Langhaarigen, der Swobodows blutiges Gesicht in die Haube knallte, und auf die ganzen rostigen Schrotteile, die dabei jedesmal hochsprangen.

Schlüssel. Zündung.

Rydell sah, wie Chevette Washingtons Telefon und das Etui mit der VL-Brille aus Swobodows kugelsicherer Weste fielen. Er ließ das Fenster runter und langte nach den Sachen. Jemand schoß den Langhaarigen von Swobodow runter, plopp, plopp, plopp, und Rydell knallte den Rückwärtsgang rein und sah, wie der Mann aus dem Polizeiwagen mit beiden Händen eine kleine Pistole herumschwenkte. Genauso, wie sie es einem bei SSS beibrachten. Das Heck des Patriot krachte irgendwo gegen, und Swobodow flog in einer Wolke rostiger Ketten und Rohrstücke von der Kühlerhaube. Chevette Washington versuchte, durch die Beifahrertür auszusteigen; deshalb mußte er die Handschelle festhalten, das Lenkrad mit einer Hand herumwirbeln, sie lange genug loslassen, um den Vorwärtsgang einzulegen, aufs Gas zu treten, und sie dann wieder packen. Die Beifahrertür flog zu, als er direkt auf den Mann mit dem breiten Lächeln losfuhr, der vielleicht noch einen Schuß abgeben konnte, bevor er schnell aus dem Weg springen mußte.

Der Patriot schleuderte in einer Pfütze, die ein paar Zentimeter tief war, und schlitterte knapp am Heck eines großen, orangeroten Müllwagens vorbei, der dort vor einem Gebäude abgestellt war.

Er fing dieses eine verrückte Bild im Rückspiegel am Armaturenbrett auf, durch die Heckscheibe: die Brücke, die dort hinten wie in Algen gehüllt aufragte, der Himmel, der jetzt hinter ihr grau wurde, und Warbaby, der einen steifbeinigen Schritt tat, dann noch einen, den Stock an die Schulter hob, ihn waagrecht nach vorn streckte und auf den Patriot richtete, als wär er ein Zauberstab oder so was.

Dann sprengte das, was aus dem Ende von Warbabys Stock kam, die Heckscheibe des Patriot raus, und Rydell bog so scharf nach rechts ab, daß sie beinahe umkippten.

»Gütiger Gott«, sagte Chevette Washington wie jemand, der im Schlaf spricht, »was *tust* du da?«

Er wußte es nicht, aber hatte er's nicht grade spontan getan?

Das Lied des Mittelpfeilers

Als die Lichter ausgingen, tastete Yamasaki im Dunkeln nach seiner Tasche. Er fand sie und kramte darin nach seiner Taschenlampe.

Im grellen Lichtstrahl lag Skinner mit offenem Mund unter den Decken und einem zerlumpten Schlafsack und schlief.

Yamasaki suchte die Borde über dem Tischbrett ab: kleine Gewürzgläser, identische Gläser mit Stahlschrauben drin, ein uraltes Bakelittelefon mit Wählscheibe, das ihn daran erinnerte, woher der Ausdruck ›eine Nummer wählen‹ kam, Klebeband in vielen verschiedenen Arten und Farben, Rollen dicken Kupferdrahts, Stücke von etwas, das er für Tauwerk hielt, und schließlich ein Bündel verstaubter Kerzenstummel, die mit einem verrottenden Gummiband zusammengebunden waren. Er suchte sich den längsten Stummel aus und fand ein Feuerzeug neben dem grünen Campingkocher. Er stellte die Kerze senkrecht auf eine weiße Untertasse und zündete sie an. Die Flamme flackerte und erlosch.

Mit der Taschenlampe in der Hand ging er zum Fenster und zog es fester in seinen tiefen, runden Rahmen.

Diesmal blieb die Kerze an, obwohl die Flamme in Luftzügen, deren Herkunft zu lokalisieren ein hoffnungsloses Unterfangen sein würde, pulsierte und anschwoll. Er trat wieder ans Fenster und sah hinaus. Die verdunkelte Brücke war unsichtbar. Regen trieb fast waagrecht gegen das Fenster, und winzige Tröpfchen erreichten durch Sprünge im Glas und durch korrodierte Teile der Bleifassung sein Gesicht.

Ihm kam der Gedanke, daß man aus Skinners Bude eine Camera obscura machen könnte. Wenn man die kleine, zentrale Bullaugenscheibe des Kirchenfensters herausnahm und die anderen Scheiben abdeckte, würde ein auf dem Kopf stehendes Bild an die gegenüberliegende Wand geworfen werden.

Yamasaki wußte, daß der Mittelpfeiler, die zentrale Verankerung der Brücke, früher einmal als eine der größten Lochkameras der Welt gegolten hatte. Das durch ein einzelnes, winziges Loch einfallende Licht hatte ein riesiges Bild der Unterseite der unteren Ebene, des nächsten Turms und der Bucht drumherum ins pechschwarze Innere der Konstruktion projiziert. Jetzt beherbergte das Innere der Verankerung eine unbekannte Anzahl der geheimnisvolleren Bewohner der Brücke, und Skinner hatte ihm davon abgeraten, dorthin zu gehen. »Kein Vergleich mit den Manson-Typen da draußen im Busch auf Treasure, Scooter, aber du solltest die trotzdem lieber in Ruhe lassen. Sind schon okay, die Leute, aber sie haben's halt nicht so gern, wenn jemand einfach so bei ihnen reinschneit, verstehst du, was ich meine?«

Yamasaki ging zu der sanften Krümmung der Trosse hinüber, die durch den Boden des Zimmers ragte. Nur ein ovales Segment davon war sichtbar, wie eine Sinuskurve, die nur andeutungsweise eine topologische Fläche in einer Computerdarstellung durchbrach. Er bückte sich, um die Trosse zu berühren. Das sichtbare Segment war von anderen Händen poliert worden. Jedes der siebenunddreißig Stahlseile, die wiederum aus vierhundertzweiundsiebzig Strängen bestanden, hatte einer Kraft von mehreren Millionen Pfund standgehalten und hielt ihr auch jetzt stand. Yamasaki spürte, wie etwas, die Botschaft eines ungeheuren, schwer zu definierenden Moments, wie ein Schauer durch den vom Alter geglätteten Trossenbuckel herauflief. Bestimmt der Sturm; die Brücke selbst war zu beträchtlicher Bewegung fähig; bei Wärme dehnte sie sich aus, bei Kälte zog sie sich zusammen; die gewaltigen Stahlzähne der Pfeiler waren in das Grundgestein unter dem Schlamm der Bay eingelassen, ein Grundgestein, das sich selbst beim Little Grande kaum bewegt hatte.

Godzilla. Yamasaki erschauerte, als er sich Fernsehbilder vom Untergang Tokios ins Gedächtnis rief. Er war mit seinen Eltern in Paris gewesen. Jetzt erhob sich dort eine neue Stadt, deren Gebäude buchstäblich Stockwerk für Stockwerk gewachsen waren.

Das Kerzenlicht zeigte ihm Skinners kleinen Fernseher, der vergessen am Boden lag. Er nahm ihn mit zum Tisch, setzte sich auf den Hocker und untersuchte ihn. Der Bildschirm hatte keinen sichtbaren Schaden genommen. Er hatte sich nur aus dem Gehäuse gelöst und hing an einem kurzen, vielfarbigen Kabelband. Er faltete das Band ins Gehäuse und drückte mit den Daumen auf beide Ränder des Bildschirms. Er schnappte wieder ein, aber ob er noch funktionierte? Yamasaki bückte sich, um einen Blick auf die winzigen Sensoren zu werfen. EIN.

Zitronengelbe und purpurrote Diagonalen jagten einander über den Bildschirm, verblaßten dann und gaben den Blick auf irgendein Steadycam-Fragment frei. Das NHK-Logo war unten links in der Ecke zu sehen. »... der gesetzliche Erbe des Vermögens von Harwood Levine, das dieser mit seiner PR- und Werbefirma gemacht hatte, reiste heute nachmittag aus San Francisco ab, angeblich nach einem mehrtägigen Aufenthalt. Er wollte keinen Kommentar zum Zweck seines Besuchs abgeben.« Ein langes Gesicht, pferdeartig, aber trotzdem gutaussehend, über dem hochgeklappten Kragen eines Regenmantels. Ein breites, weißes Lächeln. »Begleitet wurde er« – Aufnahme auf mittlere

Entfernung in einem Flughafenkorridor, eine schlanke, dunkelhaarige Frau in etwas Luxuriösem und Schwarzem, aufblitzendes Silber an den Absätzen ihrer glänzenden Stiefel – »von der aus Film und Fernsehen bekannten Padanierin Maria Paz, der Tochter des Filmregisseurs Carlo Paz ...«. Die unglücklich aussehende Frau verschwand und wurde von Infrarotaufnahmen aus Neuseeland ersetzt, wo japanische Friedenstruppen in Panzerfahrzeugen auf einen ländlichen Flughafen vorrückten. »... hat die verbotene South Island Liberation Front angeblich schwere Verluste erlitten, während in Wellington ...« Yamasaki versuchte, den Kanal zu wechseln, aber der Bildschirm gab nur sein zitronengelbes und purpurrotes Geflacker von sich und formte dann ein Porträt von Shapely. Ein dokumentarischer Spielfilm der BBC. Ruhig, seriös, ein wenig hypnotisch. Nach zwei weiteren erfolglosen Versuchen, einen anderen Kanal zu finden, gab sich Yamasaki geschlagen, und der britische Kommentar übertönte den Wind, das Ächzen der Trossen und das Knarren der Sperrholzwände. Er konzentrierte sich auf die bekannte Geschichte mit dem feststehenden Ende, das etwas Tröstliches hatte – wenn auch nur wegen seiner Gewißheit.

James Delmore Shapely hatte in den ersten Monaten des neuen Jahrhunderts die Aufmerksamkeit der AIDS-Industrie auf sich gezogen. Er war einunddreißig Jahre alt, ein Stricher und seit zwölf Jahren HIV-positiv. Zum Zeitpunkt seiner ›Entdeckung‹ durch Dr. Kim Kutnik in Atlanta, Georgia, saß Shapely gerade eine zweihundertfünfzigtägige Haftstrafe wegen Aufforderung zur Unzucht ab. (Die Tatsache, daß er HIV-positiv war, was automatisch zu erheblich schwereren Anklagen geführt hätte, war anscheinend ›übersehen‹ worden.) Frau Kutnik, eine Forscherin der Sharman-Gruppe, einer amerikanischen Filiale von Shibata Pharmaceuticals, sichtete medizinische Daten aus Gefängnissen auf der Suche nach Personen, die seit mehr als einem Jahrzehnt HIV-positiv waren, jedoch keine Krankheitssymptome aufwiesen und eine vollständig normale (oder, wie in Shapelys Fall, über der Norm liegende) T-Zellen-Zahl hatten.

Einer der Forschungsansätze der Sharman-Gruppe richtete sich auf die Möglichkeit, mutierte HIV-Arten zu isolieren. Mit dem Argument, daß Viren den Gesetzen der natürlichen Auslese gehorchten, hatten mehrere Sharman-Biologen die These vertreten, das HIV-Virus in seiner damals aktuellen genetischen Form sei übermäßig tödlich. Wenn es sich unkontrolliert ausbreiten könne, argumentierte das Sharman-Team, müsse ein Virus, das eine Letalität von 100 Prozent aufweise, schließlich zur Ausrottung seines Wirtsorganismus' führen. (Andere Sharman-Forscher konterten mit dem Verweis auf die lange Inkubationszeit, die zum Überleben der Wirtspopulation beitrüge.) Die BBC-Autoren legten großen Wert darauf, klarzumachen, daß die Idee, nicht pathogene HIV-Arten zwecks Überwältigung und Neutralisierung letaler Arten aufzuspüren, bereits eine Dekade früher aufs Tapet gebracht worden sei, daß die ›ethischen‹ Implikationen des Experimentierens mit menschlichen Versuchspersonen die Forschung jedoch behindert hätten. Die zentrale Beobachtung der Sharman-Forscher datierte von dieser Vorarbeit her: Das Virus möchte überleben, was es nicht kann, wenn es seinen Wirt tötet. Die Mitglieder des Sharman-Teams, zu dem Dr. Kutnik gehörte, wollten nun HIV-positiven Patienten das Blut von Personen injizieren, die ihrer Ansicht nach mit nicht pathogenen Arten des Virus infiziert waren. Sie hielten es für möglich, daß die nicht pathogene Art den Sieg über die letale Art davontragen würde. Kim Kutnik war eine von sieben Forschern, denen man die Aufgabe übertragen hatte, HIV-positive Personen ausfindig zu machen, die möglicherweise eine nicht pathogene Art in sich trugen. Sie entschied sich dafür, ihre Suche in einem Datensektor zu beginnen, der gegenwärtige Insassen staatlicher Gefängnisse umfaßte, die a) anscheinend bei guter Gesundheit waren und b) deren letzter HIV-Test mindestens ein Jahrzehnt zurücklag. Ihr erster Suchlauf brachte sechsundsechzig Personen zutage – darunter J. D. Shapely.

Yamasaki sah zu, wie Kutnik, gespielt von einer jungen britischen Schauspielerin, sich auf einer Terrasse in Rio an ihre erste Begegnung mit J. D. Shapely erinnerte. »Ich war verblüfft von der Tatsache, daß seine T-Zellen-Zahl an diesem Tag über 1200 lag, und daß seine Antworten in dem Fragebogen darauf hinzudeuten schienen, daß ›safer Sex‹, wie wir es damals nannten, nicht gerade sein … äh … Hauptanliegen war. Er war ein sehr offener, sehr kontaktfreudiger, ja, eigentlich ein sehr *unschuldiger* Mensch, und als ich ihn im Besuchsraum dieses Gefängnisses nach oralem Sex fragte, wurde er doch tatsächlich rot. Dann lachte er und sagte … nun, er sagte, er würde ›Schwänze lutschen, als ob es demnächst aus der Mode kommen würde‹ …« Die Film-Kutnik lachte, als ob sie selbst gleich erröten würde. »Natürlich wußten wir zu dieser Zeit eigentlich noch nichts Genaues über die Infektionsträger der Krankheit«, fuhr sie fort, »denn – so grotesk das heute zu sein scheint – die präzisen Formen der Übertragung waren nie richtig erforscht worden …«

Yamasaki schaltete das Gerät aus. Dr. Kutnik würde Shapelys Entlassung aus dem Gefängnis als Freiwilliger der AIDS-Forschung nach dem Bundesgesetz arrangieren. Das Projekt der Sharman-Gruppe würde von fundamentalistischen Christen behindert werden, die etwas dagegen hatten, daß todkranken AIDS-Patienten ›HIV-belastetes‹ Blut injiziert wurde. Nach der Einstellung des Projekts würde Kutnik klinische Daten entdecken, die darauf hindeuteten, daß ungeschützter

Sex mit Shapely bei etlichen ihrer Patienten anscheinend den Krankheitsverlauf umgekehrt hatte. Dann würde Kutniks leidenschaftliche Kündigung kommen, der Flug nach Brasilien mit dem verblüfften Shapely, die großzügige finanzielle Förderung vor dem Hintergrund eines drohenden Bürgerkrieges, und das, was man nur als extrem pragmatisches Forschungsklima bezeichnen konnte.

Aber es war eine so traurige Story.

Da war es besser, hier im Kerzenlicht zu sitzen, die Ellbogen auf den Rand von Skinners Tisch gestützt, und dem Lied des Mittelpfeilers zu lauschen.

Bis zum Hals

Er sagte in einem fort, er sei aus Tennessee und könne auf diesen Mist *verzichten*. Sie dachte in einem fort, sie würde draufgehen, so wie er fuhr, oder jedenfalls würden diese Cops hinter ihnen her sein, oder der Kerl, der Sammy erschossen hatte. Sie wußte immer noch nicht, was passiert war, und war das nicht Nigel gewesen, der in diesen Straffgesichtigen reingepflügt war?

Da er jedoch bei der Querstraße gezögert hatte, die rechts von der Bryant abging, sagte sie ihm, daß er auf der Folsom links abbiegen sollte, denn wenn die Arschlöcher kamen, wollte sie in Haight sein, dachte sie, dem besten Platz, den sie kannte, um unterzutauchen; genau das war es nämlich, was sie vorhatte, und zwar bei der erstbesten Gelegenheit. Und dieser Ford war genau so einer, wie ihn Mr. Matthews fuhr, der das Heim in Beaverton leitete. Und sie hatte versucht, jemanden mit einem Schraubenzieher zu erstechen. So was hatte sie in ihrem ganzen Leben noch nie getan. Und sie hatte den Computer von diesem Schwarzen ruiniert, dem mit der komischen Frisur. Und dieses Armband an ihrem linken Handgelenk, dessen andere Hälfte an drei Kettengliedern offen rumbaumelte …

Er langte hinüber und ergriff die lose Handschelle. Machte etwas damit, ohne die Augen von der Straße zu wenden. Er ließ los. Nun war sie zu.

»Warum hast du das gemacht?«

»Damit du nicht an irgendwas hängenbleibst und

am Ende an den Türgriff oder ein Straßenschild gefesselt bist …«

»Nimm sie mir ab.«

»Kein Schlüssel.«

Sie rasselte ihm mit dem Ding vor der Nase herum. »Nimm sie ab!«

»Schieb sie in den Ärmel deiner Jacke rauf. Das sind Beretta-Handschellen. Erstklassige Dinger.« Er sagte das, als wäre er irgendwie froh, was zu haben, worüber er reden konnte, und er fuhr auch nicht mehr ganz so wild. Braune Augen. Nicht alt; Anfang zwanzig vielleicht. Billige Klamotten, wie Zeug aus dem Supermarkt, alle naß. Hellbraune Haare, zu kurz geschnitten, aber nicht kurz genug. Sie sah, wie ein Muskel an seinem Kiefer arbeitete, als würde er Kaugummi kauen, was er aber nicht tat.

»Wo fahren wir hin?« fragte sie ihn.

»Keine Ahnung, verdammt«, sagte er und gab dem Motor ein bißchen Zunder. »Du hast doch ›links‹ gesagt …«

»Wer bist du?«

Er warf einen Blick zu ihr herüber. »Rydell. Berry Rydell.«

»Barry?«

»Berry, mit e. Wie Beere. He, das 's aber 'ne *große* Straße, verdammt, mit Ampeln und allem …«

»Rechts hier.«

»Okay«, sagte er und zögerte. »Warum?«

»Haight Ashbury. 'n Haufen Leute, die noch spät nachts auf den Beinen sind, und die Cops gehen da nicht gern hin …«

»Kann man den Wagen da loswerden?«

»Wenn du ihm zwei Sekunden lang den Rücken zudrehst, ist er futsch.«

»Gibt's da Geldautomaten?«

»Mh-mh.«

»Aber hier ist einer …« Auf den Bordstein rauf, und

Scherben von rissigem Sicherheitsglas fielen aus dem Rahmen, wo die Heckscheibe gewesen war. Das hatte sie nicht mal bemerkt.

Er holte eine triefnaß aussehende Brieftasche aus seiner Gesäßtasche und zog Karten heraus. Drei Stück. »Ich muß zusehen, daß ich an 'n bißchen Bargeld rankomme«, sagte er. Er sah sie an. »Wenn du aus dem Wagen springen und abhauen willst«, er zuckte die Achseln, »dann tu's ruhig.« Dann langte er in seine Jackentasche und holte die Brille und Codes' Telefon heraus, das sie sich geschnappt hatte, als das Licht im Dissidenten ausgegangen war. Sie wußte nämlich von Lowell, daß Leute, die in Schwierigkeiten sind, ein Telefon brauchen, und zwar meistens dringender als alles andere. Er ließ ihr beides in den Schoß fallen, die Brille des Arschlochs und das Telefon. »Deins.«

Dann stieg er aus, ging zu dem Geldautomaten rüber und fütterte ihn mit den Karten. Sie saß da, sah zu, wie der Automat aus seiner Panzerung herauskam, wie diese Dinger es immer taten, scheu und vorsichtig; seine Kameras kamen ebenfalls heraus, um die Transaktion zu überwachen. Der Typ stand da und trommelte mit den Fingern auf den Rand, den Mund gespitzt, als ob er pfeifen würde, ohne jedoch einen Laut von sich zu geben. Sie schaute auf das Etui und das Telefon runter und fragte sich, warum sie nicht einfach rraussprang und abhaute, wie er gesagt hatte.

Schließlich kam er zurück, zählte mit dem Daumen einen Packen Geldscheine durch, steckte ihn in die vordere Tasche seiner Jeans und stieg ein. Er ließ die erste seiner Karten durch das offene Fenster zum Geldautomaten hinübersegeln, der sich wie eine Krabbe in sein Gehäuse zurückzog. »Keine Ahnung, wie sie die Dinger so schnell gesperrt haben, nachdem du das Ding da durch Freddies Laptop gerammt hast.« Er warf eine weitere weg. Dann die letzte. Sie lagen vor dem Geldautomaten, als dessen Lexanschild herunterfuhr, und ihre kleinen Hologramme blinkten in die Halogenlampen der Maschine hinauf.

»Die wird sich jemand holen«, sagte sie.

»Hoffentlich«, sagte er, »hoffentlich holen sie sich die Dinger und verschwinden damit zum Mars.« Dann machte er irgendwas im Rückwärtsgang mit allen vier Rädern, und der Ford sprang praktisch hoch und dann nach hinten auf die Straße, und ein anderer Wagen schlitterte an ihnen vorbei, nichts als kreischende Bremsen und blökende Hupe, der Mund des Fahrers ein schwarzes O, und dem Teil von ihr, der noch eine Botin war, gefiel das irgendwie. Andauernd war sie von denen geschnitten worden. »Shit«, sagte er, rührte in der Gangschaltung rum, bis er hatte, was er brauchte, und los ging's.

Die Handschelle rieb auf dem Ausschlag, wo der rote Wurm gewesen war. »Bist du 'n Cop?«

»Nein.«

»Security? Vom Hotel oder so?«

»Mh-mh.«

»Also«, sagte sie, »was bist du?«

Straßenlicht glitt über sein Gesicht. Es sah aus, als ob er darüber nachdächte. »Jemand, der in der Scheiße sitzt. Und zwar bis zum Hals.«

I

Colored People

Das erste, was Rydell sah, als er in der Gasse, die von der Haight Street abging, aus dem Patriot stieg, war ein einarmiger, einbeiniger Mann auf einem Skateboard. Der Mann lag bäuchlings auf dem Brett und stieß sich mit merkwürdigen ruckhaften Bewegungen vorwärts, die Rydell an das hilflose Rudern eines aufgespießten Froschs erinnerten. Er besaß noch den rechten Arm und das linke Bein, was immerhin für eine gewisse Symmetrie sorgte, aber an dem Bein war kein Fuß. Sein Gesicht hatte wie durch eine unheimliche Form von Osmose den Ton von schmutzigem Beton, und Rydell hätte nicht sagen können, was seine ursprüngliche Hautfarbe war. Seine Haare, falls er welche hatte, waren von einer schwarzen Strickmütze bedeckt, und der Rest seines Körpers steckte in einem schwarzen Einteiler, der aus Stücken besonders strapazierfähiger Gummischläuche zusammengenäht zu sein schien. Er blickte hoch, als er auf seinem Weg zur Einmündung der Gasse durch Pfützen rollte, die das Unwetter hinterlassen hatte, und an Rydell vorbeikam, und Rydell hörte oder glaubte zu hören, wie er sagte: »Willst du mich *anquatschen*? Wenn du mich *anquatschen* willst, halt lieber deine verdammte *Schnauze* …«

Rydell stand mit seinem Samsonite in der Hand da und sah ihm nach.

Dann klapperte etwas neben ihm. Das Metall an Chevette Washingtons Lederjacke. »Komm«, sagte sie, »besser, wenn wir hier nicht zulange rumhängen.«

»Hast du das gesehen?« fragte Rydell und zeigte mit seinem Handkoffer hin.

»Wenn du hier noch lange rumhängst, wirst du noch schlimmere Sachen sehen«, sagte sie.

Rydell schaute zum Patriot zurück. Er hatte die Türen verriegelt und den Schlüssel unter dem Fahrersitz liegenlassen, weil er nicht wollte, daß es zu leicht aussah, aber er hatte die Heckscheibe vergessen. Er war noch nie in die Lage geraten, sich unverhohlen zu wünschen, daß ein Auto gestohlen wurde.

»Bist du sicher, daß ihn jemand nimmt?« fragte er sie.

»Wenn wir nicht endlich verschwinden, nehmen sie uns gleich mit.« Sie marschierte los. Rydell folgte ihr. Auf die Ziegelmauern war irgendwelches Zeug gemalt, so hoch hinauf, wie die Maler nur kamen, aber es ähnelte keiner Sprache, die er kannte, allenfalls der Schreibweise von Schimpfwörtern in Comics.

Sie waren kaum um die Ecke gebogen und auf den Bürgersteig getreten, als Rydell hörte, wie der Motor des Patriot auf Touren gebracht wurde. Er bekam eine Gänsehaut wie von etwas in einer Horrorgeschichte, denn in der Gasse war kein Mensch gewesen, und jetzt konnte er den Skateboardmann nirgends mehr sehen.

»Schau nach unten«, sagte Chevette Washington. »Schau nicht hoch, wenn sie vorbeifahren, sonst bringen sie uns um ...«

Rydell konzentrierte sich auf die Spitzen seiner schwarzen Stiefel. »Hängst du viel mit Autodieben rum?«

»Geh weiter und halt die Klappe. Nicht hinschauen.«

Er hörte, wie der Patriot aus der Gasse rollte, herankam und im Schrittempo neben ihnen herfuhr. Seine Stiefelspitzen machten bei jedem Schritt kleine, quatschende Geräusche – und wenn nun das letzte, was man vor seinem Tod mitbekam, eine solch erbärmliche Unannehmlichkeit war wie die Tatsache, daß man nasse Schuhe und Strümpfe hatte und sie nie mehr würde wechseln können?

Rydell hörte, wie der Patriot davonfuhr, während der Fahrer mit der ungewohnten amerikanischen Schaltung kämpfte. Er begann, den Blick zu heben.

»Nicht«, sagte sie.

»Sind das Freunde von dir, oder was?«

»Gassenpiraten, wie Lowell sie nennt.«

»Wer ist Lowell?«

»Du hast ihn im Dissidenten gesehen.«

»In dieser Bar?«

»Keine Bar. 'ne Pinte.«

»Da gibt's Alkohol«, sagte Rydell.

»'ne Pinte. Wo man abhängt.«

»Wer ist ›man‹? Dieser Lowell, hängt der da ab?«

»Ja.«

»Du auch?«

»Nein«, sagte sie wütend.

»Ist das dein Freund, dieser Lowell? Dein Lover?«

»Du hast gesagt, du bist kein Cop. Du *redest* aber wie einer.«

»Bin ich aber nicht«, sagte er. »Kannst sie ja fragen.«

»Er 's bloß jemand, den ich von früher kenne«, sagte sie.

»Na schön.«

Sie warf einen Blick auf den Samsonite. »Hast du da drin 'ne Kanone oder so?«

»Trockene Strümpfe. Unterwäsche.«

Sie schaute zu ihm hinauf. »Ich versteh dich nicht.«

»Brauchst du auch nicht«, sagte er. »Gehen wir hier bloß so spazieren, oder hast du vielleicht irgend 'ne Idee, wo wir hinkönnen? Zum Beispiel von der Straße runter?«

»Wir wollen uns 'n paar Schnappschüsse anschauen«, sagte sie zu dem fetten Mann. Er hatte ein paar Dinger an den Brustwarzen hängen, die wie Sicherheitsschlösser aussahen. Zogen ihn da irgendwie runter, und Rydell konnte einfach nicht hinschauen. Er trug eine ausgebeulte weiße Hose, deren Schritt ihm in den Kniekehlen hing, und eine kleine blaue Samtweste, die überall mit Gold bestickt war. Er war groß und weich und fett und über und über mit Tätowierungen bedeckt.

Rydells Onkel, der mit dem Militär nach Afrika gegangen und nicht zurückgekommen war, hatte ein paar Tätowierungen gehabt. Die beste zog sich über seinen ganzen Rücken, ein großer, spiralförmiger Drache mit Hörnern und einem irgendwie dämlichen Grinsen. Den hatte er sich in Korea verpassen lassen, acht Farben, und alles war von einem Computer gemacht worden. Er hatte Rydell erzählt, wie der Computer seinen Rücken vermessen und ihm genau gezeigt hatte, wie es aussehen würde, wenn es fertig war. Dann hatte er auf diesem Tisch liegen müssen, während der Roboter die Tätowierung anbrachte. In Rydells Vorstellung hatte der Roboter gewisse Ähnlichkeit mit einem Staubsauger gehabt, nur daß er verdrehte Chromarme besaß, die in Nadeln endeten. Aber sein Onkel sagte, es sei eher so, als ob man durch einen Nadeldrucker gezogen würde, und er hätte achtmal durchgemußt, einmal für jede Farbe. Es war aber ein großer Drache, und viel bunter als die Tätowierungen auf den Armen seines Onkels, weißköpfige Seeadler mit ausgebreiteten Schwingen wie im Staatswappen und ein Harley-Schriftzug. Wenn sein Onkel im Garten mit Rydells Hanteln trainierte, konnte Rydell zusehen, wie sich der Drache wellenförmig bewegte.

Dieser fette, glatzköpfige Typ mit den Gewichten an den Brustwarzen hatte überall Tätowierungen, außer an den Händen und am Kopf. Es sah aus, als hätte er einen Anzug an. Sie waren ganz anders, keine Wappenadler oder Harley-Schriftzüge, und sie liefen irgendwie ineinander. Rydell wurde beinahe schwindlig vom Hinsehen, deshalb schaute er zur Wand hinauf, die mit weiteren Tätowierungen bedeckt war, wohl Beispiele, aus denen man sich was aussuchen konnte.

»Du warst doch schon mal hier«, sagte der Mann.

»Ja«, erwiderte Chevette Washington, »mit Lowell. Erinnerst du dich an Lowell?«

Der fette Mann zuckte die Achseln.

»Mein Freund und ich«, sagte sie, »wir wollen uns was aussuchen …«

»Deinen *Freund* hab ich noch nie gesehen«, sagte der fette Mann mit vollendeter Höflichkeit, aber Rydell konnte die Frage in seiner Stimme hören. Sein Blick ruhte auf Rydells Koffer.

»Schon okay«, beruhigte sie ihn, »er kennt Lowell. Ist auch 'n Typ von 'land drüben.«

»Ihr Brückenleute«, sagte der Fette, als ob er die Brückenleute mögen würde. »Dieses Unwetter war einfach *schrecklich*, was? Hoffentlich hat's bei euch nicht so viel Schaden angerichtet … Letzten Monat hatten wir hier einen Kunden, der eine Cibachrome-Panoramaaufnahme mitbrachte, die er sich auf den Rücken machen lassen wollte. Euren ganzen Brückenbogen mit allem drauf. *Tolle* Aufnahme, aber er wollte sie genau in der gleichen Größe, und dafür war er einfach nicht *breit* genug …« Er hob den Blick und sah Rydell an. »Bei deinem Freund hier wär's gegangen …«

»Könnte er sie nicht kriegen?« fragte sie, und Rydell fiel dieser Instinkt auf, die Leute reden zu lassen, um den Kontakt mit ihnen aufrechtzuerhalten.

»Wir von Colored People bieten den kompletten Service«, erklärte der Fette. »Lloyd hat sie in eine Graphikmaschine eingegeben, sie um dreißig Grad gedreht und die Perspektive erhöht, und jetzt sieht's grandios aus … Also, bist du an Schnappschüssen für dich selbst interessiert, oder soll's was für deinen großen Freund hier sein?«

»Ähm… eigentlich suchen wir was für uns beide«, antwortete Chevette. »Was zusammenpaßt, verstehst du?«

Der Fette lächelte. »Das ist aber romantisch…«

Rydell sah sie an.

»Hier entlang.« Der Fette klingelte irgendwie beim Gehen, und Rydell zuckte zusammen. »Kann ich euch komplementären Tee bringen?«

»Kaffee?« fragte Rydell hoffnungsvoll.

»Tut mir leid«, sagte der Fette, »aber Butch ist um zwölf gegangen, und ich kenn mich mit der Maschine nicht aus. Aber ich kann euch guten Tee bringen.«

»Ja«, sagte Chevette und schubste Rydell mit kleinen Ellbogenstößen weiter. »Tee.«

Der Fette führte sie durch einen Flur und in einen kleinen Raum mit ein paar Wandbildschirmen und einem Ledersofa. »Ich hol euch eben euren Tee«, sagte er und schlurfte klingelnd davon.

»Warum hast du das mit den passenden Tätowierungen gesagt?« Rydell sah sich in dem Raum um. Sauber. Leere Wände. Weiches Licht, aber keine Schatten.

»Weil er uns allein lassen wird, während wir uns hier eine aussuchen, und weil wir so lange brauchen werden, um uns zu entscheiden.«

Rydell stellte seinen Samsonite ab und setzte sich aufs Sofa. »Dann können wir also hierbleiben?«

»Ja, solange wir Schnappschüsse aufrufen.«

»Was für Schnappschüsse?«

Sie nahm eine kleine Fernbedienung zur Hand, schaltete einen der Wandbildschirme ein und begann, Menüs durchzuklicken. Der Fette kam mit zwei großen, groben Bechern voll dampfendem Tee auf einem kleinen Tablett zurück. »Für dich hab ich Grünen gemacht«, sagte er zu Chevette Washington, »und für dich Mormonentee«, wandte er sich an Rydell, »weil du doch Kaffee haben wolltest…«

»Äh … danke«, sagte Rydell und nahm den Becher, der ihm hingehalten wurde.

»Jetzt laßt euch ruhig Zeit, ihr beiden«, sagte der Fette, »und wenn ihr was möchtet, ruft mich einfach.« Er ging hinaus, das Tablett unter den Arm geklemmt, und machte die Tür hinter sich zu.

»Mormonentee?« Rydell schnüffelte daran. Er roch eigentlich nach gar nichts.

»Die dürfen doch keinen Kaffee trinken. In dem Tee ist Ephedrin drin.«

»Da sind Drogen drin?«

»Er ist aus einer Pflanze gemacht, die was enthält, was einen wach hält. Wie Kaffee.«

Rydell entschied, daß er jetzt sowieso noch zu heiß war, um ihn zu trinken. Er stellte ihn neben dem Sofa auf den Boden. Das Mädchen auf dem Wandbildschirm hatte einen ähnlichen Drachen wie sein Onkel, aber auf der linken Hüfte. Und einen winzig kleinen silbernen Ring im oberen Rand des Bauchnabels. Chevette Washington klickte zu einem dicken, verschwitzten Biker-Arm, von dem ihnen das Gesicht von Präsidentin Millbank in mehreren Grauschattierungen entgegenblickte.

Rydell schlüpfte aus seiner feuchten Jacke und bemerkte dabei die aufgerissene Schulter, aus der die billige weiße Füllung hervorquoll. Er warf sie hinter das Sofa. »Hast du irgendwelche Tätowierungen?« fragte er.

»Nein«, sagte sie.

»Wie kommt's dann, daß du dich hier so gut auskennst?«

»Lowell«, sagte sie, während sie ein halbes Dutzend weiterer Bilder durchlaufen ließ. »Der hat 'nen Giger.«

»'nen ›Gigger‹?« Rydell machte seinen Samsonite auf, holte ein paar Socken heraus und begann, seine Kampfstiefel aufzubinden.

»'n Maler. Neunzehntes Jahrhundert oder so. Echt klassisch. Biomechanik. Lowell hat ein Giger-Bild auf dem Rücken, nach 'nem Gemälde mit dem Titel ›N.Y.C. XXIV‹.« Sie sprach es *x, x, i, v* aus. »Ist so wie diese Stadt. Abgestufte Schwarztöne. Aber er wollte auch was für die Arme, deshalb sind wir hergekommen, um nach weiteren Gigern zu schauen, die zu seinem passen würden.«

»Warum setzt du dich nicht hin«, sagte Rydell. »Sonst krieg ich noch Nackenschmerzen.« Sie wanderte vor den Bildschirmen auf und ab. Er zog seine nassen Strümpfe aus, steckte sie in die Container-City-Tüte und schlüpfte in die trockenen. Er dachte daran, seine Schuhe eine Weile ausgezogen zu lassen, aber was war, wenn er schnell wegmußte? Also zog er sie wieder an. Er war gerade dabei, sie zuzuschnüren, als sie sich neben ihn setzte.

Sie machte den Reißverschluß ihrer Jacke auf und schüttelte sie ab, wobei die freie Beretta-Handschelle rasselte. Die Ärmel ihres schlichten schwarzen T-Shirts waren mit der Schere abgeschnitten, und ihre Oberarme waren glatt und weiß. Sie langte über das Ende des Sofas hinweg und legte die Jacke weg, stellte sie gewissermaßen an die Wand; das Leder war steif genug, daß sie einfach so stehenblieb, mit herunterhängenden Ärmeln, als ob sie schliefe. Das hätte Rydell auch gern getan. Jetzt hatte Chevette die Fernbedienung in der Hand.

»He«, sagte Rydell, »der Kerl im Regenmantel vorhin, der den anderen erschossen hat, diesen …« Er wollte gerade sagen, diesen großen Langhaarigen auf dem Fahrrad, aber sie packte sein Handgelenk. Die Handschelle rasselte.

»Sammy. Er hat Sammy erschossen, oben bei Skinner. Er … Er war hinter der Brille her, und Sammy hatte sie, und …«

»Moment. Wart mal 'ne Sekunde. Die Brille. Alle wollen die Brille haben. Dieser Typ will sie, Warbaby will sie …«

»Wer ist Warbaby?«

»Der große Schwarze, der die Heckscheibe von seinem Wagen rausgeschossen hat, als ich ihm den geklaut habe. Das war Warbaby.«

»Glaubst du, *ich* weiß, was das für 'ne Brille ist?«

»Du weißt nicht, warum die Leute hinter ihr her sind?«

Sie sah ihn an wie jemanden, der einem gerade erklärt hat, heute sei ein guter Tag, um sein ganzes Geld in Lotterielosen anzulegen.

»Laß uns noch mal von vorn anfangen«, schlug Rydell vor. »Erzähl mir, woher du die Brille hast.«

»Warum sollte ich?«

Er dachte darüber nach. »Weil du inzwischen tot wärst, wenn ich vorhin nicht so einen total behämmerten *Mist* gebaut hätte.«

Sie dachte darüber nach. »Okay«, sagte sie.

Vielleicht war im Mormonentee des fetten Mannes wirklich was dringewesen, oder vielleicht war Rydell auch gerade in jene Phase der Müdigkeit übergewechselt, in der alles eine Zeitlang ins Tanzen geriet und man sich zu fühlen begann, als ob man in mancherlei Hinsicht wacher wäre, als man es sonst je war. Aber am Ende trank er den Tee mit kleinen Schlucken und hörte ihr zu, und als sie so in ihrer Story aufging, daß sie nicht mehr daran dachte, die Bilder mit den Tätowierungen auf dem Wandbildschirm zu wechseln, tat er es für sie.

Wenn man alles in die richtige Reihenfolge brachte, dann war sie ein Mädchen aus Oregon ohne Familie, das hierhergekommen und zu dem alten Mann auf die Brücke gezogen war, der nicht ganz dicht war, wie es klang, eine schlimme Hüfte hatte und jemanden um sich brauchte, der ihm half. Dann hatte sie sich einen Job besorgt, bei dem sie mit einem Fahrrad in San Francisco herumfuhr und Kurieraufträge erledigte.

Rydell wußte aus seiner Zeit bei der Fußstreife in der Innenstadt von Knoxville über Kuriere Bescheid, weil man ihnen dauernd Strafzettel verpassen mußte, weil sie auf dem Gehweg fuhren und die Verkehrsregeln mißachteten, und weil sie einem ständig Schwierigkeiten machten. Aber sie verdienten gutes Geld, wenn sie sich richtig ins Zeug legten. Dieser Sammy, der erschossen worden war, ermordet, wie sie behauptete, war auch ein Kurier gewesen, ein Schwarzer, der ihr den Job bei Allied verschafft hatte, wo sie arbeitete.

Und ihre Geschichte, wie sie bei der großen, feuchtfröhlichen Party im Morrisey, in die sie sich verirrt hatte, diesem Kerl die Brille aus der Tasche gefischt hatte, ergab für ihn durchaus einen Sinn. Und es war keine dieser Geschichten, die sich die Leute so ausdachten. Kein Wort davon, daß die Brille wie von selbst in ihre Hand gelangt sei oder so, sie hatte sie halt geklaut und basta, ein Impuls, einfach, weil sie dieser Kerl belästigte und ihr auf den Geist ging. Grober Unfug, nur daß sich dann herausgestellt hatte, daß ihre Beute wertvoll war.

Aus ihrer Beschreibung wußte er jedoch, daß es sich bei ihrem Arschloch im Morrisey um den gleichen handelte, der das kubanische Halstuch verpaßt bekommen hatte, diesen in Deutschland geborenen Costaricaner, der vielleicht keins von beidem war, den Star von Warbabys nicht jugendfreiem Fax, den Mann, über den Swobodow und Orlowsky Ermittlungen angestellt hatten. Falls sie das getan hatten.

»Scheiße«, sagte er mitten in etwas hinein, das sie ihm gerade zu erklären versuchte.

»Was?«

»Nichts. Red weiter ...«

Die Russen waren korrupt, und er wußte es. Sie waren von der Mordkommission, sie waren korrupt, und er würde Dollars gegen Donuts setzen, daß sie nicht mal für den Fall zuständig waren. Sie konnten

Warbaby die Türen zum Schauplatz des Verbrechens öffnen und den Computer ihrer Abteilung anzapfen, aber alles andere war nur Show gewesen, für ihn, Rydell, die angeheuerte Hilfskraft. Und was hatte Freddie noch gleich über DatAmerica und IntenSecure gesagt – daß die im Grunde ein und dasselbe waren?

Chevette Washington war jedoch mittlerweile ganz und gar vom Schwung ihrer eigenen Erzählung mitgerissen worden, wie Leute ja manchmal einfach alles rauslassen, wenn sie erst mal zu reden anfangen, und sie erzählte gerade, daß Lowell – der mit den Haaren, nicht der Skinhead, und der war eine Zeitlang tatsächlich so was wie ihr Lover gewesen –, ein Typ sei, der mit Computern allerlei hinkriegen könne (du weißt schon), wenn man Geld hätte, und daß ihr das irgendwie Angst mache, weil er immer über die Cops redete und damit prahlte, daß er sich wegen denen keine Sorgen zu machen bräuchte.

Rydell nickte und blätterte automatisch ein paar weitere Tätowierungsbilder durch – eine Frau mit pinkfarbenen Nelken, die irgendwie ihrer Bikini-Linie folgten –, aber in Wirklichkeit horchte er auf etwas, das ihm im Kopf herumging. Hernandez war IntenSecure, das Morrisey war IntenSecure, Warbaby war IntenSecure, Freddie hatte gesagt, DatAmerica und IntenSecure seien praktisch dasselbe …

»… Sehnsucht …«

Rydell zwinkerte. Ein dürrer Knabe mit einem traurigen J. D. Shapely auf der Brust. Aber wer würde nicht traurig dreinschauen, wenn ihm Brusthaare aus den Augen wüchsen. »Was?«

»Die Republik. Republik der Sehnsucht.«

»Und das wäre?«

»Der Grund, warum Lowell meint, daß ihm die Cops nie auf die Füße treten werden, aber ich hab ihm gesagt, daß er nur Scheiße im Kopf hat.«

»Hacker«, erklärte Rydell.

»Du hast mir überhaupt nicht zugehört.«

»Nein«, sagte Rydell, »nein, das ist nicht wahr. Sehnsucht. Die Republik. Laß die hier noch mal durchlaufen, okay?«

Sie nahm die Fernbedienung und klickte sich durch einen rasierten Schädel mit einer Sonne obendrauf und Planeten, deren Kreisbahnen bis zum oberen Rand der Ohren gingen, eine Hand mit einem schreienden Mund auf der Handfläche und Füße, die mit blaugrünen Schuppen bedeckt waren. »Ich hab gerade *gesagt*«, fuhr sie fort, »daß Lowell viel dummes Zeug darüber quatscht, welche Verbindungen er zu dieser Republik des Schicksals hat, und daß die mit Computern alles mögliche deichseln können, so daß jeder, der sich mit ihm anlegt, eins aufs Dach kriegt.«

»Was du nicht sagst«, meinte Rydell. »Hast du diese Typen schon mal gesehen?«

»Die *sieht* man nicht«, antwortete sie, »jedenfalls nicht *persönlich*. Man redet mit ihnen, am Telefon. Oder mit 'ner Telebrille, und das ist das Schärfste.«

»Wieso?«

»Weil sie wie *Hummer* und so 'n Scheiß aussehen. Oder wie Fernsehstars. Wie alles mögliche. Aber ich weiß gar nicht, warum ich dir das erzähle.«

»Weil ich sonst einpenne, und wie entscheiden wir dann, ob wir uns die Schuppenfüße oder die Nelken zwischen den Beinen machen lassen sollen?«

»Jetzt bist du dran«, sagte sie und saß einfach da, bis er zu reden anfing.

Er erzählte ihr, daß er aus Knoxville sei und die Akademie besucht hätte, daß er immer *Cops in Schwierigkeiten* gesehen hätte und – als er Cop gewesen und in Schwierigkeiten geraten sei – beinahe in die Sendung gekommen wäre. Daß sie ihn nach Los Angeles verfrachtet hätten, weil sie sich von den erwachsenen Überlebenden des Satanismus nicht den Schwung rauben lassen wollten, daß dann jedoch die Pooky-Bear-

Morde dazwischengekommen wären und sie irgendwie das Interesse verloren hätten, so daß er den Job bei IntenSecure annehmen und mit Gunhead rumfahren mußte. Er erzählte ihr von Sublett und der Wohngemeinschaft mit Kevin Tarkowsky in dem Haus in Mar Vista, überging jedoch die Republik des Schicksals und die Nacht, als er mit Gunhead in das Haus der Schonbrunns im Benedict Canyon gefahren war. Er erwähnte Hernandez und dessen Besuch neulich morgen – Jahre schien das her zu sein –, bei dem er ihm gesagt hatte, er könne hierherkommen und diesen Mr. Warbaby fahren. Dann wollte sie wissen, was Spürhunde machten, deshalb erklärte er ihr, was ihre eigentliche Aufgabe war und was sie seiner Meinung nach wohl *in Wirklichkeit* taten, und sie sagte, daß sie unangenehme Typen zu sein schienen.

Als er fertig war, sah sie ihn nur an. »Das ist alles? Das ist der Grund, weshalb du hergekommen bist und all das tust?«

»Ja«, sagte er, »ich glaub schon.«

»Meine Güte«, meinte sie kopfschüttelnd. Sie sahen beide zu, wie ein paar Ganzkörpertätowierungen durchliefen; eine davon bestand nur aus Schaltbildern, wie man sie per Schablone auf altmodische Schaltkarten aufgetragen hatte.

»Deine Augen sehn aus wie zwei Pißlöcher im Schnee«, sagte sie und gähnte mittendrin.

Es klopfte an der Tür. Sie ging einen Spaltbreit auf, und jemand – nicht der Mann, der beim Gehen klingelte – fragte: »Na, schon was gefunden? Henry ist nach Hause gegangen …«

»Tja, ist wirklich schwer, sich zu entscheiden«, antwortete Chevette Washington. »Es sind so viele Bilder, und wir wollen genau das richtige finden …«

»Das ist schon okay«, sagte die Stimme gelangweilt, »macht ruhig weiter.« Die Tür ging zu.

»Laß mich mal die Brille sehen«, bat Rydell.

Sie langte hinüber und nahm ihre Jacke, holte das Etui mit der Brille und das Telefon heraus und gab ihm die Brille. Das Etui war aus einem dunklen Material, dünn wie eine Eierschale, aber hart wie Stahl. Er machte es auf. Die Brille sah genau wie die von Warbaby aus. Ein dicker schwarzer Rahmen, und die Gläser waren jetzt schwarz. Das Ding hatte ein komisches Gewicht; es wog mehr, als man glaubte.

Chevette hatte das Tastenfeld des Telefons aufgeklappt.

»He«, Rydell berührte ihre Hand, »die haben garantiert deine Nummer. Wenn du mit dem Ding jemand anrufst oder auch nur einen Anruf entgegennimmst, sind sie in ungefähr zehn Minuten hier.«

»Die Nummer haben sie nicht«, erklärte sie. »Das ist eins von Codes' Telefonen. Ich hab's vom Tisch genommen, als das Licht ausging.«

»Ich dachte, du hättest gesagt, du würdest nicht einfach irgendwelche Sachen klauen.«

»Wenn Codes es hatte«, sagte sie, »dann ist es schon geklaut. Codes beschafft sich die Dinger von Leuten in der Stadt, dann setzt Lowell jemand dran, der sie verwürfelt und die Nummer ändert.« Sie tippte auf dem Tastenfeld rum und hielt sich das kleine Telefon ans Ohr. »Tot«, sagte sie achselzuckend.

»Gib mal her.« Rydell legte die Brille in seinen Schoß und nahm das Telefon. »Vielleicht ist es naß geworden, oder die Batterie hat sich gelöst. Was gibt der alte Codes denen überhaupt dafür?« Er fuhr mit dem Daumennagel über die Rückseite des Telefons und suchte die Stelle, wo man es aufmachen konnte.

»Na«, sagte sie, »Stoff.«

Er ließ das Gehäuse aufschnappen und sah eine fest zusammengerollte kleine Tüte, die dort drin neben der Batterie klemmte. Sie hatte die Kontakte auseinandergedrückt. Er nahm sie heraus und entrollte sie. »Stoff?«

»Mhm.«

»Stoff wie den hier.«

»Mhm.«

Er sah sie an. »Wenn das 4-Thiobuskalin ist, ist es eine kontrollierte Substanz.«

Sie sah die Tüte mit dem gräulichen Pulver und dann ihn an. »Aber du bist kein Cop mehr.«

»Du nimmst dieses Zeug doch nicht, oder?«

»Nein. Na ja, ein- oder zweimal. Lowell nimmt's manchmal.«

»Dann laß es jedenfalls bleiben, solange du mit mir zusammen bist. Ich hab nämlich gesehen, was es anrichtet. Nette, normale Leute, die das Zeug paarmal einwerfen, rasten total aus.« Er tippte auf die Tüte. »Hier ist genug drin, um ein halbes Dutzend dermaßen von der Rolle zu bringen, daß du's nicht glauben würdest.« Er gab ihr die Tüte, nahm das Telefon und versuchte, die Batterie wieder dorthin zu schieben, wohin sie gehörte.

»Doch, würde ich«, sagte sie. »Ich hab gesehen, was es mit Lowell gemacht hat …«

»Das Freizeichen«, sagte er. »Wen willst du anrufen?«

Sie überlegte, dann nahm sie das Telefon und klappte es zu. »Ich schätze, da gibt's niemand.«

»Hat der alte Mann Telefon?«

»Nein«, sagte sie, und ihre Schultern sackten herunter. »Ich fürchte, sie haben ihn auch umgebracht. Meinetwegen …«

Rydell fiel nichts ein, was er dazu sagen konnte. Er war zu müde, um die Fernbedienung zu betätigen. Der Arm von irgendeinem Kerl mit einer eingerollten Konföderiertenfahne drauf. Wie zu Hause. Er sah Chevette an. Sie wirkte jedenfalls nicht annähernd so müde wie er. Vielleicht lag das einfach daran, daß sie so jung war, dachte er. Er hoffte nur, daß sie nicht auf Ice oder Dancer oder irgendwas war. Möglicherweise stand sie immer noch unter Schock. Sie hatte gesagt, dieser

Sammy sei getötet worden, und um zwei andere machte sie sich Sorgen. Offensichtlich hatte sie den Kerl gekannt, der mit dem Fahrrad in Swobodow reingebrettert war, aber sie wußte noch nicht, daß er erschossen worden war. Komisch, was einem im Kampf alles entging. Nun, er sah keinen Grund, es ihr zu erzählen, jedenfalls nicht jetzt gleich.

»Ich versuch's bei Fontaine«, sagte sie und klappte das Telefon wieder auf.

»Bei wem?«

»Er kümmert sich um Skinners Strom und so.« Sie wählte eine Nummer und hielt sich das Telefon ans Ohr.

Ihm fielen die Augen zu, und sein Kopf schlug so hart auf die Rücklehne des Sofas, daß er davon beinahe aufgewacht wäre.

Nach dem Gewitter

Stinkt nach Pisse«, sagte Skinner anklagend und weckte Yamasaki damit aus einem Traum, in dem er auf einer weiten, dunklen Ebene neben J. D. Shapely vor einer endlosen Mauer gestanden hatte, in die die Namen der Toten eingraviert waren.

Yamasaki hob den Kopf vom Tisch. Im Zimmer war es dunkel. Durch das Kirchenfenster fiel Licht herein.

»Was machst du denn hier, Scooter?«

Yamasaki taten der Hintern und das Kreuz weh. »Das Gewitter«, sagte er, noch halb im Traum.

»Was für 'n Gewitter? Wo ist das Mädchen?«

»Weg«, sagte Yamasaki und rieb sich die Augen. »Erinnern Sie sich nicht? Loveless?«

»Wovon redest du?« Skinner stemmte sich auf einen Ellbogen hoch und trat die Decken und den Schlafsack mit den Füßen beiseite. Sein Gesicht mit den grauen Stoppeln verzog sich vor Abscheu. »Ich brauch ein Bad. Und trockene Sachen.«

»Loveless. Er hat mich in einer Bar gefunden. Hat mich gezwungen, ihn herzubringen. Muß mir gefolgt sein, vorher, glaube ich, als ich von Ihnen weggegangen bin ...«

»Ja, sicher. Halt die Klappe, Scooter, okay?«

Yamasaki machte den Mund zu.

»Jetzt brauchen wir erstmal reichlich Wasser. Und zwar heißes. Erstens für den Kaffee, und dann noch was, damit ich mich waschen kann. Kennst du dich mit 'nem Coleman-Kocher aus?«

»Womit?«

»Mit dem grünen Ding da drüben, dem mit dem roten Tank vorne dran. Wenn du den Tank abwrögelst, erklär ich dir, wie man das Ding aufpumpt.«

Yamasaki stand auf. Der Schmerz in seinem Rücken ließ ihn zusammenzucken. Er stolperte zu dem grün lackierten Metallkasten hinüber, auf den Skinner zeigte.

»Ist abgehauen, die Kleine, um wieder mit dieser Niete, diesem Schleimscheißer von ihrem Lover zu vögeln. Na, egal, Scooter …«

Er stand auf Skinners Dach – seine Hosenbeine flatterten in einer Brise, die keine Spur vom Sturm der letzten Nacht mehr in sich trug – und schaute auf die Stadt hinaus, die in ein seltsames metallenes Licht getaucht war. Fetzen seines Traums geisterten noch immer in seinem Kopf herum … Shapely hatte mit ihm gesprochen. Seine Stimme war die des jungen Elvis Presley gewesen. Er sagte, er habe seinen Mördern vergeben.

Yamasaki schaute zum aufgerichteten Transamerica-Dorn mit dem Stützverband hinüber, den sie ihm nach dem Little Grande angelegt hatten, und konnte die Traumstimme beinahe hören. *Sie wußten es einfach nicht besser, Scooter.*

Unten fluchte Skinner, während er sich mit dem Wasser wusch, das Yamasaki auf dem Coleman-Kocher erhitzt hatte.

Yamasaki dachte an seinen Doktorvater in Osaka.

»Ist mir egal«, sagte Yamasaki auf Englisch. San Francisco war sein Zeuge.

Die ganze Stadt war ein Thomasson. Vielleicht war Amerika selbst ein Thomasson.

Wie sollten sie das in Osaka, in Tokio verstehen?

»He! Du da, auf dem Dach!« rief jemand.

Yamasaki drehte sich um und sah einen dünnen Schwarzen auf dem Gewirr der Träger, die das obere

Ende von Skinners Lift trugen. Er hatte einen dicken Tweedmantel an und eine gehäkelte Mütze auf dem Kopf. »Alles in Ordnung bei euch da oben? Wie geht's Skinner?«

Yamasaki zögerte; er erinnerte sich an Loveless. Wenn Skinner oder das Mädchen Feinde hatten, wie sollte er sie erkennen?

»Ich bin Fontaine«, sagte der Mann. »Chevette hat mich angerufen und mich gebeten, mal rüberzukommen und nachzuschauen, ob Skinner das Unwetter heil überstanden hat. Ich kümmere mich um die Stromleitungen hier oben und sorge dafür, daß sein Lift funktioniert und so.«

»Er badet gerade«, sagte Yamasaki. »Das Gewitter hat ihn … verwirrt. Er scheint sich nicht zu erinnern.«

»Ungefähr in 'ner halben Stunde hab ich wieder Strom für euch«, sagte der Mann. »Wünschte, ich könnte das gleiche für meine Seite drüben sagen. Haben vier Transformatoren verloren. Fünf Tote und zwanzig Verletzte, soweit ich weiß. Hat Skinner schon Kaffee aufgesetzt?«

»Ja«, sagte Yamasaki.

»Könnte jetzt 'ne Tasse vertragen.«

»Ja, bitte«, sagte Yamasaki und verbeugte sich. Der Schwarze lächelte. Yamasaki kletterte durch die Luke nach unten. »Skinner-san! Ein Mann namens Fontaine. Er ist Ihr Freund?«

Skinner zwängte sich gerade in vergilbte Thermo-Unterwäsche. »Dieser Blindgänger. Hab immer noch keinen Strom …«

Yamasaki entriegelte die Klappe im Fußboden und zog sie auf. Schließlich erschien Fontaine am Fuß der Leiter, in jeder Hand eine ziemlich ramponierte Segeltuch-Werkzeugtasche. Er stellte eine ab, schlang sich die andere über die Schulter und begann heraufzuklettern.

Yamasaki goß den restlichen Kaffee in den saubersten Becher.

»Die Treibstoffzelle ist im Arsch«, sagte Skinner, als Fontaine zunächst einmal seine Tasche durch die Öffnung schob. Er steckte jetzt in mindestens drei Schichten fadenscheiniger Flanellhemden, deren Schöße ungleichmäßig in den Bund einer uralten wollenen Uniformhose gestopft waren.

»Schon in Arbeit, Boss«, erwiderte Fontaine, während er aufstand und seinen Mantel glattstrich. »Wir hatten 'n sattes Unwetter hier.«

»Sagt Scooter auch«, nickte Skinner.

»Tja, da hat er dir keinen Scheiß erzählt, Skinner. Danke.« Fontaine nahm die dampfende Tasse mit schwarzem Kaffee entgegen und pustete darauf. Er sah Yamasaki an. »Chevette hat gesagt, sie würde vielleicht 'ne Weile wegbleiben. Wißt ihr was darüber?«

Yamasaki sah Skinner an. »Ist egal«, sagte Skinner. »Die ist wieder mit diesem Sackgesicht abgehauen.«

»Davon hat sie nichts gesagt«, meinte Fontaine. »Hat überhaupt nicht viel gesagt. Aber wenn sie nicht zurückkommt, brauchst du jemand, der sich um dich kümmert.«

»Ich komm schon allein zurecht«, erklärte Skinner.

»Weiß ich doch, Boss«, versicherte ihm Fontaine, »aber wir haben ein paar durchgebrannte Servos in deinem Lift da unten. Wird 'n paar Tage dauern, den wieder zum Laufen zu bringen, bei dem Berg von Arbeit, den wir vor uns haben. Brauchst jemand, der die Leiter rauf- und runtersteigt. Der dir was zu essen holt und so.«

»Kann Scooter ja machen«, sagte Skinner.

Yamasaki machte ein erstauntes Gesicht.

»Stimmt das?« Fontaine sah Yamasaki mit hochgezogenen Augenbrauen an. »Du bleibst hier oben und kümmerst dich um Mr. Skinner?«

Yamasaki dachte an seine geliehene Wohnung in dem hohen viktorianischen Haus, deren Bad aus schwarzem Marmor größer war als sein Junggesellenapartment in Osaka. Er schaute von Fontaine zu Skinner und wieder zurück. »Es wäre mir Ehre, bei Skinner-san zu bleiben, wenn er wünscht.«

»Mach, was du willst«, sagte Skinner und begann, umständlich die Laken von seiner Matratze abzuziehen.

»Chevette hat mir erzählt, daß du vielleicht hier oben wärst«, sagte Fontaine. »So 'n Typ von der Universität ...« Er stellte seinen Becher auf den Tisch und bückte sich, um seine Werkzeugtasche aufzuheben und danebenzustellen. »Sagte, ihr macht euch vielleicht Sorgen, daß ihr ungebetenen Besuch bekommt.« Er öffnete die beiden Schnallen an der Tasche und klappte sie auf. Werkzeug schimmerte dort, und Rollen von Isolierdraht. Er holte etwas heraus, was in einen öligen Lappen gewickelt war, schaute zu Skinner hinüber, um sich zu vergewissern, daß der ihn nicht beobachtete, und steckte das Ding hinter die Glasgefäße auf dem Bord über dem Tisch.

»Wir können weitgehend sicherstellen, daß in den nächsten paar Tagen niemand hier raufkommt, den ihr nicht kennt«, sagte er mit gesenkter Stimme zu Yamasaki. »Aber das ist eine 38er Special, sechs Patronen mit Hohlspitzgeschossen. Wenn du ihn benutzt, dann tu mir einen großen Gefallen und wirf ihn hinterher weg, okay?« Fontaine grinste. »Er ist von ... äh ... ›zweifelhafter Herkunft‹.«

Yamasaki dachte an Loveless. Er schluckte.

»Kommt ihr klar hier oben?« fragte Fontaine.

»Ja«, sagte Yamasaki, »ja, vielen Dank.«

Wohnmobil

Es war halb elf, als sie schließlich wieder auf die Straße rausmußten, und dann auch nur deshalb, weil der Manager, Benny Singh, vorbeikommen würde, wie Laurie sagte, die Chevette von ihrem allerersten Besuch in dem Laden her kannte, und da könnten sie nicht länger hierbleiben, erst recht nicht, wenn ihr Freund schlief, als ob er bewußtlos wäre oder so. Chevette sagte, sie verstünde das, und bedankte sich bei ihr.

»Wenn du Sammy Sal siehst«, sagte Laurie, »dann grüß ihn von mir.«

Chevette nickte traurig und begann, den Burschen an der Schulter zu rütteln. Er grunzte und versuchte, ihre Hand wegzuschieben. »Wach auf! Wir müssen weg.«

Sie konnte nicht glauben, daß sie ihm all das erzählt hatte, aber sie hatte es einfach jemandem erzählen müssen, sonst wäre sie durchgedreht. Nicht, daß es dadurch mehr Sinn ergab als vorher – eher noch weniger, wenn man das dazunahm, was dieser Rydell ihr darüber erzählt hatte. Die Neuigkeit, daß jemand hingegangen war und das Arschloch ermordet hatte, kam ihr einfach irreal vor, aber wenn es wirklich so war, dann steckte sie tiefer in der Scheiße als je zuvor, dachte sie.

»Wach auf!«

»Herrgott noch mal…« Er setzte sich auf und rieb sich mit den Knöcheln die Augen.

»Wir müssen weg. Der Manager kommt gleich. Meine Freundin hat dich 'ne Weile schlafen lassen.«

»Wohin gehen wir?«

Chevette hatte darüber nachgedacht. »Auf der Cole beim Panhandle gibt's Läden, die Zimmer stundenweise vermieten.«

»Hotels?«

»So was in der Art«, sagte sie. »Für Leute, die das Bett nur kurze Zeit brauchen.«

Er tastete hinter dem Sofa nach seiner Jacke. »Schau dir das an«, sagte er und steckte die Finger in den Riß an der Schulter. »Gestern abend war die noch nagelneu.«

Stadtviertel, in denen hauptsächlich nachts Betrieb war, sahen morgens irgendwie immer viel schlimmer aus. Sogar die Bettler sahen zu dieser Tageszeit schlimmer aus, zum Beispiel der Typ mit den Geschwüren, der eine halbe Dose Spaghettisauce zu verkaufen versuchte. Sie ging um ihn herum. Noch ein oder zwei Blocks, dann würden sie auf die ersten Gruppen von Tagesausflüglern stoßen, die zum Skywalker Park wollten; die Menge bot ihnen bessere Deckung, aber es waren auch mehr Cops unterwegs. Sie versuchte sich zu erinnern, ob die Skywalker-Privatcops von IntenSecure waren, dieser Firma, von der Rydell geredet hatte.

Sie hätte gern gewußt, ob Fontaine zu Skinner gegangen war, wie er versprochen hatte. Da sie am Telefon nicht zuviel reden wollte, hatte sie zuerst nur gesagt, daß sie für eine Weile weg sei, und ob Fontaine wohl mal rübergehen und nachschauen könne, wie es Skinner ging, und vielleicht auch diesem japanischen Studenten, der da in letzter Zeit immer rumhing. Aber Fontaine hatte die Besorgnis in ihrer Stimme gehört und sie deswegen bedrängt, und sie hatte ihm erzählt, sie mache sich Sorgen um Skinner, und es gebe Leute, die möglicherweise raufkommen und ihn belästigen würden.

»Doch wohl keine von der Brücke«, hatte er gefragt, und sie hatte verneint, aber das war auch alles, was sie dazu sagen konnte. In der Leitung blieb es einen Augenblick lang still, und sie konnte eins von Fontaines Kindern im Hintergrund singen hören, eins dieser afrikanischen Lieder mit den merkwürdigen kehligen Klicklauten. »Okay«, sagte Fontaine schließlich, »ich schau mir das mal an.« Und Chevette bedankte sich hastig und unterbrach die Verbindung. Fontaine tat viel für Skinner. Er hatte mit Chevette nie darüber geredet, aber er schien Skinner schon sein Leben lang zu kennen, oder zumindest, seit er auf der Brücke war. Es gab viele solche Leute, und Chevette wußte, daß Fontaine dafür sorgen konnte, daß immer jemand ein Auge auf den Turm und den Lift hatte und nach Fremden Ausschau hielt. Das tat man auf der Brücke füreinander, und viele Leute waren Fontaine etwas schuldig, weil er einer der wichtigsten Elektriker war.

Jetzt kamen sie an diesem Bagelladen mit dem aus Schrott zusammengeschweißten Eisengitter vorbei, in dem man an kleinen Tischen sitzen, Kaffee trinken und Bagels essen konnte, und der morgendliche Backgeruch bewirkte, daß sie vor Hunger beinahe ohnmächtig wurde. Sie dachte, daß sie vielleicht lieber reingehen und sich ein Dutzend in eine Tüte packen lassen sollten, vielleicht auch ein bißchen Frischkäse dazu, alles zum Mitnehmen, als Rydell ihr die Hand auf die Schulter legte.

Sie drehte sich um und sah das große, glänzende weiße Wohnmobil, das eben vor ihnen auf die Haight eingebogen war und nun auf sie zukam. Solche Kisten mit alten Leuten am Steuer sah man in Oregon oft, ganze Konvois, mit Booten auf Anhängern und festgezurrten kleinen Jeeps oder Motorrädern hinten dran, wie Rettungsboote. Nachts kampierten sie in speziellen Parks mit NATO-Draht drumrum, Hunden drin und KEIN ZUTRITT-Schildern dran, die ernstgemeint waren.

Rydell starrte das Wohnmobil ungläubig an, und das Ding fuhr direkt neben ihnen an den Randstein, und die grauhaarige alte Dame ließ die Fensterscheibe herunter, lehnte sich auf der Fahrerseite heraus und rief: »Junger Mann! Entschuldigen Sie, aber ich bin Danica Elliott, und ich glaube, wir haben uns gestern in der Maschine aus Burbank kennengelernt.«

Danica Elliott war eine Rentnerin aus Altadena, unten in Südkalifornien, die mit demselben Flugzeug wie Rydell nach San Francisco geflogen war, wie sie sagte, um ihren Mann in eine andere Kälteschlafeinrichtung zu verlegen. Na ja, genaugenommen nicht ihren Mann, sondern nur sein Gehirn, das sie auf seinen Wunsch nach seinem Tod hatte einfrieren lassen.

Chevette hatte davon gehört, daß Leute so was taten, aber sie hatte nie verstanden, warum, und offensichtlich verstand Danica Elliott es auch nicht. Aber sie war hergekommen, um noch mehr gutes Geld sinnlos zum Fenster rauszuwerfen, wie sie erklärte, und das Gehirn ihres Gatten David in diesen teureren Laden umbetten zu lassen, der es in einem eigenen, privaten kleinen Tank auf Eis legen würde, so daß es nicht mehr mit einem Haufen eingefrorener Gehirne anderer Leute in dem großen Tank herumpurzelte, in dem es vorher gewesen war. Chevette fand sie wirklich nett, aber bei diesem Thema war sie gar nicht mehr zu bremsen, und nach einer Weile fuhr Rydell nur noch und nickte, als ob er zuhören würde, und Chevette, die ihn dirigierte, konzentrierte sich in erster Linie auf die Stadtplananzeige am Armaturenbrett des Wohnmobils und hielt außerdem Ausschau nach Streifenwagen.

Mrs. Elliott hatte sich am Abend zuvor um die Verlegung des Gehirns ihres Gatten gekümmert, und das hatte sie irgendwie emotional berührt, wie sie sagte; aus diesem Grund hatte sie sich entschlossen, dieses Wohnmobil zu mieten und damit nach Altadena zurückzufahren, sich dabei jedoch Zeit zu lassen und die Reise zu genießen. Das Dumme war, daß sie sich in

San Francisco nicht auskannte; sie hatte den Wagen am Morgen bei der Autovermietung auf der Sechsten Straße abgeholt und sich auf der Suche nach einem Freeway verfahren. Schließlich war sie in Haight Ashbury gelandet, was ihr alles andere als ein sicheres Viertel zu sein schien; sie sagte, es sei aber bestimmt sehr interessant.

Die freie Handschelle rutschte immer wieder aus dem Ärmel von Skinners Jacke, aber Mrs. Elliott war zu sehr mit Reden beschäftigt, um davon Notiz zu nehmen. Rydell fuhr, Chevette saß in der Mitte, und Mrs. Elliott hockte auf dem Beifahrersitz. Das Wohnmobil war aus Japan und hatte drei elektrisch justierbare Schalensitze vorne, mit eingebauten Lautsprechern in den Kopfstützen und allen Schikanen.

Mrs. Elliott hatte Rydell erzählt, sie habe sich verfahren, und ob er sich denn in der Stadt auskenne und sie irgendwohin fahren könne, wo sie auf den Highway nach Los Angeles käme? Rydell hatte sie einen Moment lang mit offenem Mund angeglotzt, sich dann geschüttelt und gesagt, es wäre ihm ein Vergnügen, und das hier sei seine Freundin Chevette, die sich in der Stadt auskenne, und er sei Berry Rydell.

Mrs. Elliott sagte, Chevette sei ein hübscher Name.

Und nun waren sie also auf dem Weg aus San Francisco heraus, und Chevette hatte das deutliche Gefühl, daß Rydell versuchen würde, Mrs. Elliott zu überreden, sie mitzunehmen. Das war das einzige, was ihr selbst einfiel, denn auf diese Weise waren sie von der Straße weg und vergrößerten den Abstand zu dem Kerl, der Sammy erschossen hatte, zu diesem Warbaby und den russischen Cops, was ihr als eine gute Idee erschien, und abgesehen von ihrem Magen, der sich anfühlte, als ob er sich gleich selbst auffressen würde, ging es ihr ein bißchen besser.

Rydell fuhr an einem In-and-Out-Burger-Laden vorbei, und sie erinnerte sich daran, wie dieser Junge namens Franklin, den sie in Oregon gekannt hatte, mit einer Schrotflinte zu einem dieser Läden gegangen war und das B und das R herausgeschossen hatte, so daß dort nur noch IN-AND-OUT URGE stand*. Sie hatte Lowell davon erzählt, aber der hatte es nicht komisch gefunden. Jetzt dachte sie daran, was sie Rydell alles über Lowell erzählt hatte – Lowell würde wie eine Rakete hochgehen, wenn er es jemals erfuhr –, und Rydell war praktisch ein Cop. Aber es beunruhigte sie, wie Lowell sich verhalten hatte. Sonst tat er immer so cool und protzte mit seinen Connections und allem rum, und sie erzählt ihm, daß sie in Schwierigkeiten sei, daß jemand gerade Sammy Sal erschossen habe und daß sie garantiert hinter ihr her seien – und Codes und er sitzen einfach da und werfen einander solche Blicke zu, als ob ihnen die Geschichte von Minute zu Minute weniger gefiele, und dann kommt dieses große Arschloch von einem Cop im Regenmantel rein, und sie sind kurz davor, sich in die Hosen zu scheißen.

Geschah ihr recht. Kein einziger ihrer Freunde hatte Lowell sonderlich gemocht, und Skinner hatte ihn auf Anhieb gehaßt. Er hatte gesagt, Lowell habe seinen Kopf so tief im eigenen Arsch stecken, daß er genauso gut gleich ganz hinterherkriechen und von der Bildfläche verschwinden könne. Aber sie hatte einfach noch nie einen richtigen Freund gehabt, jedenfalls nicht so, und er war am Anfang so nett zu ihr gewesen. Wenn er bloß nicht angefangen hätte, Dancer einzuwerfen, weil dieses Zeug das Arschloch in ihm rasant zum Vorschein brachte, und dann konnte Codes, der sie noch nie hatte leiden können, ihn dazu bringen, sich darüber auszulassen, daß sie ja bloß ein Landei wäre. Scheiß drauf!

---

* In-and-Out Burgers sind Hamburger-Restaurants mit Mitnahmeservice; In-and-Out Urge heißt soviel wie ›reinstopfen und gleich wieder auskotzen müssen‹. – *Anm. d. Übers.*

»Hör mal«, sagte sie, »wenn ich nicht bald was zu essen kriege, geh ich ein.«

Und Mrs. Elliott begann, ein großes Gewese zu machen, daß Rydell sofort anhalten und Chevette was holen sollte, und wie leid es ihr täte, daß sie nicht dran gedacht hatte, sie zu fragen, ob sie schon gefrühstückt hätten.

»Naja«, Rydell schaute stirnrunzelnd in den Rückspiegel, »ich würde wirklich gern vor dem… äh… Mittagsverkehr hier wegkommen…«

»Oh«, sagte Mrs. Elliott. Dann leuchtete ihr Gesicht auf. »Chevette, meine Liebe, wenn Sie mal nach hinten gehen, dann finden Sie dort einen Kühlschrank. Ich bin sicher, daß die Leute von der Autovermietung da einen Korb mit Snacks reingestellt haben. Das tun sie fast immer.«

Das klang gut, fand Chevette. Sie löste ihren Gurt und zwängte sich zwischen ihrem und dem Sitz von Mrs. Elliott hindurch nach hinten. Dort war eine kleine Tür, und als sie eintrat, ging das Licht an. »He«, rief sie, »das ist ja 'n richtiges kleines Haus hier hinten…«

»Steht ganz zu Ihrer Verfügung!« sagte Mrs. Elliott.

Das Licht blieb an, als sie die Tür hinter sich zumachte. Sie hatte noch nie so ein Ding von innen gesehen, und ihr erster Gedanke war, daß hier fast genausoviel Platz war wie in Skinners Bude, nur daß es zehnmal so komfortabel war. Alles war grau, grauer Teppichboden, graues Plastik und graues Kunstleder. Und der Kühlschrank war eins von diesen in eine Küchenzeile eingebauten putzigen kleinen Dingern, wie sich herausstellte, und der Korb war drin, in Plastik verpackt und mit einem Band verschnürt. Sie machte das Plastik ab und fand etwas Wein, kleine Käseportionen, einen Apfel, eine Birne, Cracker und ein paar Schokoriegel. Im Kühlschrank waren auch Cola und ein paar Flaschen Wasser. Sie setzte sich aufs Bett, aß den Käse, einen Haufen Cracker und einen in

Frankreich hergestellten Schokoriegel und trank eine Flasche Wasser. Dann probierte sie den Fernseher aus, der dreiundzwanzig Kanäle über Satellit empfing.

Als sie fertig war, warf sie die leere Flasche und den sonstigen Abfall in einen kleinen Mülleimer, der in die Wand eingebaut war, schaltete den Fernseher aus, zog sich die Schuhe aus und legte sich hin.

Es war seltsam, sich in einem kleinen Raum auf dem Bett auszustrecken, der sich bewegte, ohne daß sie wußte, wohin, und sie fragte sich, wo sie morgen sein würde.

Kurz bevor sie einschlief, fiel ihr ein, daß sie immer noch Codes' Tüte mit Dancer in der Hose hatte. Besser, sie wurde das Zeug los. Sie schätzte, daß es genug war, um dafür ins Gefängnis zu kommen.

Sie dachte darüber nach, wie dieses Zeug wirkte und wie merkwürdig es war, daß Leute ihr ganzes Geld ausgaben, um diese Wirkung zu spüren.

Sie wünschte nur, daß Lowell sie nicht so gern gespürt hätte.

Sie wachte auf, als er sich neben sie legte. Das Wohnmobil bewegte sich, aber sie wußte, daß es zuvor angehalten haben mußte. Das Licht war aus.

»Wer fährt?« fragte sie.

»Mrs. Armbruster.«

»Wer?«

»Mrs. Elliott. Mrs. Armbruster war 'ne Lehrerin von mir, die genauso aussah wie sie.«

»Wo fährt sie hin?«

»Nach Los Angeles. Ich hab ihr gesagt, ich würde weiterfahren, wenn sie müde ist. Und daß sie sich nicht die Mühe machen soll, uns aufzuwecken, wenn sie über die Landesgrenze fährt. Wenn denen so 'ne Lady erklärt, daß sie keine landwirtschaftlichen Erzeugnisse mit sich führt, lassen sie sie wahrscheinlich durch, ohne hier drin nachzusehen.«

»Und wenn sie's doch tun?«

Er lag nah genug bei ihr auf dem schmalen Bett, daß sie sein Achselzucken fühlen konnte.

»Rydell?«

»Hm?«

»Wie kommt's, daß es russische Cops gibt?«

»Wie meinst du das?«

»Na, so im Fernsehen, bei diesen Cop-Sendungen, da sind ungefähr die Hälfte der Oberbullen immer Russen. Oder diese Typen auf der Brücke. Wieso sind das Russen?«

»Also, im Fernsehen übertreiben sie's 'n bißchen, wegen der Organisatsija-Sache, weil die Leute gern was darüber sehen«, sagte er. »Aber in Wahrheit hat man in 'ner Situation, in der die Russen die Mafia weitgehend übernommen haben, ja ganz gern so 'n paar russische Cops ...« Sie hörte ihn gähnen und spürte, wie er sich reckte.

»Sind die alle so wie die beiden, die ins Dissidenten gekommen sind?«

»Nein«, sagte er. »Ein paar korrupte Cops gibt's immer, das ist nun mal so ...«

»Was machen wir, wenn wir in Los Angeles sind?«

Aber er antwortete nicht, und nach einer Weile begann er zu schnarchen.

Totes Einkaufszentrum

Rydell schlug die Augen auf. Der Wagen stand. Er hielt sich seine Timex vors Gesicht und schaltete die Zifferblattbeleuchtung ein. Viertel nach drei Uhr nachts. Chevette Washington lag neben ihm, in ihre Motorradjacke gekuschelt. Es fühlte sich an, als würde er neben einem alten Gepäckstück schlafen.

Er rollte sich herum, bis er die Jalousie vor dem Fenster zu fassen bekam, und zog sie ein Stück hoch. Draußen war es genauso dunkel wie drinnen.

Er hatte von Mrs. Armbrusters Kurs in der fünften Klasse der Oliver-North-Schule geträumt. Sie würden gleich schulfrei bekommen, weil es im LernNetz hieß, daß zu viele Erreger der Kansas-City-Grippe herumschwirrten, so daß die Kinder in Virginia und Tennessee diese Woche nicht mehr zur Schule gehen sollten. Sie trugen alle die gefältelten weißen Papiermasken, die die Schwestern an diesem Morgen auf ihre Sitzplätze gelegt hatten. Mrs. Armbruster hatte gerade die Bedeutung des Wortes *Pandemie* erklärt. Poppy Markoff, die neben ihm saß und schon Titten bis hier hatte, hatte Mrs. Armbruster erzählt, ihr Daddy habe gesagt, die KC-Grippe könnte einen in der Zeit umbringen, die man bräuchte, um zum Bus rauszugehen. Mrs. Armbruster, die ihre eigene Maske trug, eins dieser Mikropore-Dinger aus dem Drugstore, hatte mit einem Vortrag über das Wort *Panik* losgelegt und wegen der Wurzel eine Verbindung zu *Pandemie* hergestellt, aber dann war Rydell aufgewacht.

Er setzte sich im Bett auf. Er hatte Kopfschmerzen und bekam eine Erkältung. Die Kansas-City-Grippe. Vielleicht das Mokola-Fieber.

»Keine Panik«, murmelte er vor sich hin.

Aber er hatte irgendwie so ein Gefühl.

Er stand auf und tastete sich nach vorn. Unter der Tür fiel ein bißchen Licht durch. Er fand den Griff und machte die Tür einen Spaltbreit auf.

»Hallo.« Gold an den Rändern eines Lächelns. Die gedrungene kleine Automatik war auf Rydells Auge gerichtet. Er hatte den Schalensitz auf der Beifahrerseite herumgeschwenkt und nach hinten geneigt. Seine Stiefel lagen auf dem mittleren Sitz, und er hatte die Innenbeleuchtung runtergedreht.

»Wo ist Mrs. Elliott?«

»Mrs. Elliott ist weg.« Rydell machte die Tür ganz auf. »Arbeitet sie für Sie?«

»Nein«, sagte der Mann, »sie 's von IntenSecure.«

»Die haben sie in diese Maschine gesetzt, um mich im Auge zu behalten?«

Der Mann zuckte die Achseln. Rydell bemerkte, daß sich die Pistole dabei keinen Millimeter bewegte. Er trug Gummihandschuhe und denselben langen Mantel, den er angehabt hatte, als er aus dem Wagen der Russen ausgestiegen war; das Ding sah aus wie ein australischer Staubmantel aus schwarzem Mikropore.

»Woher hat sie gewußt, daß sie uns bei diesem Tätowierungsladen auflesen konnte?«

»Warbaby mußte ja für was gut sein. Er hatte dir ein paar Leute zur Unterstützung nachgeschickt.«

»Hab niemand gesehen«, sagte Rydell.

»Solltest du auch nicht.«

»Sagen Sie mir eins«, sagte Rydell, »haben Sie diesen Blix oben im Hotel erledigt?«

Der Mann sah ihn über den Lauf der Waffe hinweg an. Da eine so kleine Bohrung in der Regel nicht viel Schaden anrichtete, vermutete Rydell, daß die Munition auf irgendeine Weise frisiert war. »Ich versteh nicht, was das mit dir zu tun hat«, sagte er.

Rydell dachte darüber nach. »Ich hab ein Bild davon gesehen. Sie sehen einfach nicht so verrückt aus.«

»Das ist mein *Job*«, sagte der Mann.

Mhm, dachte Rydell – als ob er einen Pommes-frites-Computer bedienen würde. Rechts von der Tür waren ein Kühlschrank und ein Waschbecken, also konnte er nicht nach dort, das wußte er. Wenn er nach links sprang, würde der Kerl vermutlich einfach Löcher in die Wand stanzen und wahrscheinlich auch das Mädchen erwischen.

»Denk nicht mal dran.«

»Woran?«

»An die Heldennummer. Den Bullenscheiß.« Er nahm die Füße vom mittleren Sitz. »Mach einfach folgendes: Langsam. Ganz langsam. Setz dich auf den Fahrersitz und leg die Hände ans Lenkrad. Neun Uhr und zwei Uhr. Laß sie dort. Wenn du sie wegnimmst, mach ich dir ein Loch hinters rechte Ohr. Aber du wirst's nicht hören.« Sein langsamer, gleichmäßiger Tonfall erinnerte Rydell an einen Tierarzt, der auf ein Pferd einredete.

Rydell tat, was er ihm befohlen hatte. Er konnte draußen nichts sehen. Nur Dunkelheit und die Spiegelungen der Innenbeleuchtung. »Wo sind wir?« fragte er.

»Magst du Einkaufszentren, Rydell? Gibt's welche bei euch in Knoxville?«

Rydell warf ihm einen Seitenblick zu.

»Augen nach vorn, bitte.«

»Ja, gibt's bei uns.«

»Das hier ist nicht so gut gelaufen.«

Rydell drückte die Schaumstoffpolsterung des Lenkrads zusammen.

»Entspann dich.«

Rydell hörte, wie er der Trennwand einen Tritt mit dem Stiefelabsatz verpaßte. »Miss Washington! Raus

aus den Federn, Miss Washington! Beehren Sie uns mit Ihrem Besuch!«

Rydell hörte den zweifachen dumpfen Knall, als sie aus dem Schlaf schreckte, aufzuspringen versuchte, sich den Kopf stieß und vom Bett fiel. Dann sah er in der Windschutzscheibe das Spiegelbild ihres weißen Gesichts in der Tür. Sah, wie sie den Mann und die Pistole erblickte.

Sie gehörte nicht zu denen, die sofort loskreischten. »Sie haben Sammy Sal erschossen«, sagte sie.

»Und du hast versucht, mich mit Strom zu braten«, sagte der Mann, als ob er es sich jetzt erlauben könnte, den Witz darin zu sehen. »Komm hier raus, dreh dich um und setz dich rittlings auf die Mittelkonsole! Ganz langsam! So ist es gut. Jetzt beug dich vor und stütz die Hände auf den Sitz!«

Sie landete neben Rydell, die Beine zu beiden Seiten der Instrumentenkonsole, mit dem Gesicht nach hinten. Als ob sie ein Spielzeugpferd reiten würde.

Auf diese Weise mußte er seine Kanone nur um fünf Zentimeter bewegen, um sie beide in den Kopf zu schießen.

»Ich möchte, daß du deine Jacke ausziehst«, sagte er zu ihr. »Dazu wirst du die Hände vom Sitz nehmen müssen. Sieh zu, daß du immer wenigstens eine Hand auf dem Sitz behältst. Laß dir ruhig Zeit.«

Als sie die Jacke so weit ausgezogen hatte, daß sie sie nur noch von der linken Schulter schütteln mußte, fiel sie herunter, gegen die Beine des Mannes.

»Sind da irgendwelche Spritzen drin?« fragte er. »Irgendwelche Messer oder andere gefährliche Gegenstände?«

»Nein«, sagte sie.

»Was ist mit elektrischen Ladungen? Auf dem Sektor hast du dir ja schon einiges geleistet.«

»Nur die Brille von diesem Arschloch und ein Telefon.«

»Siehst du, Rydell«, sagte er. »›Das Arschloch‹. So wird man ihn im Gedächtnis behalten. Namenlos. Noch so ein namenloses Arschloch …« Er durchsuchte die Jackentaschen mit seiner freien Hand, brachte das Etui und das Telefon zum Vorschein und legte sie auf die tiefe, gepolsterte Verschalung am Armaturenbrett des Wohnmobils. Rydell hatte jetzt den Kopf rumgedreht und beobachtete ihn, obwohl er es ihm verboten hatte. Er sah zu, wie die behandschuhte Hand das Etui nach dem Gefühl aufmachte und die schwarze Brille herausnahm. Das war das einzige Mal, daß die Augen nicht auf ihn gerichtet waren, als sie diese Brille musterten, und das dauerte ungefähr eine Sekunde.

»Das ist sie«, sagte Rydell. »Nun haben Sie sie.«

Die Hand legte sie ins Etui zurück und machte es zu. »Ja.«

»Und jetzt?«

Das Lächeln erlosch. Als das geschah, sah es so aus, als ob er keine Lippen hätte. Dann kam es zurück, diesmal noch breiter und unverschämter.

»Meinst du, du könntest mir eine Cola aus dem Kühlschrank holen? Alle Fenster und die Tür da hinten sind verriegelt.«

»Sie wollen 'ne *Cola*?« Es klang ungläubig. »Sie werden mich erschießen, wenn ich aufstehe.«

»Nein«, sagte er, »nicht unbedingt. Ich möchte nämlich eine Cola. Mein Hals ist ein bißchen trocken.«

Sie drehte den Kopf, um Rydell anzusehen. Ihre Augen waren groß vor Furcht.

»Hol ihm seine Cola«, sagte Rydell.

Sie stand von der Konsole auf und zwängte sich nach hinten durch, aber nur bis zur Tür, wo der Kühlschrank war.

»Schau nach vorn«, mahnte er Rydell. Rydell sah in der Windschutzscheibe, wie das Licht im Kühlschrank anging, und erhaschte einen Blick auf sie, wie sie dort hockte.

»C-Cola light oder 'ne normale?« fragte sie.

»Light, bitte.«

»Classic oder entkoffeiniert?«

»Classic.« Er gab einen kleinen Laut von sich, den Rydell für ein Lachen hielt.

»Da sind keine Gläser.«

Wieder dieser Laut. »Gib mir die Dose.«

»Ist 'n b-bißchen was übergelaufen«, sagte sie, »m-meine Hand zittert ...«

Rydell schaute zur Seite und sah, wie er die weißrote Dose nahm. Etwas braune Cola tropfte an der Seite runter. »Danke. Du kannst dir jetzt die Hose ausziehen.«

»Was?«

»Die schwarze Hose, die du anhast. Zieh sie einfach langsam runter. Aber die Socken gefallen mir. Die wollen wir mal anlassen.«

Rydell fing den Ausdruck auf ihrem Gesicht auf, das sich in der schwarzen Windschutzscheibe spiegelte, und sah dann, wie es irgendwie leer wurde. Sie bückte sich und zog die enge Hose runter.

»Jetzt setz dich wieder auf die Konsole. Gut so. Genau wie vorher. Laß mich dich anschauen. Willst du auch mal gucken, Rydell?«

Rydell drehte sich um und sah sie dort hocken, ihre nackten Beine glatt und muskulös, fahlweiß im Licht der Innenbeleuchtung. Der Mann trank einen großen Schluck Cola und beobachtete Rydell über den Rand hinweg. Er stellte die Dose auf die Verschalung des Armaturenbretts und wischte sich den Mund mit dem Rücken seiner behandschuhten Hand ab. »Nicht schlecht, hm, Rydell?« mit einem Nicken zu Chevette Washington. »Läßt sich was mit anfangen, würde ich sagen.«

Rydell sah ihn an.

»Macht dich das nervös, Rydell?«

Rydell antwortete nicht.

Der Mann gab den Laut von sich, der ein Lachen gewesen sein konnte. Trank einen Schluck Cola. »Glaubst du, es hat mir Spaß gemacht, den Drecksack so zuzurichten, Rydell?«

»Ich weiß nicht.«

»Aber du glaubst es. Ich weiß, du glaubst, es hat mir Spaß gemacht. Und du hast recht, es *hat* mir Spaß gemacht. Aber weißt du, was der Unterschied ist?«

»Der Unterschied?«

»Ich hatte keinen Ständer, als ich's getan hab. Das ist der Unterschied.«

»Haben Sie ihn gekannt?«

»Was?«

»Ich meine, war es 'ne persönliche Sache, warum Sie's getan haben?«

»Oh, ich schätze, man könnte sagen, daß ich ihn gekannt habe. Ja, ich kannte ihn. Ich kannte ihn so gut, wie man niemand kennen sollte, Rydell. Ich wußte über alles Bescheid, was er tat. Ich bin nachts schlafen gegangen und hab dabei auf das Geräusch seines Atems gehorcht. Es ging so weit, daß ich schon an seiner Art zu atmen erkennen konnte, wieviel er intus hatte.«

»Intus?«

»Er soff. Wie 'n Russe. Du warst doch Polizist, oder?«

»Ja.«

»Hast du mal jemand überwachen müssen, Rydell?«

»Bin nicht so weit gekommen.«

»Ist 'ne komische Sache, Leute zu überwachen. Mit ihnen zu reisen. Sie kennen dich nicht. Sie wissen nicht, daß du da bist. Oh, sie ahnen es. Sie vermuten, daß du da bist. Aber sie wissen nicht, wer du bist. Manchmal kriegst du mit, wie sie jemand anschauen, sagen wir mal, im Foyer eines Hotels, und du weißt, sie denken, das bist du, derjenige, der sie überwacht. Aber du bist es nie. Und wenn du sie über einen Zeitraum von mehreren Monaten überwachst, Rydell, fängst du an, sie zu *lieben.*«

Rydell sah, wie ein Schauer durch Chevette Washingtons angespannten weißen Schenkel ging.

»Aber dann, nach ein paar weiteren Monaten, zwanzig Flügen, zwei Dutzend Hotels, tja, dann kehrt es sich allmählich um …«

»Man liebt sie nicht mehr?«

»Nein. Du fängst an, darauf zu warten, daß sie Mist bauen, Rydell. Du fängst an, darauf zu warten, daß sie das in sie gesetzte Vertrauen mißbrauchen. Denn die Verantwortung eines Kuriers ist was Schreckliches. Was Schreckliches.«

»Eines Kuriers?«

»Schau sie an, Rydell, sie weiß es. Sie weiß es. Auch wenn sie nur vertrauliche Papiere in San Francisco herumkutschiert, sie ist ein Kurier. Man *vertraut ihr etwas an*, Rydell. Die Daten nehmen feste Gestalt an. Sie transportiert sie. Stimmt's nicht, Baby?«

Sie war so reglos wie eine Sphinx. Die weißen Finger hatten sich tief in den grauen Stoff des mittleren Sitzes gegraben.

»Das ist mein Job, Rydell. Ich passe dabei auf sie auf. Ich überwache sie. Manchmal versucht jemand, ihnen was wegzunehmen.« Er trank die Cola aus. »Diese Leute bringe ich um. Das ist eigentlich das Beste an meinem Job. Warst du schon mal in San José, Rydell?«

»In Costa Rica?«

»Genau.«

»Noch nie.«

»Da wissen die Leute zu leben.«

»Sie arbeiten für diese Datenhäfen«, sagte Rydell.

»Das hab ich nicht gesagt. Jemand anders muß es gesagt haben.«

»Und er auch«, sagte Rydell. »Er kam aus Costa Rica und sollte diese Brille jemandem bringen, und sie hat ihm das Ding weggenommen.«

»Und ich war froh, daß sie's getan hat. So froh. Ich war im Zimmer nebenan. Ich bin durch die Verbindungstür rein. Ich hab mich *vorgestellt.* Er ist Loveless begegnet. Zum ersten und letzten Mal.« Die Pistole bewegte sich keinen Millimeter, aber er begann sich mit der Hand im Gummihandschuh am Kopf zu kratzen. Als ob er Flöhe hätte oder so.

»Loveless?«

»Mein *Deckname.* Mein *Nome de* sowieso.« Dann ein langes Silbengerassel, das Rydell für Spanisch hielt, aber er bekam nur *nombre de* irgendwas mit. »Meinst du, sie ist eng, Rydell? Ich mag's nämlich, wenn sie eng sind.«

»Sind Sie Amerikaner?«

Sein Kopf ruckte ein wenig zur Seite, als Rydell diese Frage stellte, und sein Blick verschwamm einen Moment lang, aber dann wurde er wieder klar, so klar wie der verchromte Ring um die Mündung seiner Pistole. »Weißt du, wer mit den Häfen angefangen hat, Rydell?«

»Kartelle«, antwortete Rydell. »Die Kolumbianer.«

»Stimmt. Sie haben in den achtziger Jahren die ersten Expertensysteme nach Mittelamerika gebracht, um ihre Transporte zu koordinieren. Jemand mußte runtergehen und diese Systeme installieren. Krieg gegen die Drogen, Rydell. Haufenweise Amerikaner auf beiden Seiten, da unten.«

»Tja«, sagte Rydell, »jetzt fabrizieren wir hier oben unsere eigenen Drogen, nicht wahr?«

»Aber sie haben die Häfen, da unten. Sie brauchen das Drogengeschäft nicht mal mehr. Sie haben jetzt das, was die Schweiz früher hatte. Sie haben den einzigen Ort auf der Welt, wo die Leute das aufbewahren können, was sie woanders nicht aufbewahren können, weil es sie teuer zu stehen käme.«

»Sie sehen ein bißchen jung aus, um bei deren Aufbau mitgemacht zu haben.«

»Mein Vater. Kennst du deinen Vater, Rydell?«

»Na klar.« Jedenfalls gewissermaßen.

»Ich hab meinen nie kennengelernt. Bin deshalb reichlich in Therapie gewesen.«

Wie schön, daß es was geholfen hat, dachte Rydell. »Arbeitet Warbaby auch für die Häfen?«

Schweiß war dem Mann auf die Stirn getreten. Jetzt wischte er ihn mit dem Rücken der Hand weg, in der er die Pistole hielt, aber Rydell sah, daß sie wie von einem Magneten angezogen wieder in ihre alte Position zurückschnellte.

»Schalt die Scheinwerfer ein, Rydell. Ist schon okay. Nimm die linke Hand vom Lenkrad.«

»Warum?«

»Weil du tot bist, wenn du's nicht tust.«

»Aber wozu?«

»Tu's einfach, okay?« Schweiß lief ihm in die Augen.

Rydell nahm die linke Hand vom Lenkrad, schaltete das Licht ein und ging dann auf Fernlicht. Zwei Lichtkegel bissen in eine Wand von toten Läden, toten Schildern und Staub auf Plastik. Der Laden vor dem linken Lichtkegel hieß DAS LOCH.

»Wie kann man 'nen Laden bloß so nennen?« sagte Rydell.

»Versuchst du, mich durcheinanderzubringen, Rydell?«

»Nein«, sagte Rydell, »ist nur so 'n komischer Name. *Alle* diese Läden sehen ja jetzt wie Löcher aus ...«

»Warbaby ist nur 'ne bezahlte Hilfskraft, Rydell. IntenSecure schaltet ihn ein, wenn irgendwo 'ne Schlamperei läuft. Und so was passiert andauernd.«

Sie standen mitten in einem Einkaufszentrum. Die Geschäfte waren alle mit Brettern vernagelt, oder ihre Scheiben waren weiß getüncht. Es war entweder unterirdisch oder überdacht. »Weil sie die Brille also in 'nem Hotel mit IntenSecure-Wachpersonal geklaut hat, haben die Warbaby geholt?« Rydell sah Chevette Washington an. Sie sah wie eins dieser Chromdinger auf den Schnauzen antiker Autos aus, nur daß sie eine Gänsehaut an den Schenkeln bekam. Nicht gerade warm hier drin, was Rydell auf den Gedanken brachte, daß sie vielleicht doch unter der Erde waren.

»Weißt du was, Rydell?«

»Was?«

»Du hast nicht die geringste Scheiß-Ahnung. Ich kann dir erzählen, so viel ich will, du wirst die Situation nie begreifen. Es ist einfach zu groß, als daß einer wie du das schnallen würde. Du kannst gar nicht in solchen Dimensionen denken. IntenSecure *gehört* der Firma, deren Eigentum die Informationen in dieser Brille sind.«

»Singapur«, sagte Rydell. »Und DatAmerica? Gehört das auch Singapur?«

»Das kann man nicht beweisen, Rydell. Der Kongreß konnte es auch nicht.«

»Schauen Sie mal, die Ratten da drüben ...«

»Du willst mich durcheinanderbringen ...«

Rydell beobachtete, wie die letzte der drei Ratten in dem Laden verschwand, der Das Loch genannt worden war. Sie kamen durch eine offene Lüftung oder so rein. Durch ein Loch. »Nein. Ich hab sie gesehen.«

»Ist dir eigentlich schon mal in den Sinn gekommen, daß du jetzt nicht hier wärst, wenn dieser verdammte Lucius Warbaby letzten Monat nicht angefangen hätte, Skateroller zu fahren?«

»Wieso das?«

»Er hat sich dabei das Knie kaputtgemacht. Warbaby macht sich das Knie kaputt, kann nicht fahren, und *du* landest hier. Denk drüber nach. Was sagt dir das über das Spätstadium des Kapitalismus?«

»Worüber?«

»Bringen sie euch auf dieser Polizeiakademie eigentlich gar nichts bei?«

»Doch«, sagte Rydell, »'ne ganze Menge.« Und er

dachte: Zum Beispiel, wie man mit verrückten Arschlöchern redet, wenn man als Geisel festgehalten wird, nur daß er Mühe hatte, sich ins Gedächtnis zu rufen, was sie gesagt hatten. Sie zum Reden bringen und nicht zuviel widersprechen, so was in der Art. »Wie kommt's eigentlich, daß alle wie die Wilden hinter dem Zeug in der Brille her sind?«

»Sie wollen San Francisco neu aufbauen. Von Grund auf, im Prinzip. Wie Tokio. Sie werden damit anfangen, ein Gitter aus siebzehn Komplexen in die vorhandene Infrastruktur zu legen. Achtzigstöckige Büro- und Wohngebäude, mit Geschäften und Wohnungen unten drin. Absolut autark. Parabolspiegel mit variabler Neigung, Dampferzeuger. *Neue* Gebäude, Mann; die werden ihr eigenes Abwasser saufen.«

»Wer wird Abwasser saufen?«

»Die *Gebäude*. Sie werden sie *züchten*, Rydell. Wie sie's jetzt in Tokio machen. Wie den Tunnel für die Magnetschwebebahn.«

»Sunflower«, sagte Chevette Washington und schaute dann drein, als ob sie es bereute.

»Da hat doch jemand ge*guckt* ...« Goldzähne blitzten.

»Äh, he ...« Versuch's mit dieser Rede-mit-den-bewaffneten-Irren-Masche.

»Ja?«

»Und wo liegt das Problem? Wenn die das machen wollen, sollen sie doch.«

»Das Problem ist«, Loveless begann, sein Hemd aufzuknöpfen, »daß eine Stadt wie San Francisco ungefähr so viel Bewußtsein dafür hat, welchen Weg sie einschlagen will – welchen Weg sie einschlagen *sollte* –, wie du. Das heißt, sehr wenig. Es gibt Menschen, Millionen von Menschen, die schon gegen die Existenz eines solchen Plans protestieren würden. Dann wäre da noch das Immobiliengeschäft ...«

»Das Immobiliengeschäft?«

»Kennst du die drei wichtigsten Gesichtspunkte beim Immobilienkauf, Rydell?« Loveless' haarlose, mit künstlichen Pigmenten versehene Brust glänzte vor Schweiß.

»Drei?«

»Die Lage«, sagte Loveless, »die Lage und die *Lage*.«

»Das ist mir zu hoch.«

»Na klar. Aber den Leuten, die wissen, wo sie kaufen müssen, den Leuten, die gesehen haben, wohin die Fußspuren der Türme fallen, denen kann's gar nicht hoch genug sein, Rydell. Die werden steinreich.«

Rydell dachte darüber nach. »Sie haben auch geguckt, hm?«

Loveless nickte. »In Mexico City. Er hat sie in seinem Zimmer liegenlassen. Hätte er nie und nimmer tun dürfen.«

»Aber Sie hätten auch nicht durchschauen dürfen?« Es rutschte ihm einfach so raus.

Loveless lief der Schweiß jetzt nur so runter, trotz der Kälte. Es war, als ob sein gesamtes limbisches System oder was auch immer einfach außer Kontrolle geraten wäre. Er zwinkerte und wischte sich den Schweiß immer wieder aus den Augen. »Ich hab *meinen* Job gemacht. Hab meinen Job *gemacht*. Meine Jobs. Jahrelang. Mein Vater auch. Du hast nicht gesehen, wie sie da unten leben. Diese Anwesen. Die Leute hier oben haben keine Ahnung, was man mit Geld alles machen kann, Rydell. Sie wissen nicht, was richtiges Geld ist. Auf den Anwesen leben sie wie Götter. Manche von denen sind über hundert Jahre alt, Rydell …« In den Winkeln von Loveless' Lächeln waren weiße Flecken, und Rydell war wieder in der Wohnung von Turveys Freundin und schaute Turvey in die Augen, und da kapierte er plötzlich, was sie getan hatte.

Sie hatte die ganze Tüte Dancer in die Cola getan, die sie ihm gebracht hatte. Sie hatte nicht alles reinschütten können, deshalb hatte sie Cola auf das Oberteil der Dose auslaufen lassen, um das Zeug wegzuspülen und richtig zu vermischen.

Er hatte sein Hemd jetzt bis zum Bauchnabel aufgeknöpft. Der dunkle Stoff war noch dunkler vom Schweiß, und sein Gesicht wurde rot.

»Loveless …« begann Rydell, ohne zu wissen, was er als nächstes sagen wollte, aber da schrie Loveless, ein hoher, dünner, unmenschlicher Laut, wie ein Kaninchen, das mit dem Bein in einer Drahtschlinge hängengeblieben war, und begann mit dem Kolben seiner Pistole in den straff gespannten Schritt seiner Hose zu schlagen, als ob sich dort was Schreckliches festgekrallt hätte, etwas, das er töten mußte. Jedesmal, wenn die Pistole heruntersauste, löste sich ein Schuß und machte ein fünfdollarstückgroßes Loch in den teppichbelegten Boden.

Chevette Washington sprang wie an Gummibändern von der Konsole schnurstracks über den oberen Rand des mittleren Sitzes hinweg in die Kabine dahinter.

Loveless erstarrte zitternd, als ob sämtliche Atome in ihm gleichzeitig gestoppt hätten und nur noch in einem engen Notorbit kreisten. Dann lächelte er, als ob er das Ding getötet hätte, das es auf seine Genitalien abgesehen hatte, schrie erneut und begann, durch die Windschutzscheibe nach draußen zu feuern. Rydell konnte sich nur daran erinnern, daß ihnen ein Ausbilder erzählt hatte, im Vergleich zu einer Überdosis Dancer würde zuviel PCP wie Aspirin in einer Cola wirken. In einer Cola.

Und Chevette Washington rastete gerade genauso aus, wie es sich anhörte; sie hämmerte in dem Versuch, hinten rauszukommen, auf das Wohnmobil ein.

»Hundert Jahre alt, diese Wichser«, sagte Loveless fast schluchzend, während er das leere Magazin auswarf und ein neues einlegte, »und sie kriegen's immer noch …«

»Da draußen«, rief Rydell, »beim Loch …«

»Wer?«

»Swobodow«, sagte Rydell und schätzte, das würde reichen.

Die Kugeln kamen aus der kleinen Pistole wie die Gummiwürfel aus einem Chunker. Bei der dritten hatte Rydell hinübergelangt, das Türschloß deaktiviert und sich einfach irgendwie rausfallen lassen. Er landete mit dem Rücken auf ein paar Dosen und Styroporbechern, wie es sich anfühlte. Er rollte sich herum. Rollte weiter, bis er gegen etwas stieß.

Die kleinen Kugeln sprengten große Löcher in das weiß getünchte Glas der aufgegebenen Läden. Ein ganzer Abschnitt fiel mit einem lauten Krach in sich zusammen.

Er hörte Chevette Washington gegen die Hintertür des Wohnmobils schlagen und wünschte, er könnte sie dazu bringen, damit aufzuhören.

»He! Loveless!«

Das Geballer hörte auf.

»Swobodow ist getroffen, Mann!«

Chevette schlug immer noch auf die Tür ein. Jesus.

»Er braucht 'nen Krankenwagen!«

Auf Händen und Knien an einem flachen, gefliesten Brunnen lehnend, der nach Chlor und Staub roch, sah er Loveless auf der Fahrerseite herausklettern, das Gesicht und die Brust glitschig und glänzend. Der Mann war so gründlich trainiert, ging es Rydell durch den Kopf, daß es sogar die Wirkung des Dancers durchstieß. Er bewegte sich nämlich immer noch so, wie sie es einem bei SSS beibrachten, die Pistole in beiden ausgestreckten Händen, die halbe Hocke, die geschmeidigen Schwünge durch potentielle Schußlinien.

Und Chevette versuchte immer noch, die aus Hexcel oder woraus auch immer bestehende Rückseite des Wohnmobils einzutreten. Dann pumpte Loveless ein paar Kugeln hinein, und sie hörte ganz plötzlich damit auf.

Karneval der Seelen

Um vier Uhr stieg Yamasaki die Sprossen hinunter, die er mit Loveless am vergangenen Abend im Dunkeln heraufgeklettert war.

Zwanzig Minuten, bevor sie wieder Strom gehabt hatten, war Fontaine gegangen und hatte Skinners Protesten zum Trotz ein gewaltiges Bündel Wäsche mitgenommen. Skinner hatte den Tag damit verbracht, den Inhalt des grünen Werkzeugkastens immer wieder neu zu sortieren, den er bei seinem Versuch, den Bolzenschneider zu finden, umgeworfen hatte.

Yamasaki hatte die Hände des alten Mannes dabei beobachtet, wie sie jedes Werkzeug der Reihe nach berührten, und sich eingebildet zu sehen, wie eine flüchtige Kraft oder Zielstrebigkeit in sie hineinströmte; vielleicht war es auch nur die Erinnerung an angepackte, ad acta gelegte oder beendete Aufgaben. »Werkzeug kann man immer verkaufen«, hatte Skinner nachdenklich gesagt, vielleicht zu Yamasaki, vielleicht auch zu sich selbst. »Irgend jemand kauft's immer. Aber dann braucht man's immer noch mal, und zwar genau das, was man verkauft hat.« Yamasaki kannte die englischen Wörter für die meisten Werkzeuge nicht, und viele kannte er überhaupt nicht. »'ne Reibahle mit Quergriff«, sagte Skinner und hob seine Faust; ein rostbrauner, maschinell hergestellter Stahlnagel ragte bedrohlich zwischen Zeige- und Mittelfinger heraus. »Das ist so ungefähr das praktischste Ding, das es gibt, Scooter, aber die meisten Menschen haben noch nie eine gesehen.«

»Wozu man braucht das, Skinner-san?«

»Um ein rundes Loch zu vergrößern. Und es bleibt dabei auch rund, wenn man's richtig anstellt. Ist hauptsächlich für Blech gedacht, geht aber auch bei Kunststoffen und synthetischem Material. Bei allem, was dünn und halbwegs hart ist. Bis auf Glas.«

»Sie haben viel Werkzeug, Skinner-san.«

»Hab aber nie gelernt, wie man's richtig benutzt.«

»Aber Sie haben diesen Raum gebaut?«

»Hast du schon mal 'nem echten Zimmermann bei der Arbeit zugesehen, Scooter?«

»Einmal, ja.« Yamasaki erinnerte sich an eine Demonstration auf einem Volksfest; an die fliegenden schwarzen Äxte, den Geruch von gehacktem Zedernholz. Er erinnerte sich, wie das Holz ausgesehen hatte, cremig und makellos. Ein Teehaus war für die Dauer des Festes aufgebaut worden. »Holz ist sehr selten in Tokio, Skinner-san. Dort würde man nie sehen, wie welches weggeworfen wird, nicht einmal kleine Reste.«

»Hier kommt man auch nicht so leicht dran«, sagte Skinner und rieb sich den Daumenballen mit dem Rand eines Meißels. Meinte er in Amerika, in San Francisco oder auf der Brücke? »Früher haben wir unsere Reste verfeuert, bevor wir hier Strom bekamen. Das gefiel der Stadt überhaupt nicht. Schlecht für die Luft, Scooter. Heutzutage machen wir das nicht mehr so viel.«

»Das ist Mehrheitsbeschluß?«

»Nur gesunder Menschenverstand ...« Skinner steckte den Meißel in das schmierige Segeltuchfutteral und verstaute ihn sorgfältig in dem grünen Kasten.

Eine Prozession bewegte sich auf der oberen Ebene in Richtung San Francisco, und Yamasaki bereute sofort, daß er sein Notebook in Skinners Behausung liegengelassen hatte. Dies war das erste Mal, daß er hier so etwas wie ein öffentliches Zeremoniell zu sehen bekam.

In dem engen, umschlossenen Raum war es unmöglich, die Prozession als etwas anderes denn als eine Abfolge von Teilnehmern wahrzunehmen, die einzeln oder zu zweit mitgingen, aber eine Prozession war es trotzdem, und zwar eindeutig ein Leichenzug oder eine Gedenkprozession. Zuerst kamen die Kinder, sieben nach seiner hastigen Zählung, eins nach dem anderen, in zerlumpter, aschgrauer Kleidung. Jedes Kind trug eine bemalte Gipsmaske, die offenkundig Shapely darstellen sollte. Ihr Gang hatte jedoch nichts Trauriges an sich; einige hüpften herum, entzückt von der Aufmerksamkeit, die man ihnen schenkte.

Yamasaki, der gerade heiße Suppe holen wollte, war zwischen dem Wagen einer Buchhändlerin und einem Stand mit Vögeln in Käfigen stehengeblieben. Es war ihm peinlich, dort mit der ungewohnten Form des Thermobehälters unter dem Arm herumzustehen; er kam sich total deplaziert vor. Wenn dies eine Beerdigung war, wurde dann vielleicht eine bestimmte Geste verlangt, oder eine Haltung, die er einnehmen sollte? Er warf einen raschen Blick zu der Buchhändlerin hinüber, einer großen Frau in einer schmierigen Schaffellweste, deren graue Haare hinten zu einem Knoten zusammengebunden waren, in dem zwei pinkfarbene Plastikstäbchen steckten.

Ihr Bestand, hauptsächlich vergilbende Taschenbücher in verschiedenen Stadien des Zerfalls, jedes einzelne in einem durchsichtigen Plastikbeutel, war vor ihr auf dem Wagen gestapelt. Sie hatte gerade laut ihre Waren angeboten, als sie die Kinder mit den Shapely-Masken sah; sie hatte seltsame Phrasen gerufen, Buchtitel, wie er vermutete: »Tal der Puppen, Blutmeridian, Auf Du und Du mit der Kettensäge …« Yamasaki, verblüfft von der verqueren amerikanischen Poesie, war drauf und dran gewesen, nach *Auf Du und Du mit der*

Kettensäge zu fragen. Dann war sie verstummt, und er hatte die Kinder ebenfalls gesehen.

Nichts in ihrem Benehmen deutete jedoch darauf hin, daß die Prozession mehr von ihr verlangte als den Grad an Aufmerksamkeit, den sie ihr zukommen lassen wollte. Während sie die vorbeiziehenden Kinder beobachtete, zählte sie automatisch ihren Bestand, wie er sah; ihre Hände bewegten sich über die eingetüteten Bücher.

Der Besitzer des Vogelstandes, ein blasser Mann mit einem sorgfältig gepflegten schwarzen Schnurrbart, kratzte sich den Bauch. Sein Gesichtsausdruck war sanft und leer.

Nach den Kindern kamen fünf Tänzer in den Skelettanzügen der Noche da Muerte; Yamasaki sah jedoch, daß viele der Masken nur Halbmasken waren, Mikropore-Respiratoren, die so geformt waren, daß sie den grinsenden Kiefern von Totenschädeln glichen. Es handelte sich augenscheinlich um Teenager, und sie schüttelten sich zu einer inneren Musik von Seuche und Chaos. Da war eine starke erotische Unterströmung, etwas Gewalttätiges an den schwarzen, mit Knochen bemalten Schenkeln und den weißen, auf schmale Hintern in Jeans gemalten Comic-Becken. Als die Knochentänzer vorbeikamen, fixierte einer von ihnen Yamasaki mit einem scharfen Blick aus blauen, jugendlichen Augen über den schwarzen, gewölbten Nasenlöchern der weißen Atemschutzmaske.

Dann zwei hochgewachsene Gestalten, schwarze Männer mit häßlicher beiger Gesichtsbemalung, kostümiert als Chirurgen, in blaßgrünen Kitteln und langen, scharlachroten Latexhandschuhen. Waren das die – vorwiegend weißen – Ärzte, deren Versagen vor Shapelys Ankunft so viele das Leben gekostet hatte, oder repräsentierten sie die brasilianischen biomedizinischen Firmen, unter deren erfolgreicher und lukrativer Aufsicht Shapely sich vom illegalen Strichjungen zum glorreichen Spender gewandelt hatte? Und nach ihnen die ersten Leichen, in mehrere Lagen milchiger Plastikplane gehüllt und verschnürt, jede auf einem zweirädrigen Karren, wie sie hier gebaut wurden, um Gepäck oder größere Mengen Lebensmittel zu transportieren. Die vorübergehend mit schmalen Sperrholzpaletten abgedeckten Karren wurden hinten und vorn von Männern und Frauen ohne besonderes Kostüm oder Benehmen gelenkt, obwohl Yamasaki auffiel, daß sie weder nach links noch nach rechts schauten und keinen Blickkontakt mit den Zuschauern aufzunehmen schienen.

»Da ist Nigel«, sagte die Buchhändlerin, »und er hat wahrscheinlich den Karren gebaut, mit dem sie ihn wegbringen.«

»Das sind die Opfer des Gewitters?« wagte Yamasaki zu fragen.

»Nigel nicht.« Die Augen der Frau wurden schmal, als sie sah, daß er ein Fremder war. »Nicht mit diesen Löchern im Leib ...«

Sieben insgesamt, jede auf ihrem eigenen Karren, und dann ein Mann und eine Frau in identischen Overalls aus Papier, die eine laminierte Lithographie von Shapely zwischen sich trugen, eins jener zuckersüßen Porträts mit großen Augen und hohlen Wangen, bei denen Yamasaki immer leicht übel wurde.

Aber dann eine kleine, rote, herumspringende Gestalt. Ein Teufel ohne Schwanz und Hörner vielleicht, der mit einer riesigen Schußwaffe tanzte, einem uralten AK-47, das längst kein Schloß mehr hatte; das gebogene Magazin war aus Holz geformt, und das ganze Ding war einmal in roten Emaillelack getaucht worden, der inzwischen durch Hände und Prozessionen abgenutzt war.

Und Yamasaki wußte, ohne zu fragen, daß der rote Tänzer die Art von Shapelys Heimgang darstellte, wie eine schreckliche, niederträchtige Dummheit, die im Herzen der Dinge lauerte.

»Skinner-san?« Er hatte sein Notebook bereit. »Ich habe heute eine Prozession gesehen. Leichen wurden von der Brücke gebracht. Die Toten des Gewitters.«

»Wir können sie nicht hierbehalten. Können sie auch nicht ins Wasser werfen. Da besteht die Stadt drauf. Wir geben sie ab und lassen sie verbrennen. Wenn jemand nicht ins Feuer will, kommt er drüben auf Treasure unter die Erde. Bei den Gestalten, die da draußen hausen, fragt sich's aber, ob das viel bringt.«

»In der Prozession gab es viele Anspielungen auf Shapely und seine Geschichte.«

Skinner nickte über seinem kleinen Fernseher.

»Kinder, die als J. D. Shapely maskiert waren, zwei Schwarze, die wie weiße Ärzte angemalt waren, Shapelys Porträt …«

Skinner grunzte. Dann, geistesabwesend: »Weile her, daß ich so eine gesehen hab.«

»Und am Schluß eine kleine Gestalt, in Rot. Sie hat getanzt. Mit einem Sturmgewehr.«

»Mhm.« Skinner nickte.

Yamasaki aktivierte die Transkriptionsfunktion des Notebooks.

> Ich hab's nie gekriegt, weißt du. Von ihm, meine ich. Das Stückchen von ihm, das jetzt jeder in sich hat. Hab nicht eingesehen, wozu das in meinem Alter noch gut sein sollte, und überhaupt hab ich noch nie was von Arzneimitteln gehalten. Zufällig hab ich die andere Sorte auch nicht gekriegt – nicht, daß ich nicht massenweise Gelegenheit dazu gehabt hätte. Aber du bist zu jung, um dich dran zu erinnern, wie das damals war. Oh, ich weiß, ich weiß, ihr glaubt alle, ihr lebt in sämtlichen Zeiten zugleich, alles ist für euch aufgezeichnet worden, ist alles da. Digital. Man braucht's bloß abzuspielen. Aber das ist es dann auch: 'ne abgespielte Aufzeichnung.

Ihr wißt trotzdem nicht, wie das war, wenn ihr seht, wie die sich stapeln. Hier nicht so sehr, obwohl's schon schlimm genug war, aber in Thailand, Afrika, Brasilien. Lieber Gott, Scooter. Die Sache hat uns einfach kalt erwischt. Aber langsam, langsam, so richtig in Zeitlupe. Wie das bei diesen Retroviren nun mal so ist. Einer hat mir mal erzählt, und der hatte die alte Sorte und ist dran gestorben, daß wir in so 'ner komischen Zeit lebten, wo 'n Haufen Leute der Meinung waren, 'ne kleine Nummer würde schon keinen umbringen, nicht mal 'ne Frau. Für die war das ja trotzdem immer 'n Problem, verstehst du, ist ja jedesmal 'n Risiko, man wird schwanger und stirbt bei der Geburt oder wenn man's loswerden will, oder wie auch immer, das Leben ist hinterher jedenfalls nicht mehr dasselbe. Aber in dieser Zeit damals gab's Pillen und was nicht alles dagegen, Spritzen gegen die anderen Sachen, auch gegen die, von denen die Leute vorher überall gnadenlos gekillt worden sind. Das war 'ne Zeit, Scooter. Und da kommt nun diese Geschichte und ändert wieder alles. Und wir gehen auf das Jahr 2000 zu, überall ändert sich alles, wir haben schon Bürgerkriege in Europa, und diese AIDS-Geschichte geht munter weiter. Es hieß, die Schwulen wären schuld, der CIA, das amerikanische Militär in einem Fort in Maryland. Sie haben sogar behauptet, es käme von Leuten, die grüne Affen in den Arsch gefickt hätten. Ich schwör's bei Gott. Weißt du, wer schuld war? Die Menschen. Gibt einfach gottverdammt zu viele davon, Scooter. Die fliegen überallhin und laufen dann da rum. Kannst du deinen Arsch drauf wetten, daß sich da jemand was einfängt. Jeder Ort auf dem verdammten Planeten ist nur 'n paar Stunden von jedem anderen Ort entfernt. Und da kommt also nun Shapely daher, der arme Kerl, und hat diese mutierte Virenart, die einen nicht umbringt. Die einem kein Härchen krümmt, sondern nur die alte Sorte verfrühstückt. Und ich glaub nicht an diesen Quatsch, daß er Jesus war, Scooter. Ich glaub nicht mal, daß Jesus Jesus war.

»Noch Kaffee da?«

»Ich werde Kocher pumpen.«

»Tu 'nen kleinen Tropfen Three-in-One in dieses Loch neben der Kolbenstange, Scooter. Ist 'ne Lederdichtung drin. Dann bleibt sie weich.«

Fahrerseite

Sie sah die erste Kugel nicht, aber die mußte unterwegs eine Leitung oder so was getroffen haben, denn das Licht ging an. Die zweite sah sie, oder jedenfalls das Loch, das sie in den ledergrauen Kunststoff bohrte. Etwas in ihrem Inneren stoppte, und sie lernte folgendes über Kugeln: Während gerade eben noch kein Loch da war, ist im nächsten Moment eins da. Nichts dazwischen. Man sieht es geschehen, aber man kann nicht dabei zusehen, wie es geschieht.

Dann ging sie auf Hände und Knie runter und begann zu krabbeln. Sie konnte ja nicht einfach stehenbleiben und auf die nächste warten. Als sie bei der Tür aufstand, sah sie ihre schwarze Hose dort zerknittert am Boden liegen, direkt neben einem Satz Schlüssel an einem grauen Plastikanhänger mit Lederstruktur. Es roch nach den Schüssen, die er in den Boden abgefeuert hatte. Vielleicht auch nach verbranntem Teppich, denn sie sah, daß die Ränder der Löcher versengt und geschmolzen waren.

Jetzt konnte sie ihn irgendwo da draußen rumbrüllen hören, heiser und hohl und von Echos verfolgt. Sie hielt den Atem an. Er brüllte, sie (wer?) machten die beste Werbung der Welt, sie hätten Hunnis Millbank verkauft, und jetzt würden sie Sunflower verkaufen. Wenn sie richtig gehört hatte.

»Hier unten an der Tür. Fahrerseite.«

Es war Rydell. Die Tür auf dieser Seite stand offen.

»Er hat die Schlüssel hier dringelassen«, sagte sie.

»Ich glaub, er ist da runtergegangen, wo früher mal der Traumwände-Laden war.«

»Und wenn er zurückkommt?«

»Wahrscheinlich kommt er sowieso zurück, wenn wir weiter hier rumhängen. Kannst du mal da raufkriechen und mir die Dinger rüberwerfen?«

Sie schob sich durch die Tür und zwischen die Schalensitze. Sah Rydells Kopf dort, an der offenen Tür. Griff sich die Schlüssel und warf sie zur Seite, ohne hinzusehen. Schnappte sich ihre Hose und flitzte wieder nach hinten, wobei sie sich überlegte, ob sie wohl in den Kühlschrank paßte, wenn sie die Beine anzog.

»Warum legst du dich nicht flach auf den Boden da hinten ...« Seine Stimme vom Fahrersitz.

»Hinlegen?«

»Minimale Silhouette.«

»Hm?«

»Er wird anfangen zu schießen. Sobald ich *das hier* mache ...« Das Geräusch der Zündung. Glas spritzte von neuen Löchern in der Windschutzscheibe weg, und sie warf sich flach hin. Das Wohnmobil machte einen Satz nach hinten und wendete in engem Bogen, und sie hörte, wie er auf die Konsole schlug und irgendeine Funktion zu finden versuchte, die er brauchte, als noch mehr Kugeln kamen, alle deutlich voneinander abgesetzt, jede ein Schlag, als ob jemand einen unsichtbaren Hammer schwingen und dabei darauf achten würde, den Rhythmus zu halten.

Dann mußte Rydell alles so hingekriegt haben, wie er es brauchte, denn er tat das, was die Jungs oben in Oregon ebenfalls mit ihren Bremsen und dem Getriebe taten. Dann merkte sie, daß sie schrie. Keine Worte oder so was, sie schrie einfach nur.

Dann gingen sie so hart in eine Kurve, daß sie beinahe umgekippt wären, und sie dachte, daß diese Wohnmobile wahrscheinlich nicht dazu gedacht waren, sehr schnell zu fahren. Jetzt fuhren sie noch schneller, wie es ihr schien, und zwar bergauf.

»Ach, Mist«, hörte sie Rydell in diesem sonderbar normalen Ton sagen, und dann krachten sie in die Tür oder das Tor oder was immer, und es war so wie damals, als sie versucht hatte, diese radikale Wiegetrittnummer im Lafayette Park abzuziehen, und die anderen ihr immer wieder erklären mußten, sie sei auf den Kopf gefallen, was sie jedesmal gleich wieder vergaß.

Sie war wieder in Skinners Bude und las im *National Geographic*, wie Kanada sich in fünf Länder gespalten hatte. Sie trank kalte Milch aus der Tüte und aß Salzcracker. Skinner lag mit dem Fernseher im Bett und sah sich eine dieser Sendungen über Geschichte an, die er so gern mochte. Er verbreitete sich gerade darüber, daß diese historischen Filmaufnahmen im Lauf seines Lebens optisch immer besser geworden seien. Anfangs seien sie ruckhaft und schwarzweiß gewesen, und die Soldaten seien rumgerannt, als ob sie Ameisen in der Hose hätten, und diese fürchterliche Grobkörnigkeit und der Himmel voller Kratzer. Dann hätten sie das Tempo allmählich reduziert, bis sich die Leute schließlich wie im wirklichen Leben bewegten, und dann habe man in Farbe gedreht, das Korn sei immer feiner geworden, und selbst die Kratzer seien verschwunden. Und das sei Blödsinn, sagte er, weil alles sowieso nur eine Annäherung sei, eine Vorstellung, die sich jemand davon machte, wie es ausgesehen haben mochte, das Ergebnis einer bestimmten Entscheidung, des Drucks auf einen bestimmten Knopf. Aber es sei trotzdem geil, sagte er, wie das erste Mal Billie Holiday ohne das ganze Geknister und den blechernen Ton.

Billie Holiday war wahrscheinlich ein Typ wie Elvis, dachte Chevette, mit Pailletten am Anzug, aber eher so wie zu der Zeit, als der noch jünger und nicht so fett gewesen war.

Das war eins von Skinners Lieblingsthemen: wie Geschichte sich in etwas Synthetisches verwandelte. Aber sie zeigte ihm gern, daß sie zuhörte, wenn er ihr was erzählte, denn sonst brachte er es durchaus fertig, tagelang kein einziges Wort zu sagen. Deshalb blickte sie jetzt von ihrem Magazin und den Bildern der Mädchen auf, die in der Provinz Quebec blauweiße Fahnen schwenkten, und da saß ihre Mutter auf Skinners Bettrand und sah schön und traurig und irgendwie müde aus, so wie sie damals manchmal ausgesehen hatte, wenn sie von der Arbeit kam und noch ihr ganzes Make-up drauf hatte.

»Er hat recht«, sagte Chevettes Mutter.

»Mom?«

»Mit der Geschichte, und was sie aus ihr machen.«

»Mom, du …«

»Das tut sowieso jeder, Honey. Ist nichts Neues. Die Filme haben nur mit der Erinnerung gleichgezogen, das ist alles.«

Chevette begann zu weinen.

»Chevette-Marie«, sagte ihre Mutter in diesem Singsang von vor so langer Zeit, »du hast dir den Kopf angestoßen.«

Fallonville

»Wie gut, sagst du, kennst du den Typ?« fragte sie. Jedesmal, wenn Rydell auf die Bremse trat, knirschten kleine, quadratische Stückchen Sicherheitsglas unter seinen Kampfstiefeln. Wenn er Zeit und einen Besen gehabt hätte, würde er alles ausgefegt haben. So jedoch hatte er die Reste der Windschutzscheibe mit einem Stück von einer rostigen Betonrippenstange rausschlagen müssen, die er am Straßenrand gefunden hatte, sonst hätte die Highway Patrol die Löcher gesehen und sie rausgewinkt. Außerdem hatte er ja die Brandsohlen. »Ich hab in L.A. mit ihm zusammengearbeitet«, sagte er und bremste, um LKW-Reifenfetzen zu umfahren, die wie die abgestreifte Haut eines Ungeheuers auf der zweispurigen Straße lagen.

»Ich hab mich nur gerade gefragt, ob uns mit dem das gleiche passieren wird wie mit Mrs. Elliott. Bei der hast du auch gesagt, daß du sie kennst.«

»Ich hab sie nicht gekannt«, sagte Rydell, »ich hab sie im Flugzeug kennengelernt. Wenn Sublett ein Spitzel ist, dann ist die ganze *Welt* eine Verschwörung.« Er zuckte die Achseln. »Dann könnte ich zum Beispiel auch anfangen, mir über *dich* Gedanken zu machen.« Statt beispielsweise darüber, ob Loveless oder Mrs. Elliott sich die Mühe gemacht hatten, einen Ortungssender in dieses Wohnmobil einzubauen oder nicht, oder ob der Todesstern sie suchte, und falls ja, ob er imstande war, sie hier draußen aufzuspüren. Es hieß, daß der Todesstern die Schlagzeilen einer Zeitung lesen oder an einem anständigen Fußabdruck erkennen konnte, was für Schuhe man trug und welche Schuhgröße man hatte.

Dann schien wie aus dem Nichts dieses etwa dreieinhalb Meter hohe Holzkreuz im Scheinwerferlicht aufzutauchen, mit den Worten SCHALTEN SIE auf dem Querbalken und SEINEN UNSTERBLICHEN SATELLITENSENDER EIN auf dem senkrechten Pfosten und einem staubigen alten tragbaren Fernseher an der Stelle, wo der Kopf von Jesus hätte sein müssen. Es sah so aus, als ob jemand mit einer 22er auf den Bildschirm geballert hätte.

»Kann nicht mehr so weit sein«, sagte Rydell.

Chevette Washington grunzte nur. Dann trank sie einen Schluck von dem Wasser, das sie an der Shell-Tankstelle gekauft hatte, und hielt ihm die Flasche hin.

Als er das Tor des Einkaufszentrums durchbrach, hatte er das sichere Gefühl gehabt, daß sie ganz in der Nähe eines größeren Highways sein müßten. Von außen war das Einkaufszentrum nur ein flaches Kuddelmuddel brauner Ziegelsteine; die Fenster waren mit Brettern aus diesem absolut häßlichen heißgepreßten Recyclingzeug vernagelt, das aus zerkleinertem Altmaterial hergestellt wurde und die Farbe von tagealter Kotze hatte. Er war mit quietschenden Reifen auf dem großen, leeren Parkplatz herumgebraust, wo ihm nur ein paar Autowracks und alte Matratzen in die Quere kommen konnten, bis er einen Weg nach draußen durch den Maschendrahtzaun gefunden hatte.

Aber dort war kein Highway gewesen, sondern nur eine verlassene, vierspurige Zubringerstraße, und es sah so aus, als ob Loveless eine Kugel in den Navigationscomputer gejagt hätte, denn die Karte war fest auf die Innenstadt von Santa Ana eingestellt und flackerte nur so vor sich hin. Rydell hatte den Eindruck, in einer dieser verfallenen Edge-Citys zu sein, die mit der Implosion des europäischen Geldes ihren Niedergang gehabt hatten.

Chevette Washington lag zusammengerollt und mit geschlossenen Augen neben dem Kühlschrank und antwortete nicht. Er hatte Angst, daß Loveless ihr ebenfalls eine Kugel reingejagt hatte, aber er wußte, daß er es sich nicht leisten konnte anzuhalten, ehe sie das Einkaufszentrum nicht wenigstens ein Stück weit hinter sich gelassen hatten. Und er sah kein Blut an ihr und auch sonst nichts.

Schließlich waren sie zu einer Shell-Tankstelle gekommen. Daß es eine von Shell gewesen war, konnte man an der Form der metallenen Dinger oben an den Masten erkennen, die die Schilder getragen hatten. Die Tür zum Männerklo war aus den Angeln gerissen, die zum Frauenklo mit Ketten gesichert und abgesperrt. Jemand hatte die Popcorn-Maschine mit einer Automatic bearbeitet, wie es aussah. Er fuhr das Wohnmobil an die Rückseite und sah dort einen uralten Airstream-Caravan, den gleichen, in dem ein Nachbar seines Vaters in Tampa gewohnt hatte. Daneben kniete ein Mann vor einem Hibachi – einer Kohlenpfanne – und machte mit einem Topf rum, und zwei schwarze Labradors sahen ihm dabei zu.

Rydell parkte, vergewisserte sich, daß Chevette Washington noch atmete, und stieg aus der Fahrerkabine. Er ging zu dem Mann hinüber, der inzwischen aufgestanden war und sich die Handflächen an den Hosenbeinen seines roten Overall abwischte. Er hatte eine alte, khakibraune Fischermütze auf, deren rund zwanzig Zentimeter langer Schirm waagrecht nach vorn stand. Die Fäden des gestickten Shell-Emblems auf seinem Overall waren durchgescheuert und ausgefranst.

»Haben Sie sich bloß verfahren«, fragte der Mann, »oder gibt's ein Problem?« Rydell schätzte ihn auf mindestens siebzig.

»Nein, Sir, kein Problem, aber ich hab mich eindeutig verfahren.« Rydell warf einen Blick auf die schwarzen

Labradors. »Ihre Hunde scheinen nicht allzu glücklich zu sein, mich zu sehen.«

»Die kriegen nicht viele Fremde zu Gesicht«, sagte der Mann.

»Ja, Sir«, sagte Rydell, »das kann ich mir denken.«

»Ich hab auch ein paar Katzen. Im Moment füttere ich sie alle mit Trockenfutter. Die Katzen fangen sich manchmal 'nen Vogel, vielleicht auch Mäuse. Sie haben sich verfahren, sagen Sie?«

»Ja, Sir, das stimmt. Im Moment könnte ich Ihnen nicht mal sagen, in welchem Staat wir sind.«

Der Mann spuckte auf den Boden. »Willkommen im gottverdammten Club, mein Sohn. Als ich so alt war wie du, war das alles hier Kalifornien, so wie Gott es gewollt hat. Jetzt ist es Südkalifornien, wie ich höre, aber weißt du, was es in Wirklichkeit ist?«

»Nein, Sir. Was?«

»'n Stück von dem ganzen blühenden Blödsinn. Wie diese Frau, die in dem gottverdammten Weißen Haus kampiert.« Er nahm die Fischermütze ab, wobei er den Blick auf ein paar silberweiße Krebsnarben freigab, wischte sich die Stirn mit einem fettfleckigen Taschentuch ab und setzte die Mütze wieder auf. »Und du hast dich also verfahren, was?«

»Ja, Sir. Meine Karte ist kaputt.«

»Weißt du, wie man Karten aus Papier liest?«

»Ja, Sir.«

»Was, zum Teufel, hat die denn mit ihrem Kopf gemacht?« Er schaute an Rydell vorbei.

Rydell drehte sich um und sah Chevette Washington, die sich über den Fahrersitz beugte und zu ihnen herausschaute.

»Ist bloß ihre Frisur«, sagte Rydell.

»Ich will verdammt sein«, sagte der Mann. »Sonst würde sie vielleicht gar nicht so übel aussehen.«

»Ja, Sir«, sagte Rydell.

»Siehst du die Cream-o'-Wheat-Schachtel da? Glaubst

du, du kannst mir 'ne Tasse davon ins Wasser reinrühren, wenn es kocht?«

»Ja, Sir.«

»Tja, dann will ich mal 'ne Karte für dich suchen gehen, damit du 'nen Blick draufwerfen kannst. Skeeter und Whitey hier werden dir 'n bißchen Gesellschaft leisten.«

»Ja, Sir.«

PARADISE, SÜDKALIFORNIEN
EINE CHRISTLICHE GEMEINDE
DREI MEILEN
CAMPING VERBOTEN
BETONHÄUSER
ALLE ZIMMER MIT FERNSEHER
ELEKTRISCHER SICHERHEITSZAUN
KOSTENLOSES SCHWIMMEN
CHRISTLICHE KINDERTAGESSTÄTTE
(GENEHMIGT VOM STAAT SÜDKALIFORNIEN)
327 SATELLITENKANÄLE

Und ein noch höheres Kreuz dahinter, aus rostigen Eisenbahnschienen zusammengeschweißt, eine Art Gerüst voller alter Fernseher, deren tote Bildschirme alle zur Straße gerichtet waren.

Chevette Washington schlief jetzt, deshalb entging ihr dieser Anblick.

Rydell dachte daran, wie er mit Codes' Telefon Subletts Nummer in L.A. angewählt und dieses komische Klingeln gehört hatte, bei dem er beinahe sofort wieder aufgelegt hätte; dann stellte sich jedoch raus, daß der Anruf nur weitergeleitet wurde, weil Sublett Urlaub bekommen hatte und bei seiner Mutter war, die sich irgendwie krank fühlte.

»Du meinst, du bist in Texas?«

»Paradise, Berry. Mom ist krank, weil sie mit 'ner Gruppe von anderen Leuten hier nach Südkalifornien raufgezogen ist.«

»Paradise?«

Sublett hatte ihm erklärt, wo das war, und Rydell hatte es auf der Landkarte des Shell-Mannes gesucht.

»He«, sagte Rydell, als er eine vage Vorstellung hatte, wo das Kaff lag, »wie wär's, wenn ich mal bei euch vorbeischaue?«

»Ich dachte, du hättest 'nen Job in San Francisco.«

»Also, das erzähl ich dir alles, wenn ich da bin.«

»Weißt du, daß sie hier sagen, ich wäre 'n Apostat?« Sublett hatte sich nicht so angehört, als ob er darüber glücklich wäre.

»Ein was?«

»Ein Apostat. Weil ich meiner Mom diesen Cronenberg-Film gezeigt habe, Berry. *Videodrome.* Und sie haben gesagt, das wäre ein Werk des Teufels.«

»Ich dachte, alle diese Filme hätten Gott in sich.«

»Es gibt Filme, die sind eindeutig Werke des Teufels, Berry. Das meint jedenfalls Reverend Fallon. Die von Cronenberg alle, sagt er.«

»Ist Fallon auch in Paradise?«

»Gott bewahre, nein«, hatte Sublett gesagt, »er ist in diesen Tunnels draußen auf den Kanalinseln, zwischen England und Frankreich. Da kann er auch nicht weg, weil er den Schutz braucht.«

»Wovor?«

»Vor den Steuern. Weißt du, wer diese Tunnels gegraben hat, Berry?«

»Wer?«

»Hitler. Mit Sklavenarbeit.«

»Das wußte ich nicht«, hatte Rydell gesagt und sich vorgestellt, wie dieser unheimliche kleine Kerl mit dem schwarzen Schnurrbart oben auf einem Felsen stand und mit einer großen Peitsche knallte.

Nun kam ein weiteres Schild, diesmal auch nicht annähernd so professionell wie das erste, bloß schwarze, aufgesprühte Lettern auf ein paar Brettern.

BIST DU BEREIT FÜR DIE EWIGKEIT?

ER LEBT! UND WAS WIRD AUS DIR? SIEH FERN!

»Sieh fern?« Sie war jetzt wach.

»Falloniten glauben, daß Gott irgendwie *da drin* ist«, sagte Rydell. »Im Fernsehen, meine ich.«

»Gott ist im Fernsehen?«

»Ja. Im Hintergrund oder so. Subletts Mutter ist selbst in der Kirche, aber Sublett ist sozusagen vom Glauben abgefallen.«

»Die sehen also fern und beten, oder was?«

»Ich glaube, es ist eher so 'ne Art Meditation, weißt du? Die ziehen sich hauptsächlich diese ganzen alten Filme rein, und sie glauben, wenn sie genug von denen sehen, und lange genug, wird der Heilige Geist schon irgendwie in sie fahren.«

»Bei uns in Oregon gab's die Offenbarungskirche arischer Nazarener«, sagte sie. »Erste Kirche Jesu, Survivalisten. Für die macht's kaum einen Unterschied, ob sie dich erschießen oder mit dir reden.«

»Üble Typen«, stimmte Rydell zu, während das Wohnmobil über eine kleine Hügelkuppe fuhr, »diese Sorte Christen ...« Dann sah er unten Paradise, hell erleuchtet von Lampen an Masten.

Der Sicherheitszaun, mit dem sie warben, bestand nur aus NATO-Drahtrollen, die eine Fläche von vielleicht anderthalb Morgen umgaben. Rydell bezweifelte, daß das Ding wirklich unter Strom stand, aber er sah, daß etwa alle drei Meter Sirenen dranhingen, so daß die Sache trotzdem ziemlich effektiv sein könnte. An der Stelle, wo die Straße reinführte, war eine Art Blockhaus und ein Tor, aber es schien nichts weiter als ein Dutzend Campingwagen, Caravans und Zugmaschinen zu schützen, die auf dem Zementboden um eine Konstruktion herum geparkt waren, die wie ein altmodischer Funkturm mit einer ganzen Traube von Satellitenschüsseln oben dran aussah, die kleinen, teuren Dinger, die gewisse Ähnlichkeit mit riesigen, grauen Marshmallows aus Plastik hatten. Jemand hatte einen Bach gestaut, um eine Art Badeteich zu schaffen, aber der Bach selbst sah wie einer jener industriellen Abflüsse aus, in deren Umgebung man nicht einmal Insekten, geschweige denn Vögel fand.

Aber sie hatten das ganze Gelände natürlich hell erleuchtet. Er hörte das Brummen großer Generatoren, als sie den Hang runterfuhren.

»Meine Güte«, sagte Chevette Washington.

Rydell hielt beim Blockhaus und ließ sein Fenster runter, froh darüber, daß es noch funktionierte. Ein Mann in einer leuchtend orangegelben Schaffelljacke und einer dazu passenden Mütze kam heraus, eine Art Schrotflinte mit einem Metallskelettschaft in der Hand. »Privatgelände«, sagte er mit einem Blick dorthin, wo die Windschutzscheibe sein sollte. »Was ist denn mit Ihrer Windschutzscheibe passiert, Mister?«

»Wild«, sagte Chevette Washington.

»Wir sind hier, um unsere Freunde zu besuchen, die Subletts.« Rydell hoffte, den Wachposten ablenken zu können, bevor er die Einschüsse oder irgendwas anderes bemerkte. »Sie erwarten uns. Wenn Sie vielleicht mal anrufen würden?«

»Kann nicht gerade behaupten, daß ihr wie waschechte Christen ausseht.«

Chevette Washington beugte sich über Rydell und starrte den Wachposten mit diesem gewissen Blick an. »Ich weiß nicht, wie's mit *euch* steht, Bruder, aber wir sind arische Nazarener aus Eugene. Wir würden da nicht mal reinfahren, wenn ihr da drin zum Beispiel Matschleute habt, irgendwelche Mischlinge. Rassenverräter gibt's doch heutzutage an jeder Ecke.«

Der Wachposten sah sie an. »Wenn ihr Nazarener seid, wieso seid ihr dann keine Skins?«

Sie faßte sich vorn an ihre verrückte Frisur, an das Stück mit den kurzen Stacheln. »Als nächstes erzählst du mir noch, daß Jesus 'n Jude war. Weißt du nicht, was *das hier* bedeutet?«

Er sah jetzt mehr als nur leicht beunruhigt aus.

»Wir haben 'n paar heilige Nägel hier drin. Vielleicht hast du jetzt 'ne vage Ahnung.«

Rydell sah, wie der Wachposten zögerte und schluckte.

»He, Kumpel«, sagte Rydell, »rufst du uns nun den guten alten Sublett an, oder was?«

Der Mann ging ins Blockhaus zurück.

»Was ist das für 'ne Geschichte mit diesen Nägeln?« fragte Rydell.

»Das hat Skinner mir mal erzählt«, sagte sie. »Hat mir echt Angst gemacht.«

Dora, Subletts Mutter, trank Cola mit mexikanischem Wodka. Rydell hatte schon Leute erlebt, die das tranken, aber nie bei Zimmertemperatur. Und die Cola war abgestanden, weil Dora sie ebenso wie den Wodka in großen Supermarkt-Plastikflaschen gekauft hatte, die sie schon vor längerer Zeit angebrochen zu haben schien. Rydell entschied, daß er sowieso keinen Bock hatte, was zu trinken.

Im Wohnzimmer von Doras Caravan gab es eine Couch und einen dazu passenden Fernsehsessel. Dora lag im Sessel und hatte die Füße hochgelegt, wegen ihres Kreislaufs, wie sie sagte. Rydell und Chevette Washington saßen nebeneinander auf der Couch, die eher ein kleines Zweiersofa war, und Sublett saß auf dem Boden, die Knie fast bis zum Kinn hochgezogen. Ein Haufen Zeug schmückte die Wände und die kleinen Zierborde, aber es war alles sehr sauber – wegen Subletts Allergien, nahm Rydell an. Es waren jedoch eine ganze Masse Sachen: Tafeln, Bilder, Figurinen und Dinger, bei denen es sich um diese Gebetstücher handeln mußte, wie Rydell vermutete. Es gab ein Flachhologramm von Reverend Fallon, der wie üblich wie eine

Beutelratte aussah, aber wie eine sonnengebräunte Beutelratte, die sich womöglich einer Schönheitsoperation unterzogen hatte. Und es gab einen lebensgroßen Kopf von J. D. Shapely, den Rydell nicht mochte, weil einem die Augen zu folgen schienen. Die besseren Sachen waren größtenteils um den Fernseher gruppiert – ein großes, glänzendes Ding, aber noch das alte Modell aus der Zeit, bevor sie wirklich groß und flach zu werden begannen. Er war an – es lief gerade ein Schwarzweißfilm –, aber der Ton war aus.

»Sind Sie sicher, daß Sie nichts trinken wollen, Mr. Rydell?«

»Nein danke, Ma'm«, sagte Rydell.

»Joel trinkt nicht. Er hat Allergien, wissen Sie.«

»Ja, Ma'm.« Rydell hatte bis jetzt nicht gewußt, wie Sublett mit Vornamen hieß.

Sublett trug brandneue weiße Jeans, ein weißes T-Shirt, weiße Baumwollsocken und weiße Wegwerf-Krankenhauspantoffeln aus Papier.

»Er war schon immer ein sensibler Junge, Mr. Rydell. Ich weiß noch, wie er mal am Lenker vom Big Wheel eines anderen Jungen gelutscht hat. Sein Mund hat sich praktisch von innen nach außen gestülpt.«

»Mama«, sagte Sublett, »du weißt, der Arzt hat gesagt, daß du mehr Schlaf brauchst, als du kriegst.«

Mrs. Sublett seufzte. »Ja, schon gut, Joel, ich weiß, ihr jungen Leute wollt auch mal miteinander reden.« Sie schielte zu Chevette Washington hinüber. »Das ist eine Schande mit deinen Haaren, mein Schatz. Du siehst doch nun wirklich so gut aus, und du weißt, daß es so hübsch nachwachsen wird. Ich hab mal versucht, den Grill in diesem Gasherd anzuzünden, den wir unten in Galveston hatten, das war, als Joel noch ein Baby war, er war so sensibel, und da wäre mir der Herd doch beinahe explodiert. Ich hatte damals so eine Dauerwelle, meine Liebe, und, tja …«

Chevette Washington schwieg.

»Mama«, sagte Sublett, »nun hast du ja deinen leckeren Drink gehabt…«

Rydell sah zu, wie Sublett die alte Frau hinausführte, um sie ins Bett zu bringen.

»Du lieber Gott«, sagte Chevette Washington, »was ist denn mit seinen Augen los?«

»Die sind bloß lichtempfindlich«, antwortete Rydell.

»Das 's ja unheimlich.«

»Er würde keiner Fliege was zuleide tun«, sagte Rydell.

Sublett kam zurück, warf einen Blick auf den Bildschirm, seufzte dann und schaltete den Fernseher aus. »Weißt du, daß ich den Caravan nicht verlassen soll, Berry?«

»Wieso das denn?«

»Ist eine Bedingung wegen meiner Apostasie. Sie sagen, ich könnte die Gemeinde durch den Kontakt verderben.« Er hockte auf dem Rand des Liegesessels, damit er sich nicht wirklich reinlegen mußte.

»Ich dachte, du hättest Fallon abgeschrieben, als du nach L.A. kamst.«

Sublett machte ein verlegenes Gesicht. »Naja, sie war krank, Berry, und, also, als ich herkam, hab ich ihnen gesagt, ich würd's mir noch mal überlegen. Würde vor der Glotze meditieren und alles.« Er rang seine langen, blassen Hände. »Dann haben sie mich dabei erwischt, wie ich mir *Videodrome* angeschaut hab. Hast du schon mal … äh … Deborah Harry gesehen, Rydell?« Sublett seufzte und erschauerte irgendwie.

»Wie haben sie dich erwischt?«

»Sie haben dafür gesorgt, daß sie überwachen können, was man sieht.«

»Wieso sind sie überhaupt hier?«

Sublett fuhr sich mit den Fingern durch die trockenen, strohfarbenen Haare. »Schwer zu sagen, aber ich glaube, daß es was mit Reverend Fallons Steuerproblemen zu tun hat. Bei den Sachen, die er in letzter Zeit macht, geht's meistens darum. Hat's mit deinem Job in San Francisco nicht geklappt, Berry?«

»Nein«, sagte Rydell.

»Willst du's mir erzählen?«

Rydell sagte, das wolle er.

»Ich glaub, er hat auch irgendwas durchschossen, was mit der verdammten Heizung zu tun hat«, sagte Rydell. Sie waren wieder im Wohnmobil, außerhalb des Zauns.

»Ich mag deinen Freund«, sagte sie.

»Ich auch.«

»Nein, ich meine, er macht sich echt Sorgen, was aus dir wird. Wirklich.«

»Du nimmst das Bett«, sagte er. »Ich schlafe vorn.«

»Die Windschutzscheibe ist weg. Da frierst du dich tot.«

»Wird schon gehen.«

»Schlaf hier. Haben wir doch schon mal gemacht. Das ist okay.«

Er wachte im Dunkeln auf und lauschte dem Geräusch ihres Atems, dem Knarren des steifen alten Leders der Jacke, die über ihre Schultern gebreitet war.

Sublett hatte sich seine Geschichte angehört, manchmal genickt und ab und zu eine Frage gestellt, und seine verspiegelten Kontaktlinsen hatten winzige, konvexe Bilder von ihnen zurückgeworfen, wie sie da auf dem kleinen Sofa saßen. Am Ende hatte er nur gepfiffen und gesagt: »Berry, das hört sich für mich an, als ob ihr jetzt echt in Schwierigkeiten wärt. Und nicht zu knapp.«

Echt in Schwierigkeiten.

Rydell schob seine Hand nach unten, wobei er zufällig eins ihrer Beine streifte, und berührte die Wölbung der Brieftasche in seiner Gesäßtasche. Sie enthielt alles Geld, was er besaß, aber Wellington Mas Karte war auch da drin. Beziehungsweise das, was von ihr übrig war. Als er das letzte Mal nachgeschaut hatte, war sie in drei Stücke zerbrochen gewesen.

»In *großen* Schwierigkeiten«, sagte er zur Dunkelheit, und Chevette Washington hob die Ecke ihrer Jacke und kuschelte sich näher an ihn, ohne daß sich ihre Atmung änderte; daher wußte er, daß sie noch schlief.

Er lag da und dachte nach, und nach einer Weile kam ihm eine Idee. So ungefähr die verrückteste Idee, die er je gehabt hatte.

»Dieser Freund von dir«, sagte er in der winzigen Küche des Caravans von Subletts Mutter zu ihr, »dieser Lowell.«

»Was ist mit ihm?«

»Hat er 'ne Nummer, unter der wir ihn erreichen könnten?«

Sie schüttete Milch auf ihre Cornflakes – Milch, die man aus Pulver zubereitete und die dieses dünne, kalkige Aussehen hatte. Die einzige Art von Milch, die es bei Subletts Mutter gab. Sublett war allergisch gegen Milch. »Warum?«

»Ich glaube, ich würde gern mal mit ihm über was sprechen.«

»Worüber?«

»Über etwas, wobei er mir vielleicht helfen könnte, denke ich.«

»Lowell? Lowell wird dir nicht helfen. Lowell schert sich 'nen Scheißdreck um andere Leute.«

»Hör mal«, sagte Rydell, »warum läßt du mich nicht einfach mit ihm reden.«

»Wenn du ihm sagst, wo wir sind, oder wenn er's übers Telefonnetz zurückverfolgen läßt, verpfeift er uns. Er würd's jedenfalls tun, wenn er wüßte, daß jemand hinter uns her ist.«

»Warum?«

»Er ist nun mal so.« Aber dann gab sie Rydell das Telefon und die Nummer.

»Hallo, Lowell.«

»Wer, zum Teufel, ist da?«

»Wie geht's?«

»Wer hat dir ...«

»Nicht auflegen.«

»Hör zu, du Arschl ...«

»Die Mordkommission vom SEPD.«

Er konnte hören, wie Lowell an einer Zigarette zog. »Was hast du gesagt?« fragte Lowell.

»Orlowsky. Von der Mordkommission der Polizei von San Francisco, Lowell. Der große Wichser mit dieser riesigen Knarre, der in die Bar reingekommen ist. Das weißt du doch noch. Kurz bevor das Licht ausgegangen ist. Ich war drüben am Tresen und hab mit Eddie Scheißdreck geredet.«

Lowell nahm noch einen Zug, flacher diesmal, wie es sich anhörte. »Hör mal, ich weiß nicht, was du ...«

»Brauchst du auch nicht. Du kannst jetzt einfach auf der Stelle auflegen, Lowell. Aber wenn du das tust, mein Junge, dann gibst du deinem Arsch am besten gleich 'nen Abschiedskuß. Du hast nämlich gesehen, wie Orlowsky da reinkam, um das Mädchen zu holen, Lowell, stimmt's? Du hast ihn gesehen. Das wollte er nicht. Er war nicht im Auftrag des SEPD da drin, Lowell. Er war auf eigene Faust da. Und das ist ein richtig übler Bulle, Lowell. So übel wie Krebs.«

Stille. »Ich weiß nicht, wovon du redest.«

»Dann hör einfach zu, Lowell. Hör gut zu. Wenn du nicht zuhörst, sag ich Orlowsky, daß du ihn gesehen hast. Ich geb ihm diese Nummer. Ich geb ihm eine Beschreibung von dir und von diesem Skinhead. Ich erzähl ihm, daß du über ihn geredet hast. Und weißt du, was er dann tun wird, Lowell? Er wird rauskommen und dir den Arsch wegpusten, das wird er tun. Und niemand kann ihn aufhalten. Er 's von der Mordkommission, Lowell. Und hinterher kann er die Sache *selbst* untersuchen, wenn er will. Mit dem

Mann ist nicht zu spaßen, Lowell, das kann ich dir sagen.«

Lowell hustete ein paarmal. Er räusperte sich. »Das ist 'n Scherz, oder?«

»Ich hör dich nicht lachen.«

»Okay«, sagte Lowell, »nehmen wir mal an, es ist wahr. Was dann? Was willst du?«

»Wie ich höre, kennst du Leute, die so einiges deichseln können. Mit Computern und so.« Er hörte, wie Lowell sich eine neue Zigarette anzündete.

»Naja«, sagte Lowell, »so in der Art.«

»Die Republik der Sehnsucht«, sagte Rydell. »Ich möchte, daß du sie dazu bringst, mir 'nen Gefallen zu tun.«

»Keine Namen«, sagte Lowell rasch. »Die haben Scanner, die drauf eingestellt sind, bestimmte Sachen aus dem Fernsprechverkehr rauszupicken …«

»›Sie‹. ›Sie‹, okay? Ich möchte von *dir,* daß du *sie* dazu bringst, was für *mich* zu tun.«

»Das wird dich was kosten«, sagte Lowell, »und es wird nicht billig sein.«

»Nein«, sagte Rydell, »es wird *dich* was kosten.«

Er drückte auf die Taste, mit der die Verbindung unterbrochen wurde. Gib dem alten Lowell ein bißchen Zeit, um drüber nachzudenken; und um vielleicht Orlowsky auf der Beamtenliste zu suchen und festzustellen, daß er draufsteht und bei der Mordkommission ist. Er klappte das kleine Telefon zu und ging in den Caravan zurück. Subletts Mutter hatte die Klimaanlage ständig ungefähr zwei Grad zu hoch eingestellt.

Sublett saß auf dem kleinen Sofa. Mit seinen weißen Klamotten sah er aus wie ein Maler, ein Stukkateur oder so, nur daß er zu sauber war. »Weißt du, Berry, ich glaube, ich fahr lieber nach Los Angeles zurück.«

»Und was ist mit deiner Mutter?«

»Mrs. Baker aus Galveston ist jetzt hier. Sie waren jahrelang Nachbarn. Mrs. Baker kann auf sie aufpassen.«

»Geht dir dieser Apostatenquatsch allmählich auf die Nerven?«

»Na klar.« Sublett drehte sich um und sah das Hologramm von Fallon an. »Ich glaube immer noch an Gott, Berry, und ich weiß, daß ich Sein Gesicht im Fernsehen gesehen habe, genauso, wie Reverend Fallon es lehrt. Das habe ich. Aber alles übrige, ich schwöre, das könnte genauso gut bloß purer Schwindel sein.« Sublett sah beinahe so aus, als würde er gleich in Tränen ausbrechen. Die silbernen Augen schwangen herum und begegneten denen von Rydell. »Und ich hab über IntenSecure nachgedacht, Berry. Was du mir gestern abend erzählt hast. Ich seh nicht, wie ich da wieder hingehen und arbeiten soll, wo ich jetzt weiß, was für Sachen die stillschweigend dulden. Ich dachte, ich würde wenigstens mithelfen, die Menschen vor ein paar Übeln dieser Welt zu beschützen, Berry, aber jetzt weiß ich, daß ich für ein Unternehmen arbeiten würde, das überhaupt keine Moral kennt.«

Rydell ging hinüber und sah sich die Gebetstücher genauer an. Er fragte sich, welches davon AIDS fernhalten sollte. »Nein«, sagte er schließlich, »du gehst wieder zur Arbeit. Du *beschützt* Leute. Dieser Teil ist echt. Du mußt ja von irgendwas leben, Sublett.«

»Und was ist mit dir?«

»Wieso, was soll mit mir sein?«

»Die werden dich finden und dich umbringen. Dich und sie.«

»Dich wahrscheinlich auch, wenn sie wüßten, was ich dir erzählt habe. Das hätt ich nicht tun sollen, Sublett. Das ist ein Grund, warum Chevette und ich hier wegmüssen. Damit ihr keinen Ärger bekommt, du und deine Mom.«

»Na schön«, sagte Sublett, »ich arbeite nicht mehr für die, Berry. Aber ich verschwinde auch von hier. Ich muß einfach weg.«

Rydell schaute Sublett an, sah ihn irgendwie in seiner kompletten IntenSecure-Uniform, mit seiner Glock und allem, und auf einmal kam dieses große, verrückte Ideending in ihm hoch, schüttelte sich und rollte sich herum, wobei es all diese neuen Aspekte enthüllte. Aber du kannst ihn da nicht mit reinziehen, befahl sich Rydell, das wäre einfach nicht fair.

»Sublett«, hörte Rydell sich etwa eine Minute später sagen, »ich wette, ich hab hier eine Berufsperspektive, an die du bisher noch nie auch nur gedacht hast.«

»Und die wäre?« fragte Sublett.

»Sich in Schwierigkeiten bringen«, sagte Rydell.

Notebook (1)

Reis
Scheuerschwämme
Besen
Allzweckreiniger
Schlafsack
Brennspiritus
Öl/Dichtung

Er schläft jetzt. Reis und das Curry vom Thai-Wagen. Fragt, wohin das Mädchen gegangen ist. Erzähle ihm, Fontaine hätte von ihr gehört, wüßte aber nicht, wo sie ist und warum. Die Pistole auf dem Bord. Widerstrebt mir, sie anzufassen (kalt, schwer, nach Öl riechend, der dunkelblaue Lack seitlich am Lauf, an den kannelierten Segmenten der Trommel zu Silbergrau abgewetzt. ›smith & wesson‹. Thomasson). Heute nacht hat er wieder von Shapely gesprochen.

Daß sie ihn auf diese Weise ins Jenseits befördert haben, Scooter, das ist auch so 'ne traurige Sache. Immer wieder der gleiche Mist. Gibt trotzdem immer welche von denen. Man fragt sich, wieso sich diese verdammten Religionen so lange halten, oder wie's überhaupt dazu gekommen ist. Könnte sein, daß er selbst eines Tages auch so 'ne Art Messias wird, mit durchgeknallten Spinnern da draußen, die Leute für ihn umbringen oder jedenfalls sagen, daß sie's für ihn tun. Da gab's mal diese Christus-am-Kreuz-Leute, die nie redeten, außer montags, und das war der Tag, an dem sie hingingen und eine Schaufel Erde von ihrem Grab aushoben, Scooter. Hin und wieder hat einer von denen geglaubt, er hätte den Heiligen Geist in sich, und dann haben sie's einfach getan, mit diesen speziellen Chromnägeln, die sie alle mit sich rumschleppten, in ledernen Brustbeuteln, verstehst du, die aus dem Fell von ungeborenen Lämmern sein mußten. Zum Teufel, man muß schon sagen, daß sie noch irrer waren als diejenigen, die ihn erledigt haben, Scooter. Sind schließlich alle in die Klapsmühle gekommen. Nach 1998, schätzungsweise, waren keine mehr übrig.

I

Anruf aus Paradise

»*Die Röhre,* Honey«, sagte Mrs. Sublett. »Talitha Morrow, Todd Probert, Gary Underwood. 1996.« Sie lag im Fernsehsessel, mit einem feuchten Waschlappen auf der Stirn. Er war vom gleichen Blau wie ihre Pantoffeln, und ebenfalls aus Frottee.

»Kenn ich nicht.« Chevette blätterte in einem Magazin über Reverend Fallon. Da war diese ehemalige Schauspielerin namens Gudrun Weaver, die Fallon irgendwo auf einer Bühne umarmte. Wenn er sich umgedreht hätte, dachte Chevette, hätte ihr seine Nase kaum bis zum Brustbein gereicht. Er sah aus, als ob ihm rosarotes Wachs unter die ganze Haut gespritzt worden wäre, und er hatte die abartigste Frisur, die sie je gesehen hatte, wie eine Perücke aus ganz kurzen Haaren, die jedoch den Eindruck machte, als ob sie von allein aufstehen und weglaufen könnte.

»In dem geht's ums Fernsehen«, sagte Mrs. Sublett, »deshalb ist er natürlich von besonderer Bedeutung für die Kirche.«

»Wovon handelt er?«

»Talitha Morrow ist eine Journalistin, und Todd Probert ein Bankräuber. Aber er ist ein *guter* Bankräuber, weil er das Geld nur braucht, um eine Herztransplantation für seine Frau zu bezahlen. Carrie Lee. Kennst du die noch? In einer reifen Rolle, Honey. Eher ein Cameo. Ja, und Gary Underwood ist Talithas Ehemaliger, aber er liebt sie immer noch, und zwar sehr. Tatsächlich hat er – wie heißt das noch gleich? – Erotomanie, das ist das einzige, woran er denkt, und es ist das reine Böse geworden, Honey. Zuerst schickt er ihr diese zerhackten Barbiepuppen; er schickt ihr ein totes weißes Kaninchen, dann die ganze tolle Unterwäsche mit Blut drauf …«

Chevette ließ die alte Frau reden. Sie konnte sie einfach ausblenden, wie sie es früher manchmal bei ihrer eigenen Mutter gemacht hatte. Sie hätte gern gewußt, weswegen Rydell und Sublett so aufgeregt waren. Sie hatten irgendwas vor; sie saßen in der Küche und flüsterten miteinander.

Sie beobachtete eine Fliege, die um den Krimskrams auf Mrs. Subletts Borden herumsummte. Die Fliege wirkte träge, als wäre die Klimaanlage vielleicht zuviel für sie.

Sie fragte sich, ob sie dabei war, sich in Rydell zu verknallen. Vielleicht lag es nur daran, daß er sich geduscht und rasiert und frische Klamotten aus seinem dämlichen Koffer angezogen hatte. Es waren genau die gleichen wie die, die er vorher angehabt hatte. Vielleicht trug er nie was anderes. Aber sie mußte zugeben, daß er in diesen Jeans einen süßen Hintern hatte. Subletts Mutter sagte, er sähe wie ein junger Tommy Lee Jones aus. Wer war Tommy Lee Jones? Oder vielleicht lag es daran, daß sie irgendwie das Gefühl hatte, er würde Lowell eine reinwürgen. Sie hatte geglaubt, sie wäre immer noch in Lowell verliebt, jedenfalls ein bißchen, aber jetzt glaubte sie das nicht mehr, ganz und gar nicht. Wenn Lowell bloß nicht angefangen hätte, Dancer zu nehmen. Sie dachte daran, was aus diesem Loveless geworden war, als sie ihm das ganze Dancer in seine Cola geschüttet hatte. Sie hatte Rydell gefragt, ob es genug gewesen sei, um ihn umzubringen, und Rydell hatte das verneint. Er hatte gesagt, es würde reichen, um ihn eine Zeitlang total ausflippen zu lassen, und wenn er wieder zu sich käme, würde es ihm gar nicht gut gehen. Dann hatte sie Rydell gefragt, warum Loveless das getan hatte, warum er sich mit seiner Knarre so in die Eier gehauen hatte. Rydell hatte sich am Kopf gekratzt und gesagt, er sei nicht sicher, er denke jedoch, es hätte was damit zu tun, wie das Zeug aufs Nervensystem wirke. Er sagte, er habe beispielsweise gehört, daß man davon Priapismus bekäme. Sie fragte ihn, was das sei. Nun, hatte er erklärt, das ist, wenn der Mann – wie soll ich sagen – überstimuliert ist. Damit wußte sie nichts anzufangen, aber Lowell hatte davon immer so einen total steinharten Hammer gekriegt, der überhaupt nicht mehr weggehen wollte. Und das wäre ja auch ganz prima oder jedenfalls okay gewesen, wenn er dabei nicht gleichzeitig so gemein geworden wäre, daß sie am Schluß mit blauen Flecken übersät war, und sie dann vor diesen Typen wie Codes runtergemacht hätte, mit denen er andauernd rumhing. Wie auch immer, sie würde keine Zeit damit verschwenden, sich den Kopf darüber zu zerbrechen, was Rydell mit Lowell im Schilde führte, kam gar nicht in Frage. Sie machte sich jedoch Sorgen um Skinner; sie hätte gern gewußt, ob es ihm gut ging, ob sich jemand um ihn kümmerte. Sie hatte irgendwie Angst davor, Fontaine jetzt anzurufen; jedesmal, wenn Rydell telefonierte, befürchtete sie, daß der Anruf zurückverfolgt werden könnte oder so. Und der Gedanke an ihr Fahrrad machte sie traurig. Sie war sicher, daß jemand es sich mittlerweile geholt hatte. Sie gestand es sich nur ungern ein, aber das begann sie fast ebenso traurig zu machen wie die Tatsache, daß Sammy auf diese Weise umgebracht worden war. Und Rydell hatte gesagt, er glaube, Nigel sei möglicherweise auch erschossen worden.

»Und dann springt Gary Underwood durch dieses Fenster«, sagte Subletts Mutter gerade, »und fällt auf einen dieser Zäune, weißt du? Die mit den Spitzen oben drauf.«

»He, Mom«, sagte Sublett, »hör auf, Chevette vollzuquatschen.«

»Ich erzähl ihr doch nur von der *Röhre*«, verteidigte sich Mrs. Sublett unter ihrem Waschlappen heraus.

»1996«, sagte Sublett. »Also, Rydell und ich brauchen sie mal eben.« Sublett winkte ihr, ihm in die Küche zu folgen.

»Ich glaub nicht, daß es eine sonderlich gute Idee ist, wenn sie rausgeht, Berry«, sagte er zu Rydell. »Jedenfalls nicht tagsüber.«

Rydell saß an dem kleinen Plastiktisch, an dem sie gefrühstückt hatten. »Tja, du kannst nicht raus, Sublett, wegen deiner Apostasie. Und ich will da nicht allein drin sitzen – nicht, wenn mein Kopf in einem von diesen Visaphon-Dingern steckt. Seine Eltern könnten reinkommen. Er könnte lauschen.«

»Kannst du sie nicht einfach mit 'nem normalen Telefon anrufen, Berry?« Sublett klang unglücklich.

»Nein«, antwortete Rydell, »kann ich nicht. Das mögen sie nun mal nicht. Er sagt, wenn ich sie über so 'n Visaphonteil anrufe, werden sie wenigstens mit mir sprechen.«

»Wo liegt das Problem?« fragte Chevette.

»Sublett hat hier 'nen Freund, der ein Visaphon hat.«

»Ja, Buddy«, sagte Sublett. »Aber dieses VR, Visaphone und solches Zeug, das ist von der Kirche verboten. Reverend Fallon hat eine Offenbarung gehabt, daß die virtuelle Realität ein Medium Satans ist, weil man nicht mehr genug fernsieht, wenn man erstmal damit angefangen hat ...«

»Das glaubst du doch selbst nicht«, sagte Rydell.

»Buddy auch nicht«, sagte Sublett, »aber sein Alter reißt ihm den Kopf ab, wenn er dieses VR-Zeug unter seinem Bett findet.«

»Ruf ihn einfach mal an«, bat Rydell, »und erzähl ihm, was ich dir gesagt hab. Zweihundert Dollar in bar, plus Zeit und Gebühren.«

»Man wird sie *sehen*«, sagte Sublett. Sein schüchterner silberner Blick huschte zu Chevette hinüber und sprang dann zurück zu Rydell.

»Was meinst du damit, mich *›sehen‹*?«

»Naja, es ist deine Frisur«, erklärte Sublett. »Die ist zu ausgefallen für die, das kann ich dir sagen.«

»Also, Buddy«, sagte Rydell zu dem Jungen, »ich geb dir diese beiden Hundert-Dollar-Scheine hier. Wann, sagst du, kommt dein Vater zurück?«

»Frühestens in zwei Stunden.« Buddys Stimme knisterte vor Nervosität. Er nahm das Geld entgegen, als ob es Bazillen haben könnte. »Er hilft, 'ne neue Bude für die Treibstoffzellen zu bauen, die sie mit dem Kranwagen der Kirche aus Phoenix herbringen.« Buddy schaute immer wieder Chevette an. Sie hatte einen Sonnenhut aus Stroh mit einer großen, weichen Krempe auf, der Subletts Mutter gehörte, und eine dieser wirklich seltsamen Sonnenbrillen alter Damen, mit einem zitronengelben Rahmen und Gläsern, die sich an der Seite nach oben bogen. Chevette versuchte ihn anzulächeln, aber es schien nichts zu nützen.

»Ihr seid Freunde von Joel, stimmt's?« Buddy hatte eine Frisur, die knapp an einer Glatze vorbeischrammte, ein Ding im Mund, das seine Zähne kräftigen sollte, und einen Adamsapfel, der etwa ein Drittel so groß war wie sein Kopf. Sie beobachtete, wie er auf und ab hüpfte. »Aus L.A.?«

»Ganz recht«, sagte Rydell.

»D-da möcht ich auch mal hin«, sagte Buddy.

»Gut«, sagte Rydell. »Das ist ein Schritt in die richtige Richtung, glaub mir. Jetzt wartest du draußen, wie ich's dir gesagt habe, und sagst Chevette hier Bescheid, wenn jemand kommt.«

Buddy verließ sein winziges Schlafzimmer und machte die Tür hinter sich zu. Chevette hatte nicht den Eindruck, daß hier überhaupt ein Junge in Buddys Alter lebte. Zu ordentlich, und dann diese Poster von

Jesus und Fallon. Er tat ihr leid. Es war eng und heiß, und sie vermißte die Klimaanlage von Subletts Mutter. Sie nahm den Hut ab.

»Okay.« Rydell nahm den Plastikhelm zur Hand. »Du setzt dich hier aufs Bett und ziehst den Stecker raus, wenn wir gestört werden.« Buddy hatte das Ding schon für sie angeschlossen. Rydell hockte sich auf den Boden und setzte den Helm auf, so daß sie seine Augen nicht sehen konnte. Dann zog er einen dieser Handschuhe an, mit denen man wählte und Sachen da drin rumbewegte.

Sie sah zu, wie sein Zeigefinger in diesem Handschuh etwas auf eine nicht vorhandene Unterlage tippte. Dann hörte sie zu, wie er mit dem Computer der Telefongesellschaft sprach und Angaben über die Dauer des Gesprächs und die Gebühren verlangte, wenn er fertig war. Dann kam seine Hand wieder hoch. »Jetzt geht's los«, sagte er und begann, die Nummer zu tippen, die Lowell ihm gegeben hatte, wie er behauptete. Sein Finger stieß ins Leere. Als er fertig war, machte er eine Faust, wackelte damit herum und ließ die behandschuhte Hand dann in den Schoß sinken.

Er saß ein paar Sekunden lang nur da, und der Helm schwang hin und her, als würde er sich etwas anschauen; dann hörte er auf, sich zu bewegen.

»Okay«, sagte er in einem irgendwie komischen Ton, doch nicht zu ihr, »aber ist denn jemand *hier*?«

Chevette merkte, wie sich ihre Nackenhaare sträubten.

»Oh«, sagte er, und der Helm drehte sich, »du meine Güte ...«

Die Republik der Sehnsucht

Rydell hatte die Traumwände gemocht, als er noch auf der High-School war. Es waren von den Japanern konzessionierte Läden, die an diversen Orten aufgemacht wurden, hauptsächlich in älteren Einkaufszentren; manche befanden sich in ehemaligen Kinos, andere in alten Kaufhäusern. Einmal war er in einem Laden gewesen, den sie in eine alte Bowlingbahn eingebaut hatten; er war sehr lang und schmal gewesen, und alles verzerrte sich irgendwie, wenn man zu schnell vorging.

Es gab viele verschiedene Möglichkeiten, in den Dingern zu spielen. In Knoxville waren Schießereien am beliebtesten gewesen, bei denen man Waffen bekam und auf alle möglichen Bösewichter feuern konnte, die ihrerseits zurückschossen, und dann erhielt man die Wertung. So ähnlich wie bei SSS auf der Akademie, aber die Auflösung war nur ungefähr halb so gut, und was ganz fehlte, war – nun ja – die Farbe.

Rydell hatte jedoch die Variante am besten gefallen, bei der man einfach reinging und Dinge aus dem Nichts formte, aus dieser Wolke von Pixeln oder Polygonen oder was immer. Dabei konnte man sehen, was andere zur gleichen Zeit taten, und hatte sogar die Möglichkeit, die Sachen zu kombinieren, wenn beide es wollten. Er war ein bißchen befangen gewesen, weil es etwas zu sein schien, das in erster Linie Mädchen machten. Die Mädchen formten immer Einhörner und Regenbogen und so was, und Rydell entwarf gern

Autos, Traumautos gewissermaßen, als ob er ein Designer irgendwo in Japan wäre und alles bauen könnte, was er wollte. Man bekam bunte Printouts, wenn man fertig war, oder eine Kassette, wenn man sein Geschöpf animiert hatte. Hintendrin waren immer ein paar Mädchen gewesen, die Schönheitsoperationen an ihren eigenen Bildern durchführten, an ihren Gesichtern und ihren Haaren rumbastelten und sich Printouts machen ließen, wenn ihnen ein Resultat wirklich gefiel.

Rydell war meistens näher am Eingang gewesen, hatte Gitter aus grünem Licht um einen von ihm entworfenen Rahmen geformt und dann Farbe und ein festes Äußeres drübergelegt, um zu sehen, wie verschiedene Entwürfe aussahen.

Woran er sich jedoch erinnerte, als er sich nun in den Visaphonraum der Republik der Sehnsucht einschaltete, war der dabei entstehende Eindruck von der Beschaffenheit des Raums um die Traumwände *herum*. Und das war seltsam, denn wenn man von seiner augenblicklichen Tätigkeit aufschaute, war eigentlich überhaupt nichts da; nichts besonderes jedenfalls. Aber wenn man mittendrin war, wenn man sein Auto entwarf, oder was auch immer, beschlich einen manchmal so ein komisches Gefühl, daß man sich über den Rand der Welt hinausbeugte und daß dahinter ein Abgrund unendlicher Leere lag.

Und man hatte das Gefühl, daß man nicht auf dem Boden eines alten Kinos oder einer Bowlingbahn stand, sondern auf einer Ebene oder vielleicht einer Glasscheibe, und es war, als ob sie sich Meilen um Meilen hinter einem dehnte, ohne ein wirkliches Ende.

Als er nun vom Betrachten des Logos der Telefongesellschaft übergangslos auf die Glasfläche dort draußen überwechselte, sagte er einfach nur »Oh«, weil er ihre Ränder erkennen und sehen konnte, daß sie ganz eben war und daß um sie herum und über ihr diese völlig farblose und alle Farben zugleich enthaltende Wolke, dieser Nebel oder Himmel war, der irgendwie brodelte.

Und dann diese Gestalten: größer als Wolkenkratzer, größer als alles andere, deren Brust ungefähr auf gleicher Höhe mit dem Rand der Ebene war, so daß sich Rydell wie ein Insekt oder ein kleines Spielzeug vorkam.

Eine war ein Dinosaurier, eine dieser Tyrannosaurus-Rex-Figuren mit den kurzen Vorderbeinen, nur daß sie in etwas endeten, was verdammt große Ähnlichkeit mit Händen hatte. Eine war eine Art Statue, wie es aussah, oder eher eine bizarre natürliche Formation, von Spalten und Rissen durchzogen, die jedoch wie ein Mann mit breitem Gesicht und Dreadlocks geformt war; das Gesicht war entspannt, die Lider halb geschlossen. Sie bestand aber nur aus Stein und Moos; die Dreadlocks fielen in dicken Schichten von wahren Schiefergebirgen herab.

Dann schaute er sich um, sah die dritte und sagte nur, »du meine Güte.«

Es war ebenfalls eine Gestalt, und genauso groß, aber sie bestand nur aus Fernsehbildern, die sich bewegten, sich umeinander wanden und ineinander schlangen und kaum fähig zu sein schienen, die Form beizubehalten, die sie angenommen hatten: etwas, das ein Mann oder eine Frau sein mochte. Ihm taten die Augen weh, wenn er versuchte, irgendeinen Teil davon allzu genau anzuschauen. Es war, als ob man eine Million Kanäle gleichzeitig sehen würde, und dieser Lärm stürzte herab wie ein Wasserfall von Felsen, eine Art Rauschen, das irgendwie überhaupt kein Geräusch war.

»Willkommen in der Republik«, sagte der Dinosaurier mit der Stimme einer schönen Frau. Er lächelte, und das Elfenbein seiner Zähne war zu ganzen Tempeln geschnitzt. Rydell versuchte, sich die Schnitzereien anzusehen; eine Sekunde lang wurden sie ganz klar, dann geschah etwas.

»Du hast nicht mal ein Drittel der Bandbreite, die du bräuchtest«, sagte der dreadgelockte Berg mit einer Stimme, wie man sie von einem Berg erwartete. »Du bist im K-Tel-Raum …«

»Wir könnten den Emulator abschalten«, schlug das aus Fernsehbildern bestehende Ding vor, dessen Stimme sich aus dem Wasserfallrauschen herausmodulierte.

»Laß gut sein«, sagte der Dinosaurier. »Ich glaub nicht, daß das ein langes Gespräch wird.«

»Dein Name«, sagte der Berg.

Rydell zögerte.

»Deine Sozialversicherung«, sagte der Dinosaurier. Es klang gelangweilt, und aus irgendeinem Grund dachte Rydell an seinen Vater, der sich dauernd darüber ausgelassen hatte, was das früher mal bedeutet hatte und was es jetzt bedeutete.

»Name und Nummer«, sagte der Berg, »oder wir sind weg.«

»Rydell, Stephen Berry«, und dann die Zahlenfolge. Er hatte die letzte Ziffer kaum ausgesprochen, als der Dinosaurier sagte: »Ein ehemaliger Polizist, wie ich sehe.«

»Oh je«, sagte der Berg, der Rydell beständig an irgendwas erinnerte.

»Na ja«, sagte der Dinosaurier, »ziemlich dauerhaft ehemalig, wie's aussieht. War danach bei IntenSecure angestellt.«

»Ein Stachel«, sagte der Berg und hob eine Hand, um auf Rydell zu zeigen, nur daß es eine riesige, von Flechten überwachsene Hummerschere aus Granit war. Sie schien den halben Himmel auszufüllen, wie die Wand eines riesigen Raumschiffs. »Das *spitze* Ende des Keils?«

»Viel spitzer geht's nicht mehr, wenn ihr mich fragt«,

sagte das Fernsehgewitter. »Du scheinst die ungeteilte Aufmerksamkeit unseres guten Lowell gewonnen zu haben, Rydell. Und er wollte uns nicht mal deinen Namen sagen.«

»Er kennt ihn nicht«, sagte Rydell.

»Der kennt nicht mal den Unterschied zwischen seinem Arsch und 'nem Loch im Boden, har har«, sagte der Berg und ließ die Schere sinken. Seine Stimme war eine gesampelte Parodie von Rydells Stimme. Rydell versuchte, einen genaueren Blick auf seine Augen zu werfen; ein kurzes Aufleuchten stiller blauer Teiche und wedelnder Farne, ein braunes Nagetier, das davonhüpfte, bevor das Bild unscharf wurde. »Typen wie Lowell denken, wir bräuchten sie mehr als sie uns.«

»Sag, was du von uns willst, Stephen Berry«, sagte der Dinosaurier.

»Da ist was passiert, oben im Benedict Canyon ...«

»Jaja«, sagte der Dinosaurier, »du warst der Fahrer. Was hat das mit *uns* zu tun?«

In diesem Moment dämmerte es Rydell, daß der Dinosaurier – oder sie alle – möglicherweise genau in diesem Augenblick alle Unterlagen sehen konnte, die es irgendwo über ihn gab. Er bekam ein komisches Gefühl. »Ihr schaut euch meine ganzen Sachen an«, sagte er.

»Und es ist nicht sehr interessant«, erwiderte der Dinosaurier. »Benedict Canyon?«

»Ihr habt das *gemacht*«, sagte Rydell.

Der Berg hob die Augenbrauen. Windgepeitschtes Buschwerk verschob sich, Felsen polterten herab. Aber nur ganz am Rand von Rydells Blickfeld. »Wenn mich jemand fragt, das waren nicht *wir*, wenn man's genau nimmt. Wir hätten einen eleganteren Weg gewählt.«

»Aber warum habt ihr's getan?«

»Insofern es jemand getan hat oder dafür gesorgt hat, daß es getan wurde«, sagte der Dinosaurier, »denke ich, du solltest den Mann der Lady ins Visier nehmen, der inzwischen Scheidungsklage eingereicht hat, wie ich sehe. Mit einer bombensicheren Begründung, wie es scheint.«

»Hat er die Sache arrangiert? Das mit dem Gärtner und alles?«

»Lowell ist uns ein paar gründliche Erklärungen schuldig, denke ich«, sagte der Berg.

»Sie haben uns noch nicht gesagt, was Sie wollen, Mr. Rydell.« Das kam von dem Fernsehding.

»Genau so was. Ich möchte, daß ihr so was erledigt. Für mich.«

»Lowell«, sagte der Berg und schüttelte sein Dreadlock-Haupt. Schieferkaskaden am Rand von Rydells Blickfeld. Staub stieg an einem fernen Hang auf.

»Solche Sachen sind *gefährlich*«, sagte der Dinosaurier. »Und gefährliche Sachen sind sehr *teuer.* Du hast doch gar kein Geld, Rydell.«

»Wie wär's, wenn Lowell euch dafür bezahlen würde?«

»Lowell«, kam es von dem riesigen, leeren Gesicht, das sich mit Bildern verzerrte, »schuldet uns noch was.«

»Okay«, sagte Rydell. »Ich verstehe. Und ich glaube, ich kenne jemand anderen, der euch vielleicht bezahlt.« Er wußte nicht mal genau, ob das Unsinn war oder nicht. »Aber ihr müßt mir zuhören. Hört euch meine Geschichte an.«

»Nein«, sagte der Berg, und Rydell fiel ein, wem das Ding seiner Meinung nach ähnlich sehen sollte: dem Burschen, den man manchmal in den historischen Sendungen sah, der das Visaphon oder so was erfunden hatte, »und wenn Lowell denkt, er ist der einzige Loddel da draußen, dann wird er das wohl noch mal überdenken müssen.«

Und dann verblaßten sie, zerbrachen in diese Fraktaldinger, die wie Paisleymuster aussahen, und Rydell wußte, daß er sie verlor.

»Wartet«, sagte er. »Wohnt jemand von euch in San Francisco?«

Der Dinosaurier kam flimmernd zurück. »Und wenn?«

»Na ja«, sagte Rydell, »gefällt's euch da?«

»Warum fragst du?«

»Weil sich alles verändern wird. Sie werden's genauso machen wie in Tokio.«

»In Tokio?« Das Fernsehgewitter kam jetzt als große Kugel zurück, wie dieses Hologramm im Kognitive Dissidenten. »Wer hat dir das erzählt?«

Jetzt war der Berg ebenfalls wieder da. »In Tokio gibt's jetzt nicht mehr viel Spielraum für uns …«

»Erzähl schon«, verlangte der Dinosaurier.

Rydell tat es.

Sie hatte den Hut wieder auf, als er den Helm abnahm, aber die Sonnenbrille hielt sie in der Hand. Sie sah ihn bloß an.

»Ich glaub nicht, daß ich viel davon verstanden habe«, sagte sie. Sie hatte nur seinen Teil hören können, aber am Ende hatte hauptsächlich er gesprochen. »Aber ich denke, du bist schlichtweg total irre.«

»Bin ich wahrscheinlich«, gab er zu.

Dann bekam er die Angaben über die Gesprächsdauer und die Gebühren. Es war so ungefähr alles, was er noch hatte.

»Ich versteh nicht, warum sie das verdammte Gespräch über Paris leiten mußten«, sagte er.

Sie setzte nur die Sonnenbrille wieder auf und schüttelte langsam den Kopf.

Notebook (2)

Die Stadt in der Sonne, vom Dach dieser Schachtel auf dem Turm. Die Luke offen. Geräusche von drinnen - Skinner, der seine Habseligkeiten wieder und immer wieder sortiert. Eine Pappschachtel füllt sich langsam mit Dingen, die ich zu den Verkäufern hinunterbringen werde, die ihre Waren auf Decken und schmierigen alten Segeltuchquadraten ausgelegt haben. Osaka ist weit weg. Der Wind trägt die Geräusche von Hammerschlägen und Gesang heran. Skinner hat heute morgen gefragt, ob ich den Hecht im Steiner-Aquarium gesehen hätte.

- Nein.
- Er bewegt sich nicht, Scooter.

Bist du sicher, daß das alles ist, was Fontaine gesagt hat? Aber er hat ihr Rad gefunden? Das ist nicht gut. Würde nicht so lange wegbleiben ohne das Ding. Hat sie schwer für geblutet. Ist innen drin aus Papier. Aus japanischem Baupapier, wie heißt es noch gleich? Na egal, Scooter. Scheiße, das ist deine Sprache. Du vergißt sie ja schneller als wir … 'n Rohr aus diesem Papier, das ummanteln sie dann mit Aramid oder so. Nee, das würde sie nicht hierlassen. Am Tag, als sie's mitbrachte, hat sie da unten drei Stunden lang dieses Rostimitat draufgesprüht, kannst du dir das vorstellen? Rostimitat, Scooter. Und sie hat's mit alten Lumpen, Schläuchen und allem möglichen umwickelt. Damit's nicht neu aussah. Na ja, ist sinnvoller, als es einfach nur abzuschließen, das stimmt schon. Weißt du, wie man 'n Kryptonitschloß knackt, Scooter? Mit 'nem Volvoschlüssel. 'n Volvoschlüssel paßt genau da rein, als ob er dafür gemacht wäre. Man drückt ein- oder zweimal, und zingo. Aber jetzt hat man diese Schlösser nicht mehr. Manche Leute tragen sie als Schmuck. Welche von diesen Hirngeschädigten, kannst du gar nicht übersehen … Ich hab sie eines Tages gefunden. Sie wollten sie zum Ende runtertragen und sie der Stadt übergeben. Hab ihnen erklärt, sie wäre eh tot, bevor sie dort ankommen würden, und sie sollten bloß verduften. Hab sie hier raufgebracht. Könnte ich immer noch tun. Warum? Zum Teufel. Darum. Wenn du jemand sterben siehst, gehst du dann einfach vorbei, als ob's bloß Fernsehen wäre?

Century City

Chevette wußte nicht, was sie von Los Angeles halten sollte.

Die Palmen fand sie aber doch ziemlich merkwürdig.

Auf dem Herweg hatte Subletts Elektrowagen hinter einem großen Sattelschlepper mit dem Schriftzug A-LIFE INSTALLATIONS, NANOTRONISCHE VEGETATION auf der Rückseite gehalten, aus dem die Kronen dieser künstlichen Palmen herausragten, in Plastikfolie verpackt.

Das hatte sie alles schon mal mit Skinner zusammen im Fernsehen gesehen, wie sie diese Bäume als Ersatz für diejenigen einpflanzten, die das Virus getötet hatte, irgendein mexikanisches Virus. Sie hatten eine gewisse Ähnlichkeit mit dem Tunnel der Magnetschwebebahn, der durch die Bucht führte, oder mit dem, was diese Sunflower Company Rydell und Sublett zufolge in San Francisco machen wollte; mit diesen Dingern, die irgendwie *wuchsen*, aber nur, weil sie aus all diesen winzigen Maschinchen bestanden.

In einer Sendung, die sie mit Skinner gesehen hatte, wurde erzählt, diese neuen Bäume seien so konstruiert, daß alle Arten von Vögeln und Ratten und so weiter in ihnen nisten könnten, genau wie in denen, die eingegangen waren. Skinner hatte ihr erzählt, er sei in L.A. mal mit einem Jeep gegen eine echte Palme gefahren, und da seien ungefähr zehn Ratten rausgefallen, auf der Kühlerhaube gelandet und einfach sitzengeblieben, bis sie Angst bekommen hätten und weggelaufen seien.

Jedenfalls war es ganz anders als San Francisco. Ihre Gefühle waren zwiespältig. Einmal schien es ihr einfach ein Haufen *Zeug* zu sein, das sich weitgehend willkürlich in alle Himmelsrichtungen erstreckte, dann wiederum hatte sie das Gefühl, daß es ein wirklich *großer* Ort war, mit Bergen im Hintergrund und lauter Energie, die darin im Umlauf war und Dinge erhellte. Das lag vielleicht daran, daß sie bei Nacht angekommen waren.

Sublett hatte einen kleinen weißen europäischen Wagen namens Montxo. Das wußte sie, weil sie auf dem ganzen Weg von Paradise hierher das Logo am Armaturenbrett vor der Nase gehabt hatte. Sublett sagte, es reime sich auf Poncho. Er war in Barcelona gebaut, und man schloß ihn einfach an eine Steckdose im Haus an und ließ ihn dran, bis er aufgeladen war. Er machte nicht viel mehr als vierzig Meilen auf dem Highway, aber Sublett wollte wegen seiner Allergien nichts anderes fahren. Sie sagte, er hätte Glück, daß es Elektroautos gab; er hatte ihr alles über seine Angst vor elektromagnetischen Feldern und Krebs und so weiter erzählt.

Sie hatten seine Mutter mit dieser Mrs. Baker alleingelassen, als die beiden sich im Fernsehen gerade *Spacehunter – Jäger im All* ansahen. Sie waren richtig aufgeregt, weil es Molly Ringwalds erster Film war, wie sie sagten. Aber sie gerieten wegen nahezu allem derart aus dem Häuschen, und Chevette hatte nicht die geringste Ahnung, über wen sie redeten.

Rydell hing die ganze Zeit am Telefon, und sie mußten zweimal anhalten und neue Batterien kaufen. Sublett bezahlte.

Es machte sie irgendwie nervös, daß Rydell ihr nicht mehr Aufmerksamkeit schenkte. In dem Motel hatten sie wieder in einem Bett geschlafen, ohne daß was passiert war, obwohl Sublett draußen im Montxo übernachtet hatte, auf den umgeklappten Sitzen.

Im Moment redete Rydell immer nur mit diesen Leuten von der Republik der Sehnsucht, die Lowell kannte, aber über das normale Telefon, und versuchte, Nachrichten in jemandes akustischem Briefkasten zu hinterlassen. Mr. Mom oder so. Ma. Da er jedoch nicht glaubte, daß der Empfänger sie erhielt, hatte er die Sehnsucht-Leute angerufen und ihnen die ganze Geschichte lang und breit erzählt, alles, was ihnen zugestoßen war, und die hatten es aufgezeichnet und sollten es nun in den akustischen Briefkasten dieses Mr. Ma überspielen. Rydell sagte, sie würden ihn damit so vollstopfen, daß keine anderen Nachrichten mehr reinpaßten. Das müßte seine Aufmerksamkeit erregen, meinte er.

Als sie in L.A. angekommen waren und sich ein Zimmer in einem Motel genommen hatten, war Chevette irgendwie ganz aufgekratzt gewesen, weil sie das schon immer mal hatte tun wollen. Ihre Mutter schien nämlich stets viel Spaß gehabt zu haben, wenn sie in Motels gegangen war. Nun, es hatte sich rausgestellt, daß es eine Art Wohnwagen-Camp ohne Wohnwagen war, mit kleinen Betongebäuden, die in noch kleinere Zimmer unterteilt waren, und da waren Ausländer, die im ehemaligen Swimmingpool ein Barbecue machten. Sublett hatte sich richtig darüber aufgeregt, weil er die Kohlenwasserstoffe und all das nicht vertragen würde, aber Rydell hatte gesagt, es sei ja nur für eine Nacht. Dann war Rydell zu den Ausländern rübergegangen und hatte ein bißchen mit ihnen geredet, und dann war er zurückgekommen und hatte gesagt, sie seien Tibetaner. Ihr Barbecue war auch gar nicht so schlecht, aber Sublett nahm nur den Drugstorefraß zu sich, den er mitgebracht hatte – Wasser aus der Flasche und diese gelben Riegel, die wie Seife aussahen –, und ging raus, um in seinem Montxo zu schlafen.

Und nun war sie also hier, marschierte in dieses Bauwerk namens Century City II hinein und versuchte, so auszusehen, als wäre sie dort, um etwas abzuliefern. Es war ein grünes, tittenförmiges Ding auf drei Beinen, die bis ganz oben durchgingen. Man konnte sehen, wo sie verliefen, weil die Wände größtenteils aus einer Art Glas und durchsichtig waren. Es war so ziemlich das größte Gebäude in der Gegend; man konnte es schon aus weiter Ferne sehen. Rydell nannte es den Klecks.

Es war auch sehr vornehm, wie im China Basin, mit den gleichen Leuten, wie man sie meistens im Finanzdistrikt oder in Einkaufszentren sah, oder wenn man als Kurier arbeitete.

Nun, sie hatte ihre Abzeichen dran, und sie hatte im Motel gründlich geduscht, aber sie begann, sich in dem Gebäude trotzdem unbehaglich zu fühlen. All diese Bäume da drin, der Weg bis ganz nach oben in dem riesigen, hohlen Bein, und alles unter einem merkwürdigen gefilterten Licht, das durch die Seitenwände hereinfiel. Und hier stand sie nun auf einer Rolltreppe, die ungefähr eine Meile hinauffuhr, höher und höher, und um sie herum lauter Leute, die hierhergehören mußten. In den anderen beiden Beinen waren Fahrstühle, hatte Rydell gesagt; sie verliefen schräg nach oben, wie der Lift, der zu Skinner hinaufführte. Aber Subletts Freund hatte gemeint, daß sie meistens von IntenSecure-Leuten bewacht würden.

Sie wußte, daß Sublett irgendwo hinter ihr war; jedenfalls hatten sie das so geplant, bevor Rydell sie am Eingang abgesetzt hatte. Sie hatte ihn gefragt, wohin er denn wolle, und er hatte nur gesagt, er müsse weg und sich eine Taschenlampe ausborgen. Sie fing an, ihn wirklich zu mögen. Das beunruhigte sie irgendwie. Sie fragte sich, wie er wohl wäre, wenn er nicht in einer solchen Lage war. Sie fragte sich, wie *sie* wohl wäre, wenn sie nicht in einer solchen Lage war.

Er und Sublett hatten beide bei der Firma gearbeitet, die für den Wachdienst in diesem Gebäude zuständig war – IntenSecure –, und Sublett hatte einen Freund angerufen und ihn gefragt, wie gut die Sicherheitsmaßnahmen seien. Er hatte es so formuliert, daß es klang, als wollte er einen neuen Job bei dem Unternehmen haben. Aber er und Rydell hatten alles so ausgetüftelt, daß sie hineingelangen konnte; Sublett sollte ihr folgen, um sie im Auge zu behalten.

Was sie an Sublett nervös machte, war sein Benehmen; er verhielt sich, als ob er Selbstmord begehen würde oder so. Sobald er sich auf das Programm – Rydells Plan – eingelassen hatte, war es, als würde er sich von allem losgelöst fühlen. Er redete andauernd von seiner Apostasie und den Filmen, die er mochte, und von jemandem namens Cronenberg. Strahlte eine unheimliche Ruhe aus, wie ein Mensch, der genau wußte, daß er sterben würde; als hätte er seinen Frieden damit gemacht, nur daß er sich immer noch wegen seiner Allergien aufregte.

Grünes Licht, in dem es stetig nach oben ging.

Sie hatten ihr im Motel das Päckchen fertiggemacht. Es enthielt die Brille. Die Empfängerin war Karen Mendelsohn.

Sie schloß die Augen, sagte sich, Bunny Malatesta würde auf ihrem Kopf Wiegetritt fahren, wenn sie das Päckchen nicht ablieferte, und drückte auf den Knopf.

»Ja?« Es war einer dieser Computer.

»Allied Messenger, für Karen Mendelsohn.«

»Eine Sendung?«

»Sie muß unterschreiben.«

»Ich bin autorisiert, den Strichcode …«

»Ihre Hand. Ich muß ihre *Hand* sehen. Wie sie's in Empfang nimmt. Klar?«

Stille. »Art der Sendung?«

»Glaubst du, ich mach das Ding auf, oder was?«

»Art der Sendung?«

»Mal sehen«, sagte Chevette. »Da steht ›Nachlaßgericht‹ drauf, es ist aus San Francisco, und wenn du nicht die Tür aufmachst, du Genie, dann geht's mit der nächsten Maschine zurück.«

»Moment, bitte«, sagte der Computer.

Chevette warf einen Blick auf die Topfpflanzen neben der Tür. Sie waren groß und sahen echt aus, und sie wußte, daß Sublett hinter ihnen stand, aber sie konnte ihn nicht sehen. Jemand hatte zwischen den Wurzeln der einen eine Zigarette ausgedrückt.

Die Tür öffnete sich einen Spaltbreit. »Ja?«

»Karen Mendelsohn?«

»Was gibt's?«

»Allied Messenger, San Francisco. Würden Sie bitte unterschreiben?« Aber da war gar nichts, kein Etikett, kein Schild.

»San Francisco?«

»So steht's drauf.«

Die Tür ging ein bißchen weiter auf. Eine dunkelhaarige Frau in einem langen, hellen Frotteebademantel. Chevette sah, wie sie die Abzeichen an Skinners Jacke musterte. »Ich verstehe nicht«, sagte Karen Mendelsohn. »Wir machen alles über GlobEx.«

»Die sind zu langsam«, sagte Chevette, als Sublett in schwarzer Uniform um die Pflanze herumkam. Chevette sah ihr Spiegelbild in seinen Kontaktlinsen; es war in der Mitte ein bißchen ausgebaucht.

»Miss Mendelsohn«, sagte er, »ich fürchte, wir haben hier einen Sicherheitsnotfall.«

Karen Mendelsohn sah ihn an. »Einen Notfall?«

»Kein Grund zur Sorge«, sagte Sublett. Er legte Chevette die Hand auf die Schulter und steuerte sie an Karen Mendelsohn vorbei in die Wohnung. »Wir haben die Lage im Griff. Und wir wissen Ihre Mitarbeit zu schätzen.«

Miracle Mile

›Wally‹ Divac, Rydells serbischer Vermieter, hatte Rydell seine Taschenlampe eigentlich nicht geben wollen, aber Rydell hatte gelogen und versprochen, ihm bei IntenSecure was viel Besseres zu besorgen und es mitzubringen, wenn er die Taschenlampe zurückbrachte. Vielleicht einen dieser Teleskopschlagstöcke mit drahtlosen Taserspitzen, sagte er; was Vernünftiges jedenfalls, was Professionelles und vielleicht auch halbwegs Illegales. Wally war eine Art Cop-Groupie. Er hatte gern das Gefühl, mit den Jungs von der Truppe auf du und du zu sein. Wie viele Leute machte er keinen großen Unterschied zwischen der richtigen Polizei und einer Firma wie IntenSecure. Er hatte auch eins dieser Wachdienst-Schilder in seinem Vorgarten, aber Rydell war froh zu sehen, daß es nicht von IntenSecure war. Wally konnte sich einen solchen Service eigentlich nicht leisten, so wie auch sein Wagen ein gebrauchter war, obwohl er sagen würde, es sei einer *aus Vorbesitz*, als ob der erste Eigentümer bloß ein Lakai gewesen wäre, der die Aufgabe gehabt hätte, ihn für ihn einzufahren.

Aber ihm gehörte das Haus, in dem er wohnte, das mit der himmelblauen äußeren Seitenwandung aus Plastik, die wie lackiertes Holz aussah, und einer Kunstrasenfläche, die echter wirkte als Astroturf. Und er besaß das Haus in Mar Vista und noch ein paar weitere Häuser. Seine Schwester war 1994 rübergekommen, und dann war er selbst gekommen, um diesen Moslems und den ganzen Problemen zu entfliehen, die sie verursachten. Er hatte es nie bereut. Er sagte, dies sei ein tolles Land, man ließe nur zu viele Immigranten rein.

»Was fahren Sie denn da?« hatte er von der Treppe des renovierten Craftsman-Mobilheims zwei Blocks oberhalb der Melrose aus gefragt.

»'nen Montxo«, antwortete Rydell. »Aus Barcelona. Ist 'n Elektrowagen.«

»Sie leben doch in Amerika«, hatte er gesagt, die grauen Haare sauber aus der narbigen Stirn gekämmt und nach hinten an den Schädel geklatscht, »warum fahren Sie da so was?« Sein makelloser BMW ruhte auf der Auffahrt. Er brauchte fünf Minuten, um die Alarmanlagen und Schutzvorrichtungen auszuschalten und Rydell die Taschenlampe herauszuholen. Rydell hatte sich an den ersten Weihnachtstag damals in Knoxville erinnert, als die neuen Walkietalkies der Drogenfahndung jeden Autoalarm im Umkreis von zehn Meilen ausgelöst hatten.

»Weil er gut für die Umwelt ist«, sagte Rydell.

»Aber schlecht für Ihr Land«, sagte Wally. »Ist eine Imagefrage. Ein Amerikaner sollte einen Wagen fahren, auf den er stolz sein kann. Einen bayerischen Wagen. Oder wenigsten einen Japaner.«

»Ich bring Ihnen das zurück, Wally.« Er hielt die große schwarze Taschenlampe hoch.

»Und noch was dazu. Haben Sie gesagt.«

»Machen Sie sich keine Sorgen deswegen.«

»Wann zahlen Sie die Miete für Mar Vista?«

»Kevin kümmert sich drum.« Er stieg in den winzigen Montxo und startete das Schwungrad. Der Wagen stand da und schaukelte leicht auf seinen Stoßdämpfern, während das Rad in Fahrt kam.

Wally winkte, zuckte die Achseln, ging in sein Haus zurück und schloß die Tür. Rydell hatte ihn noch nie ohne seinen Tirolerhut gesehen.

Er sah sich die Taschenlampe an und versuchte rauszukriegen, wo sich die Sicherung befand. Es war nicht viel, aber er hatte das Gefühl, etwas bei sich haben zu müssen. Und sie war nicht tödlich. Es war nicht schwer, auf der Straße Schußwaffen zu kaufen, aber er wollte heute eigentlich keine in Griffweite haben. Das Strafmaß sah ganz anders aus, wenn eine Knarre im Spiel war.

Dann war er zum Klecks zurückgefahren, wobei er es an den Kreuzungen richtig locker angehen ließ und auf Straßen zu bleiben versuchte, die Extraspuren für Elektrofahrzeuge hatten. Er holte Chevettes Telefon heraus und drückte auf Wahlwiederholung, um die Netzknotennummer in Utah anzuwählen, die ihm Gottesfresser in Paradise gegeben hatte. Gottesfresser war derjenige, der wie der Berg aussah, das behauptete er jedenfalls. Rydell hatte ihn gefragt, was für ein Name das sei. Er hatte gesagt, er sei ein Vollblutindianer. Rydell bezweifelte das irgendwie.

Nicht mal ihre Stimmen waren echt; es war alles digital. Gottesfresser konnte ebensogut eine Frau oder drei verschiedene Leute sein; es war auch möglich, daß alle drei, die er gesehen hatte, nur eine Person waren. Er dachte an die Frau im Rollstuhl im Kognitive Dissidenten. Vielleicht war sie es. Jeder konnte es sein. Das war das Unheimliche an diesen Hackern. Er hörte, wie es bei der Netzknotennummer in Utah klingelte. Gottesfresser nahm immer beim fünften Mal ab, mitten im Klingeln.

»Ja?«

»Paradies«, sagte Rydell.

»Richard?«

»Nixon.«

»Wir haben deine Sachen an Ort und Stelle, Richard. Ein kleines Hauruck und 'n Schubs.«

»Habt ihr mir schon 'nen Preis gemacht?« Die Ampel sprang um. Jemand hupte, genervt von der Unfähigkeit des Montxo, so was ähnliches wie Beschleunigung zustande zu bringen.

»Fünfzig«, sagte Gottesfresser.

Fünfzigtausend Dollar. Rydell zuckte zusammen. »Okay«, sagte er, »einverstanden.«

»Ist auch besser«, sagte Gottesfresser. »Wir können dafür sorgen, daß es dir sogar im Knast ziemlich dreckig geht. Wir können dafür sorgen, daß es dir dort *sehr* dreckig geht. Wenn du draußen schon auf den Brustwarzen kriechst, fängt der Spaß da drin erst richtig an.«

Ich wette, ihr habt auch jede Menge Freunde da drin, dachte Rydell. »Was meint ihr, wie lang ist die Reaktionszeit vom Augenblick meines Anrufs an?«

Gottesfresser rülpste, lang und bedächtig. »Schnell. Zehn bis fünfzehn, maximal. Wir haben's so arrangiert, wie wir's besprochen haben. Deine Freunde werden sich in die Hosen scheißen. Aber du solltest wirklich zusehen, daß du nicht im Weg bist. So was hast du garantiert in deinem ganzen Leben noch nicht gesehen. Gibt da so 'ne neue Truppe, die sie grade aufgestellt haben.«

»Hoffentlich«, sagte Rydell und unterbrach die Verbindung.

Er gab dem Parkplatzwächter die Nummer von Karens Wohnung. Wenn alles vorbei war, würde es nicht mehr viel ausmachen. Er hatte sich die Taschenlampe hinten in die Hose gesteckt, unter der Jeansjacke, die Buddy ihm geliehen hatte. Wahrscheinlich gehörte sie Buddys Vater. Er hatte Buddy erzählt, er würde ihm helfen, irgendwo unterzukommen, wenn er nach L.A. käme. Er hoffte irgendwie, daß Buddy das nie versuchen würde, weil Kinder wie Buddy von der Busstation aus nur ungefähr einen Block weit kamen, bevor ein wieselflinkes urbanes Raubtier sie erwischte – nur ein undeutliches Aufblitzen von Rädern und Zähnen, und von Buddy würde nichts Nennenswertes mehr übrig sein. Aber dann mußte er wiederum dran denken, wie es ihm gehen würde, wenn er Buddy wäre, in seinem Ein-mal-zwei-Meter-Schlafraum in diesem Caravan mit den Postern von Fallon und Jesus an der Wand, wo er heimlich sein VR rausholte, wenn sein Vater gerade nicht guckte. Wenn man nicht wenigstens den Versuch machte, da rauszukommen, wie würde man sich am Ende fühlen? Und deshalb mußte man eigentlich einen Toast auf Sublett ausbringen, weil der da rausgekommen war, trotz seiner Allergien und allem.

Er machte sich jedoch Sorgen wegen Sublett. Ziemlich verrückt, sich in einer solchen Situation um irgend jemanden Sorgen zu machen, aber Sublett benahm sich, als ob er schon tot wäre oder so. Er machte mechanisch eins nach dem anderen, als ob ihm alles egal wäre. Das einzige, was ihm überhaupt noch eine Reaktion entlockte, waren seine Allergien.

Und wegen Chevette ebenfalls, Chevette Washington; was ihm bei ihr Sorgen machte, war jedoch die weiße Haut auf ihrem Rücken, gleich oberhalb der Taille und über der schwarzen Radlerhose, wenn sie zusammengerollt im Bett neben ihm lag. Und daß er andauernd den Wunsch verspürte, sie dort anzufassen. Und wie sich ihre Titten unter ihrem T-Shirt abzeichneten, wenn sie sich morgens aufsetzte, und die kleinen, dunklen, geringelten Haare unter ihren Armen. Und als er jetzt auf das Terracotta-Kaffeemodul am Fuß der Rolltreppe zuging, während sich der rechteckige Kopf von Wallys Pfeffer versprühender Taschenlampe in sein Rückgrat grub, wußte er, daß er vielleicht nie wieder eine Chance bekommen würde. In einer halben Stunde konnte er tot oder auf dem Weg in den Knast sein.

Er bestellte sich einen Latte mit doppeltem Schuß, bezahlte ihn mit seinem allerletzten Geld und warf einen Blick auf seine Timex. Zehn vor drei. Als er am Abend zuvor Warbabys Portable vom Motel aus angerufen hatte, hatte er ihm drei Uhr gesagt.

Gottesfresser hatte ihm diese Nummer besorgt. Gottesfresser konnte einem jede Nummer besorgen.

Warbaby schien richtig traurig, von ihm zu hören. Irgendwie enttäuscht. »Das hätten wir nie von Ihnen erwartet, Rydell.«

»Tut mir leid, Mr. Warbaby. Diese Scheiß-Russen. Und dieses Cowboy-Arschloch, dieser Loveless. Die haben sich in alles reingemischt und dauernd auf mir rumgehackt.«

»Kein Grund, sich so ordinär auszudrücken. Wer hat Ihnen diese Nummer gegeben?«

»Die hab ich vorher schon von Hernandez bekommen.«

Stille.

»Ich hab die Brille, Mr. Warbaby.«

»Wo sind Sie?«

Chevette Washington beobachtete ihn vom Bett aus. »In Los Angeles. Ich fand, ich sollte lieber so viel Abstand wie möglich zwischen mich und diese Russen bringen.«

Eine Pause. Vielleicht hatte Warbaby die Hand über die Muschel gelegt. Dann: »Nun, ich denke, ich kann Ihr Verhalten verstehen, obwohl ich nicht sagen kann, daß ich es billige …«

»Können Sie herkommen und sie abholen, Mr. Warbaby? Und dann sind wir quitt, ja?«

Eine längere Pause. »Nun, Rydell« – traurig –, »ich möchte nicht, daß Sie vergessen, wie enttäuscht ich von Ihnen bin, aber … ja, das könnte ich tun.«

»Aber nur Sie und Freddie, okay? Niemand sonst.«

»Selbstverständlich«, hatte Warbaby gesagt. Rydell stellte sich vor, wie er zu Freddie hinüberschaute, der auf einem neuen Laptop herumhackte, um den Anruf zurückzuverfolgen. Zu einem Netzknoten in Oakland und dann weiter zu einer verwürfelten Nummer.

»Seien Sie morgen da, Mr. Warbaby. Ich ruf Sie unter

der gleichen Nummer an und sag Ihnen, wo Sie hinkommen sollen. Punkt drei.«

»Ich denke, Sie haben die richtige Entscheidung getroffen, Rydell«, hatte Warbaby gesagt.

»Hoffentlich«, hatte Rydell gesagt und aufgelegt.

Jetzt schaute er auf seine Timex. Trank einen Schluck Milchkaffee. Punkt drei. Er stellte den Kaffee auf den Tresen und holte das Telefon raus. Begann, Warbabys Nummer einzutippen.

Sie brauchten zwanzig Minuten. Sie kamen mit zwei Wagen, aus entgegengesetzten Richtungen: Warbaby und Freddie in einem schwarzen Lincoln mit einer weißen Satellitenschüssel oben drauf, Freddie am Lenkrad, dann Swobodow und Orlowsky in einer metallic-grauen Lada-Limousine, die Rydell für einen Mietwagen hielt.

Er beobachtete, wie sie sich trafen, alle vier, dann auf die Plaza unter dem Klecks kamen und an den kinetischen Skulpturen vorbei auf den nächsten Fahrstuhl zusteuerten. Warbaby stützte sich auf seinen Stock und sah so traurig aus wie eh und je. Er trug denselben olivgrünen Mantel und seinen Stetson, Freddie hatte ein weites Hemd mit viel Pink drin an und einen Laptop unter dem Arm, und die Russen von der Mordkommission trugen graue Anzüge, die ungefähr die gleiche Farbe und Struktur hatten wie ihr Lada.

Er wartete noch eine Weile, um zu sehen, ob Loveless auftauchen würde, dann begann er, die Nummer in Utah einzutippen.

»Bitte, lieber Gott«, murmelte er, während er die Klingelzeichen zählte.

»Ist was mit Ihrem Latte?« Der kleine Zentralasiate im Kaffeemodul sah ihn an.

»Alles okay«, sagte Rydell, als Gottesfresser abnahm.

»Ja?«

»Paradies.«

»Richard?«

»Nixon. Sie sind da. Vier, nur Smiley fehlt.«

»Die beiden Russen, Warbaby und sein Handlanger?«

»Genau.«

»Aber der andere nicht.«

»Ich seh ihn nicht …«

»Seine Beschreibung ist eh im Paket drin. Okay, Rydell. Auf geht's!« Klick.

Rydell steckte das Telefon in seine Jackentasche, drehte sich um und ging mit schnellen Schritten zur Rolltreppe. Der Junge im Kaffeemodul dachte wahrscheinlich, daß mit dem Latte was nicht in Ordnung gewesen war.

Gottesfresser und seine Freunde – falls sie nicht nur eine einzige Person waren, zum Beispiel eine übergeschnappte alte Dame in den Hügeln von Oakland mit einer mehrere Millionen Dollar teuren Ausrüstung und einer rabenschwarzen Seele – waren Rydell wie Aufschneider erschienen, die ihresgleichen suchten. Wenn man ihnen Glauben schenkte, so gab es nichts, was sie nicht konnten. Aber wenn sie derart mächtig waren, wie kam es dann, daß sie sich verstecken und ihr Geld mit kriminellen Delikten verdienen mußten?

Rydell hatte auf der Akademie ein paar Vorträge über Computerkriminalität gehört, aber das war ziemlich trockenes Zeug gewesen. Die historischen Hintergründe, daß Hacker früher mal bloß clevere Kids gewesen waren, die die Telefongesellschaften geärgert hatten. Im Grunde fielen sämtliche Verbrechen, die man früher unter dem Begriff ›Weiße-Kragen-Kriminalität‹ zusammengefaßt hätte, heute sowieso unter Computerkriminalität, hatte der Gastdozent vom FBI gesagt, weil die Leute in den Büros eh alles mit Computern machten. Aber es gebe andere Verbrechen, die man trotzdem als Computerkriminalität im alten Sinne bezeichnen könne, weil in der Regel normale Kriminelle daran beteiligt seien und weil diese Kriminellen sich selbst nach wie vor für Hacker hielten. Die Öffentlichkeit neige immer noch dazu, hatte der FBI-Mann ihnen erklärt, Hacker als romantische Possenreißer oder so was anzusehen, ähnlich wie Kinder, die ein Klohäuschen versetzten. Lustige Schelme. In der alten Zeit, sagte er, hätten viele Leute gar nicht gewußt, daß es ein Klohäuschen *gab*, das versetzt werden konnte; das hätten sie erst gemerkt, als sie irgendwann in der Scheiße steckten. Rydells Kurs hatte pflichtschuldigst gelacht. Aber heute nicht mehr, sagte der FBI-Mann; der moderne Hacker sei ungefähr so romantisch wie der Killer einer Ice-Bande oder der Schläger eines Dancer-Kartells. Und erheblich schwerer zu fassen, obwohl man meistens damit rechnen könne, gleich ein paar mehr zu erwischen, wenn es erstmal gelänge, einen zu kriegen und ihn unter Druck zu setzen. Aber sie seien oft in Zellen organisiert, die wiederum zu größeren Gruppen zusammengefaßt seien, so daß man normalerweise höchstens die Mitglieder einer einzelnen Zelle hochnehmen könne; sie wüßten einfach nicht, wer die Mitglieder der anderen Zellen seien, und sie gäben sich auch alle Mühe, es nicht rauszufinden.

Gottesfresser und seine Freunde, wie viele oder wenige es auch waren, mußten eine solche Zelle sein, eine von wer weiß wie vielen Einheiten in der sogenannten Republik der Sehnsucht. Und wenn sie das, was sie für ihn tun sollten, wirklich durchzogen, dann aus drei Gründen, wie er vermutete: Sie hatten was dagegen, daß San Francisco neu aufgebaut wurde, weil ihnen eine Infrastruktur mit vielen Löchern drin gut gefiel, sie berechneten ihm ein hübsches Sümmchen dafür – Geld, das er gar nicht hatte –, und sie hatten eine Möglichkeit ausgeknobelt, etwas zu tun, was noch nie jemand getan hatte. Und es war der letzte Grund, der sie wirklich auf Trab gebracht zu haben schien, nachdem sie einmal beschlossen hatten, ihm zu helfen.

Als er jetzt die Rolltreppe raufging und sich zwang, nicht loszurennen, fiel es Rydell schwer zu glauben, daß Gottesfresser und die anderen tun würden, was sie angeblich tun konnten. Und wenn sie's nicht taten, tja, dann war er angeschissen.

Nein, sagte er sich, sie werden's tun. Sie mußten. Irgendwo in Utah drehte sich eine Schüssel und richtete sich auf die Küste aus, auf den Himmel über Kalifornien. Und aus ihr – eingespeist von dort, wo Gottesfresser und seine Freunde saßen – würden diese Päckchen, nein, Pakete von Signalen kommen. Pakete hatte Gottesfresser sie genannt.

Und irgendwo hoch oben über dem Klecks, über dem ganzen Becken von L.A. stand der Todesstern.

Rydell schob sich an einem silberhaarigen Mann in weißer Tenniskluft vorbei und lief die Rolltreppe hinauf. Er kam unter der Kupfertitte heraus. Leute gingen in dem kleinen Einkaufszentrum dort ein und aus. Ein Brunnen mit Wasser, das an großen, zerklüfteten grünen Glasplatten hinabrann. Und da gingen die Russen; ihre breiten grauen Rücken steuerten auf die weißen Wände des Komplexes zu, in dem sich Karens Wohnung befand. Warbaby und Freddie waren nirgends zu sehen.

Drei Uhr zweiunddreißig. »Scheiße«, sagte er, weil er wußte, daß es nicht funktioniert hatte, daß Gottesfresser ihn reingelegt hatte, daß er Chevette Washington und Sublett und sogar Karen Mendelsohn zum Tode verurteilt hatte – daß er wieder mal einfach gehandelt hatte und damit auf die Schnauze gefallen war, und zum letzten Mal obendrein.

Und dann kamen diese *Dinger* durch einen Spalt im Glas, genau südlich von den Handballplätzen, und er hatte noch nie etwas Derartiges gesehen. Es war ein ganzer Haufen, vielleicht zehn oder zwölf, und sie waren schwarz. Sie machten so gut wie gar kein Geräusch, und sie schwebten irgendwie durch die Luft.

Sie glitten einfach dahin. Die Spieler auf den Plätzen hielten inne, um sie zu beobachten.

Es waren Hubschrauber, aber sie waren zu klein, um jemanden zu transportieren. Kleiner als das kleinste Mikroleicht-Modell. Wie Schüsseln geformt. Französische Aérospatiale-Geschützplattformen, wie man sie in den Nachrichten aus Mexico City sah, und er vermutete, daß sie der Aufsicht des ECCCS unterstanden, des Emergency Command Control Communications System, das den Todesstern betrieb. Einer der Hubschrauber flog in ungefähr sechs Meter Höhe über ihn hinweg, und er sah die Rohrbündel eines Geschützes oder Raketenwerfers.

»Verdammt«, entfuhr es Rydell, während er zur Zukunft des bewaffneten Streifendienstes hinaufschaute.

»LAPD. AUFSTANDSBEKÄMPFUNG. NOTFALL. BLEIBEN SIE, WO SIE SIND.«

Frauen begannen zu schreien.

Rydell begann zu laufen.

Er lief an Swobodow und Orlowsky vorbei, die zu drei Helikoptern hinaufschauten, die eindeutig auf sie zukamen. Die Münder der Russen standen offen, und die Halbgläser von Orlowskys Brille sahen aus, als ob sie ihm gleich rausfallen würden.

»AUF DEN BODEN, MIT DEM GESICHT NACH UNTEN, ODER WIR SCHIESSEN.«

Er rannte an Freddie vorbei, der flach auf den Granitplatten lag und tat, was die Helikopter sagten, die Hände samt Laptop über dem Kopf.

Dann sah er Warbaby, der zurückgelehnt auf einer schmiedeeisernen Bank hing, als ob er schon ewig dort gesessen und das Leben einfach an sich hätte vorüberziehen lassen. Warbaby sah ihn ebenfalls. Sein Stock lag neben ihm auf der Bank. Er nahm ihn zur Hand, träge und bedächtig, und Rydell war sicher, daß er gleich weggeblasen werden würde. Aber Warbaby, der so traurig dreinschaute wie immer, hob den Stock nur wie zum Gruß an den Rand seines Stetson.

»WEG MIT DEM STOCK.« Die verstärkte Stimme eines Cops vom Einsatzkommando, der im Bunker in den gehärteten Kellergeschossen der City Hall East saß und seinen kleinen Aérospatiale über ein Telepräsenzgerät steuerte. Warbaby zuckte die Achseln und warf den Stock weg.

Rydell rannte weiter, durch die offenen Tore und zu Karen Mendelsohns Tür. Die stand halb offen; Karen und Chevette Washington hatten beide die Köpfe rausgestreckt, und die Augen drohten ihnen aus den Höhlen zu springen.

»Rein!« brüllte er.

Sie glotzten ihn nur mit offenen Münden an.

»Rein mit euch!«

Neben der Tür war ein Haufen großer Pflanzen in einem Terracottatopf, der ihm ungefähr bis zur Taille ging. Er sah, wie Loveless um das Gewächs herumkam und seine kleine Pistole hob; er hatte ein silbriges Sakko an und trug den linken Arm in einer Schlinge; sein Gesicht war mit Mikropore-Pflastern übersät, die nicht ganz die richtige Farbe hatten, so daß er aussah, als ob er Lepra hätte oder so. Er hatte sein Lächeln aufgesetzt.

»Nein!« schrie Chevette Washington. »Du mörderischer kleiner *Scheißkerl*!«

Loveless schwenkte die Pistole herum, so daß sie ungefähr dreißig Zentimeter von ihrem Kopf entfernt war.

Und Rydell zog Wallys Taschenlampe heraus.

Er hatte noch nie gesehen, was eine Dosis Peperonigas aus dieser Nähe, und größtenteils ins Gesicht gefeuert, anrichten konnte. Es war so ähnlich wie bei Sublett, wenn der einen allergischen Schock bekam, nur viel schlimmer, und die Wirkung trat praktisch sofort ein.

Loveless schaffte es nicht mal mehr, auf den Abzug zu drücken, was zugegebenermaßen recht eindrucksvoll war.

»Du total ausgeflipptes Arschloch«, sagte Karen Mendelsohn immer wieder. Ihre Augen waren geschwollen, als ob sie durch einen Hornissenschwarm marschiert wäre. Sie und Chevette hatten beide den äußeren Rand des Pfeffersprays abbekommen, und Sublett hatte so viel Angst vor den Rückständen, daß er in einen Schrank in Karens Schlafzimmer verschwunden war und nicht herauskommen wollte. »Du ausgeflipptes, unglaubliches Arschloch. Weißt du eigentlich, was du *getan* hast?«

Rydell saß einfach da, in einem ihrer weißen, aggressiv-nostalgischen Sessel, und horchte auf die Hubschrauber, die draußen rumbrüllten. Später, als alles ans Licht kam, fanden sie heraus, daß die Republik der Sehnsucht Warbaby und die anderen als Bombenbastler im Sold der Separatistenfront von Sonora ausgegeben hatten, die genug hochexplosive Stoffe in Karens Wohnung gehortet hatten, um die Brustwarze von der Titte zu sprengen und bis nach Malibu zu schießen. Und sie hatten auch ein Geiselnehmer-Szenario eingebaut, um sicherzustellen, daß die Jungs vom Einsatzkommando vorsichtig eindrangen, wenn es denn sein mußte. Aber als die echte, leibhaftige Aufstandsbekämpfungstruppe dann reinging, hätte es ziemlich haarig werden können, zumindest wenn Karen nicht Anwältin von *Cops in Schwierigkeiten* gewesen wäre. Diese Cops waren wütend, und sie wurden zuerst noch viel wütender, aber dann schienen Pursleys Leute Wege gefunden zu haben, um sie zu beruhigen.

Aber das Komische war, daß das LAPD ums Verrecken nicht zugeben wollte, daß sich jemand in den Todesstern reingehackt hatte. Sie sagten immer, sie seien angerufen worden. Und dabei blieben sie auch; das war offensichtlich so wichtig für sie, daß sie zuletzt bereit waren, viele von den anderen Sachen einfach so durchgehen zu lassen.

Während er dort saß und Karen zuhörte und allmählich mitbekam, daß er ein ausgeflipptes Arschloch war, aber eins, das sie *mochte*, dachte er immer wieder an Nightmare Folk Art und überlegte, wie die Frau dort noch gleich geheißen hatte, und er hoffte, daß sie zurechtkam, denn Gottesfresser hatte eine Nummer in L.A. gebraucht, um sie in sein gefälschtes Datenpaket einzufügen, eine Nummer, von der der Tip angeblich gekommen war. Rydell hatte ihnen nicht Kevins Nummer geben wollen, aber dann hatte er die Nummer von Nightmare in seiner Brieftasche entdeckt, auf einem Stück von einem *People*-Titelblatt, und die hatte er Gottesfresser gegeben.

Und dann kam Chevette mit ihrem vom Kapsikum völlig geschwollenen Gesicht, während ihr die Tränen über die Wangen liefen, setzte sich auf seinen Schoß und bat ihn, ihr – bitte, lieber Gott – zu sagen, daß nun endlich alles gut sei. Und er tat es und nahm sie in die Arme, und dann kamen die Cops herein, und es war *nicht* alles gut, aber dann erschien Aaron Pursley mit ungefähr genauso vielen Anwälten, wie Cops da waren, und zuletzt kam auch noch Wellington Ma, in einem marineblauen Blazer mit goldenen Knöpfen.

So lernte Rydell ihn schließlich doch noch kennen.

»Ist mir immer ein Vergnügen, einen Klienten persönlich kennenzulernen«, sagte Wellington Ma und schüttelte ihm die Hand.

»Das Vergnügen ist ganz auf meiner Seite, Mr. Ma«, erwiderte Rydell.

»Ich will Sie gar nicht fragen, was Sie mit meinem akustischen Briefkasten angestellt haben«, sagte Wellington Ma, »aber ich hoffe, Sie tun es nie wieder. Trotzdem, Ihre Geschichte ist faszinierend.«

Rydell erinnerte sich an Gottesfresser und die fünfzigtausend und hoffte, daß Ma, Karen und die anderen deswegen nicht sauer sein würden. Aber er glaubte es nicht, denn Aaron Pursley hatte bereits zweimal gesagt, daß es was Größeres werden würde als die Pooky-Bear-Sache, und Karen erklärte immer wieder, wie telegen Chevette sei, daß sie damit auch gerade die jugendlichen Zuschauer ansprechen könnten und daß Chrome Koran sich förmlich überschlagen würden, um die Musik zu machen.

Und Wellington Ma hatte Chevette unter Vertrag genommen, und Sublett ebenfalls, aber er hatte die Papiere in den Schrank reinreichen müssen, weil Sublett immer noch nicht rauskommen wollte.

Rydell entnahm Karens Äußerungen, daß Chevette ihr praktisch die ganze Geschichte erzählt hatte, während sie und Sublett sie hier festgehalten und daran gehindert hatten, auf irgendwelche IntenSecure-Alarmknöpfe zu drücken. Und da Karen sich offensichtlich mit diesen VL-Brillen auskannte und wußte, wie man ihren Inhalt abspielen konnte, hatte sie die meiste Zeit damit verbracht, das zu tun, und jetzt wußte sie alles über Sunflower, oder wie immer das hieß. Und sie erklärte Pursley immer wieder, die Sache sei Dynamit, weil sie diesen verdammten Cody Harwood damit in Verbindung bringen könnten, wenn sie ihre Karten richtig ausspielten, und das geschähe ihm endlich mal recht, diesem Hundesohn.

Rydell hatte noch keine Gelegenheit gehabt, das Zeug in der Brille zu sehen.

»Mr. Pursley?« Rydell schob sich zu ihm hinüber.

»Ja, Berry?«

»Was passiert jetzt?«

»Nun«, sagte Pursley und zupfte an der Haut unter seiner Nase, »Sie und Ihre beiden Freunde hier werden gleich verhaftet und in polizeilichen Gewahrsam genommen.«

»Wirklich?«

Pursley warf einen Blick auf seine große goldene Uhr.

Sie war ums Zifferblatt herum mit Diamanten besetzt und hatte einen großen Türkisklunker auf jeder Seite. »In ungefähr fünf Minuten. Wir organisieren gerade die erste Pressekonferenz für sechs Uhr. Ist Ihnen das recht, oder möchten Sie lieber erst was essen? Wir können Ihnen von einer Lieferfirma was bringen lassen.«

»Aber wir werden doch verhaftet.«

»Kaution, Berry. Schon mal was von Kaution gehört? Morgen früh seid ihr alle wieder draußen.« Pursley strahlte ihn an.

»Wird es gut für uns ausgehen, Mr. Pursley?«

»Berry«, sagte Pursley, »Sie sind in Schwierigkeiten, mein Sohn. Ein Cop. Und obendrein ein ehrlicher Cop. In Schwierigkeiten. Sie stecken tief, spektakulär, und bitte, ich *muß* das mal sagen, absolut *heldenhaft* in der Scheiße.« Er klopfte Rydell auf die Schulter. »*Cops in Schwierigkeiten* ist für Sie da, mein Junge, und lassen Sie mich Ihnen versichern, wir werden alle unser Bestes tun, damit es sogar ganz *prächtig* für Sie ausgeht.«

Chevette sagte, Knast sei ihr auch recht, aber ob sie wohl mal jemanden namens Fontaine in San Francisco anrufen dürfe?

»Du kannst anrufen, wen du willst, Schätzchen«, sagte Karen und tupfte Chevettes Augen mit einem Papiertaschentuch ab. »Sie werden alles aufzeichnen, aber wir kriegen auch eine Kopie. Wie hieß noch gleich dein Freund, dieser Schwarze, der erschossen wurde?«

»Sammy Sal«, sagte Chevette.

Karen sah Pursley an. »Ich finde, wir sollten uns Jackson Cale holen«, sagte sie. Rydell fragte sich, wozu, denn Jackson Cale war dieser neue junge Schwarze, der in Fernsehfilmen mitspielte.

Dann kam Chevette rüber und umarmte ihn, drückte sich mit ihrem ganzen Körper an ihn und schaute unter ihrer ausgeflippten Frisur hervor irgendwie so zu ihm auf. Und es gefiel ihm, obwohl ihre Augen knallrot waren und ihre Nase lief.

Feier an einem grauen Tag

Am Samstag, dem fünfzehnten November, dem Morgen nach seiner vierten Nacht bei Skinner, fuhr Yamasaki, angetan mit einer riesigen, umhangähnlichen, karierten Wolljacke, die viele Flickstellen aufwies und nach Kerzenwachs roch, mit dem gelben Lift nach unten, um mit den Artefakt-Händlern Geschäfte zu machen. Bei sich hatte er einen Pappkarton, der mehrere große, versteinerte Holzstücke, das linke Geweih eines Hirschs, fünfzehn CDs, einen viktorianischen Reklamebecher aus kanneliertem Porzellan mit den eingeprägten Lettern ›OXO‹ und ein durch Feuchtigkeit aufgequollenes Exemplar der *Columbia-Literaturgeschichte der Vereinigten Staaten* enthielt.

Die Verkäufer waren gerade dabei, ihre Waren auszulegen. Der Morgen war eisengrau und klamm, und er war dankbar für die geliehene Jacke, deren Taschen mit einer Art Schlick aus altem Sägemehl und winzigen, namenlosen Dingen aus Metall gefüllt waren. Er war neugierig gewesen, wie man sich den Händlern auf korrekte Weise näherte, aber sie ergriffen die Initiative und scharten sich um ihn, wobei sie Skinners Namen auf den Lippen führten.

Das versteinerte Holz brachte den besten Preis, dann der Becher, dann acht von den CDs. Schließlich war alles weg, bis auf die Literaturgeschichte, die arg angeschimmelt war. Er legte sie auf einen Berg von Müll, und ihre blauen Deckel verzogen sich in der salzigen Luft. Mit den gefalteten Scheinen in der Hand ging er die alte Frau suchen, die Eier verkaufte. Außerdem brauchten sie Kaffee.

Er war bereits in Sichtweite des Ladens, in dem Kaffee geröstet und gemahlen wurde, als er Fontaine durch das morgendliche Gewühl auf sich zukommen sah. Er hatte den Kragen seines langen Tweedmantels gegen den Nebel hochgeschlagen.

»Wie geht's dem alten Mann, Scooter?«

»Er fragt öfter hinter dem Mädchen ...«

»Sie sitzt in L.A. im Gefängnis«, sagte Fontaine.

»Im Gefängnis?«

»Kommt heute vormittag auf Kaution raus, das haben sie gestern abend jedenfalls gesagt. Ich wollte gerade zu euch, um euch das hier zu bringen.« Er zog ein Telefon aus der Tasche und gab es Yamasaki. »Sie hat diese Nummer. Aber ruf bloß nicht zu oft bei dir zu Hause an, hörst du?«

»Zu Hause?«

»In Japan.«

Yamasaki blinzelte. »Nein. Ich verstehe ...«

»Ich weiß nicht, was sie angestellt hat, seit dieses verdammte Unwetter zugeschlagen hat, aber ich war zu beschäftigt, um mir große Gedanken drüber zu machen. Wir haben wieder Strom, aber ich hab immer noch einen Verletzten, den bis jetzt anscheinend noch niemand vermißt hat. Hab ihn Mittwoch morgen aus den Überresten eines Gewächshauses gefischt. Eigentlich direkt unter euch. Keine Ahnung, ob er mit dem Kopf aufgeschlagen ist oder was, aber er kommt immer mal kurz zu sich und wird dann wieder bewußtlos. Pulsschlag und Atmung und so sind okay, keine Knochenbrüche. Hat 'ne Schramme an der Seite, vielleicht von 'ner Kugel oder 'ner heißen Ladung ...«

»Sie wollen ihn nicht in Krankenhaus bringen?«

»Nein«, sagte Fontaine, »das tun wir nur, wenn sie uns ausdrücklich drum bitten oder wenn sie sonst sterben. Viele von uns haben gute Gründe, nirgends hinzugehen, wo sie per Computer überprüft werden und so.«

»Aha«, sagte Yamasaki taktvoll, wie er hoffte.

»Ja, ›aha‹«, sagte Fontaine. »Wahrscheinlich haben ihn zuerst ein paar Kinder gefunden und ihm die Brieftasche geklaut, falls er eine hatte. Aber er ist ein großer, gesunder Bruder, und irgendwer wird ihn irgendwann mal erkennen. Läßt sich ja kaum vermeiden, bei diesem Bolzen in seinem Heini.«

»Ja«, sagte Yamasaki, der die letzte Bemerkung nicht verstanden hatte, »und ich habe noch Ihre Pistole.«

Fontaine schaute sich um. »Also, wenn du meinst, daß du sie nicht mehr brauchst, dann schmeiß sie einfach weg. Aber das Telefon muß ich irgendwann wiederhaben. Wie lange bleibst du eigentlich hier draußen?«

»Ich … ich weiß nicht.« Und das stimmte.

»Kommst du heute nachmittag runter, um dir die Parade anzuschauen?«

»Parade?«

»Fünfzehnter November. Shapelys Geburtstag. Da gibt's was zu sehen, 'ne Atmosphäre wie beim Mardi Gras. Viele von den Jüngeren ziehen sich aus, aber bei dem Wetter … ich weiß nicht. Na ja, wir sehen uns. Sag Skinner hallo von mir.«

»Hallo, ja«, sagte Yamasaki lächelnd, als Fontaine seines Weges ging, wobei der Regenbogen seiner gehäkelten Mütze über den Köpfen der Menge auf und ab wippte.

Yamasaki ging zum Kaffeeverkäufer und dachte dabei an den Leichenzug und die tanzende, scharlachrote Gestalt mit der rot lackierten Flinte. Das Symbol von Shapelys Heimgang.

Shapely war in Salt Lake City ermordet worden – geopfert, wie manche sagten. Seine sieben Mörder, schwerbewaffnete Fundamentalisten, Mitglieder einer weißen, rassistischen Sekte, die in den Monaten nach dem Anschlag auf dem Flughafen in den Untergrund getrieben worden war, saßen immer noch in Utah im Gefängnis, obwohl zwei von ihnen später an AIDS gestorben waren, das sie sich wahrscheinlich im Gefängnis geholt hatten; sie hatten sich standhaft geweigert, sich die auf Shapelys Namen patentierte Virusart injizieren zu lassen.

Sie hatten während des Prozesses geschwiegen, und ihr Anführer hatte nur erklärt, die Krankheit sei Gottes Rache an den Sündern und den Unreinen. Es waren hagere Männer mit rasierten Schädeln und leeren, unerbittlichen Augen, Gottes Schützen, und als die würden sie für immer in die Geschichte eingehen.

Aber Shapely war bei seinem Tod sehr reich gewesen, dachte Yamasaki, während er sich in der Kaffeeschlange anstellte. Vielleicht war er sogar glücklich gewesen. Er hatte gesehen, wie das Produkt seines Blutes der Dunkelheit Einhalt gebot und sie zurückdrängte. Jetzt gingen andere Seuchen um, aber der Lebendimpfstoff, der aus Shapelys Variante gezüchtet worden war, hatte unzählige Millionen gerettet.

Yamasaki schwor sich, daß er bei Shapelys Geburtstagsparade dabeisein würde. Er würde daran denken, sein Notebook mitzubringen.

Er stand im Duft frisch gemahlenen Kaffees und wartete, bis er an der Reihe war.

Danksagung

Dieses Buch hat Paolo Polledri, dem Gründungskurator für Architektur und Design des Museum of Modern Art in San Francisco, besonders viel zu verdanken. Mr. Polledri gab für die Ausstellung *Visionary San Francisco* (1990) eine Erzählung in Auftrag, aus der die Short Story ›Skinner's Room‹ wurde, und sorgte außerdem dafür, daß ich mit den Architekten Ming Fung und Craig Hodgetts zusammenarbeiten konnte, deren neuer Entwurf der Stadt (den ich meinerseits noch einmal ummodelte) mir den Skywalker Park, die Falle und die Sunflower-Türme lieferte. (Aus einem anderen Text, der für diese Ausstellung in Auftrag gegeben worden war – Richard Rodriguez' kraftvollem ›Sodom: Reflections on a Stereotype‹ –, übernahm ich die viktorianische Villa, in der Yamasaki wohnt, und deren melancholische Atmosphäre.)

Rydells Los Angeles beruht in vielen Punkten auf meiner Lektüre von Mike Davis' *City of Quartz*, ganz besonders vielleicht im Hinblick auf dessen Bemerkungen zur Privatisierung öffentlichen Raums.

Zu Dank verpflichtet bin ich Markus, alias Fur, einem der Redakteure von *Mercury Rising*, herausgegeben von der und für die San Francisco Bike Messenger Association, der mir freundlicherweise eine komplette Sammlung alter Ausgaben zur Verfügung stellte und dann ungefähr ein Jahr lang nichts mehr von mir hörte (sorry). *Mercury Rising* soll die Gemeinschaft der Kuriere ›informieren, amüsieren, nerven und anderweitig stärken‹. Ihm habe ich Chevette Washingtons Arbeitsplatz und viel von ihrem Charakter entnommen. Proj on!

Danken möchte ich auch den folgenden Personen, die mir allesamt entscheidende Hilfe, den richtigen Song im richtigen Augenblick oder künstlerische Unterstützung zuteil werden ließen: Laurie Anderson, Cotty Chubb, Samuel Delany, Richard Dorsett, Brian Eno, Deborah Harry, Richard Kadrey, Mark Laidlaw, Tom Maddox, Pat Murphy, Richard Piellisch, John Shirley, Chris Stein, Bruce Sterling, Roger Trilling, Bruce Wagner und Jack Womack.

Mein besonderer Dank gilt Martha Millard, meiner Literaturagentin, die stets Verständnis für mich hatte, obwohl sich die Sache so lange hinzog.

Und Deb, Graeme und Claire, in Liebe, weil sie sich damit abfanden, daß ich so viel Zeit im Keller verbrachte.

Vancouver, B.C., Januar 1993

Von

WILLIAM GIBSON

sind im

WILHELM HEYNE VERLAG

erschienen:

Cyberspace · 06/8214

Die Differenzmaschine (mit Bruce Sterling) · 06/4860

Die Neuromancer-Trilogie · 06/8202

Virtuelles Licht · 06/6435

Idoru · 06/6436

Futurematic · 06/6437

Werte Kinder,

meine Urgroßmutter glaubte an die Hölle, an Teufel und an Hexen. Sie wusste viele Geschichten von Hexen, Teufeln und der Hölle, und die erzählte sie meiner Großmutter. Meine Großmutter glaubte nicht an die Hölle und an Teufel und Hexen auch nicht. Die Urgroßmuttergeschichten erzählte sie mir trotzdem, und die Urgroßmuttergeschichten waren sehr schön. Und den Kindern, die keine Großmutter wie die meine haben, möchte ich so eine Geschichte erzählen.

Sie heißt:
Die Geschichte vom lieben Teufel

Liebe Teufel gibt es nicht.
Warum nicht?
Es gibt ja auch arme Teufel.
Und außerdem gibt es überhaupt kei

Für Leser, die sich in der Hölle nicht gut auskennen:

Alle Höllenbewohner sind eine große Familie mit dem Nachnamen Teufel.

Der Chef der Hölle heißt mit Vornamen Luzifer. Er hat eine Frau und eine Großmutter und ungeheuer viele Kinder. Die Frau heißt Fulminaria, den Vornamen der Großmutter weiß man nicht mehr. Seit drei Ewigkeiten nämlich ist sie schon Großmutter, und kein Teufel kann sich an die Zeit erinnern, wo die Großmutter noch jung war und noch nicht Großmutter genannt wurde. (Teufel sind sehr vergesslich!)

Außerdem gibt es in der Hölle: Oberteufel, Mittelteufel und Unterteufel. Ferner: Furien (weibliche Halbteufel), Kammerdiener, Köche und Standesbeamte. Dass gestorbene Menschen ebenfalls in der Hölle sind, ist eine Lüge. Es stimmt zwar, dass sich der Chef eine Zeitlang mit dem Gedanken trug, für gestorbene Menschen in der Hölle eine Pension aufzumachen, doch die Großmutter war dagegen. »Mir kommen keine Untermieter ins Haus«, hat sie damals gebrüllt. Und da der Chef der Großmutter nie zu widersprechen wagt, ist aus der Sache mit der Pension nichts geworden.

In der Hölle gibt es eine Gewöhnliche und eine Höhere Teufelsschule. Den Chef soll man mit *Höllenfürst* anreden, und Fulminaria hat es gern, wenn man *Höllendurchlauchtigste* zu ihr sagt.

An kalten Tagen ist es in der Hölle so heiß wie in Caorle im August zu Mittag.

Zwischen der Hölle und der Erde fährt ein Lift hin und her.

Alle Teufel haben über der Stirn Hörner. Früher galten Teufel mit großen Hörnern als hübsch. Jetzt sind in der Hölle ganz kleine Hörner modern.

Viele Leute behaupten, dass die Teufel einen Pferdefuß haben, doch das stimmt nicht. Jeder Teufel hat zwei Füße mit je fünf Zehen. Dass Teufel stinken, ist wahr, sie benutzen Mundwasser und Seife und Parfums, die

nach faulen Eiern riechen. Ohne Seife, Mundwasser und Parfums würden die Teufel nach Maiglöckchen riechen.
Sterben können Teufel nicht!
Und weil die Teufel nicht sterben können, und weil jedes Jahr eine Menge Teufel geboren werden, ist die Altersheimhölle, die gleich hinter der Höllenschule liegt, die größte Höllenabteilung.
Die Großmutter muss nicht ins Altersheim, obwohl sie der älteste Teufel ist. Sie ist sehr mächtig. Mächtige Personen gehen nicht ins Altersheim.
Übrigens:
Alle Teufel haben den gleichen Beruf. Sie sind beauftragt, die Menschen schlecht und böse zu machen. (Wer sie beauftragt hat, ist nicht herauszufinden. »War schon immer so!«, sagt die Großmutter.)

Einmal saßen der Chef, seine Frau und die Großmutter in der hintersten Hölle. Dort ist die Wohnung vom Chef. Die Chefin trank Vogelbeerschnaps mit Pfefferkörnern. Luzifer schaute ihr beim Trinken zu. Die Großmutter hockte so nahe am Kaminfeuer, dass ihr riesiges Hinterteil rot schimmernd glühte. Sie murmelte dauernd: »Zwei rechts, zwei links, eine abheben, ein Umschlag, zwei zusammen ...« Sie strickte an einem Lügennetz, und da Lügennetze unsichtbar sind, und da Lügennetze nicht wirken, wenn ein Fehler im Strickmuster ist, musste die Großmutter genau aufpassen.
Die Frau Teufel trank schon das vierte Krügel Schnaps und wollte sich gerade das fünfte Krügel einschenken, da rief der Teufel: »Nein! Der Schnapspreis ist gestiegen!«
»Geizkragen, du«, sagte die Chefin, »ich trink so viel *ich* will!«
Luzifer riss ihr die Schnapsflasche aus der Hand. Die Chefin sprang auf und wollte ihren Mann an den Haaren reißen. Sie hatte schon

ein Büschel von den struppigen Teufelshaaren in der Faust – sogar eines der drei goldenen Haare war darunter –, da stieß sie einen entsetzlichen Schrei aus, ließ das Haarbüschel los und setzte sich wieder auf ihren Stuhl.
Die Großmutter hatte sie mit einer Stricknadel in den Hintern gestochen. Die Stricknadeln der Großmutter waren sehr spitz. Die Frau Teufel jammerte. Die Großmutter jammerte auch, weil ihr beim Stechen mehrere Maschen von den Nadeln gefallen waren. »Die find ich nie mehr«, jammerte sie, zog das unsichtbare Lügennetz von den Nadeln und warf es ins Kaminfeuer. Die unsichtbare Strickerei verbrannte zischend mit einer grasgrünen Flamme.
»Mit rostigen Nadeln stechen ist seit zehn Jahren verboten«, sagte die Frau Teufel, »man kann eine Blutvergiftung davon bekommen.«
»Papperlapapp, was da alles verboten wär«, murmelte die Großmutter. »Zwicken mit glühenden Zangen habt ihr abgeschafft, und Beißen mit zugefeilten Zähnen soll auch

verboten sein. Was ist denn das noch für ein Leben!«

»Aber Oma«, sagte Luzifer, »für dich haben wir doch immer ein Extragesetz gemacht. Du darfst weiter beißen und zwicken und kratzen.«

»Leider«, rief die Frau Teufel, »Extragesetze gehören auch abgeschafft!« Die Frau Teufel wollte wieder nach der Schnapsflasche greifen.

»Lass das«, schrie Luzifer, »ich bin nicht geizig. Aber die Geschäfte gehen so schlecht wie noch nie!«

»Verdammt und zugenäht«, brüllte die Frau Teufel so laut, dass der Großmutter vor Schreck die Stricknadeln aus der Hand fielen, »ich lass mir von dir doch keinen Bären aufbinden, ich nicht!«

Sie brüllte, sie habe erst gestern durch das Erdenfernrohr auf die Welt hinaufgeschaut, und die Welt sei voll von Teufelei gewesen.

»Von Tag zu Tag nimmt oben die Teufelei zu! Und du sagst, die Geschäfte gehen schlecht!

Da kann ich nur lachen!« Und dann lachte die Frau Teufel sehr lang und ziemlich laut.
Als sich die Frau Teufel endlich beruhigt hatte, sagte Luzifer: »Herzblatt, du irrst. Seit einem Jahr haben wir keinen Teufelspakt geschlossen. Nicht einmal eine winzige Einflüsterung ist uns geglückt. Reine Menschenarbeit ist das, was du durch das Erdenfernrohr gesehen hast.«
»Ehrenwort?«, fragte die Frau Teufel und wurde so bleich im Gesicht, wie das für einen Teufel möglich ist. Sie wurde also schweinsrosa im Gesicht.
Der Teufel zeigte auf das unsichtbare Lügennetz-Garnknäuel. »Siebenundneunzig Lügennetze haben wir auf Lager. Früher ist die Großmutter mit dem Stricken gar nicht nachgekommen. Jetzt bleiben wir auf den Netzen sitzen!«
»Na ja, Lügennetze sind ja auch das Letzte«, sagte die Frau Teufel, »aber die Kanonenkugeln und der Maschinengewehrhandel, das bringt doch was ein.«

Der Teufel lachte bitter. Dann erklärte er seiner Frau, dass die Hölle schon seit Jahren keine Kanonenkugeln exportiert habe und dass die Maschinengewehre im hintersten Lager verstaubten, weil die Höllenmaschinen viel zu altmodisch gebaut seien. »Die Menschenfabriken«, klagte er, »erzeugen das Zeug billiger und schneller!«
Der Frau Teufel gingen die schlechten Geschäfte den ganzen Tag im Kopf herum. Das kommt davon, dachte sie, wenn man dauernd Kinder und Kinder und wieder Kinder bekommt, dann merkt man gar nicht, was so alles geschieht! Baby baden, Baby wickeln, Bauchhaare bürsten, Ohren ausputzen!
Das wird jetzt anders!
Jetzt kümmere ich mich um die Geschäfte!
(Die Frau Teufel wollte nämlich nicht glauben, dass auf der Welt keine Arbeit mehr war. Sie glaubte, der Teufel sei bloß zu faul, um Arbeit zu suchen.)
In der Nacht träumte die Frau Teufel fürchterliche Sachen. Sie träumte, dass alle Teufel

arbeitslos seien und ihre Arbeitslosenunterstützung forderten. Sie träumte, dass alle Öfen in der Hölle erloschen, weil Luzifer kein Geld für Brennmaterial hatte, und sie träumte davon, dass alle Teufel in den Streik traten und ihren Mann vom Thron verjagten.

Am Morgen stieg die Frau Teufel mit einem höllischen Brummschädel aus dem Bett. Luzifer schnarchte noch. Die Frau Teufel zog ihn an den drei goldenen Haaren und beutelte ihn an den Hörnern und kurbelte seinen Schwanz im Kreis, doch der Teufel grunzte verschlafen: »Hör auf, du Satansbraten«, und zog sich die Decke über den Kopf.

»Faules Luder«, murmelte die Frau Teufel. Sie schlüpfte in die Hausschuhe und setzte sich auf den Plüschhocker vor dem Frisiertisch.

»Selbst ist die Frau!«, sagte sie zu ihrem Spiegelbild, und dann kramte sie in den fünfzehn Schubladen des Frisiertischchens. Sie suchte nach dem Zauberbuch mit dem Titel ›Die Kunst, ein Mensch zu werden‹. Sie fand eine

Menge Bücher in den Laden. ›Die Kunst, Lügennetze zu sehen‹ und ›Arbeitsanleitung für ein Angstnachthemd Größe 40–42‹ und ›Fernlehrkurs für Zangenzwicken und Schwanzbeißen mit drei Schallplatten‹, doch ›Die Kunst, ein Mensch zu werden‹ fand sie nicht. Die Frau Teufel stützte die Arme auf die Tischplatte und den Kopf in die Arme. Sie versuchte sich an den Inhalt des Buches zu erinnern. Sie erinnerte sich: Wenn man ein pensionierter Rauchfangkehrer werden will, muss man siebenmal murmeln:

Ruß und Ofenrohr,
ich komme mir
schon seltsam vor!

Und wenn man ein Maronibrater werden will, dann muss man viermal murmeln:

Kastanien über der Glut,
nur keine Wut,
habe doch Mut,

die Verwandlung geht gut,
es fehlt bloß der Hut!

Die Frau Teufel wollte aber weder ein pensionierter Rauchfangkehrer noch ein Maronibrater werden, sondern eine schöne Frau. Die Frau Teufel versuchte Zaubersprüche zu erfinden. Sie erfand:

Frau, Frau,
Augen so blau,
Zähne so weiß,
mache mit Fleiß!

Und:

Alle Igel klagen über Föhn
und machen die Frau Teufel schön!

Hokus pokus
schau genau,
du bist schon
eine schöne Frau!

Es nützte nichts. Ihr Gesicht blieb krebsrot und ihre Nase burgunderrot, und die Zähne blieben dottergelb, und die kohlrabenschwarzen Haare und die grasgrünen Hörner standen, wie eh und je und ewig, steif vom Kopf weg. Der einzige Erfolg der Zaubersprüche war, dass sich ihr linkes grasgrünes Horn verbog und jetzt einem Regenschirmgriff ähnlich sah, und dass auf ihrem Kinn drei große, behaarte Warzen wuchsen.
Wütend stampfte die Frau Teufel mit dem Fuß auf. Die Großmutter – die, in ein Wolfsfell gewickelt, vor dem Kamin lag – wurde davon munter und schnaufte empört: »Was machst du denn vor dem Mittagessen Lärm, das ist verboten!«
»Omi«, sagte die Frau Teufel freundlich, und das fiel ihr gar nicht leicht, weil sie die Großmutter nicht ausstehen konnte, »Omi, wie geht der Zauberspruch, mit dem man sich in eine schöne Menschenfrau verwandeln kann?«
»Habe ich längst vergessen«, murmelte die

Großmutter, wickelte das Wolfsfell enger um ihren Bauch, drehte sich um und schnarchte weiter.
»Rabenaas«, schimpfte die Frau Teufel. Es tat ihr leid, ganz umsonst freundlich gewesen zu sein. Sie schlüpfte in den Schlafrock und lief zur Höllenbücherei. Sie wollte sich vom Bibliothekar das Buch ausleihen. Leider war Mittwoch, und die Bücherei war geschlossen. (Der Bibliothekar fuhr jeden Mittwoch auf die Erde und besorgte sich die Neuerscheinungen und die Zeitungen der vergangenen Woche.)

Die Frau Teufel lief in der ganzen Hölle herum und fragte nach dem Schöne-Frau-Spruch. Keiner kannte ihn.
Beim Mittagessen – im großen Höllenspeisesaal – fragte sie noch immer nach dem Spruch. Der Höllenspeisesaal war riesengroß. Der Koch fuhr mit einem quietschenden Roll-

wagen durch den Saal. Die Höllenkinder spielten Fangen. Zwei Furien stritten sich und versuchten, einander die Flügel auszureißen. (Furien haben vier kleine Flügel, zwei an den Schulterblättern und zwei am Hals.) Drei kleine Teufel balgten um einen gepolsterten Stuhl und vier große Teufel um einen Silberlöffel.

Doch als die Großmutter siebenmal mit der Bratengabel auf den Totenkopfgong schlug und »Verteufelte Mahlzeit« wünschte, wurde es still im Speisesaal.

Der Koch und die Küchenfurien teilten das Essen aus. Die Frau Teufel aß drei Portionen Ziegenbein. Luzifer nagte an seinem Ziegenbein herum. Er hatte sowohl oben als auch unten im Gebiss je zwei wackelige Schneidezähne.

»Der Koch kocht immer schlechter«, schnaufte Luzifer.

»Deine Zähne werden immer schlechter«, sagte die Frau Teufel und biss ein Ziegenbeingelenk in der Mitte durch.

»Warum, bitte«, fragte die Großmutter – und alle Teufel hörten interessiert zu –, »warum, bitte, willst du eigentlich wie eine Erdenfrau aussehen?«
Die Frau Teufel nahm einen Schluck vom Höllenbräuhumpen, wischte den Schaum vom Mund und erklärte: »Weil ich auf die Erde gehen und Arbeit suchen will!«
»Du?« Der Teufel erstarrte.
»Du?« Die Großmutter kicherte.
Alle übrigen Teufel und Furien grinsten.
»Da gibt's nichts zu lachen«, schrie die Frau Teufel, »ich fahre jetzt gleich. So wie ich bin!«
Sie warf das Ziegenbein in die Diabolosauce, die Diabolosauce spritzte über den Tisch. Sogar die Brille der Großmutter war voll Saucespritzern. Darum konnte die Großmutter für ein paar Augenblicke schlecht sehen. Sie merkte nicht, dass die Frau Teufel den großmütterlichen Hexenbesen schnappte und damit zum Erdenlift rannte.
»Du kannst doch nicht ohne Verkleidung –«, rief der Teufel entsetzt.

Die Frau Teufel drückte aber bereits auf das rote Knöpfchen mit der Aufschrift: RUFEN. »Wird ohnehin Zeit, dass die oben wieder einmal einen echten, anständigen Teufel sehen«, sagte sie.

Der Erdenlift rasselte herunter. Die Großmutter hatte die Brille blankgeputzt. »Gib mir sofort den Besen zurück! Das ist mein Besen! Her damit!«

Die Frau Teufel kümmerte sich nicht um das Geschrei der Großmutter, stieg in den Lift, und gleich darauf kreischte und quietschte der Lift hinauf.

»Das wird ihr nie verziehen«, sagte die Großmutter. »Der Besen ist mein einzig wirkliches Teufelstum, das hätte sie mir nicht nehmen dürfen!«

Höllerl, der Cousin von Luzifer, rief besorgt, dass oben ein atlantisches Tief herrsche und dass sich die Höllenfürstin verkühlen werde.

»Recht geschieht ihr!«, rief die Großmutter.

Luzi, der Lieblingssohn der Frau Teufel, begann zu schluchzen: »Die arme Mama, ganz allein geht sie auf die böse Welt hinauf! Ganz allein kriegt sie einen Schnupfen! Ganz allein sucht sie Arbeit! Nur weil der Papa so faul ist!«

»Na warte!«, Luzifer sprang vom Sessel auf. Luzi sprang auch vom Sessel auf und rannte zur Speisesaaltür. Luzifer hinter ihm her. Teufelskinder können viel schneller laufen als Teufelsväter, und Teufelsväter, die so dicke Bäuche wie Luzifer haben und dazu noch einen Hinkefuß, die können so einen flinken Buben wie Luzi nie im Leben einholen. Das sah der Teufel ein, nachdem er über den Rollwagen vom Höllenkoch gestolpert und mit dem Bauch in die Powidlschüssel gefallen war. Er wischte mit einer Serviette den Powidl aus den Bauchhaaren und seufzte.

»Nimm dir noch ein Mirabellenkompott«, riet die Großmutter. »Mirabellen sind das Beste gegen die Wut!«

Luzifer aß vier Schüsseln Mirabellenkompott, weil seine Wut so groß war, dann ging er ins Bett. Es war Mittagsschlafzeit.

Gegen Abend – die Teufel versammelten sich gerade zum kalten Nachtmahl – rasselte die Frau Teufel mit dem Erdenlift in den Speisesaal hinunter.
»Guten Abend, allerseits«, rief sie, und ihr Gesicht strahlte himbeerrot. Sie schnupperte am Rollwagen vom Höllenkoch.
»Wildschweinschwarte mit Chilikompott!« Der Koch verneigte sich. »Und nachher Brennnesselstrudel!« Brennnesselstrudel war die Lieblingsspeise der Frau Teufel.
»Wo ist mein Besen?«, kreischte die Großmutter.
Die Frau Teufel nahm einen ganzen Brennnesselstrudel vom Rollwagen und biss hinein. Sie ließ sich neben Luzifer auf einen Stuhl plumpsen, und während sie kaute und

schluckte und schmatzte, sagte sie: »Arbeit gibt's oben wirklich nicht mehr viel! Die sind alle schon sehr selbständig geworden!«

»Du sagst es, du sagst es!« Der Teufel nickte zufrieden.

»Aber!«, Fulminaria griff nach einem zweiten ganzen Brennnesselstrudel. »Wer suchet, der findet! Und ich habe ein Ehepaar gefunden, an dem lässt sich gute Arbeit vollbringen. Sie lieben sich, sie sind glücklich und gut. Sie tun nichts Böses! Sie denken nichts Böses! Die kann man noch ordentlich schlecht machen!«

Aufgeregt rief Luzifer: »Wer?«

Aufgeregt rief Cousin Höllerl: »Wo?«

»Wie heißen sie?«, fragte die Großmutter.

Die Frau Teufel holte einen Zettel aus ihrer Bauchtasche. (Teufel haben angewachsene Bauchtaschen, wie Känguruhs. Nur tragen sie in den Bauchtaschen keine Jungteufel, sondern Geldbörsen und Haarklammern und Kämme und Taschentücher und Lotto-

scheine. Sie haben ja keine Kleider und somit auch keine Kleidertaschen.)
Auf den Zettel hatte sie geschrieben:

Margarete und Heinrich Brunner / Boinstingl, Stenglweg

Die Frau Teufel hielt ihrem Mann den Zettel unter die Nase. Luzifer nahm den Zettel und hielt ihn so weit von den Augen weg, wie sein Arm reichte. Er war nämlich sehr weitsichtig.
Cousin Höllerl beugte sich zum Zettel. »Steht da nicht Brunner?«
Luzifer nickte.
»Margarete und Heinrich vielleicht?«, fragte die Großmutter.
Und der Bruder von Cousin Höllerl, meistens Höllerl zwo genannt, fragte: »Die, die in Boinstingl wohnen?«
»Die kennt ihr?«, Fulminaria war verwirrt.
»Bestes, abgrundgutes Weib«, kicherte Luzifer, »die Mühe hättest du dir sparen können. Mit den beiden ist nichts zu machen. Die

sind glücklich, und die bleiben glücklich. Die sind gut, und die bleiben gut!«

Höllerl und Höllerl zwo nickten zustimmend.

»Jeder Mensch ist schlecht und unglücklich zu machen«, schnaubte die Frau Teufel wütend.

Höllerl, Höllerl zwo und Luzifer riefen im Chor: »An den Brunners beißt sich jeder Teufel den letzten Zahn aus!«

»Möchtest du wetten?«, fragte die Frau Teufel.

»Die Wette gilt!« Luzifer schlug mit der Faust auf den Tisch, dass das letzte Stück Brennnesselstrudel von Fulminarias Teller hüpfte.

Höllerl zwo brüllte nach dem Kammerteufel von Luzifer, und der Kammerteufel brachte das große Wettbuch. In der Hölle wurde nämlich so oft gewettet, dass sie dafür ein eigenes Buch hatten. Das Wettbuch war sehr groß und dick und schmutzig.

Die erste Wette auf der ersten Seite war eine Wette zwischen der Großmutter und ihrem Mann, der jetzt schon längst im Altersheim lebte. In dieser Wette hatte die Großmutter gewettet, dass sie in vielen Jahren einmal einen Enkel mit drei goldenen Haaren bekommen werde. (Und damit hatte sie ja recht behalten.)

Höllerl zwo brachte aus der Speisesaalkredenz eine Flasche Bluttinte und einen Federkiel. (Die Bluttinte war nicht, wie sich das die gewöhnlichen Teufelsschüler zumunkelten, aus Menschenblut gemacht, sondern aus südafrikanischen Orangen.) Höllerl zwo wollte der Frau Teufel den Federkiel in die Hand drücken, doch die Frau Teufel sagte, sie habe was Besseres, griff in ihre Bauchtasche und zog einen roten Kugelschreiber heraus.

Als die Teufel den roten Kugelschreiber sahen, wurden sie furchtbar aufgeregt. Sie brüllten, einen solchen Stift wollten sie schon längst, und kreischten, die »liebe Höllenfürstin« möge ihnen den Stift doch schenken. Die Frau Teufel schüttelte empört den Kopf und die Hörner.

»Woher hast du dieses Schreibgerät?«, erkundigte sich der Teufel neidisch.
Die Frau Teufel erklärte, sie habe den Kugelschreiber auf der Erde gefunden, und die Großmutter empörte sich darüber, dass die Leute dort oben so kostbare Dinge einfach wegwerfen. Dann fragte die Großmutter: »Sag einmal, wie du so über die Erde walltest, so in deiner ganzen Leibhaftigkeit? Sind da nicht Menschen vor dir geflohen? Haben sie um Gnade gewinselt?«
Die Frau Teufel kramte in der Bauchtasche nach der Brille. »Keine Spur«, murmelte sie, »die Leute haben gelacht, und ein paar von ihnen wollten wissen, wofür ich Reklame mache!«
Die Frau Teufel fand die Brille, spuckte auf die Gläser, polierte sie mit der Schwanzquaste trocken, setzte sie auf die Nase und schrieb mit großen Buchstaben ins Wettbuch:

Ich, Fulminaria Teufel, Ehefrau des Luzifer und dadurch Höllenfürstin, werde in den nächsten zwei Jahren das

Ehepaar Brunner, wohnhaft zu Boinstingl am Stenglweg, schlecht und unglücklich machen.
Wenn mir das gelingt, so bekomme ich von Luzifer eine rote Teufelskutsche mit sechs schwarzen Ziegenböcken und zusätzlich täglich auf ewig eine Flasche Vogelbeerschnaps!
Wenn es mir nicht gelingt, muss ich meinem Mann auf ewig die Haare kraulen und ein Schlummerlied singen.
Das will ich tun, so wahr mir der ewige Ursatanas helfe, und das beschwöre ich mit dreimal überkreuzten Beinen!
Fulminaria
Teufelsweib und Höllenfürstin

Höllerl zwo und die Großmutter unterschrieben als Wettzeugen. Höllerl zwo unterschrieb mit: Kasimir Helau Höllerl (so war sein ganzer Name). Die Großmutter unterschrieb mit: +++ (Alle Leute, die nicht schreiben können, machen angeblich drei Kreuze statt einer Unterschrift.)
Der Kammerteufel von Luzifer trug das Wettbuch in die hinterste Hölle und legte es in Luzifers Bett. Zwischen Matratze und Betteinsatz zum Kopfende des Bettes. (Wenn

man etwas zwischen Matratze und Betteinsatz zum Kopfteil eines Bettes legt, dann nehmen die Dinge einen guten Verlauf, weil die Gedanken des Schläfers durch das Kopfkissen hindurch auf das Ding unter der Matratze einwirken können. Sagt die Teufelsgroßmutter.)

»Die Wette hab ich schon gewonnen«, sagte die Frau Teufel.

»Die Wette hab ich schon gewonnen«, sagte der Herr Teufel.

»Man wird sehen«, sagte die Großmutter.

Der Großmutter war es ziemlich gleichgültig, wer die Wette gewinnen würde. Hauptsache, dachte sie, einer verliert, und über den kann ich dann lachen!

Am nächsten Morgen – Luzifer schnarchte noch unter der Bettdecke, und die Großmutter schnarchte noch vor dem Kaminfeuer –

stand die Frau Teufel zeitig auf. Sie ging ins Badezimmer, gurgelte mit dem Mundwasser Marke »Schwefelhauch«, wusch sich mit der Seife Marke »Stinkweichzart« die Zehen und sprühte einen Hauch »Uralt-Schweiß« auf den Schwanz. Mit einer rotglühenden Brennschere ringelte sie ihre Haarbüschel zu steifen Spiralen, und an die Ohrläppchen klemmte sie sich wunderschöne Gehänge aus versteinerten Kreuzspinnen.
Dann verließ sie auf Zehenspitzen das Badezimmer und die hinterste Hölle und marschierte in die Höhere Teufelsschule.
In der Höheren Teufelsschule hatte der Unterricht gerade begonnen. Die Schüler saßen artig hinter ihren Pulten und übten »Einflüsterungen«. Der Herr Lehrer hockte mit geschlossenen Augen vorne beim Lehrertisch und hörte ganz genau hin, ob er etwas hörte. Wenn er gar nichts hörte, lächelte er zufrieden, wenn er leises Geflüster hörte, murmelte er: »Kinder, Kinder, ihr müsst mehr üben, wenn das so weitergeht, dann schafft

ihr die Abschlussprüfung nie!« Flüsterten die Schüler aber so laut, dass der Herr Lehrer ganze Wörter oder sogar Sätze verstehen konnte, dann sprang der Lehrer auf, schlug mit der Schwanzquaste auf den Tisch und schrie: »Ein Sauhaufen ist das! Da hört sich doch dieses und jenes auf! Habt ihr denn Stroh in den Ohren? Jeder von euch gehört zurück auf die Gewöhnliche Teufelsschule!«

Der Schuldirektor hockte in seiner Kanzlei vor dem Ofen und frühstückte.

Der Schulwart kehrte vor der Schultür den Teufelsdreck weg. Er war der Erste, der die Frau Teufel heranmarschieren sah. Er ließ den Besen fallen und rannte in die Kanzlei: »Inspektion kommt, die höllische Fürstin naht!«

Der Schuldirektor schob sein Grammelschmalzbrot in die Schreibtischlade zu den Zeugnisformularen.

Das Teehäferl stellte er unter den Tisch. Er putzte die Brotbrösel aus seinen Bauchhaaren und fluchte: »Satanas und Schneiderzwirn, schon wieder eine Inspektion!«

Der Schulwart grinste und meinte: »Vielleicht hat die vorige Inspektion etwas nicht in Ordnung gefunden und das den höheren Stellen mitgeteilt!«
Der Schuldirektor zuckte nervös mit den Augenlidern. »Emmerich«, sagte er zum Schulwart, »Emmerich, saus in die Klasse hinüber und sag dem Herrn Lehrer, er soll das Große Höllenlied anstimmen!«
Der Emmerich, der Schulwart, lief, so schnell er konnte, und das war nicht sehr schnell, weil er ein Holzbein hatte, in die Klasse hinüber. (Der Emmerich war einmal viel zu nahe am Kaminfeuer eingeschlafen, und da hatte sein Bein Feuer gefangen und war bis zur Hüfte abgebrannt.)
Der Herr Direktor hörte das Holzbein vom Emmerich über den Gang klopfen, dann hörte er das Schultor quietschen und jemanden in den ersten Stock heraufgaloppieren. Er nahm ein Schularbeitsheft von einem Heftstoß und schaute kummervoll hinein.
Genau in dem Augenblick, in dem die Kanz-

leitür aufging und die Frau Teufel hereintrampelte, begannen die Teufelsschüler das Große Höllenlied anzustimmen. Na, dachte der Schuldirektor, wenigstens *das* funktioniert!
»Tag, Schuldirektor«, sagte die Frau Teufel.
Der Schuldirektor schaute vom Heft auf und tat, als sei er überrascht. Er sprang auf und machte einen Kratzfuß. »Wie ich mich doch freue«, sagte er.
Die Frau Teufel setzte sich auf den Besucherstuhl. »Direktor«, sagte sie, »mein Besuch muss geheim bleiben.«
Der Schuldirektor nickte.
»Ich brauche Ihren besten Schüler! Er muss für mich einen schwierigen Auftrag erledigen!«
Der Herr Direktor seufzte heimlich und erleichtert, weil er merkte, dass die Höllenfürstin nicht inspizieren wollte. Er holte aus der Schublade die Schülerbeschreibungsbogen und blätterte darin und meinte: »Da! Der da! Notendurchschnitt eins Komma null. Unser bester Schüler!«

Die Frau Teufel griff nach dem Schülerbeschreibungsbogen. Sie hatte die Brille zu Hause vergessen. Sie konnte die vielen guten Noten und die lobenden Worte nicht genau lesen, doch sie konnte das Passbild vom Musterschüler, das in die linke Bogenecke geklebt war, sehen.
Der Musterschüler hatte riesige Ohren, riesige Hörner, eine lange spitze Nase und dicke Augenbrauen. Außerdem schielte er nach außen, und die Unterlippe hing ihm bis zum Kinn.
»Haben Sie keinen Schöneren?«
Der Schuldirektor zuckte zusammen. Der Musterschüler war sein Sohn. So etwas tut weh!
»Die Besten der Besten, verehrte Höllenfürstin, sind nicht immer die Hübschesten. Außerdem, wenn ich mir die Bemerkung erlauben darf«, er betrachtete liebevoll das Bild des Musterschülers, »finde ich den Knaben nicht unhübsch!«
Die Frau Teufel meinte, der Knabe sei viel-

leicht tatsächlich nicht unhübsch, an höllischen Schönheitsidealen gemessen, aber er solle ja zur Erde, und für irdische Begriffe sei er leider stinkhässlich.
»Aber bitte, Notendurchschnitt eins Komma null«, gab der Schuldirektor zu bedenken.
Die Frau Teufel erinnerte sich plötzlich an ihren eigenen Notendurchschnitt (vier Komma neun). Sie gab dem Schuldirektor den Schülerbeschreibungsbogen zurück. Sie sagte: »Ich pfeif auf Ihren Notendurchschnitt! Wir gehen jetzt in die Klasse, und ich such mir einen aus!«
Der Herr Schuldirektor wagte nicht zu widersprechen und führte die Frau Teufel zum Höheren-Höllenschul-Klassenzimmer.
Die Teufelsschüler waren gerade bei der letzten Strophe vom Großen Höllenlied. Sie sangen dauernd la-al-la-al-la-la, weil sie den Text vergessen hatten. (Sogar der Musterschüler.)
Der Herr Direktor ließ die Schüler in einer

Reihe antreten, die Frau Teufel schritt die Reihe ab. Sie sah Teufel mit großen und Teufel mit kleinen Ohren, Teufel mit Schwanzquasten so groß wie Fußbälle, Teufel mit Riesenbäuchen und geringelten Haaren darauf und Teufel mit burgunderroten Gesichtern und Teufel mit violetten Gesichtern. Und sie sah, ziemlich in der Mitte, einen Kerl, der gefiel ihr ungemein. Er hatte schwarze, seidigglänzende Ringellocken und violette Augen mit langen Wimpern und eine kleine Stupsnase. Am besten gefielen der Frau Teufel aber seine winzigen, schwarzen Hörner. Die waren so klein, dass man sie zwischen den Ringellocken kaum ausnehmen konnte.

»Wie heißt du, mein Kleiner?«, fragte sie.

»Belze«, sagte der Kleine.

»Komm her, du bist richtig!«

»Aber bitte, aber bitte schön …«, stotterten der Herr Lehrer und der Herr Schuldirektor im Kanon, »aber bitte …«

»Nichts aber!«, sagte die Frau Teufel, »ich

spür es in dem linken Hühnerauge auf dem rechten Fuß! Er ist der Richtige. Mein linkes Hühnerauge auf dem rechten Fuß hat mich noch nie betrogen!«

»Aber ...«, versuchte der Herr Lehrer noch einmal.

Die Frau Teufel nahm den Belze an der Hand, nickte den anderen Schülern und dem Lehrer und dem Herrn Direktor zu und zog den Belze zum Ausgang.

Der Herr Lehrer und der Herr Direktor bucktelten hinter der Frau Teufel bis zum Schultor. Als die Frau Teufel und der Belze bereits außer Hörweite waren, stöhnte der Herr Lehrer: »Der Belze ist unser schlechtester Schüler. Der hat überhaupt nur geschlafen, seit er bei uns ist!«

»Ich weiß, ich weiß«, seufzte der Herr Schuldirektor und ging in seine Kanzlei. Er holte das Teehäferl unter dem Tisch hervor und stellte es auf den Ofen zum Wärmen. Das Grammelschmalzbrot war nicht mehr in der Zeugnislade. Der Emmerich, der Schulwart, hatte es inzwischen aufgegessen. Da wurde der Schuldirektor noch viel trauriger.

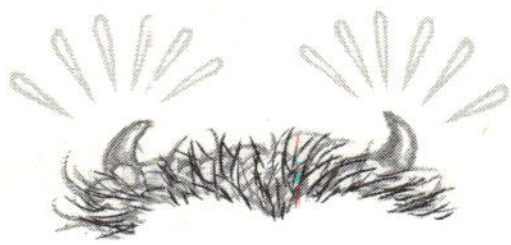

Belze trabte mit der Frau Teufel zur hintersten Hölle. »Beeil dich, Süßer«, sagte die Frau Teufel, »ich möchte meine Wette bald gewinnen.«
»Welche Wette, bitte?«
Die Frau Teufel erklärte dem Belze die ganze Angelegenheit. Zum Schluss – da waren sie bereits in der hintersten Hölle – rief sie: »Du wirst also auf die Erde fahren und die zwei Brunners verführen. Und wenn du Schwierigkeiten haben solltest, dann komm zurück und erstatte mir Bericht!«
»Werde ich jetzt in einen Menschen verwandelt?«, fragte Belze. Doch die Frau Teufel fand, das sei unnötig, weil Belze fast wie ein Mensch aussah. Bloß die Haare am Körper, die müsse man abrasieren, meinte sie, und

die winzigen Hörner müsse man unter den Ringellocken verstecken.
»Und der Schwefelduft muss auch weg!«, sagte sie.
Sie setzte Belze in die Badewanne und schrubbte ihn. Dann rasierte sie ihm mit dem Rasiermesser der Großmutter alle Haare ab. Die Kopfhaare natürlich nicht. Und unter den Achseln und zwischen den Beinen ließ sie auch ein paar Haare übrig.
Die Teufelsbedienerin, die gerade den Fußboden einwachste, lachte sich noch schiefer, als sie schon war. »Pfui Teufel«, kicherte sie, »so ein Bauch ohne Haare, das ist doch etwas Scheußliches!«
»Halt den Mund«, fauchte die Frau Teufel. Sie half dem Belze beim Menschenkleider-Anziehen und wusste nicht so recht, wo bei den Kleidungsstücken vorne und hinten und außen und innen war.
»Geh Belze«, keppelte sie, »stell dich nicht so an. Das wirst du doch gelernt haben! *Du* musst doch wissen, wie das Zeug gehört!«

Belze versicherte, dass er das natürlich wisse, aber ganz sicher wisse er das. Nur heute, da sei er ein bisserl durcheinander, wegen der großen Ehre, die ihm da zuteilwerde.
Die Frau Höllenfürstin sah das ein.
Sie holte den Bibliothekar. Er war ja sehr oft auf der Erde. Der Bibliothekar kam und steckte den Belze in den Erdenanzug und band ihm einen schönen dicken Krawattenknopf und die Schuhbänder.
»Auweh«, schrie Belze, als ihm der Bibliothekar die Bänder der Schuhe band. »Das drückt doch!«
»Menschenschuhe drücken halt«, sagte der Bibliothekar, und dann sagte er: »Das musst du doch schon gewohnt sein, auf den Erdenwandertagen habt ihr doch auch Schuhe an!«
Belze war es aber nicht gewohnt. Er hatte auf die Erdenwandertage nie mitgehen dürfen. Als Strafe für die schlechten Lernerfolge. Doch davon wollte er jetzt lieber nicht reden. Ihm fiel ein, dass seine Schulkameraden,

wenn sie vom Erdenwandertag zurückgekommen waren, immer über die bleichen Gesichter der Menschen gelacht hatten: »Bin ich nicht zu rot im Gesicht?«, fragte er.
»Süßer«, sagte die Frau Teufel, »wenn du einen Tag auf der Erde sein wirst, dann wirst du ganz von selber bleich sein wie ein altes Leintuch!«

Zur Jausenzeit verließ Belze die Hölle. Seine Hörner waren von einer hübschen Lockenfrisur verdeckt, in einer Hand hielt er einen roten Lackkoffer, in der anderen Hand hielt er einen Hut. Im Lackkoffer war ein Lügennetz, und eine Tarnkappe war drin und eine Flasche Verwandlungstrank, Marke »Katzenschwanz«. Wenn man ein Schlückchen davon trank, wurde man eine schwarze Katze. Trank man noch ein Schlückchen, wurde man wieder ein Teufel.

Außerdem waren im Koffer noch die gesamten Ersparnisse der Frau Teufel. (1 Million Höllendollar, das sind umgerechnet 12834 Schilling oder 1782,50 DM oder 1426 Schweizer Franken oder 986 Euro. Die Frau Teufel hatte das Geld auf der Höllensparkasse umwechseln lassen.)
Belze sauste im quietschenden Lift der Erde entgegen. Er hatte ein schlechtes Gewissen, weil er der Frau Teufel verschwiegen hatte, dass er noch nie auf der Erde gewesen war, und weil er verschwiegen hatte, dass er nicht wusste, wie man Menschen schlecht und unglücklich macht. Vor allem aber hatte er nicht gesagt, dass er gar nicht wusste, wie ein schlechter und unglücklicher Mensch eigentlich sein sollte.
»Was ist das bloß? Schlecht? Unglücklich?«
Am liebsten hätte Belze geweint, doch Weinen ist für Teufel streng verboten; das hatte sogar Belze in der Schule mitgekriegt. Er wischte sich eine einzige Träne aus dem rechten

Auge, schluckte tapfer vier Tränen hinunter und sprach zu sich:

»Na, zuerst jedenfalls fahre ich mit dem Zug nach Boinstingl, und dort gehe ich zum Notar Bunsenbichler. Der wird mir das leerstehende Haus neben den Brunnerischen vermieten!«

Der Erdenlift hörte zu quietschen auf und stand still. Belze öffnete die Lifttür. Vor der Tür regnete es, und ein eisiger Wind blies in den Lift hinein. Belze zitterte vor Kälte. Er trat aus dem Lift und stand auf einem breiten Gehsteig neben einer breiten Straße. Der Lift – von außen – war eine dicke Säule, auf die bunte Plakate geklebt waren. Belze stand auf dem Gehweg. Menschen kamen ihm entgegen, stießen ihn, drängten ihn, schoben ihn weiter, schubsten ihn fast auf die Straße. Die Menschen schoben Belze den Gehweg hinunter, bis zur Straßenecke. Dort stieß Belze mit einem jungen Fräulein zusammen.

»Pardon«, sagte Belze.

»Sauwetter«, sagte das Fräulein.

»Bitte, mein Fräulein, wo ist hier denn der Bahnhof?«
»Der Ostbahnhof oder der Westbahnhof oder der Nordbahnhof oder der Südbahnhof?«, wollte das Fräulein wissen.
»Der Boinstinglbahnhof.«
»In Boinstingl«, sagte das Fräulein, »da hab ich eine Tante. Boinstingl, das kenn ich. Da müssen Sie mit der Westbahn fahren!«
Das Fräulein zeigte quer über die Straßenkreuzung und erklärte dem Belze, er müsse zuerst die gegenüberliegende Straße entlanggehen und dann zweimal rechts und einmal links um die Ecke biegen und dann durch einen Park und dann weiter geradeaus und dann ...
»Das finde ich nie, das ist furchtbar«, sagte Belze.
Er schaute das Fräulein mit seinen violetten Augen traurig an, seine seidigen Wimpern flatterten hilflos.
»Na, dann kommen Sie, ich bring Sie hin!«
Das Fräulein holte einen Schlüsselbund aus

der Tasche. »Dort drüben steht mein Wagen!« Das Fräulein zeigte auf ein gelbes Auto. Belze wollte über die Straße laufen.

»Halt! Doch nicht bei Rot!« Das Fräulein hielt Belze am Ärmel fest.

»Darf man da nicht?«

Das Fräulein lachte. »Sie sind ein Komischer«, sagte sie.

Dann zog sie den Belze über die Straße, weil die Ampel auf Grün geschaltet hatte.

Das Fräulein sperrte die Wagentür auf, Belze stieg ein, das Fräulein lief um den Wagen herum und stieg auch ein. »Soll ich einheizen?«, fragte das Fräulein.

»Haben Sie denn einen Ofen hier drinnen?«

Das Fräulein lachte und steckte einen Schlüssel vom Schlüsselbund in ein kleines Schlüsselloch hinter dem Lenkrad.

»Ist das die Ofentür?«

»Sie sind doch der komischste Vogel, der mir je untergekommen ist«, kicherte das Fräulein.

Das Auto krachte ein bisschen, kreischte ein

bisschen und fuhr los. Belze erschrak. Mit einer Hand hielt er sich am Türgriff fest, mit der anderen am Bein vom Fräulein.
»He, lassen Sie das, ich kann ja nicht Gas geben«, rief das Fräulein.
Belze ließ das Fräulein-Bein los, aber er hatte schreckliche Angst. Er war ja noch nie in einem Auto gesessen.
Belze hockte stumm da, Regentropfen platschten auf die Windschutzscheibe. Es tat ihm jetzt furchtbar leid, dass er in der Schule nie gut aufgepasst hatte, und endlich verstand er den Spruch, der in der Kanzlei hing und der hieß: NICHT FÜR DIE SCHULE, SONDERN FÜR DAS LEBEN LERNEN WIR!
»Wir sind beim Bahnhof«, sagte das Fräulein. Belze griff nach dem roten Koffer und machte die Autotür auf. Er streckte die Beine auf die Straße und zog sie gleich wieder zurück, weil die Beine tropfnass und kalt geworden waren.
»Mann, ich hab noch etwas anderes zu tun«, sagte das Fräulein.

»Pardon«, sagte Belze. Er sprang aus dem Auto und lief durch den strömenden Regen zur Bahnhofshalle. In der Halle lehnte er sich an die Wand, holte das Taschentuch aus der Hosentasche und wischte sich eine Menge Wasser aus dem Gesicht. Regenwasser und Tränen. Ihm war hundeelend zumute, er schluchzte, die Tränen rannen ihm über den Hals, bis in den Hemdkragen hinein.
Ein alter Mann blieb bei Belze stehen und fragte: »Kann ich Ihnen helfen?«
»Ich erfriere!«, schluchzte Belze.
»Stockbetrunken!«, sagte der alte Mann ärgerlich und ging weiter.

Belze stand über eine Stunde an die Wand gelehnt und zitterte und weinte. Nach einer Stunde fühlte er sich etwas besser. Sein Anzug und die Haare waren wieder trocken. Nur mehr der Hemdkragen war feucht.

Belze kaufte sich eine Karte nach Boinstingl und ging zu Gleis sieben.
Belze hatte eine Fahrkarte zweiter Klasse gekauft, weil der Schalterbeamte gesagt hatte, die Fahrkarten zweiter Klasse seien die billigeren. Nun ging Belze den Zug entlang und schaute nach den billigen Waggons aus, aber die Waggons sahen alle gleich aus. Darum dachte er: Die billigen Fahrkarten, die werden eine Sondervergünstigung sein, so wie in der Hölle zwei Wochen vor dem Geburtstag vom Chef. Da bekommen die Altersheimteufel die Erdnussbutter ja auch zum halben Preis!
Belze stieg in den ersten Waggon hinter der Lokomotive und setzte sich in ein Abteil erster Klasse. Das Abteil war leer. Unter dem Fenster, an der Waggonwand, entdeckte er einen Hebel. Links vom Hebel stand HEISS, rechts vom Hebel stand KALT.
Der Hebel war viel näher bei rechts als bei links. Belze zog den Hebel nach links. Aus vielen kleinen Schlitzen in der Waggonwand

strömte heiße Luft. Belze rückte ganz nahe an die Schlitze, schloss die Augen und lächelte. Fast wie zu Hause, dachte er. Da sagte plötzlich eine Stimme: »Ihre Fahrkarte, bitte!«, und eine Menge kalter Luft kam ins Abteil. Belze machte die Augen auf. Der Schaffner lehnte in der offenen Abteiltür und hielt ihm die Hand hin. Belze griff nach der Hand und schüttelte sie. (Die Großmutter hatte ihm erzählt, dass sich die Menschen zur Begrüßung die Hand geben.)

»Was soll das!«, rief der Schaffner und schaute wild, doch weil er mitten in Belzes violette Augen schaute, konnte er nicht lange wild sein. Er sagte: »Na ja, ist ja eigentlich normal, dass man einander die Hand gibt. Aber wissen Sie, wenn ich jedem Menschen im Zug die Hand schüttle, dann krieg ich einen Muskelkater!«

Belze ließ die Schaffnerhand los und holte seine Fahrkarte aus der Jackentasche.

»Das ist eine Karte zweiter Klasse«, sagte der Schaffner.

Belze nickte.
»Sie sitzen aber in der ersten Klasse!«
»Ich habe den Unterschied nicht erkannt«, sagte Belze.
»In der ersten sind die Sitze aus Samt. In der zweiten sind die Sitze aus Plastik«, erklärte der Schaffner.
»Sitzt man auf Plastik besser oder auf Samt?«
Der Schaffner starrte Belze ziemlich lange in die violetten Augen, dann seufzte er und sprach milde: »Auf Plastik bleibt man, wenn es warm ist, mit dem Hintern kleben, aber deswegen müssen Sie heute keine Angst haben, die Heizung funktioniert in der zweiten Klasse nicht.«
»Dann bleibe ich hier!«, rief Belze.
Der Schaffner erklärte, dann müsse Belze nachzahlen. Er holte ein kleines Büchlein aus der Umhängetasche und blätterte darin, dann rechnete er, dann blätterte er wieder, und dann sagte er, es sei sehr kompliziert, den Mehrpreis zu errechnen, und dann

schaute er aus dem Fenster und dann in Belzes violette Augen. Schließlich klappte er das Büchlein zu.
»Die nächste Station ist Boinstingl«, sagte er, »tun wir so, als hätten wir uns nie gesehen, und steigen Sie aus.«
Belze steckte die Karte in die Jackentasche zurück, griff nach dem roten Koffer, verneigte sich und sagte: »Danke, mein Herr, Sie waren sehr freundlich!«
Der Schaffner lächelte, legte eine Hand an die Schirmkappe und ging aus dem Abteil. Wie er schon an der nächsten Abteiltür war, drehte er sich um und sagte: »Pfadfinderlos! Jeden Tag eine gute Tat!«
Der Zug blieb stehen.
»Boinstingl – nur kurzer Aufenthalt – bitte rasch aus- und einsteigen!«, rief eine Stimme am Bahnsteig.
Belze riss die Wagentür auf, stolperte die zwei Stufen zum Bahnsteig hinunter, stolperte über den Bahnsteig und ließ sich auf die Bank vor dem Wartesaal fallen. Ihm war

schon wieder zum Weinen zumute. Er dachte: Ich bin total unfähig! Ein Teufel, an dem ein Zugschaffner eine gute Tat vollbringt! Hoffentlich erfährt das die Frau Chefin nie!

Als sich Belze auf die Bank gesetzt hatte, war neben der Bank ein alter Mann mit einer grünen Schürze und einer schwarzen Mütze gestanden. Als Belze nun um sich schaute, sah er noch vier alte Männer mit grünen Schürzen und schwarzen Mützen. Auf einer der schwarzen Mützen stand: WEISSER HIRSCH, auf einer: SCHWARZE KUH, auf einer: BLAUER OCHS, auf einer: ROTE GAMS. Und auf der Mütze vom alten Mann neben der Bank stand: GELBER ADLER. Belze merkte, dass ihn die fünf alten Männer anstarrten. Ganz gierig starrten sie ihn an. Belze bekam Angst. Große Angst. Er stand auf und schaute sich nach dem Ausgang um. Die fünf alten

Männer kamen näher. Belze entdeckte die Tür, über der AUSGANG ZUM HAUPTPLATZ stand. Belze ging schnell auf die Tür zu. Die fünf alten Männer hurtig hinter ihm her. Belze lief durch die Ausgangstür auf den Hauptplatz. Die fünf alten Männer humpelten zwar, aber sie kamen genau so schnell voran wie Belze. Noch bevor Belze den Hauptplatz überquert hatte, hielten sie ihn an der Jacke und an den Hosenbeinen fest.

»Mit Dusche und Frühstück nur hundert«, rief der WEISSE HIRSCH.

»Inklusive Ortstaxe«, rief die SCHWARZE KUH.

»Dreißig Prozent Nachsaisonermäßigung«, rief der BLAUE OCHS, und die ROTE GAMS rief:

»Alles mit Blick auf die Alpen!«

Der GELBE ADLER zog Belzes rechtes Ohr zu sich herunter und flüsterte hinein: »Und am Abend Barbetrieb mit Tanz!«

»Bitte, tun Sie mir nichts, bitte!«, jammerte Belze. Er war verzweifelt. Der GELBE

ADLER zog an seinem Ohr, die SCHWARZE KUH und der BLAUE OCHS zerrten an seiner Jacke, der WEISSE HIRSCH zog sein linkes Bein nach links, und die ROTE GAMS das rechte Bein nach rechts.

»Was geht hier vor?« Der Mann, der das fragte, war sehr groß und hatte einen weißen Mantel an. Die fünf alten Männer ließen Belze los. Belze meinte für einen Augenblick, der weiße Mann sei ein Engel.

Die ROTE GAMS rief: »Bitte, Herr Wachtmeister, der Herr will bei uns ein Zimmer mieten, und die da«, er zeigte auf die vier anderen, »die wollen ihn mir wegschnappen!«

Die vier anderen protestierten. »Gar nicht wahr«, schrien sie, »bei mir – bei mir – bei mir – bei mir will er sich einmieten!«

»Nötigen Sie den Herrn nicht«, rief der Engel, der ein Verkehrspolizist war, den alten Männern zu, und den Belze fragte er: »Wollen Sie ein Zimmer mieten?«

»Ich will zum Notar Bunsenbichler!«

»Drittes Haus links, hier entlang«, zeigte der Verkehrspolizist den Weg. Belze machte wieder eine artige Höllenverbeugung, dann lief er zum Haus vom Notar Bunsenbichler.
Die alten Männer schimpften hinter ihm her, dass es eine Gemeinheit sei, auf dem Bahnhof zu sitzen und so zu tun, als ob man ein Hotelzimmer brauche, um dadurch arme, alte Hoteldiener in die Irre zu führen.

Der Notar Bunsenbichler wohnte im ersten Stock. Er freute sich sehr, dass Belze das alte Haus mieten wollte. Noch mehr freute es ihn, dass Belze sofort mit dem Mietpreis einverstanden war, obwohl der Mietpreis unverschämt hoch war.
Belze holte zehn blaue Scheine aus dem roten Koffer. Das war die Miete für ein Vierteljahr. Er bekam eine Quittung und einen Schlüsselbund mit zwei Schlüsseln.

»Der große ist für die Vordertür, der kleine für die Hintertür«, sprach der Notar und verschwieg, dass man weder die eine noch die andere Tür versperren konnte, weil die Schlösser verrostet waren.
Als der Notar dem Belze zum Abschied die Hand schüttelte, schaute er ihm in die Augen – und da sagte er plötzlich: »Also, der Mietpreis ist ja ziemlich hoch. Ich werde dafür allerhand reparieren lassen.«
Belze bedankte sich artig und ging aus dem Haus hinaus zu seinem Haus. Sein Haus war gleich neben dem Haus vom Notar Bunsenbichler.
Der Notar schaute hinter Belze her, und weil er jetzt nicht mehr in seine Augen schaute, ärgerte er sich furchtbar über sein Versprechen und nahm sich vor, bloß einen neuen Fußabstreifer herauszurücken.
Die Haustür von Belzes Haus war nicht versperrt, aber sie klemmte. Die Türklinke hing schief, und als Belze ein bisschen rüttelte, brach sie ab. Belze warf sich mit seiner gan-

zen Kraft gegen die Tür. Die Tür knarrte. Belze ging fünf Schritte von der Tür weg und lief gegen die Tür. Die Tür krachte. Belze wollte sehr dringend ins Haus hinein, weil es wieder zu regnen angefangen hatte. Als Belze sieben Schritte Anlauf nahm, den Kopf weit vorstreckte, gegen die Tür rannte und seine kleinen Hörner in die Türfüllung stieß, gab die Tür nach. Sie schwang nach innen auf, und Belze, dessen Hörner in der Tür feststeckten, schwang mit. Als die Haustür endlich stillstand, zog Belze seine Hörner aus der Türfüllung. Das tat weh, denn Hörner sind empfindlich. Hornweh ist schlimmer als Kopfweh. Hornweh ist so arg wie arges Zahnweh. Belzes Hörner waren doppelt so groß wie sonst, weil sie geschwollen waren. Sie schauten zwischen den Ringellocken hervor. Belze griff vorsichtig nach den Hörnern und schrie laut auf. Doch Teufel – wenn es nicht gerade um Kälte geht – sind tapfer. Belze stülpte seinen Hut über die geschwollenen Hörner, damit sie niemand sehen

konnte, vergaß die Schmerzen und schaute sich um.
Er sah überall Spinnen. Große, fette Spinnen in riesigen Spinnennetzen. Spinnen wohnen gerne in leerstehenden Häusern. Da haben sie Ruhe. Niemand jagt mit dem Besen hinter ihnen her. Belze sagte:
»Guten Tag, liebe Spinnen, wo ist hier die Küche?«
Die Spinnen gaben keine Antwort.
»Freundinnen«, brüllte Belze, weil er dachte, die Spinnen seien alt und schwerhörig, »Freundinnen, zeigt mir das Haus, ich bin neu hier!«
Die Spinnen gaben wieder keine Antwort, denn es waren gewöhnliche Erdenspinnen und keine Höllenspinnen, die wie Katzen schnurren und Geschichten erzählen und Schlummerlieder singen können.
Belze schaute sich allein im Haus um. Das Haus hatte einen Vorraum, eine Küche und zwei Zimmer. In der Küche stand ein alter Herd, im Vorraum hing ein Spiegel, in einem

Zimmer war ein Bett ohne Matratze, im anderen Zimmer waren ein Stuhl mit drei Beinen und ein Haufen alter Zeitungen. Die meisten Fensterscheiben waren zerschlagen, von den Decken baumelten Lampenfassungen ohne Glühbirnen. In einer Ecke fand Belze das vierte Stuhlbein. Er nahm eine Zeitung, stopfte sie in den Herd, legte das Stuhlbein über das Papier und wollte Feuer machen. Das Feuer brannte nicht. Dicker Rauch quoll aus der Ofentür und aus der Herdplatte und aus dem Ofenrohr. Bald war die ganze Küche voll Rauch. Belze blies beim Ofentürl hinein, stocherte im Papier herum und rüttelte am Rost, doch der Rauch wurde immer mehr.

Plötzlich hörte er jemanden husten. Er fuhr erschrocken herum. Da stand eine junge, hübsche Frau in der Küchentür, rieb sich die Augen, hustete weiter und sagte dann: »Der Ofen kann gar nicht brennen, weil der Rauchfang kaputt ist!«

Und dann sagte die junge, hübsche Frau,

dass sie die Nachbarin, die Frau Brunner, sei und dass sie und ihr Mann sich freuen würden, wenn der Nachbar auf einen Kaffee zu ihnen käme.
»Von Herzen gern«, rief Belze, wischte sich die Rußfinger an der Hose ab – was nichts ausmachte, denn die Hose war schwarz – und ging mit der Frau Brunner.
Das Haus der Brunners stand hinter Belzes Haus. Die Frau Brunner führte Belze bei der Hintertür hinaus. Vor der Hintertür war ein kleiner Garten mit Unkraut. Dann kam ein alter Zaun, der so niedrig war, dass man leicht darübersteigen konnte, dann kam ein kleiner Garten voll Astern und Efeu, und dann kam die Hintertür vom Brunnerhaus.
Hinter der Hintertür war die Küche der Frau Brunner. Die Frau Brunner sagte: »Ich denke, wir trinken den Kaffee in der Küche, da ist es warm!«
Die Frau Brunner erklärte dem Belze, sie müsse immer furchtbar viel einheizen, denn

ihr Mann habe einen sehr niederen Blutdruck und friere leicht.
»Das ist ja herrlich«, rief Belze.
»Ein niederer Blutdruck ist nicht herrlich«, sagte der Herr Brunner. Er kam aus dem Wohnzimmer und schüttelte Belze die Hand.
»So mein ich es nicht«, stotterte Belze, »ich meine, ich habe auch so einen Druck im Blut, der es warm braucht ...« Belze wusste nicht weiter, doch das war auch gar nicht nötig, denn der Herr Brunner unterbrach ihn und freute sich enorm über den Nachbarn mit dem niederen Blutdruck. Bis die Frau Brunner den Tisch gedeckt und den Kaffee gekocht und die Kipferln mit Butter und Marmelade bestrichen hatte, erzählte der Herr Brunner dem Belze vom niederen Blutdruck. Belze fühlte sich wohl. Der Kaffee schmeckte besser als zu Hause, und von den Marmeladekipferln aß er sieben Stück. (Belze hatte bisher noch nie Süßes gegessen. In der Hölle bekommt nur die Großmutter jede Woche

einmal Pudding. Der Höllenkoch verwahrt das Puddingpulver in einem versperrten Kasten, und Puddingpulverstehlen wird mit vier Wochen Besenbinden bestraft.)
Beim Kaffeetrinken erfuhr Belze eine Menge von den Brunners. Er erfuhr, dass der Herr Brunner als Unterbuchhalter in einer Fabrik angestellt war, obwohl er die Arbeit des Oberbuchhalters machte, und dass die Frau Brunner jeden Tag zur alten Höllriegel in die Bedienung ging, damit sie die Raten für das Haus abzahlen konnten. Er erfuhr auch, dass das Haus der Höllriegel weit weg war und die Frau Brunner mit dem Fahrrad dorthin fahren musste.
Nach ungefähr drei Stunden Kaffeetrinken sagte Belze: »Ich glaube, ich habe nun lange genug gestört.«
»Wir hätten Sie gern zum Nachtmahl eingeladen«, sagte die Frau Brunner, »aber wir bekommen heute Besuch!«
Belze verabschiedete sich und ging durch den Asterngarten und den Unkrautgarten

zu seiner Hintertür. Die Brunners schauten ihm nach.
»Ein lieber Mensch«, sagte der Herr Brunner.
»Mit schönen Augen«, sagte die Frau Brunner.
»Warum er bloß die ganze Zeit den Hut aufbehalten hat?«, wunderte sich der Herr Brunner.
Die Frau Brunner meinte: »Vielleicht hat er eine Glatze und will sie nicht herzeigen.«

Belze betrat sein kaltes, finsteres, leeres Haus. Der Rauch war längst durch die zerbrochenen Fenster abgezogen. Belze nahm den Hut vom Kopf und griff nach den Hörnern. Sie taten fast nicht mehr weh und waren so klein wie immer. Belze stellte sich zum Küchenfenster. Drüben, bei den Brunners, waren die Fenster hell erleuchtet. Belze stellte sich vor, wie warm und freundlich es da drüben war. Er bekam ungeheure Sehnsucht nach dem Wohnzimmer der Brunners. Zuerst dachte er daran, die Tarnkappe aufzusetzen und unsichtbar zu den Brunners zu gehen. Doch Tarnkappen sind sehr unangenehm. Sie zwicken auf dem Kopf, und die ganze Zeit, während man unsichtbar ist, hat man eingeschlafene Füße und kribbelige Finger. Außerdem war die Tarnkappe schon sehr alt. Manchmal hielt sie nicht dicht. Nach längerem Tragen konnte es passieren, dass ein Finger oder ein Stück Fuß sichtbar wurde.

Belze fiel der Verwandlungstrank ein. Er tappte im Dunkeln zu seinem Koffer und holte die Flasche mit der Aufschrift MARKE KATZENSCHWANZ heraus. Belze ging vorsichtig ans Werk. Er war nämlich nicht so dumm, wie der Schuldirektor und der Lehrer immer behauptet hatten. Wenn Belze aufpasste und über etwas nachdachte, kam er fast immer zum richtigen Ergebnis. Bisher – in der Schule – hatte er nur nie aufgepasst

und nie nachgedacht.
Er war – sozusagen –
klug, aber ungebildet.
Belze machte es also klug. Belze schraubte die Verschlusskappe vom Katzenschwanztrank. Er füllte die Verschlusskappe mit Zaubertrank und stellte sie auf das Fensterbrett. Dann holte er einen Korkstoppel aus der Jackentasche und stoppelte die Flasche zu. Über die Verschlusskappe legte Belze eine Glasscherbe, die er auf dem Boden gefunden hatte. (Das musste er tun, weil alle Zaubertränke mit Äther und Spiritus angerührt sind und das Zeug leicht verdunstet. Und das Schlückchen Zaubertrank in der Verschlusskappe musste er bereitstellen, weil ein Kater keinen Schraubverschluss aufmachen kann.)
Und dann stoppelte Belze die Flasche auf, trank ein Schlückchen und stoppelte rasch wieder zu.
Während Belze trank, spürte er ein starkes Ziehen in Armen und Beinen, merkte er, wie er kleiner und immer kleiner wurde, sah aus

dem Anzugstoff schwarze Haare wachsen und konnte nicht mehr aufrecht stehen. Dann machte es tief drinnen in ihm dreimal »klick-klack«. Belze lief in das Vorhaus, schaute in den Spiegel und sah, dass er ein prächtiger schwarzer Kater war.

»Na, dann auf zu den Brunnerischen«, sagte sich Belze, rannte in die Küche zurück, sprang in den Unkrautgarten, über den Zaun in den Asterngarten und auf das Fensterbrett der Brunners. Er begann zu miauen. Zuerst leise, dann immer lauter.

Die Frau Brunner machte das Fenster auf. »Ein Kater, ein wunderschöner Kater«, rief sie. Belze sprang ins Wohnzimmer.

Er lief zum Ofen und legte sich auf das Ofenblech. Die Brunners und der Besuch – ein Herr und eine Dame – lachten.

»Als ob er da zu Hause wäre«, sagte die Dame.

Die Frau Brunner holte einen Schweinsbratenknochen und legte ihn vor Belze hin.

Der Knochen roch unheimlich gut, viel besser noch als höllische Ziegenbeine. Belze nagte den Knochen ab. Die Frau Brunner hockte vor ihm und streichelte ihn. »Nein, so was«, rief sie, »der Kater hat ja violette Augen!«

Herr Brunner und der Herr und die Dame hockten sich auch zu Belze und schauten ihm in die Augen und beteuerten, dass sie noch nie einen violettäugigen Kater gesehen hätten. Der Herr Brunner schaute Belze besonders lang in die Augen. »Diese Augen«, sagte er, »diese Augen kommen mir bekannt vor! Solche Augen habe ich doch schon einmal gesehen!«

Da machte Belze geschwind die Augen zu und legte den Kopf auf die Pfoten. Die Frau Brunner kraulte Belze hinter den Ohren. Plötzlich rief sie: »Mein Gott, der arme Kerl hat da was! Greift her!« Der Herr Brunner und der Herr und die Dame beugten sich zu Belze. Vierzig Finger tapschten auf Belzes Kopf herum. »Das sind vergrößerte Talg-

drüsen«, sagte der Herr Brunner. »Das sind verhärtete Beulen«, sagte die Dame. Der Herr sagte: »Beulen verhärten nicht!« Der Herr tapschte weiter auf Belzes Kopf herum, dann sagte er: »Das sind, bitte schön, Hörner!«
»So ein Blödsinn!«, sagte die Dame, »ein Kater ist kein Ziegenbock, ein Kater hat keine Hörner!«
»Zum Teufel nochmal«, brüllte der Herr, und Belze zuckte erschrocken zusammen, weil Teufel immer erschrecken, wenn sie ihren Namen hören, »zum Teufel nochmal, das sind Hörner!«
Der Herr und die Dame stritten weiter über Hörner und Katzen, und dann darüber, ob die Dame oder der Herr gescheiter sei, und dann darüber, ob die Dame eine hysterische Gans oder der Herr ein eingebildeter Rüpel sei, und dann verabschiedeten sich die Dame und der Herr, weil sie meinten, man solle Ehekrachs besser zu Hause austragen.
Der Herr Brunner begleitete den Besuch bis zur Haustür. Bei der Haustür sagte die

Dame: »Seien es nun Beulen oder Hörner oder Talgdrüsen, die das Katzenvieh hat, am besten geht ihr mit ihm zum Tierarzt. Schließlich könnte es ja auch die Beulenpest sein!«
Als Belze das Wort »Tierarzt« hörte, raste er quer durch das Wohnzimmer und das Vorzimmer, zwischen den Beinen der Dame durch, auf die Straße. Vor lauter Angst rannte er die Straße hinunter, bis zum Bahnhof. Dort bekam er einen neuen Schreck, denn dort hockte ein alter weißer Kater, der fauchte wütend. Belze machte also kehrt.
Die Vordertür vom Brunnerhaus war versperrt. Belzes Haustür war zwar nicht versperrt; sie war bloß angelehnt. Ein Mensch oder ein Teufel hätte sie aufdrücken können, doch ein Kater war gegen die Tür machtlos. Neben Belzes Tür war das Fenster zum Vorhaus, doch gerade in diesem Fenster waren alle Fensterscheiben in Ordnung. Belze wusste nicht, wie er ins Haus hineinkommen könnte. Er lief dreimal miauend um die Häuser herum. Dann entdeckte er im Brunner-

haus ein offenes Kellerfenster. Vom Fenster bis zum Kohlenhaufen, im Keller unten, waren ungefähr drei Meter. So weit war Belze noch nie gesprungen. Er zögerte, doch dann schloss er die Augen und sprang. Er kam recht ordentlich und auf allen vier Pfoten unten an, die Kohlen rutschten ein bisschen, Belze rutschte mit und landete vor einem Regal mit Marmeladegläsern. Er bekam großen Hunger auf Marmelade. Die Gläser hatten gläserne Deckel, und zwischen den Deckeln und den Gläsern waren Gummiringe mit Gummilaschen. Doch so sehr sich Belze auch plagte und mit seinen spitzen Zähnen an den Gummilaschen zog, es wollte kein Glas aufgehen.

Da gab Belze dem größten Marmeladeglas mit der Pfote einen Schubs. Das Glas fiel vom Regal und zerbrach. Belze konnte die Marmelade herausschlecken. Dabei schnitt er sich an einer Glasscherbe und blutete stark an der Schnauze.

Nachher stieg Belze die Kellertreppe hinauf.

Die Kellertür stand offen. Aus dem Schlafzimmer hörte er die Brunners schnarchen. Der Herr Brunner schnarchte zweimal kurz – einmal lang, die Frau Brunner schnarchte dreimal lang – einmal kurz.
Belze hätte sich gern ins Ehebett der Brunners, zu den Brunnerfüßen, gelegt, doch hatte er Angst, die Brunners könnten den tierärztlichen Ratschlag des Besuchs ernst nehmen. So schlich Belze leise durch das Schlafzimmer und sprang beim Fenster hinaus, in den Asterngarten, über den Zaun in den Unkrautgarten und zu seinem Küchenfenster hinein. Belze rollte sich auf dem Bett ohne Matratze zu einer Kugel, murmelte den höllischen Abendspruch und schlief ein. (Der Abendspruch ging so: Ich will ein guter Teufel sein, recht bös und schlecht und sehr gemein. Großmutter Teufel, steh mir bei, dass ich ein rechter Teufel sei!)

Zeitig am Morgen wachte Belze auf. Im Haus war es genauso kalt wie am Tag vorher und natürlich auch genauso hässlich. Belze spürte großen Hunger. Großen Durst spürte er auch. Vor dem Fenster sah er die Frau Brunner. Sie hängte nasse Wäsche an die Wäscheleine. Sie darf mich nicht sehen, dachte Belze, sonst packt sie mich vielleicht und rennt mit mir wegen der Beulenpest zum Tierarzt!
Belze hüpfte geduckt auf das Fensterbrett, stupste die Glasscherbe von der Verschlusskappe und schlabberte den Katzenschwanztrank. (Der schmeckte übrigens scheußlich: nach Zimt und Pfeffer und Rizinusöl.)
Im Katzenkörper begann es mächtig zu ziehen, und Belze war es, als ob man ihm sehr viel Luft beim Bauchnabel hineinbliese, er sah die schwarzen Haare kürzer und immer kürzer werden, es machte tief drinnen in ihm dreimal »klick-klack«, und dann stand der Herr Belze auf dem Fensterbrett.
»Was machen Sie denn da oben, Herr Nachbar?«, rief die Frau Brunner erstaunt.

»Morgengymnastik«, stotterte Belze.
Da schaute die Frau Brunner noch erstaunter. Als sie das letzte Wäschestück aufgehängt hatte, fragte sie Belze, ob er mit ihr frühstücken wolle.
»Gern, von Herzen gern!«, rief Belze, und weil er vor so kurzer Zeit noch eine Katze gewesen war, bedachte er nicht, dass Menschen nicht sehr weit springen können. Er sprang quer über den Unkrautgarten und den Zaun und plumpste in die Astern der Frau Brunner.
»Entschuldigen Sie bitte«, sagte Belze und rieb sich sein Hinterteil. Nur der Umstand, dass er seinen langen Teufelsschwanz mit der schönen Quaste kreuz und quer in der Unterhose stecken hatte, was wie ein dicker weicher Polster wirkte, hatte ihn vor einem Steißbeinbruch gerettet.
»Haben Sie sich weh getan?«, fragte die Frau Brunner.
»Sieben Astern habe ich abgebrochen«, sagte Belze, während er sich hochrappelte.

Da die Frau Brunner eine herzensgute Frau war, erklärte sie, die Astern seien nebensächlich, Hauptsache der Herr Nachbar sei unversehrt.
Belze trank bei der Frau Brunner vier große Häferln voll Milchkaffee und aß sieben Butterbrote mit Honig. Beim Beißen und Kauen und Schlucken merkte er, dass seine Oberlippe spannte. Sie war geschwollen. Er tupfte mit einem Zeigefinger auf die Haut unter der Nase. Er spürte harte Stellen von verkrustetem, eingetrocknetem Blut.
»Was haben Sie denn auf der Oberlippe?«, fragte die Frau Brunner.
»Heute Nacht, da –«, sagte Belze und schwieg wieder.
»Was war heute Nacht?«, fragte die Frau Brunner.
»Ich weiß auch nicht«, stotterte Belze. Ihm fiel nichts ein, was ihm heute Nacht hätte geschehen können, wenn er keine Katze gewesen wäre, sondern friedlich als Herr Belze im Bett geschlafen hätte.

Die Frau Brunner schüttelte besorgt den Kopf. »Herr Nachbar«, meinte sie, »Ihnen passiert aber allerhand. Sie müssen vorsichtiger sein!«
Belze versprach, vorsichtiger zu sein.
»Der Sprung vorhin«, sagte die Frau Brunner, »also, ich bin so erschrocken, wie Sie da so durch den Garten über den Zaun gesaust kamen. Wie im Zirkus!«
Belze kannte das Wort Zirkus nicht. Aber er nickte trotzdem. Die Frau Brunner dachte einen Augenblick nach, dann fragte sie: »Übrigens, was haben Sie für einen Beruf?«
Ja, was hatte Belze für einen Beruf? Irgendwann einmal, in der Gewöhnlichen Teufelsschule, hatte er alle Berufe, die die Erdenmenschen ausüben, auswendig lernen müssen, doch jetzt wollte ihm kein einziger Beruf einfallen. Verdammt, dachte Belze, wie heißen denn die blöden Berufe? Milchanwalt? Rechtsfrau? Schneidergärtnerin? Kindermeister? Oberfrau? Cloförster? Hundelehrer? Hauptschulzüchter?

»Ich bin Hauptschulzüchter«, sagte Belze.
»Wie bitte?« Die Frau Brunner stellte ihr Kaffeehäferl so schnell und so fest auf den Tisch, dass der Kaffee überschwappte, und das Butterbrot ließ sie auf das Tischtuch fallen. Mit der Honigseite nach unten. Belze begriff, dass er wieder einmal etwas ziemlich Falsches gesagt haben musste.
»Sagten Sie: Hauptschulzüchter?«, fragte die Frau Brunner und drehte das Honigbrot um. Belze wusste nicht, was er nun sagen sollte. Vielleicht war Hauptschulzüchter doch kein Beruf? Wer konnte das wissen? Belze wusste es nicht. Und weil er es nicht wusste, so lächelte er. (Viele Leute lächeln, wenn ihnen sonst gar nichts mehr einfällt.) Die Frau Brunner schaute den lächelnden Belze an, dabei schaute sie ihm in die violetten Augen mit den seidigen Wimpern.
»Ist ja ganz gleich, welchen Beruf Sie haben«, meinte sie, »ein sehr lieber Mensch sind Sie auf alle Fälle!« Und dann lächelte die Frau Brunner auch.

Die Frau Brunner und Belze lächelten sich noch zwei Butterbrote und ein Kaffeehäferl lang an, dann schaute die Frau Brunner auf die Uhr und rief: »Es ist ja schon neun Uhr vorbei! Ich muss zur alten Höllriegel. Fenster putzen.«

Die Frau Brunner stand auf und holte ihren Mantel und ihre Handtasche. Sie zog den Mantel an.

»Auf dem Fahrrad wird mir heute wieder sehr kalt werden«, sagte sie, »heute weht ein starker Wind!« Die Frau Brunner steckte die Geldbörse und ein Taschentuch ein. Sie schaute in die offene Handtasche. »Na, vielleicht«, sagte sie und zog dabei einen bunten Zettel aus der Tasche, »vielleicht krieg ich demnächst ein Auto!« Sie zeigte Belze den bunten Zettel.

7. WINTERLOTTERIE stand auf dem Zettel, und darunter:

1. PREIS: ein großes Auto
2. PREIS: ein kleines Auto
3. PREIS: ein Motorrad

Die Frau Brunner steckte das Los wieder in die Tasche. »Die Ziehung ist nächsten Samstag«, sagte sie, »aber ich gewinne ja sicher nichts!« Und dann holte die Frau Brunner das alte Fahrrad aus dem Abstellraum und knöpfte den Mantel zu, und Belze musste nach Hause gehen.

Zu Hause versuchte Belze wieder, mit den Spinnen ins Gespräch zu kommen und Feuer zu machen. Beides misslang. Da ging Belze spazieren. Die meisten Leute auf der Straße hatten dicke Mäntel an. Belze hatte keinen Mantel. In den Schaufenstern gab es eine Menge Mäntel, doch an den Preisschildern konnte Belze sehen, dass die dicken Mäntel sehr teuer waren. Sie kosteten mehr Geld, als Belze überhaupt besaß. Belze entdeckte auch ein Ofengeschäft und sah, dass ein mittelgroßer Ofen doppelt so viel kostete, wie

ihm von den Ersparnissen der Chefin noch geblieben war. Und Belze entdeckte, dass auch Essen und Trinken eine Menge Geld kosteten. Belze ging nach Hause und war sehr niedergeschlagen. Er hockte sich auf das Bett ohne Matratze und dachte: Ich habe kein Geld für einen Ofen, kein Geld für einen Mantel, keine Matratze und zerbrochene Fensterscheiben! Das ist kein Leben hier!
Er dachte: Ich muss die Brunners so schnell wie möglich unglücklich und schlecht machen!
Belze dachte angestrengt nach. Was sollte er tun? Wie wurde man unglücklich? Wie wurde man schlecht? Vor lauter Anstrengung beim Denken knackten und krachten Belzes Hörner. Da erinnerte er sich an einen Lernsatz aus der Gewöhnlichen Teufelsschule, den er einmal zur Strafe fünfzigmal hatte abschreiben müssen: **Geld verdirbt den Charakter!**
Und dann erinnerte er sich an den Ausspruch seines Chefs: **Autos sind ein Fluch! Die sind so, als ob wir sie erfunden hätten!**

Da sprang Belze auf und rief: »Ich hab's! Ich hab's! Morgen gehe ich zum Chef vom Herrn Brunner und sehe zu, dass Geld ins Haus kommt und den Charakter verdirbt! Und übermorgen gehe ich zur Lotterie und verschaffe der Frau Brunner das Auto, damit der wahre Fluch über sie kommt!«
Da bis morgen früh nichts zu erledigen war, was das Unglück bei den Brunners hätte herbeiführen können, ging Belze ins Kino und schaute sich einen Film an, der ihn sehr erschreckte, weil so viel geschossen und geprügelt wurde. Als Belze aus dem Kino kam, traf er den Herrn Brunner. Der kam gerade vom Büro nach Hause. Belze ging neben dem Herrn Brunner her und fragte: »Sagen Sie, Herr Nachbar, gestern in Ihrem Garten sah ich eine Katze. Gehört die Ihnen?«
Der Herr Brunner sagte, die schwarze Katze gehöre nicht ihnen. Sie sei ins Wohnzimmer gekommen und habe sich einfach vor den Ofen gelegt.
»Mögen Sie Katzen?«, fragte Belze.

Der Herr Brunner sagte, er liebe Katzen, besonders schwarze, besonders Kater.
»Und wenn sie die Beulenpest haben?«
Der Herr Brunner lachte und sagte, der schwarze Kater, der zu ihnen auf Besuch kommt, der habe garantiert keine Beulenpest.
Belze war erleichtert. Er sagte dem Herrn Brunner, er müsse noch ein paar Wege erledigen und lief ganz schnell nach Hause.
Er trank vom Katzenschwanztrank und sprang zu den Brunners. Die Frau Brunner freute sich sehr. »Da ist er ja wieder, mein schöner schwarzer Kater«, sagte sie und kraulte Belze so zart, dass er schnurren musste.
Belze blieb über Nacht bei den Brunners. Er schlief zu den Füßen des Herrn Brunner und der Frau Brunner.

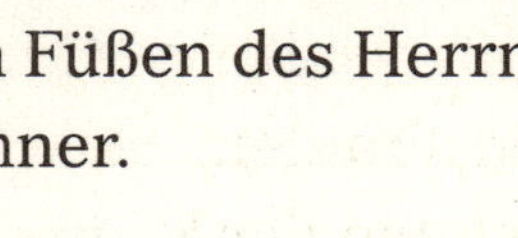

Am Morgen, während sich der Herr Brunner rasierte, sprang Belze in sein Haus zurück. Er trank den Katzenschwanztrank aus der Verschlusskappe, wartete, bis er Herr Belze wurde, dann holte er die Tarnkappe aus dem Koffer und stülpte sie über. Die Tarnkappe zwickte und kratzte und war überhaupt sehr unangenehm.

Belze wartete, bis der Herr Brunner aus seinem Haus kam, dann ging er hinter ihm her bis zur Fabrik und stieg hinter ihm in den ersten Stock hinauf. Der Herr Brunner verschwand hinter der Tür mit der Aufschrift: BUCHHALTUNG. Belze verschwand hinter der Tür mit der Aufschrift: DIREKTION.

Das Direktionszimmer war riesig. Ein großer und ein kleiner Schreibtisch standen darin. Hinter dem großen saß ein Mann, hinter dem kleinen saß ein Fräulein. Als Belze die Tür aufmachte, schauten der Mann und das Fräulein auf. Der Mann sagte: »Fräulein Else, die Tür ist offen!«

Das Fräulein ging zur Tür, wollte sie schlie-

ßen, zwickte dabei Belze zwischen Türstock und Türblatt ein und rief: »Die Tür klemmt!«
Der Mann kam nun auch zur Tür. Er drängte das Fräulein Else von der Tür weg. Belze konnte ins Zimmer schlüpfen. Er rieb sich seinen eingeklemmten Bauch und stöhnte. Dass er sich den Bauch rieb, fiel nicht auf, da er ja unsichtbar war, und das Stöhnen hielten der Mann und das Fräulein Else für Türangelgeknarre.
Der Mann ließ die Tür mit großem Schwung zufallen. Weil Belze nicht mehr in der Tür stand, konnte die Tür ins Schloss klicken, und der Mann rief: »Gar nichts klemmt! Da muss eben ein Mann her!«
Der Mann setzte sich wieder zu seinem Schreibtisch, und das Fräulein Else setzte sich auch wieder zu ihrem Schreibtisch und nickte zustimmend. Das tat sie nicht nur, um ihrem Chef zu gefallen. Sie glaubte wirklich, dass Männer besser geeignet sind, Türen zuzumachen.
Belze ging zum Schreibtisch des Mannes. Er

wollte dem Mann, der der Chef vom Herrn Brunner war, einflüstern, dass er den Herrn Brunner zum Oberbuchhalter machen sollte. »Einflüsterung« war ja der Hauptgegenstand in der Höheren Teufelsschule gewesen.
Der Mann las einen Brief, das Fräulein zählte die Überstunden der Angestellten nach.
Belze beugte sich zum Mann und flüsterte ein: »Der Herr Brunner soll Oberbuchhalter werden!«
Belze konnte leider auch nicht einflüstern. Selbst das hatte er in der Schule verschlafen! Unglaublich laut schallte es durch das Zimmer: »Der Herr Brunner soll Oberbuchhalter werden!«
Das Fräulein schaute von der Überstundenliste auf und rief: »Ja, fein, darauf wartet er schon lange!« (Das Fräulein dachte, ihr Chef habe eben gesprochen.)
Der Chef wollte rufen, dass er den Herrn Brunner keineswegs zum Oberbuchhalter machen wolle, dass da jemand anderer gesprochen haben musste, doch vor Schreck

brachte er kein Wort heraus. Und dann schallte es durch das Zimmer: »Und doppelt so viel Geld soll er bekommen!«

»Doppelt so viel?« Das Fräulein war erstaunt. »Ist doppelt so viel nicht zu viel?«

»Aber keineswegs«, brüllte Belze.

»Ich, Fräulein Else, ich – «, stammelte der Mann.

»Sie, Sie –«, sagte das Fräulein Else ergriffen, »Sie sind ein guter Mensch, Herr Chef!«

»Aber nein!«, rief der Mann.

»Aber ja«, unterbrach ihn das Fräulein Else milde.

Der Mann wollte laut brüllen, dass da irgendwo ein Teufelsapparat eingebaut sein müsse, der Blödsinn daherrede, und dass er sich das nicht gefallen lasse, doch gerade in diesem Moment zwickte den Belze die Tarnkappe enorm. Belze griff nach der zwickenden Stelle. Die Tarnkappe verrutschte ein bisschen. Wenn Tarnkappen ein bisschen verrutschen, dann wird ein Stückchen vom

Kappenträger sichtbar! Der Mann sah plötzlich einen Zeigefinger in der Luft vor sich schweben. Einen – wie ihm vorkam – drohenden, mahnenden Zeigefinger.
Da brüllte der Mann nicht los. Er lehnte sich zurück und atmete dreimal tief durch. Belze steckte seine rechte Hand geschwind in die Hosentasche. Der große Mann atmete noch einmal tief durch und starrte auf die Stelle, wo gerade der Zeigefinger gewesen war, dann seufzte er und sprach: »Also schön, holen Sie den Brunner her!«
»Sofort, Herr Chef«, rief das Fräulein Else und lief ins Nebenzimmer zum neuen Oberbuchhalter.
Als das Fräulein Else aus dem Zimmer draußen war, wischte sich der Chef zuerst einmal den Schweiß von der Stirn. Dann schaute er sich vorsichtig im Zimmer um, ob da noch irgendwo ein mahnender, drohender Zeigefinger war. Er sah keinen Zeigefinger. Er sah nur, wie die Zimmertür aufging, weit offen stand und dann wieder ins Schloss fiel. Doch

für einen, der gerade Zeigefinger gesehen und Stimmen gehört hatte, war das weiter nicht aufregend.

Belze ging unsichtbar bis zum kleinen Park hinter dem Hauptplatz. Dort setzte er sich auf eine Bank und nahm die Tarnkappe herunter. Er hatte starkes Kopfweh. Trotzdem war er sehr zufrieden.
»Geld verdirbt den Charakter«, murmelte er ein paarmal vor sich hin. Und dann murmelte er: »Die halbe Arbeit habe ich hinter mir!«
Weil es ziemlich kühl war, blieb Belze nicht lange auf der Bank sitzen. Er ging nach Hause. Dort war es genauso kalt und sehr hässlich und traurig. Belze trank vom Katzen-Unschwanzwasser und sauste durch den Unkrautgarten und den Asterngarten zur Frau Brunner.

»Komm, alter Kater«, sagte die Frau Brunner. »Lass dich streicheln!«
Belze sprang der Frau Brunner auf den Schoß. Die Frau Brunner kraulte ihn am Bauch. Belze schnurrte. Die Frau Brunner gähnte.
»Ach, Kater«, sagte sie, »bin ich müde! Sieben große und vier kleine Fenster habe ich geputzt! Und nachher hat die alte Höllriegel gekeift, dass man in der Sonne auf den Scheiben matte Wischer sieht. Dabei hat die Sonne gar nicht geschienen!«
Die Frau Brunner schaute traurig drein. »Ein Leben ist das!«, seufzte sie. Aber dann lächelte sie wieder und sagte: »Na ja, andere Leute haben es noch viel schlechter! Man darf nicht unzufrieden sein!« Und dann nahm sie den Kater auf den Arm und trug ihn in die Küche.
»Du hast sicher Durst!« Sie stellte den Kater auf den Boden, holte eine kleine Schüssel aus dem Küchenkasten und füllte sie mit Milch.
Belze schlabberte die Milchschüssel leer.
»Und Hunger hast du sicher auch!« Die Frau

Brunner holte eine Knackwurst aus dem Eiskasten, schnitt sie in Scheiben und legte die Wurstscheiben in die Milchschüssel. Belze fraß alle Wurstscheiben.

»Na, geht's dir jetzt gut?« Die Frau Brunner beugte sich zu Belze hinunter.

»Miau«, sagte Belze, und das hieß: Danke, sehr gut! (Belze, wenn er eine Katze war, konnte nicht sprechen. Nicht nur, weil er nicht durfte, sondern er konnte nur auf dreizehn verschiedene Arten miau sagen. Doch Leuten, die Katzen mögen, genügt das. Die kennen sich mit der Miausprache aus.)

Belze blieb den ganzen Tag bei der Frau Brunner. Er schlief ein bisschen, schlich im Haus herum, und zu Mittag, als die Sonne ein paar Minuten aufs Fenster schien, spielte Belze mit den Sonnenkringeln auf dem Fensterbrett.

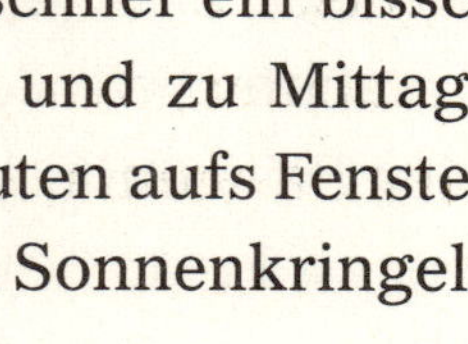

Belze wusste, dass der Herr Brunner gegen halb sechs Uhr vom Büro nach Hause kommen sollte. Um fünf Uhr setzte sich Belze zur Haustür und wartete.

Der Herr Brunner kam schon um viertel sechs. Er riss die Haustür auf und war so aufgeregt, dass er Belze völlig übersah. Er umrannte zur Frau Brunner in die Küche, umarmte sie und rief: »Ich bin Oberbuchhalter! Oberoberbuchhalter!«

Die Frau Brunner begann vor Freude zu weinen, doch Belze wusste nicht, dass man auch aus Freude weinen kann, und dachte sich: Na, das Unglück fängt ja schon an!, und schnurrte begeistert.

»Heute Abend machen wir ein Freudennachtmahl mit vier Gängen!«, sagte die Frau Brunner.

»Wir zwei allein!«, sagte der Herr Brunner.

»Und Wein trinken wir auch!«, sagte die Frau Brunner. Der Herr Brunner schaute aus dem Fenster. Er schaute auf Belzes Haus. Er sagte: »Weißt du, unser Nachbar tut mir leid. Wir

werden hier gut essen und trinken, und er wird drüben mit seinem niederen Blutdruck einsam sein!«
»Ich lade ihn ein«, sagte die Frau Brunner, »er soll auch ein Freudennachtmahl haben!«
Als Belze das hörte, sauste er zur Hintertür hinaus. Er hatte es schrecklich eilig, Herr Belze zu werden.
Gerade als die letzten Katzenhaare im Anzugstoff verschwanden und es tief innen in Belze dreimal »klick-klack« machte, kam die Frau Brunner.
»Herr Nachbar«, rief sie, »er ist nun doch Oberbuchhalter geworden! Heute wird gefeiert!«
»Es ist mir eine Ehre«, Belze verbeugte sich und hielt sich dabei die Hand vor den Mund. Sein Katzenschnurrbart war nämlich noch nicht ganz verschwunden. Die Frau Brunner bat Belze, pünktlich um sieben Uhr zu kommen, damit das Freudennachtmahl nicht auskühle.
Belze wartete, dass es sieben Uhr würde. Er

kämmte seine Ringellocken, er wischte mit einem Zeitungsblatt die Schuhe sauber, er zupfte Staubflocken von seinem Anzug und summte zufrieden vor sich hin. Vor lauter Zufriedenheit fror er gar nicht.
Das Freudennachtmahl wurde wunderschön. Leider trank Belze zu viel Wein und vergaß dabei, dass ein Teufel auf der Welt nicht alles sagen darf, was ihm gerade einfällt.
Schon beim Toast mit Lachs, als der Herr Brunner erzählte, er habe sich sein Leben lang gewünscht, Oberbuchhalter zu werden, rief Belze: »Ich habe mir als Kind immer gewünscht, Zangenzwicker zu werden, aber das haben sie jetzt bei uns verboten!« Da schaute der Herr Brunner seine Frau an, und die Frau Brunner schaute ihren Mann an, und dann schauten sie beide besorgt den Nachbarn an. Doch der Nachbar bemerkte das nicht.
Bei der Forelle sagte Belze: »Fisch haben wir unten nie, denn im kochenden Wasser kann man nur Satansstechlinge ziehen, und die sind voll Gräten!«

Bei der Kalbsbrust sagte Belze: »Das schmeckt aber gut. Viel besser noch als Ziegenfuß!«, und bei den Eisbaisers rief er: »Dagegen ist ein Brennnesselstrudel gar nichts!«

»Brennnesselstrudel?«, fragten die Brunners entsetzt, und Belze, der schon das zehnte Glas Wein getrunken hatte, sprach: »Brennnesselstrudel ist sehr gut, vor allem wenn er in Ziegendärmen gebacken wird, da wird dann die Kruste vom Darmfett schön knusprig. Der Chef sagt immer, für Brennnesselstrudel gäbe er eines seiner drei goldenen Haare her!«

»Welcher Chef?«, fragte die Frau Brunner.

»Welche drei goldenen Haare?«, fragte der Herr Brunner. Belze merkte, dass er zu viel getrunken und zu viel geredet hatte, und sagte, jetzt müsse er aber schnell nach Hause gehen, er habe morgen etwas Wichtiges vor. Die Brunners brachten ihn bis zur Hintertür.

»Ein komischer Mensch«, sagte der Herr Brunner.

»Ziegendärme!« Die Frau Brunner schüttelte

sich. »Brennnesselstrudel in Ziegendärmen! Wo gibt's denn so was?«
»Dort, wo der Herr Belze herkommt, gibt's so was«, sagte der Herr Brunner.
»Wo kommt er denn her?«, fragte die Frau Brunner.
Der Herr Brunner dachte nach. »Er sieht fremdländisch aus!«
»Er sieht wie der schwarze Kater aus!«, sagte die Frau Brunner.
»Und an irgendetwas erinnern mich diese drei goldenen Haare«, sagte der Herr Brunner.
Der Herr Brunner war ein gescheiter Mensch, und wenn er noch weiter darüber nachgedacht hätte, woran ihn die drei goldenen Haare erinnern, dann wäre er wahrscheinlich dahintergekommen. Doch die Frau Brunner unterbrach ihn beim Denken. »Hauptsache, er ist lieb und du bist Oberbuchhalter«, sagte sie und zog ihn ins Haus hinein.

Belze verbrachte die Nacht als Katze, weil eine Katze in einem Bett ohne Matratze, Polster und Decke weniger friert.

Am nächsten Morgen beschloss Belze, die zweite Hälfte seines Teufelsplanes in die Tat umzusetzen, da heute der Tag der Winterlotterie-Ziehung war. Belze blieb in Katzengestalt, weil er den Plan als Katze ausführen musste.

Die Ziehung fand auf einem großen Platz hinter dem Bahnhof statt. Die Leute, die sich ein Los gekauft hatten, waren alle dort, und Würstelverkäufer und Limonade- und Bierverkäufer und Luftballonverkäufer waren auch dort. Die vielen Leute glaubten ja alle, bald das große Los zu ziehen, und wenn man so etwas glaubt, dann wird man großzügig und kauft sich Würstel und Bier und den Kindern Limonade und Luftballons.

In der Mitte des Platzes war eine Tribüne, auf der standen das große Auto, das kleine Auto, das Motorrad und die vielen schönen Trostpreise: Bücher und Tauchsieder, Quirle und

Nähkörbchen, Plastikblumen und Stofftiere, Nagelscheren und Baukästen. Die Zettel mit den Losnummern waren in einer riesigen, durchsichtigen Trommel, die man drehen konnte. Neben der drehbaren, durchsichtigen Trommel voll Losnummern stand ein Herr in dunkelgrauem Anzug und rief in ein Mikrophon: »Meine Damen und Herren, in zehn Minuten ist es so weit! In zehn Minuten kann der glückliche Besitzer sein Auto abholen, sein Motorrad abholen, seine Plastikblumen abholen!«

Die vielen Leute auf dem großen Platz warteten ungeduldig. Sie hielten ihre Lose in den Händen. Sie ermahnten ihre Kinder, den Mund zu halten. Sie reckten die Köpfe, um besser zum Podium sehen zu können. Die Frau Brunner stand vorne in der ersten Reihe. Auch sie hielt ihr Los in der Hand. Sie glaubte nicht, dass ihr Los einen großen Gewinn machen würde. Sie hoffte auf ein paar Plastikblumen oder eine gute Nagelschere.

Belze kam eine Minute vor der Ziehung. Er kam als Katze mit Tarnhaube und wäre zwischen den vielen Beinen fast zerquetscht worden. Er drängelte sich mutig durch die Beine durch bis zur ersten Reihe, bis zur Frau Brunner. Er sprang der Frau Brunner auf die Schulter, weil er die Losnummer sehen wollte. Die Losnummer war leicht zu merken: 123 456.
Als Belze der Frau Brunner auf die Schulter sprang, rief die Frau Brunner zuerst leise »auweh«, und dann dachte sie: Jetzt hab ich einen falschen Luftzug erwischt! Und dann, als Belze von der Schulter sprang, dachte sie: Gott sei Dank, doch kein Hexenschuss!
Belze sprang auf das Podium hinauf und in die durchsichtige Trommel hinein. Er grub mit allen vier Pfoten in den Zetteln herum und suchte nach dem Zettel mit der Nummer 123 456. Es war viel schwieriger, als er gedacht hatte! Er wühlte und wühlte und wühlte und schnaufte vor Anstrengung. Den

Zettel mit der Nummer 123456 fand er nicht. Und die Tarnkappe wurde schon wieder undicht! Belzes linkes Ohr war zu sehen, doch niemand von den Leuten sah es, weil sie alle viel zu aufgeregt waren. Dem Mann im dunkelgrauen Anzug fiel natürlich auf, dass die Zettel in der großen, durchsichtigen Trommel durcheinanderkugelten, doch er dachte, das komme vom Wind.

»Es ist so weit! Es ist so weit!«, rief der Herr auf dem Podium. Die vielen Leute wurden mucksmäuschenstill. Ein kleines Mädchen in weißem Kleid stieg auf das Podium. Es hatte lange, blonde Locken.

»Unser Waisenkind!«, rief der Herr.

Das Waisenkind verneigte sich.

Der Herr ergriff die Kurbel an der durchsichtigen Trommel und begann wild die Kurbel zu drehen. Nun wirbelten die Zettel in der großen Trommel durcheinander, und Belze wirbelte mit. Er sperrte die Augen weit auf. Da war der Zettel mit der Nummer 123456! Belze grapschte mit den Vorderpfoten nach dem Zettel und hielt ihn fest. Die Trommel drehte sich langsamer, die Trommel stand still. Das Waisenkind griff mit der rechten Hand in die Trommelöffnung, tief in den Zettelberg hinein. Die kleinen Finger des Waisenkindes wühlten in den Zetteln herum. Belze drängte dem Waisenkind den Zettel mit der Nummer 123456 zwischen die Finger. Das Waisenkind wollte den Zettel nicht haben, es griff nach einem anderen. Da biss Belze das Waisenkind in den Zeigefinger, und das Waisenkind ließ den falschen Zettel los. Belze schob wieder den Zettel 123456 zwischen die Finger des Waisenkindes.

»Na, beeil dich, Kindchen«, sagte der Herr neben der großen Trommel.

Das Waisenkind versuchte noch einmal nach einem falschen Zettel zu greifen, spürte wieder einen Stich im Finger und nahm endlich den richtigen Zettel.

»Kindchen, zeig her!«, rief der Herr schon ungeduldig.

Das Waisenkind reichte ihm den Zettel 123456.
»Das große Los zog die Nummer 123456!«, schrie der Herr ins Mikrophon.
Belze sprang aus der Trommel. Weil aber die Öffnung in der Trommel ziemlich eng war, blieb die Tarnkappe daran hängen. Ein Herr in der ersten Reihe glaubte Sehstörungen zu haben, denn er sah eine schwarze Katze aus der Trommel hüpfen. Doch er war der Einzige, der das bemerkte. Die anderen Leute schauten auf ihre Losnummern, der Herr an der Trommel schaute auf die Leute, und das Waisenkind schaute auf seinen Finger.
Belze wartete nicht, bis das Waisenkind die Losnummern vom kleinen Auto, vom Motorrad und den vielen Trostpreisen aus der Trommel gezogen hatte. Er wartete nur, bis der Herr ins Mikrophon brüllte: »Kann der glückliche Besitzer des Loses 123456 zu mir heraufkommen?« Als die Frau Brunner »Hier bitte!« rief und aufgeregt mit ihrem Los winkte und dann von den Leuten be-

staunt und beneidet zur Tribüne ging, lief Belze nach Hause.

In Belzes Vorhaus roch es merkwürdig. Nach Zimt und Pfeffer und Rizinusöl. Belze lief in die Küche und sah, dass die Katzenschwanztrankflasche zerbrochen auf dem Boden lag. Wahrscheinlich hatte der Wind einen Fensterflügel aufgestoßen, und der hatte die Flasche vom Herd geworfen. Belze schnupperte an der ausgeronnenen Flüssigkeit. Der Spiritus und der Äther waren verdunstet. Am Fußboden klebte bloß ölig grünes Zeug. Belze schleckte daran, doch nichts geschah. Niemand blies ihm Luft in den Nabel, nichts machte **klick-klack** in seinem Inneren. Er blieb eine Katze.

Auf dem Fensterbrett stand die Verschlusskappe voll Verwandlungstrank. Die reichte gerade für eine einzige Verwandlung.

Belze dachte: Wenn ich jetzt die Verschlusskappe leerschlecke, dann werde ich zum Herrn Belze und muss immer der Herr Belze bleiben, dann kann ich zwar die Brunners besuchen, doch am Abend muss ich nach Hause gehen! Und ich habe kein Geld für eine Matratze und kein Geld für einen Mantel und kein Geld für einen Ofen!
Lange, sehr lange saß Belze da und überlegte.
Dann rief er: »Miau«, und das hieß diesmal: »Nein!« Belze sprang auf das Fensterbrett und gab der Verschlusskappe mit der Pfote einen Stups. Die Verschlusskappe flog in weitem Bogen in den Unkrautgarten, der Katzenschwanztrank schwappte aus und versickerte zwischen den Brennnesseln.
»Miau«, sagte Belze, und das hieß in diesem Fall: »Ich bleibe eine Katze!«
Vor Freude über diese Entscheidung sprang Belze einen Meistersprung: vom Fensterbrett seiner Küche bis zur Hausmauer der Brunners. Er hüpfte auf das Wohnzimmerfenster-

brett und rief, so laut wie ein großer Kater nur rufen kann: »Miau!«
Belze musste lange rufen, bis ihm die Brunners das Fenster aufmachten. Die Brunners waren beide schon zu Hause. Aber sie hatten ihn nicht gehört. Sie waren mitten im Wohnzimmer gestanden und hatten sich umarmt und geküsst. Bei solchen Beschäftigungen hört man schlecht.
Als Herr Brunner dann doch das Fenster aufmachte, sprang Belze ins Zimmer, lief zum Ofen und legte sich auf den Katzenpolster.
»Ich glaub, der will ganz bei uns bleiben!«, sagte die Frau Brunner. Der Herr Brunner nickte. Belze nickte auch.
»Jetzt haben wir einen Oberbuchhalter, ein Auto und eine Katze! Sind wir nicht glückliche, zufriedene Leute!«, lachte die Frau Brunner.
»Ja, das sind wir«, sagte der Herr Brunner, nahm seine Frau wieder in die Arme und küsste sie.

Belze hockte erschrocken auf dem Katzenpolster. Glücklich und zufrieden sind sie, dachte er. Sein Katzenherz schlug aufgeregt und laut. Wie können sie denn glücklich und zufrieden sein? Ich habe doch alles gut und richtig gemacht! Oder?
Aber Katzen können nicht allzu lange nachdenken. Höchstens über Milch und Leber und warme Öfen. Belze legte den Kopf auf die Pfoten und schloss die Augen. Sein Katzenherz beruhigte sich. Was reg ich mich denn auf, dachte er. Das ganze Theater von gut und böse und glücklich und unglücklich ist mir zuwider! Hauptsache, die Frau Brunner bringt mir eine Schüssel voll Milch und eine Tasse voll Leber! Und der Ofen geht nicht aus!

Belze und die Brunners lebten in Frieden und Freuden. Der Herr Brunner oberbuchhalterte den ganzen Tag. Die Frau Brunner kaufte sich einen Riesenstaubsauger und einen Riesenbesen und eine Kiste mit Putzmitteln. Sie malte mit weißer Lackfarbe auf ihr rotes Auto: REINIGUNGSDIENST BRUNNER. Sie fuhr jeden Vormittag durch ganz Boinstingl und putzte einmal da ein Fenster und einmal dort einen Fußboden. Sie verdiente viel mehr Geld als bei der alten Höllriegel und musste sich weniger plagen. Am Nachmittag war die Frau Brunner zu Hause. Da saß sie dann im Wohnzimmer, hatte den Belze auf dem Schoß und kraulte ihn hinter den Ohren. Belze wurde noch größer und dicker, und das Denken vergaß er ganz.

Es interessierte ihn nicht einmal, als eines Tages der Notar Bunsenbichler kam und Belzes Haus besuchte. Belze saß gerade auf dem Wohnzimmerfensterbrett. Er hatte ein Auge offen und ein Auge zu. Mit dem offenen Auge sah er, dass der Notar Bunsenbichler einem Herrn das Haus zeigte, und er hörte den Notar sagen:

»Der Mieter, der vorher da war, ist spurlos verschwunden. Sie können gleich einziehen!« Sogar als der Notar rief: »Ach, da hat er ja sein rotes Köfferchen stehen lassen. Ach, da ist ja noch etwas Geld drinnen!«, wackelte Belze nicht einmal mit einer Ohrspitze.

Manchmal, am Abend, sprachen die Brunners von ihrem ehemaligen Nachbarn. Wenn Belze das hörte, dachte er: ihr Nachbar? Und dann fiel ihm ein, dass da, im Haus dahinter, einmal ein Mann gewohnt hatte, und er sagte sich: Ja, ja, ich glaube, das war ein netter Mann!

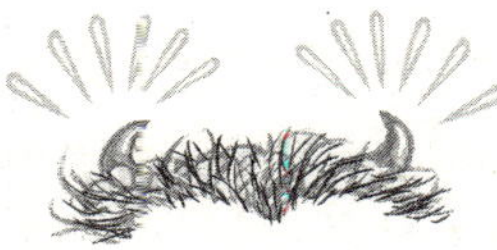

Seit die Chefin Belze auf die Erde geschickt hatte, waren fast zwei Jahre vergangen. Die Chefin hatte inzwischen vierzehn neue Kinder bekommen, dem Chef war eines der drei goldenen Haare ausgegangen, und die Großmutter musste im linken Hausschuh eine Plattfußeinlage tragen.

Die Wette hatte die Chefin vergessen.
Eines Morgens, die Chefin saß beim Frisiertisch und brannte sich Dampflocken, fragte Luzifer: »Wie viele Schlummerlieder kennst du?«
»Keines«, sagte die Chefin.
»Lern ein paar«, rief Luzifer, »übermorgen ist es so weit!«
Zuerst verstand die Chefin überhaupt nicht, wovon Luzifer sprach. Doch als er das Wettbuch unter der Matratze hervorholte und ihr die Wette über die Brunners unter die Nase hielt, wurde die Chefin schweinsrosableich. Sie rannte zum Erdenfernrohr und stellte es auf Boinstingl ein. Sie schaute lange durch das Fernrohr und fluchte fürchterlich. Zwischen dem vielen Fluchen jammerte sie immer wieder: »Wo ist denn der Satanskerl, wo ist er denn?«
Der Chef erhob sich aus dem Bett. »Komm, abgrundliebes Weib, ich zeig ihn dir!«, sagte er. Die Chefin überließ ihrem Mann das Fernrohr. Luzifer rückte das Fernrohr zurecht,

grunzte zufrieden. »So, wenn du jetzt durchschaust, dann siehst du ihn!«

Die Chefin glotzte ins Fernrohr. Sie sah die Frau Brunner. Die Frau Brunner hatte einen Kater auf dem Schoß. »Wo ist der Satanskerl! Ich seh ihn nicht! Hat er die Tarnkappe auf?«

»Auf ihrem Schoß sitzt er!«, lachte Luzifer.

»Was, der fette, ausgefressene Katerkerl dort?« Die Frau Chefin zitterte vor Wut und Enttäuschung.

Luzifer nickte und hüpfte vor Schadenfreude auf einem Bein im Kreis herum. Dabei sang er: »Jeden Tag ein Schlummerlied und auf ewig Haarekraulen, das wird fein, feiner, am feinsten!«

Die Frau Teufel wurde so wütend, wie Teufel nur ganz selten wütend werden. Sie tobte durch die Hölle und spuckte Feuer und Schwefel und weinte und kreischte und riss sich selber an den Haaren. Dadurch entstand oben auf der Erde, mitten in der Wüste Gobi, ein großes Erdbeben, über das sich die Wissenschaftler sehr wunderten.

Die Frau Teufel tobte sieben Stunden lang durch die Hölle. Nicht einmal ihre Lieblingskinder wagten sich in ihre Nähe. Nach sieben Stunden war sie so erschöpft, dass sie zitternd und schluchzend vor dem Kamin im Wohnzimmer niedersank, sich in das Wolfsfell der Großmutter wickelte und einschlief.
Sie schlief aber nicht lange. Die Großmutter weckte sie. »Steh auf und benimm dich normal!«, sagte die Großmutter streng.
Die Frau Teufel gehorchte.
Die Großmutter sprach: »Zuerst war es mir egal, wer die Wette gewinnt. Außerdem kann ich dich nicht leiden. Aber mein Enkel ist in letzter Zeit sehr widerlich. Er verbietet mir alles, und gestern hat er gesagt, ich gehöre zum uralten Eisen!«
»Na und?«, fragte die Frau Teufel schluchzend.
»Ich werde dir helfen, weil ich auf meinen Enkel eine Wut habe!«
»Es ist zu spät!«, schluchzte die Frau Teufel, »viel zu spät. In vierundzwanzig Stunden kann man da nichts mehr gutmachen!«

»Wo ein Wille ist, ist auch ein Weg!«, rief die Großmutter, packte die Chefin am Arm und zog sie vom Kamin weg, geradeaus in die Höllenabstellkammer. Die Höllenabstellkammer war vollgestopft mit den merkwürdigsten Sachen. Nur die Großmutter kannte sich dort aus. Da waren Hexenbesen und Hinkefüße, Pferdeschwänze und Hexennasen, Teufelsketten und Stinkbomben und Zerrspiegel und Rußfässer und tausend andere Sachen mehr. Alle waren von einer dicken Staubschicht überzogen.

Die Großmutter klopfte mit ihrem Krückstock auf den Boden und rief: »Spinnen, herhören! Ich brauche den Spruch, mit dem man sich in eine schöne Frau verwandelt!«

Eine fette Kreuzspinne ließ sich an einem glänzenden Faden von der Decke herunter. Sie sagte: »Der steht im Buch Nummer 63, in der Bücherei auf dem hintersten Regal!«

»Mein Enkel, der Schweinsrüssel«, sagte die Großmutter, »hat die Bücherei zusperren lassen und rückt den Schlüssel nicht heraus!«

»Dann kann ich dir auch nicht helfen!« Die Spinne kletterte auf ihrem glänzenden Faden hoch.

»Spinne«, sagte die Großmutter, »du bist klein, du kannst durch das Schlüsselloch in die Bücherei hinein!«

»Nein«, rief die Spinne von der Decke herunter, »der Chef hat Insektengift in die Schlüssellöcher gestreut. Ich bin doch nicht verrückt, da durchzukriechen!«

Die Großmutter rief nach den anderen Spinnen und nach den Höllenasseln und den Teufelstausendfüßlern und den Satansschaben und bat sie, durch das Schlüsselloch in die Bücherei zu kriechen. Niemand wollte in die Bücherei kriechen. Eine alte Assel rief: »Dieses Insektengift ist von der Welt oben! Das ist ein Nervengift! Selbst wenn ich hineinkrieche und den Spruch finde und ihn mir merke und zurückkomme, nützt dir das nicht. Dann sind nämlich meine Mundnerven gelähmt, und ich kann dir den Spruch nicht mehr sagen!«

Und ein Tausendfüßler sagte gehässig: »Was gehen denn uns eure Schwierigkeiten an! Ihr schert euch auch nie um uns! Nur wenn ihr etwas braucht!«
Die Großmutter bekam eine riesige Wut und schimpfte die Asseln und die Tausendfüßler und die Schaben und die Spinnen: »Idioten und Deppen und Blödiane!«
Da verkrochen sie sich beleidigt in Winkel und Löcher und Ritzen. Während die Großmutter schimpfte, fuchtelte sie wild mit ihrem Krückstock herum und stieß an einen Turm aus Schachteln und Kisten. Der Turm wankte und fiel um. Die oberste Schachtel ging auf. Zwei winzige rosa Hütchen fielen heraus. Die Hütchen waren aus Vogelfedern zusammengeklebt, hatten sehr schmale Krempen, und an den Krempen steckte eine rote Feder.
»Wozu gehören denn die Hüte?«, fragte die Chefin.
»Weiß nicht«, murmelte die Großmutter und fuchtelte weiter mit dem Krückstock herum. Da fiel wieder ein Turm aus verstaubten

Schachteln um, und aus einer der Schachteln kugelten zwei Paar roter Schuhe mit hohen Absätzen.

»Wozu gehören denn die Schuhe?«, fragte die Chefin. »Weiß nicht«, murmelte die Großmutter und fuchtelte weiter. Die Chefin aber war neugierig geworden. Sie schlüpfte aus ihren Hausschuhen und stieg in ein Paar der roten Schuhe. »Großmutter, schau!«, rief sie. Sie rief so schrill, dass die Großmutter zu ihr schaute und den Krückstock fallen ließ. Die Frau Teufel sah wirklich sehr erstaunlich aus. Oben, von den Hörnern bis zur Taille, war sie ein Teufel wie immer. Aber von der Taille bis zu den roten Schuhspitzen war sie ein weiblicher Mensch, wie man sich keinen schöneren vorstellen kann. Da schlüpfte auch die Großmutter aus ihren Hausschuhen mit der Plattfußeinlage und stieg in die roten Schuhe und sah sofort – auf der unteren Hälfte – wie der Zwilling von der unteren Hälfte der Frau Teufel aus.

»Verstehst du das?«, fragte die Chefin.

»Nein«, sagte die Großmutter, »aber setzen wir einmal die Hüte auf!« Die beiden griffen nach den rosaroten Hüten, drückten sie auf ihre Hörner und starrten einander an.
»Sehe ich auch so aus wie du?«, fragte die Großmutter.
»Falls ich keine Hörner und keine Warzen und keine Barthaare mehr habe, sondern blonde Locken und veilchenblaue Augen, dann bist du so wie ich!«
Da umarmte die Großmutter die Chefin, und sie tanzten einen Freudentanz. Nachher hockten sie sich auf eine Kiste mit Angstnachthemden, und die Großmutter erklärte der Chefin: »Wir fahren auf meinem Besen nach Boinstingl und gehen zu meiner alten Freundin, der Höllriegel. Die kennt die Brunners, und die nimmt es mit dem schlauesten Teufel auf, sag ich dir!«

Knapp eine Stunde später schlichen zwei wunderschöne Fräulein auf den roten Zehenspitzen die hinterste Höllenwand entlang zum Flugplatz. Das eine Fräulein trug einen Besen.
Der Flughafendirektor, ein uralter Teufel, schnarchte in einem kleinen Häuschen neben dem Flugplatz.
Die blonden Zwillingsfräulein schlichen zur Mitte des Flugplatzes und bestiegen den Besen. Die Großmutter murmelte den »Spezialfliegerspruch«. Der Besen brummte leise. Der uralte Flughafendirektor zuckte im Schlaf zusammen.
»Hut festhalten«, flüsterte die Großmutter. Der Besen brummte lauter, der uralte Flughafendirektor fuhr hoch. Der Besen hob sich in die Luft, der uralte Flughafendirektor schrie: »Halt!« Er sprang auf und wollte die Flugsignale auf Rot stellen, doch die Signalhebel waren ziemlich verrostet. Außerdem hatte er den Besen der Großmutter erkannt und war nicht sicher, ob er eine so mächtige

Person wie die Großmutter am Fliegen hindern durfte. Er rannte zum Telefon und rief den Chef an.
Der Chef lag in der Badewanne im Schwefelschaum. Sein Kammerdiener nahm den Hörer ab. »Hier Chefbadezimmer«, sagte er, und dann horchte er, und dann rief er zur Badewanne: »Höllische Gnaden, es wird angefragt, ob höllischer Gnaden Großmütterlichkeit in die Luft gehen darf!«
Der Teufel war müde vom Schwefelbad. Schwefelbäder machen schläfrig. Er murmelte: »Die Alte soll ruhig in die Luft gehen.« (In der Hölle sagt man manchmal: Der geht in die Luft!, wenn man sagen will: Der ärgert sich.)
»Die soll ruhig in die Luft gehen«, sagte der Kammerdienerteufel folgsam in die Telefonmuschel.
»Wer fragt denn da eigentlich so einen Blödsinn?«, erkundigte sich Luzifer, während er seine Hörner mit Mahagoni-Horn-Festiger einrieb.

»Der Flughafendirektor, bitte!«, sagte der Kammerdienerteufel.
Da sprang Luzifer aus der Badewanne, dass das Schwefelwasser überschwappte. »Bomben und Granaten!«, brüllte er, »sofort stoppen! Ja nicht in die Luft gehen lassen!«
Der Kammerdienerteufel brüllte in den Hörer: »Bomben und Granaten, ja nicht in die Luft gehen lassen!«
Der uralte Flughafendirektor ließ den Telefonhörer fallen und rannte zu den Signalhebeln. Er riss sämtliche verrosteten Hebel herum. Doch es war bereits zu spät. Der Besen mit der Großmutter und der Chefin war längst verschwunden.
Der uralte Flughafendirektor nahm wieder den Telefonhörer in die Hand. »Entschuldigung«, sagte er, »aber die sind weg. Die sind sicher schon auf dem Landeplatz am Hexenberg!«
Dann legte der uralte Flughafendirektor den Hörer auf und begann bitterlich zu weinen. Der Kammerteufel hatte ihm vom Chef be-

stellen lassen, dass er ab morgen wegen Untauglichkeit im Dienst in die Altersheimhölle versetzt werde.

Die Großmutter und die Chefin waren tatsächlich bereits am Hexenberg gelandet. Von dort flogen sie direkt nach Boinstingl auf das Dach der alten Höllriegel. Da das Haus elektrisch beheizt war und deshalb keinen Rauchfang hatte, stiegen sie beim Mansardenfenster hinein. Hierzu zogen sie die Schuhe aus und nahmen die Hütchen vom Kopf. Die alte Höllriegel, die im Mansardenzimmer fernschaute, sah also keine wunderschönen blonden Zwillingsfräulein durchs Fenster kommen, sondern zwei feuerrote Teufel, und freute sich mächtig, weil sie ihre alte Freundin, die Großmutter, erkannte. Die Höllriegel war sofort damit einverstanden, das Unglück und die Schlechtigkeit

über die Brunners zu bringen. »Gebührt denen!«, keifte sie. »Dauernd hat sie matte Wischer in die Fenster geputzt!«
Die Höllriegel dachte nach, dann sagte sie: »Ich hab's! Die Brunner hat es nicht gern, wenn ihr Mann hübschen Mädchen nachschaut. Das hat sie mir selber gesagt. Die Brunner kann man also leicht eifersüchtig machen! Bloß gibt es in Boinstingl sehr wenig hübsche Mädchen, und die paar, die es gibt, die kümmern sich nicht um den Herrn Brunner!«
Die Großmutter und die Chefin schlüpften in die roten Schuhe und setzten die rosa Hütchen auf und fragten: »Sind wir hübsch genug?«
»Schön wie die Engel«, rief die alte Höllriegel, »und viermal so schön wie die Frau Brunner!«
Die Höllriegel, die Großmutter und die Chefin setzten sich zum Tisch und berieten.
»Die Brunner ist immer bis zwei Uhr aus dem Haus«, erklärte die Höllriegel.

»Und wo ist der Brunner?«, fragte die Großmutter.
»Im Büro natürlich, wo denn sonst!«
»Der muss sofort nach Hause«, rief die Frau Teufel, »im Büro kann man ihn sicher schlecht verführen!«
»Ich fahre zum Büro«, rief die Großmutter, »und schleiche mich ein und steche ihm einen Hexenschuss ins Kreuz. Dann muss er nach Hause gehen!«
Die Höllriegel schüttelte den Kopf. »Der ist so arbeitseifrig, der arbeitet sogar mit einem Hexenschuss!«
»Dann hau ich ihm eins über den Schädel, dass er ohnmächtig wird«, rief die Frau Chefin, »dann muss er nach Hause geführt werden!«
Die Höllriegel schüttelte wieder den Kopf. »Und dann liegt er ohnmächtig zu Hause. Einen Ohnmächtigen kann man nur schwer verführen!«
Das sahen die Großmutter und die Frau Teufel ein. Die Höllriegel meinte: »Ich weiß

was viel Einfacheres!« Sie holte das Telefonbuch und suchte nach der Nummer der Fabrik, in der der Herr Brunner angestellt war. »Hab sie schon!«, murmelte sie und wählte die Nummer. Dann verlangte sie den Oberbuchhalter Brunner zu sprechen. Während sie auf die Verbindung mit dem Oberbuchhalter wartete, hielt sie die Telefonmuschel zu und flüsterte: »Ich sag ihm, seine Katze ist krank. Die liebt er über alles! Da wird er gleich nach Hause rennen!«
Die alte Höllriegel nahm die Hand von der Muschel und rief mit sehr veränderter Stimme: »Ach, lieber Herr Brunner. Ich wohne ein paar Häuser weiter. Ich habe gerade gehört, wie Ihr armer Kater schreit. Dem muss was passiert sein! Er schreit, als ob er sterben müsste! Ganz entsetzlich schreit er!«
Die alte Höllriegel legte den Hörer auf.
»Er hat gesagt, er geht sofort nach Hause!«
»Aber wenn er sieht, dass der Kater gar nicht krank ist, dann wird er doch wieder ins Büro zurückgehen«, meinte die Chefin.

»Da müsst ihr ihn eben daran hindern!«, rief die alte Höllriegel, »schließlich gehört ihr ja zur Teufelselite, oder?«

Der Herr Brunner lief ins Chefzimmer, keuchte aufgeregt und sagte: »Herr Chef, ich glaube, ich habe eine Fischvergiftung. Mir ist so übel!«
Der Herr Chef schaute den Herrn Brunner an. Der Herr Brunner sah sehr bleich aus.
»Na, Brunner«, sagte der Chef milde, »dann gehen Sie nach Hause und legen sich ins Bett, aber schauen Sie, dass Sie die Vergiftung bis übermorgen loswerden, sonst schaffen Sie Ihre Arbeit nicht!«
»Danke, Herr Chef«, sagte der Herr Brunner und lief zur Tür hinaus, die Treppe hinunter und aus dem Haus. Vor lauter Sorge um seinen Kater vergaß der Herr Brunner sogar seinen Mantel im Büro. Er vergaß auch, die

Leute zu grüßen, die ihm entgegenkamen und die ihn kannten, er vergaß auf der Kreuzung auf dem Hauptplatz, auf das grüne Licht zu warten. Er rannte, so schnell er konnte, sperrte zitternd die Haustür auf, und weil er nirgends den Kater schreien oder wimmern hörte, dachte er schon, der Kater sei gestorben. Er wankte ins Wohnzimmer und sah Belze auf dem Katzenpolster liegen. Rund und zufrieden lag er da, schaute den Herrn Brunner erstaunt an und sagte: »Miau!«, und das hieß: »Was machst du denn zu Mittag zu Hause?«

Der Herr Brunner sank erleichtert auf die Sitzbank, und weil ihm immer noch der Schreck in den Knochen saß und weil auf dem Tischchen vor der Couch eine Flasche Slibowitz stand, nahm der Herr Brunner die Flasche und trank einen großen Schluck Schnaps. »Das beruhigt«, murmelte er. Und weil er noch nicht ganz beruhigt war, nahm er noch einen großen Schluck aus der Schnapsflasche und dann noch einen. Nun war er sehr beruhigt. Er legte die Beine auf die Sitzbank, schaute zum Kater und sah den Kater doppelt. Das beruhigte ihn noch mehr. Der Herr Brunner schloss die Augen, aber er schlief nicht richtig ein. Er döste vor sich hin. Plötzlich klingelte es an der Haustür. »Kater, mach auf«, murmelte der Herr Brunner. »Miau«, murmelte der Kater, und das hieß diesmal: »Bist du blöd geworden? Ich kann doch nicht die Tür aufmachen!«

»Entschuldige, hab ich ganz vergessen«, sagte der Herr Brunner, stand auf und ging ins Vorhaus zur Haustür. Er schwankte leicht. Er war nicht an drei große Schlucke Schnaps gewohnt. Er öffnete die Haustür, und da standen zwei wunderschöne Fräulein mit roten Schuhen und rosaroten Hütchen. »Guten Tag, mein Fräulein«, sagte der Herr Brunner und verbeugte sich. Er dachte, vor ihm stehe nur ein Fräulein. Er hatte ja auch vorher den Kater doppelt gesehen.

»Dürfen wir eintreten«, sagte das eine Fräulein, und das andere Fräulein sagte gleichzeitig: »Wir müssen Sie sprechen!«

Da die doppelte Katze auch nur einmal »miau« gemacht hatte, schloss der Herr Brunner, dass doch zwei Fräulein vor ihm stehen mussten.

Darum sagte er: »Guten Tag, meine Fräulein!«, und dann: »Bitte, treten Sie ein!«

Belze hatte, als es an der Tür klingelte, neugierig den Kopf gehoben. Die Fräulein traten ins Wohnzimmer. In Belze erschrak etwas. Er fühlte sich sehr unbehaglich und sehr bedrückt, aber er wusste nicht, warum.

»Bitte nehmen Sie Platz«, sagte der Herr Brunner und rückte zwei Sessel zurecht. Die Fräulein setzten sich, aber bevor sie sich setzten, gab das eine Fräulein dem Belze heimlich einen Tritt und das andere Fräulein zischte leise: »Du Satansbraten, warte nur!«

Belze sprang mit einem Satz quer durch das Zimmer, verkroch sich hinter dem Gummibaum und fauchte. Er fauchte nicht drohend, sondern ungeheuer ängstlich. Er zitterte von der Schnurrbartspitze bis zur Schwanzspitze. Seit er eine Katze war, hatte Belze alles vergessen, außer Milch, Leber und warme Öfen. An die Hölle hatte er keinen Augenblick gedacht. Nun erinnerte er sich wieder an alles. An seinen Auftrag, an seinen Plan und an die Hölle! Und da konnten die zwei Fräulein noch so lieb und süß und schön lächeln. Um die Mundwinkel und tief drinnen in den veilchenblauen Fräuleinaugen sah Belze das rote Höllenfeuer flackern.

»Ach«, rief das eine Fräulein, »könnte ich ein Gläschen Schnaps haben!«

»Ach«, rief das andere Fräulein, »könnte ich eine Platte hören?«

»Ach, darf ich mir die Jacke ausziehen!«

»Ach, könnten Sie mir eine Zigarette geben?«

Der Herr Brunner schenkte Schnaps in Gläser legte eine Platte auf den Plattenspieler, holte Zündhölzer aus der Küche, gab Feuer und kam gar nicht dazu, zu fragen, was die zwei Fräulein eigentlich wollten.

Belze hockte noch immer hinter dem Gummibaum und miaute kläglich. Er wollte den Herrn Brunner warnen. Der Herr Brunner verstand das natürlich nicht.

Die beiden Fräulein tranken etliche Gläser Schnaps, und der Herr Brunner musste mittrinken. Dann wollten die Fräulein tanzen, und der Herr Brunner musste mit ihnen auf dem Wohnzimmerteppich Rumba tanzen.

»Olé«, riefen die Fräulein und wiegten die Hüften und lächelten dem Herrn Brunner zu.

Der Herr Brunner war vom Schnaps und der Schönheit der Fräulein so verwirrt, dass er tanzte und lächelte und nicht mehr fragte, warum die Fräulein eigentlich gekommen seien.

Schließlich war der Herr Brunner, der weder Schnaps noch Fräulein noch Tanzen gewohnt war, so erschöpft, dass er auf die Polsterbank fiel. Er stöhnte: »Oh, ich kann nicht mehr!«

»Ich auch nicht mehr«, kicherte das eine Fräulein und ließ sich auf das rechte Knie vom Herrn Brunner fallen.
»Ich auch nicht mehr«, kicherte das andere Fräulein und ließ sich aufs linke Knie vom Herrn Brunner fallen.
»Sie schwitzen ja, Sie Ärmster«, sagten die Fräulein auf den Knien und wischten dem Herrn Brunner den Schweiß von der Stirn und gaben ihm auf jede Wange einen Kuss.
Genau in dem Augenblick, da die Fräulein den Herrn Brunner auf die Wangen küssten, riss die Frau Brunner die Wohnzimmertür auf. Sie starrte auf die Polsterbank, auf ihren Mann und die Fräulein und schluchzte: »Also doch!« In der Hand hielt die Frau Brunner einen Zettel, auf dem stand in Blockbuchstaben: »Während Sie arbeiten, betrügt Sie Ihr Mann zu Hause!« (Den Zettel hatte die alte Höllriegel unter die Scheibenwischer vom Auto der Frau Brunner gesteckt.)
»Nein, nein, liebe Frau«, rief der Herr Brun-

ner, »es ist nicht so, wie du glaubst! Es ist ganz anders!« Er wollte die beiden Fräulein von seinen Knien schieben, aber die beiden Fräulein ließen sich nicht wegschieben. Ganz im Gegenteil. Sie schlangen ihre Arme um den Hals vom Herrn Brunner und sagten: »Was hast du denn, Schnuckiputzi?«
»Pfui, ich lasse mich scheiden«, schluchzte die Frau Brunner. »Pfui, ich ziehe aus!«
»Nein, bitte nein«, rief der Herr Brunner und versuchte die Fräulein zu vertreiben.
Belze – zitternd und hinter dem Gummibaum – versuchte nachzudenken, doch er war schon so lange ein Kater, dass er das Denken fast verlernt hatte. Zuerst dachte er nur: Keine Milch, keine Leber, kein warmer Ofen, wenn sie sich scheiden lassen! Und dann dachte er noch ein Stück weiter: Die zwei Fräulein sind die Chefin und die Großmutter. Die wollen mich zurück in die Hölle bringen! Sehr unangenehm!
Weiter kam Belze mit dem Denken nicht, denn jetzt sah er, dass der Herr Brunner

keuchte und die Augen verdrehte; so stark umarmten ihn die Fräulein. Da sprang Belze. Er sprang mit den Vorderpfoten auf den einen rosa Hut und mit den Hinterpfoten auf den anderen rosa Hut. Er krallte sich im Federflaum fest. Die Hüte rutschten samt Belze über die blonden Locken. Die Fräulein kreischten entsetzt.

»Ogottogott«, schrie die Frau Brunner.

Und der Herr Brunner schrie: »Mich trifft der Schlag!«

Den Herrn Brunner traf aber doch nicht der Schlag. Sein Blutdruck war zu nieder. Er zitterte jedoch wie Espenlaub und zitterte immer mehr, je länger er die total entzauberten Oberteile der Großmutter und der Chefin anstarrte. (Er hatte ja noch nie einen Teufel gesehen, nicht einmal einen halben.)

Die Großmutter und die Chefin aber waren nicht minder erschrocken. Sie sprangen auf. Die Großmutter sprang so ungeschickt, dass sie umkippte und plötzlich neben den roten

Schuhen stand. Sie suchte an der Chefin Halt. Da kam auch die Chefin ins Wanken, fiel gegen den Tisch und verlor ebenfalls die roten Schuhe. Belze, der mit den zwei Hütchen unter den Tisch gekrochen war, gab jedem Schuh einen Schubs, und die Schuhe sausten unter die Sitzbank. Dann packte sich Belze die beiden Hütchen ins Maul und sprang mit ihnen, so schnell er konnte, zum Fenster hinaus.

»Satansbraten, Hut her! Hut her!«, hörte er hinter sich die Chefin brüllen.

Und die Großmutter schrie: »Teufelslaus, meine Schuhe her!«

Belze scherte sich nicht um das Gebrüll. Er ließ die Hütchen fallen, ein heftiger Windstoß hob sie hoch und trieb sie über die Dächer davon.

Die Großmutter und die Chefin kletterten zum Wohnzimmerfenster hinaus. Sie sahen fürchterlich furchtbar aus. Belze sauste über den Zaun zu seinem ehemaligen Küchenfenster hinein. Die Großmutter und die Chefin hinterher. Belze flitzte durch sein ehemaliges Haus, beim offenen Vorhausfenster auf die Straße. Die Großmutter und die Chefin trampelten kreischend nach, doch Belze gewann einen großen Vorsprung, da die beiden erst einmal die klemmende Haustür eintreten mussten.

Belze galoppierte zum Hauptplatz hinunter. Die Großmutter und die Chefin kamen eben aus dem Haus heraus. Belze drehte sich im Rennen um und sah, dass die Großmutter vor lauter Zorn grüne Funken sprühte und die Chefin violett leuchtende Wuthörner hatte.

Als die Leute auf der Straße die beiden Teufel sahen, blieben sie natürlich erstaunt stehen und schauten neugierig. Ein Mann sagte, das sei sicher die neueste Reklame für den neuesten Teufelsfilm. Und die zwei Teufel, die da die Straße entlangkeuchten, seien garantiert die Hauptdarstellerinnen des Films. Und heute Abend sei ganz gewiss die Uraufführung des neuesten Teufelsfilms. Da waren die anderen Leute nicht mehr zu halten. Sie rannten noch schneller als die Großmutter und die Chefin, holten sie ein, umringten sie und wollten Autogramme haben. »Mir ein Autogramm, mir zwei – eines für meinen Bruder, mir drei – zwei für meine Tanten!« Die Leute hielten der Großmutter und der Chefin Zettel unter die Nase und Kugelschreiber vor die Finger.

»Aufhören, durchlassen!«, schrie die Großmutter. Keiner scherte sich darum. Eine junge Frau riss der Chefin die halbe Schwanzquaste aus und der Großmutter ein Büschel Bauchhaare. »Als Andenken an die Stars«, sagte die junge Frau.

Ein alter Herr packte die Großmutter am linken Horn, zog sie zu sich und gab ihr einen Kuss. »Ich verehre Sie seit Jahren als größte Teufelsdarstellerin unter der Sonne!«, sagte er dazu.

Die Leute wurden immer mehr und mehr und drängten immer mehr und mehr. Sie drückten der Großmutter Kugelschreiber in

die Hand, damit sie Autogramme unterschreiben konnte.
Die Großmutter wusste aber leider gar nicht, was ein Autogramm ist. Sie sah nur die Kugelschreiber. Und obwohl sie ganz verzweifelt war, ließ sie doch noch alle Kugelschreiber schnell in ihrer Bauchtasche verschwinden.
Die vielen Leute wurden aber immer ungeduldiger, weil sie kein Autogramm bekamen, und dann merkten sie, dass die Kugelschreiber weg waren, und beschuldigten sich gegenseitig, die schönen Kugelschreiber gestohlen zu haben, und fingen eine enorme Prügelei an. Da die Großmutter und die Chefin mitten in der Prügelei drinnensteckten, bekamen sie eine Menge Hiebe ab, und irgendjemand trat der Großmutter derart heftig mit einem Nagelschuh auf den Plattfuß, dass die Großmutter zum ersten Mal in ihrem ewigen Leben ohnmächtig wurde. Die Chefin fing die ohnmächtige Großmutter auf und fiel beinahe selber in Ohnmacht, weil

ihr ein Mann seine schwere Aktentasche auf die Hörner knallte.
Plötzlich pfiff jemand unerhört laut auf einer Trillerpfeife. Die Leute rauften und brüllten ein bisschen weniger. »Was geht hier vor!«, fragte der Polizist im weißen Mantel, den Belze für einen Engel gehalten hatte.
Während die Leute dem Polizisten vom Teufelsfilm, den Stars und den Kugelschreibern berichteten, schulterte die Chefin die Großmutter, ließ einen ungeheuren Höllenfurz und machte sich davon.
An der Straßenkreuzung traf sie auf die alte Höllriegel. Die hatte den Hexenbesen zwischen den Beinen und wollte Fliegen üben. Die Chefin entriss der Höllriegel den Besen. »Den Zuständen hier bin ich nicht gewachsen«, keuchte sie, legte die ohnmächtige Großmutter quer über den Besenstiel, schwang sich auf den Besen und startete.
»So warte doch«, rief die alte Höllriegel, aber der Besen war bereits in der Luft. Die Groß-

mutter erwachte aus der Ohnmacht. Sie brüllte zur Höllriegel hinunter: »Mich siehst du hier nie mehr!«
»Mich auch nicht!«, rief die Chefin, doch der Besen war schon so weit oben in der Luft, dass ihre Stimme kaum zu hören war.
Belze, der das alles aus dem sicheren Versteck einer Hausnische beobachtete, wartete, bis der Besen ein winziger Tupf am Himmel war, dann rannte er nach Hause.

Die Brunners lagen im Bett und hatten große Eisbeutel auf der Stirn. Der Herr Brunner murmelte: »Das war ein böser Traum!«
Die Frau Brunner murmelte: »Der böseste Traum meines Lebens!«
Und dann murmelten sie im Chor: »Hauptsache, er ist vorüber!«
Belze sah, dass der Herr Brunner nach der Hand der Frau Brunner griff und ihr zärtlich

über die Finger strich. Da sprang Belze mitten auf das Bett und sagte: »Miau!«, und das hieß diesmal: »Wir haben es geschafft! Die Milch und die Leber und der warme Ofen sind gerettet!«

Eine Freundschaft wie Blech und Schwefel

Eigentlich sollte der kleine und superintelligente Roboter Orbi den Weltraum erkunden. Doch das blecherne Kerlchen ist nicht nur viel cleverer, als seine Entwickler dachten – er findet es auch viel sinnvoller, den Menschen zu helfen, statt Informationen im All zu sammeln. Und deshalb büxt Orbi aus! Doch ohne Strom ist er ziemlich schnell am Ende seiner Kräfte ... Zum Glück findet er bald zwei richtig wahre Freunde!

Eine quietschfidele Freundschaftsgeschichte für clevere Leseanfänger – mit farbigen Illustrationen von Barbara Scholz.

Thomas Christos
Orbis Abenteuer – Ein kleiner Roboter büxt aus
Mit farbigen Bildern von Barbara Scholz
Ca. 128 Seiten, gebunden

fi 85435 / 2